LA ROSE DU FLEUVE

UN ROMAN DE LA SÉRIE LA ROUE À AUBES

LA ROSE
DU FLEUVE

UN ROMAN DE LA SÉRIE LA ROUE À AUBES

Gilbert Morris

Traduit de l'anglais par
Mathieu Fleury

éditions

Éditeur : François Doucet
Traduction : Mathieu Fleury
Révision linguistique : Féminin pluriel
Correction d'épreuves : Nancy Coulombe, Catherine Vallée-Dumas
Conception de la couverture : Matthieu Fortin
Photo de la couverture : © Thinkstock
Mise en pages : Sébastien Michaud , Sylvie Valois
ISBN papier 978-2-89733-705-6
ISBN PDF numérique 978-2-89733-706-3
ISBN epub 978-2-89733-707-0
Première impression : 2014
Dépôt légal : 2014
Bibliothèque et Archives nationales du Québec
Bibliothèque Nationale du Canada

Éditions AdA Inc.
1385, boul. Lionel-Boulet
Varennes, Québec, Canada, J3X 1P7
Téléphone : 450-929-0296
Télécopieur : 450-929-0220
www.ada-inc.com
info@ada-inc.com

Diffusion
Canada :   Éditions AdA Inc.
France :   D.G. Diffusion
                  Z.I. des Bogues
                  31750 Escalquens — France
                  Téléphone : 05.61.00.09.99
Suisse :   Transat — 23.42.77.40
Belgique :   D.G. Diffusion — 05.61.00.09.99

Imprimé au Canada

Participation de la SODEC. $OD\euro C
Nous reconnaissons l'aide financière du gouvernement du Canada par l'entremise du Fonds du livre du Canada (FLC) pour nos activités d'édition.
Gouvernement du Québec — Programme de crédit d'impôt pour l'édition de livres — Gestion SODEC.

Catalogage avant publication de Bibliothèque et Archives nationales du Québec et Bibliothèque et Archives Canada

Morris, Gilbert

    [River Rose. Français]
    La rose du fleuve
    (La roue à aubes ; 2)
    Traduction de : The River Rose.
    ISBN 978-2-89733-705-6
    I. Fleury, Mathieu. II. Titre. III. Titre : River Rose. Français.

PS3563.O8742R5914 2014   813'.54   C2013-942692-2

CHAPITRE 1

L'hôtel Gayoso de Memphis, au Tennessee, scintillait de tous ses feux, noble et majestueux sur les promontoires qui s'avançaient sur les berges du Mississippi. Il avait la grâce et la splendeur d'un monument, son grand fronton de marbre blanc levé au ciel par six majestueuses colonnes doriques de quinze mètres. Pour les simples mortels qui naviguaient à vue sur le fleuve, c'était un repère sûr et rassurant. Le pâle soleil de décembre se leva derrière l'hôtel, sa lumière blafarde nimbant pourtant l'édifice d'un grand halo diffus.

Jeanne Bettencourt jeta un coup d'œil pressé vers l'hôtel. Les yeux larmoyants, elle se hâtait sur le trottoir de Front Street. Un vent cinglant s'était levé, et elle rajusta son cache-nez en laine pour mieux se couvrir le visage. Entre le capuchon et l'écharpe, on ne voyait plus de son visage qu'un regard d'un brun velouté, des yeux par ailleurs frappants par leur parfaite forme en amande, un trait inusité pour une Américaine de souche et plus souvent celui de l'immigrant des Indes orientales venu s'installer dans le Nouveau Monde. Dans les bourrasques glaciales, des boucles de ses cheveux châtains s'échappaient de sa charlotte. Avec impatience, elle s'obstinait à les remettre sous son bonnet.

Jeanne passa devant l'hôtel et se rendit à l'arrière pour emprunter la porte de service, puisqu'elle était femme de chambre. Jeanne rêvait parfois qu'elle était cliente et pouvait s'offrir un séjour à l'hôtel Gayoso. C'était un établissement somptueux, où l'on vous remettait à la réception une clé en laiton doré. Dans toutes les chambres, il y avait des savons d'invités aux emballages délicats, de la literie satinée, des édredons en duvet, des foyers, des chaises garnies de velours et des meubles faits du bois des cerisiers. On y trouvait aussi des commodités parmi les plus prisées à l'époque, comme des baignoires en marbre, de la robinetterie en argent, de l'eau courante, froide et chaude, et un surprenant système de chasse d'eau, un luxe, s'il en était.

Devant la porte et dans le vestibule, il y avait déjà les domestiques, les portiers, les serveurs et des porteurs de bois. Les cloches de l'église gothique Saint-Pierre se mirent à sonner les coups de sept heures au moment précis où Jeanne posait le pied en bas de l'escalier de service. La porte lui fut ouverte par Mme Wiedemann, l'intendante de l'hôtel, une femme austère d'origine allemande. Sourcils froncés, Mme Wiedemann jetait un regard critique sur les employés, qui entraient à la file indienne.

— Vous êtes presque en retard, Jeanne, dit-elle en l'apercevant.

— Oui, m'dame, répondit Jeanne d'un ton docile, suivant la marche lourde de l'intendante, qui se dirigeait à présent vers la réserve des fournitures ménagères.

Évidemment, elle n'était pas en retard. Mais Jeanne se considérait chanceuse de travailler à l'hôtel, elle ne contredisait donc jamais Mme Wiedemann, qui, malgré quelques accrocs attribuables à l'ordre hiérarchique, la traitait avec justice et respect.

La réserve des fournitures ressemblait vaguement au long intérieur d'une voiture de train. Au-dessus de la rangée de crochets qui courait le long d'un mur, on retrouvait des cartes blanches joliment imprimées. Jeanne suspendit sa cape et son cache-nez au crochet identifié au nom de « J. Bettencourt ». Elle ramena d'un petit geste machinal les cheveux rebelles qui s'étaient encore échappés de sa charlotte et s'assura que son tablier blanc était impeccable. Au Gayoso, l'uniforme n'était pas imposé, mais on exigeait des femmes de chambre qu'elles portent des jupes grises et des chemisiers blancs. L'hôtel fournissait deux tabliers et deux bonnets à chaque employée. On y appliquait des règles sévères quant à la propreté, et si vous vous présentiez au travail avec un tablier sale, vous étiez renvoyée à la maison pour la journée. Satisfaite de sa présentation, Jeanne entreprit de réunir les produits de nettoyage dont elle aurait besoin. Tout était rangé dans des penderies en face du mur à crochets, remisé à clé pour prévenir les vols, qui, selon Mme Wiedemann, étaient plus fréquents qu'on aurait pu penser. L'intendante avait à son trousseau une impressionnante quantité de clés, dont elle ne se défaisait jamais. Les femmes de chambre réunirent leur matériel sous son regard suspicieux.

Quand elles furent toutes prêtes, leurs seaux de vingt litres pleins, elles prirent la direction des escaliers de service. Une longue journée commençait.

— Jeanne, fit Mme Wiedemann, j'aurais un mot à vous dire. Accordez-moi quelques minutes, je vous prie.

Jeanne se composa un maintien désinvolte, bien que cette demande de l'intendante la bouleversât. Les intentions de Mme Wiedemann étaient impénétrables, lui semblait-il. Il arrivait que Mme Wiedemann l'admoneste pour une faute absolument imaginée ou qu'elle la réprimande pour des torts que des collègues rejetaient sur elle. D'autres fois, Mme Wiedemann avait seulement une question pour elle et se montrait toute polie avec Jeanne, intéressée à savoir si telle travailleuse s'adaptait bien à ses nouvelles fonctions, préoccupée de la satisfaction d'un client quant à son séjour, et ainsi de suite. Souvent même, elle voulait tout bonnement savoir si Jeanne était heureuse des fournitures mises à sa disposition.

Jeanne fit ce qu'on lui demandait, délaissant ses tâches pour se présenter devant sa supérieure.

— Que puis-je pour vous, madame Wiedemann ? demanda-t-elle poliment.

— Rien, Jeanne. Par ailleurs, j'ai une offre qui pourrait vous intéresser : quelques savons tout juste entamés et des taies d'oreiller à peine élimées. Vous pouvez tout acheter, si vous voulez. Dix savons pour un cent et cinq taies pour ce même prix.

Le joli tracé en arc de ses sourcils foncés se souleva. Cette proposition la frappait de surprise. En quatre années de service, Jeanne n'avait jamais vu Mme Wiedemann proposer à quiconque d'acheter les articles dont l'établissement ne voulait plus. Qui plus est, le prix qu'elle proposait était excellent. L'idée passa, toute furtive, dans l'esprit de Jeanne : «Je pourrais les vendre aux marchands d'occasion, cinq pour un cent, une pour un cent…»

— Oui, m'dame, je veux bien, dit Jeanne d'un ton reconnaissant. Dix savons pour un cent et cinq taies pour un cent, c'est une aubaine. Merci beaucoup, m'dame.

Un détail intrigua Jeanne : Mme Wiedemann semblait embarrassée.

— Les taies d'oreiller sont très minces, dit-elle comme pour s'excuser. Peut-être pourrions-nous en réviser le prix… disons six pour un cent. Oui, c'est mieux. Je vous les aurai pour ce soir, avant votre départ.

— Vous me voyez désolée, madame Wiedemann, car je n'ai pas d'argent pour vous payer, avoua Jeanne, confuse. Pourriez-vous, s'il vous plaît, me les réserver jusqu'à demain ? J'aurai l'argent, promis.

— Non, non. Prenez-les ce soir. Je sais que vous me paierez, Jeanne. Maintenant, assez discuté. Vous pouvez retourner travailler, conclut-elle avant de tourner les talons.

Ce fut le cœur léger que Jeanne gravit les trois volées de marches qui menaient au dernier étage. C'était le 18 décembre 1854, deux jours avant l'anniversaire de sa fille et sept jours avant Noël. Il lui restait amplement de temps pour confectionner une chemise avec le coton des taies d'oreiller. Ainsi, Marvel aurait deux présents pour son anniversaire et deux surprises pour Noël.

Comme c'était son habitude, Jeanne commença par la 301. Toutes les chambres du Gayoso étaient semblables, mais les clients les plus prestigieux ou les plus riches avaient cette préférence pour l'étage du haut. En hiver, il y faisait chaud et, en été, les douces brises venues du fleuve rendaient la chaleur plus supportable. Le travail au troisième étage était exigeant pour les femmes de chambre, puisqu'il leur fallait multiplier les allers-retours dans les marches, des voyages qu'elles faisaient souvent les bras pleins, et même à midi pour aller prendre leur pause de vingt minutes. Mme Wiedemann avait assigné le dernier étage à Jeanne dès son embauche, ce qui avait d'abord fait croire à la jeune débutante que cette femme s'était décidée à lui faire la vie dure. Cependant, Jeanne avait vite compris que les clients du troisième étage étaient les plus prompts à délier les cordons de leur bourse et donnaient les plus généreux pourboires. Bien vite, Mme Wiedemann avait également eu cette idée de jumeler Jeanne avec les travailleuses les plus novices. Jeanne avait gagné sa confiance et, après un temps, l'intendante ne montait plus à l'étage pour vérifier son travail. Elle s'était mise à entraîner les employées et, maintenant, elle les supervisait.

Jeanne se réjouit que son premier client fût un habitué, un homme respectable et d'un âge certain. Des conversations qu'elle avait surprises, Jeanne savait de M. Borden qu'il était un membre influent de la société. Elle savait aussi qu'il profitait de ses visites à Memphis pour rencontrer le maire, les membres du conseil municipal, des juges, des chefs d'entreprises, des directeurs de compagnies d'assurances, le shérif et les marshals.

En gros, elle savait que M. Borden n'était pas le commun des mortels.

Elle frappa deux fois à la porte.

— C'est la femme de chambre, pour le ménage. Monsieur ? s'annonça-t-elle.

— Oui, oui, entrez, entrez, dit-il derrière la porte.

Elle entra et fit une révérence. À l'hôtel Gayoso, les femmes de chambre faisaient toujours la révérence.

Assis à une table près de la fenêtre, M. Borden prenait le café. Il portait par-dessus ses vêtements un peignoir en satin marron, car le feu mal alimenté n'avait pas les flammes pour réchauffer la pièce. La table était encombrée de journaux, et un gros cigare fumait dans un cendrier à côté d'un service à café en argent. M. Borden était un homme rond et jovial, chauve malgré une frange de cheveux poivre et sel qui faisait le tour de sa tête. Il avait des favoris fournis et des yeux bleus brillants.

— Jeanne ! Oh, je suis si content de vous voir. Entrez, entrez, ma chère fille !

— Bonjour, monsieur Borden ! répondit Jeanne avec plaisir.

Elle se rendit devant le foyer et remarqua que le porteur de bois en avait bien nettoyé l'âtre et le manteau. Elle brassa les cendres sur lesquelles elle posa ensuite une grosse bûche. Les flammes jaillirent vite, et le feu ronfla bientôt. Jeanne ramassa son seau et partit vers la salle de bain.

— Attendez une minute, Jeanne, l'arrêta M. Borden. Venez me voir, je vous prie. J'ai quelque chose pour vous. Je suis également trop lâche pour me servir un café. C'est d'une tristesse, n'est-ce pas ? Me feriez-vous l'honneur…

— Avec plaisir, monsieur, dit-elle, se pressant de lui verser une tasse de café fumant, auquel elle ajouta trois sucres et un trait de crème épaisse, comme il aimait.

— Hum! vous le préparez avec un tel talent! dit-il, admiratif. Bon, j'ai quelque chose ici... mais oh! où ai-je mis ce satané... Ah! le voilà! C'est l'hebdomadaire illustré *Frank Leslie's*. Il date de la semaine dernière, certes, mais j'ai pensé que vous n'y aviez pas encore jeté un œil, présuma-t-il, s'exprimant avec tact.

— En effet, je n'ai pas eu cette occasion, dit Jeanne. C'est une très gentille attention de votre part, monsieur Borden. Merci beaucoup, dit-elle.

Il répondit d'un petit geste qui disait : « Allez, ce n'est rien. »

— Et j'ai aussi d'autres parutions, le *New York Herald*, l'*Arkansas Gazette* et le journal local, l'*Appeal*. Si je ne m'abuse, vous les trouverez sous la table de nuit.

Jeanne alla chercher les journaux et leva un regard interrogateur.

— Vous les avez gardés pour moi, monsieur?

Après les avoir écornés, M. Borden laissait ses journaux à Jeanne, mais elle se trouvait là devant une pile de plus de douze journaux qu'il n'avait visiblement pas même ouverts.

— Bien entendu, répondit-il avec un sourire. Cela m'a donné à réfléchir, de vous surprendre à lire l'un de mes *Herald*. Vous voyez, Jeanne, j'ai cette habitude d'acheter tous les matins une demi-douzaine de journaux et de n'en lire que les gros titres. Pourriez-vous vous permettre ce genre d'étourderie?

— Non, monsieur, avoua Jeanne en se levant tranquillement, mais, jamais, monsieur, je n'ai eu cette intention de…

— Je sais, l'interrompit-il à la hâte. Non, jamais vous ne pourriez. Je pense par ailleurs que vous devriez avoir ce loisir de lire les journaux, si telle est votre ambition.

En s'appliquant, il ralluma son cigare, prit une gorgée de café, brassa quelques journaux avant de finalement trouver une lecture intéressante.

Jeanne alla déposer les journaux à l'extérieur de la chambre puis commença le ménage. Elle récura la salle de bain, passant plusieurs minutes à redonner un poli aux robinets et à laver la cuvette. Elle se rendit ensuite dans la chambre, où elle secoua les draps et tapota les oreillers. Enfin, elle changea les taies, refit le lit, balaya la carpette et nettoya les carreaux des fenêtres. Tandis qu'elle rassemblait ses affaires et se préparait à partir, M. Borden leva les yeux de son journal et dit :

— Jeanne, vous oubliez le *Leslie's*.

Elle ne l'avait pas oublié — loin de là —, mais elle était trop embarrassée pour aller le chercher dans la pile de journaux en désordre sur la table. Bien que sa gêne le lui défendît, elle passa outre et revint à la table. Elle le trouva là, bien en évidence, avec un billet de cinq dollars. Les yeux écarquillés, elle regarda fixement M. Borden.

— Joyeux Noël, Jeanne ! dit-il avec jovialité et une candeur qui aurait pu faire rougir ce bon vieux père Noël.

— Oh, merci, monsieur, souffla-t-elle. C'est… C'est… trop généreux, monsieur.

— Sûrement pas, non, dit-il avec légèreté pour aussitôt pencher la tête, ses yeux s'illuminant comme ceux d'un petit oiseau curieux. Jeanne, me permettriez-vous d'être plus impertinent et de vous poser une question d'ordre personnel? Cela dit, j'ignore pour quel motif vous vous y opposeriez, puisque vous me permettez déjà l'audace de vous appeler par votre nom de baptême et de fumer le cigare devant une dame.

— Rien de cela ne me choque, monsieur, dit-elle avec un petit sourire, et je suis encline à écouter cette question que vous voulez me poser.

— Hum… Êtes-vous mariée, Jeanne?

— Je suis veuve, monsieur Borden.

— Des enfants?

— Oui, monsieur. Une fille.

— Et quel âge a-t-elle?

— Elle aura six ans dans deux jours, monsieur, répondit Jeanne, qui se trouvait à présent perplexe.

D'expérience, elle savait que même les clients les plus affables ne s'intéressaient pas à la vie d'une femme de chambre, et que souvent, leur intérêt n'était qu'au mieux charnel. À la première question de M. Borden, Jeanne avait réagi avec embarras, mais ce sentiment lui était vite passé. Elle savait qu'il n'était pas ce genre d'homme. Elle l'avait toujours su. Cependant, elle ne pouvait pas s'empêcher de penser que ce genre d'interrogatoire était curieux.

— Et quel est son nom, s'il vous plaît? continua-t-il.

— Marvel Bettencourt. Pas de deuxième prénom, monsieur. Marvel tout court, dit-elle, ce à quoi M. Borden hocha la tête.

— J'ai moi-même deux fils et deux filles. Ils sont grands maintenant, bien entendu. J'ai aussi un petit-fils, qui est peut-être le plus intelligent et le plus extraordinaire enfant qu'il m'ait été donné de voir naître.

— Je regrette de vous décevoir, monsieur, rétorqua Jeanne d'un ton pince-sans-rire, mais ma fille est certainement la plus brillante et la plus merveilleuse enfant que le monde n'ait jamais vue.

Il s'esclaffa d'un rire gamin et réjouissant.

— Ainsi, votre fille serait intelligente, dites-vous ? Elle doit assurément tenir de sa mère. Merci d'avoir cédé au caprice de mes grossières questions. Je n'y peux rien si vous m'intriguez, Jeanne. Je vous souhaite de passer, vous et votre fille, un très beau Noël.

— Monsieur Borden, grâce à vous et à cet argent, je peux vous assurer que nous allons avoir un Noël des plus glorieux. Merci encore, monsieur.

Elle ramassa ses affaires, salua M. Borden d'une dernière révérence, lui sourit et prit congé.

Sitôt la porte refermée, Jeanne déplia le billet de banque et le contempla, émerveillée. Les Noëls passés, elle avait reçu quelques pourboires d'un dollar, mais jamais de cinq. Tout heureuse, elle enfouit le précieux billet dans sa bottine, puis consulta sa fiche de travail et sut ainsi qui occupait la chambre suivante. De toutes les femmes de chambre, Jeanne était la seule à savoir lire. Pour les autres filles, on avait des cartons où l'on dessinait les numéros de chambre, s'assurant de reproduire les chiffres de l'exacte manière dont ils apparaissaient en laiton sur les portes.

Non sans appréhension, elle frappa à la porte de la 302, la chambre de J. B. Cunningham.

— C'est pour le ménage. Monsieur? s'annonça-t-elle.

— Entrez donc!

En ouvrant, Jeanne découvrit la délicieuse chaleur qu'une belle flambée de bûches libérait dans la pièce. Il y avait aussi, planant dans l'air, une odeur vive et mentholée de mousse à raser. La porte de la salle de bain était entrouverte, et par cet entrebâillement, des volutes délicates de vapeur d'eau s'échappaient. Un jeune homme y passa la tête, son visage à demi barbouillé d'une crème blanche, épaisse et mousseuse, avec un rasoir à la main.

— Allô, ma jolie! Donnez-moi une petite minute, j'ai presque terminé.

« Ce n'est pas vous que je viens voir », lui aurait répliqué Jeanne, ces mots déjà sur ses lèvres, mais elle répondit d'un hochement de tête pour seule révérence :

— Ne vous dérangez pas, monsieur Cunningham, et continuez vos ablutions matinales. Je repasserai plus tard.

Elle se détourna, mais c'était trop tard. Cunningham venait déjà à sa rencontre. Il n'avait pas de chemise sur le dos, que son pantalon — une attention pour laquelle Jeanne lui était, cela dit, quand même reconnaissante. Il était en chaussettes et avait toujours de la mousse au visage, mais ne semblait pas s'en rendre compte. Il vint lui mettre les mains sur les hanches.

— Qui dit encore des mots comme « ablutions » de nos jours? Vous n'êtes pas comme ces femmes de chambre que je connais, Jeanne, proposa-t-il en guise de compliment, se croyant ainsi légitimé de l'attirer plus encore contre lui. Et vous êtes si belle...

Sans s'énerver, Jeanne lui prit les mains et les ôta de sur elle, comme on chasse des mouches trop insistantes, et dit d'un ton de glace :

— Vous ne saviez pas que j'avais étudié à l'École des femmes de ménage ? Je tiens ce mot de mon passage dans cet établissement très sélect. Et toutes les femmes de ménage y sont plus belles les unes que les autres.

L'idée le fit rire.

— Comme j'aimerais savoir où elle se trouve, cette école ! Ah, allez, Jeanne, je m'excuse d'être...

— À moitié nu ? proposa-t-elle. Je connais aussi ce mot. Je reviendrai après avoir fait mes autres chambres, monsieur Cunningham. Je vous saurais gré d'être vêtu à mon retour.

Sans attendre de réplique, elle ouvrit la porte et s'en alla d'un pas digne. J. B. Cunningham avait les mains baladeuses avec les femmes de chambre. La première fois que Jeanne avait fait sa connaissance, il s'était approché d'elle par-derrière, avait posé les mains sur ses épaules, puis l'avait prise dans ses bras pour lui voler un baiser. Jeune novice à l'époque, Jeanne avait eu peur de déplaire au client, mais à force de courbettes, elle avait pu esquiver ses avances et finir le ménage de la chambre. Depuis le premier jour, il n'avait eu de cesse de revenir à la charge, mais Jeanne avait acquis de l'expérience et savait maintenant garder ces messieurs à bonne distance. C'était par ailleurs une première pour elle de découvrir un monsieur à moitié vêtu — ou à demi nu, aurait-elle plutôt dit —, et elle s'était montrée plus brusque que d'habitude avec lui. «Je peux dire au revoir à ce pourboire», se dit-elle avec flegme en passant à la chambre suivante.

L'hôte s'était absenté, et Jeanne se servit du passe-partout pour entrer dans la chambre. Après avoir vérifié l'âtre, elle alla à la salle de bain et s'arrêta un instant devant l'immense miroir au cadre doré au-dessus du lavabo. En regardant son reflet, elle eut cette pensée que J. B. Cunningham la disait belle dans le seul but de la séduire. Jeanne n'était pas de ces femmes qui se trouvaient belles. À ses yeux, elle était tout au plus jolie. Elle avait des yeux foncés, que voilaient des cils épais et recourbés, et des sourcils parfaitement arqués, comme de petites ailes posées au-dessus de son regard. Son visage avait ce joli ovale, avec au milieu un nez délicat et une belle et grande bouche. Ses cheveux d'un brun riche étaient voluptueusement abondants et retombaient en boucles, frôlant — si elle les avait détachés — le creux de ses reins. Elle n'était ni trop grande ni trop petite et avait une silhouette mince, presque juvénile. Tous les gens s'accordaient pour dire qu'elle faisait plus jeune que son âge; elle avait vingt-cinq ans, mais on ne lui aurait jamais donné plus de dix-huit ans, et elle le savait. C'était une condition que beaucoup de femmes lui enviaient, avait-elle compris, mais pour Jeanne, cela n'avait rien d'un atout. À n'en pas douter, elle aurait préféré que les hommes se montrent plus respectueux, sachant qu'elle était veuve et mère d'une petite fille.

Elle termina la chambre et passa vite à la suivante, remarquant que celle-ci était occupée par M. George Masters, un hôte de longue date. Il répondit au premier coup à la porte et invita Jeanne à entrer. Elle ouvrit et s'avança sur le pas de la porte, saluant l'homme d'une gracieuse révérence.

— Bonjour, Jeanne, dit-il d'une voix joyeuse. Comment allez-vous aujourd'hui ?

George Masters était à peine âgé de trente ans. Il avait les cheveux blonds ondulés et des yeux bleus. Né d'une famille fortunée, il était héritier d'une grande plantation et aussi des charmes de son père, dont on disait qu'il était un dieu grec. Depuis six mois, M. Masters multipliait ses séjours au Gayoso et posait toujours ce même regard admiratif sur Jeanne, sans jamais pourtant se montrer trop engageant ou déplacé en sa présence. Il s'adressait à elle d'une manière qui rappelait la bienveillance de M. Borden. D'une cordialité toute particulière, ce monsieur, malgré ce que Jeanne pouvait penser des hommes, semblait trouver un véritable intérêt à ses opinions et à ce qu'elle vivait.

— Je vais très bien, merci, monsieur Masters, répondit-elle.

— Et l'idée que Noël approche vous réjouit-elle ? demanda-t-il.

Il se tenait debout devant le feu de foyer, les mains jointes dans le dos. M. Masters était d'une élégance raffinée et il avait toujours les cheveux coiffés avec style. Sa redingote était joliment ajustée sur un gilet croisé en satin, et la superbe chaîne en or de sa montre de gousset retombait de sa poche pour aller pendre au bouton du milieu. Jeanne n'avait aucune crainte que M. Master l'accueille dans le plus simple appareil, comme ce vulgaire J. B. Cunningham l'avait fait.

— Oui, monsieur, merci, monsieur, répondit-elle poliment, ramassant son seau pour se rendre à la salle de bain.

— Je suis heureux de l'entendre, dit-il, et Jeanne s'arrêta, puis posa son seau pour lui faire face.

Lorsqu'un client souhaitait engager la conversation, il fallait mettre le travail en suspens et attendre qu'il ait terminé, avant de le reprendre.

— Je suis en ville tout spécialement pour la fête populaire, poursuivit-il, et je me demandais si vous comptiez en être.

Cette année-là, pour la toute première fois, la ville de Memphis organisait pour Noël une grande fête où tous les habitants étaient conviés. Partout, des affiches annonçaient le programme des festivités et promettaient une soirée mémorable dans le parc public devant le palais de justice, une fête pour célébrer la veille de Noël.

— Oui, monsieur, j'ai en effet l'intention d'y assister, dit Jeanne avec joie. À ce qu'on dit, ce sera toute une fête[1].

Il leva un de ses sourcils parfaitement lisses.

— Oui, en effet, une « fête ». Mais d'où tenez-vous cette… euh, pardonnez-moi, je ne voulais pas vous importuner, bredouilla-t-il avant de retrouver sa superbe. Peut-être nous y croiserons-nous ?

— Sans doute, monsieur, dit Jeanne sur un ton égal, attendant un instant pour s'assurer que cette réponse allait clore la discussion.

---

1. N.d.T.: Jeanne utilise ce terme emprunté au français qui aujourd'hui tombe en désuétude, sauf peut-être en Angleterre, où il est encore employé pour désigner les fêtes de village. Son usage dénote une certaine éducation, ce qui explique que son interlocuteur s'en surprendra.

M. Masters donnait l'impression d'avoir encore des tonnes de choses à dire, mais il n'ajouta rien, se contentant d'aller à l'armoire pour en sortir un lourd pardessus bleu foncé ainsi qu'un chapeau haut de forme en poil ras de castor.

— Si vous voulez bien m'excuser, j'ai des gens qui m'attendent. Vous trouverez une enveloppe sur le manteau de la cheminée. Je vous souhaite une bonne journée, Jeanne. Nous nous reverrons sans doute demain matin.

Elle fit la révérence tandis qu'il passait la porte, et dès qu'il l'eut refermée, Jeanne se jeta sur l'enveloppe. Il lui avait laissé deux dollars. Elle eut un petit sourire. Ce monsieur ne donnait jamais d'argent en main propre, mais le laissait plutôt de cette manière ou plus souvent sur la table de nuit. Cette délicatesse dans le geste fascinait Jeanne. La plupart des clients — des hommes — faisaient tout un spectacle de ce jeu des pourboires, dans l'attente évidente d'en tirer une quelconque gratitude, et souvent plus encore. George Masters, en ne voulant rien de ce ballet, témoignait d'un grand respect que Jeanne admirait.

Quand elle eut terminé dans la chambre de M. Masters, elle revint à celle de Cunningham. Elle le trouva rasé et, à son grand soulagement, habillé. Il lui donna un dollar de pourboire, mais sans manquer de vouloir lui arracher un peu d'affection. C'était bien mal connaître Jeanne que de croire qu'elle allait se jeter dans ses bras pour un dollar, et dans les bras de quiconque d'ailleurs, qu'importe combien de dollars on était prêt à verser. Elle le laissa sur sa faim, les bras tendus.

L'hôtel comptait cinquante chambres par étage, et il n'était pas rare que l'ensemble des cent cinquante chambres fût occupé. À l'approche de Noël, toutefois, l'hôtel n'était plein qu'à moitié, avec quatre-vingts chambres louées, et on s'attendait à ce que plusieurs clients règlent leur note et quittent l'établissement aujourd'hui. Au troisième étage, il y avait vingt-deux chambres à nettoyer, une charge de travail pour laquelle Jeanne était aidée de deux femmes de chambre, des novices qu'elle devait toutefois superviser. À plusieurs reprises, Jeanne dut s'arrêter dans son travail pour répondre à leurs questions et ouvrir les portes de chambre quand l'occupant n'y était pas. À sa connaissance, Jeanne était la seule et la première à qui Mme Wiedemann avait confié le passe-partout. Elle termina les sept chambres que comptait sa charge, puis une autre pour aider ses nouvelles collègues. Il lui resta ensuite à vérifier leur travail, à passer en revue chaque chambre pour s'assurer qu'elles n'avaient rien négligé. Il était presque dix-sept heures et la nuit noire quand Jeanne quitta enfin le Gayoso.

Elle revenait à la maison avec ses journaux, ses savons et ses taies d'oreiller, ainsi que huit dollars et quarante cents en poche. En d'autres temps, il lui fallait au moins dix-sept jours pour amasser une somme aussi conséquente.

— Merci, Seigneur! exulta-t-elle, sa voix se perdant dans le vent qui fouettait depuis l'est. Merci à Vous de prendre si bien soin de nous!

Pendant la période des fêtes, les marchands de Main Street étiraient leurs heures d'ouverture et les magasins

fermaient tard en soirée, ce qui expliquait la grande ani-
mation qui régnait encore dans les rues. Des hommes
engoncés dans de grands pardessus en laine déambu-
laient, chapeaux en castor sur la tête, avec à leur bras
des femmes en manteau de fourrure hors de prix. Ces
gens aisés se mêlaient aux travailleurs du fleuve, aux
commis d'épicerie, aux femmes de ménage, aux char-
bonniers, aux bûcherons, aux coursiers et aux artisans,
bref aux hommes et aux femmes du peuple qui donnaient à Memphis son caractère bigarré. De tout temps,
Jeanne avait aimé le charme de Main Street en hiver,
surtout à l'approche de Noël. Les vitrines de tous les
magasins étaient décorées de guirlandes de houx et de
verts feuillages, et partout où l'on regardait, les lanternes jetaient une lumière dorée comme les anges. Si
l'idée de retrouver sa fille ne l'avait pas pressée, Jeanne
se serait sans doute attardée. Il y avait tant de belles
choses dans les vitrines des magasins où elle n'entrait
jamais, comme la parfumerie Madame Chasseur. Elle se
serait arrêtée, peut-être, mais Marvel l'attendait, et il faisait un froid de canard, même si le vent était tombé.

Elle pressa le pas. Au bout de Main Street, il y avait
l'épicerie des Anderton, qui faisaient aussi dans la bou-
cherie. Le magasin était bondé, et on se massait autour
des cageots de légumes frais que M. Anderton venait de
réceptionner le jour même. Jeanne y jeta un œil torve.
Elle n'aimait pas les légumes d'hiver — tout ce qui s'appelait « betterave », « navet », « chou », et tout particulièrement « choux de Bruxelles ». Elle fit la grimace à la vue
des petites têtes pommées vertes qui, savait-elle,
auraient certainement fait des merveilles pour la santé

de Marvel, mais qu'elle n'avait pas encore eu le courage d'acheter tant elles lui inspiraient de la répugnance. Juste le fait de s'imaginer prenant une bouchée dans l'horrible bourgeon pour convaincre Marvel qu'il avait bon goût la décourageait. Les choux frisés étaient frais et verts, et ils feraient un très bon repas, mijotés dans un bouillon avec du jarret de porc. En fouillant dans le cageot de choux, elle en trouva un qui lui plaisait, tout plein et beau, puis se rendit au long comptoir où M. et Mme Anderton s'occupaient de servir leurs nombreux clients. Après une brève attente, Mme Anderton tourna son visage rebondi et empourpré vers Jeanne et dit :

— Oh, madame Bettencourt, je vois que notre bel arrivage de choux vous a tapé dans l'œil. Avez-vous vu tous ces magnifiques choux de Bruxelles que nous avons ?

— Oui, m'dame, ils ont l'air très… verts, répondit poliment Jeanne. Pourrais-je s'il vous plaît avoir un litre de lait, et auriez-vous par hasard du jarret de porc à bon prix ce soir ?

Mme Anderton prit un instant pour réfléchir, sourcils froncés.

— Je vais voir à l'arrière, madame Bettencourt. Nous en avions cet après-midi, mais vous comprenez, ça n'a pas arrêté de la journée…

Elle partit d'un air affairé vers les découpes de viande qui pendaient sur des crochets au mur du fond. Jeanne se pencha pour regarder derrière le comptoir, où il y avait des paniers de pommes rangés à la va-vite. Elle n'en avait jamais vu d'aussi rondes et rouges. Elle en salivait d'envie. Mme Anderton revint, toujours de ce même air d'être affairée, avec un jarret de porc enveloppé dans du papier brun et une bouteille de lait.

— C'est le seul jarret qu'il nous reste, madame Bettencourt. Ce n'est pas une grosse pièce, mais il y a quand même de la viande et du gras sur l'os. C'est sept cents le demi-kilo, et vous en avez pour un kilo.

— C'est très bien, madame Anderton, je le prends. Et ces pommes que vous avez derrière, elles sont fraîchement cueillies ?

— Oh, oui, toutes fraîches cueillies en Pennsylvanie, si j'ai bien compris, et elles sont arrivées tout juste par bateau, aujourd'hui même. Je m'excuse, madame, nous devrions les mettre devant, mais on nous les volait, et elles se vendent cinq cents l'unité... alors vous imaginez ! Venez derrière le comptoir et choisissez-les vous-même.

— Non merci, m'dame, si vous vouliez seulement...

Tout à coup, Mme Anderton perdit le sourire chaleureux et accueillant qu'elle adressait à Jeanne, son visage se plissant comme celui d'une vieille harpie. Elle avait penché la tête et lançait un regard noir par-dessus l'épaule de Jeanne.

— Eh, vous ! ragea-t-elle. Vous me croyez aveugle ou quoi ? C'est clair comme le jour, je vous ai vu l'abîmer, ce beau chou que vous avez dans les mains ! Vous allez l'acheter, et je ne retranche rien du prix, pas pour vous ! Clair comme le jour ! cria-t-elle encore, avant de revenir à Jeanne, son sourire aussi poli qu'un instant plus tôt. Vous disiez, madame Bettencourt ?

— Je disais que je vous saurais gré de choisir pour moi les deux plus belles pommes, madame Anderton. Je prendrais aussi un peu de thé noir, deux cents grammes, dit Jeanne, qui ne se formalisait plus depuis longtemps des sautes d'humeur de l'épicière et s'amusait aussi de la grande déférence avec laquelle on la traitait dans l'établissement.

Les Anderton, comme presque tous ses hôtes au Gayoso, lui réservaient un traitement privilégié, une considération que sa condition n'exigeait aucunement d'eux, elle qui était une humble femme de chambre et terriblement pauvre de surcroît. Jeanne savait que son éducation y était pour quelque chose, laquelle avait été, comme jusqu'ici la brève histoire de sa vie, peu orthodoxe. Sa mère, dame de bonne famille, lui avait bien enseigné, et elle lui en serait à jamais reconnaissante. Ce rustre de J. B. Cunningham avait eu raison sur au moins un point : Jeanne n'avait rien d'une femme de chambre ordinaire.

Infatigable et obligeante, Mme Anderton insista pour mettre tous les achats de Jeanne, et aussi ses journaux, ses taies d'oreiller et ses savons, dans un grand cabas de jute.

— Je vous le rapporte demain, promit Jeanne.

— Oui, je n'ai aucune inquiétude, lui assura l'épicière, sa figure rayonnante. Un très joyeux Noël à vous et à votre petite, madame Bettencourt !

— Joyeux Noël à vous et à vos proches, m'dame, lui souhaita-t-elle aussi.

En marchant vers la porte, Jeanne aperçut un garçon au nez collé contre la vitrine, avec les yeux grands devant l'abondance et les couleurs éclatantes des légumes et des fruits frais. Jeanne sourit avec mélancolie, comme chaque fois qu'elle voyait Roberty. Elle chassa l'ombre qui couvrait son sourire tandis qu'il venait lui tenir la porte.

— Salut, Roberty. J'espérais justement te voir ce soir.

Son visage émacié et sale s'illumina.

— Vous vouliez me voir ? Mais pourquoi ça ?

— Imagine-toi donc que mes réserves d'allumettes sont au plus bas. Pire encore, je n'ai plus de bois d'allumage, et je voulais aussi te demander une immense faveur, dit Jeanne, ralentissant le pas pour s'accorder au sien.

C'était un garçon d'une dizaine d'années, du moins, c'est ce qu'elle croyait. Il était d'allure maigrichonne, petit et famélique. Des jeunes pauvres comme lui, il y en avait par dizaines, voire des centaines, à Memphis.

— J'ai des allumettes, madame Bettencourt, dit-il avec empressement. Et j'ai gardé pour vous une bonne brassée de bois, juste au cas où. Je l'ai cachée dans la ruelle, quand je vous ai vue entrer chez les Anderton, expliqua-t-il pour aussitôt détaler, puis bifurquer dans une ruelle noire et humide et en revenir bientôt, gambadant et tout fier, des brindilles et des branches plein les bras. Je vous rendrai service aussi, m'dame, si c'est ce que vous voulez. Tout ce que vous voulez, je dis, vous n'avez qu'à demander.

— Eh bien, tu sais, le petit arbre de Noël, celui que tu as dégoté pour moi, dit-elle, nous l'avons un peu décoré, mais je crois qu'il lui manque quelques pommes de pin. Sais-tu où en trouver pour moi ?

— Oh, sûr, m'dame ! Je connais ce grand bosquet de pins à Mud Island, et tous les jours, ils laissent tomber des tas de pignes par terre. Je peux y être à la première heure demain, avant même que les singes se pointent. Je vous rapporte les plus belles, juré.

Il y avait beaucoup de jeunes garçons en ville, des enfants souvent sans foyer, qui survivaient en grappillant le moindre bout de branche oublié ou les éclisses dont personne ne voulait. Ces ramasseurs de misère, on les appelait « les singes ». Champions de la débrouillardise, ils avaient cette connaissance folle mais peu salutaire de savoir où l'on coupait chaque arbre dans Memphis et, en hiver, aucune branche, aucun copeau et aucune pomme de pin ne restaient longtemps par terre. Tous les matins, on voyait les singes arpenter les quais de haut en bas, ramassant des miettes et suivant, alertes, les tombereaux qui défilaient en charriant des bûches pour les gourmands bateaux à vapeur.

— J'ai une surprise pour vous aussi, mademoiselle Bettencourt, raconta-t-il, tout content. J'ai trouvé de bonnes petites baguettes de pin résineux, de celles qu'on s'arrache. Juste pour vous.

— C'est merveilleux, mon petit! s'exclama Jeanne. Par les temps qui courent, personne n'en trouve nulle part. Et le hasard fait bien les choses, parce qu'aujourd'hui, j'ai gagné un peu plus d'argent. Mais, dis-moi… ce pin résineux, tu ne l'as pas volé au moins?

— Non, m'dame, dit-il en bombant le torse. Je ne vole personne.

— Non, pardon, Roberty, je ne voulais pas te traiter de voleur, dit Jeanne d'un air coupable. As-tu besoin d'aide? C'est un gros fagot que tu as là.

— Je ne sais pas c'est quoi un «fagot», mais si ça veut dire que le bois est lourd, il ne faut pas vous en faire pour moi, madame, je suis fort.

Hardi et fier, Roberty fit en sorte que rien n'y paraisse et suivit Jeanne, qui se hâtait de rejoindre le nord de la ville. Jeanne habitait le «Pinch», un quartier pauvre qui, autrefois, l'était plus encore. Cet ancien quartier de Memphis portait jadis le surnom de «Pinch-gut[2]», parce qu'on y retrouvait les gens les plus affamés, des immigrants irlandais pour la plupart, des miséreux qui se serraient la ceinture à en garder des marques à l'estomac. C'était encore le quartier le plus pauvre de la ville.

Jeanne considérait malgré tout qu'elles vivaient, Marvel et elle, dans une maison fort décente pour des gens pauvres, une petite bicoque faite tout en longueur qu'on avait construite, comme tant d'autres dans le quartier, une dizaine d'années auparavant. La petite histoire voulait que, d'un coup de fusil à pompe, on puisse transpercer la maison depuis la porte avant jusqu'à celle à l'arrière, voire faire traverser les plombs d'un côté à l'autre, par le grand corridor qui divisait la maison en deux, d'où cette appellation de «maison *shotgun*». Comme plusieurs habitants du quartier, Jeanne et les O'Dwyer, la famille qui occupait l'autre côté de la maison, s'étaient cotisés pour s'offrir des portes plus solides et des verrous, car on rapportait chaque jour des entrées par effraction, que ce soit le fait d'ivrognes désorientés, de sans-abri en mal d'un toit, de voleurs ou d'autres criminels plus dangereux encore.

2. N.d.T.: Mot à mot, «tripes pincées».

Les O'Dwyer occupaient l'espace du côté droit, et Jeanne et Marvel, celui de gauche. Jeanne avait tenu à louer ce logis, bien qu'il comportât une seule pièce, pour le grand foyer qu'on y trouvait. C'était surtout ce foyer qui l'avait convaincue de louer cette maison, même si sa fille et elle auraient sans doute mieux vécu dans une pension de famille.

Ils arrivèrent enfin devant chez elle, et Jeanne avait le cœur gros. Elle éprouvait de la culpabilité d'abandonner Roberty. Elle ignorait s'il avait même une famille, des parents ou quelqu'un pour s'occuper de lui. Elle ne savait pas s'il avait un toit, s'il campait l'été comme tous ces orphelins, s'il y avait parfois une place pour lui l'hiver dans les refuges bondés, dans une église. Mais que pouvait-elle y changer ? Roberty l'avait adoptée, mais elle ne pouvait pas lui rendre la pareille.

Jeanne ouvrit la porte, et ils avancèrent dans le couloir sans lumière. Du côté des O'Dwyer, on entendait des voix fortes, une dispute à propos d'une blague de tabac qui appartenait à un autre et des enfants qui pleuraient. Outre la noirceur, une odeur poignante d'oignon envahissait le corridor. Roberty passa devant et déposa le fagot de bois à la porte, puis tira de sa poche quelques éclats de bois.

— C'est le pin résineux dont je vous parlais, madame Bettencourt. Et vous voulez combien d'allumettes ?

— Il t'en reste combien ?

— Une douzaine, plus ou moins, enfin je crois, dit-il, cherchant à l'aveuglette dans ses poches.

— Je prends tout ce que tu as. Et voilà pour toi, Roberty, pour le bois, pour le pin résineux et les allumettes. Joyeux Noël, dit-elle, avec dans sa main tendue deux pièces de vingt-cinq cents.

Les yeux du garçon s'arrondirent tant que Jeanne put en voir le blanc dans l'obscurité.

— Mince alors! Merci, madame Bettencourt! Joyeux Noël à vous aussi, et je viendrai demain avec vos pommes de pin!

Sur cette promesse, il sortit en courant de la maison, s'assurant de bien refermer la porte derrière lui. Il s'en allait toujours de cette manière, comme s'il devinait le regret de Jeanne de ne pouvoir le garder chez elle. Jeanne put enfin rentrer chez elle, mais savait qu'il y avait encore beaucoup à faire.

Marvel avait dû les entendre arriver, ou peut-être avait-elle été alertée par la sortie bruyante de Roberty. Toujours est-il qu'elle sortit en trombe de chez les O'Dwyer et apparut dans la pièce d'en face.

— Maman, tu es revenue! cria-t-elle en se jetant dans les jambes de sa mère. Tu n'es pas venue me chercher?

— J'aurais voulu, mais j'ai rapporté une surprise pour l'anniversaire de quelqu'un et je voulais tout cacher, répondit Jeanne, se penchant pour prendre Marvel et la soulever dans les airs. Voudrais-tu faire quelque chose pour moi? Va dans le coin et cache-toi les yeux.

— Mais pourquoi, c'est bête, je n'ai pas été désobéissante, se défendit Marvel en faisait une moue boudeuse. J'ai été une petite fille très gentille aujourd'hui.

Marvel se laissa glisser des bras de sa mère pour atterrir au sol, et ses yeux devinrent soudain gros et ronds en apercevant le cabas tout bourré sur la table.

— « Bouté divine » ! Tout ça, c'est à toi, maman ?

— À moi et à toi, la corrigea Jeanne avec un sourire.

Depuis que Marvel savait qu'il y avait des mots pour s'exclamer, elle avait pris un vilain plaisir à déformer les expressions les plus communes, comme de dire « bouté divine » au lieu de « bonté divine ».

— Maintenant, laisse-moi reprendre mon souffle. Je vais allumer un bon feu et ensuite j'ouvrirai le coffre aux trésors. Je te dirai peut-être aussi toutes les aventures que j'ai vécues aujourd'hui.

— Je veux t'aider, dit gaiement Marvel. T'aider pour allumer le feu, pas pour reprendre ton souffle.

Jeanne défit le cordon de sa cape, dénoua son cachenez, puis se décoiffa en prenant soin de ne pas froisser sa charlotte. Le bonnet était propre, mais elle ne pouvait pas en dire autant de son tablier, qu'elle avait bien sali durant sa longue journée de travail. Elle lança le vêtement dans un seau empli d'eau dans laquelle elle diluait une bonne quantité de sels d'acide borique. C'était une dissolution dont elle connaissait le secret et qui, avait-elle découvert, donnait les mêmes résultats que le blanchissage à la main, sans effort. Il suffisait de laisser le linge tremper toute une nuit, et les taches disparaissaient. Après quelques coups de brosse pour se lisser les cheveux, elle passa un châle en laine noire et alla chercher dans le corridor une bûche pour le feu. Avec les O'Dwyer, elle avait un arrangement, et les deux familles payaient chacune la moitié des cordes de bois. Dans le commerce, la corde se vendait dix dollars.

Devant le foyer, Marvel s'affairait avec le tisonnier, remuant avec vigueur un lit généreux de briquettes sur lesquelles elle déposait délicatement quelques branches. Les cendres de charbon étaient incandescentes et, bientôt, des flammes rouges et belles firent danser leur lumière sur le visage concentré de Marvel. Elle avait les superbes yeux ténébreux de sa mère, mais rien qui laissait soupçonner qu'elle serait un jour d'une beauté exceptionnelle. C'était une enfant comme tant d'autres, mais une enfant désirée, au moins. On lui trouvait un visage mince, des cheveux châtain clair et de toutes petites mains pour son âge. Ses jambes et ses bras avaient une maigreur flagrante, et son cou était un peu trop long et donnait parfois l'impression de ployer sous le poids de sa tête. Ce n'étaient pas, comme on aurait pu croire, les signes d'une quelconque négligence ; Jeanne la nourrissait pour le mieux. Il fallait plutôt y voir le simple fait d'une constitution frêle et maladive. Prématurée de deux mois, Marvel gardait les séquelles de ce traumatisme.

Toutefois, Marvel était une enfant brillante et tout à fait agréable. Elle s'intéressait à tout, au plus banal des sujets, mais aussi à des choses qui dépassaient tout ce que pouvaient comprendre les enfants de son âge. Jeanne se disait tantôt reconnaissante, tantôt irritée par cette intelligence que Marvel démontrait. Elle s'était enorgueillie de voir Marvel aimer la lecture à cinq ans, mais elle aurait préféré se boucher les oreilles plutôt que d'entendre sa fille lui demander pourquoi les O'Dwyer avaient six enfants et qu'elle, sa pauvre mère, n'en avait qu'une. C'était ainsi, la vie avec Marvel.

Jeanne s'approcha du feu pour y mettre la bûche.

— M. O'Dwyer a pensé, pour le charbon ?

— Oui, m'dame, confirma Marvel. Angus est revenu tôt à la maison aujourd'hui et il a bien alimenté le feu, et M. O'Dwyer est venu avec une pelletée pleine de braises.

— As-tu pensé à le remercier?

— Oui, m'dame. Comme j'ai dit, j'ai été une très bonne fille aujourd'hui.

— Pardonne-moi, j'avais oublié, s'excusa Jeanne. Bon, je mets la soupe à réchauffer. Et si nous jetions un œil au cabas que j'ai rapporté?

Elle alla installer la chevrette en fer au-dessus du feu ardent et y suspendit la marmite en fonte. Durant toute une nuit la veille, Jeanne avait fait mijoter à feu doux des queues de bœuf avec des quartiers d'oignon et des carottes émincées. Il restait à ajouter au mélange une portion de riz pour épaissir le bouillon et obtenir un ragoût exquis.

— Prenons de l'avance et mettons-nous au lit, tu veux? suggéra Jeanne.

Ce n'était qu'un vieux matelas et un sommier avec des ressorts tout rouillés, mais c'était leur lit. En hiver, elles déposaient le matelas au sol près du feu, où elles s'emmitouflaient le soir, avant de s'endormir. Elles avaient aussi leur propre rituel : avant de s'abandonner au sommeil, il fallait faire un peu de lecture et discuter tandis que Jeanne faisait quelques travaux d'aiguille. Ce soir, ce serait différent, car elles avaient des trésors à découvrir.

— Avant d'admirer toutes ces merveilles, dit Jeanne, j'aimerais que nous disions notre prière, que nous remerciions le Seigneur. Aujourd'hui, des clients m'ont donné des pourboires princiers. Il faut que nous remerciions MM. Borden, Masters, Cunningham et Davis.

Marvel hocha la tête, puis l'inclina gracieusement en joignant ses mains.

— Cher Seigneur Jésus, merci pour M. Borden, M. Masters, M. Cunningham et M. Davis. Merci pour l'argent qu'ils ont donné à maman. Merci pour toutes les choses dans le sac. Amen.

Jeanne fouilla dans le cabas et en sortit une étrangeté familière.

— Surprise! annonça-t-elle. Du chou frisé! N'est-ce pas fantastique?

— Maman, dit Marvel d'un ton de reproche, tu me fais marcher. Et si tu penses qu'un chou, c'est une surprise...

— Je m'excuse, ma puce. C'était pour rire. Oh! mais qu'est-ce que j'ai là? Du lait et un jarret de porc! Et tu croyais que le chou frisé n'avait rien d'une surprise? Et regarde, dit Jeanne, là et là!

Du cabas, Jeanne avait sorti le thé et les pommes, tenant dans une main la mousseline de coton et de l'autre deux fruits bien mûrs et étonnamment rouges.

La bouche de Marvel s'ouvrit en un petit *o*.

— Des pommes, maman! De belles grosses pommes rouges! Et ça, maman, c'est... commença-t-elle en arrachant le petit baluchon en coton des mains de Jeanne pour vite le porter à son nez et en renifler l'odeur. C'est ce que je pense, maman? C'est du thé? Tu nous as acheté du thé? Merci, maman!

— De rien, ma belle, mais il faudrait plutôt remercier M. Borden. C'est grâce à lui si nous avons du thé...

et tous ces journaux. Regarde un peu, Marvel, celui-là à des images.

— Oh, maman, on peut, s'il te plaît, s'il te plaît, on peut prendre le thé? Avec du lait et du sucre! On fait du thé, et ensuite on lit les journaux en buvant le thé?

— Hum… c'est une idée, mais il faudrait d'abord que j'enlève le ragoût du feu, dit Jeanne en feignant l'indécision.

— Juste cette fois, insista encore Marvel, pour célébrer M. Borden et l'autre monsieur… et tous les autres messieurs. On peut prendre le thé et du pain, et du fromage, et des pommes pour dîner? proposa Marvel d'un air narquois.

— Oui, pour célébrer les messieurs, s'amusa à répéter Jeanne. D'ailleurs, c'est ce que M. Borden voulait que nous fassions avec l'argent qu'il m'a donné. Oui, ce soir, nous ne dînerons pas, nous allons prendre le thé!

— Oh, merci, merci, maman! s'exclama Marvel. Le thé, c'est ce que j'aime le plus, et ce n'est pas juste parce que c'est trop cher et pas au-delà de nos moyens.

— C'est *au-delà* de nos moyens, la corrigea Jeanne.

— C'est *au-delà* de nos moyens, se reprit Marvel. M. Borden est très gentil. Tu dois l'aimer beaucoup, n'est-ce pas, maman?

— Mais qu'est-ce que tu vas chercher? Non, et la question n'est pas là, ma chérie, lui expliqua Jeanne. Je travaille pour lui, et c'est un homme généreux. Je ne l'aime pas, mais il n'empêche que je lui suis reconnaissante.

Marvel fronça les sourcils.

— Je croyais que tu l'aimais beaucoup, parce que tu as l'air bien quand tu parles de lui, pas comme quand tu parles des autres, parce que tu as une drôle de voix, quand tu parles d'eux. On dirait que tu ne les aimes pas.

— Mais non, Marvel, ce n'est pas que je ne les aime pas. C'est seulement que... dans notre situation... c'est une de ces choses que les grandes personnes compliquent pour que les enfants comme toi n'y comprennent rien, résuma difficilement Jeanne.

— Peut-être, mais tu n'aimes pas beaucoup les hommes, maman. Sauf M. O'Dwyer, j'imagine, et peut-être aussi le pasteur Beecham. Je ne comprends pas encore pourquoi.

Jeanne la regarda en clignant des yeux. Non, ce n'était pas un devoir qu'elle se faisait de détester les hommes ; elle ne leur faisait simplement pas confiance. Elle se montrait toujours courtoise en leur présence, bien que cette courtoisie pût être interprétée comme du détachement. Elle trouvait troublant de constater que Marvel eût remarqué quelque chose de particulier. Jeanne croyait se montrer équitablement polie, avec ces messieurs comme devant ces dames. Comment diable Marvel avait-elle pu remarquer ce préjugé défavorable que Jeanne avait envers les hommes ? Depuis sa tendre enfance, sa fille avait témoigné d'une vive sensibilité pour les choses du cœur. La perte de son père avait sans doute exacerbé cette grande émotivité.

Jeanne se pencha pour serrer Marvel dans ses bras.

— La vie des grandes personnes est difficile à comprendre, ma petite chérie. Mais sache que je t'aime tellement que tu n'auras jamais rien à craindre. Ne t'inquiète surtout pas. Je t'aime de tout mon cœur, ma chérie.

À défaut de comprendre les choses adultes, Marvel aimait sa mère, et elle enfouit sa tête dans le creux de son cou.

— Je sais tout ça, maman. Et je sais combien tu m'aimes. Je t'aime, moi aussi.

CHAPITRE 2

« *Venite adoremus*
Venite adoremus
Venite adoremus
Dominum ! »

Grondant comme le tonnerre, la voix de ténor de Clint Hardin se faisait entendre depuis la nef de l'église épiscopale de Calvary. C'était le dernier refrain de l'*Adeste Fideles*. Après un moment de silence, ce qui arrivait souvent lorsque Clint terminait l'hymne à pleine voix, le chef de chœur, Altus Lilley, un petit homme nerveux, s'exclama :

— Merveilleux, bravo les choristes, merveilleux !

— Quelqu'un n'était pas dans le ton, fit remarquer Eve Poynter Maxfield avec une délicate moue dégoûtée.

Le Dr Augustus Hightower baissa les yeux sur elle, et on aurait dit qu'il la pointait de son nez long et généreux.

— Je ne vois pas comment vous pouvez entendre une note mal placée, dit-il, quand M. Hardin chante à pleins poumons.

— Désolé, dit Clint, qui ne l'était pas vraiment.

— Ne soyez pas désolé, non, s'empressa de dire le chef de chœur Lilley. Peut-être y a-t-il eu une voix qui quittait le ton, madame Maxfield. C'était peut-être aussi les jeux de l'acoustique. Hum, fit-il en se raclant la gorge, reprenons, voulez-vous ?

— Je suis sûre d'avoir raison, dit Mme Maxfield. Bon, il se fait tard et, d'ailleurs, M. Hardin et moi-même devons travailler nos propres partitions. Je pense que tout le monde devrait rentrer à la maison.

— Oui, bien sûr, bien sûr, s'accorda pour dire M. Lilley. Splendide répétition, tout le monde. Merci.

Les choristes de Calvary commencèrent à ramasser leurs affaires. Ils étaient quatorze dans le chœur : six chanteurs, quatre chanteuses, trois violonistes, sans oublier le prodige de douze ans, Constance Raleigh, qui jouait de la flûte à la perfection. La petite avait l'air endormie et semblait s'ennuyer. Elle avait déposé son instrument dans le velours de son étui. Les adultes discutaient du programme de la veille de Noël. Les violonistes rangeaient soigneusement leurs archets et leurs violons.

Clint Hardin vint voir les violonistes et demanda à son ami, Vincent Norville :

— Hé, Vinnie, on se voit toujours à vingt-deux heures chez Mütter Krause ? Et tu es invité aussi, Duffy. Tu verras, les *Wiener schnitzel* de Mütter Krause te feront le plus grand bien ; c'est le secret pour devenir grand et fort.

— Ah ! boucle-la, Clint ! grommela Duffy Byrne, un petit Irlandais au comportement excessif et à la mèche courte. Je pourrais te jeter au tapis en moins de deux, tu sais, avec cette mâchoire de verre que tu as.

— C'est probable, acquiesça Clint avec un sourire. Alors, tu viens ou pas ?

— Ne comptez pas sur moi, répondit Duffy. Shannon m'attend à la maison. D'ailleurs, la seule personne qui m'effraie plus que Shannon, c'est la mère Krause.

— J'en suis, Clint, dit Vinnie avec entrain. Je ne promets pas de t'attendre, par contre.

C'était un homme robuste, avec des cheveux noirs bouclés et des yeux brun foncé. Il jetait à présent un regard oblique vers Eve Maxfield.

— Après tout, ajouta-t-il à la rigolade, rien ne dit que madame la comtesse en aura fini avec toi à vingt-deux heures.

— J'y serai. J'ai plus d'appétit qu'un ours en ce moment, dit Clint. Toutefois, tu sais qu'il vaut mieux plaire à ces dames.

Il retourna voir Eve Maxfield, qui se tenait en retrait.

Vinnie regarda Duffy en roulant des yeux.

— Il plaît à ces dames, c'est le cas de le dire. Si au moins il ne plaisait pas à *toutes* les dames…

Clint et Eve discutaient à voix basse à côté du transept. Il se penchait avec sollicitude près d'elle pour l'écouter, car il faisait son mètre quatre-vingt-dix et elle, pas plus d'un mètre soixante. Ils formaient un couple improbable. Clint Hardin était bien en chair, avec des épaules larges, de gros bras et de grosses jambes, et avait des mains calleuses de travailleur. Ses cheveux longs et épais, d'un noir bleuté luisant, dépassaient le col de sa chemise. Une mèche retombait toujours sur son front. Ses yeux bleu ardoise étaient un peu enfoncés dans un visage taillé à la serpe.

Eve Poynter Maxfield était aux antipodes, mince, menue et délicate. Elle avait les cheveux d'un auburn foncé qu'elle coiffait à la mode du jour, soit séparés au milieu et ramenés en un chignon sur la nuque, tout en laissant quelques frisettes retomber sur ses épaules. Sa peau avait le rose pâle des magnolias et ses yeux bruns étaient bien ronds. Elle avait le nez petit, et ses lèvres pulpeuses faisaient la moue. La robe qu'elle portait, idéale pour les promenades en hiver, était exquise. Elle était confectionnée dans un taffetas rouge et vert dont on devinait la qualité juste aux froufroutements qu'il faisait quand elle bougeait.

Mme Letitia Raleigh, épouse de M. Henry Raleigh, de la ferronnerie Raleigh, et mère de la petite Constance rompue de fatigue, vint rejoindre Clint et Eve. Mme Raleigh était une belle femme, avec ses yeux et ses cheveux foncés, ses traits d'aristocrate et ses manières impérieuses. Elle n'avait pas encore trente ans et s'accrochait à sa jeunesse avec une détermination féroce. Cette dame s'acharnait constamment sur la jeune veuve, Eve Maxfield, dont elle jalousait la beauté au point d'en faire une maladie.

— Monsieur Hardin, madame Maxfield, je me vois dans l'obligation de protester. Ce n'était pas mon mari qui détonnait, dit-elle d'une voix glaciale.

M. Raleigh, petit homme replet avec des favoris duveteux, était l'un des deux barytons, et bien qu'il eût une voix puissante, il lui arrivait malheureusement de pousser quelques fausses notes.

— Je n'ai jamais dit que M. Raleigh chantait faux, Letitia, se défendit Eve. En fait, je n'ai jamais dit qu'un de ces messieurs était en cause.

Mme Raleigh était une alto médiocre.

— Vous ne m'accusez certainement pas maintenant! relança sèchement Letitia.

— Pourquoi ne demanderions-nous pas à M. Hardin de trancher? proposa Eve d'un ton de lassitude. Après tout, il chante au milieu du chœur et sa voix est toujours dans le ton. Je suis persuadée qu'il saura identifier la personne coupable.

— Non, non, dit Clint avec insouciance. Je chante tellement fort que je m'assourdis moi-même.

— Fieffé menteur! dit Eve avec amusement.

— Pas du tout, dit Clint, tandis qu'Eve et lui échangeaient un petit sourire complice.

— Vous savez, Eve, dit Letitia Raleigh en plissant les yeux, vous devriez être prudente et ne pas vous permettre des familiarités indues avec les hommes. Vous mettez votre réputation à mal. Les gens parlent, vous savez.

— Je sais, comme je sais exactement de quelle bouche sortent tous ces babillages, dit Eve.

— Vraiment ? fit Clint avec intérêt. Je me suis toujours demandé qui disait toutes ces choses sur Eve, ajouta-t-il, feignant l'innocence.

— Est-ce Dieu possible de se rabaisser à pareilles impertinences ! s'emporta Letitia, qui tourna les talons et quitta le couple d'un pas pressé.

— Vous êtes impertinent, dit Eve à Clint. C'est Letitia qui le dit. Et elle doit savoir, puisqu'elle sait et dit tout.

— J'ai été promu au moins. La semaine dernière, elle me traitait de malotru.

Les choristes furent fin prêts à partir, et Clint et Eve les saluèrent de la main, leur souhaitant bonne nuit. Eve se retourna vers lui et dit :

— Enfin seuls. Vraiment seuls.

— Je me demande bien comment nous en sommes arrivés là, dit-il, tout sourire.

— C'est simple, je m'en suis assurée, répondit-elle. Réchauffons-nous alors.

— Nous chantons depuis deux heures déjà.

— Je ne parlais pas de la voix, avoua Eve d'une voix douce. Je parlais de mes mains.

Elle retira ses gants, posa la paume de ses mains contre son large torse et s'approcha, levant des yeux séducteurs sur lui.

Il recula d'un pas à peine, seulement pour qu'elle ne s'appuie pas sur lui, puis posa les mains sur les siennes.

— Il fait froid ici, madame Maxfield. Avec votre permission...

Ce disant, il lui prit les mains, souffla dessus en les frictionnant délicatement.

— C'est mieux ?

— Oui, beaucoup mieux, Clint. Et je vous l'ai dit, appelez-moi Eve quand nous sommes dans l'intimité.

— Ce serait fort impertinent de ma part. Mais je suis comme cela, comme vous savez. Et les gens parlent.

Dans un soupir exaspéré, Eve enleva ses mains et alla s'asseoir sur le tabouret de la grande harpe qui trônait derrière eux. Pinçant doucement les cordes dans un murmure fredonné, elle lui dit :

— Vous plaisantez toujours, Clint. J'aimerais que vous puissiez être sérieux, que vous me parliez sincèrement.

— Et à quel propos devrais-je me montrer sincère ? demanda-t-il, perplexe.

Elle flirtait avec lui depuis huit mois, depuis le jour où, à son initiative, on avait formé le chœur de Calvary. Elle lui portait toujours plein d'attentions, s'en remettant à lui sur toutes sortes de sujets qui ne relevaient pas de sa compétence, mais souvent de celle du chef de chœur. Ce soir, c'était la toute première fois qu'elle organisait une répétition en petit comité, seule avec lui. Ce soir, elle l'avait touché, mais il ne s'en était pas surpris outre mesure, car c'était ainsi que les femmes comme Eve jouaient au jeu de la séduction. Il savait bien des choses à propos des femmes comme Eve, notamment qu'elles aimaient danser près du feu, se montrer taquines, vous titiller. Toutefois, elles avaient beau vous attiser, au grand jamais elles ne se brûlaient. Lorsqu'une dame de bonne famille comme Eve flirtait avec lui, Clint se disait toujours que la dernière chose qu'elle voulait, c'était qu'il soit sérieux ou sincère.

Elle le regardait maintenant avec une certaine frustration.

— Vous pourriez être tellement plus. Vous êtes intelligent et talentueux. Vous êtes distingué dans vos manières et votre maintien, bien que vous refusiez de faire montre de raffinement. Cela dit, votre accoutrement et vos airs badins ne vous aident pas.

— Je ne peux rien changer à la manière dont je me présente et je parle, Eve, grinça-t-il.

— Oh, je ne parle pas de votre comportement, comprenez-moi bien, dit-elle d'un air entendu. Vous êtes très bien. Mieux que bien, en fait. Non, je parle de votre tenue négligée, de cette manie que vous avez de toujours porter l'habit du travailleur. Si vous aviez le souci de revêtir de beaux complets, avec les bons accessoires, il va sans dire, vous pourriez vous mêler à n'importe quel cercle. De plus, je ne parle pas de votre élocution, de votre langage, qui est ma foi très articulé. Ce dont je vous parle, c'est de vos manières insouciantes. Vous devriez apprendre à agir davantage comme un gentleman et moins comme un mécanicien.

— On dit « machiniste ». Il s'avère en outre que je me crois fort capable d'être à la fois machiniste et gentleman. Qui plus est, je ne comprends pas où vous voulez en venir. Quel bien cela me ferait-il de m'habiller comme un snob? Ne serais-je pas alors qu'un machiniste en costume trois-pièces?

— Non, vous ne seriez pas cela, dit-elle en secouant la tête. Je le redis, vous pourriez être bien davantage, Clint.

— Comment? En gagnant du poids?

Elle lui jeta un regard dédaigneux, et il s'excusa aussitôt :

— Désolé, Eve, c'est seulement que je ne sais pas être sérieux et sincère.

— Vous voyez, j'ai beaucoup pensé à vous, dit-elle d'une voix chaude et pleine d'intimité. J'ai la prétention de croire que je peux vous aider énormément. Vous pourriez être à l'avant-scène, Clint. Avec un peu d'entraînement et quelques efforts, vous pourriez être la vedette de n'importe quel opéra. Vous pourriez être soliste. Pour y arriver, pourquoi ne commenceriez-vous pas en devenant mon professeur de chant particulier ?

Sur le visage de Clint, un sourire malin apparut.

— Ma foi, oui ! Et vous pourriez être ma nounou !

— Vous voyez ? Vous êtes incapable de garder votre sérieux, pas même une minute !

— Et le scénario que vous vous faites dans votre jolie petite tête, il est sérieux ? Je peux voir cela d'ici, votre père, l'honorable juge Eugene Poynter, m'accueillant dans votre salon pour que je vous fasse faire des vocalises ! Sérieusement, vous me voyez, moi, en professeur de chant ? Ce n'est pas parce que je peux chanter que je connais quoi que ce soit à la pédagogie.

— Vous en seriez pourtant capable, vous savez, dit-elle doucement. Vous comprenez tout de l'art lyrique, et votre oreille est parfaite, comme votre voix. Je vous ai vu faire la grimace à Henry Raleigh. Vous ne tolérez pas la moindre fausse note.

— Je ne fais pas la grimace… mais qu'importe. C'est ridicule, Eve. Cette idée est tout simplement loufoque. Vous voulez me déguiser et me faire parader, que je minaude et fasse le paon devant la galerie pour quelque mécène, que je passe mes journées entières à avoir des vapeurs parce que je suis un artiste tourmenté qui accepte mais répugne à recevoir l'argent qu'on lui donne comme l'aumône pour soutenir ce don qu'il a. Quelle tristesse que celle d'un artiste torturé !

— Quelque chose comme cela, dit-elle en souriant. C'est un projet tout à fait viable, d'ailleurs. Si je vous présentais à mon père dans de beaux habits, et si vous daigniez ajuster votre conduite, il vous paierait pour être mon professeur de chant. Après quoi il vous entendrait chanter de la musique sérieuse et accepterait gracieusement d'être votre mécène. C'est ce que les gens comme nous font.

— Des gens comme vous, peut-être, releva Clint dans un hochement de tête. Mais pas des gens comme moi. Bon, allons-nous répéter ou pas ?

— Oui, répétons, mais avant, j'ai deux demandes à vous faire.

— À votre service, m'dame, dit immédiatement Clint, qui ne disait pas cela seulement pour rire, mais aussi par pure galanterie, puisqu'il était véritablement galant.

— Auriez-vous la gentillesse de me raccompagner ce soir ? Je me sentais mal de retarder Sowerby et je lui ai dit de rentrer.

— Vous, marcher ? Une nuit comme ce soir en plus ? On gèle dehors.

— Ce n'est qu'à quatre pâtés de maisons, dit-elle en lui adressant un sourire séduisant. Et je sais déjà que vous pouvez me garder au chaud.

— C'est dans mes cordes, accepta-t-il. La seconde faveur ?

— Je vous demande seulement de réfléchir à ce que je vous ai dit, Clint. C'est tout, dites-moi simplement que vous allez au moins considérer ma proposition.

— Très bien, Eve, je la considérerai, au moins.

— Parfait. À présent, êtes-vous prêt ? demanda-t-elle en portant les doigts sur les cordes de la harpe.

Le Mütter Krause était un restaurant respectable. Le jour, les femmes et leurs enfants, ou même des dames seules, venaient s'y restaurer de délicatesses allemandes. Elles n'avaient pas à se soucier d'être accostées ou inquiétées d'une quelconque manière. Il y avait deux choses que Gudrun Krause méprisait plus que tout au monde : de la nourriture banale et des hommes à problèmes. Elle cuisinait toujours avec des aliments frais, et tous ses plats étaient préparés le jour même. Ses clients masculins adoptaient en tout temps le meilleur comportement. Les malotrus, les joueurs avec un peu trop de bagout, les ivrognes qui voulaient en découdre, les pickpockets et les voleurs de grand chemin n'étaient pas les bienvenus chez Mütter Krause, pas même après dix-huit heures, quand les ouvriers, les artisans et les débardeurs terminaient leur travail et que le restaurant prenait des allures de taverne.

Clint passa la porte avant et aperçut aussitôt Vince Norville assis au long comptoir verni en bois de cerisier. Contrairement à ce qu'on retrouvait d'ordinaire dans un saloon, le Mütter Krause avait des tabourets hauts tout le long de son grand comptoir. Ainsi, les hommes ne faisaient pas que rester debout à boire, ils s'asseyaient et mangeaient, presque toujours en tout cas. Gudrun Krause ne se formalisait pas si les hommes ne commandaient rien à manger. Du moment qu'ils se tenaient bien, ils étaient les bienvenus et pouvaient boire à leur soif. Cela étant dit, il était difficile de résister aux délicieux arômes de saucisses épicées, de choucroute piquante et de salade de pommes de terre chaude. Il était maintenant vingt-deux heures, et l'estomac de Clint gargouilla tandis qu'il enjambait le tabouret à côté de Vince.

— Voilà ta bière, dit Vince. La prochaine tournée, c'est pour ta bourse.

— Compte sur moi, dit Clint, qui ne se laissa pas prier et porta aussitôt à ses lèvres le verre de bière brune et tiède que Vince avait poussé devant lui. Il faut que je mange, par contre, et vite. Hum… Cette odeur, c'est quoi selon toi ?

— Aucune idée, soupira Vince, mais je suis sûr que Gretchen se fera un plaisir d'éclairer ta lanterne.

Gretchen Krause était une jeune femme grassouillette à la poitrine généreuse et au grand cœur. Elle avait de grandes boucles blondes et des yeux d'un bleu pétillant. Elle se jeta dans les bras de Clint, l'enveloppant dans une étreinte presque étouffante, et lui donna un bruyant bécot sur la joue.

— Clinton ! Mais où étais-tu passé ? Ça fait trop longtemps, je me suis ennuyée !

Clint la serra en retour, une étreinte beaucoup plus fraternelle que Gretchen l'aurait voulue.

— Salut, Gretchen. J'étais là juste mercredi passé, tu ne t'en souviens pas ?

— Non, dit-elle en clignant des yeux.

— Oh. Bon, tu m'as manqué aussi, Gretchen.

— Il faut que tu manges, dit-elle, ayant retrouvé son visage épanoui. Tu es tout maigre, Clinton.

Elle prononçait toujours son nom « Clin-TON », en mettant trop d'accent sur la dernière syllabe, et s'inquiétait constamment de le voir maigrir.

— Oui, j'ai une de ces faims ! Qu'est-ce qui sent si bon ? Qu'est-ce qu'elle popote sur la cuisinière, la mère Krause ? C'est ce que je veux manger.

— C'est du goulasch, avec des *spätzle*, lui annonça-t-elle jovialement.

Il hésita, et Vince eut un petit gloussement.

— C'est ce que je veux, répéta gentiment Clint.

— C'est bon le goulasch et les *spätzle*, lui dit-elle tout heureuse en se dirigeant vers l'abattant du comptoir.

— Ouais, de ça aussi, j'en veux, dit Clint.

Elle s'arrêta et lui jeta un coup d'œil par-dessus l'épaule, le front ridé. Son visage s'égaya lentement, et elle secoua un doigt dans sa direction.

— Ahhh ! Tu me fais des blagues encore, Clinton ! Quel coquin tu es !

Elle souleva l'abattant, puis passa par une porte pleine de lumière pour entrer dans la cuisine. Du comptoir, on put entendre Gretchen parler fort en allemand, vraisemblablement à sa *mütter*. Ils ne comprirent rien de ce qu'elle disait, sauf peut-être les mots « goulasch », « *spätzle* » et « Clin-TON ». Quand elle eut terminé, ils entendirent la mère et la fille qui riaient. La mère Krause sortait rarement dans la salle à manger le soir, préférant s'enfermer dans sa cuisine et laisser à Gretchen et aux deux sœurs de celle-ci le soin de servir les clients. Il était de notoriété publique, ou c'était peut-être la rumeur qui le voulait, que si la mère Krause sortait de sa cuisine le soir avec sa cuillère à soupe en fer à la main, il valait mieux prendre ses jambes à son cou ou marcher droit.

Vince secoua la tête.

— Gretchen est vraiment une belle fille. C'est dommage qu'elle ait du *Wiener schnitzel* à la place des méninges.

— Elle est assez vive pour supporter une centaine de chahuteurs tous les soirs, affirma Clint, se tournant pour s'adosser au comptoir et jeter un œil à la salle. Et elle a de si belles dents, n'est-ce pas? C'est beau, des femmes qui ont de belles dents droites.

— Tu es vraiment un drôle de numéro, Clint. Il n'y en a pas d'autres comme toi. Tu trouverais quelque chose de bien à dire de la plus gueuse des prostituées du Pinch.

— Qui que cette dame soit, répliqua Clint en haussant les épaules, je suis convaincu qu'elle ne s'est pas dit : «C'est ce que je veux faire quand je serai grande.» À mon avis, en toute femme se cache une vraie dame, il suffit de la laisser s'exprimer.

— C'est ça, ton secret, Clint? dit Vince non sans curiosité. C'est pour ça que toutes les femmes s'amourachent de toi? Parce que tu penses qu'elles sont toutes de grandes dames respectables?

— Ne le sont-elles pas? dit Clint. Par ailleurs, je te corrige : elles ne tombent pas toutes amoureuses de moi.

C'est idiot, Vinnie. Je les traite avec respect, et elles l'apprécient, voilà tout. Tu devrais essayer un beau jour.

D'un ton indigné, Vince rétorqua :

— Je traite les dames avec respect ! Ma mère m'arracherait la tête nette si je faisais autrement !

— Je me trompe, ou tu as mis la main au derrière de Suzette l'autre soir ? lui rappela Clint. Ce n'est pas exactement de ce genre de respect dont je parlais.

Vince se massa la mâchoire, le souvenir lui revenant à la mémoire.

— Si je me rappelle bien, c'est elle qui a commencé. Je ne referai plus la même erreur, pour sûr. C'est une vraie brute, cette fille. Elle pourrait sans doute en découdre avec toi, Coup-de-poing.

— Ne m'appelle pas par ce nom stupide, l'avertit Clint, ou c'est *toi* que je vais boxer.

Vince leva les mains pour dire qu'il capitulait.

— C'est bon, d'accord, inutile de monter sur tes grands chevaux. Mais puisqu'on en parle, voilà le gars qu'il faut remercier pour le surnom. Tu l'avais vu ?

Clint se tordit le cou pour apercevoir les gens installés à une table de poker dans le fond de la salle. Les quatre hommes étaient tous bien habillés, et juste un brin m'as-tu-vu. L'un d'eux arborait un gros diamant à l'auriculaire, la pierre scintillant lorsqu'il bougeait la main. Un autre était coiffé d'un chapeau noir à large bord qu'un chapelet de pièces de monnaie décorait en guise de ruban. Un autre encore portait un gilet de satin aux rayures criardes bleues et pourpres. Le dernier, cependant, était vêtu de manière discrète, en noir avec un gilet gris et une chemise unie à manchettes blanches avec des boutons dorés. D'un œil alerte, comme s'il avait senti sur lui le regard scrutateur de Clint, il balaya la salle du regard et lui adressa un bref signe de tête.

Clint se retourna vers Vince.

— Buck Buckner en personne, et habillé comme un dandy de New York. Les autres, ils sont pilotes aussi ?

— Ouais, mais pas célèbres comme Buck. Ces types-là, ce sont des flambeurs et des casse-cou, raconta Vince en sirotant sa bière. C'est tout de même drôle de voir combien ils sont différents, les nouveaux pilotes, de ceux de la vieille école, je veux dire, tu sais, les vieux rats du fleuve, ceux à la gaieté bruyante et qui lèvent fort le coude. Regarde-les, ceux-là, ils sont quasiment respectables. J'imagine que de s'emplir les poches, ça vous donne de la respectabilité.

Vince avait vingt-deux ans, le même âge que Clint. Il était débardeur sur les quais de Memphis depuis son douzième anniversaire. Il connaissait tous les bateaux, tous les pilotes et leurs capitaines et la plupart des matelots.

Ils se turent quelques instants, buvant leur bière et profitant de la belle ambiance. Le brouhaha de voix basses était constant et ponctué d'éclats de rire et de l'occasionnelle levée de table pour saluer un nouveau venu ou une connaissance. C'était une grande salle carrée, meublée de plusieurs longues tables rectangulaires et d'une vingtaine de tables rondes à quatre places. Le sol était recouvert de bois dur, que Mme Krause et Gretchen nettoyaient tous les matins avec du vinaigre. Les murs étaient faits de planches de bois de chêne, que l'on nettoyait tous les deux jours et que l'on blanchissait à la chaux une fois par mois. Le Mütter Krause était le seul saloon à Memphis éclairé de nombreuses fenêtres, qui étaient de surcroît toutes brillantes de propreté. Le long comptoir était simple et sans fioritures, mais on le lavait et le polissait jusqu'à ce qu'il brille avec de l'huile de citron. Encore à cette heure tardive, Clint pouvait sentir l'odeur du citron dans l'air.

La salle était baignée de fumée de tabac, et il y flottait l'odeur insistante de la bière. Aucune des deux odeurs ne gênait Clint. Dans les saloons, les hommes manquaient trop souvent les crachoirs, mais ici, les priseurs et les chiqueurs de tabac fumaient des cigarettes ou des cigares achetés à Gretchen, pour ne pas s'attirer les foudres de la jeune Allemande, que les crachats dégoûtaient. La mère Krause servait également des spiritueux, mais n'avait pas de patience envers les gens ivres et titubants, aucune tolérance pour les hommes que l'alcool rendait violents. Bien évidemment, il arrivait qu'un client ou deux en viennent aux coups après s'être trop enivrés, mais, d'une étrange façon, chez Mütter Krause, les hommes découvraient qu'il faisait bon de siroter tranquillement leur bière, de peut-être se payer quelques verres de whisky tout en appréciant une soirée sans violence. C'était du moins ce que Clint avait découvert.

Même si on ne trouvait pas de prostituées dans cet établissement ni les filles de joie qu'il y avait toujours dans d'autres saloons, il y avait des femmes. Les hommes invitaient leurs épouses ; il y avait aussi des femmes plus âgées, des femmes de ménage probablement, et on pouvait par ailleurs rencontrer de jeunes femmes qui pouvaient être de petite vertu, mais qui n'en avaient pas l'air, se comportant avec dignité et avec de bonnes manières. Gudrun Krause ne s'en laissait imposer par personne et jugeait tout le monde sur le même pied d'égalité, du moment que la paix était préservée...

Clint entendit le bruit d'une assiette posée sur le comptoir derrière lui et un effluve chaud lui monta au nez; c'était la délicieuse odeur du goulasch qui venait lui titiller les narines. Il allait se retourner, mais Gretchen le prit de court, contournant le comptoir pour se jeter bras ouverts sur lui.

— *Mütter* dit que c'est son meilleur goulasch, juste pour toi. Elle fait aussi demander si tu vas venir chanter demain soir. Elle veut cuisiner un très spécial *Rheinischer sauerbraten* pour l'occasion. S'il te plaît, dis oui, Clinton?

Il posa les bras sur ses hanches, ce qui ne manqua pas d'enchanter la jeune Allemande.

— Dis-lui que je ferai tout mon possible, mais j'ai une répétition, tu sais et, demain, c'est déjà le vingt-trois. Il se peut fort bien que je sois pris très tard.

— On pourrait même dire plus tard encore, ajouta Vince, avec un petit coup de coude à Clint. Au service de madame la comtesse, pas vrai?

— Qui est cette madame la comtesse? demanda à savoir Gretchen, sourcils froncés.

— Ne l'écoute pas, il ne sait pas ce qu'il dit, la rassura Clint. Ça lui arrive beaucoup ces derniers temps. C'est plutôt triste, en fait. Bon, j'essaierai d'être là avant vingt et une heures, Gretchen. Pour quelques chansons.

Elle tapa dans ses mains et l'embrassa à nouveau sur la joue.

— J'adore t'entendre chanter, Clinton ! Je serai à la fête, dans le parc, pour la veille de Noël. *Mütter* m'a donné sa permission ! Je te lancerai plein de bisous !

Sur ce, elle se proposa de l'embrasser deux fois encore sur la joue et une fois sur la bouche, avant de s'en aller d'un pas dansant.

— « Je te lancerai plein de bisous, Clin-ton », répéta Vince, imitant Gretchen avec une voix de fausset. Bien sûr, je n'aurai pas à les lancer loin parce que ma bouche est toujours plantée sur la tienne !

— Oh, ferme-la, dit Clint avec désinvolture. C'est une très gentille fille. Es-tu prêt pour une autre bière ? En tout cas, moi, je le suis.

— Laisse-moi aller voir Elza un instant, dit Vince en bondissant en bas du tabouret. J'en ai plus qu'assez de voir toutes les femmes baver sur toi.

— Hé, appela Clint tandis que Vince s'éloignait, demande donc à Elza de venir me voir quand elle en aura le temps, j'aurais deux ou trois petites choses à lui dire.

— Ferme-la, répondit Vince sans se retourner.

Souriant, Clint s'intéressa à son repas de bon gré. Il découvrit que le goulasch était un plat fait d'une viande de bœuf très maigre et tendre, avec des pommes de terre finement tranchées et nappées d'une sauce crémeuse aux champignons, et que des *spätzle*, c'étaient des pâtes aux œufs noyées de beurre et assaisonnées de persil frais. La mère Krause affichait son menu sur une grande ardoise avec les prix, mais elle n'écrivait qu'en allemand. Clint et Vince ne se souvenaient que du *Wiener schnitzel* parce que c'était leur plat préféré, un vrai classique. Quand l'envie leur prenait de commander autre chose, c'était toujours la surprise. Qu'importe, tout chez Mütter Krause était délicieux. Clint avait un faible pour la nourriture allemande, ses viandes et ses épices.

Buckner était le pilote du *Lady Vandivere*, le plus gros et peut-être le plus élégant des bateaux à vapeur sur le fleuve. Il comptait quatre ponts et trente cabines luxueuses, une salle de bal, une salle de réception et quatre salons. Buckner avait trente ans, mais il pilotait le *Lady Vandivere* depuis sa mise à flot, sept ans auparavant. À l'époque, il n'avait que vingt-trois ans, et on n'avait jamais vu de pilote aussi jeune; c'était sans précédent. Buckner, comme beaucoup de pilotes, avait compris qu'il n'arriverait pas à travailler sur un grand bateau à vapeur, un bâtiment transportant de riches passagers, s'il faisait comme les autres, s'il jurait à tous les vents et se comportait comme une grosse brute. Il avait donc soigné ses manières et s'était embourgeoisé, ce qui lui avait ouvert beaucoup de portes. Buck avait maintenant tout d'un gentleman, avec ses cheveux noirs soigneusement coiffés, ses traits clairs, ses yeux foncés et ses costumes discrètement ajustés. Il arborait cet air des gens confiants et compétents. Ce n'était qu'à la table de jeu et nulle part ailleurs qu'on voyait ressortir chez lui sa nature plus animale, dans l'avidité de son regard, dans la rigidité de ses mâchoires. Il avait justement cet air en s'approchant de Clint.

— Cela ne me gêne pas de te regarder manger, Hardin. Je suis même content de te voir te nourrir. Tu vas avoir besoin de toutes tes forces, dit-il, regardant Clint avaler chaque bouchée. Comment va l'entraînement?

— Je n'ai pas eu beaucoup de temps pour m'entraîner, répondit Clint. C'est que j'ai été plutôt occupé.

— Occupé à chanter comme une cigale, sans doute, releva Buckner en faisant une moue. Je ne crois pas que Mike « le marteau » sera mis au tapis de cette façon ; je te vois mal le mettre K.-O. avec des chansons, encore que ta voix soit puissante, à ce qu'on dit.

— Moi, je pense que Mike « le marteau » devrait plutôt s'appeler Mike « tête de marteau », dit Clint. Ce type a la tête la plus dure que je n'ai jamais vue sur les épaules d'un homme. Je lui ai envoyé trois solides crochets de la droite, et il n'a même pas cligné des yeux.

— Il était sûrement trop occupé à te réduire en purée sanguinolente, dit Buckner d'une voix râpeuse.

— Ouais, je me souviens, dit Clint d'un air mélancolique, s'essuyant bien la bouche puis repoussant son assiette vide. C'était douloureux, vraiment douloureux.

Buckner montrait à présent quelques signes d'impatience.

— Hardin, vous m'avez convaincu de vous parrainer pour ce combat. J'aimerais savoir si Mike va cette fois encore te coucher en quelques coups. Je saurais alors sur qui parier pour recouvrer l'argent des pertes que vous me faites subir.

— Non, non, nul besoin de t'inquiéter. Cette fois, j'ai un plan ! dit pompeusement Clint. Cette fois, c'est lui qui mordra la poussière.

— Hum hum, fit sombrement Buckner. C'est quoi au juste, ce plan ?

— Je vais l'empêcher de me frapper aux côtes et au ventre et, entre-temps, je vais le frapper à la tête jusqu'au K.-O., raconta Clint d'un ton égal.

Bien qu'il n'en eût pas conscience, ses mâchoires s'étaient resserrées et ses yeux avaient pris le teint sombre du bleu charbon. Clint avait l'air soudainement dangereux.

Buckner le fixait d'un drôle de regard, comme Vince, qui était revenu.

— C'est cela, le plan ? dit Buckner. C'est tout ce que vous avez, rien d'autre ?

— C'est le plan, dit sèchement Clint.

À présent, Buckner regardait Vince.

— Ne me regarde pas comme ça, dit ce dernier. Je ne connais rien de ce plan. Je ne savais même pas que nous avions un plan.

Buckner considéra à nouveau Clint.

— Il est moins baraqué que toi, mais plus rapide. Beaucoup plus rapide. C'est comme cela qu'il t'a eu la dernière fois. Il est entré en coup de vent et t'a roué de coups jusqu'au knock-out.

Clint hocha la tête.

— C'est ce qu'il a fait, durant onze rounds, mais ce n'est pas pour cette raison qu'il m'a battu. Il m'a battu parce que je n'ai pas réussi à la mettre K.-O. en premier. Tu sais qu'il a la mâchoire comme une enclume ?

— Et tu as trouvé un moyen de l'empêcher de te fatiguer et d'obtenir un knock-out rapide, dit Buckner d'un ton pensif. Comment comptes-tu y arriver ?

Une brève expression maussade vint assombrir le visage de Clint, mais il reprit la parole d'une voix dure.

— Fais-moi confiance, Buck. Je vais le battre. Mise sur moi.

— Très bien, je le ferai, dit Buckner à voix basse, mais si tu perds, vous allez me devoir une jolie somme.

Clint n'ajouta rien de plus, et Buckner dit sur un ton plus léger :

— Bonne nuit, messieurs. Et toi, mon bon « Coup-de-poing », mets-toi au lit tôt pour être frais et dispos, tu en auras besoin. Vinnie, je compte sur toi pour le garder loin des beuveries jusqu'au jour du match, d'accord ?

Il prit congé après avoir échangé quelques signes de tête avec certaines de ses connaissances.

Vince reprit sa place à côté de Clint et dit d'un air abattu :

— Je me sens tellement mieux maintenant que tu as un plan ! Celui où tu gagnes et Mike « le marteau » perd.

— Simple, mais élégant. Ne crois-tu pas ? dit Clint d'une voix traînante.

Vince l'étudia un moment, puis un sourire vint tout lentement se dessiner sur son visage.

— Tu n'arrêtes pas de regarder l'heure. Qu'est-ce qu'il y a ? Aurais-tu un rendez-vous ?

Une horloge murale en bois d'ébène et de noyer était accrochée derrière le comptoir. C'était une pendule viennoise vers laquelle Clint tournait un œil depuis plus d'une heure maintenant.

— On peut dire ça, répondit-il distraitement. Hé, si je ne m'abuse, je te dois deux bières. Prêt pour une fraîche ?

— Non merci, et ne change pas de sujet. Tu attends la dame de tes pensées ? dit-il avec humour. Allons, tu peux le dire à ce bon vieux Vinnie. Je suis ton meilleur ami, tu peux tout me dire. Est-ce madame la comtesse ?

— Vinnie, Mme Maxfield est veuve et elle vit chez ses parents. Ne fais donc pas l'imbécile.

— C'est bon, d'accord, donc ce n'est pas Mme Maxfield. Qui est-ce alors ?

— Je n'ai jamais dit qu'il s'agissait d'une dame, je n'ai même pas dit que j'avais rendez-vous, grinça Clint.

— Alors quoi, tu as un train à attraper à minuit ? dit Vince en roulant les yeux. Je ne saisis pas, Clint. Je ne t'ai jamais saisi, pas quand il est question des femmes. Et je t'ai assez vu aller au fil des années pour savoir pourquoi elles ont toutes les jambes en coton devant toi. Mais tu ne parles jamais d'elles, tu ne dis pas un traître mot. On peut parler de tout ce qui se passe sous le soleil, de religion, de politique, de musique et même des canines qui poussent dans la bouche de mon petit frère, mais tu ne glisses jamais un mot à propos de tes amours.

— Non, Vinnie, dit Clint en soupirant. Je sais. Tu n'y comprends vraiment rien, n'est-ce pas ? demanda-t-il en regardant son ami droit dans les yeux. Mon cher Vinnie, les gentlemen ne disent mot. S'il y a une chose que tu dois comprendre, c'est celle-là : les gentlemen ne disent mot.

À minuit, tandis que Clint s'avançait dans une ruelle sombre et étroite en retrait de Main Street, il se mit à neiger. Clint s'arrêta un instant pour regarder les flocons tomber, et ce spectacle lui mit la joie au cœur. Il n'y avait évidemment aucun réverbère dans cette petite ruelle sans nom, mais tout en haut des escaliers, au-dessus de sa tête, une fenêtre filtrait une lumière accueillante comme l'ambre orangé d'un feu de foyer. Les gros flocons poudreux prenaient la teinte de l'or dans la lumière oblique. En fredonnant *The Holly and the Ivy*, Clint monta les marches et frappa à la porte. Une femme vint ouvrir. Elle était svelte et blonde avec les épaules nues, et ses cheveux longs tombaient dans son dos.

— Madame Chasseur, je sais que l'heure est tardive, dit Clint à voix basse, mais il se trouve que j'avais un besoin pressant de parfum et de quelques cosmétiques. Quelque chose pour chasser la froidure de cette nuit enneigée, peut-être ?

— Hum, je vois, dit-elle pensivement. Il se trouve justement que j'ai une superbe huile relaxante au bois de santal, qui serait, je crois, tout à fait à propos pour un chaud massage.

— Pour le donner ? Ou le recevoir ? demanda Clint, que la question intéressait au plus haut point.

— L'un comme l'autre, dit-elle en l'attirant à l'intérieur.

La lumière à la fenêtre resta allumée toute la nuit.

CHAPITRE 3

Jeanne alluma la dernière petite chandelle blanche, celle tout en haut de l'arbre de Noël. Marvel et elle reculèrent ensuite de quelques pas pour admirer leur œuvre. Jeanne baissa les yeux sur le visage joyeux de sa fille et trouva que tous ses efforts étaient récompensés, comme la sueur et l'argent dépensés. Marvel n'avait jamais eu l'air aussi heureuse ni aussi bien.

Marvel prit la main de Jeanne, qui remarqua aussitôt que la petite main de sa fille était gelée.

— Pourquoi ne prendrions-nous pas une bonne tasse de thé chaud ? suggéra Jeanne en se dépêchant de mettre la bouilloire en cuivre sur le feu.

— Ça ferait du bien, commenta Marvel d'un ton rêveur, obnubilée qu'elle était par l'arbre décoré. Je pense que c'est le plus bel arbre de Noël du monde.

C'était un tout petit arbre, le faîte d'un pin arbustif que Roberty avait réussi à récupérer du lot d'un bûcheron. Les branches étaient grêles, éparses mais symétriques, de sorte qu'il avait une jolie forme conique. Jeanne avait mis le tronc dans un petit seau d'eau sur leur seule table, un meuble de travail en chêne plein de marques qui avait deux briques sous une patte brisée. Ces quatre derniers soirs, Jeanne avait rapporté quelque chose pour décorer l'arbre : d'abord, du maïs soufflé et des canneberges qui, passés sur un fil, faisaient de belles guirlandes, puis des morceaux de feutre rouges et blancs qu'elles avaient découpés en étoiles. Comme promis, Roberty avait rapporté une douzaine de pommes de pin, sur lesquelles Jeanne et Marvel avaient eu le plaisir de saupoudrer du savon à lessive et de la fécule pour imiter la neige, qu'elles répandirent aussi sur les branches de l'arbre. Enfin, en cette nuit de l'avant-veille, le 23 décembre, Jeanne avait rapporté des chandelles à la maison. Avec cette touche finale, l'arbre avait vraiment belle allure.

Elles s'installèrent sur leur matelas et s'emmitouflèrent, car il faisait froid dans la pièce malgré le feu bien allumé. Elles avaient chacune une tasse de thé et un biscuit au sucre, une vraie folie que Jeanne s'était permise. Après la collation, Jeanne alla chercher son nécessaire de couture pour repriser ses chaussettes d'hiver. C'était une tâche à recommencer sans cesse, car elle en usait continuellement le talon et le bout en travaillant.

— J'ai tellement hâte d'aller à la fête de demain. Ça va être trop amusant. Peut-être que tout le monde en ville y sera !

— J'espère que non, dit Jeanne. Ce serait la cohue, et je te perdrais sûrement. Il me faudrait alors attendre que le saint Nicolas te ramène à la maison le lendemain matin.

— Est-ce qu'il me ferait passer par la cheminée, tu crois ? demanda Marvel, tout sourire.

— Bien sûr que si. Tu ne crois quand même pas que le saint Nicolas viendrait tout bonnement cogner à la porte, non ?

— Non, il ne ferait pas ça. Mais tu ne me perdras pas, maman. Je sais que non, même si tous les gens de Memphis sont à la fête, lui dit-elle pour soudain bâiller comme un chaton, ouvrant toute grande la bouche. Je n'ai pas sommeil ! se hâta-t-elle d'affirmer.

— Hum hum, fit Jeanne avec scepticisme, mettant de côté son aiguille et la chaussette qu'elle reprisait. Je crois que je ferais mieux de lire le prochain passage de notre livre de Noël, puis de me coucher avec toi. Nous avons une très grosse journée demain.

Dans un petit cahier, Jeanne avait retranscrit les passages de la Bible qui parlaient de la naissance du Christ, y compris la visite des anges à Marie, puis à Joseph, de la Visitation, du Magnificat, du voyage à Bethléem, de l'histoire du bon berger, de celle des Rois mages. Durant la semaine précédant Noël, elle faisait un peu de lecture chaque soir, de sorte qu'elles auraient terminé l'histoire de la naissance du Christ la veille de Noël. Ce soir-là, elle s'arrêta au récit de Joseph trouvant l'étable pour abriter Marie. Quand elle finit, Marvel dormait déjà à poings fermés. Jeanne alla vite souffler les chandelles dans l'arbre, puis revint s'emmitoufler sur le matelas, reprenant son travail d'aiguille là où elle l'avait laissé. Elle cousit longtemps, car leurs vêtements étaient vieux et usés, nécessitant de nombreuses reprises et des rapiècements. Son dos la faisait souffrir, et elle s'usait les yeux, travaillant à la seule lueur du feu. Les chandelles et les lanternes coûtaient trop cher pour en faire un usage prolongé.

Elle regarda à nouveau l'arbre, et un petit sourire passa sur ses lèvres. Ce petit arbre émerveillait Marvel. Pourtant, c'était le cœur serré que Jeanne avait dépensé des sous pour le décorer, car elle savait que cet argent ne servirait pas, comme il aurait dû, à payer la nourriture, le tissu pour se vêtir, des souliers, le loyer, du bois, des produits de nécessité, comme le savon, les aiguilles et du fil à coudre. Il y avait aussi les onguents et les médicaments dont Marvel avait besoin pour ses poumons malades et ses irritations de peau.

Ce que Jeanne trouvait particulièrement dur dans cette vie de pauvreté, c'était de ne pas pouvoir acheter des livres ni même du papier, une plume et de l'encre. Pour le cinquième anniversaire de Marvel, Jeanne avait acheté *L'abécédaire McGuffey* et, en moins de trois mois, Marvel l'avait appris par cœur. Jeanne avait ensuite acheté le livre élémentaire suivant. Avec une ardoise et quelques craies, ces deux livres lui avaient coûté toutes ses économies, l'argent que de peine et de misère elle essayait d'épargner chaque semaine, ne fût-ce qu'un cent ou deux. Le plus grand rêve de Jeanne, c'était d'acheter un petit cottage, un petit nid juste à elles. Il faudrait que ce soit un taudis dans le Pinch, bien sûr, mais au moins ce taudis leur appartiendrait, et Jeanne serait incommensurablement heureuse.

Pour la millième fois, elle se dit que, dans sa situation, elle ne pouvait pas aspirer à plus et que ce serait un projet de longue haleine. En effet, chaque fois qu'elle se débrouillait pour mettre quelques dollars de côté, elle voyait apparaître une dépense inattendue, que ce fût une urgence, comme les maladies de Marvel, ou une simple nécessité, comme quand elle ou Marvel usaient leurs chaussures. Déjà, les bottines de Jeanne avaient été trop de fois rapiécées. Elle doutait de pouvoir passer l'hiver sans devoir en acheter une nouvelle paire.

Tandis que des pensées mélancoliques lui traversaient l'esprit, elle leva un instant le regard de son travail pour se reposer les yeux et vit qu'il s'était mis à neiger. Elle se leva sans faire de bruit et, tirant sur son châle, alla devant la petite fenêtre à quatre carreaux qui perçait le mur. Elle donnait sur l'arrière d'une autre bicoque de type *shotgun*, qui d'ordinaire faisait une vue déprimante, mais qui, maintenant, avait une certaine féérie, avec tous ces flocons de neige qui dansaient, plus légers que l'air, venant se poser dans le coin des carreaux. Jeanne admira longuement la scène, puis inclina la tête et dit dans un murmure :

— Je sais, Seigneur Jésus, que Vous me rappelez qu'il y a de la beauté même ici et que l'espoir ne doit jamais s'éteindre. Merci pour la neige.

Jeanne ouvrit un œil à contrecœur. Elle n'y voyait presque rien parce que ses boucles épaisses étaient tombées de son bonnet de nuit et lui couvraient le visage.

Elle put quand même entrevoir sa fille, dans sa chemise de nuit, qui mimait une danse folle. Les bras maigres de Marvel étaient levés haut au-dessus de sa tête, et, le visage jubilant, elle bondissait et courait en rond à la manière d'une pantomime. Elle ne faisait pas le moindre son.

Jeanna s'assit dans le lit et ramena en arrière le rideau de boucles qui lui tombait devant les yeux.

— Bonjour, petite fille, dit-elle en bâillant.

Marvel s'arrêta de danser et vint en courant sur le lit.

— Maman! Maman, il a neigé, il a neigé! C'est si beau, viens voir! s'exclama-t-elle en se relevant d'un bond pour reprendre sa danse, tout en parlant d'une voix entrecoupée. J'ai essayé... d'être... silencieuse... pour que tu... puisses dormir...

— Tu ne m'as pas réveillée, la rassura Jeanne. Merci, Marvel, tu es une bonne petite fille.

Pour la première fois en quatre ans, Jeanne avait congé la veille et le jour de Noël. Elle tenait beaucoup à ces journées où elle pouvait dormir plus tard que cinq heures du matin.

— Merci. Viens voir, viens voir! trilla Marvel.

— Tu danses pieds nus, lui reprocha Jeanne d'un ton sévère. Et tu danses sans ton peignoir chaud. Tu peux danser, Marvel, mais seulement si tu portes des vêtements chauds.

— Oui, m'dame, dit-elle en dansant pour aller chercher ses chaussettes et son peignoir de flanelle.

Bâillant encore, Jeanne se leva et alla remuer les charbons presque éteints, et commença le laborieux processus de refaire un bon feu chaud.

Leur journée tout entière était planifiée. Après le petit déjeuner, elles allaient toutes les deux faire leur toilette et se laver les cheveux. Il fallait des heures avant que les cheveux de Jeanne sèchent, mais pas ceux de Marvel, et Jeanne avait promis de lui faire des bigoudis avec de petits chiffons. Elle aurait une coiffure tout en boucles pour la fête de ce soir. L'après-midi, elles s'occuperaient de tout préparer pour le dîner de Noël : il fallait rôtir une petite poule, faire bouillir les abats pour la sauce au jus, faire cuire le pain de maïs et trancher le céleri et les oignons pour la farce, et enfin hacher des noix, couper des raisins et des pommes séchées pour concocter une délicieuse tartelette de Noël. Jeanne avait dépensé presque tout l'argent des pourboires pour se procurer cette nourriture coûteuse.

Quand elles eurent tout terminé, il était grand temps de s'habiller pour la fête. Marvel n'avait pas de nouvelle robe, mais Jeanne avait lavé et repassé sa plus belle robe bleue en laine, et les volants de son tablier de coton étaient amidonnés et impeccables. Elle avait des chaussettes en coton toutes neuves, qu'elle portait sous ses bas de laine. Jeanne laissa retomber les cheveux de Marvel, prenant soin de laisser son visage dégagé. Ses cheveux tombaient en de légères petites frisettes sur ses épaules.

Jeanne portait l'une de ses jupes grises, un chemisier blanc et ses trois jupons, deux de coton et un de laine. Ses cheveux, qui avaient enfin séché, avaient un beau lustre, et ses boucles étaient richement frisées. Elle les ramena sur le sommet de sa tête et les fixa à l'aide de quatre précieuses épingles à cheveux.

— Est-ce que c'est le temps de partir ? demanda Marvel en sautant d'un pied sur l'autre.

— Presque, répondit Jeanne avec un sourire. Il faut maintenant enfiler tes nouveaux vêtements.

Pour son anniversaire, Jeanne avait confectionné une nouvelle cape à Marvel, car l'ancienne était usée à la corde et trop courte. La nouvelle pèlerine avait un capuchon, au bout duquel pendait un gland doré, et une petite cape qui couvrait les épaules. Elle était attachée au cou avec un ruban doré. Jeanne avait déboursé une somme importante pour acheter une pelote de cachemire plutôt que de laine, et elle avait tricoté pour Marvel une longue écharpe et des moufles d'un rouge éclatant. Marvel avait la peau très sensible, et la laine lui donnait de l'urticaire. Comme Marvel s'inquiétait toujours que Jeanne n'eût pas de présents pour Noël, elle avait aussi acheté de la laine bon marché de la même couleur et s'était tricoté un cache-nez semblable à celui de Marvel. Quand elles furent toutes habillées, elles joignirent leurs mains et, bras tendus, s'admirèrent de pied en cap.

— Nous sommes ravissantes ! dit Jeanne d'un ton feint de suffisance.

— Tu l'es, maman, souffla Marvel, mais je ne suis pas aussi belle que toi.

— Bien sûr que tu l'es, ma chérie, insista Jeanne. En fait, tu es beaucoup plus belle que je ne l'étais à ton âge. Et ton nouveau cache-nez rouge fait briller tes yeux, et tes joues sont toutes roses. Bien, à présent, avant de partir, j'ai une petite surprise pour toi.

— Pour de vrai ? Une surprise pour la veille de Noël ? Qu'est-ce que c'est ?

Jeanne descendit la boîte en bois qu'elle avait rangée sur le manteau de la cheminée et l'ouvrit.

— Il y aura une foule de belles choses à acheter à la fête. Voici un dollar. Tu devras tout regarder avant de faire ton choix.

— Un dollar tout entier ? dit Marvel, la bouche grande ouverte. Et je peux le dépenser au grand complet ?

— C'est bien cela, oui, confirma Jeanne. Tu pourras acheter ce que tu veux. Je t'aiderai avec l'arithmétique pour savoir exactement ce que les choses coûtent et combien d'argent il te revient. Si tu regardes à l'intérieur de ta pèlerine, du côté droit, tu trouveras une petite poche boutonnée. Tu devrais y mettre ton dollar. Maintenant, es-tu prête ?

— Oh, oui, oui ! Est-ce qu'on peut courir ?

Cette demande fit pouffer de rire sa mère.

— C'est à douze pâtés de maisons d'ici, et je crois qu'après un pâté ou deux, nous finirions par ramper, à bout de souffle, sur le trottoir. Cela dit, nous pouvons gambader un peu.

Elles gambadèrent dans la ruelle étroite qui donnait sur Main Street, et Marvel finit par concéder qu'elles feraient mieux de marcher le reste du chemin.

— Tout est si beau ! s'exclama Marvel. J'aime la neige !

Jeanne aimait aussi la neige. Il neigeait rarement à Memphis, et quand la neige tombait, elle ne tombait jamais assez pour rester au sol. Exceptionnellement, il avait neigé toute la nuit, et un manteau scintillant recouvrait la ville. Il y en avait une vingtaine de centimètres environ. La journée avait été sans nuages, avec un soleil comme une goutte de citron dans un ciel bleu clair. Il faisait très froid, mais le vent ne soufflait pas, au grand bonheur de Jeanne. Quand Marvel sortait dans les bourrasques en hiver, elle était encline à faire des infections aux oreilles.

Elles se frayaient un chemin le long de Main Street, qui était à cette heure fort animée. Le soleil terminait sa lente dérive à l'ouest, et un crépuscule de lumière blanche s'installa. Les lampes furent allumées dans les vitrines des boutiques, où des gens joyeux faisaient quelques dernières emplettes. Beaucoup de bogheis et d'hommes à cheval se pressaient dans les rues. Marvel roulait de gros yeux ronds, et Jeanne devait lui répéter de tenir fermement sa main, car la petite voulait courir devant toutes les vitrines pour admirer les jolies décorations.

— Les magasins seront encore ouverts à notre retour ce soir, lui dit Jeanne. Tu pourras alors tout regarder si le cœur t'en dit.

Elles arrivèrent près du parc à dix-huit heures. Une nuit douce et tranquille était tombée, mais la place était illuminée. Comme dans un rêve d'enfant, on découvrait partout les centaines de lanternes accrochées aux branches nues des arbres. On avait balayé des sentiers dans la neige. Marvel et Jeanne furent accueillies aux abords du parc par de chaleureuses mélodies; partout, il y avait des rires et des chants. Les gens affluaient en grand nombre à présent, ce qui inquiéta d'abord Jeanne. À Memphis, la population s'élevait à huit mille âmes, et il suffirait que la moitié décide de converger vers ce parc carré de quatre pâtés de maisons pour qu'il devienne impossible de se déplacer, sans parler de voir quoi que ce soit des spectacles. Elle remarqua ensuite les bénévoles qui assuraient le bon ordre, jouant le rôle d'adjoints au shérif. Ils ne portaient pas l'uniforme, mais seulement l'étoile sur leur poitrine. Ils s'occupaient de contenir les ardeurs, arrêtaient des gens, refusaient l'entrée aux hommes trop éméchés, chassaient les jeunes voyous, refoulaient tout enfant non accompagné d'un adulte et barraient aussi l'accès aux prostituées. Tandis que Marvel et Jeanne entraient dans le parc, Jeanne put constater que la foule se composait de gens respectables, des familles et des couples, et certaines femmes comme elle, des femmes seules qui étaient veuves ou dont les maris étaient retenus au travail. Il y avait beaucoup d'enfants.

— Oh, bouté divine! s'exclama Marvel. Maman, est-ce que tu as vu?

— Oui, j'ai vu, répondit Jeanne tandis qu'elles avançaient vers le centre du parc.

Devant elles, un arbre de Noël de six mètres avait été installé et décoré de guirlandes argentées et d'autres dorées, ainsi que d'étoiles brillantes. Au sommet, il y avait une grande étoile d'argent avec des chandelles sur ses branches. Les autres chandelles de l'arbre se trouvaient abritées dans de petites boîtes en verre garnies de dorures et de motifs argentés. Une clôture basse ceignait l'arbre en son pied, et deux hommes du shérif jetaient un œil alerte pour que personne ne franchisse ce périmètre — on craignait sans doute le vol, car les décorations de cet arbre pouvaient attiser les convoitises. Jeanne et Marvel voulurent tout de même s'approcher le plus possible. Il y avait beaucoup de gens massés autour de l'arbre, poussant des « ooohh ! » et des « aaahh ! » admiratifs. Marvel ne faisait pas un son, les yeux levés au ciel. Jeanne baissa le regard sur son visage, où la lumière des chandelles et des lanternes dansait, donnant à son teint d'ordinaire pâle un doux halo doré, et pensa que Marvel était en effet très belle en cet instant.

Plus loin, il y avait des chanteurs, et des arômes alléchants donnaient l'eau à la bouche. Elles poursuivirent leur chemin. Les chanteurs ambulants entonnaient des cantiques de Noël, surtout en couples et très bien habillés, leur recueil de chansons levé devant eux. En petits groupes, les gens s'arrêtaient pour chanter avec eux. Jeanne se laissait guider par Marvel, qui les emmena vers un rassemblement de jeunes personnes. Celles-là chantaient *Hark the Herald Angels Sing*. Pétillante de bonheur, Marvel se joignit aux chanteurs avec sa petite voix flûtée et aiguë. Jeanne chanta aussi, sa voix douce, celle d'une vraie soprano. De tous les sentiers venait flottant la musique des chants de Noël. Au loin, Jeanne pouvait entendre le tintement joyeux de petites cloches et se demanda d'où venait ce son réjouissant.

Marvel tira sur sa main et l'entraîna dans une contre-allée où un autre groupe de chanteurs entonnait les premières notes de *It Came Upon a Midnight Clear*. Jeanne se pencha pour dire à Marvel :

— Le kiosque à musique et les artistes se trouvent un peu plus loin, et j'imagine qu'il y a beaucoup d'autres choses à voir aussi. Nous y allons ?

— D'accord, dit Marvel pour se mettre aussitôt à gambader dans la direction que Jeanne indiquait.

Durant la marche qui ramenait Jeanne du travail la journée précédente, elle avait dévié de sa route habituelle pour passer devant le grand parc. Elle avait vu qu'on construisait une scène et que les vendeurs installaient leurs étals au nord-ouest du parc, directement en face du palais de justice. Maintenant qu'elles s'approchaient de cette partie du parc, elles aperçurent le vaste cercle que formaient les tables des vendeurs autour de la scène. Marvel s'arrêta dans ses pas. Devant ses yeux émerveillés, elle découvrait un décor féérique. Les tables des marchands étaient recouvertes de belles nappes blanches et décorées de branches de conifère et de branches de houx avec de brillantes baies rouges. Les lanternes dorées brillaient de tous leurs feux, et l'ambiance était à la fête. Sur la scène, Les petits chanteurs de Saint-Paul, de jeunes garçons à la figure bien débarbouillée et portant l'aube blanc ivoire chantaient des cantiques de Noël, leurs voix comme celles de petits anges.

De toutes ces belles choses, le choix de Marvel se porta vers les marchands et les merveilles qu'ils proposaient. Jeanne fut ravie : cela n'avait rien des marchés publics qu'elle connaissait, avec des vendeurs qui criaient, des bouchers avec leurs oies déplumées et des dindes pendues à des ficelles. En effet, il n'y avait là aucun mercanti avec sa monotone rengaine de vendeur. Sur les tables, on trouvait tout ce dont un enfant pouvait rêver pour Noël. Les marchands de fruits présentaient des pyramides d'oranges, de citrons, de limes, de pamplemousses, de poires et de pommes vertes et rouges.

Sur la table du confiseur, on découvrait six cornes d'abondance en métal argenté renfermant des dragées, des cannes à la menthe, des amandes glacées, des caramels au beurre, des bonbons à la noix de coco et des chocolats. Des odeurs délicieuses se répandaient dans l'air froid depuis la table du boulanger, qui offrait des bonshommes en pain d'épice et des biscuits au sucre. À la table d'à côté, on servait des boissons gardées chaudes à l'aide de chandelles placées sous de grands bols en argent. On pouvait y déguster du cidre, du lait de poule, de la bière épicée, du rhum chaud au beurre et du chocolat chaud.

Marvel se donnait tant de mal pour regarder dans toutes les directions en même temps qu'elle risquait un terrible torticolis.

— Je crois que si nous commencions par ici, proposa Jeanne, nous pourrions ensuite faire le tour derrière le kiosque à musique et enfin revenir de l'autre côté. Ainsi, nous aurions tout vu.

— Oui ! Et ensuite, je choisis ce que je veux acheter avec mon dollar, dit Marvel, qui était visiblement soulagée.

Elles se mirent à marcher de table en table, Marvel dévorant chaque article de ses grands yeux noirs. Les marchands, Jeanne l'avait remarqué, n'étaient pas les commerçants usuels. De plus, ils étaient fort joliment vêtus et leurs manières étaient soignées. Jeanne décida qu'il s'agissait sûrement des conseillers municipaux et de leurs familles. Ils souriaient à tous les enfants et souhaitaient « Joyeux Noël ! » aux gens qui passaient devant leur table.

Elles s'approchaient du coin de Court Street et de Main Street, où on avait installé le kiosque à musique, et Jeanne comprit finalement d'où venait le joli son des clochettes. C'étaient celles d'un grand traîneau. L'un des membres du conseil municipal possédait un superbe traîneau doré, et la ville avait engagé des hommes ce matin-là pour tapisser d'une neige épaisse les quatre rues bordant le parc. Un homme tout enjoué avec les joues roses conduisait le traîneau, et l'attelage du cheval était décoré de clochettes d'argent. Jeanne n'avait jamais vu de traîneau auparavant, et elle était enchantée. Marvel levait la tête, la regardant sans comprendre. Jeanne la prit sans peine dans ses bras, comme elle était si menue.

— Est-ce que c'est vraiment un traîneau ? demanda-t-elle en l'apercevant enfin.

— Oh que si !

— Combien crois-tu que ça coûte, maman, un tour en traîneau ? demanda Marvel.

Les gens attendaient en file pour faire le tour des quatre pâtés de maisons. Le conducteur fit claquer son fouet au-dessus du cheval, et le traîneau commença à glisser sur la neige, ses clochettes tintant gaiement.

— Allons nous informer, proposa Jeanne, ce à quoi Marvel répondit en hochant vivement la tête.

En arrivant à la hauteur du petit groupe, elles aperçurent un panneau où il était écrit à la main : « Tour de traîneau, 25 ¢ ». Jeanne expliqua à Marvel qu'il lui en coûterait un quart de son dollar, et la petite hocha la tête d'un air songeur.

Elles revinrent sur leurs pas et reprirent leur promenade, admirant tous les articles de Noël qu'on vendait sur les tables. Il leur fallut plus d'une demi-heure pour boucler la boucle et revenir à leur point de départ.

— J'imagine que rien de ce que tu as vu ne t'intéresse, la taquina Jeanne.

— Oh, maman! Tu sais bien que j'ai vu des tas et des tas de choses que j'aime, répliqua Marvel. C'est trop dur de choisir! Je veux un peu de *tout*!

— La modération est une bonne chose, Marvel. Imagine un peu le mal de ventre que tu aurais, si tu avais les moyens de tout acheter.

— Je sais, dit Marvel avec pragmatisme et maturité. Je crois que j'ai eu ma leçon, la dernière fois, avec le chocolat, lui rappela-t-elle pour ensuite tomber silencieuse, ses yeux roulant de table en table. Si on achète quelque chose à boire, reprit-elle, on doit le boire sur place, c'est ça? Parce qu'il faut rendre les tasses. Peut-être que nous pourrions boire un cidre chaud, et peut-être manger une sucrerie et un bonhomme en pain d'épice, juste avant de retourner à la maison?

— C'est une très bonne idée. En passant, Marvel, je voulais te dire que tu n'as pas à dépenser ton argent pour m'acheter quelque chose. J'ai des sous, moi aussi, et je paierai mon propre cidre et mes sucreries.

— Et pour le tour de traîneau? demanda Marvel, égayée.

— Je paierai mes vingt-cinq cents et tu paieras les tiens, et il te restera encore soixante-quinze cents.

— Oh, oui, on fait ça! D'accord, maman?

— Avec joie! répondit Jeanne, heureuse.

Elles allèrent se mettre dans la file derrière deux couples. Après eux, ce fut enfin au tour de Jeanne et de

Marvel de grimper dans le traîneau, lequel avait à l'arrière un siège capitonné en velours d'un pourpre royal. Le conducteur se retourna et dit :

— Un très joyeux Noël à ces deux charmantes dames. Êtes-vous prêtes ? Dans ce cas, c'est parti !

Il fit claquer son fouet, puis sa langue, et dit haut et fort :

— Allez, hue ! On y va, Salomon !

Jeanne et Marvel étaient aux anges. Il y avait les sons berçants du cuir qui travaille, des clochettes qui tintent et de la neige qui crisse sous les patins du traîneau. Le conducteur se mit à fredonner quelques *fa la la la la* de *Deck the Halls*, et elles joignirent leur voix à la sienne, chantant derrière.

Le tour se termina beaucoup trop vite, mais Jeanne et Marvel s'accordèrent pour dire qu'il en avait valu chaque cent.

— Je crois que le spectacle va commencer dans quelques minutes, dit Jeanne à Marvel. Aimerais-tu manger ou boire quelque chose avant d'y aller ?

— Non, mais j'ai une envie, dit-elle d'un air narquois. Si j'en achète une, vas-tu en acheter une, toi aussi ?

— De quoi parles-tu ?

— Viens, je vais te montrer.

Marvel l'attira vers une petite table qui débordait de houx. Une jeune femme au visage aimable s'occupait de cet étal, qui attirait bon nombre de gens. Plusieurs gentlemen achetaient de petits bouquets de houx pour mettre à leur boutonnière ou les glisser dans le ruban de leur chapeau ; les dames les agrafaient à leur corsage ou en décoraient leur bonnet. Marvel s'avança devant la table et, le doigt pointé, dit :

— Est-ce que je peux avoir ça, maman ?

Elle pointait une petite couronne faite de lierre vert tressé et de brins de houx. Jeanne se surprit de voir que la jeune femme en portait une sur la tête, décorée de rubans rouges. Elle regarda tout autour et vit que beaucoup d'enfants portaient aussi cette même couronne, mais resta perplexe de n'en voir aucune sur la tête des adultes. Cependant, elle aperçut bientôt quelques jeunes femmes qui avaient troqué leur coiffe pour cette couronne aux rubans colorés.

— Oui, bien sûr que tu peux en avoir une, si tu veux, dit-elle à Marvel, sa voix pourtant hésitante.

— Mais vas-tu aussi en acheter une, maman ? demanda-t-elle. S'il te plaît ? Oh, tu serais si belle !

— Mais… je…

La voix de Jeanne s'était estompée devant l'expression implorante de sa fille. Elle ne s'imaginait pas porter une telle coiffe. C'était fantasque, trop voyant, et Jeanne n'était rien de cela. Elle portait toujours des vêtements discrets, gardait ses cheveux sévèrement relevés, marchant les yeux modestement baissés au sol. Elle n'était pas sans charmes, loin de là, mais Jeanne préférait la simplicité. Cela dit, comment aurait-elle pu refuser à Marvel ce bonheur simple, elle qui la regardait, ses yeux pleins d'espoir ?

— C'est d'accord, accepta-t-elle bien qu'à contrecœur. Je suppose que cela nous donnera un air de fête.

Elle enleva son capuchon et dénoua son cache-nez cramoisi. Marvel fit de même.

La jeune femme se leva pour arranger les couronnes sur leur tête.

— Je crois que vous serez ravissantes, dit-elle. Vous avez, madame, de splendides cheveux. Je serai très prudente pour que le houx ne vous colle pas...

Jeanne n'écoutait pas. Elle avait cette idée qui l'angoissait : «Voilà que Marvel est nu-tête et qu'il fait terriblement froid... le bout de son nez est aussi rouge que son écharpe, et bientôt ses oreilles le seront autant...» Jeanne se gronda aussitôt d'avoir de telles pensées : «Vas-tu cesser de t'inquiéter? Un peu de laisser-aller, pardi! Amuse-toi! Tout ceci, c'est pour Marvel, et si elle attrape froid, eh bien, tu t'en occuperas comme tu l'as toujours fait!» Elle posa un genou par terre et arrangea la couronne de houx qui lui semblait un peu de travers sur la tête de Marvel. De quelques gestes habiles, elle redonna des frisettes aux boucles de ses cheveux avant de nouer à nouveau l'écharpe autour de son cou.

— On dirait un espiègle petit lutin de Noël, dit-elle avec joie.

— Et toi, tu ressembles à une reine de Noël avec ta couronne de houx, dit Marvel, tout heureuse.

À cet instant précis, une clameur s'éleva depuis le kiosque de musique. La chorale de garçons sortait de scène, ceux-là riant et criant en descendant les marches. Deux grands gaillards montèrent sur scène avec ce qui semblait être une grosse caisse en bois. Ils la déposèrent en plein centre et ouvrirent les deux panneaux à l'avant de la boîte. On découvrit alors un ingénieux théâtre de marionnettes.

— C'est le spectacle de marionnettes, ma chérie. Ils vont jouer *Une visite de saint Nicolas*. Veux-tu y assister ?

— Oh, oui, m'dame ! s'exclama-t-elle.

Jeanne lui prit la main, et ce fut elle qui l'entraîna, cette fois. Se mêlant à la foule, Jeanne trouva enfin une place en avant. Il y avait là de longs bancs pour les gens riches et importants, mais pour l'occasion de ce spectacle, ces grandes personnes laissaient les enfants s'asseoir devant eux. Jeanne installa Marvel, puis s'éloigna de quelques pas pour ne pas cacher la vue. Un homme au chapeau haut de forme monta sur scène et commença d'une voix chaude et plaisante :

— C'était la nuit de Noël, et dans toutes les chaumières…

Clint souffla dans ses mains, tapant du pied pour se réchauffer. Il attendait Eve Maxfield dans les marches du palais de justice.

Il vit enfin arriver la voiture, que le conducteur arrêta avec finesse devant les marches. Clint alla ouvrir la porte et offrit sa main à Eve. Dans un délicat nuage de parfum floral, elle posa le pied au sol, et durant quelques brefs moments, Clint se trouva troublé. Elle portait un velours d'un vert profond comme le houx et une cape aux parements de la plus royale des fourrures, de l'hermine d'un blanc argenté mouchetée de noir. Ses mains étaient enfouies dans un grand manchon également d'hermine, et plutôt qu'un bonnet avec un large bord qui cache le visage, elle portait un chapeau en cuir qu'une large bande de fourrure garnissait, encadrant superbement son visage. Elle était magnifique.

— Ouah! fit-il d'une voix gutturale. Ouah!

Elle lui sourit placidement.

— Merci du compliment. Dépêchons-nous, Clint, je vous prie. Il fait un froid à glacer les os.

Elle ouvrit la marche et pénétra dans le tribunal, suivie de Clint et de sa domestique, une Noire impassible et plutôt froide qui s'appelait Beattie. Eve passa devant le grand escalier pour emprunter le corridor qui partait derrière et se rendit dans un bureau. Sur la plaque en laiton travaillé qui ornait l'entrée, on apprenait le nom de l'occupant : « Honorable juge Eugene Poynter ».

Clint la suivit dans la pièce, qu'il découvrit avec curiosité. Il n'était jamais entré dans le bureau d'un juge. C'était une pièce aux dimensions généreuses dont les murs étaient remplis de livres jusqu'au plafond. Un imposant bureau en acajou trônait devant une grande fenêtre qui donnait sur Court Street. Perçant un des murs, un grand foyer d'un mètre et demi de haut abritait les flammes d'un feu qui faisait crépiter des bûches immenses. La harpe d'Eve se trouvait à côté de l'âtre.

— Oh, non, non! s'exclama-t-elle avec colère. Regardez où ces imbéciles ont mis ma harpe! Juste à côté du feu! Vite, Clint, il faut la déplacer sans tarder.

Obéissant, il dévêtit l'instrument de sa housse de velours pourpre, le souleva et alla doucement le placer plus loin du feu, devant le bureau du juge. Ses yeux noirs pleins d'orage, Eve sortit les mains de son manchon et lança pratiquement ses gants à sa domestique.

Elle se mit aussitôt à pincer quelques cordes et grogna en constatant le son de l'instrument. Ces quelques notes discordantes firent grimacer Clint.

— Ma harpe sonne comme un violon irlandais d'occasion, fulmina Eve.

— Oui, c'est nettement désagréable, acquiesça Clint. Il vous reste du temps pour l'accorder, Eve. Le spectacle de marionnettes commence à peine.

— J'ai le temps de l'accorder! riposta Eve. Qui diable vous fait croire que j'accorde moi-même ma harpe? M. Lilley s'en occupe pour moi. Vite, allons le trouver.

— Vous n'ignorez pas qu'il travaille avec la chorale des petits chanteurs et les choristes, dit Clint. D'ailleurs, ce ne doit pas être si compliqué, n'est-ce pas? Je vous ai vu accorder une corde ou deux durant les répétitions.

— Accorder une seule corde, oui, mais la harpe tout entière! Désolée, j'en suis incapable!

— Vous *pouvez* le faire, Eve, dit Clint, qui s'était approché d'elle, lui prenant les mains. Un peu de courage, je vais vous aider.

Elle releva les yeux pour le regarder bien en face. Le regard de Clint était plein de bonnes intentions, et il avait un joli sourire au coin des lèvres.

— Oui, je peux le faire, dit-elle tout bas, puis se tournant, elle donna l'ordre à sa domestique, Beattie, de les attendre dehors.

La servante disparut en silence, refermant la porte derrière elle.

— Je préfère qu'il n'y ait aucun témoin. Je vais me rendre ridicule, maugréa-t-elle.

— Et que suis-je, moi ? demanda Clint d'un ton badin, pour aussitôt s'excuser. Bon, ne vous inquiétez pas, vous serez très bien.

Eve s'installa derrière la harpe, où se trouvaient les chevilles. Elle avait raconté à Clint que M. Lilley, un jour, s'était tenu devant la harpe, penché en avant pour atteindre les chevilles, et qu'une corde trop tendue lui avait cassé au visage, lui laissant une mince marque rouge sur la mâchoire. Après l'incident, il s'était toujours fait un devoir de rester derrière la harpe pour l'accorder. Eve n'allait pas faire la même erreur et risquer d'abîmer son beau visage, ou pire encore, de se crever un œil. Cheville du *do* entre les doigts, le *do* du milieu de l'instrument, elle pinça la corde.

— Non, non, c'est plutôt… *lalalalaaaaa*, fit-il, lui donnant le *do*, et Eve accorda la corde en conséquence.

Elle monta d'une octave, trouva la cheville correspondante, et pinça la corde, tournant la cheville légèrement pour obtenir le ton juste. En fronçant les sourcils, elle pinça encore et encore cette même corde.

— Vous pincez la mauvaise corde, Eve, dit Clint, une pointe d'impatience dans la voix. C'est un *ré*.

— Je n'y peux rien, se justifia-t-elle avec humeur. Je ne peux pas pincer les cordes d'une main et accorder de l'autre. Je n'ai pas le bras assez long.

— Dans ce cas, vous n'avez qu'à… et puis, laissez-moi faire, dit Clint, qui se plaça derrière l'instrument.

Il mit les doigts sur la bonne cheville à l'arrière de la harpe, puis étira l'autre bras pour pincer la bonne corde. Eve n'avait pas bougé ; il se tenait derrière, passant les bras autour d'elle pour faire sonner les cordes de la harpe.

Il semblait même oublier qu'elle se trouvait là, tout près de lui. Elle resta tout à fait immobile tandis qu'il accordait l'instrument. Après un long moment, elle le regarda à la dérobée. Son visage était tendu dans une intense concentration, ses yeux d'un bleu nuit, presque noir. Par quelques subtils mouvements lents, elle se recula contre lui. Elle pouvait sentir sa respiration sur sa nuque.

— Je ne savais pas que vous pouviez accorder une harpe, dit-elle doucement.

— Moi non plus. Et vous ne me facilitez pas les choses. C'est plutôt difficile de se concentrer. Ce parfum que vous portez est hypnotique.

Malgré cette distraction, il continua à pincer les cordes, à faire des accords, à vérifier la justesse des notes à l'octave.

— J'aimerais avoir ce pouvoir sur vous, Clint, dit-elle. Une fois hypnotisé, je pourrais faire ce que je veux de vous.

— Hum hum, dit-il, distrait.

Elle décida d'attendre qu'il ait terminé, et ce fut vite fait. Il passa la main sur les cordes, un long effleurement, et l'écheveau d'harmonies se démêla en de somptueuses vibrations dans l'air.

— À vous d'essayer, dit-il d'un ton satisfait.

Elle se tourna et passa les bras autour de son cou.

— Dans une petite minute, chuchota-t-elle.

Elle l'attira vers elle et l'embrassa d'un baiser passionné. Clint répondit avec avidité et chaleur, car il était après tout un homme de chair et de sang, et elle était d'une pure volupté... Ses mains allèrent sur ses hanches, et il la serra contre lui. Elle inclina la tête et dit :

— Mes parents partent visiter la plantation d'un ami la semaine prochaine, pour les célébrations du Nouvel An. Viendrez-vous me voir, Clint?

— On ne refuse rien à une dame, dit-il, puis il l'embrassa à nouveau.

Ils s'embrassaient encore quand la porte s'ouvrit et que le chef de chœur Lilley apparut dans la pièce.

— Ah... euh... ah, dit-il, devenant rouge comme une tomate.

On ne vit sur le visage d'Eve aucune gêne ni sur celui de Clint. Ils se laissèrent simplement, se retournant vers le pauvre petit homme.

— Oui, nous sommes prêts, monsieur le chef de chœur, dit Clint avec, dans ses yeux, un éclat de malice. Comme vous pouvez le constater, nous sommes déjà réchauffés.

Sans mot dire, M. Lilley tourna sur ses talons et retourna presque en courant d'où il était venu.

— Vous êtes un vilain, dit Eve.

— Madame, vous les reconnaîtriez entre tous, rétorqua Clint.

CHAPITRE 4

L e spectacle de marionnettes fut féérique, et malgré les «Encore!» criés par les enfants ravis, les marionnettistes firent leur salut à la foule, et on vint ranger le petit théâtre de bois. Le narrateur fit une dernière révérence, et les enfants allèrent retrouver leurs parents. Les membres du conseil municipal, les juges, les dignitaires, les notables et les riches planteurs, accompagnés de leurs familles, reprirent leur place sur les bancs que l'on avait déménagés expressément du tribunal et installés pour eux devant la scène.

Marvel était revenue en courant vers Jeanne, ses yeux pétillants d'un grand bonheur.

— Il y a quoi ensuite, maman?

— Les choristes de Calvary vont chanter pour nous. On dit qu'ils sont très bons chanteurs, que leur spectacle est digne d'un opéra professionnel, expliqua Jeanne en prenant sa fille par la main. Aimerais-tu que nous nous approchions de la scène ? Il reste de la place sur le côté, près des marches.

On interdisait bien sûr aux gens du peuple d'occuper l'espace devant la scène, pour ne pas bloquer la vue des dignitaires confortablement assis sur les grands bancs.

D'un air contrit, Marvel regardait le grand espace vide devant le kiosque à musique.

— Angus dit que ces gens-là, on les appelle « le gratin ». Il n'a pas voulu me dire comment ils nous appelaient, nous.

— Angus O'Dwyer n'a que dix ans. On ne peut pas lui demander de tout savoir, dit Jeanne d'un ton pince-sans-rire. Viens avec moi, ma belle. Je vais nous trouver une place près de la scène et je te prendrai dans mes bras pour que tu ne manques rien du spectacle.

Les planches du kiosque à musique étaient à un mètre vingt du sol, soit vingt-cinq centimètres au-dessus de la tête de Marvel. Jeanne s'avança dans la foule grandissante et trouva un endroit près de la scène. Jeanne souleva Marvel et la posa contre sa hanche, comme quand elle était toute petite. Il n'y avait que trois personnes entre elles et la scène.

Les choristes firent leur entrée, les femmes joliment vêtues de jupes à crinoline, portant des bonnets à volants, et les hommes tout à fait élégants dans leurs redingotes croisées aux boutons cuivrés, avec leurs beaux chapeaux en poil de castor. Vinrent ensuite les violonistes, et Jeanne fut quelque peu surprise de les voir monter sur scène dans des habits de tous les jours. Une petite fille entra en queue de file ; on aurait dit une poupée, avec ses boucles d'un blond doré. Elle portait une tenue en velours marron et venait sur scène avec une flûte à la main. Elle alla s'asseoir sur l'une des quatre chaises mises à la disposition des instrumentistes, et ses pieds ne touchaient pas le sol. Les violonistes pincèrent quelques cordes, la petite fille fit quelques notes rapides. Le chef de chœur, dans son surplis blanc, alla se placer devant le groupe.

Il souleva sa baguette et la tint un long moment dans les airs. À son signal, la chorale entonna la première note de *It Came Upon a Midnight Clear*. Au bout de quelques mesures, Jeanne et Marvel échangèrent un sourire ravi. Les choristes de Calvary avaient en effet un réel talent. La voix des hommes était profonde et assurée ; celle des femmes, claire et pure. Même les trois violonistes, qu'on aurait facilement imaginés dans un saloon à jouer des airs bruyants, s'exécutaient avec brio. La flûtiste jouait sa partition à merveille, des notes tout en légèreté parfaitement placées.

Quand ils en furent à l'avant-dernier couplet de la pièce, Marvel fut distraite, tout comme Jeanne, par une agitation dans les marches. Elles ne voyaient pas ce qui s'y passait, sauf que les gens reculaient, murmurant entre eux. Le chant se termina, et un homme monta sur scène, transportant un objet qu'on devinait triangulaire et massif sous sa grande housse en velours pourpre. Il tendait l'objet vers le ciel comme si c'était la chose la plus normale. Sur ses pas, une dame pleine de dignité apparut, somptueusement vêtue de velours et de fourrures, suivie de près par une domestique, qui marchait tête baissée. Dans la foule, il y avait des chuchotements, et Jeanne entendit une personne dire :

— C'est une harpe.

L'homme déposa l'instrument, puis s'occupa de dénouer les cordons de satin doré qui retenaient la housse sur le cadre de la harpe. Jeanne l'étudia avec curiosité. C'était un homme musclé aux yeux étincelants et sombres. Les traits de son visage semblaient taillés à la serpe. Il avait une veste en laine brune usée mais propre, un pantalon de coutil et une paire de brodequins aux pieds. Comme coiffe, il portait une casquette noire. Au premier regard, sur le simple fait de son apparence, on aurait dit un homme maussade et sombre, malgré le cache-nez d'un rouge joyeux qu'il avait au cou et qu'un gros brin de houx enjolivait. Quand il levait les yeux sur la dame, un grand sourire se dessinait sur son visage, et son regard était chaleureux, plaisant. La dame, elle, restait à l'écart, observant comme une souveraine le travail d'un larbin, les mains au chaud dans son somptueux manchon en fourrure blanche.

L'homme se leva et retira d'un geste la grande housse de velours, découvrant de ce fait une grande harpe de concert, avec une colonne de presque deux mètres décorée de superbes feuilles dorées. Cette colonne imposante était coiffée d'un chapiteau en bois richement travaillé et couvert de feuilles d'or. L'homme se pencha pour vérifier le bon fonctionnement des pédales et, durant un bref moment, il leva un regard vers les spectateurs. Son regard balaya la foule pour s'arrêter sur Marvel. Ses yeux se plissèrent, et il lui fit un clin d'œil. De surprise, Marvel ouvrit les yeux grands et eut un petit rire nerveux. À présent, l'homme regardait Jeanne droit dans les yeux. Elle soutint son regard, puis se raidit en sentant ses joues s'empourprer. Pour une raison qu'elle ne s'expliquait pas, Jeanne se sentit attirée par cet homme. Il eut pour elle un petit signe de tête, puis retourna à sa tâche.

— Tu as vu le clin d'œil qu'il m'a fait ? demanda Marvel, murmurant parce que la foule s'était tue, attendant en silence.

— J'ai vu, oui, mais ce n'est pas étonnant, comme tu es la plus belle des petites filles, chuchota Jeanne en retour.

— Est-ce que tu crois qu'il est marié à la jolie dame ? Jeanne faillit rire tout haut.

— Non, ma chérie, ils ne sont pas mariés. Je pense qu'il l'aide seulement à transporter la harpe.

— Mais… commença Marvel, s'arrêtant en voyant le monsieur se relever pour aller cueillir un tabouret au siège capitonné qu'on lui tendait depuis le bas des marches.

Il alla placer le tabouret derrière la colonne et se tourna vers la dame. Tout lentement, elle sortit les mains de son manchon, que sa domestique prit aussitôt, l'aidant ensuite à retirer ses gants et sa cape en hermine. Prenant la main de l'homme, la dame alla délicatement prendre place sur le tabouret, inclinant la harpe vers elle de sorte que l'instrument repose sur son épaule.

Tournant les talons, l'homme marcha jusqu'au milieu de la scène, où il se tint seul, retirant sa casquette pour la tenir à deux mains devant lui. Se retournant, il adressa à la dame un hochement de tête entendu. La musique envoûtante de la harpe commença à flotter dans les airs, et l'homme se mit à chanter.

Ave Maria! Gratia plena
Maria Gratia plena…

Au premier son de sa voix, Jeanne retint son souffle, comme bien d'autres spectateurs, à n'en pas douter. Elle sentit Marvel haleter dans ses bras. La voix de cet homme était sonore, vibrante, riche et puissante. Cette voix, elle donnait l'impression de rouler sur vous, et elle vous faisait presque oublier le froid qui piquait la peau. Dès les premières notes, il avait conquis la foule qui l'écoutait, plongée dans un silence plein de déférence.

Jeanne ne comprenait pas le latin, mais cela ne changeait rien. La voix de cet homme était un don de Dieu, et la harpe l'accompagnait comme l'aurait fait un ange gardien. Les notes de ténor s'élevaient dans les airs, puis allaient descendant, résonnant dans d'insondables profondeurs. Enfin, l'homme chanta le dernier « *Ave Maria* », soutenant la dernière note avec une telle force et si longtemps que Jeanne en oublia de respirer. Après quelques dernières notes de harpe, le morceau s'acheva.

Il régna un long silence sur la grand-place du tribunal, et l'homme fit un salut, inclinant légèrement la tête. Il y eut le début de ce qui devint une tempête d'applaudissements, et des hommes se mirent à crier : « Bravo ! Bravo ! »

Marvel regarda sa mère et lui dit des mots qu'elle ne put entendre dans la cacophonie. Jeanne vit quand même sur ses lèvres que Marvel disait : « Bouté divine ! »

Jeanne hocha la tête.

— Oui, bouté divine !

— Maman, c'est quoi ça? demanda Marvel, tout émerveillée.

Jeanne regarda la table du marchand. Elle était remplie de puddings enveloppés comme des boules de Noël dans de la mousseline. Le spectacle terminé, les gens en profitaient pour faire leurs derniers achats, et la dame qui s'occupait de la table avait déballé une des boules. Elle y plaça un brin de houx en guise de décoration, versa un trait de brandy sur le dessert auquel elle porta ensuite une flamme. L'alcool brûla quelques instants, faisant danser des flammes bleues sur le pudding riche et épais.

— C'est un pudding de Noël, ma chérie. La coutume veut qu'on les mange à la fin du dîner de Noël.

Marvel ouvrit la bouche pour parler, mais resta sans voix. Sourcils relevés, elle regardait par-dessus l'épaule de sa mère. En se retournant, Jeanne fut surprise de découvrir George Masters, qui la saluait d'une basse révérence. Il avait émis le souhait de la rencontrer à la fête, mais Jeanne avait oublié. À vrai dire, elle avait cru que c'était par pure politesse qu'il avait parlé ainsi.

— Monsieur Masters, bonsoir, dit-elle.

— Bonsoir à vous, madame, répondit-il. Je suis si content d'enfin vous trouver, Jea… madame.

Jeanne eut un petit sourire, amusée de le voir gêné. Au travail, il était de bon ton d'appeler les femmes de chambre par leur prénom. En société, il aurait été mal vu pour un gentleman d'appeler une dame par son nom de baptême, qu'elle fût ménagère ou femme de juge.

— C'est également un plaisir de vous voir, monsieur Masters, dit-elle chaleureusement. Permettez-moi de vous présenter ma fille, mademoiselle Marvel Bettencourt. Marvel, voici M. George Masters.

Marvel eut une mignonne petite révérence, puis étudia ce monsieur d'un regard interrogateur.

— Monsieur Masters ? Nous avons prié pour vous l'autre nuit. Pour dire vrai, nous n'avons pas vraiment prié *pour* vous, mais vous avez été *dans* nos prières. C'était pour vous remercier de donner de l'argent à ma maman. C'est vous, n'est-ce pas ?

On vit la confusion passer sur les traits normalement posés de George Masters. Il eut peine à répondre, balbutiant ces mots qui disaient son trouble :

— Hum… ah… oui, mademoiselle Marvel. J'imagine que c'était moi. Euh… mademoiselle… pardon, madame Bettencourt devrais-je dire… ou je ne m'abuse ? Mais bien sûr, que je suis bête, c'est madame ! Vous m'excuserez, j'ai d'abord cru que cette jeune personne était votre sœur.

Nullement décontenancée, Jeanne avait l'habitude de ce quiproquo.

— Non, il s'agit bien de ma fille, monsieur Masters. Je suis veuve.

— Angus, il dit que les hommes croient toujours que ma mère est ma sœur, lui expliqua Marvel.

— Angus ? répéta-t-il un peu bêtement.

— Angus O'Dwyer, dix ans et déjà homme du monde, s'amusa à préciser Jeanne.

George Masters regardait fixement Marvel.

— Et quel âge a-t-elle ? demanda-t-il enfin.

— Elle tient de sa mère, à ce qu'on dit, répondit Jeanne sur un ton badin. Elle ne fait pas son âge. On la croit plus jeune qu'elle ne l'est… au fond.

— J'ai six ans maintenant, annonça Marvel, toute fière. Je commence l'école en mars. Monsieur Masters, avez-vous déjà mangé un pudding de Noël en feu ?

— Ma foi… eh bien, oui. Pas un pudding en entier, mais une part, oui, et j'avais soufflé les flammes avant de manger, dit-il en jetant un œil vers la table où plusieurs gens se massaient pour acheter des puddings. Ils sont vraiment bons, mademoiselle Marvel.

Marvel leva les yeux vers Jeanne, qui lui dit d'une voix encourageante :

— Tu peux en acheter un, Marvel.

Marvel fit des petits bonds vers la table, et on entendit sa petite voix aiguë demander, tandis qu'elle pointait un pudding du doigt :

— Est-ce que je pourrais voir celui-là, s'il vous plaît ?

George Masters sourit à Jeanne.

— C'est une intrigante jeune dame… comme sa mère.

— Merci, monsieur, dit Jeanne, qui leva une main nerveuse sur la couronne de houx qu'elle avait pour coiffe.

Elle se sentait plutôt embarrassée d'être ainsi accoutrée, d'autant plus que M. Masters l'étudiait d'un air grave.

— Et puis-je avoir l'audace de vous complimenter, madame Bettencourt ? Cette coiffe de houx et de lierre vous sied à merveille. Je dois dire que je n'avais jamais eu la chance de voir vos cheveux, que vous avez admirables, si je puis me permettre. Voudriez-vous m'accorder un moment, le temps d'une promenade ? dit-il en lui offrant son bras. Nous pourrions faire la visite des exposants ? Leurs tables sont pleines d'articles fort intéressants.

Jeanne posa légèrement la main sur son avant-bras, et ils marchèrent vers la table où Marvel ne s'était pas encore décidée sur le choix du meilleur pudding.

— Vous êtes bien gentil, monsieur Masters, mais nous avons déjà visité deux fois chaque marchand et examiné tous les articles qu'on y trouve. J'ai donné un peu d'argent à Marvel, et, vous voyez, c'est elle qui choisit comment le dépenser. Je dois dire que ma fille est une acheteuse des plus prudentes.

— Je vois. Dans ce cas, je suppose que je ne ferai pas mouche en m'offrant d'acheter à ces dames quelques présents de Noël.

— Non, monsieur, répondit Jeanne d'un air sévère. Vous ne feriez pas mouche, et ce, pour différentes raisons.

George Masters n'allait pas se démonter pour si peu.

— C'est bien ce que je croyais, dit-il tout bas.

Marvel revint en courant, tenant à deux mains le précieux pudding de son choix.

— C'est le plus gros, dit-elle. J'ai bien choisi. Mais...

Au regard que Marvel jeta en direction du marchand de fruits, on pouvait deviner qu'elle n'avait pas terminé ses emplettes et qu'elle se voyait bien mal prise, avec son gros pudding dans les mains.

George Masters fit une petite révérence et dit :

— Mademoiselle Marvel, aimeriez-vous que je m'occupe de transporter votre pudding pour vous ?

— Ça ne vous dérange pas ? demanda-t-elle.

— Pas le moins du monde, ce serait même un honneur.

Sur ce, elle lui tendit le précieux paquet et partit vers la table de fruits. Jeanne aurait trouvé la scène cocasse en tout autre temps, de voir ainsi un gentleman avec sa petite boule de mousseline dans les mains. Étrangement, George Masters ne perdait rien de sa dignité. Il marchait fièrement, Jeanne à son bras.

Il baissa les yeux sur elle, comprit la lecture qu'elle faisait de la situation et eut un petit sourire.

— Je suis tout à fait à l'aise, madame Bettencourt. Croyez-moi, j'ai vu des hommes transporter des colis autrement plus gros et ridicules, suivant leur épouse de boutique en boutique comme des bêtes de somme. Cela dit, si mademoiselle Marvel garde le rythme, c'est à ces hommes que je risque de ressembler d'ici peu. Mais d'ailleurs, est-ce que je m'impose en vous accompagnant ce soir, vous et mademoiselle Marvel ?

— Eh bien… non, je suppose que non, monsieur Masters, répondit Jeanne, un peu démontée par la question.

Elle aurait cru qu'il se contenterait de leur offrir, à elle et à Marvel, une ou deux paroles gentilles pour ensuite s'excuser et retourner auprès de ses pairs.

— Depuis un long moment déjà, continua-t-il à voix basse, je nourris cet espoir que nous puissions nous voir dans un contexte plus social. Je ne me serais jamais permis une telle audace tandis que vous travailliez. Mais c'est différent ce soir.

— Ce ne l'est pas du tout, répliqua abruptement Jeanne. Nous ne sommes pas sur un même pied d'égalité, monsieur Masters. Ce soir n'est pas différent de n'importe quel autre soir. Je suis et je resterai une femme de chambre, et vous êtes...

Curieusement, il lui demanda :

— Oui ? Qu'est-ce que je suis ?

— Le... le gratin, finit-elle par dire, défiante dans son attitude.

Il la fixa du regard, et elle le regardait de la même façon. Après un moment tendu, Jeanne ne put s'empêcher de pouffer de rire, et George Masters pouffa aussi.

— Je suis vraiment désolée, monsieur Masters, dit finalement Jeanne. J'ai bien peur de m'y être mal prise. C'est moi qui ai agi comme la pire snob, et non l'inverse.

— Vous avez raison, dit-il d'un ton léger, et je vous pardonne.

Ils suivirent Marvel, discutant de nourriture, de décorations de Noël et du talent des choristes, jusqu'à ce que Marvel termine ses achats. Bientôt, George Masters eut dans les bras un pudding de Noël, deux oranges, un bonhomme en pain d'épice et une poignée de caramels.

— Madame Bettencourt, m'offririez-vous le bonheur de prendre une boisson chaude en ma compagnie ? dit-il comme une supplique. Je gèle et je sais que vous devez avoir froid. Aussi, j'aimerais déposer un instant tous ces achats de mademoiselle Marvel que je crains d'abîmer.

— Je crois qu'il est temps que nous rentrions à la maison, dit Jeanne d'un ton égal. Vous vous êtes montré très généreux, monsieur Masters. Vous pouvez me donner les choses de Marvel.

— J'espérais vous raccompagner, madame Bettencourt. Ce serait la moindre des choses que vous acceptiez, insista-t-il. J'ai encore souvenir de vous, qui me disiez huppé.

Marvel écoutait attentivement la conversation, son regard curieux passant tour à tour de M. Masters à sa mère.

— Nous vivons dans le Pinch, dit Marvel. C'est loin d'ici.

— Marvel, dois-je te rappeler qu'il est impoli de parler sans demander la permission ? dit Jeanne, se montrant plus fâchée qu'elle ne l'aurait voulu.

Le visage de Marvel se décomposa, et Jeanne ajouta tout doucement :

— Ce n'est pas grave, ma chérie, c'est seulement que M. Masters n'a pas besoin de nous raccompagner jusqu'à la maison. Il est venu ici avec un groupe d'amis. En outre, je suis persuadée qu'il a d'autres projets pour la soirée.

— Je m'excuse, dit Marvel, s'adressant à la fois à sa mère et à M. Masters.

— Mademoiselle Marvel, dit-il galamment après un regard prudent à l'intention de Jeanne, ne savez-vous pas déjà que les jolies dames n'ont jamais besoin de s'excuser auprès de ces messieurs ? Par ailleurs, madame Bettencourt, sachez que mes plans pour la soirée se résument à regagner ma triste chambre à l'hôtel Gayoso. Vous me feriez une fleur en restant un peu avec moi, le temps de partager un verre de bière épicée peut-être. Ensuite, quand il vous plaira, je vous ramènerai chez vous dans un landau qu'un ami m'a prêté.

Jeanne était embarrassée, réticente à accepter cette proposition qu'elle trouvait des plus absurdes. Elle pensait à leur maison dans le Pinch, qui ne donnait même pas sur la rue, mais bien sur une ruelle miteuse. Elle s'imaginait arriver chez elle dans une belle voiture, en compagnie d'un gentleman distingué. La scène semblait tout droit sortie d'une satire loufoque.

Malgré tout, elle voyait aussi le visage de Marvel levé vers elle, son expression suppliante et ses yeux remplis d'espoir. Elle se laissa fléchir.

— Merci, monsieur Masters, ce serait très aimable à vous.

— Mais pas du tout, dit-il, souriant, je vous en prie !

Ils se rendirent à la table où l'on servait des boissons chaudes. Jeanne et Marvel arrêtèrent leur choix sur un cidre chaud, tandis que M. Masters s'offrait une tasse fumante de bière épicée. Apparemment, il connaissait le couple de marchands.

— Mon cher Darnley, dit-il, mademoiselle Marvel a fait beaucoup d'emplettes, et j'ai peine à tout transporter. Auriez-vous un sac que nous pourrions utiliser ?

Après discussion, il fut décidé que les trésors de Marvel se transporteraient mieux dans un paquet fait d'un grand carré de papier brun. Marvel s'inquiéta que le bonhomme en pain d'épice se brise et se proposa de l'emporter à part. Craignant que la friandise ne survive pas à ce traitement, M. Masters alla chercher un morceau de mousseline chez la dame qui vendait les puddings de Noël. Il enveloppa le bonhomme en pain d'épice et le mit dans sa poche, puis ils allèrent s'asseoir devant le kiosque sur les bancs à présent désertés pour finir leurs boissons.

— Vous êtes un homme plein de ressources, monsieur Masters, dit Jeanne.

— Le bonheur des jolies dames n'a pas de prix, raconta-t-il d'un ton léger. Je vois que vous avez terminé votre cidre. En voudriez-vous un autre verre, ou autre chose ? Je connais un restaurant, le Courtier, qui ne ferme jamais avant minuit. Vous me feriez vraiment plaisir en acceptant de m'y accompagner.

Jeanne lui adressa un regard incrédule. Le Courtier était un des restaurants qui donnaient sur la place du tribunal. C'était un établissement de grand luxe et très cher. Croyait-il que Marvel et elle oseraient y entrer, vêtues comme elles l'étaient, dans des laines miteuses ? Il n'y avait sans doute pas pensé, ce genre de considération lui étant étrangère, lui qui était toujours bien mis, avec un pardessus en laine peignée, une redingote noire, un gilet en satin et un chapeau haut de forme sur la tête. Jeanne et Marvel auraient tout de suite passé pour des filles de cuisine. Quelle idée !

Jeanne vit du coin de l'œil que Marvel ouvrait la bouche dans un énorme bâillement, clignant des paupières lourdes en regardant fixement sa tasse vide.

— Je vous remercie de cette proposition, monsieur Masters, mais comme vous pouvez le constater, ma fille est presque déjà endormie. Il se fait très tard. Il est temps de rentrer.

Il sembla déçu, mais n'en fit pas de cas, se contentant de hocher la tête et de dire :

— Très bien, madame Bettencourt. Je vais chercher la voiture. Je ne serai pas long.

Elle le regarda partir vers Court Street, marchant à grandes enjambées. À quoi jouait-il ? Elle aurait tout de suite douté de ses intentions, s'il avait été comme les autres hommes qu'elle rencontrait au Gayoso, ceux qui tentaient de la séduire. Toutefois, elle n'avait jamais perçu ce désir chez George Masters. Le seul reproche qu'elle pût lui faire, c'était de se montrer un peu trop gentil envers une simple femme de chambre. Au fond, il n'y avait peut-être aucun mystère : M. Masters était un homme gentil que l'esprit de Noël rendait charitable.

À côté d'elle, Marvel n'en pouvait plus de lutter contre le sommeil, et sa tête tomba doucement contre l'épaule de sa mère. Jeanne prit la tasse que Marvel ne tenait plus dans sa main molle et passa les bras autour d'elle. Après une minute ou deux, George Masters revint et sourit en les voyant ainsi enlacées.

— La voiture nous attend. Voulez-vous que je prenne la petite dans mes bras ?

— Non merci, s'empressa de refuser Jeanne. J'ai l'habitude, vous savez.

Jeanne prit Marvel avec elle, la soulevant aussi facilement qu'une poupée de chiffon. Marvel ne se réveilla jamais.

Le landau les attendait, son chauffeur coiffé d'un haut-de-forme gris et emmitouflé dans un grand manteau doublé. M. Masters aida Jeanne à monter avec Marvel.

— Quelle direction dois-je communiquer au chauffeur ?

— Vous pouvez lui dire de remonter jusqu'à l'intersection de Main Street et d'Overton Street, dit Jeanne. Ce sera parfait.

Masters instruisit le chauffeur de la route à suivre, avant de monter pour s'asseoir en face de Jeanne. Comme la voiture démarrait, Marvel remua.

— Maman, dit-elle en s'éveillant, un peu paniquée, tu allais me laisser dormir ? J'aurais manqué le tour en voiture ?

— Je n'y avais pas pensé, s'excusa Jeanne. Tu es réveillée maintenant et apparemment, ajouta-t-elle, lançant un regard entendu à leur hôte, notre cher M. Masters a demandé au chauffeur de ne pas se presser, pour que tu ne manques rien.

De fait, ils allaient aussi lentement que le cheval savait trotter.

Bien qu'il fût vingt-deux heures passées, la plupart des magasins de Main Street accueillaient encore des clients, et les affaires semblaient bonnes. Les chanteurs ambulants avaient quitté la grand-place du tribunal pour se rendre dans ce quartier marchand de la ville. La neige au sol était encore belle et brillante, la nuit était froide mais claire, l'air était bon et vivifiant. Marvel demanda à s'asseoir sur les genoux de sa mère pour mieux voir par les vitres du landau.

George Masters paraissait tracassé, son regard passant plusieurs fois de Marvel à Jeanne.

— Euh, madame Bettencourt, je ne trouve pas les mots pour dire combien j'ai pris plaisir à votre compagnie ce soir... et à celle de mademoiselle Marvel, bien sûr.

— Certainement autant que nous avons apprécié la vôtre, monsieur Masters, répondit poliment Jeanne.

— Vous ne me comprenez pas : j'ai réellement aimé le temps passé avec vous, dit-il d'un ton insistant. En ce sens, j'aimerais... en fait, j'espérerais plutôt, si vous aviez l'amabilité... je veux dire...

Marvel se leva d'un coup.

— Maman, s'exclama-t-elle, regarde! C'est l'homme qui chante! Juste là! Il marche avec des gens! Allô, allô! appela-t-elle bruyamment.

— Marvel, s'il te plaît, gronda Jeanne, énervée. Ne crie pas. Les dames ne s'adressent pas de cette manière aux hommes. Tout spécialement lorsque ces hommes sont de parfaits inconnus.

— Mais il m'a fait un clin d'œil, dit Marvel avec une toute petite voix. Il me reconnaîtrait, je le sais.

Elle s'agenouilla sur la banquette, mit ses moufles contre la vitre et regarda dehors. Elle crut voir le grand homme qui la regardait en souriant.

— Non, il ne te reconnaîtrait pas. Cesse de lui envoyer la main, l'avertit Jeanne pour aussitôt se tourner vers M. Masters. Je vous prie d'accepter mes excuses, monsieur. Marvel est tombée sous le charme du ténor soliste de Calvary.

— Il a un talent certain pour la scène, admit M. Masters. Ses interprétations de l'*Ave Maria* et de *Sainte nuit*, avec l'accompagnement de la harpiste, étaient très solides. Je dirais même qu'il a éclipsé les autres choristes.

— J'ai pensé la même chose, avoua Jeanne. Les choristes étaient excellents, mais ce soliste avait quelque chose d'exceptionnel. La dame à la harpe était compétente aussi et une soprano fort capable.

— Et tellement belle! ajouta Marvel dans un soupir. On aurait dit une reine.

— Il faudra que je lui transmette vos bons mots, mademoiselle Marvel, dit George Masters avec amusement. Elle en sera ravie.

— Vous la connaissez, la dame? demanda Marvel, qui s'était subitement détournée de la vitre.

— C'est une de mes connaissances, oui. C'est Mme Eve Poynter Maxfield. Son père est juge ici, à Memphis, expliqua-t-il, puis il hésita un instant avant de poursuivre, ayant remarqué la raideur qui était apparue dans les traits de Jeanne. Ma famille connaît les Poynter depuis bien des années.

« Et voilà, nous en sommes rendus au discours truffé de noms de gens en vue », pensa Jeanne. Elle tourna la tête et fixa un regard vide sur les vitres. Un silence inconfortable s'installa.

Marvel, elle, n'avait pas conscience que ce silence était né d'une gêne.

— Ma maman et moi, nous n'avons plus eu froid quand l'homme qui chante a chanté l'*Ave Maria*.

Elle le disait tout d'un trait, comme un seul mot :
« Avémaria. »

— C'est pour dire, commenta distraitement George Masters, les yeux tournés sur le profil de Jeanne. Puis-je vous demander, mesdames, ce qui vous a le plus ravies de la fête ?

— Le spectacle de marionnettes, répondit Marvel sans hésiter. Et l'homme qui chante. Et l'énorme arbre de Noël. Et aussi les oranges. Et j'avais presque oublié le tour en traîneau ! Le tour en voiture que nous faisons, c'est bien aussi, précisa-t-elle avant de retourner voir par la vitre.

— Madame Bettencourt ? dit doucement M. Masters pour attirer son attention. Comment trouvez-vous ce tour de landau ?

— Je dois admettre qu'il est très plaisant de se voir mener à la maison dans une aussi jolie voiture. Je suis certaine que nous en garderons, Marvel et moi, un souvenir impérissable.

— Rien ne sert d'en garder seulement le souvenir, laissa-t-il tomber à l'étourdie. Non, fit-il pour se reprendre, ce n'est pas ce que j'ai voulu dire. Ce que je dis, c'est que ce tour en voiture n'a pas à être le dernier. Nous pourrions beaucoup voyager en landau.

— J'imagine que vous le pourriez, répondit Jeanne à voix basse, mais Marvel et moi, nous n'avons pas plusieurs landaus à notre disposition.

La réponse parut frustrer George Masters, et il allait répliquer quand la voiture s'arrêta. Jeanne regarda par la vitre. Dehors, on voyait les premières masures du Pinch.

— Nous y voici, ma chérie, annonça-t-elle jovialement à Marvel.

George Masters ouvrit la porte, fit descendre le mar-
chepied d'un coup de talon et tendit la main pour aider
Jeanne et Marvel. Cela fait, il prit un moment pour
découvrir les alentours, les yeux plissés.

— Est-ce là votre demeure, madame Bettencourt?
demanda-t-il d'un ton méfiant, montrant d'un signe de
tête le cottage en bardeau battu par le temps qui tenait
on ne sait trop comment sur le coin de Main Street et
d'Overton Street.

— Non, nous vivons un peu plus loin, raconta
vaguement Jeanne, prenant Marvel par la main et tendant l'autre à M. Masters. Merci de tout cœur pour cette
merveilleuse soirée, monsieur Masters. C'était vraiment
aimable de votre part.

Il n'hésita pas et prit sa main tendue, se pencha au-
dessus de celle-ci, puis la prit à deux mains.

— Je vous assure, madame Bettencourt, que tout le
plaisir était pour moi. De grâce, madame, vous devez
m'accorder cette faveur de vous raccompagner jusqu'à
votre porte.

Jeanne libéra doucement sa main de son étreinte.

— Non, je regrette, mais ce ne sera pas nécessaire.
Auriez-vous l'obligeance de me rendre le paquet de
Marvel, je vous prie?

— Et aussi mon bonhomme en pain d'épice, s'il vous
plaît, dans votre poche, ajouta Marvel.

George Masters ne répondit pas sur-le-champ à sa
demande, lui qui regardait maintenant Jeanne, les sourcils froncés.

— Madame, j'ai bien peur de devoir m'imposer. Je ne suis pas du tout rassuré de vous laisser seule dans ces rues mal éclairées.

— Monsieur Masters, répondit Jeanne d'une voix égale. J'emprunte ces rues tous les matins pour me rendre au travail, comme à mon retour tous les soirs; c'est mon quartier. C'est ici chez moi. J'apprécie l'attention, mais vous comprenez certainement qu'elle est mal avisée.

— Non, je ne le comprends pas le moins du monde, dit-il sombrement. Par ailleurs, je ne voudrais pas vous contrarier, madame, loin de moi cette idée. Voici votre paquet, et mademoiselle Marvel, voilà votre bonhomme en pain d'épice. Je vous souhaite à toutes les deux de passer un très joyeux Noël. Merci infiniment d'avoir accepté de partager cette veille de Noël avec moi.

Marvel fit une révérence.

— Merci, monsieur Masters, dit-elle en se donnant un air formel, d'avoir si bien pris soin de moi et de ma maman. Vous êtes vraiment un homme bien.

Jeanne se sentit soudain parfaitement ingrate et, pour oublier son malaise, elle se composa le plus chaleureux des sourires.

— Monsieur Masters, dit-elle, nous vous sommes profondément reconnaissantes. Sans vous, nous n'aurions jamais eu autant de plaisir en cette veille de Noël. Je vous remercie. Joyeux Noël à vous et à vos proches, et bonne nuit.

Elles le quittèrent et marchèrent en silence. Jeanne avait pleine conscience qu'il resterait là à les regarder jusqu'à ce qu'elles disparaissent dans la ruelle, un pâté de maisons plus loin. Marvel poussa un gros soupir et dit :

— Tu vois bien, maman. Je te l'avais dit. Tu n'aimes pas les hommes.

Une fois de plus, Jeanne se demanda si sa fille n'avait pas raison.

Elles s'éveillèrent au son des cloches que faisaient sonner toutes les églises de la ville en ce jour de Noël, invitant les paroissiens à différents services religieux. Marvel se leva d'un bond et courut immédiatement vers l'arbre de Noël, où elle trouva deux présents enveloppés dans du papier brun ordinaire et décoré de petites étoiles rouges et blanches en feutrine.

— Maman, est-ce que je peux les ouvrir maintenant ?

— Hum... attends une minute, répondit Jeanne d'une voix encore endormie. Je n'ai pas ouvert les yeux.

— D'accord, dit Marvel, qui alla à la fenêtre, puis se leva sur la pointe des pieds pour regarder dehors.

Un soleil tout joyeux dans le ciel bleu pervenche jetait ses rayons d'or sur le couvert de neige, le faisant scintiller comme s'il était cousu de diamants. Il faisait encore un froid de canard dehors, mais c'était une journée sans vent. Tout était paisible.

— Tu voudrais allumer les chandelles dans l'arbre pendant que je nous fais du thé ? dit Jeanne, qui s'était levée pour s'occuper du feu. Ensuite, on déballera les cadeaux.

— Maman, il faut porter nos couronnes de houx ! dit sa fille, tout excitée.

— Très bien, nous les porterons, promit Jeanne.

Jeanne avait mis les couronnes dans un seau d'eau pour éviter qu'elles ne se dessèchent. Elle s'affairait maintenant à les sortir, les laissant un moment sécher sur un linge.

Grimpée sur un seau retourné, Marvel allumait les chandelles avec une longue éclisse de pin. Elles se parèrent de leurs coiffes verdoyantes et se versèrent chacune une tasse de thé, qu'elles allèrent siroter sur le matelas.

— Ouvre celui-là en premier, dit Jeanne.

Déballant le paquet, Marvel ne trouva pas une mais deux chemises à manches longues que Jeanne avait confectionnées avec le tissu des taies d'oreiller du Gayoso.

— Oh, merci, maman. Elles sont tellement douces ! Est-ce que je pourrai en porter une pour aller à l'église ?

— Eh bien, oui, si tu portes une robe par-dessus, décida Jeanne. Allez, vas-y, ma chérie, ouvre l'autre.

Sous le papier brun, elle découvrit une vraie poupée fabriquée en Allemagne. Elle avait une tête en porcelaine vernie avec des cheveux moulés peints en noir. Au bout de ses bras en bois, elle avait de mignonnes petites mains en porcelaine. Ses yeux peints en bleu et sa petite bouche rouge la rendaient adorable comme tout. Sa longue robe blanche était faite de broderie anglaise et garnie de dentelle délicate. Durant un long moment, Marvel resta bouche bée, ouvrant des yeux grands et ronds comme des boutons.

— Oh, bouté divine! laissa-t-elle finalement tomber, son exclamation comme un souffle. Comme elle est belle! Merci, merci, maman!

— Mais je t'en prie, Marvel, dit Jeanne avec bonheur. N'est-ce pas qu'elle est belle? Tout comme toi. Comment vas-tu l'appeler?

Marvel possédait déjà une poupée de chiffon, que Jeanne avait fabriquée de ses propres mains. Marvel l'avait appelée «Madame Topp», comme le propriétaire du Gayoso, M. Roberston Topp, dont elle trouvait le nom agréable. Marvel insistait toujours pour que Jeanne appelle sa poupée par son nom.

Marvel réfléchissait en fronçant les sourcils.

— Je crois que... commença-t-elle lentement. Je crois que je vais l'appeler «Avémaria».

— Avémaria? répéta Jeanne, que l'idée amusait. C'est un joli nom pour une grande dame.

Marvel passa la main sur la tête de la poupée, sur ses cheveux, puis sur le tissu de sa robe.

— Maman, est-ce que tu connais les paroles de la chanson?

— Non, ma chérie, c'est du latin. En revanche, je sais qu'il s'agit de deux mots : «*Ave*» et «*Maria*», qui veulent dire «Je vous salue, Marie».

— Marie? La mère de Jésus?

— C'est exact.

Marvel hocha la tête, son regard ne quittant plus la poupée.

— Pourquoi l'homme qui chante ne pouvait pas être marié avec la dame à la harpe? demanda-t-elle, la question semblant sortir de nulle part.

Jeanne s'expliqua.

— J'ai vu à la manière dont ils étaient vêtus que la dame était riche et que l'homme était pauvre. Les gens riches n'épousent pas les gens pauvres.

— Jamais?

Jeanne hésita. Elle avait toujours voulu dire l'exacte vérité à Marvel, dans les limites bien sûr de ce que la petite pouvait comprendre.

— J'imagine que cela peut parfois arriver, mais c'est rare. Les gens riches se marient entre eux. Comme cela, ils sont certains qu'on ne les épouse pas pour leur argent.

Marvel prit un temps pour digérer ces nouvelles informations avant de demander :

— Est-ce que M. Masters est riche?

— Je crois que oui. En fait, oui, je sais qu'il l'est.

Marvel ne regardait plus sa poupée, mais fixait Jeanne droit dans les yeux.

— Donc, tu ne l'aimes pas parce que nous sommes pauvres et qu'il est riche?

— Non, répondit Jeanne, troublée. Ce n'est pas la raison… enfin oui. Je me suis mal expliquée. Je pense que… ou plutôt M. Masters s'imagine… oh, et puis laisse tomber, Marvel. Ce sont des tracasseries de grandes personnes, et tu n'as pas encore l'âge de tout comprendre. En plus, nous parlions de mariage entre gens riches et gens pauvres, chose qui n'arrivera jamais entre M. Masters et moi. En fait, il vaut mieux que tu oublies M. Masters, et aussi l'homme qui chante, parce que tu ne les reverras probablement jamais, ni l'un ni l'autre.

La nouvelle sembla décourager Marvel.

— D'accord, maman.

« Mais qu'est-ce qui me prend ? se dit Jeanne. Pourquoi rendre mon enfant malheureuse le matin de Noël ? Mais que puis-je faire ? Lui mentir ? Non, je ne peux pas, même si le sujet est difficile. »

Elle se pencha vers sa fille et mit un doigt sous son menton, soulevant son visage pour qu'elle la regarde.

— Ma chère petite, nous sommes heureuses, n'est-ce pas ? Tu n'es pas triste à cause de M. Masters, non ?

Marvel lui adressa un grand sourire rayonnant.

— Non, maman. Si tu es heureuse, je suis heureuse aussi.

— Je suis heureuse, Marvel, lui assura Jeanne, hochant la tête. Le Seigneur nous accorde tant de bonheur pour Noël. Nous sommes chanceuses d'avoir un toit, de la bonne nourriture et de jolis cadeaux !

— Nous avons la neige aussi. Et un pudding de Noël, et Avémaria, reconnut Marvel, serrant amoureusement la poupée dans ses bras. Merci, maman, et merci au bébé Jésus.

— Oui, merci, dit tout bas Jeanne. Merci, Seigneur Jésus.

CHAPITRE 5

Jeanne rentra au travail le lendemain de Noël. C'était une journée brillante et chaude qui fit vite fondre le manteau de neige et laissa les rues dans un état lamentable. En baissant les yeux, Jeanne vit que ses bottines étaient couvertes de boue. Mme Wiedemann l'arrêterait à la porte de l'hôtel, et Jeanne devrait s'asseoir dehors, enlever ses bottines pour en nettoyer toute trace de boue. Elle pressa les foulées pour ne pas arriver en retard. Quand elle descendit du trottoir en planches de Main Street pour traverser Union Avenue, elle sentit la gadoue glacée, glissante comme de la graisse, qui entrait dans sa chaussure gauche. La pièce de cuir dont elle s'était servie pour boucher un trou dans la semelle était percée. Trois dollars, c'est ce que lui coûterait une nouvelle paire de bottes. Jeanne aurait voulu pleurer, mais aucune larme ne vint à ses yeux. Elle redressa les épaules, nettoya ses bottes et alla se rapporter à Mme Wiedemann, qui attendait à la porte de service.

— Il n'y a que treize chambres occupées dans l'hôtel tout entier, l'informa Mme Wiedemann, ce qui fait qu'aujourd'hui, il n'y aura qu'Agatha et vous en service.

L'intendante tendit à Jeanne la liste des chambres à nettoyer.

Jeanne alla chercher son nécessaire de travail et monta au troisième étage. George Masters n'avait pas quitté l'hôtel, ce qui ne manqua pas de la surprendre. D'ordinaire, les gens passaient les fêtes en famille, et même les hommes d'affaires les plus zélés n'échappaient pas à cette règle, délaissant leur travail pour retrouver leurs proches à la maison. En ayant cette réflexion, Jeanne se souvint d'un détail, d'une remarque que M. Masters avait eue. Il avait parlé d'être seul pour la veille de Noël. « L'idée ne m'a pas même effleuré l'esprit, et je ne lui ai rien demandé... Ce n'est pas très aimable de ma part... » C'était décidé, elle serait plus aimable à son endroit et trouverait aussi un prétexte pour s'informer de sa famille. Jeanne était un peu gênée de lui avoir laissé une mauvaise impression le soir de la veille de Noël.

Elle frappa à sa porte, annonça sa présence, mais n'eut pas de réponse. Étrangement, ce silence la laissa un peu penaude, et elle pénétra dans la chambre vide avec un pincement au cœur. « Jeanne, ce que tu es bête ! se dit-elle. Qu'espérais-tu ? » Elle se lança avec vigueur dans son travail, se promettant de ne plus s'illusionner sur les intentions de ce monsieur.

Dans sa tournée des chambres, Jeanne ne vit qu'un seul hôte, qui lui donna un généreux pourboire, un dollar qui suffit à lui redonner le moral. C'était déjà un tiers de gagné pour l'achat d'une nouvelle paire de bottes. Le client de la dernière chambre avait déjà réglé sa note, et Jeanne laissa la porte ouverte, le temps de remettre tout en ordre. Elle était sur le point de terminer quand Mme Wiedemann vint la voir, ce qui était pour le moins inhabituel. Elle était en compagnie d'un monsieur en costume.

— Jeanne ? Ce monsieur demande à vous parler, dit-elle d'un ton cassant, avant de prendre congé sans autre forme de salutation.

Jeanne se tenait immobile, son linge pour laver les glaces dans une main, le regard fixé sur l'homme dans la chambre avec elle. C'était un homme de constitution moyenne, un peu petit, mais chic dans son costume gris. Il arborait une contenance et un air sans prétention, avec une moustache joliment taillée, comme sa barbe d'ailleurs, et tenait un haut-de-forme du bout de ses doigts longs et minces. Il avait les yeux noirs, et son regard sur Jeanne était intense.

— Bonjour, madame Bettencourt, dit-il en hochant la tête. Je m'appelle Nathaniel Deshler. Je m'excuse pour cette manière peu orthodoxe de me présenter à vous, mais, dans les circonstances, je pouvais difficilement faire autrement.

— Oh ? Et quelles sont ces circonstances, je vous prie ? s'enquit prudemment Jeanne.

— Je suis avocat et je viens vous informer de quelques questions d'ordre légal vous concernant, madame Bettencourt.

Jeanne blêmit.

— Pardon ? Aurais-je des problèmes avec la justice ?

— Non, non, dit-il, secouant la tête et s'approchant d'elle. Pas du tout, m'dame. Cependant, la situation dont je dois m'occuper est plutôt compliquée, et je m'y prends fort mal d'ailleurs. S'il vous plaît, pourrions-nous nous asseoir un moment ? demanda-t-il, indiquant d'un geste la table et les chaises.

— Oui, j'imagine, dit Jeanne, qui n'acquiesçait pas de gaieté de cœur.

Quand ils furent installés, Nathaniel Deshler prit la parole.

— Madame Bettencourt, je vous parlerai sans détour. Mon client est décédé, et je crois comprendre que vous lui êtes liée par parenté. Si ce que je soupçonne s'avère exact, vous êtes une bénéficiaire inscrite au testament. Cela étant, je dois vous demander si vous vous connaissez un quelconque lien de parenté avec une famille du nom de Hardin.

— C'était le nom de jeune fille de ma mère, dit-elle lentement, mais je ne me connais aucun lien avec la famille Hardin, aucun parent mort ou vivant.

Il hocha la tête.

— Ce lien familial vous lie, mais de manière fort lointaine. Chose certaine, ma conviction demeure que vous êtes légataire… bénéficiaire à la succession. Auriez-vous, par hasard, quelque document pouvant attester de la lignée Hardin de votre mère ?

— Oui, j'ai l'extrait de naissance où l'on trouve le nom de jeune fille de ma mère, répondit Jeanne. Mais pardonnez-moi, maître Deshler, de quoi parlez-vous plus précisément ? Qui est cette défunte personne et qu'est-ce qu'elle me lègue exactement ?

— Malheureusement, madame Bettencourt, répondit-il d'un air contrit, c'est là une autre complication dans l'affaire. Vous n'êtes pas la seule ayant droit à la succession, et je me trouve de ce fait dans une fâcheuse position. Jusqu'à ce que je puisse parler en présence des deux parties, je ne serai pas libre de divulguer les détails du testament. L'autre légataire a accepté de me présenter ses documents et de nous rencontrer demain à dix heures, à mon bureau. Serait-il possible de vous libérer pour cette rencontre et d'apporter cet acte de naissance dont vous m'avez parlé ?

— Maître Deshler, dit Jeanne avec frustration, ce que vous demandez m'indispose. Je ne peux pas tout bonnement demander congé, c'est très mal vu dans mon métier, et j'ai besoin de ce travail.

Il sourit, une expression proprette et formelle.

— J'ai bien peur d'avoir déjà pris la liberté de vous engager envers moi, madame Bettencourt. Voyez-vous, ma firme représente aussi l'hôtel Gayoso, et je suis moi-même une connaissance du propriétaire, M. Topp, comme je connais personnellement les membres de la gestion de l'établissement. Avant de venir m'entretenir avec vous, j'ai parlé à votre directeur général, M. Spivey, et je lui ai expliqué le besoin éventuel que vous auriez d'avoir la journée de demain à vous, pour me rencontrer et régler une affaire d'importance. Il s'est montré très compréhensif et m'a assuré que vous pourriez à votre guise prendre tout le temps nécessaire pour régler cette affaire. Ainsi, voici ma carte. Puis-je compter sur votre présence demain à dix heures ?

— Merci, maître Deshler, dit Jeanne avec gratitude. J'y serai.

Buck Buckner sortit une main de sa poche et la tendit à Clint, lui arrachant une grimace en la serrant fermement.

— Je n'y crois pas, mais tu l'as fait, Hardin. Je ne m'explique pas non plus *comment* tu y es arrivé. Toujours est-il qu'il nous reste à faire nos comptes. Où voulez-vous que nous nous installions ?

Il criait pour se faire entendre par-dessus le chahut monstre qui régnait dans l'entrepôt.

Clint répondit quelque chose, mais Buckner ne l'entendit pas, d'abord en raison du vacarme de tous les diables, mais aussi parce que Clint venait d'enfouir sa figure dans une serviette épaisse, sale et mouillée. Il se frottait vigoureusement la tête, et de grandes taches de sang apparaissaient là où ses jointures écorchées touchaient la serviette.

— Quoi ? cria Buckner.

À côté de Clint, Vince Norville était monté sur la pointe des pieds pour brailler dans l'oreille de Buckner.

— Nous serons dans l'arrière-salle de Chez Cozen, le coiffeur !

— Notre boxeur a envie de se faire couper les cheveux ? demanda Buck, l'air ébahi.

— Non, c'est pour prendre un bain, raconta Vince.

— Il ne va pas célébrer sa victoire ? Qui l'eût cru : «Coup-de-poing» qui terrasse Mike «le marteau» en quatre rounds ?

— Pour lui, c'est une célébration que de prendre un bain, dit Vince, que l'idée semblait dépasser. Notre copain Duffy viendra nous rejoindre pour compter, Buck, ajouta-t-il en pointant du doigt le petit renfrogné qui attendait derrière Clint, tenant sa bouteille d'eau.

— Tu crois que je vais vous flouer, Hardin? demanda Buckner, qui affichait un sourire peu scrupuleux.

Clint avait émergé de sous sa serviette.

— Bien sûr que non, Buck. C'est-à-dire que moi, non, et Vinnie non plus, mais pour ce qui est de Duffy, c'est on ne peut moins certain. Si tu trouves à redire parce qu'il t'aide à compter l'argent, c'est avec lui qu'il faut voir.

— Je vois, dit Buck, hochant la tête d'un air entendu. L'homme au couteau, hein?

— Tout juste, dit Vince avec chaleur. Et je suis l'homme à la gâchette facile, et Clint le «coup-de-poing», c'est l'homme de main. Hé...

Clint était parti d'un coup et se frayait un chemin dans la foule, avançant parmi des voyous de toutes sortes, des hommes hurleurs et braillards, excités ou carrément en mal de violence.

— T'as réussi, Coup-de-poing! Grâce à toi, j'ai ce qu'il faut pour me payer le whisky de ce samedi soir! Tu l'as bien amoché, Coup-de-poing! C'est quand, le prochain combat? Hé, Coup-de-poing, tu lui as bien fait passer le goût de manger des marteaux, à ce pauvre Mike! sifflaient des gens dans la foule, comme d'autres, des mots beaucoup moins cordiaux.

Pour saluer ses admirateurs, Clint souriait du coin des lèvres, levant un poing ensanglanté bien haut dans les airs. Il passa une porte et se retrouva à l'extérieur.

Ses cheveux étaient mouillés, son torse nu dégoulinait de transpiration, ses mains étaient couvertes de sang et, sur son visage, sa sueur se mêlait au sang. Le froid vint lui mordre le corps, et il aspira une grande bouffée d'air glacial, mais cela le rafraîchit. Derrière lui, Vince jouait du coude parmi les hommes qui suivaient Clint. Jurant, il arriva enfin à sa hauteur et lui jeta un grand manteau de laine sur les épaules.

— Bon, je vois que tu as l'intention de te promener tout nu et nu-pieds dans la neige. C'est brillant ça, comme idée.

— Ça puait trop là-dedans, Vinnie. Tu sais quoi? J'ai comme cette idée que ça venait beaucoup de moi, cette puanteur. J'ai besoin de prendre l'air, se justifia-t-il, prenant la lourde paire de brodequins des mains de Vince, les jetant par terre et les chaussant. Chez Cozen, ce n'est qu'à deux pâtés de maisons d'ici. Remue-toi un peu, Vinnie, tu ne vois pas qu'on se gèle ici dehors. Qu'est-ce qu'il y a, c'est moi ou c'est toi qui as trop mangé de coups?

Moins d'une demi-heure plus tard, Clint s'asseyait dans une énorme baignoire ronde faite du même bois que les fûts. Ses jambes s'étiraient dans l'eau fumante qu'il avait jusqu'au cou, et il resta là sans bouger, la tête renversée, les yeux clos, avec son cigare éteint entre ses dents serrées.

— Ah! Qu'est-ce que je ne ferais pas pour un bon bain tous les jours? murmura-t-il.

Assis sur un baril plein de whisky et sirotant justement ce même nectar qu'il avait dans un gobelet de fer-blanc, Vince lui lançait un regard désapprobateur.

— Tu pourrais te le permettre maintenant, Clint le « coup-de-poing ». À moins que tu n'aies oublié, copain, c'est un gros paquet d'argent que tu as fait ce soir.

— Pas faux, hein ? commenta Clint avec satisfaction.

— Ouais. En passant, ton plan, je l'ai aimé. Bon plan, vraiment. C'était méchant, vicieux, mais bien pensé.

Clint ouvrit les yeux, mais n'arrivait qu'à voir par l'œil droit, l'autre restant clos tant les paupières étaient enflées. Il y porta la main et découvrit un gros amas de chair. Il en sentit l'enflure, puis toucha à ses lèvres, enflées elles aussi.

— Ah ! Tu peux me dire comment c'est arrivé ? Et qu'est-ce que tu entends par « vicieux » ? J'ai boxé franc jeu, des coups droits, tous honnêtes, et je ne lui ai pas arraché les yeux.

— Je sais. Il faut quand même avouer que tu en as mis plus que le client en demandait, non ? On aurait juré que tu disséquais une grenouille morte ou quelque chose du genre. Moi, je ne t'ai jamais vu te battre comme ça, dit Vince avec pondération.

Le plan que Clint avait élaboré était d'une brutale simplicité : permettre à Mike de s'approcher, ce qui impliquait tout de même que Clint essuie son lot de coups à l'abdomen et aux reins. Mais dans ce combat revanche, plutôt que d'enchaîner avec un intelligent mélange de crochets de droite et d'uppercuts de la gauche, Clint avait martelé le même point, frappant encore et encore son adversaire dans les yeux. Il l'avait eu à l'usure. Clint avait encaissé beaucoup de coups au ventre et dans les flancs, mais Mike s'était vite retrouvé avec les yeux enflés, au point de ne plus voir devant lui. Au début du dernier round, obstiné, Mike s'était avancé jusqu'à la « rigole », la longue démarcation creusée du talon dans la terre, où les pugilistes s'avançaient avant de commencer le combat. Mike n'y voyait plus rien et ne bloquait plus aucun coup. Clint avait délibérément pris son temps pour lui asséner deux violents coups au plexus solaire, coupant net le souffle de son adversaire, puis d'un solide direct à la poitrine, il l'avait jeté par terre. Mike n'avait pas pu reprendre haleine et ne s'était pas relevé avant les trente secondes réglementaires. Clint avait remporté le combat.

— Non, avoua-t-il maintenant à Vince, et je ne veux plus jamais me battre de cette manière. Ça n'avait rien de plaisant, rien du tout. Oui, c'était franc-jeu, mais ce n'était pas du sport.

Vince hocha la tête d'un air compréhensif.

— Ouais, je vois ce que tu veux dire, Clint. Cela dit, tu n'auras plus jamais à affronter Mike, si ça peut te consoler. Tu sais, c'est le seul qui avait réussi à te mettre K.-O. Bon, alors, c'est qui le prochain ?

— Vinnie, mon ami, répondit Clint, il y a cette possibilité qu'une belle fortune me pende au bout du nez, que je raccroche définitivement les gants. Il y a un type, un avocat, qui est venu me voir aujourd'hui. À ce qu'il dit, j'attends un héritage.

— Euh ? De qui ? C'est quoi ? De l'argent ? Beaucoup d'argent ?

— Aucune idée, aucune idée, aucune idée. Je saurai tout à dix heures demain. En attendant, dit-il, se redressant et contemplant son cigare éteint, j'ai de l'argent à dépenser. Je prendrais du feu, s'il te plaît, et aussi un joli verre comme le tien. Prends-toi un cigare et autre chose à boire, c'est ma tournée.

— Tu ne me le diras pas deux fois, dit Vince, grattant une allumette pour allumer le cigare de Clint. Tu sais, madame la comtesse ne va pas être contente de voir sa figure préférée tout amochée comme ça. Une petite visite chez l'esthéticienne serait très à propos, tu ne crois pas? Peut-être qu'on peut t'arranger un peu avant que Mme Maxfield te voie.

Clint sourit.

— Bonne idée, Vinnie. J'y penserai.

Malgré la nervosité, Jeanne se trouva de bonne humeur en entrant dans les bureaux de Deshler, Wayne et Beebe tandis que sonnait le dixième coup de la cloche de l'église. «Je ne suis pas en retard, madame Wiedemann», s'amusa-t-elle à penser. Le bâtiment avait deux étages et une large façade où s'imposait un grand portique soutenu par une rangée de colonnes. Abritée sous cette imposante architecture, la porte d'entrée était massive et faite d'un bois de chêne auquel le temps avait donné un grain et une teinte respectables. À l'intérieur, un grand hall menait à un superbe escalier en marbre. Tout juste à l'entrée, d'un côté, on retrouvait un portemanteau et un grand miroir. Jeanne abaissa son capuchon et dénoua sa nouvelle écharpe rouge, remarquant au passage le rose profond de ses joues, qui n'était pas seulement le fait du froid à l'extérieur. Un jeune homme à l'allure grave et portant des lunettes franchit une porte à sa gauche.

— Madame Bettencourt ? demanda-t-il.

— C'est moi-même. J'ai rendez-vous avec Me Deshler, dit-elle.

— Bien entendu. Si vous voulez bien me suivre.

Il l'amena dans une pièce qui ressemblait à un petit salon, avec un sofa, des chaises, une belle grande table et un bureau contre le mur du fond. Il lui indiqua une porte aux carreaux de verre dépoli à sa gauche.

— Mme Bettencourt, dit-il en ouvrant la porte, maître Deshlér.

Il tint la porte à Jeanne, et elle entra dans une vaste pièce. Les murs y étaient tapissés d'étagères remplies de livres, et de riches draperies en velours rouge enca-draient les fenêtres. On avait avancé des fauteuils en cuir devant un feu crépitant.

Derrière son bureau, Me Deshler se leva et vint pousser une chaise pour Jeanne.

— Bonjour, madame Bettencourt. Asseyez-vous, je vous en prie. Vous êtes pile à l'heure, dit-il avant de regagner sa place derrière le bureau.

Ils échangèrent d'abord quelques civilités, des mots sur la température et l'état désastreux des rues. Jeanne annonça ensuite qu'elle avait apporté l'extrait de nais-sance auquel Me Deshler s'intéressait.

— Aimeriez-vous le voir maintenant ?

— Oui, je vous prie.

Elle sortit le document de sa poche de manteau et le lui tendit. Il y jeta un coup œil et le lui rendit.

— Merci, madame Bettencourt, cette seule preuve suffit à justifier vos droits. Je vous ai trouvée grâce aux registres du recensement, voyez-vous, en retrouvant votre mère, de sorte que je suis déjà certain de votre identité. En fait, je n'ai aucun doute sur les ayants droit, car c'est également par ce moyen que j'ai retrouvé l'autre légataire.

— J'ai cru comprendre que cette personne serait présente ce matin, n'est-ce pas ce que vous m'aviez dit ? demanda poliment Jeanne.

— Oui, c'est le cas. Il semble cependant qu'un empêchement l'ait retardée, ce qui ne m'étonne pas outre mesure étant donné les circonstances.

— Les circonstances s'accumulent, fit remarquer Jeanne d'un ton léger. J'imagine que je ne connaîtrai pas la teneur de celles-là non plus.

— C'est que… commença Me Deshler, se voyant toutefois interrompu quand la porte s'ouvrit derrière et que la voix tonnante de M. Beebe annonça : « M. Hardin, maître Deshler. »

Jeanne était assise le dos tourné à la porte, et la curiosité l'emportant sur la politesse, elle se retourna pour voir de qui il s'agissait. Elle regarda… elle écarquilla les yeux. Sa bouche s'ouvrit grande, et elle laissa tomber :

— Vous ? L'homme qui chante ?

Il se pencha, car il était très grand et costaud, et posa sur elle un regard perplexe, puis carrément étonné.

— Vous ? Je vous ai vue ! Avec votre petite sœur ! Vous aviez des couronnes de houx sur la tête !

Me Deshler, qui ne s'était pas levé de son siège, plissa le front.

— Vous vous connaissez ? Feriez-vous partie d'une production théâtrale, ou que sais-je ?

Ils l'ignorèrent tous les deux.

— Ce n'était pas ma sœur, dit Jeanne d'un ton indigné. C'était ma fille.

— Euh ? fit-il, tandis que, de son bon œil, il l'étudiait de pied en cap. Votre fille ? Comment c'est arrivé ?

— Pardon ? fit Jeanne, ébahie par le ridicule de la question.

— Pardonnez-moi de vous interrompre, dit Me Deshler, qui s'était levé, mais je crois que des présentations en bonne et due forme sont de mise. Monsieur Hardin, j'ai l'honneur de vous présenter Mme Jeanne Bettencourt, qui est une lointaine parente de mon client et, de ce fait, de vous-même. Madame Bettencourt, j'ai le grand plaisir de vous présenter M. Clinton Hardin, de la famille Hardin de Memphis. Je vous en prie, monsieur Hardin, prenez place.

Clint s'assit dans la chaise à côté de celle de Jeanne, le mouvement lui arrachant une petite grimace.

Jeanne le regarda avec une exaspération mêlée de consternation.

— Qu'est-ce qui vous est arrivé au visage ?

— Mon... oh. Euh, un accident. J'ai eu un accident le jour du Boxing Day, trouva-t-il à répondre, s'amusant de jeter un regard à Nate Deshler, qui était à même de comprendre le comique dans ce choix de mots, étant très au fait du combat de boxe de la veille pour avoir parié sur la victoire de Clint.

— Vous avez eu un accident en mettant en boîte les étrennes de vos domestiques ? dit Jeanne avec sarcasme.

— En voilà une qui se souvient du véritable sens de la fête de Boxing Day, dit Clint, que la chose surprenait tout de même.

— De votre côté, apparemment, vous avez confondu cette occasion avec un genre de compétition pugilistique, répliqua Jeanne avec esprit.

— Eh bien, peut-être, mais je sais ce qu'est le Boxing Day, dit Clint dans une réplique ratée qu'il aurait voulue intelligente.

— Peut-être que nous pourrions commencer ? dit Me Deshler, adressant un regard réprobateur à Clint.

— Désolé, maître Deshler, s'empressa de s'excuser Clint, pour ensuite se tourner vers Jeanne. Je vous demande pardon, madame Bettencourt, je me suis montré grossier envers vous, j'en ai conscience. C'est un grand plaisir de faire votre connaissance, m'dame.

— Enchantée, monsieur Hardin, dit-elle, bien qu'on sentît encore une brusquerie dans sa voix.

Ils se tournèrent vers Me Deshler, qui se croisa les doigts et commença :

— En premier lieu, je croirais utile d'expliquer la généalogie qui vous relie l'un à l'autre, ainsi qu'à mon client, M. Ira Hardin. J'ai fait la connaissance d'Ira Hardin le 7 novembre de la présente année, moment où il m'a informé de ses dernières volontés. Il est mort le lendemain, je suis peiné de le dire. Il souhaitait léguer ses biens à, et je le cite, « tout Hardin résidant à Memphis » que je saurais retrouver. Il m'a fallu presque deux mois, mais en épluchant les registres du recensement, je vous ai tous les deux trouvés, vous qui êtes les derniers descendants de la famille Hardin à Memphis.

— Je comprends l'intention de feu M. Hardin, qui est on ne peut plus évidente, dit Jeanne, mais vous savez fort bien que je ne suis pas une Hardin en ligne directe, maître Deshler.

— C'est un point de loi, dit Me Deshler, que je vous épargne, mais qui m'oblige à interpréter au mieux les volontés testamentaires de mon client. N'ayant que cette notion de parenté énoncée par M. Ira Hardin, je me dois d'accepter toute personne ayant un lien de sang avec les Hardin de Memphis. Vous avez du sang Hardin, madame Bettencourt, et de ce fait, vous avez droit à la succession, au même titre que M. Clint Hardin ici présent.

» Je ne cacherai pas ce fait que mon seul entretien avec M. Hardin fut fort bref et que mon client était très malade durant ses derniers jours. Je dois également dire qu'il m'a été impossible d'informer Monsieur des nuances dans la loi et des points de droit plus spécifiques tandis qu'il couchait ses dernières volontés sur testament. Dans les circonstances, et selon ma compréhension, je dois croire que M. Ira Hardin désirait que toute personne ayant un lien de sang avec les Hardin de Memphis ait droit à une part égale de son legs. Cette question, fort certainement, pourrait faire l'objet d'une autre interprétation. Et si l'un de vous ressent le besoin de contester les termes que je viens de définir, nous entreprendrons les procédures en ce sens.

Jeanne et Clint échangèrent un bref regard en coin, puis secouèrent tous deux la tête.

— Je suis persuadée que votre interprétation du testament est intelligente et experte, maître Deshler, dit Jeanne. Je me satisferai de votre opinion professionnelle.

— Vous avez la réputation d'être un homme juste, maître, dit Clint avec décontraction. De ce fait, je serai content, peu importe l'issue de cette aventure. En passant, j'ai avec moi l'acte de mariage de ma mère.

Il sortit un bout de papier parchemin de sa poche et le tendit à Me Deshler. Comme il l'avait fait pour l'extrait de naissance de Jeanne, Me Deshler le parcourut d'un seul coup d'œil, avant de le rendre à son propriétaire.

— Tout est en ordre, monsieur Hardin, merci. Très bien. Maintenant, je sais que vous devez être extrêmement curieux et je m'excuse si j'ai dû tant vous faire attendre. Je peux maintenant tout vous dire.

Jeanne s'assit un peu plus droite sur sa chaise, et Clint se pencha en avant, ses mains jointes entre les genoux. Me Deshler dit simplement :

— Vous avez hérité d'un bateau à vapeur. Un bateau à aubes du Mississippi baptisé le *Helena Rose*.

Jeanne le regardait fixement ; Clint le regardait fixement. Pour sa part, Me Deshler s'amusait immensément. Après tout, cela ne se voyait pas tous les jours, un testament aussi insolite, un legs aussi inusité, avec deux légataires peu communs. Il se cala dans son siège, croisa à nouveau les doigts et attendit leur réaction.

Le lourd silence s'étirait encore et encore, menaçant de s'éterniser.

— Un bateau à vapeur ? dit finalement Jeanne à voix basse. Je possède un bateau à vapeur ?

— Plus précisément, la moitié d'un bateau à vapeur, la corrigea Me Deshler. M. Clint Hardin hérite de l'autre moitié.

Jeanne se tourna vers Clint, qui regardait dans le vide. Enfin, il se tourna pour lui sourire.

— Allô, partenaire !

— Je ne suis pas votre partenaire, dit Jeanne. Oh ! Oh, je *suis* votre partenaire ! Comme c'est étrange !

— N'est-il pas ? rétorqua Clint d'un ton cavalier, puis il revint à Me Deshler. De quel genre de bateau à vapeur parlez-vous ? Joli nom, en passant. Où se trouve-t-il ? Est-il gros ? Combien vaut-il ?

— J'ai eu la chance de visiter le *Helena Rose*. C'est justement à son bord que M. Hardin m'a convoqué et que je l'ai conseillé dans la rédaction de ses dernières volontés. Il souhaitait mourir sur le bateau, voyez-vous, lequel se trouve à mouiller ici, au port de Memphis. Pour le reste, je ne vous serai pas d'une grande aide, n'étant pas expert en bateaux à vapeur. Cela étant, de ce que j'ai pu observer, je dirais qu'il semble en bon état et prêt à braver le fleuve, comme on dit. Ce n'est pas un gros bateau, et il est seulement équipé pour transporter du fret, pas des passagers. Cependant, j'ai ouï dire que M. Hardin en tirait un bon profit. Il vous laisse d'ailleurs un peu d'argent. Après avoir payé les créanciers et les dettes impayées, et bien sûr fait ponction de mes honoraires, il vous reste un peu plus de cinq cents dollars en espèces sonnantes et trébuchantes, ce qui signifie que vous recevrez chacun deux cent cinquante-deux dollars et quelques cents.

— Quoi ? souffla Jeanne.

— Ouah ! fit Clinton.

— Oui, M. Hardin gardait son argent sur le bateau, et non à la banque. J'ai ces sommes ici même, dans son coffret de sûreté. Vous pouvez les avoir sur-le-champ, si vous le souhaitez.

— Non ! dirent-ils à l'unisson, et ils se regardèrent, surpris.

— Non, répéta Jeanne, j'aimerais d'abord aller voir le *Helena Rose*. Je ne voudrais pas me promener en ville avec une somme pareille, ce serait bête d'imprudence.

— J'avais justement cette même idée, madame Bettencourt, acquiesça Clint. Vous savez, j'ai une foule de questions qui me turlupinent à propos de ce M. Ira Hardin, mais je crois qu'il vaut mieux ne rien presser. J'aimerais réfléchir à tout ça. Cela dit, l'idée d'aller voir le *Rose*, je suis tout pour.

— Une requête parfaitement louable. En fait, c'est ce que je me préparais à vous conseiller. Il restera à prendre rendez-vous pour formaliser les choses, et d'ici notre prochaine rencontre, j'ai bon espoir que vous aurez un tableau complet de la situation et des questions que nous pourrons alors aborder.

— Ça me semble parfait, dit Clint avec enthousiasme, ce à quoi Jeanne acquiesça d'un hochement de tête.

— À présent, dit prudemment Me Deshler, je dois vous informer d'une clause sur laquelle M. Hardin s'est montré intraitable, et celle-ci vous concerne personnellement en tant qu'héritiers. M. Hardin avait un chien auquel il était apparemment très attaché. Selon sa volonté, quiconque prend possession du bateau doit prendre soin de son chien.

Clint sembla soulagé.

— C'est tout ? J'adore les chiens.

— Un chien ? demanda Jeanne. Il a un nom ?

— Hum ? Oh, fit Me Deshler, que la question prenait de court, et, confus, il se mit à jouer dans ses papiers. Voilà, dit-il enfin. Le chien se nomme Léo. Il était couché aux pieds de M. Hardin lors de notre rencontre. C'est un gros chien, avec des taches, je crois, ajouta-t-il pour l'information. Je présume donc que les deux parties acceptent la clause de notre regretté M. Hardin ? Bien. Maintenant, j'aurai besoin de quelques jours pour officialiser les titres de propriété et les faire certifier conformes. Nous signerons les documents à notre prochain entretien.

— Bien, merci, maître Deshler, dit Clint, reconnaissant. Donc, madame Bettencourt ? M'accordez-vous l'honneur de vous accompagner vers notre nouveau bateau à vapeur ?

— Notre nouveau… Oh, oui, dit Jeanne, encore sous le coup de l'émotion. C'est-à-dire… bien sûr que je veux aller voir le *Helena Rose*, se reprit-elle à brûle-pourpoint, se levant dans un geste brusque que Clint et Me Deshler se sentirent obligés d'imiter, sautant hors de leur siège. Merci beaucoup, maître Deshler, merci pour tout. Nous nous reverrons… Quand nous reverrons-nous ?

— Si vous reveniez tous les deux à la même heure jeudi prochain ? proposa-t-il.

— À dix heures, jeudi, dit Jeanne, comme en se parlant à elle-même.

Elle tourna les talons et quitta la pièce en coup de vent, laissant Me Deshler et Clint échanger un bref regard d'impuissance. Ils partirent ensuite la rattraper, presque en courant.

— Le *Rose* se trouve au nord, au bout des quais, expliqua à la hâte Me Deshler à Clint, qui faisait oui de la tête. M. Hardin a prévu qu'un homme d'équipage reste à bord, un M. Ezra Givens. Il pourra vous en dire beaucoup plus, j'en suis sûr.

— Merci, répondit Clint, lancé sur la piste de Jeanne, qui se dirigeait vers la grande porte.

Elle marchait vite, passant l'écharpe autour de son cou et ajustant son capuchon. Il la rattrapa, et elle lui lança un regard distrait.

— Salut, vous. Vous vous souvenez de moi ? Votre partenaire ? dit-il, lui offrant son bras.

Elle s'arrêta net.

— Je... tout ceci, c'est trop à prendre, je ne sais plus où j'en suis, monsieur Hardin. Excusez-moi.

— Qu'est-ce que vous dites ? Vous allez aux quais, je vais aux quais. Nous allons au même endroit, sur les quais. Ne devrions-nous pas y aller ensemble ?

— Non. Enfin, je veux dire... si. Je suppose que oui, mais je... Je ne vous connais pas, vous êtes un parfait inconnu, et je ne suis pas à l'aise de marcher bras dessus bras dessous avec un homme que je ne connais pas, finit-elle par dire d'un ton sinistre.

— Mais, enfin, vous me connaissez, m'dame, dit-il joyeusement, histoire de détendre l'atmosphère. Je suis votre partenaire. Je suis l'homme qui chante.

— C'est d'une bêtise !

— C'est vous qui l'avez dit, pas moi. De toute façon, que pouvons-nous faire ? Vous préféreriez que je vous suive comme un laquais ou votre chien, c'est ça ?

— Le feriez-vous ? répliqua Jeanne d'un ton tran-
chant, ses yeux bruns jetant maintenant un regard dur
et brillant de défiance.

Il la regarda un bref moment, menton levé, puis un
sourire se dessina lentement sur son visage, un rictus
étrange sur cette figure qu'il avait enflée et bleuie.

— Eh bien, oui. Si c'est ce que vous voulez, m'dame.

Jeanne allait lui servir une réplique cinglante, mais
préféra laisser tomber, penchant la tête et se massant les
tempes avec les doigts.

— Je suis désolée, monsieur Hardin. Mais comprenez que toute cette histoire me cause un grand choc.

— Il n'y a pas de faute, je comprends. Est-ce que ça
veut dire que vous acceptez de prendre mon bras, que
nous allons marcher plutôt que de courir vers les docks,
que nous pouvons discuter comme les grandes personnes que nous sommes ?

Il venait à nouveau de hérisser Jeanne, mais elle prit
quand même son bras.

— Oui, dit-elle, je suppose qu'il le faut.

Ils marchèrent ainsi un bon moment sans que Jeanne
dise un mot. Après un temps, Clint se crut obligé de
faire la conversation.

— Je présume que vous êtes veuve, madame
Bettencourt, dit-il avec politesse.

— Oui.

— Et cette mignonne petite fille à la fête de Noël.
Vous portiez toutes les deux des couronnes de houx, et
j'ai cru que vous... et puis, oubliez ça. Donc, c'est votre
fille.

— Oui.

— Comment s'appelle-t-elle ?

— Marvel.

— Quel âge a-t-elle ?

— Six ans.

— Je suis curieux, m'dame. Vous ne faites pas l'âge d'avoir une fille de six ans. Cela vous gênerait-il de me dire l'âge que vous avez ?

— Oui, cela me gênerait.

Clint soupira et s'arrêta l'instant d'après, se retournant vers elle.

— M'dame, s'il vous plaît ? l'implora-t-il, plaçant ses mains sur celles de Jeanne. Je sais que c'est beaucoup vous demander de tout encaisser en si peu de temps, mais je crois néanmoins qu'il est important que nous apprenions à nous connaître. Après tout, il nous faudra bien travailler ensemble et prendre d'importantes décisions. Je me trompe ?

— Non, et je sais tout cela, dit Jeanne dans un soupir. La situation est tellement incroyable, et c'est déroutant de se voir imposer une relation comme celle-ci.

— Si ça peut vous aider, voyez-la comme une relation d'affaires, rien de plus. D'ailleurs, c'est ce que c'est, strictement.

Elle hocha lentement la tête.

— Oui… oui. Je crois que je peux l'admettre.

Ils reprirent leur marche et, cette fois, Jeanne parla.

— Ma fille s'appelle Marvel, et nous venons de fêter ses six ans. J'ai moi-même vingt-cinq ans, je suis veuve, et mes parents sont décédés. Et vous, monsieur Hardin, vous avez de la famille ?

— Ma mère nous a quittés, et je ne sais pas pour mon père. Je ne l'ai jamais connu, raconta-t-il sans émotion. Je n'ai pas de frères ni de sœurs, mais vous vous en doutiez, étant donné que nous sommes les deux derniers Hardin de Memphis, ajouta-t-il de sa voix qu'il avait normalement traînante.

— En fait, j'imagine que ma fille est une Hardin, dit Jeanne. Elle aurait… un huitième de sang Hardin.

Il lui jeta un regard prudent, et les yeux de Jeanne s'ouvrirent grands.

— Vous pensez… non. Non, non. Ce n'est pas ce que j'ai voulu dire. Je n'essaierais jamais de… d'avoir davantage, d'exiger une part supplémentaire pour Marvel.

Clint haussa les épaules dans une apparente insouciance, mais son regard disait autre chose.

— Et pourquoi pas ? Selon Me Deshler, la quantité de sang de la lignée ne change rien. On pourrait affirmer qu'elle a autant le droit d'hériter du *Rose* que moi. Et que vous, d'ailleurs.

— Non, fit Jeanne en secouant la tête. Elle a déjà ma part, comme tout ce qui m'appartient lui appartient. À ce titre, elle a reçu exactement ce que j'ai reçu, et vous ne devriez pas être lésé ni voir votre part amputée de quelque façon que ce soit.

— Dites donc, vous feriez une excellente avocate, s'exclama-t-il avec admiration. Et je ne dis pas ça seulement parce que vous me faites la belle part.

Jeanne eut un mouvement impatient de la main.

— Une telle ambition serait tout simplement déshonorable, puisque motivée par l'avarice. Sans oublier que ce serait mal élevé.

— Voilà bien une chose que vous n'êtes pas, m'dame, fit remarquer Clint. Bon. Vous êtes veuve et bien élevée, c'est déjà ça d'établi. Vous êtes quoi d'autre?

— Hum? Oh. Je suis femme de chambre au Gayoso.

— Vous l'êtes vraiment? Vous ne ressemblez pas à une femme de chambre!

— C'est ce qu'on prétend, résuma succinctement Jeanne, mais personne à ce jour ne m'a dit à quoi devait ressembler une femme de chambre, ni en quoi, si ce que l'on dit est vrai, je ne projette pas cette image. Mais oubliez tout cela, s'il vous plaît, je n'ai aucune envie de discuter à propos de «contenance de la femme de chambre moyenne». Parlons plutôt du *Helena Rose*. Avez-vous quelques connaissances pertinentes concernant le fonctionnement des bateaux à vapeur, monsieur Hardin?

— Pas la moindre, dit-il tout guilleret. Et vous?

— À vrai dire, oui. Croyez-le ou non, j'ai passé mon enfance sur l'un de ces bateaux. Nous vivions, mes parents et moi, sur le bateau à vapeur de mon père, le *Pearl*. Il en était le propriétaire, le pilote et le capitaine. En fait, j'ai moi-même appris beaucoup sur le pilotage, dit-elle comme on parle de la pluie et du beau temps. Je ne sais pas naviguer sur le Mississippi, mais la rivière Arkansas n'a pas de secret pour moi. Connaissez-vous cette voie fluviale?

— Si je la connais, répéta-t-il en décortiquant lentement les mots. Si je connais... la rivière Arkansas? Et vous avez grandi sur un bateau à vapeur? Vous savez même piloter un bateau à vapeur?

— Oui, monsieur Hardin. C'est ce que je viens de dire. Nous parlons bien la même langue, n'est-ce pas ? lança-t-elle sur un ton acerbe.

Clint ne faisait que sourire, une grande expression toute décontractée, et il en oublia presque la douleur qu'il avait à la mâchoire.

— Vous savez comment j'appelle ça, madame Bettencourt ?

— Je ne sais pas comment vous appelez cela, dit-elle, mais moi, je dis que c'est un véritable miracle de Dieu.

Il la bombarda de questions tout au long du chemin qui les mena aux docks. Elle répondait à certaines de ses interrogations, mais n'avait pas réponse à tout. Ce qui la frappa surtout lors de cet échange, ce fut de découvrir la vivacité d'esprit de l'homme, la nature incisive de son approche et l'intelligence de ses questions. Ils arrivèrent à la Jefferson Avenue, qui bordait les hauts promontoires du Mississippi, la première de quatre avenues descendant en pente douce vers le fleuve. La circulation n'était pas dense dans les rues, comme le trafic sur le fleuve, puisque les gens profitaient encore des jours de vacances entre Noël et le Nouvel An. Onze bateaux à vapeur s'alignaient tout de même devant les docks, leurs passerelles baissées tandis que des débardeurs s'affairaient à charger ou à décharger des marchandises. Quelques passagers allaient et venaient sur les quais. Clint serra un peu le bras de Jeanne tandis que passaient près d'eux des chariots, des fardiers et des travailleurs.

— Me Deshler dit qu'il est amarré à l'extrémité nord, dit-il, et Jeanne hocha la tête.

Au bout d'un quai, un groupe d'hommes s'était assis, discutant, chiquant du tabac et crachant beaucoup. Ils étaient tout noirs de la tête aux pieds, et ils regardaient passer les gens avec leurs yeux rougis d'une manière peu rassurante. Clint et Jeanne venaient de les dépasser quand l'un d'eux se mit à leur crier après.

— Clint! Hé, Clint! Attends un peu!

Ils s'arrêtèrent, et quand l'homme fut près d'eux, Clint s'écria :

— Vinnie! Bon sang, tu as une mine épouvantable!

Il eut un grand sourire, et ses dents brillèrent d'un blanc éclatant dans son visage noir d'ébène.

— C'est un gros chargement de charbon que nous venons d'embarquer. Mais toi, qu'est-ce que tu fais dans les parages?

Il regardait Jeanne, curieux, mais elle ne lui portait aucune attention. Elle avait les yeux plissés, cherchant un bateau au bout des quais.

— Vince, j'aimerais te présenter... commença Clint.

Sur ces entrefaites, Jeanne partit d'un pas décidé vers le bout des quais.

— Où elle va? demanda Vince, incrédule.

— Aucune idée, dit Clint. C'est visiblement une manie qu'elle a.

Ils restèrent là à l'observer tandis qu'elle se rendait deux bateaux plus loin, où l'on déchargeait une large benne de rondins pour l'embarquer à bord d'un bâtiment miteux accosté de travers.

— C'est le rafiot du bonhomme Mock, raconta Vince à Clint. Le vieux, il vendrait sa mère pour un cent. Une fois, il a essayé de rouler des débardeurs à qui il devait de l'argent, prétextant qu'ils avaient trop lambiné, que le temps, c'est de l'argent... de l'argent qui ne sortirait pas de sa poche. Tu imagines bien que ça s'est dit et que plus personne ne débarde rien pour lui. Ces temps-ci, il engage les singes, souvent les plus affamés, qu'il paie deux cents. Tu crois qu'elle le connaît ?

— Je n'ai pas cette impression, observa Clint.

Jeanne marchait à la rencontre du petit homme gras au gilet jauni et sale qui semblait occupé à maltraiter les jeunes porteurs de bois. Il les frappait au dos avec un gros bâton, mécontent de ne pas les voir s'échiner assez au travail, même s'ils transportaient souvent deux ou trois rondins à la fois. Jeanne se tenait à présent devant lui, les poings sur les hanches, une profonde indignation se dessinant sur son visage. Au nez de Jeanne et de tous les passants, conscient du jugement qu'il s'attirait, le gros bonhomme leva encore son bâton et le fit tourner dans les airs dans un geste lourd de menaces. Clint poussa un «Oh là là !» et partit en courant vers eux, suivi de Vince, qui voyait sa journée devenir soudainement excitante.

Avant qu'ils n'arrivent, Jeanne s'avança et arracha le bâton des mains du bonhomme, vive comme un serpent à l'attaque.

— Vous aimeriez goûter à votre propre bâton ? dit-elle d'un ton de colère.

La figure grasse du bonhomme Mock vira au pourpre.

— Pour qui vous vous prenez, petite insolente ! Redonnez-moi mon bâton !

Méprisante, Jeanne lança le bâton par-dessus la tête du vieux jusque dans le fleuve. Mock fit un pas dans sa direction, la main levée et l'air mauvais.

— Vous ne voulez pas faire ça, dit Clint, qui apparut soudainement derrière lui, attrapant la main levée de Mock.

— Aïe! Mais lâchez-moi, espèce de pauvre... AÏE! hurla-t-il.

— Vous ne voulez pas non plus m'insulter, l'avertit Clint d'un ton calme, serrant un peu plus le gros bras de Mock.

— OK! OK! Lâchez-moi! beugla-t-il, et Clint le lâcha.

Le bonhomme Mock recula en trébuchant, frottant vigoureusement son bras endolori.

— C'est une poigne d'alligator que vous avez là! Et elle... commença-t-il, pointant un index sale sur Jeanne, qu'il agita de manière accusatrice. Elle m'a pris mon bâton! Elle l'a jeté dans le fleuve!

— J'avais remarqué, dit Clint en se tournant vers Jeanne, s'inquiétant un peu de la voir prête à lancer Mock à l'eau.

Derrière lui, Vince observait la scène, un grand sourire ravi accroché au visage. Les trois garçons ne chargeaient plus le bois, et deux ou trois débardeurs venaient jouer aux badauds.

— Madame Bettencourt, je crois que vous... et voilà qu'elle repart! termina Clint en marmonnant dans sa barbe.

Jeanne avait tourné les talons et parlait maintenant à un porteur de bois.

— Roberty, dit-elle, pourquoi laisses-tu cet homme te rouer de coups ?

Il la regardait, impuissant et sans mot. Elle soupira et passa le bras autour de ses épaules.

— Bon, tu vas déposer ce bois tout de suite. Tu viens avec moi.

Lentement, il laissa tomber les deux rondins qui lui blessaient les bras, et elle lui fit descendre la passerelle. Elle lança un regard outré en direction de Clint, de Vince et du vieux bonhomme Mock, qui suivaient ses moindres gestes avec un genre de fascination mêlée d'incrédulité.

— Eh bien ? Vous venez, monsieur Hardin ? dit-elle, se retournant sans attendre de réponse pour reprendre son chemin avec le petit Roberty sous le bras.

Clint et Vince échangèrent un regard avant de lui emboîter le pas. Quand ils furent à bonne distance, le vieux bonhomme Mock se mit à crier derrière eux.

— Bande de fous ! C'est ça, restez loin de moi !

— Vous feriez mieux de vous tenir tranquille, vieil homme, lui cria Vince par-dessus l'épaule. Elle pourrait décider de revenir, vous savez !

La perspective sembla alarmer le vieux Mock.

Ils rejoignirent Jeanne et Roberty, les suivant quelques pas derrière.

— Hé ! Clint ? Ça t'ennuierait de me mettre au parfum ? Dans quoi t'es-tu embarqué encore ? demanda Vince.

— C'est une histoire peu banale, répondit Clint, l'air soucieux. La matinée a été longue. Longue et chargée. Imagine-toi donc que je suis à demi propriétaire d'un bateau à vapeur et que la dame, là, en possède l'autre moitié. Nous allions justement le voir.

— Quel bateau ? demanda Vince, tout enthousiaste.

— Le *Helena Rose*. Tu connais ?

— Pour sûr ! C'est le bateau du vieux « taureau » Hardin. Il mouille par là depuis qu'il y est resté, le pauvre. Euh ! Tu dis que c'est à toi maintenant ?

— À moitié.

— Et que la dame en possède l'autre moitié ?

— Ouais.

— D'accord, fit Vince, prenant le temps d'encaisser la nouvelle. Euh… et c'est qui, le petit gars ? Le singe ?

— Je n'en ai aucune idée. Tu peux le demander à la dame, si ça te chante.

— C'est gentil, mais non merci, dit Vince, rejetant l'invitation. Si je comprends bien, dit-il pensivement après un silence, le *Rose* du « taureau » Hardin, c'est à toi. C'est drôle, malgré le nom que vous avez en commun, je n'aurais jamais pensé que vous étiez apparentés.

— Je n'ai jamais rencontré l'homme ni entendu parler de lui. J'imagine que ce n'est pas vraiment un cousin germain.

— Elle, c'est une Hardin aussi ?

— Non, Bettencourt.

— Oh. Et elle a un prénom ?

— J'ai oublié, expliqua Clint d'une voix râpeuse. Et crois-moi, essayer de la faire parler, c'est comme vouloir dévisser un écrou fileté en tirant dessus.

— Tu charries ! s'exclama Vince. Serais-tu en train de me dire qu'il existe une femme sur cette terre qui ne tombe pas sous ton charme, une femme qui refuse de te dévoiler tous ses secrets?

— Elle n'est pas vraiment mon genre, marmotta Clint. Bon, parle-moi du bateau. Qu'est-ce que tu sais?

Vince pointa du doigt.

— Vois par toi-même. Le voilà.

Le bateau blanc flottait, léger, seulement remué par la longue houle paresseuse du fleuve. Ses cheminées et sa roue à aubes étaient d'un rouge franc. Le pont principal était ouvert à l'avant, avec les chaudières derrière dans une chaufferie fermée. La promenade du pont Texas était couverte et ceinte d'une rambarde blanche. Il y avait des fenêtres tout le long sur les côtés et devant aussi. La timonerie était perchée tout en haut, blanche avec des garnitures rouges aux arêtes. En lettres cramoisies et dans une écriture fine, on pouvait lire son nom sur les flancs et à l'arrière, au-dessus de la roue à aubes. C'était le *Helena Rose*.

Jeanne et Roberty s'étaient arrêtés pour le contempler, et Clint vint à côté de Jeanne.

— Qu'en pensez-vous?

Quand elle répondit, il fut surpris de trouver une grande chaleur dans sa voix.

— Il est beau et solide. La peinture aurait besoin de quelques retouches, mais aucune vitre n'est brisée. Elles sont même propres. À première vue, je dirais qu'on a pris soin de son entretien.

Sur le pont principal, ils virent un chien, langue pendante, qui les regardait comme une curiosité.

— Allô, Léo! le salua Jeanne.

Il se mit à remuer la queue et se leva, agitant l'arrière-train, sa queue faisant de grands huit dans les airs. Avec sa langue rose sortie, on aurait dit qu'il souriait.

— Gros bêta de chien, dit-elle, toute souriante.

— Bon, y allons-nous à la nage ? demanda Clint.

Le bateau mouillait à sept ou huit mètres du quai.

— Peut-être que oui, peut-être que non, dit Vince, qui arrivait derrière lui. Hé ! Ezra ! Ohé, du bateau ! Ezra !

Un homme sortit de l'ombre derrière Léo. Il avait la quarantaine avancée, de fortes épaules rondes et les bras gros et longs. Sur la tête, il portait un bonnet de laine noire enfoncé sur les oreilles. Portant une main en visière pour cacher ses yeux du soleil, il prit un moment pour voir qui venait là.

— C'est quoi, tous ces gens ? demanda-t-il d'un ton contrarié.

Vince fit un pas en avant.

— Ezra, c'est moi, Vinnie. Et eux, ce sont les nouveaux propriétaires du bateau. Sauf le garçon. Lui, j'ignore qui c'est.

— Vraiment ! Moi, je ne connais pas de Noir nommé Vinnie, rétorqua Ezra.

— Je ne suis pas Noir, protesta Vinnie. C'est juste que... oh, et puis, oublie ça, Ezra ! Ce gentleman et la dame que voici sont les nouveaux propriétaires du *Rose*. Abaisse la passerelle pour qu'ils n'aient pas à faire trempette.

— Vous êtes bigleux ou quoi ? Vous voyez bien que je suis seul à bord ! Vous ne croyez tout de même pas que Léo va m'aider à baisser les planches, non ?

— Mais pourquoi diable... brailla d'abord Vince, avant de baisser les bras et de se tourner vers Clint. Tu veux me dire à quoi il a pensé, de lever la passerelle et d'aller mouiller à sept mètres du quai ?

— Comment veux-tu que je le sache ? Bon, maintenant qu'est-ce qu'on fait ?

— J'y vais, dit Vince, s'avançant sur la berge boueuse en enlevant ses chaussures. Ce n'est pas profond de toute manière, une trentaine de centimètres peut-être.

Clint se jeta en bas du quai, à côté de Vince.

— Je ne sais pas pourquoi, mais j'ai tout de suite eu ce pressentiment, en apprenant que j'héritais d'un bateau, que j'allais me mouiller.

— Messieurs, fit Jeanne. Est-ce que je peux aider ?

— Non ! répondirent d'une seule voix Clint et Vince.

En quelques minutes, ils étaient sortis de l'eau et actionnaient d'un commun effort le gros cabestan, abaissant lentement l'une des passerelles. Ezra et Léo s'intéressaient à la tâche et les regardaient faire. Bientôt, Jeanne vint à petits pas sur la passerelle, suivie de Roberty, qui, à voir son expression perplexe, ne semblait pas comprendre ce qui lui arrivait.

Devant Ezra qui y trouvait à rire, Clint et Vince essorèrent le bas de leur pantalon avant de remettre chaussettes et chaussures.

— D'avis que ce ne doit pas être chaud, chaud, chaud, commenta Ezra.

— Glacial, grommela Vince. Je ne m'étais pas mouillé depuis deux jours. Au moins, mes pieds sont tout blancs.

Clint se releva et tendit la main à Ezra.

— Monsieur Givens, je m'appelle Clint Hardin. Me Deshler, l'avocat, nous a dit que vous seriez ici, et je voulais d'abord vous remercier d'avoir pris soin du *Rose*. Voici Mme Bettencourt. Nous sommes, elle et moi, copropriétaires du bateau.

— Oui, Me Deshler, dit Ezra dans un hochement de tête. Il m'a dit que le *Rose* appartenait maintenant à un homme et à une femme. Enchanté de vous connaître, m'sieur, m'dame.

— C'est un plaisir de vous rencontrer, monsieur Givens, dit Jeanne. Monsieur Hardin, je vais voir les cabines et la timonerie. Roberty, attends-moi ici avec M. Givens et Léo, dit-elle, saluant le chien d'une gentille petite tape sur la tête pour ensuite se diriger vers l'escalier extérieur qui montait jusqu'au pont Texas.

Bien qu'il n'eût pas été invité, Clint la suivit en haut des marches, puis sur le pont supérieur. Jeanne s'arrêta devant une porte au milieu du pont, qui s'ouvrait sur un couloir étroit. Immédiatement à leur droite en entrant, il y avait la cuisine, accessible par une porte coulissante qu'on avait laissée ouverte. Jeanne entra dans la petite pièce.

— Une cuisinière! s'exclama Jeanne de ravissement. Une vraie de vraie cuisinière! Oh mon Dieu! Est-ce que ce serait une glacière? Il y a aussi une batterie de cuisine complète, des marmites, des casseroles, des ustensiles! Et regardez, poursuivit-elle en ouvrant les portes des hauts meubles de rangement, il y a même des assaisonnements, des épices et des condiments!

La première impression de Clint fut qu'on était à l'étroit dans cette cuisine, mais en découvrant l'endroit, il vit que l'aménagement avait été bien pensé. Un comptoir en chêne poli courait le long des murs, un plan de travail large de quarante-cinq centimètres. Au-dessus du long comptoir, il y avait des placards qui montaient jusqu'au plafond, sauf à l'endroit où le tuyau de la cuisinière sortait par le mur et où une fenêtre laissait entrer une bonne lumière. Six tabourets étaient rangés sous le comptoir, avec quelques denrées dans des tonneaux et des sacs de jute.

En face, dans le couloir, une autre porte coulissait, celle-là donnant sur une pièce presque dénudée. Pour seuls meubles, on y retrouvait deux couchettes de chaque côté de la fenêtre. Au pied d'une des couchettes, qui avaient été faites avec soin, ils découvrirent un vieux coffre malmené par l'âge.

— Le poste de l'équipage, dit Jeanne en ressortant de la pièce.

Elle continua sa visite, se dirigeant au bout du couloir, où deux portes se faisaient face. Son premier choix alla pour la porte à sa gauche.

— En toute logique, ce devrait être la cabine du capitaine.

C'était une pièce faite sur le long, bien éclairée avec six fenêtres à quatre carreaux sur le mur latéral et deux sur celui du fond. Sous ces fenêtres au fond, il y avait un bureau vide. À mi-chemin entre ce bureau et la porte d'entrée, on trouvait deux fauteuils adossés au mur avec une petite table ronde au milieu. À l'autre bout de la cabine, il y avait un grand lit dont le cadre, la tête et le pied étaient en chêne clair. Le matelas était couvert d'un seul drap. Sur le mur côté couloir, il y avait une énorme armoire d'un bois sombre et luisant, joliment ornée de fioritures et de belles poignées en laiton poli.

— Pas mal, dit Clint en découvrant les lieux. C'est bien mieux que ma chambre.

Jeanne lui lança un drôle de regard.

— Voyons voir si nous avons une autre cabine en face.

Ils y allèrent et découvrirent effectivement une autre cabine, à l'identique de la précédente, mais celle-là sans le moindre meuble.

— On pourrait l'aménager, murmura Clint.

Jeanne se planta droit devant lui.

— Est-ce à dire que vous envisagez de vivre ici, sur le *Rose*?

— L'idée m'a traversé l'esprit, je ne le nierai pas, comme elle ne vous a pas échappé, à n'en pas douter. Cela dit, cette idée ne semble pas vous ravir, si je me fie à votre ton. Sur ce, je vous dirais ceci : n'y a-t-il rien de plus normal qu'un bateau accueille dans ses cabines, je ne sais pas, moi, son pilote et son capitaine?

— Oui, bien sûr. C'est que je n'avais pas songé que vous pourriez... vivre ici.

Elle avait parlé comme s'il n'avait pas été là, comme si elle pensait à voix haute.

Il attendit, mais voyant qu'elle gardait le silence, il demanda :

— Et si nous montions visiter le poste de pilotage? Ce serait une première pour moi.

Elle le mena en silence à l'escalier au fond du couloir, et ils montèrent ensemble sur le pont-promenade. En entrant dans la timonerie, Jeanne alla immédiatement se tenir derrière la barre à roue, posant les mains sur ses poignées de bois et leva un long regard par la vitre avant, ses yeux semblant s'ouvrir sur de nouveaux horizons.

Clint remarqua que la roue était grosse, d'un diamètre d'un peu plus de deux mètres, et qu'elle était surbaissée de quatre-vingt-dix centimètres dans le plancher de sorte que la plus haute de ses poignées se trouvait à un mètre vingt devant son opérateur. À la droite de Jeanne, un grand tube en métal sortait du plancher pour se terminer en pavillon, le cornet par lequel le pilote pouvait communiquer avec la salle des machines. Au fond, de chaque côté de la porte d'accès au pont-promenade, deux longs bancs avec des traversins recouverts de robuste jute occupaient le bas du mur.

Clint fut intrigué par le grand nombre de cordes qui montaient sur les murs et couraient au plafond, et il découvrit que pendaient au bout de celles-ci les différentes poignées servant à actionner les cloches et les sifflets du bateau. Son œil fut aussi attiré par un morceau de papier jauni collé au plafond. On pouvait y lire : « Ira Kenneth Hardin, pilote breveté. 1852, brevet décerné en foi de la Loi sur les bateaux à vapeur du 30 mai 1852. Certifié conforme par Albert K. Edmonds, inspecteur, Service fédéral de la Marine. » Clint aurait aimé en parler à Jeanne, mais il la voyait perdue dans une rêverie. Il préféra ne pas la déranger.

Plus tard, elle se retourna vers lui et dit tout bas :

— Aimeriez-vous voir la chaufferie et la salle des machines ?

— Oui, m'dame.

Ils revinrent sur leurs pas pour regagner le pont principal. Ils découvrirent Ezra en pleine conversation avec Vince, qu'il ne considérait apparemment plus comme l'étrange homme de peau noire qu'il avait cru voir plus tôt. Souriant, Roberty était assis par terre, occupé à gratter le ventre de Léo. Le chien avait roulé sur le dos, sa langue pendait d'un coin de sa bouche et l'une de ses longues pattes arrière battait machinalement l'air. C'était, comme Me Deshler l'avait dit, un chien au pelage tacheté, son sous-poil d'un blanc grisâtre avec des marques irrégulières brun-rouge.

— Ezra me disait justement qu'une bande de voyous ont essayé d'aborder le *Rose* il y a deux nuits de ça, raconta Vince à Clint. C'est ce qui l'a convaincu de s'éloigner du quai. Le lendemain de l'attaque avortée, quelques matelots du *Sultana* sont venus l'aider à remonter les passerelles.

— Comment avez-vous réussi à repousser ces voyous ? demanda Clint.

— Fusil à pompe, résuma succinctement Ezra. Double canon.

— Vous avez tué ces gens ? s'exclama Jeanne.

— Non, m'dame, rien ne sert de canarder un homme qui prend ses jambes à son cou et qui détale comme une gazelle, expliqua Ezra.

— Des voyous bien avisés, il n'y a pas à dire, commenta Clint. Monsieur Givens, j'ai une faveur à vous demander. Pourriez-vous venir avec moi pour que je puisse jeter un œil à la chaufferie et à la salle des machines ?

— Avec plaisir, et appelez-moi Ezra, demanda-t-il. Quand j'entends « monsieur », j'ai toujours l'impression qu'on parle à quelqu'un d'autre. Un vieux chauffeur, c'est ce que je suis depuis sept ans sur le *Rose*, depuis qu'on a construit ce petit bijou. Sept ans, mon brave, que je nourris ses fournaises, et laissez-moi vous dire que je connais la chaufferie comme ma poche. Par contre, côté moteur, je ne suis pas votre homme, monsieur Hardin. Je n'y connais rien.

— Ce n'est pas un problème, et appelez-moi Clint, dit-il.

Une fois dans la chaufferie, Clint alla inspecter les deux grosses chaudières, ouvrant la porte des chambres de combustion, tâtonnant les tuyaux qui sortaient des cuves.

— C'est bon, je connais, marmotta-t-il pour ensuite se rendre derrière, dans la salle des moteurs.

Jeanne le suivit, intriguée. Elle s'étonna de le voir grimper sur des tuyaux, se parlant à lui-même. Clint voulait avoir un aperçu de l'état du caisson de logement de butée. Jeanne le vit disparaître quand il sauta de l'autre côté des tubulures. Couché au sol, Clint essayait de voir sous la machinerie, tâtant du bout des doigts quelques connecteurs, des valves et des joints de la tuyauterie.

— C'est la simplicité même ! s'écria-t-il, rayonnant, se remettant sur ses pieds d'un bond.

— Qu'est-ce que vous voulez dire ? demanda Jeanne.

— Le moteur. C'est du tout cuit. Je vous explique : les chaudières produisent de la vapeur, d'accord, et la vapeur actionne le piston, lequel entraîne l'arbre de transmission, qui à son tour fait tourner la série d'engrenages qui induit ensuite son mouvement à la bielle pendante, laquelle fait enfin tourner la manivelle de la roue à aubes, et puis voilà! La roue à aubes tourne, et le tour est joué. Tout simple, quoi.

— Je n'ai rien compris à votre charabia, dit Jeanne, soupçonneuse. Êtes-vous en train de me dire que, après avoir jeté un œil à tout… à tous ces machins, vous êtes en mesure de comprendre la mécanique d'une roue à aubes?

— Je ne sais pas grand-chose à propos des chaudières. Le domaine me semble exiger de l'expérience. Il faut savoir allumer le tout et garder la bonne température pour la marche du bateau.

— Vous avez sans doute raison, oui, mais qu'est-ce qui vous permet de croire que vous connaissez quoi que ce soit au moteur d'un bateau à vapeur? Même les pilotes et les capitaines d'expérience n'ont souvent qu'une vague notion du fonctionnement des moteurs, d'où l'embauche d'un mécanicien.

— M'dame, dit Clint d'un ton égal, vous saurez que je suis maître machiniste. J'ai fabriqué au moins une centaine de jauges, de tuyaux, de barres de direction, de valves et même d'écrous et de boulons semblables à ceux qu'on retrouve à bord du *Rose*. Et quand il est question de fabriquer des pièces, il est primordial d'en connaître l'utilité et le fonctionnement. De ce fait, je sais comment fonctionne un moteur à vapeur.

— Ah bon! fit Jeanne, interloquée. Je vous demande pardon. Je ne savais pas.

— Eh bien, maintenant, vous savez. Et vous saisissez sans doute ce que cette nouvelle signifie, n'est-ce pas ? demanda-t-il, un éclair dans ses yeux presque noirs.

Jeanne leva les mains devant.

— Attendez. Je sais à quoi vous pensez, mais il me faut du temps pour réfléchir. Tout va trop vite, j'ai besoin de m'arrêter.

— Je sais, consentit-il à voix basse, s'approchant d'elle, baissant les yeux et cherchant à croiser son regard. Toutefois, j'aimerais vous dire ceci, madame Bettencourt. Je ne vous connais pas très bien, mais je sais certaines choses à votre sujet. Vous êtes très brillante, vous êtes déterminée. Vous êtes honnête et travaillante, et vous voulez une vie meilleure pour vous et votre fille. Personnellement, je crois que vous êtes capable d'accomplir tout ce que vous rêvez d'entreprendre, y compris de piloter ce bateau à vapeur.

CHAPITRE 6

— Quelque chose ne va pas, maman ? s'inquiéta Marvel.

— Non, non, petite chérie, répondit Jeanne. Je réfléchis, c'est tout. Comment se portent Madame Topp et Avémaria ce soir ?

— Madame Topp veut être la domestique d'Avémaria. Elle se demandait quand la cape et l'écharpe de sa maîtresse seraient prêtes, expliqua Marvel, une allusion bien transparente pour savoir où Jeanne en était avec son travail de couture.

Jeanne avait dit à Marvel qu'elle confectionnerait pour sa poupée une cape grise comme la sienne et lui tricoterait un cache-nez rouge avec les restes de laine. Marvel et elle s'étaient assises sur leur matelas après avoir dîné, Marvel jouant avec ses poupées et Jeanne s'occupant de coudre leurs petits vêtements. Cependant, Jeanne n'avait pas la tête à la couture, incapable qu'elle était de se concentrer. Ses pensées allaient en tous sens, son esprit passant d'une idée à l'autre. Le *Helena Rose* et Clint Hardin l'obsédaient. Depuis un bon moment déjà, son regard s'était perdu dans le vide et ses mains reposaient, molles, sur son ouvrage.

— Tu peux faire savoir à Madame Topp que la cape d'Avémaria sera terminée demain soir et l'écharpe mercredi, dit distraitement Jeanne.

Marvel sembla satisfaite de ces échéances et retourna à son jeu, qui consistait à prendre le thé. Pour ses poupées, elle avait servi un caramel et faisait semblant de leur donner des gorgées de son chocolat chaud. Il y avait aussi des conversations chuchotées entre les deux poupées. Jeanne regardait à nouveau dans le vide.

Elle n'avait rien dit à Marvel à propos de l'héritage, rien dit à propos du *Helena Rose*, et comment l'aurait-elle pu ? Jeanne n'avait pas pris de décision. En fait, elle ne prenait pas encore conscience de l'ampleur de ce qui venait de lui arriver.

« Deux cent cinquante dollars, en argent, pour moi et Marvel, rumina-t-elle. Ce petit cottage dans la rue Sycamore, je pourrais l'acheter pour trois cents dollars. »

Le propriétaire de Jeanne, M. Garrison, possédait plusieurs maisons dans le Pinch. Homme intraitable quand il avait affaire à de mauvais payeurs, M. Garrison n'hésitait pas à appeler l'adjoint du shérif si un locataire ne payait pas à temps ; après une semaine d'avis, c'était l'éviction. En quatre ans, Jeanne n'avait jamais eu de retard sur le loyer, et c'était peut-être pour cette raison que M. Garrison se montrait gentil avec elle. Deux mois auparavant, il avait parlé d'un cottage, lui offrant de le louer ou d'en faire l'achat. À ce moment, elle n'avait pu se permettre ni l'un ni l'autre, car le loyer était trois fois celui qu'elle payait maintenant et, pour toute économie, elle avait alors en poche dix-huit dollars et cinquante cents. Cela n'avait pas empêché Jeanne de passer souvent devant le cottage et d'y penser avec envie. Ce n'était pas une cabane en rangée comme la maison *shotgun* qu'elle partageait avec les O'Dwyer; c'était une maison de bardeaux avec une cuisine, un salon, une chambre et un petit grenier. La peinture extérieure n'était plus très blanche, mais la maison semblait de construction solide — on le devinait juste à la voir, toute droite parmi les cabanes penchées du Pinch —, et le toit ne fuyait pas.

Jeanne reprit sa couture, mais après deux points, elle se retrouva à nouveau perdue dans ses pensées. «Le *Rose*, je sais que nous pourrions le vendre. Combien nous en tirerions, je l'ignore, mais certainement cinq cents dollars. Peut-être six cents?»

Les mêmes pensées tourbillonnaient sans cesse dans sa tête. À regret, elle prit conscience que, à chaque pensée qui parlait de vendre le *Helena Rose*, une partie de son esprit se braquait, comme pour s'opposer à l'éventualité. Toute la journée, elle avait repensé à son enfance sur la rivière Arkansas, à ses parents, méditant sur ces jours heureux et lointains, sur cette époque avant que Max Bettencourt ne vienne s'immiscer dans sa vie. Elle avait eu une belle vie sur la rivière. Elle savait que Marvel le pourrait aussi.

Mais comment y arriver? Comment pouvait-elle offrir cette vie à Marvel, se l'offrir à elle aussi?

Était-ce même possible qu'elle, Jeanne Langer Bettencourt, pilote un bateau à vapeur?

«Cher Seigneur, je crois que je perds la raison. Que dois-je faire? Que puis-je faire?» Jeanne pria et pria encore, mais il semblait qu'elle était sourde à la parole du Seigneur. «C'est sûrement que je parle tant et trop fort qu'Il n'arrive pas à placer un mot», se dit-elle, le cœur contrit.

Il était deux heures et demie quand elle réussit enfin à fermer les yeux, mais son sommeil fut agité, plein de rêves, plein de souvenirs de la rivière.

Jeanne était encore en proie à l'agitation quand elle s'éveilla au petit matin, et le tourbillon incessant qui rugissait sous son crâne ne connut pas d'accalmie une fois rendue au travail. Elle pensa à peine à George Masters, sauf pour remarquer que celui-ci se trouvait encore en séjour à l'hôtel. À nouveau, elle ne l'avait pas trouvé dans sa chambre en venant y faire le ménage. Il régnait une ambiance maussade au Gayoso depuis quelques jours, l'hôtel étant presque vide. Jeanne termina sa journée à midi.

Elle mit un pied dehors et haleta dans l'air frais. C'était un jour gris et triste, pas même assez froid pour que la neige tombe. Un vent turbide soufflait avec ses bourrasques folles. La cape de Jeanne se soulevait à chaque coup de vent de travers, et ses jupons claquaient sur ses chevilles. Jeanne rabattit son capuchon et enroula son écharpe pour se couvrir le nez et la bouche. Elle raidit les bras dans sa cape, la retenant près de son corps, et se mit à marcher tête baissée.

Elle était encore derrière l'hôtel, passant devant les charrettes des livreurs, quand elle entendit quelqu'un appeler son nom.

Elle releva la tête, et George Masters se tenait là, la saluant de la tête.

— Bonjour, monsieur Masters. Mais que faites-vous dehors par un temps pareil ?

— Je voulais vous parler.

— Pourquoi ? demanda-t-elle, n'y voyant pas de raison.

— Eh bien, parce que je suis resté sur le sentiment, après cette soirée de la veille de Noël, que je ne vous avais pas dit combien il me plairait de vous revoir. Ainsi, j'ai décidé qu'il me fallait le redire.

— Ici ? Maintenant ? demanda Jeanne, qui frissonnait dans le vent.

— Je sais que c'est inapproprié et je m'en excuse, mais je ne pouvais imaginer un autre endroit, une autre manière. Je ne voulais pas vous… accoster dans ma chambre. Il m'est donc venu l'idée de soudoyer un portier de l'hôtel pour qu'il vienne me dire quand vous quitteriez le travail. C'est honteux, n'est-ce pas ? conclut-il, réussissant néanmoins à esquisser un sourire.

— Oui… Non… Je ne sais pas, dit-elle. Monsieur Masters, j'ai peur que vous ne me trouviez à un mauvais moment. Et je suis pressée.

— Est-ce que c'est grave ? Vous êtes mal, ou votre fille, peut-être ? demanda-t-il immédiatement.

— Non, non. En fait, j'ai reçu de très bonnes nouvelles, le rassura Jeanne. Cependant, ces nouvelles m'obligent à prendre des décisions difficiles, d'où l'affolement dans lequel vous me trouvez... et pour vous dire la vérité, j'ai peine à échanger ces quelques civilités avec vous en ce moment.

— Alors, soyez directe, dit-il avec une pointe d'irritation dans la voix. On dit que j'ai une très bonne oreille, et vous pouvez me parler. Acceptez donc de sortir avec moi ce soir. Ou à l'instant, si cela vous convient davantage. Nous prendrions le déjeuner au Cotton Coffeehouse. Cela dit, je ne vous cacherai pas ma préférence. J'aimerais mieux vous inviter à dîner au Courtier. Je promets de ne pas vous ramener trop tard.

Jeanne se rembrunit.

— Je ne peux... pour le moment, je... je ne m'y retrouve plus, voyez-vous...

— Non, je ne vois pas. Mais c'est décidé, dit-il avec force. Ma voiture vous attendra au coin de Main Street et d'Overton Street à dix-huit heures, madame Bettencourt. J'espère que vous vous présenterez. Bon, puis-je vous ramener chez vous, si à tout le moins c'est là votre destination?

— Non, je dois me rendre aux docks, dit Jeanne, et non, je marcherai. D'ailleurs, je ne peux vous assurer de ma présence ce soir, monsieur Masters.

— À dix-huit heures, Main Street et d'Overton Street, répéta-t-il avec fermeté. Au revoir, madame Bettencourt.

En tirant brusquement sur le bord de son chapeau, il virevolta et alla tourner le coin, disparaissant à l'avant de l'hôtel. Jeanne reprit son chemin et se trouva étrangement amusée de la situation. Elle n'irait pas au rendez-vous, bien évidemment. Cela dit, plus elle y pensait, plus cette certitude s'égrenait. « Après tout, quel mal y aurait-il à se changer les idées ? » finit-elle par se dire. Le fait de passer un court moment avec ce monsieur et de tenir cette discussion quoique brève et tendue avait été son seul répit en deux jours. En effet, depuis, Jeanne ne pensait plus autant au *Helena Rose* et aux décisions qui l'inquiétaient tant. Elle pensa qu'il aurait l'air idiot, George Masters, sortant de son somptueux landau avec elle, une femme de rien. C'était au moins là un problème tout à fait extérieur à elle, et l'idée commença à lui plaire. Jeanne décida à ce moment qu'elle choisirait le plat le plus coûteux sur la carte du Courtier.

Cette question réglée, elle en revint malheureusement à remâcher ses problèmes familiers. Bravant les bourrasques, elle entreprit la descente pénible vers les docks. Quand elle releva enfin la tête, elle se trouvait devant le bateau. Il n'y avait personne en vue sur les ponts, et elle appela donc :

— *Helena Rose* ! Il y a quelqu'un ! Dans ce cas, je monte à bord !

Elle grimpa sur la passerelle tandis que la porte de la chaufferie s'ouvrait et que Roberty en franchissait le pas.

— Salut ! dit Roberty, son visage radieux.

Jeanne en eut le souffle coupé. Elle n'avait jamais vu une joie véritable sur son visage de garçon. Ses mains et sa figure étaient propres, ses joues avaient une touche de couleur et ses cheveux blond filasse d'ordinaire en bataille étaient peignés.

— Ezra, Vinnie et moi, nous travaillons là-bas derrière, dans la salle des chaudières, non, je veux dire dans la chaufferie, se reprit-il. Clint dit que nous sommes aussi bien de faire de la vapeur, comme il fait froid. Il m'a dit de vous dire quand vous arriveriez qu'il est à l'étage, non, je veux dire sur le pont Texas.

— Tu parles déjà comme un vrai matelot, ma foi ! Les choses se sont bien passées avec M. Givens hier soir ?

Jeanne se trouvait exténuée la veille au moment de rentrer à la maison, et d'un air las, elle avait seulement dit à Roberty de rester sur le bateau.

— Le vieux Ezra parle mal, raconta Roberty, mais au fond, il est gentil. Il fait un très bon macaroni aussi. Cette nuit, j'ai couché avec Léo. Non, je veux dire qu'il a dormi avec moi dans ma couchette, précisa-t-il, la regardant anxieusement. Est-ce que j'ai bien fait ?

— Si vous vous entendez bien, toi et Léo, je n'y vois aucun inconvénient.

Ils allèrent ensemble dans la chaufferie, découvrant Ezra et Vince qui jouaient aux dames sur une caisse retournée. Ces messieurs se levèrent en voyant Jeanne arriver. L'une des chaudières projetait par vagues une chaleur qui réchauffait la pièce. Léo gisait de tout son long par terre, sous les cuves à vapeur. Les salutations de Jeanne lui firent ouvrir un œil et battre de la queue.

— Je vous en prie, asseyez-vous, monsieur Givens, monsieur Norville. Je venais seulement vous dire bonjour et vous demander, monsieur Givens, si la présence de Roberty hier soir avait causé une quelconque gêne.

— Le jeunot, il ne dérangerait pas les chats qui font la sieste, déclara-t-il dans son langage imagé. Il est calme, ne pose pas une tonne de questions idiotes, se débrouille tout seul, et le gars a fait son lit comme un chef. Et en plus, au réveil ce matin, il a allumé un joli petit feu dans le poêle. Il y a un hic, quand même : du macaroni, il peut en manger des tonnes.

— Nous avons mangé du macaroni pour dîner hier soir *et* pour le petit déjeuner ce matin, se vanta Roberty à Jeanne. J'adore le macaroni.

— C'est très bien, dit Jeanne d'un ton léger, bien qu'elle s'inquiétât de savoir s'il n'y avait que du macaroni dans le garde-manger du bateau.

«Est-ce que M. Givens a de l'argent pour vivre? se demandait-elle aussi. À quoi j'ai pensé? Je n'aurais pas dû lui laisser la responsabilité de Roberty, d'une autre bouche à nourrir.»

— Je suis soulagée que vous ayez pu vous entendre, dit-elle à Ezra. Tout à l'heure, il faudra discuter de votre salaire et aborder la question des repas.

Elle trouva Clint Hardin là où Roberty l'avait dit, assis au bureau dans la cabine du capitaine. Plusieurs livres étaient empilés devant lui, certains ouverts, et il y avait aussi une pile de paperasses sur le bureau. Son entrée fit bondir Clint.

— Bonjour, madame Bettencourt. Mais regardez-moi ces joues, elles sont toutes rouges. Non, ce n'est pas rouge, c'est l'incarnat de la rose.

— Hum. Et je vois que votre œil tourne au bleu azuré, que votre bouche a aussi un plaisant violet, lui dit-elle d'un ton pince-sans-rire, retirant son écharpe et sa cape tandis qu'elle parlait.

Il vint aussitôt prendre les vêtements, et elle vit ses mains. Les quatre jointures de la main droite et les deux du milieu sur la main gauche étaient enflées et ouvertes en de laides plaies suintantes.

— Seigneur! Ne disiez-vous pas être machiniste? J'aurais bêtement cru que ce travail exigeait l'usage des mains, en plus d'une bonne vue.

Il alla suspendre l'écharpe et la cape de Jeanne dans l'armoire.

— En général, ça aide beaucoup. C'est pourquoi je n'ai pas travaillé aujourd'hui, expliqua-t-il en revenant vers le bureau, puis il tira une chaise droite à l'intention de Jeanne. Asseyez-vous, madame Bettencourt, je crois que vous voudrez absolument jeter un œil à ces papiers. Il s'agit de documents laissés par Ira Hardin.

Elle s'assit et prit l'un des livres.

— C'est le journal de bord du capitaine. Vous avez raison, cela m'intéresse de les étudier.

— Vraiment! se réjouit-il. Vous rappelez-vous, ma chère, m'avoir parlé de la rivière Arkansas? Eh bien, imaginez-vous donc que M. le «taureau» Hardin a sillonné les flots de l'Arkansas durant presque cinq ans. Tout est là, tout est colligé, tout le fret qu'il a transporté, tous ses arrêts, toute la rivière en fait. Il y a les détails et l'emplacement d'obstacles cachés, d'écueils, de barres de sable… On voit même où il a changé de cap et les itinéraires qu'il préférait!

— Oui, je vois, acquiesça Jeanne, toutes les informations que l'on retrouve normalement dans le journal du capitaine.

— Voilà, tout est là! Évidemment, ses premières sorties sur la rivière ne datent pas d'hier. Regardez, la première inscription remonte à 1848. Par contre, les cinq années suivantes sont très bien documentées. Les deux dernières sont plus vagues. Ezra m'a dit que le capitaine Hardin n'avait jamais plus été le même après la mort de sa femme. Cela dit, je parie que nous pourrions rappeler certains de ses anciens affréteurs et...

— Stop, dit Jeanne tout bas, demandant le silence d'une main levée.

Sans mot dire, elle se leva, marcha jusqu'au fond de la pièce avant de revenir vers Clint.

— Monsieur Hardin, vous allez trop vite. De plus, il me semble évident que vous ne comprenez pas ce dans quoi vous vous embarquez. Exploiter un bateau de fret est une entreprise extrêmement complexe et en tirer un profit l'est plus encore. Comme vous vous en doutez, j'ai beaucoup réfléchi, mais ma décision n'est pas prise. J'ai besoin de temps. Vous ne devriez pas précipiter les choses, vous non plus.

Il l'étudia d'un long regard scrutateur.

— Je vois les choses différemment, reprit-il finalement. Moi, madame, je ne suis pas dans l'impasse de savoir s'il faut exploiter ou vendre le bateau. De mon côté, la question ne se pose même pas; je ne veux pas vendre le *Rose*.

— Vous ne connaissez rien à la vie sur le fleuve! Rien à la navigation! Bien sûr, vous pouvez me dire que je n'ai aucune notion d'ingénierie ou de mécanique, mais je sais que le bateau se vendrait à bon prix!

— Donc, vous *voulez* le vendre ? Voyez-moi ça. La dame qui parlait de prendre son temps, qui se précipite et veut vendre !

— Je ne veux pas vendre le bateau ! C'est-à-dire que, oui, enfin, j'y pense !

— Je ne voudrais surtout pas paraître impoli, mais s'il faut vous le répéter, madame, je n'ai pas l'intention de vendre. Oui, il se vendrait sans doute pour un bon prix, mais vous n'en tireriez pas une somme suffisante pour racheter les cinquante pour cent que vous ne possédez pas.

Jeanne plaqua les poings sur ses hanches, et ses yeux brillèrent comme de la glace sur l'ébène.

— C'est injuste ! Comment osez-vous me forcer la main ?

— Désolé, dit-il, allègre. C'est souvent le problème quand on ne peut plus s'entendre.

— Le problème ? C'est vous le problème, oui ! dit Jeanne avec rudesse. Si je comprends bien, vous ambitionnez de partir avec le bateau. Avez-vous pensé à embaucher un pilote, qui, soit dit en passant, se paie au moins cent dollars par mois ? Avez-vous calculé le salaire d'un équipage et les dépenses qu'il faut autrement engager ? Non, vous vous voyez seulement partir gaiement, et vogue le beau bateau ! Comment comptez-vous faire un profit ou au moins ne pas *perdre* d'argent ?

— Écoutez, m'dame, vous étiez tout excitée à l'idée hier. Ne le niez surtout pas, c'est inutile. Je l'ai vu dans vos yeux. Vous vous êtes tout de suite imaginée à la barre, pilotant ce bateau, et moi m'occupant de mécanique. Ensemble, nous pouvons trouver un moyen d'exploiter le *Helena Rose*, toute cale chargée. Oublions la vente et concentrons-nous sur tout ce qui reste à faire, vous voulez ?

— Non, je ne veux pas, parce que vous n'avez aucune idée de ce « tout ce qui reste à faire », dit Jeanne, les dents serrées. Vous avez des connaissances mécaniques, j'en conviens, mais vous êtes dans le noir sur la question du pilotage d'un bateau à vapeur. Pour piloter ce type de bâtiment, il vous faut connaître la rivière, la connaître mieux que le reflet de votre propre visage dans le miroir. Il faut en connaître chaque mètre, et quatre fois plutôt qu'une : il y a la navigation en aval, en amont, de nuit et de jour. Vous devez apprendre l'emplacement exact de tous les écueils, de chaque arbre submergé, de tous les hauts fonds et savoir ce qui vous attend derrière le moindre méandre. C'est un travail dur, exigeant et de longue haleine.

En l'écoutant ainsi parler, Clint commença à comprendre le défi qui les attendait. Il n'était plus contrarié à présent. Il croyait comprendre les réticences de Jeanne.

— Vous avez peur. C'est ça ? Vous avez peur de ne pas être à la hauteur.

— Pas du tout ! s'en défendit Jeanne avec véhémence. Vous avez tout faux. Ce n'est pas de la peur, monsieur, c'est simplement que je suis une adulte, moi, avec des responsabilités, contrairement à vous, monsieur le… le… machiniste troubadour ! D'ailleurs, avez-vous pensé au logement, ou seulement à fanfaronner d'un bout à l'autre du fleuve ?

— Un logement ? Nul doute que je souhaite vivre sur le *Helena Rose*. Pas vous ?

— Oui, j'adore cette cabine. Vous ? fit-elle d'un ton brusque.

— Certainement, reprit-il, haussant les épaules, mais si vous aimez cette cabine-ci, elle est à vous, comme le mobilier, si vous voulez. La cabine d'en face est tout aussi spacieuse. Je n'ai qu'à dénicher quelques meubles, et le tour est joué.

— Alors, c'est tout pensé pour vous. Nous voilà vivant ensemble, s'emporta Jeanne. Je le savais !

— Vous saviez quoi ? rétorqua-t-il avec colère. Je vous demande bien pardon, madame Bettencourt, mais vous ne seriez pas un peu délirante ? D'où sortez-vous cette idée que je tente de vous séduire ? Qu'est-ce que j'ai dit pour vous le faire croire ? Qu'est-ce que j'ai fait ? Vous ai-je même regardée une fois d'un drôle d'air ?

— Eh bien, non, mais…

— Non, grogna-t-il, je n'ai rien fait de tel. Je suis autant que vous propriétaire de ce bateau, et aussi un peu son mécanicien. Je mérite une cabine, et cela n'a rien à voir avec vous.

— Ce ne serait pas approprié ! riposta Jeanne avec feu.

— Si, ce l'est, et à moins que vous ne dénichiez une mécanicienne, c'est ainsi que nous ferons, dit-il sans mettre de gants.

— Oh… fit Jeanne. Oui, je vois ce que vous voulez dire. C'est-à-dire que… je n'avais pas… pensé à cela.

— Peut-être que non, mais qu'importe. À vous voir ainsi parler de vivre sur le *Helena Rose*, je vois bien que vous comptez y résider et peut-être même le piloter, dit

Clint, un sourire triomphant au visage. Merveilleux!
Maintenant, pouvons-nous parler affaires?

— Pardon? Non. J'ai besoin de temps, laissa tomber
Jeanne, qui se mordait la lèvre tant elle était troublée.

— Je croyais que nous avions eu cette discussion. À
quoi faut-il encore réfléchir *cette fois*?

— Je ne sais pas, je ne sais plus! Je suis encore plus
perdue maintenant, et c'est votre faute! cria Jeanne.

— Ma faute? fulmina Clint. Mais comment est-ce
Dieu possible?

— Tu n'es pas fâchée de passer la nuit chez les O'Dwyer?
demanda Jeanne.

— Bien sûr que non, maman, répondit joyeusement
Marvel. Aideen et Noleen ont eu des poupées pour
Noël. Avec elles, Madame Topp et Avémaria organisent
une sortie à la campagne. Il va y avoir de la danse, des
chants et du gâteau à manger.

À cause du travail, Angus O'Dwyer devait souvent
s'absenter de la maison, comme tant d'hommes d'équipage sur les bateaux. Mme O'Dwyer était une bonne
nounou, et Marvel l'aimait beaucoup. Elle avait eu six
enfants, et le plus vieux avait déjà dix ans, les plus
jeunes, des jumeaux, presque un an. Ses deux filles
avaient quatre et six ans et s'entendaient à merveille
avec Marvel. Jeanne versait dix cents par semaine aux
O'Dwyer pour prendre soin de Marvel, et souvent elle
leur rapportait des présents, surtout de la nourriture.
Aujourd'hui, elle avait pour eux un gâteau de Savoie à

la noix de coco et un peu de thé. Jeanne avait offert à Mme O'Dwyer de la compenser pour la nuit que Marvel allait passer chez elle. Les O'Dwyer ayant habitude de se coucher avec le soleil, Jeanne ne serait pas encore rentrée au moment où ils se mettraient au lit. Elle devait rencontrer George Masters à dix-huit heures, et le soleil était déjà couché à cette heure en hiver. Cela dit, Mme O'Dwyer n'avait pas voulu de son argent, disant que c'était elle qui devrait payer Marvel, comme la petite l'aidait tellement avec les jumeaux.

— Maman, je suis heureuse que tu dînes avec M. Masters, dit Marvel. Je le trouve gentil. Et tu es tellement belle !

— Merci, petite puce, dit Jeanne. Peut-être que nous ferons encore un tour de voiture avec lui.

— D'accord. Hum… maman ? Est-ce que tu penses que je peux aller tout de suite chez les O'Dwyer ? Madame Topp et Avémaria ont peur de manquer l'heure du thé et surtout le gâteau.

— Absolument.

Jeanne se pencha et embrassa sa fille, qui partit aussitôt d'un pas pressé avec ses poupées sous le bras.

Jeanne alla devant la plaque de verre brouillé qui, suspendue au mur, lui servait de miroir. Ses yeux bruns luisaient et ses joues n'avaient rien de trop rouge, comme Clint Hardin l'avait souligné ce jour-là, mais avaient plutôt cette délicate teinte de pêche. Jeanne n'avait pas de bonnet dans sa garde-robe, ce qui l'agaçait, puisque toutes les dames portaient le bonnet lors de sorties en société. Par ailleurs, elle était contente du ruban de gros-grain vert vif qu'elle avait noué en une coquette boucle dans ses cheveux, juste au-dessus de l'oreille. Ce détail faisait ressortir la beauté de ses traits. Sa coiffure, qu'elle avait particulièrement bien réussie, était toute en boucles, avec de longues frisettes qui tombaient en cascade sur ses épaules.

Elle soupira en regardant ses vêtements. Jeanne n'avait aucune robe à proprement parler ; pour toute garde-robe, elle possédait des chemisiers blancs et quatre jupes : deux grises, une bleu foncé et l'autre noire. L'un de ses chemisiers avait un peu de dentelle autour du col, et elle avait décidé de porter celui-là, avec un nœud vert comme le ruban qu'elle avait dans les cheveux, le tout, agencé à la jupe noire par-dessus trois jupons. Devant le miroir, Jeanne se dit qu'elle n'était décidément pas à la mode ni même présentable. En fait, son reflet était celui d'une femme de chambre en habit du dimanche, sans pelisse, sans bonnet ni jupe à crinoline.

Les cloches de l'église Saint-Pierre se mirent à sonner, et Jeanne se dépêcha d'enfiler sa cape et son écharpe. « Qu'est-ce que c'est que cette folie de toujours courir au son des cloches ? se dit-elle, trouvant cette pensée mi-ironique, mi-comique. Et je me presse comme s'il allait être là. Il est probablement revenu à la raison et se trouve quelque part avec des amis, se félicitant de l'avoir échappé belle, tremblant encore d'être passé à un cheveu de se mêler aux gens du commun, à une roturière... »

Mais il était là, debout à l'extérieur du landau, observant les passants dans la rue. Dès qu'il la vit apparaître, il accourut auprès d'elle.

— Je désespérais de vous voir, dit-il avec bonheur. Je suis heureux que vous soyez venue.

— Je le suis, moi aussi, répondit-elle, et à un point qui me surprend, je dois dire.

Il lui prit le bras et la ramena contre lui, l'abritant tandis qu'ils se hâtaient vers la voiture. Le vent froid ne s'était pas essoufflé, et quand il venait du fleuve, il charriait dans son souffle un grésil comme des aiguilles de glace. George Masters ouvrit la portière et aida Jeanne à monter.

— J'ai quelque chose qui devrait vous aider, je crois. Quelle soirée !

Il se pencha pour lui mettre une superbe couverture en fourrure sur les genoux. Jeanne trouva que c'était une chose plutôt intime que ce geste, mais pour M. Masters, il semblait tout à fait normal de bien border la fourrure autour d'elle. Il tapa deux fois au plafond du bout de sa canne, avant de s'installer confortablement dans son siège, face à Jeanne.

— Êtes-vous gelée ? demanda-t-il avec une pointe d'angoisse.

— Non, je n'ai plus froid maintenant, grâce à vous, merci. Croyez-vous que nous serons les deux seuls étourdis à sortir dîner par un temps aussi horrible ?

— Oh, non, il y aura beaucoup d'autres étourdis au Courtier, j'en suis sûr, répondit-il, adoptant le même ton désinvolte qu'elle. C'est un restaurant en vogue qui jouit d'une grande popularité. Vous y avez déjà mangé, madame Bettencourt ?

— Non, je n'ai pas eu cette chance. On dit que c'est grand et somptueux.

— Je suppose que oui, dit-il d'un air désinvolte, mais ce que j'y préfère, c'est l'excellente nourriture qu'on y sert et l'attention qu'on porte au service, qui est de qualité, vraiment. Tous les serveurs vous traitent comme s'ils étaient votre majordome particulier.

— Vraiment ? Quelle agréable surprise ! Je n'ai jamais vu de vrai majordome en chair et en os, dit Jeanne d'un air pince-sans-rire.

Il la regarda un long moment, l'étudiant sans sembler trouver ce qu'il voulait.

— Madame Bettencourt, avec votre permission, j'aimerais vous parler franchement.

— Vous avez ma permission.

— J'aimerais vraiment que nous passions outre à cette distinction de classe, dit-il d'une voix calme et sereine.

— Mais ce que vous demandez est absurde, voire loufoque, répondit à l'instant Jeanne. Vous êtes riche… visiblement… et je ne le suis pas. Somme toute, ce sont les faits, et ce serait bête de ma part de les ignorer.

— C'est ainsi que vous me voyez et que vous vous définissez vous-même. Je suis riche. Vous êtes pauvre. C'est tout et seulement ce que nous sommes.

— Ce n'est pas ce que j'ai dit, rétorqua Jeanne. Cependant, c'est un obstacle.

— Pour vous uniquement, riposta-t-il. Nullement à mes yeux. Je dois vous dire qu'il m'attriste que vous voyiez en moi un pantin insouciant, tout juste bon à dépenser son argent. Pour ma part, je ne vous considère sûrement pas comme une femme « pauvre ». Vous êtes intelligente et pleine d'esprit, vous êtes fascinante et

vous possédez toute la grâce d'une dame de haute naissance. Vous êtes, en fait, une dame que je désire mieux
connaître. Vous croiriez-vous la force d'avoir pour moi
cette même considération?

Jeanne pensa un moment avant de répondre.

— À vrai dire, je le peux et je le ferai. Dorénavant, je
vous traiterai comme un gentleman que je souhaite
connaître davantage.

— Bien, souffla-t-il avec soulagement. Si nous reprenions depuis le début, voulez-vous?

— Je reprendrai du début, car vous n'avez aucune
raison de changer quoi que ce soit à votre attitude. Je me
posais justement des questions à votre propos, et pas
seulement celle de savoir combien d'argent vous avez,
dit Jeanne avec un sourire coquin. Il m'étonne que vous
séjourniez à l'hôtel durant la période des fêtes. N'avez-
vous pas de famille dans la région?

— J'ai un oncle qui vit à Charleston, en Caroline du
Sud, dit-il, et quelques cousins. Ma mère est morte il y a
huit ans, et mon père nous a quittés tout juste en juin
dernier.

— Mes condoléances. C'est un bien court moment
pour se remettre d'une aussi grande perte. Est-ce que ce
Noël a été difficile pour vous?

— Certains jours le sont plus que d'autres, mais
j'ai la chance de me faire une nouvelle amie dont je
trouve la compagnie excellente, sans parler du fait
qu'elle est ravissante. Je dois avouer que les fêtes de Noël
se font à chaque moment plus belles, dit-il, ses yeux
bleus s'illuminant. Si je peux m'exprimer aussi hardiment, bien sûr.

— Vous le pouvez. Je suis heureuse de vous procurer quelques distractions.

— Beaucoup de distractions, dit-il sans réserve. Des distractions fort bienvenues, Jeanne. Puis-je vous appeler « Jeanne » ?

— Alors là, vous vous montrez très hardi, le taquina Jeanne, mais oui, vous le pouvez. Parlez-moi de votre demeure. Je présume que vous habitez un endroit, en dehors de l'hôtel Gayoso, non ?

George lui parla de sa plantation, Morecambe, laquelle se trouvait à seize kilomètres au nord de Memphis. Il s'exprima sur le sujet jusqu'à ce qu'ils arrivent au Courtier, un bâtiment en stuc de deux étages dont toutes les fenêtres étaient illuminées. On y entrait par une large porte vitrée. Dans le vestibule, derrière un lutrin, se tenait un homme aux paupières lourdes et à l'air dédaigneux. Il s'avança pour les accueillir.

— Monsieur Masters, je vous souhaite la bienvenue… ainsi qu'à madame, dit-il, examinant Jeanne de la tête aux pieds d'un regard oblique.

— Bonsoir, Martel, répondit George, tout affable. Je suppose que vous avez la table que j'ai demandée ?

— Certainement, monsieur Masters. Suivez-moi, je vous prie.

La salle principale du restaurant comptait huit grandes tables rondes, dont cinq étaient occupées par des familles avec des enfants, deux autres accueillant des messieurs bien habillés plongés dans des discussions sérieuses. Deux foyers trônaient de chaque côté de la pièce, avec leur âtre de deux mètres de haut et deux mètres et demi de large qui abritait un grand feu crépitant. Il y avait une haute mezzanine qui donnait l'impression d'être entre ciel et terre. Martel les conduisit dans l'escalier en marbre vers la mezzanine, où il leur indiqua une alcôve avec une petite table et deux chaises. La table était avancée contre la balustrade, en surplomb de la grande salle à manger. Sur toutes les tables, des bougies blanches faisaient danser la lumière de leur flamme, et le long des murs recouverts de velours, des lanternes jetaient sur l'ombre leurs doux rayons dorés. La salle tout entière baignait dans un halo doux et apaisant.

Martel prit le chapeau, le manteau et les gants de George, puis la cape et l'écharpe de Jeanne.

— Votre serveur sera bientôt là, monsieur Masters, dit-il pour ensuite disparaître après une brève révérence.

Jeanne regardait tout autour, appréciant ce qu'elle voyait.

— C'est charmant. Cela rappelle la grande salle d'un palais, et nous serions juchés dans la tribune des musiciens.

— Je crois en effet que c'est l'idée qu'avait en tête Kinley lors de la construction, dit George. Cela étant, comme je l'ai dit, ce n'est pas pour le faste du décor que je fréquente cet établissement, c'est pour la nourriture. Dites-moi, qu'est-ce qu'il vous plairait de manger ? Ils préparent ici toutes sortes de rôtis, des huîtres, du saumon, du homard, toutes les soupes qu'il est possible d'imaginer, et tous les légumes sont frais apprêtés. Ils les font venir du Mexique.

— Vraiment ? dit Jeanne, se délectant déjà à l'idée de tous ces plats. Oh, vous ne pouvez pas savoir comme les légumes frais me manquent ! Je n'ai que peu de goût pour les légumes d'hiver, les choux et les navets, et je dois admettre qu'il me coûte de regarder même en peinture les choux de Bruxelles.

— Bien, vous ne mangerez pas de choux de Bruxelles. Un plat de viande, peut-être?

— J'aime particulièrement le bœuf. Peu importe la coupe et la cuisson.

— En ce cas, puis-je vous suggérer le bœuf Wellington? C'est mon préféré. Les dames disent souvent que c'est trop riche et lourd pour elles, ajouta-t-il avec déférence.

— Je ne sais pas ce qu'est un bœuf Wellington, dit Jeanne, mais puisqu'il y a le mot «bœuf» dans le nom, je suis certaine de l'aimer.

— C'est un filet de bœuf très tendre et maigre, couvert de *pâté de foie gras*[3] et d'une duxelles aux champignons que l'on cuit ensuite en pâte feuilletée, dit-il avec entrain. Je n'en connais pas de meilleur que celui de chez Courtier.

L'entrée fut servie, une soupe aux huîtres et au beurre, suivie d'œufs à la diable agrémentés d'un chutney au poivron et au céleri mariné. Ce fut ensuite au tour du bœuf Wellington d'apparaître sur la table, servi avec des carottes brunes émincées, des petits pois et des oignons sautés, et accompagné de petits pains frais et de beurre crémeux. À sa première bouchée, Jeanne ouvrit de grands yeux ronds.

— Oh, oh, cette bouchée est la plus délicieuse qui soit! dit-elle. J'ai peur que ce goût sublime ne me gâte et que je ne veuille plus jamais d'un simple rôti.

---

3. N.d.T.: En français dans le texte original, comme, dans les pages à venir, tout mot ou passage en italique suivi d'un astérisque.

— S'il le faut, nous ne mangerons que du bœuf Wellington, proposa George. Je ne m'en plaindrais certainement pas. Mais parlez-moi donc, Jeanne, de ces bonnes nouvelles que vous avez reçues, celles dont vous me parliez justement aujourd'hui, et des décisions importantes que vous devez prendre. Vous avez piqué ma curiosité, et je serais assurément prêt à vous écouter.

— Vous savez, ce n'est pas mon habitude de discuter de ma vie personnelle avec des gens que je viens de connaître, mais j'ai apparemment ce goût pour l'imprudence ces derniers jours, dit Jeanne, un éclat dansant joyeusement dans ses yeux. Cependant, je ne voudrais pas vous ennuyer…

— Je ne crois pas cela possible, Jeanne, dit-il galamment. Racontez-moi tout.

Elle lui parla de Deshler, d'Ira Hardin et du *Helena Rose*.

— Il y a toutefois cette complication de partager l'héritage avec cet exaspérant monsieur, dit-elle, un peu rougeaude sous l'émotion. Je commence à entrevoir que cette relation d'affaires puisse être difficile.

— Vous n'envisagez tout de même pas de travailler en relation avec cet homme, non ? s'inquiéta George. Vous pensez certainement à vendre le *Helena Rose*, et c'est le partage du produit de cette vente qui vous fait craindre une mauvaise réaction chez cet homme, c'est juste ?

— C'est plus compliqué qu'il n'y paraît. Vous voyez, jusqu'à mes dix-sept ans, je vivais sur un bateau à vapeur avec mes parents. Mon père était à la fois propriétaire du bateau, son pilote et son capitaine. C'était une époque merveilleuse, dit-elle, des étoiles dans les yeux. Ma mère me faisait les classes, et mon père m'enseignait tout du fleuve. Grâce à lui, je sais piloter.

— Vous savez piloter un bateau à vapeur? s'étonna George, ses sourcils bondissant de surprise.

— Oui, je le peux. Ce qu'il y a de plus étrange, c'est que le *Helena Rose* ressemble trait pour trait à notre ancien bateau, le *Pearl*; ils sont bâtis sur le même gabarit, ont le même tonnage. Même la timonerie et la cabine du capitaine se ressemblent. Je crois qu'il n'y aurait pas de différence à piloter le *Rose* ou le *Pearl*.

— Vous ne pensez sûrement pas devenir pilote sur le fleuve! s'exclama George.

— Eh bien si, au contraire, dit Jeanne, que la fougue emportait. C'est la plus importante des décisions dont je vous parlais.

George se cala sur la chaise, et il fallait voir la surprise sur son visage.

— Je ne comprends pas. C'est du jamais vu, Jeanne, une femme pilote de bateau à vapeur. Vous prêteriez le flanc à toutes sortes de propos offensants de la part des hommes d'équipage, sans parler du scandale que vous provoqueriez.

— Je n'ai que faire des cancans! Je suis femme de chambre, George, pas fille des pères fondateurs. Et pour ce qui est des injures dont vous craignez que je puisse être victime, je saurai bien m'en défendre. Ma mère m'a enseigné à lire, à m'exprimer correctement et à me comporter avec dignité, mais mon père m'a appris le fleuve. Sachez que je ne crains rien de tout ce qui y flotte. C'est une entreprise que je peux réussir, George.

C'était au tour de Jeanne d'être surprise, s'apercevant qu'elle se disputait l'après-midi même avec Clint Hardin pour vendre le bateau, et voilà que devant George Masters, elle soutenait le contraire, fervente de l'option inverse. À cet instant précis, Jeanne sut qu'elle voulait vivre avec Marvel à bord du *Helena Rose*, qu'elle obtiendrait son brevet de pilote, qu'elle y arriverait, peu importe la manière. Jeanne voulait vivre sur son bateau.

— Je me lance, annonça-t-elle à George, un sourire resplendissant sur les lèvres. Je vois maintenant que cette occasion est un véritable don du Seigneur. Je comprends maintenant que je serais folle de vendre le *Rose*.

— Dans ce cas, dit-il, se redressant sur sa chaise et piquant sa fourchette dans un juteux morceau de bœuf Wellington, je crois que vous devez aller de l'avant. S'il existe une personne sur terre capable d'un tel exploit, c'est vous, Jeanne. Je vous vois déjà réalisant ce rêve. Qui plus est, je vous aiderai à l'atteindre.

— Vous feriez cela? dit-elle, ravie. Le pouvez-vous?

— Je suis peut-être une vieille chose guindée, dit-il d'un air contrit, mais il me reste toujours quelques tours dans mon sac. Je prédis que, d'ici deux semaines, la capitaine Jeanne Bettencourt régnera sur le fleuve!

CHAPITRE 7

— **M**arvel, je te présente Clint Hardin, le monsieur dont je t'ai parlé, dit Jeanne.

Marvel fit la jolie petite révérence dont elle avait le secret, et Clint posa aussitôt un genou par terre pour se mettre à sa hauteur.

— Marvel, je suis heureux de faire ta connaissance, dit-il. Bienvenue à bord du *Helena Rose*. J'ai entendu dire que tu serais notre nouveau capitaine ?

— Je ne suis pas le capitaine, répondit Marvel avec un petit rire, c'est maman. Est-ce que vous vous souvenez de moi ? Moi, oui, vous êtes l'homme qui chante. Vous m'avez fait un clin d'œil.

— Bien sûr que je me rappelle. Toi et ta maman, vous étiez à la fête de Noël, et je vous ai vues parmi les spectateurs, dit-il. Vous aviez des couronnes de houx et de lierre sur la tête, et j'ai cru que vous étiez des fées de Noël. Je vous ai fait un clin d'œil parce que c'est ce qu'il faut faire quand des fées vous apparaissent par enchantement.

— Nous ne sommes pas des fées, nous existons pour de vrai, dit Marvel, toute sérieuse.

— Ah, je le vois bien maintenant, mais on ne sait jamais. C'est pour ça que, la veille de Noël, j'ai fait un clin d'œil, pour être sûr.

Marvel hocha la tête d'un air entendu, puis décida qu'il était temps de présenter sa poupée.

— C'est la poupée que j'ai eue pour Noël. Elle s'appelle Avémaria.

— Vraiment? C'est un très joli nom.

— Je lui ai donné le nom de votre chanson, expliqua Marvel. Je crois que cette chanson, c'est la plus belle que j'aie jamais entendue. Voudriez-vous la chanter pour moi?

— Pas maintenant, petite chérie, s'empressa de dire Jeanne comme Clint se relevait, souriant. Je n'ai pas encore fait les présentations de l'équipage. Voici M. Ezra Givens, notre chauffeur, et Roberty, notre matelot.

Marvel et Ezra Givens se saluèrent, mais Marvel alla vite voir Roberty.

— Maman dit que c'est toi qui nous as apporté le bois cet hiver. C'est gentil parce qu'il a fait froid. Comment as-tu appris à devenir matelot?

— Ezra m'apprend comment faire, expliqua Roberty, un peu gêné. Ta maman est gentille de m'avoir donné du travail.

— Elle est gentille, acquiesça Marvel. Où est Léo? Maman m'a beaucoup parlé de lui.

— Nous pouvons aller le réveiller, si ta maman dit que c'est d'accord, proposa Roberty, levant les yeux vers Jeanne. Il dort dans la chaufferie.

— Marvel, est-ce que tu préférerais aller dire bonjour à Léo avant de visiter notre cabine ? demanda Jeanne, qui doutait que ce ne fût pas le cas.

— Oui, m'dame ! s'exclama Marvel. Je suis tellement contente d'avoir un chien ! Où as-tu dit qu'il dormait ? demanda-t-elle à Roberty.

— Dans la salle des chaudières, mais dans le métier, on dit plutôt « chaufferie », dit-il, se donnant à présent un air un peu supérieur.

— Eh bien, Roberty, dit Jeanne, un sourire en coin, puisque tu en connais tant sur le bateau, pourquoi ne ferais-tu pas faire la visite à Marvel ? Tout à l'heure, M. Hardin et moi devrons nous retirer. Ezra, vous aurez l'œil ouvert, n'est-ce pas ?

— Comptez sur moi, m'dame. C'est une jolie petite puce que nous avons là, pas plus grosse qu'un papillon, dit Ezra. Je la surveillerai.

Ils allèrent tous ensemble dans la salle des chaudières, et Marvel poussa un cri aigu en apercevant Léo, se jetant devant lui pour l'embrasser directement sur la gueule.

— Dites-moi que je ne l'ai pas vue embrasser le chien ? dit Jeanne d'un ton sinistre tandis qu'ils se dirigeaient vers ce qui était devenu sa cabine. Rappelez-moi de lui laver le bec avec du savon au crésol.

— Bah, un peu de bave de chien n'a jamais tué personne, dédramatisa Clint. Vous plaisantez, j'espère. Vous plaisantez pour le savon, n'est-ce pas ?

— Bien sûr, je ne ferais jamais une chose pareille à Marvel.

Ils entrèrent dans la cabine et s'installèrent au bureau. Jeanne avait glissé un mot à Clint sur le mal de cou qu'elle avait, à force de lever la tête pour le regarder quand ils discutaient debout. Le commentaire n'était pas tombé dans l'oreille d'un sourd et, dès le lendemain, Clint avait installé une chaise devant le bureau. Jeanne avait oublié de l'en remercier.

— Je commençais à me demander si j'avais encore une partenaire, dit-il. La dernière fois où nous nous sommes vus, c'était chez Me Deshler, il y a une semaine.

Le jeudi précédent, ils avaient signé les papiers dans le bureau de Me Deshler et reçu leur argent. C'est en cette occasion que Jeanne avait annoncé à Clint sa décision de piloter le *Rose*. Il lui restait, avait-elle dit, à fixer la date de leur déménagement, à elle et à Marvel.

— Je n'ai pas eu une minute à moi, admit-elle. J'ai dû travailler à l'hôtel encore trois jours. J'avais donné deux semaines d'avis, mais trois jours ont suffi, et j'ai pu partir sans récrimination grâce à l'aide d'un ami. C'est Marvel qui m'a rappelé que nous étions la veille du jour de l'An, imaginez ! D'ailleurs, bonne année, monsieur Hardin. Et vous, que vous arrive-t-il ? Avez-vous beaucoup travaillé ? Avez-vous eu le temps d'emménager ?

— Moi aussi, j'avais du travail à terminer. Je travaillais pour M. Warner depuis dix ans et je ne pouvais pas simplement me sauver à l'anglaise. J'ai achevé mon contrat avant-hier et j'ai emménagé hier après-midi. Vous aimeriez peut-être voir ma cabine ? J'ai acheté de nouveaux meubles.

— Non merci, répondit froidement Jeanne. De notre côté, il reste encore à recevoir un élément de mobilier, soit une table à manger avec quatre chaises. On doit les livrer demain matin. Nous déménagerons demain après-midi.

— Vous voulez que nous venions vous aider, Vinnie, Ezra et moi? offrit Clint. Je sais où nous pourrions louer une charrette.

— Ce ne sera pas nécessaire, monsieur Hardin, nous n'apportons que nos malles, et un ami s'est proposé de venir avec sa voiture.

— D'accord, dit Clint, tout de même piqué par le refus, intrigué aussi par ce mystérieux ami que Jeanne évoquait pour la première fois. Alors, qu'est-ce qu'il nous reste à faire? Vivre heureux jusqu'à la fin de nos jours?

— Vous arrive-t-il parfois d'être sérieux? le critiqua sèchement Jeanne. Sachez que je travaille d'arrache-pied pour le *Helena Rose*, et il ne reste que quelques détails à peaufiner. Lorsque mon ami nous amènera au *Rose* demain, nous pourrons discuter.

— Quel ami? Discuter de quoi? demanda Clint.

— De *nos* plans pour le *Helena Rose*.

— *Nos* plans? Nous sommes partenaires, vous vous rappelez au moins? Ne croyez-vous pas qu'il serait légitime de me tenir au courant de *nos* plans?

— Oh. Oui, je vois ce que vous voulez dire, dit Jeanne d'un air pensif. Pour vous dire la vérité, je serais plus à l'aise de discuter en présence de M. Masters. Je suis persuadée que vous pouvez patienter jusqu'à demain après-midi.

Clint était piqué au vif, mais que pouvait-il y faire ? Il attendit au lendemain après-midi, voyant d'un mauvais œil la tournure que prenaient les événements. Depuis le pont du *Rose*, il aperçut un élégant landau aux fenêtres vitrées, puis vit Marvel à l'intérieur, le nez collé contre la vitre, son visage rayonnant. Soudain, Clint eut le souvenir d'avoir vu cette même voiture, après la fête sur la grand-place, déambulant dans Main Street. M. Masters devait être un bon ami, s'il passait la veille de Noël avec ces dames. Clint se questionnait sur cette relation inusitée de ce monsieur avec Jeanne. Ce n'était pas commun qu'une femme de chambre et de surcroît aspirante pilote ait un « ami » aussi bien nanti. Cela lui fit penser à Eve Poynter Maxfield, mais Clint se dit aussitôt qu'il n'était jamais monté dans le landau de cette femme, et qu'il ne le ferait certainement jamais en public. Certes, il lui avait rendu visite cette dernière semaine, tandis que ses parents étaient à la campagne, mais Clint avait au moins cette décence d'entrer par la porte de derrière.

Marvel vint en courant sur la passerelle, Jeanne et Masters suivant derrière d'un pas plus convenable. Jeanne portait un habit neuf, avait remarqué Clint, une jupe marron avec une courte cape assortie. Elle était coiffée d'un nouveau bonnet, que Clint décida de trouver hideux.

— Monsieur Hardin, j'ai le plaisir de vous présenter M. George Masters, dit Jeanne, quand elle fut devant lui. Monsieur Masters, voici mon partenaire en affaires et le mécanicien du *Helena Rose*, M. Clinton Hardin.

Clint tendit une main que George Masters serra dans une poigne ferme. L'homme portait une redingote bleu foncé, un pantalon noir aux coutures impeccablement repassées, des demi-bottes fraîchement cirées et un chapeau haut de forme de soie noire. Clint avait ses vêtements de travail sur le dos, son éternelle chemise en flanelle bleue sur un maillot de corps en coton, un pantalon de coutil et ses vieux brodequins. Il avait travaillé dans la salle des machines et était tout taché d'huile sur les genoux. Contrarié de se présenter ainsi, il trouva à se réconforter d'avoir au moins les mains propres. Celles de George Masters étaient douces comme des mains de femme, remarqua-t-il d'un air suffisant.

— Monsieur Masters, dit-il.

— Monsieur Hardin, c'est un plaisir de vous rencontrer, dit George d'un ton aimable.

— M. Masters se souvient de vous, monsieur Hardin, annonça Marvel, tout excitée de lui apprendre la nouvelle. Nous avons parlé de vous en revenant en voiture après la fête. Il disait que vous chantiez beaucoup bien.

— Très bien, la corrigea Jeanne.

— Merci, fit rapidement Clint à l'intention de M. Masters.

Jeanne porta un regard sur lui, comme un avertissement, puis dit d'une voix gaie :

— Marvel, pourquoi n'irais-tu pas chercher Roberty ? Je suis certaine qu'en le trouvant, tu trouveras aussi Léo.

— D'accord, maman. Mais n'oublie pas, je vis ici maintenant, et tu n'as pas à toujours me dire où je dois aller, lui rappela-t-elle. Je sais déjà me retrouver et où tout trouver, dit-elle avant de partir en courant vers la chaufferie. Roberty ! l'entendirent-ils crier. Je suis à la maison !

Jeanne eut un sourire, puis demanda à Clint si la table avait été livrée ce matin.

— Très certainement, m'dame, ainsi que vos quatre chaises. Nous avons tout monté à votre cabine. Si vous n'aimez pas la disposition, nous ferons les changements que vous voudrez.

Jeanne, George et Clint montèrent à la cabine du capitaine. En entrant, Jeanne embrassa la pièce du regard, l'air satisfaite. Le bureau se trouvait encore sous les fenêtres tout au fond. La table à manger trônait au centre de la pièce. Les deux fauteuils ainsi que la petite table trouvaient leur place en retrait, non loin du pied de lit. Jeanne avait acheté un tapis de laine aux motifs de roses brodés qui recouvrait le sol sous les chaises et devant l'armoire. La pièce respirait le confort et la détente, et il y régnait une douce chaleur invitante. Clint avait tenu à garder le feu sous l'une des chaudières, et la chaleur qui s'en dégageait chauffait le bateau tout entier.

— C'est parfait, merci, monsieur Hardin, dit Jeanne, contente du résultat. Attablons-nous, nous serons mieux pour travailler. Au bureau, nous serions trop à l'étroit. Je vous en prie, messieurs, asseyez-vous, les invita-t-elle, se défaisant de son bonnet et de sa cape, prenant ensuite le chapeau et les gants de M. Masters. George ? Nous avons oublié les malles, et tous nos papiers s'y trouvent.

— Oui, bien sûr, dit-il, se relevant à la hâte. Je vais demander au cocher de nous les monter.

— Ne vous dérangez pas, George, dit Clint d'un ton désinvolte. C'est moi, le spécialiste des tâches manuelles.

Il sortit d'un pas nonchalant, et George se rassit. Jeanne se joignit à lui.

— Je vous avais bien dit que cet homme était impossible ! souffla-t-elle.

— Peut-être, mais il faut admettre que nous avons placé ce monsieur dans une position délicate, Jeanne. Il serait malvenu de le critiquer pour le ressentiment que la présente situation lui inspire.

— Quelle situation ? demanda Jeanne. Que peut-il vous reprocher ? Après tout, vous n'avez fait qu'aider.

— Je vous ai aidée, *vous*, répliqua-t-il. De son point de vue, je suis l'étranger qui monte à bord du bateau sans permission.

— Disons que vous êtes monté à bord de ma moitié du bateau... et avec ma permission, une permission que j'élargis expressément en vous invitant à monter à bord quand vous le voudrez.

— Oui, je suis persuadé qu'en apprenant cela, M. Hardin se sentira beaucoup mieux, dit George avec un sourire triste aux lèvres.

Clint et Ezra arrivèrent sur ces entrefaites avec les malles de Marvel et de Jeanne.

— Vous n'avez qu'à les déposer dans le coin, s'il vous plaît, indiqua Jeanne.

Ils les déposèrent à côté de l'armoire, puis Ezra les quitta après un bref salut de la tête. Jeanne ouvrit sa malle et en sortit un journal de bord, une liasse de papiers et plusieurs cartes roulées, qu'elle vint déposer sur la table.

— Vous n'êtes pas sans savoir, monsieur Hardin, que j'ai une bonne connaissance de la rivière Arkansas, mais que je ne connais pas le Mississippi. Cela pose un problème. Un gros problème, en fait.

— Et pourquoi ça? demanda Clint. Vous avez appris à connaître la rivière Arkansas, vous saurez apprivoiser le Mississippi, non?

— Je le pourrais, oui, mais il me faudrait deux ans au minimum, me faire apprentie sur un bateau sous le tutorat d'un bon pilote, répondit Jeanne.

— Ah. C'est un problème, en effet, dit Clint.

— Et ce n'est malheureusement pas le seul, puisque je ne possède pas mon brevet de pilote, poursuivit Jeanne. Selon la Loi sur les bateaux à vapeur de 1852, tout bateau à moteur naviguant sur les voies fluviales doit avoir à sa barre un pilote breveté. Depuis l'adoption de cette nouvelle législation, les pilotes ont la responsabilité de former des apprentis et de les déclarer compétents. Quand le pilote vous croit suffisamment expert, après une période de deux ans normalement, il en avise l'inspecteur de la Marine, qui, par son autorité, décide de délivrer ou non votre brevet.

— Y a-t-il une seule bonne nouvelle dans toute cette histoire? se rembrunit Clint.

Jeanne adressa un sourire chaleureux à George Masters.

— Grâce à M. Masters, les nouvelles sont tout sauf mauvaises. Un pilote de sa connaissance a accepté d'être mon tuteur. Sous sa supervision, je piloterai le *Rose* jusqu'à Helena, puis Napoleon Trading Post, avant de

revenir vers Memphis. À notre retour, il me recommandera à l'inspecteur de la Marine, qui est un ami à lui. Et
ce n'est pas tout, M. Masters nous a trouvé un contrat de
fret, un aller-retour entre Napoleon et Memphis. C'est ce
segment du Mississippi que je devrai connaître par cœur.

Clint se pencha en avant, joignant les poings sur la
table. Ses jointures guérissaient bien, mais on y voyait
encore les marques de violence, des cicatrices rouges et
un peu enflées.

— Bon, d'abord, j'aimerais savoir ce que c'est que
Napoleon Trading Post.

— C'est un ancien poste de traite au confluent de
la rivière Arkansas et du fleuve Mississippi, expliqua
George, indiquant un endroit sur une carte qu'il avait
déroulée sur la table. Voyez-vous ? Ce n'est rien de plus
qu'une poignée de cabanes de bûcheron, mais la région
est habitée depuis les premières colonies de Soto[4]. On dit
même qu'il reste des Amérindiens Choctaw par là-bas.

Clint laissa courir un doigt sur le large tracé vert du
Mississippi, puis s'arrêta là où la rivière Arkansas se
jetait dans le fleuve.

— Êtes-vous en train de me dire que c'est ça la
rivière Arkansas ?

— En effet, mais elle n'est pas aussi difficile qu'elle y
paraît.

— On dirait un ver de terre trop long qui se tortille,
renâcla Clint. Et vous croyez pouvoir naviguer sur ces
eaux-là ?

Jeanne sembla contrariée.

— La voie navigable est difficile entre Napoleon
Trading Post et Pine Bluff, admit-elle, mais je la connais

4. N.d.T.: Hernando de Soto, conquistador espagnol qui explora la région vers 1450.

bien pour y avoir navigué à plusieurs reprises. La clé, c'est de connaître la rivière et de ne jamais perdre sa concentration à la barre. L'Arkansas est de beaucoup plus petite que son grand frère, le Mississippi, beaucoup plus étroite avec des courants plus rapides et, en plusieurs endroits, elle est incroyablement profonde. Cependant, le trafic y est réduit. En fait, on y croise très peu de bateaux à vapeur, surtout pour la raison que seuls les plus petits bâtiments peuvent s'y aventurer. Voilà un point à notre avantage.

Clint étudia attentivement la carte.

— Je vois. Pine Bluff, Little Rock, Fort Smith, voilà des villes assez importantes. S'il y a très peu de bateaux qui les desservent, nous ne risquons pas de manquer de fret.

— L'année dernière, raconta George Masters, Little Rock a été visité par treize bateaux, pas un de plus. Je peux vous garantir que le *Rose* aura du fret à transporter.

— Je ne veux pas remonter jusqu'à Fort Smith, dit Jeanne d'un ton sans équivoque, mais M. Masters a découvert comment nous pouvons faire des voyages profitables entre Memphis et Little Rock. M. Masters s'est fait ami avec le maître de poste, et il nous a trouvé un contrat pour transporter le courrier, de Memphis à Helena, puis vers Pine Bluff et jusqu'à Little Rock. À chaque escale, nous livrerons le courrier et en prendrons livraison en retour.

— Oui, j'ai entendu parler de ce genre de contrat, dit Clint. Ça paie combien ?

— Seulement dix dollars par escale, à l'aller et au retour, dit Jeanne, ce qui veut dire quatre-vingts dollars par circuit, c'est-à-dire à chaque boucle bouclée.

— C'est pas mal pour quelques sacs de lettres, apprécia Clint d'un air pensif. Il nous restera amplement d'espace pour d'autres marchandises, le cas échéant.

— Le cas se présente justement, dit Jeanne. M. Masters affirme que Little Rock et Pine Bluff ont un manque criant de produits finis, c'est-à-dire de textiles, d'aliments préparés, de fruits et de légumes en conserve. Il y a aussi cette manne que tous les arrivages de charbon sont réservés jusqu'à la fin de l'hiver.

— Et pour le fret au retour, enchaîna George Masters, nous pouvons compter sur un approvisionnement à la carrière de Little Rock, dont on tire à ce qu'on dit la meilleure pierre concassée aux États-Unis. Le transport a toujours été le plus grand problème de la carrière. Vous pourrez remplir vos cales de pierre concassée, et ce, peu importe le temps de l'année. Avec le bois des scieries de Pine Bluff, le *Rose* ne risque pas de naviguer à vide.

— Vous savez, dit Clint avec perspicacité, la pierre concassée et le bois de coupe, ça fait de lourds chargements. Notre bateau n'est pas gros, mais il peut transporter beaucoup de tonnage. Le *Rose* cale de quinze centimètres à vide et de seulement vingt-cinq centimètres chargé au maximum de sa capacité. Avec ces chiffres, nous ne devrions pas avoir de problème sur la rivière Arkansas, n'est-ce pas ?

— Pas le moindre, non, lui assura Jeanne. Comme je l'ai dit, la rivière est étroite mais profonde.

— Vous avez tout combiné, à ce que je vois. Merci, monsieur Masters. Votre aide est appréciée, dit Clint, qui parlait sincèrement, mais j'aurais une dernière question. Où allez-vous dégoter cet angélique pilote qui veut jouer à la nounou avec nous pendant deux jours ? Et combien nous en coûtera-t-il pour ses services ?

— C'est un pilote d'exception, et à ce qu'il m'a dit, il se fera un plaisir d'assister gratuitement Mme Bettencourt dans la navigation. Il se nomme Francis Buckner.

— Buck Buckner s'appelle *Francis* ? souffla Clint, incrédule. Et vous présumez que ce monsieur nous fait une faveur par pure bonté d'âme ? Pardon, mais j'ai peine à y croire.

George Masters eut un sourire pincé.

— Croyez-le, monsieur Hardin. Il travaille pour moi, voyez-vous. Je suis copropriétaire du *Lady Vandivere*.

Au terme de leur entretien, Clint se trouva une humeur plus clémente à l'égard de George Masters et lui offrit même de visiter la chaufferie et la salle des machines du *Helena Rose*. George Masters avait cordialement accepté l'invitation, bien que Jeanne fût certaine d'avoir entraperçu, avant qu'il n'accepte, un éclair de panique dans ses yeux. « L'embarras le tuera certainement si une tache d'huile vient souiller sa redingote, pensa-t-elle, sourire en coin. Ce sera sans doute sa première rencontre avec un générateur de vapeur. »

Jeanne consulta sa liste de tâches, qui était longue et compliquée, et décida de commencer par le plus dur : la cuisine. Il fallait faire l'inventaire de ce qu'ils avaient en garde-manger, faire une liste des achats nécessaires avant d'aller faire des emplettes en ville. Poussant un soupir, elle traversa le couloir. La porte de la cuisine était ouverte, et Ezra Givens se tenait devant le plan de travail, occupé à passer du sucre au tamis. Roberty et Marvel participaient aux opérations culinaires. Assis sur deux tabourets, ils épluchaient des pommes de terre. Le long corps dégingandé de Léo dépassait de sous le comptoir au fond de la pièce, sa tête posée sur une poche de café en grains. Le chien leva les yeux en la voyant arriver, la salua comme à son habitude de deux lourds coups de queue, avant de se retourner paresseusement sur le côté.

— Dites-moi, ce chien, il bouge parfois ? Autrement qu'entre deux endroits où dormir ? demanda Jeanne.

— L'hiver, quand il a trouvé un cagibi, il n'en bouge plus, répondit Ezra. Mais quand vient le printemps puis l'été, le chien, il est fringant au possible.

— Léo, fringant ?. Je le croirai quand je le verrai. Marvel, tes mains sont rouges. Elles vont devenir toutes gercées, l'avertit Jeanne.

— Mais maman, j'apprends à peler des pommes de terre, répliqua Marvel. Je suis vraiment prudente, promis. Je peux continuer, maman, s'il te plaît ?

— Ma fille me supplie de la laisser éplucher des pommes de terre, dit Jeanne à Ezra. Vous croyez que je l'ai trop gâtée ?

— Non, m'dame, répondit-il résolument. Il semble qu'elle a été élevée juste comme il faut.

— Merci, Ezra. Cela dit, j'aurais besoin de votre aide, si cela ne vous gêne pas. Nous partons après-demain pour un périple de quatre jours, et je sais qu'il doit nous manquer des choses dans la cuisine. Je n'ai aucune idée des quantités à acheter. Nous manque-t-il des casseroles, des marmites ou des ustensiles ? Il me faut faire une liste d'emplettes, et j'imagine qu'il me faudra cuisiner toute la journée de demain, conclut-elle, parlant à moitié pour elle-même.

— Eh bien, oui, m'dame, je peux vous aider pour tout ça, parce que c'est déjà fait, raconta Ezra. En fait, c'est Clint qui a acheté la nourriture, et le sel, le sucre, les assaisonnements. C'est moi qui faisais souvent la popote pour le « taureau » Hardin et l'équipage. J'ai presque tout fait, m'dame Bettencourt. Vous n'aurez pas de cuisine à faire, mais vous pouvez cuisiner, si ça vous amuse.

— Non, je n'ai aucune envie de ce genre, dit Jeanne, que la nouvelle soulageait grandement. Comment diable faites-vous pour travailler sur le bateau et jouer au cuistot en même temps ?

— Peux pas faire les deux, résuma Ezra. Faudra penser à embaucher quelqu'un.

— Oui, je suis d'accord, acquiesça Jeanne dans un hochement de tête. Il nous faudrait trois matelots, au minimum. J'en parlerai à M. Hardin. Marvel, es-tu sûre de ne pas être fatiguée ? La cabine est prête, tu pourrais faire un somme.

— Est-ce que je suis obligée ? se plaignit la petite. Je préférerais peler des pommes de terre.

— Bien, alors je te laisse à cette occupation, dit Jeanne, amusée. Si quelqu'un voit M. Hardin, il faudrait lui dire de monter me voir. Je serai dans ma cabine.

Elle retourna à ses papiers et elle s'était penchée sur une carte quand Clint vint cogner à sa porte.

— M. Masters ne saurait pas différencier une chaudière d'une barre de manœuvre, dit-il avec satisfaction. Cela dit, c'est un chic type, pour un aristo.

— Il n'est pas comme vous dites, répliqua Jeanne, se portant à la défense de George.

— Il l'est. D'ailleurs, ça ne se commande pas, c'est plus fort que lui. De toute façon, je lui suis reconnaissant pour tout ce qu'il a fait. En fin de compte, ça s'avère bien utile que vous soyez amie avec le propriétaire du *Lady Vandivere*. Et de la poste. Ainsi que de toute la pierre concassée et du bois de coupe de l'Arkansas.

— Que vous êtes bête ! La poste n'appartient à personne, grommela Jeanne. Cela dit, je suis descendue à la cuisine et j'ai parlé à Ezra. Merci beaucoup de vous être occupé de la nourriture. Cela me fait penser que nous devrions tenir un registre de nos dépenses, celles que nous engageons pour le bateau.

— Vous voyez bien que je tiens mon bout du marché. Eh oui, il va falloir adopter un système, dit Clint. Par ailleurs, je voulais vous consulter pour l'embauche de mon ami Vince Norville. Il travaille comme débardeur depuis des années. Je sais que ça ne garantit pas qu'il fera un bon membre d'équipage, mais il en connaît beaucoup sur les bateaux, beaucoup plus que je n'en connaissais moi-même en mettant le pied sur le *Rose*.

Jeanne hocha la tête.

— Si vous croyez qu'il nous sera d'un grand secours, n'hésitez pas et engagez-le. Cela me rappelle que je ne vous ai pas remercié pour Roberty. Je ne savais vraiment pas quoi faire de lui, sauf de le prendre à bord.

— De la manière dont je vois les choses, Roberty est un acquis pour nous. Il est jeune et, bon, peut-être un peu chétif, mais le garçon sait travailler. Quand il ne trouve rien à faire, il vient nous supplier de lui donner des tâches. Alimentez-le avec de la bonne nourriture solide, qu'il engraisse un peu, donnez-lui un endroit chaud où dormir, et il s'en sortira bien.

— C'est un grand soulagement pour moi. Je me faisais beaucoup de soucis pour lui. Merci beaucoup.

— Non, non, ne me remerciez pas, dit Clint, écartant les remerciements d'un geste. Donc, madame Bettencourt, il ne me reste plus qu'une question à vous poser.

— Oui, laquelle ?

— Êtes-vous prête ?

— Monsieur Hardin, je suis prête !

Samedi, l'aube parut en annonçant une journée froide et tonifiante avec un soleil resplendissant. George Masters monta sur la passerelle, à pas mesurés comme il se doit, sa canne au pommeau d'aigle doré tapant doucement sur les planches. Derrière lui, Buck Buckner suivait d'un pas tranquille, regardant le *Helena Rose* sans y trouver de plaisir, s'il fallait en croire son expression dédaigneuse. Jeanne et Clint vinrent à leur rencontre. Après quelques propos décousus, Jeanne prit le bras de

M. Masters et le guida jusqu'à sa cabine, tandis que Clint et Buck se rendaient à la timonerie.

— Qui aurait cru que tu travaillerais pour moi un jour, Buck! l'asticota Clint.

— Ne va pas t'en vanter, rétorqua-t-il. J'aurais refusé si ce n'avait été de mon propriétaire.

— George Masters prétend que tu agis par bonté d'âme, comme l'homme charitable que tu es. Quand il a dit ça, j'ai cru qu'il parlait de quelqu'un d'autre, de n'importe qui sauf Buck Buckner. Oh, j'oubliais! C'est *Francis* Buckner, hein!

— Si tu as le malheur de prononcer une autre fois ce nom, je t'assomme, dit-il d'un air bon enfant.

— Euh! Il se pourrait bien que tu te butes à un petit problème là, Buck. Tu te souviens de qui je suis? Clint « coup-de-poing » Hardin?

— Alors, je paierai quelqu'un qui aura les bras pour te passer à tabac. En passant, ne te fais pas de sang d'encre pour moi, la charité n'a rien à voir avec ma présence ici. Masters me paie au prix fort pour ce petit arrangement, dit Buckner, ouvrant la porte de la timonerie et examinant les lieux. Alors, nous y sommes, hein?

— Nous y sommes. Qu'est-ce que tu en penses?

Buck se tourna vers lui et croisa les bras.

— Je pense que cette ridicule barge décrépite que tu as là ne va pas te rapporter un rond, Hardin. Aurais-tu complètement perdu la raison? Exploiter un bateau sur le fleuve avec une espèce de cotillon en fleur pour pilote?

— Elle n'aimerait pas que tu la traites de cotillon en fleur, l'avertit Clint. Je ne ferais pas ça, si j'étais toi. Elle est plus coriace qu'elle n'en a l'air.

Buckner haussa les épaules.

— Je l'appellerai «Son Altesse royale» si ça peut lui faire plaisir. De toute façon, elle ne sera jamais à la hauteur... Tu le sais au moins? C'est un monde d'hommes, et personne n'acceptera d'être sous les ordres d'une pilote, sur ce fleuve ou toute autre rivière.

— Tu le fais bien, toi, dit Clint négligemment.

Les sourcils bien soignés de Buck s'abaissèrent, mais avant qu'il ne puisse dire le fond de sa pensée, Jeanne et George Masters vinrent dans la timonerie.

— Tout est en ordre, monsieur Buckner? demanda George.

— Il semblerait que oui, monsieur. C'est un bon petit bateau, dit poliment Buckner.

Derrière Jeanne, Clint roulait de gros yeux.

— Bien, bien, murmura George.

Jeanne s'avança derrière la barre à roue, et Buckner vint avec sollicitude se poster près d'elle.

— Avant tout, monsieur Buckner, j'aimerais que nous passions en revue les repères de navigation avant de quitter les docks. Cela fait une éternité que je n'ai pas navigué.

— Je suis sûr que vous vous montrerez à la hauteur, madame Bettencourt, dit-il, courtois. Vous plairait-il d'étudier quelques cartes?

Clint les laissa à leur étude, et George Masters s'installa sur le banc. Son haut-de-forme remonté un peu sur la tête, il croisa les jambes et posa ses mains manucurées sur le pommeau de sa canne.

— C'est exact, madame Bettencourt, d'abord President's Island, puis Council Bluff, Cottonwood

Grove et enfin l'île Numéro 60, disait Buck, le doigt pointant sur la carte fluviale. Helena se trouve juste après ce point. De Memphis, on compte cent vingt kilomètres jusqu'à Helena... soit cinq heures de navigation... et de là, il faut ajouter cent vingt-neuf kilomètres pour atteindre l'embouchure de la rivière Arkansas, encore cinq heures. Dois-je comprendre que vous prévoyez rester à quai pour la nuit à Napoleon Trading Post ? Dans ce cas, vous devez savoir qu'il n'y a, à ma connaissance, aucun hôtel ni hébergement possible sur la terre ferme.

— J'ai bien peur que nous nous soyons mal compris, se pressa de dire Jeanne. Je n'ai aucune intention de pousser le *Rose* à vingt-cinq kilomètres à l'heure. Nous ne faisons pas la course, monsieur Buckner. Compte tenu des contrats et de nos échéances, rien ne nous sert de naviguer avec précipitation. Nous nous embarquons pour un voyage de quatre jours vers Little Rock, et cela signifie des arrêts d'une nuit à Helena, à Napoleon Trading Post et à Pine Bluff. C'est un plan de navigation qui me sied parfaitement, puisqu'il ne m'oblige pas à rester plus de huit heures d'affilée à la barre.

Buckner eut un haussement d'épaules.

— Comme madame voudra.

— C'est très généreux de votre part, monsieur Buckner, le remercia Jeanne. Naturellement, nous couvrirons vos frais d'hôtel à Helena. À Napoleon, par contre, il vous faudra occuper une couchette dans le poste d'équipage.

Voyant l'expression sur le visage de Buckner, George s'empressa de dire :

— Je m'excuse d'avoir omis ce détail lors de notre entretien, monsieur Buckner, mais j'ai la conviction que nous pourrons nous entendre sur quelque *rajustement*.

On vit la lumière réapparaître sur le visage de Buckner.

— Je ne me plains pas, monsieur Masters. Madame Bettencourt, nous ferons selon l'itinéraire et l'horaire que vous avez établis. Votre bateau, vos décisions, m'dame.

Jeanne se tourna vers M. Masters.

— Je ne sais comment vous remercier assez, George. Votre aide me touche. En mon nom et en celui de Marvel, je vous remercie.

Il se leva, ôta son chapeau et salua la dame d'une profonde révérence.

— Madame, ce fut un plaisir des plus singuliers de travailler avec vous, et considérez-moi comme votre obligé. Je ferai tout pour vous rendre heureuse. Monsieur Buckner, j'escompte que vous prendrez le plus grand soin de Mme Bettencourt ?

— Bien évidemment, monsieur.

George hocha la tête et se recoiffa.

— Je vous dis donc au revoir, Jeanne. Nous nous reverrons à votre retour, je vous attendrai.

Quand il fut parti, Buckner se tourna vers Jeanne.

— Votre timonerie, vos ordres, m'dame, dit-il.

En marche arrière, le *Helena Rose* quitta les quais de Memphis et fut traversé d'un tressaillement tandis qu'on renversait la vapeur et qu'il s'élançait sur les brunes eaux paresseuses du Mississippi. Glissant sur le fleuve, Jeanne souffla :

— Enfin !

CHAPITRE 8

Buck Buckner s'avéra un bon tuteur pour Jeanne ; il agissait de manière professionnelle, bien que sa grande décontraction pût en agacer certains. À côté de la barre à roue, bras croisés, il parlait peu, mais n'oubliait pas de pointer du doigt les repères, de faire remarquer la présence d'obstacles cachés, l'informant toujours des courants. Jeanne fut surprise de la quantité de souvenirs qu'elle gardait du fleuve Mississippi, de cette voie qu'elle n'avait pourtant que peu empruntée entre Memphis et l'embouchure de la rivière Arkansas. Elle se surprit aussi de la fatigue extrême qui la gagnait après huit heures à la barre. Sans désespérer, elle se répétait que le temps et l'expérience la rendraient plus forte.

Après quatre jours de navigation, Jeanne se sentait l'assurance d'un vieux routier en entrant à quai. Le *Helena Rose* et son équipage retrouvaient avec joie les eaux de mouillage familières de Memphis. Buckner se tourna vers elle et sourit, une expression composée et quelque peu raide.

— Vous avez très bien fait, m'dame. Je vous souhaite bonne chance pour la suite, à vous et au *Rose*. Il vous en faudra.

Ce fut son seul sourire et la seule occasion où il exprima ses véritables sentiments.

Jeanne descendit sur le pont principal, et Marvel vint s'accrocher à ses jambes. Bien vite, tout l'équipage s'était attroupé autour d'elle.

— Vous avez été superbe, capitaine Jeanne, la félicita Clint, lui tendant une main que Jeanne serra de bon cœur.

Ezra, Roberty et Vince la félicitèrent aussi, disant également « capitaine Jeanne », titre qu'elle accepta d'eux, malgré l'impertinence qu'elle y trouvait.

— Vous faites un bon équipage, leur dit-elle. J'apprécie beaucoup, merci à vous tous.

Ils discutèrent de vive voix et échangèrent leurs impressions de voyage. Clint vint à un moment se pencher pour dire à l'oreille de Jeanne :

— L'aristo est là, capitaine.

— Il n'est pas comme vous dites, répliqua Jeanne entre ses dents serrées, avant d'aller à la rencontre de George Masters sur la passerelle.

— Je l'ai fait, George ! s'exclama-t-elle. J'ai encore peine à y croire ! Je l'ai fait !

— J'ai toujours cru en vous, lui assura-t-il chaleureusement, prenant sa main sous son bras. J'ai croisé M. Buckner en venant vous voir, et il prétend que vous faites une pilote avertie et compétente.

Ils marchèrent tranquillement jusqu'à la rambarde du pont principal, s'arrêtant là pour discuter en aparté. Clint et Vince échangeaient des regards entendus.

— Toi, Roberty, et vous, mademoiselle Marvel, appela Ezra, ça vous dirait de fêter ce soir ? J'avais pensé rôtir un gros jambon, histoire de célébrer. Et un peu d'aide ne serait pas de refus.

Il partit avec les deux jeunes gens, qu'on entendit piailler de bonheur quand Ezra leur promit des pommes frites.

— Ça a tout l'air que notre capitaine restera occupée un bon bout de temps, dit Vince à Clint. On se fait une visite au Cloche et Sifflet ?

— Oui, si tu veux, acquiesça Clint, qui observait pensivement Jeanne et George Masters. Mais ne t'avise pas de chercher la bagarre, cette fois, Vinnie. Mes jointures commencent tout juste à guérir.

— Tu n'as qu'à traîner un révolver sur toi, Clint. C'est pratique. Tu pourrais le sortir et le pointer un peu. Tout le monde retrouverait son calme, ce ne serait pas long.

— Pourquoi je me retrouve toujours dans tes histoires de fous ?

— Parce que, avoue-le, c'est amusant. D'ailleurs, c'est toi le premier à te jeter dans la mêlée. Te battre, c'est dans ton sang, Clint « coup-de-poing » Hardin.

— Ouais, mais moi, je me bats parce que les gens me paient.

Jeanne et George vinrent bras dessus bras dessous se joindre à eux.

— Nous prenons livraison de notre premier chargement mardi, monsieur Hardin. Tout est réglé. Comptiez-vous être présent à bord demain?

— J'y comptais, oui, répondit Clint. Pourquoi, aviez-vous besoin de moi?

Hésitant à répondre, Jeanne leva les yeux vers George, espérant qu'il prenne l'initiative, mais elle n'eut qu'un sourire de sa part.

— Je vous explique, dit-elle enfin, peu à l'aise. M. Masters m'invite demain pour me montrer sa maison. Toutefois, il faudrait assurer une présence à bord, au cas où il y aurait quelque question d'affaires à régler avec les expéditeurs ou les fournisseurs. Et il y a aussi Marvel… j'imagine que je la confierai aux O'Dwyer, dit-elle tout bas.

— Pourquoi ça? Le *Rose*, c'est chez elle à présent. Qui plus est, Marvel tient l'équipage en entier sous son charme, dit Clint. Qu'elle reste ici. Tout ira bien. Et oui, je serai heureux de monter la garde pendant votre absence, capitaine Jeanne.

Tandis qu'elle descendait la passerelle pour accueillir George, Jeanne vit qu'il voyageait dans une nouvelle voiture de maître, celle-ci plus spacieuse encore que la première, qu'il avait empruntée. Elle avait des lanternes à l'avant et à l'arrière, des loquets de portière en laiton poli, et sa caisse était peinte d'un somptueux bleu nuit. Le conducteur était un Noir à l'allure digne, portant une cape de cocher et un grand haut-de-forme gris. La

voiture était tirée par deux chevaux pommelés qui cara-
colaient et s'ébrouaient, leur haleine sortant en petits
jets de vapeur dans l'air frais. George aida Jeanne à
monter, pour ensuite monter à son tour, lui couvrant,
comme toujours, les genoux d'une fourrure.

— C'est une nouvelle voiture, dit Jeanne. L'avez-
vous achetée ?

— Non, le Dr Hightower s'est simplement lassé de
me prêter son landau. J'ai envoyé un mot à mes gens à la
plantation, demandant que mon chauffeur vienne en
ville avec ma voiture. Il est arrivé hier soir. Vous plaît-il,
ce landau ?

— Oui, vraiment. On jurerait un grand salon sur
roues, dit Jeanne. Les sièges sont plus confortables que
dans l'autre voiture, si cela est même possible.

— Ils le sont, n'est-ce pas ? Les mauvaises langues
diraient peut-être que M. Hightower a voulu faire
quelques économies sur le capitonnage. De toute
manière, Jeanne, nous voilà enfin avec du temps devant
nous. Parlez-moi de votre voyage.

Ils discutèrent durant le trajet en entier, surtout
Jeanne, qui était tout heureuse de partager son expérience de pilotage. À un certain moment, elle glissa un
mot sur Buck Buckner, mais parla davantage du *Helena
Rose* et aussi du premier chargement dont elle aurait
bientôt la responsabilité. Après deux heures de route,
George jeta un œil par la vitre.

— Eh bien, nous y sommes, annonça-t-il. Voici la
maison que j'habite. Comment la trouvez-vous ?

Jeanne était préparée à découvrir quelque chose de
peu ordinaire. Néanmoins, elle fut estomaquée au

premier aperçu du domaine de Morecambe, la plantation familiale des Masters. Bordée de vieux chênes, une
longue allée sinueuse menait par une douce pente au
manoir familial. Cette allée avait aussi ceci d'impres-
sionnant qu'on aurait pu y conduire trois landaus de
front tant elle était large.

Le manoir de Morecambe s'imposait sur deux
étages, avec de magnifiques colonnes corinthiennes en
devanture et sur les côtés. Un balcon, fermé par une
balustrade en fer forgé peint en noir, courait sur tout
l'étage supérieur. De grandes et larges fenêtres faisaient
entrer la lumière sur les deux étages, encadrées de volets
ouverts dont le bleu clair faisait joli contre la blancheur
étincelante des murs en stuc. Le toit à la pente pro-
noncée s'élevait en une belle pointe, une ligne que brisaient trois pignons. Des cheminées en brique s'élevaient
au ciel, ajoutant à la dignité du bâtiment. Le landau s'arrêta devant la maison, et un domestique noir portant la
cravate et la queue-de-pie des majordomes vint leur
ouvrir la portière, courbant le dos bien bas tandis que
Jeanne posait le pied par terre.

George et Jeanne gravirent les marches, et les deux
énormes portes en bois de chêne s'ouvrirent à leur
approche, comme par magie. En entrant dans le hall,
Jeanne aperçut deux servantes noires faisant la révérence près des portes ouvertes. L'attention de Jeanne
fut aussitôt attirée vers un escalier gracieux et large
qui montait à l'étage. Le marbre était à l'honneur dans
le vestibule, et l'escalier était fait de cette même pierre
parcourue de veines grises. La main courante en fer
forgé sophistiquée donnait une impression de dentelle
noire.

Une dame pleine de dignité vint à leur rencontre. Elle devait avoir cinquante ans passés.

— Voici Mme Rawlings, l'intendante de la maison, dit George, ce à quoi la dame répondit par un hochement de tête pour ensuite prendre leurs chapeaux et leurs manteaux. Aimeriez-vous faire une visite de la maison ? proposa-t-il ensuite à Jeanne.

— Oui, j'aimerais beaucoup.

George guida Jeanne dans une visite du rez-de-chaussée, et ils s'arrêtèrent un instant dans une bibliothèque très bien fournie et meublée d'armoires vitrées. On retrouvait là une superbe collection de bustes d'empereurs romains.

— Je ne passe pas autant de temps que je le voudrais dans ce lieu, admit George.

— J'aurais quant à moi toute la peine du monde à quitter cette pièce, dit Jeanne.

La bibliothèque devait compter quatre ou cinq cents livres, peut-être plus.

— J'en devine que vous êtes une grande lectrice ? Un peu bas-bleu ? la taquina-t-il. Vous me surprenez une fois de plus, Jeanne. Passons à ma pièce préférée, vous voulez ?

Elle le suivit, et ils traversèrent le vestibule. George ouvrit une grande porte.

— La salle à manger, dit-il avec un sourire gamin. Vous vous doutiez peut-être que ce serait ma préférée.

La pièce faisait au moins six mètres de large sur sept de long, et le plancher était recouvert d'un tapis d'Aubusson. Les murs étaient recouverts de papier peint or et fleurdelisé dans une brillante teinte de vert. Tout au fond, on pouvait admirer les terrains du domaine par d'imposantes portes vitrées hautes de quatre mètres. De chaque côté, il y avait un âtre au manteau de marbre sur lequel se dressait une paire de chandeliers à six branches en argent de style George III. Un lustre d'argent et de cristal pendait au-dessus de la table à manger en bois d'acajou, laquelle pouvait accueillir douze personnes. Le long des murs, des chaises élisabéthaines joliment sculptées s'alignaient comme autant de petits trônes.

— Quelle élégante pièce! souffla Jeanne.

— Pour dire vrai, ce n'est pas la pièce que je préfère, reconnut George. Le décor est bien trop formel. Nous avons une autre salle à manger, celle-là plus petite et familiale. C'est celle que j'aime utiliser, à moins d'avoir un nombre important d'invités à asseoir. En fait, c'est là que j'ai demandé à Mme Rawlings de servir le dîner ce soir. J'espère que cela vous convient.

— Oh, mais j'avais tellement espoir que nous puissions manger à une lieue et demie l'un de l'autre, dit Jeanne.

— Désolé, j'avais plutôt pensé à un tête-à-tête. Venez, de l'autre côté du hall, il y a la salle de bal, l'invita-t-il tandis qu'ils allèrent dans la grande pièce vide au brillant plancher de chêne, où l'on entrait par une gracieuse arche. Ce genre d'endroit est pratique pour qui veut organiser de grandes fêtes. L'été, il nous arrive de recevoir cinquante ou soixante de nos voisins pour un séjour de deux ou trois jours. Nous organisons des pique-niques sur l'herbe, des méchouis, des parties de chasse et des concours de tir à l'arc, des courses de chevaux, ce genre de choses quoi, et nous dansons toute la nuit.

— C'est très joli ! Je n'ai jamais visité une maison qui possède son propre salon de bal. Ce ne saurait être vous, George, qui avez fait construire la maison ?

— Non, mon arrière-grand-père l'a fait bâtir. Nous y avons apporté quelques ajouts, cela dit. En fait, c'est mon père qui a eu l'idée d'une salle de bal. Il adorait danser.

— Il doit vous manquer terriblement.

— Oui, il me manque, avoua tout bas George. C'était un homme bon et un père aimant.

Il l'amena ensuite en haut de l'escalier de marbre, à l'étage qui comptait neuf chambres à coucher, toutes spacieuses et somptueusement meublées. Jeanne découvrit la plus petite de ces chambres et la trouva plus grande que la pièce qu'elle habitait dans le Pinch. Elle fut cependant prudente de ne rien dire à ce sujet, ayant pris cette résolution de ne plus souligner la différence de classe qui les séparait, elle et George. Elle n'en ferait plus état, s'était-elle promis. Après avoir visité les chambres, George la guida en bas des marches.

— J'aimerais vous faire découvrir la plantation. J'avais pensé que nous pourrions prendre une carriole. Ce serait un peu comme un tour de traîneau, seulement sans la neige. Comme il fait froid aujourd'hui, nous relèverons la capote si vous gelez.

— Nul besoin, vraiment, il me plairait que nous nous promenions en carriole, visage au vent, dit Jeanne. Le soleil nous réchauffera. Je crois que nous serons parfaitement à l'aise.

— J'espérais que vous diriez cela, se réjouit-il. En fait, j'ai déjà demandé à Marcus, mon cocher, d'avancer la carriole à la porte.

Ils reprirent leurs vêtements chauds et sortirent. La voiture à la caisse longue et noire les attendait, tirée par deux chevaux blancs qu'un cocher silencieux tenait en bride. On pouvait y asseoir quatre passagers, et George se proposa de prendre place à côté de Jeanne plutôt que sur la banquette opposée.

— Puis-je? demanda-t-il, avant de s'asseoir.

— Mais faites, bien sûr. Par simple curiosité, combien de chevaux possédez-vous? demanda Jeanne tandis que la carriole s'avançait sur le chemin de gravillons qui faisait le tour de la maison.

— Dix-huit chevaux d'équipage et chevaux de selle, ainsi que douze chevaux de trait.

— Vous avez trente chevaux! ne put-elle s'empêcher de dire. Combien de voitures?

— Quatre : le barouche, le landau, un cabriolet et cette carriole.

— Cela fait beaucoup de voitures pour un seul homme, fit observer Jeanne.

— Ce n'est pas dans mes plans de rester seul à jamais, dit-il à la légère.

— Vous n'avez jamais été marié, n'est-ce pas? demanda Jeanne, inclinant légèrement la tête. Serait-ce abuser de vous demander pourquoi?

— J'ai été fiancé, une fois, dit-il, plissant le front. J'avais vingt ans. J'ai fait la demande à une jeune femme, mais dès les fiançailles passées, tout a changé. Je n'aime pas dire du mal d'une dame, mais tout ce que je dirai, c'est qu'au fur et à mesure que l'année de nos fiançailles avançait, j'ai compris que je lui avais proposé le mariage parce que cela semblait la chose à faire. Je me sentais le devoir de m'engager, de m'installer et de fonder une famille. Je n'avais pas d'amour pour elle. J'ai bien essayé de faire pour le mieux, vous savez, mais, après un temps, je n'ai plus su lui cacher mes sentiments, ou plutôt l'absence de ceux-ci, et elle m'a libéré de mon engagement. Ce fut une très bonne décision pour nous deux. Elle est aujourd'hui heureuse en mariage et a deux enfants.

— Et de votre côté ? Il n'y a eu personne dans votre vie depuis ?

— Personne que j'ai voulu épouser, dit-il avec délicatesse. Je n'ai jamais connu l'amour véritable. Mais assez parlé de moi. Racontez-moi plutôt votre histoire, Jeanne. Vous ne m'avez jamais parlé de votre mari.

Jeanne se détourna de lui pour regarder droit devant.

— Je sais. Il était soldat, et il est mort.

— Je vois, dit George, encore que cette réponse lui apportât peu d'éclairage. Nous nous trouvons ici dans l'un de nos vergers. Ce sont des pacaniers. La récolte a été excellente cette année. Comme vous pouvez voir, les branches portent encore des fruits.

Jeanne oublia ses idées maussades pour découvrir les arbres alentour.

— Oh, oui, ils fructifient encore. Le sol est couvert de noix ! Est-ce que vous permettez que j'en ramasse quelques-unes ?

— Pardon ? Vous voulez faire vous-même la cueillette ? dit George, alarmé par l'idée.

— Oui, George. Et cela ne vous ferait aucun tort d'en ramasser quelques-unes vous-même, dit-elle avec malice. Mmm... Marcus ? C'est bien votre nom, monsieur ? appela-t-elle à l'intention du cocher. Pourriez-vous arrêter ici, je vous prie ?

Le cocher arrêta la carriole et se retourna, hébété, vers George Masters.

— Tout va bien, Marcus, dit George tout en descendant de voiture pour offrir une main à Jeanne. Je me vois prié de cueillir des pacanes.

— Bien, monsieur, balbutia Marcus, encore sous le coup de la surprise.

Jeanne courba le dos et ramassa huit noix joufflues sans même avoir à faire un pas. George en cueillit deux, qu'il ouvrit avec les paumes aussi facilement que s'il avait employé un casse-noisette.

— Goûtez, ma chère, proposa-t-il, tendant les noix à Jeanne.

Jeanne en porta une à sa bouche.

— Elles sont vraiment bonnes. J'ai toujours aimé les pacanes, dit-elle.

— Nous en avons des barils pleins à la maison. En partant, faites-moi penser de vous en donner autant que vous voulez.

— Si j'ai bien compris, vous n'allez pas vraiment en ramasser, n'est-ce pas, George ? affirma-t-elle, levant des yeux réprobateurs sur lui.

— Il y a un problème, voyez-vous. Où rangerais-je ces choses ? Pas dans la poche de ma redingote, cela en ruinerait les lignes. Pas non plus sous mon chapeau, c'est le plus fin castor, grommela-t-il.

Jeanne s'esclaffa en l'entendant ronchonner.

— Bon, d'accord. Loin de moi l'idée de vous assujettir à un tel labeur dégradant. Allez, venez, je promets de ne plus faire de fantaisies.

Au grand soulagement de George, ils remontèrent dans la carriole et reprirent la route.

— Nous approchons des champs de coton au nord de la propriété. On les croirait morts à ce temps de l'année, mais, en août, les champs s'étendent à perte de vue comme un grand manteau de neige. Nous avons eu notre meilleure récolte à vie cet automne.

— George, si vous ne permettez pas au *Helena Rose* de transporter votre coton l'automne prochain, je vais être très fâchée, l'avertit Jeanne.

Il étendit le bras sur le dossier de la banquette et lui sourit.

— Madame, vous aurez tout mon coton, toutes mes pacanes… ma foi, vous pouvez même partir avec le jardin potager, si cela vous chante. Je vous dis cela parce que la dernière chose au monde que je souhaite, c'est de vous savoir fâchée avec moi.

La salle à manger familiale était en effet plus petite et intime, et Jeanne se plut beaucoup dans ce lieu. Elle n'aurait pas été à l'aise dans la salle à manger formelle, trop grande et fastueuse. Une table ronde couverte d'une nappe en soie damassée blanche se trouvait près du foyer, où un petit feu suffisait à réchauffer la pièce entière. Douze chandelles blanches dans un candélabre en argent répandaient sur la table une lumière apaisante.

Ils étaient assis l'un près de l'autre. George lui prit la main et demanda :

— Pourrais-je dire le bénédicité ?

— Faites, je vous en prie.

Il récita une prière fort simple, remerciant le Seigneur pour tous Ses bienfaits. Un domestique noir servit le premier plat, un potage crémeux de chou-fleur et de poireau. Ensuite, il y eut du saumon au four, sa chair rose et délicate se brisant à la fourchette, suivi d'un relevé de saucisses et leur chutney aux raisins et aux figues, plat que Jeanne découvrait pour la première fois, le trouvant délicieux. Ensuite, il y eut le plat de résistance, un tendre filet de bœuf au poivre avec sa sauce au cognac.

— *Steak au poivre*, dit révérencieusement Jeanne. Je n'ai savouré ce plat qu'une fois dans ma vie, et ce n'était pas la gastronomie que vous m'offrez ce soir. J'aurais cru ne plus pouvoir avaler une bouchée, mais ce plat, je vais le terminer, même s'il me faut y passer la nuit.

— Jeanne, il nous reste les glaces, le gâteau, les noix et le fromage des prochains services, intervint George. J'ai demandé à la cuisinière de nous concocter sa fameuse tarte au chocolat à la crème au beurre que je suis certain de vous voir aimer.

Bien qu'il lui restât un peu de sa bouchée à mastiquer, Jeanne parla et dit d'un ton ferme :

— Je préfère savourer ce bifteck plutôt qu'une tarte. Je vous ai dit que j'adorais le bœuf.

— En effet, acquiesça-t-il. Jamais je n'aurais imaginé rencontrer une femme qui préfère le bœuf au gâteau. Vous êtes une originale, Jeanne, et vous êtes délicieuse.

Ils discutèrent tout au long du repas, et il y eut beaucoup de rires. La conversation s'étendit du coton aux livres à la musique jusqu'aux textiles, moment où Jeanne apprit à George que Marvel ne pouvait pas porter de laine. Ils parlèrent de leurs paysages favoris, de rivières et de collines, de couchers de soleil et de forêts. George lui raconta l'incroyable ville tentaculaire qu'était New York, et elle lui parla d'endroits et de gens qu'elle avait connus sur la rivière.

— J'ose prétendre que c'est le plus beau coucher de soleil qu'il m'ait été donné d'admirer, dit Jeanne d'un ton rêveur. Là, sur l'appontement de Widow Eames. Il n'y avait que moi, ma mère et mon père, assis à l'extérieur sur le pont principal. Le soleil était cramoisi, le ciel était pourpre et bleu royal. La rivière était noire, mystérieuse et calme. Nous n'avons pas dit un mot durant une heure entière, assis là, muets devant toute cette beauté, dit-elle, poussant un grand soupir. C'est le dernier coucher de soleil que nous ayons vu ensemble, mon père, ma mère et moi.

Il se pencha plus près d'elle puis, tout lentement, il leva la main et toucha ses cheveux. Il prit une épaisse boucle soyeuse et brillante entre ses doigts et en sentit la douceur.

— Vos cheveux sont ravissants, Jeanne, et un homme pourrait se perdre dans vos yeux.

George Masters avait connu plusieurs femmes, mais il n'en avait jamais rencontré comme Jeanne. Il la considérait, et pas seulement pour sa silhouette harmonieuse, mais surtout pour ce fait qu'il trouvait dans ses yeux le reflet d'une sagesse qu'il n'avait pas l'habitude de voir chez les femmes. Elle le regardait en silence, et le silence d'une femme — George n'était pas sans le savoir — pouvait revêtir une myriade de significations. Il n'était pas certain de savoir ce qu'il signifiait chez elle, en ce moment, car Jeanne était un véritable mystère pour lui. Il ressentit une lente vague d'excitation monter en lui, comme s'il se trouvait sur le point de faire une grande découverte.

Elle avait du courage, de la simplicité et une capacité étonnante pour l'émotion, il savait cela. Elle ne souriait pas à présent, mais il s'imaginait un sourire flottant sur ses lèvres. Il était si près d'elle. Son corps fut traversé d'un tiraillement, comme une décharge électrique. Prudemment, lentement, il la prit contre lui et l'embrassa. Elle ne résista pas ; elle lui céda. Il sentit une sorte de douceur farouche entre eux, quelque chose qu'il n'avait vécu avec aucune autre femme. Il avait ressenti le désir avant, mais ce n'était pas que cela, ici. C'était un sentiment plus profond en lui, un besoin qui n'avait jamais été satisfait. Il crut que Jeanne pourrait l'arracher à l'ultime solitude, combler cette dernière parcelle d'incomplétude qui restait en lui. Enfin, après des années, George Masters connaissait l'amour.

CHAPITRE 9

I l y eut un léger coup à la porte, puis un silence. En sursaut, Jeanne se leva dans son lit et ouvrit des yeux affolés. Elle était dans la cabine, sa cabine, la cabine du capitaine, à bord du *Helena Rose*, une maison à laquelle elle ne s'était visiblement pas encore accoutumée. Les fenêtres donnant à l'est filtraient une lumière grise et froide. Jeanne se rappela alors que l'aube qui se levait était celle d'un jour particulier, celui qui l'amènerait à piloter le *Helena Rose* dans son premier voyage seule à la barre.

À côté d'elle, Marvel remua un peu, puis sortit le bout du nez de sous la courtepointe piquée.

— C'est Roberty, maman. C'est son jeu. Il cogne, et après, il se sauve.

— C'est qu'il est timide, l'excusa Jeanne en sortant du lit.

Devant la porte, il y avait, comme d'habitude, une bouilloire en cuivre remplie d'eau fumante et un plateau du petit déjeuner avec des biscuits secs, un morceau de fromage, des petites saucisses, des œufs à la coque et un pot qui exhalait le doux arôme d'un café fraîchement préparé. Jeanne fut agréablement surprise de découvrir les deux dernières éditions du *Memphis Appeal* soigneusement roulées sur un côté du plateau.

— On nous apporte les journaux, annonça-t-elle.

Marvel s'était assise dans le lit et se frottait les yeux.

— Je sais, M. Clint les a achetés pour nous. Je lui ai dit que nous aimions lire les nouvelles. Hier, en passant au bureau de poste, il nous a acheté ceux-là.

— C'est très gentil de sa part. Ta journée a été belle hier, Marvel ? Tout s'est bien passé ?

— Oh, oui. J'ai fait des leçons et tous mes exercices de lecture et d'orthographe. Ensuite, nous avons déjeuné, et c'était tellement bon, les sammiches au jambon. Moi et Roberty, on a fait nos propres sammiches et...

— Roberty et moi, nous avons fait des sandwiches...

— Roberty et moi, nous avons fait des sandwiches avec des cornichons marinés. Après, je suis allée à la salle des chaudières... la chaufferie, je veux dire. J'ai joué avec Madame Topp et Avémaria, et Ezra m'a surveillée pour que je ne fasse pas de bêtises. À un moment donné, des hommes se sont mis à crier dehors, et M. Clint et M. Vince sont sortis pour leur dire d'arrêter de crier en leur criant après... Ensuite, un homme est venu et a longtemps parlé de charbon.

— Une petite minute, l'interrompit Jeanne. Qui criait à l'extérieur ?

— Je ne sais pas, répondit Marvel. M. Clint a dit que c'étaient des choses qu'une dame raffinée n'avait pas besoin d'entendre, et j'imagine qu'il parlait de moi parce qu'il n'y avait pas d'autre dame raffinée que moi dans la chaufferie. Est-ce que je peux avoir une saucisse ?

— Puis-je avoir une saucisse... et si tu veux manger, tu n'as qu'à prendre tes jambes et venir à table, comme il se doit, dit Jeanne. Je m'excuse, Marvel, mais c'est un jour très important aujourd'hui, et je suis pressée. J'ai encore à m'habiller et je dois parler à M. Hardin. Quand tu auras terminé et que tu seras habillée, tu pourras aller jouer un peu sur le pont principal avant de commencer tes leçons.

Jeanne avait acheté de nouveaux habits avec une partie de l'argent de l'héritage. Femme sensée, elle savait que les robes à froufrous, à jabot, à crinoline et à volants que les dames en vue portaient ne siéraient pas à une pilote de bateau à vapeur, donc elle avait acheté des jupes froncées unies et des chemisiers blancs. Elle enfila rapidement une jupe bleu foncé et un chemisier, s'attacha les cheveux avec un ruban d'un bleu assorti et attrapa son nouveau châle bleu en sortant de la cabine. Dehors, les premiers rayons pâles du soleil venaient timidement poindre derrière la ville.

Elle pénétra dans la chaufferie, et Ezra, qui était occupé à alimenter les fournaises, leva un œil dans sa direction.

— Bien le bonjour, capitaine.

— Bonjour, Ezra. Avez-vous vu M. Hardin ?

— Oh, oui, m'dame. Vous le trouverez dans la salle des machines, avec Vince, à faire les vérifications de dernière minute.

Clint apparut sur ces entrefaites, essuyant ses mains sales dans un chiffon encore plus sale.

— Bien le bonjour, capitaine Jeanne. Premier départ, premier jour ! Et le *Rose* est impatient d'attaquer les flots !

— Est-ce à dire que tout est en ordre ? En êtes-vous certain, au moins ? demanda anxieusement Jeanne.

— Oui, m'dame, les moteurs tournent rondement, si bien en fait qu'on croirait les entendre fredonner un air de liberté. J'ai aussi parlé hier à l'affréteur de charbon, et ses chariots devraient arriver d'une minute à l'autre. Vinnie nous a aligné les débardeurs sur le quai, prêts à tout charger.

— Bien. Pour le courrier ?

— J'ai vu le maître de poste hier, histoire de confirmer que nous étions prêts. Le chariot doit arriver avec le courrier avant huit heures.

Jeanne hocha la tête.

— Il semble que vous ayez la situation bien en main, monsieur Hardin. Je monte à la timonerie. Appelez, si vous avez besoin de moi.

Arrivée dans le poste de pilotage, Jeanne s'installa sur le banc et déroula une grande carte. Elle en étudia longuement les détails en murmurant. Elle s'adossa enfin, ferma les yeux et pria : « Très cher Seigneur, aidez-moi, je Vous en prie. Aidez-moi à me souvenir, aidez-moi à ne pas oublier, aidez-moi à être forte et sûre de moi. » Les yeux clos, elle eut une vision de la rivière, une vision de son père à la barre.

Deux heures plus tard, le *Rose* fut chargé au maximum de sa capacité. Il y avait beaucoup de charbon et trois

grosses poches de courrier. Clint entra dans la timonerie, et Jeanne constata avec désarroi qu'il était littéralement noir de suie. Dans le soleil du matin, elle voyait
s'élever la poussière en petits nuages gris autour de sa
chemise. Il en avait plein les cheveux et le visage, et
Jeanne s'étonna de voir qu'il avait les mains propres.

— Le *Rose* est fin prêt, capitaine, annonça-t-il. Les
chaudières sont chaudes, et le fret est chargé.

— Avez-vous chargé du charbon? J'avais cru comprendre que des débardeurs s'en occuperaient, dit
Jeanne.

— Ouais, eh bien, que voulez-vous! Je suis un
homme d'action. Et il ne faut pas faire attendre une jolie
dame. Euh... je parlais du *Rose*, pas de vous. Non pas
que vous n'êtes pas jolie, mais...

— Qu'importe, monsieur Hardin, trancha sèchement Jeanne. Je sais ce que vous dites. Très bien, vous
pouvez redescendre à la salle des machines, j'ai tout en
main ici.

Il allait partir, mais s'arrêta dans l'embrasure de la
porte de la timonerie.

— Vous allez bien, n'est-ce pas, Jeanne? demanda-
t-il. Vous n'avez besoin de rien? Auriez-vous quelques
derniers points dont vous voudriez discuter?

— Non merci, dit-elle calmement. Je vais bien.

— D'accord, mais s'il y a quoi que ce soit, vous
n'avez qu'un mot à dire, vous savez, dit-il en pointant du
doigt le pavillon du porte-voix, la quittant sur ces mots.

Quelques minutes plus tard, le tuyau d'où s'échappaient quelques volutes d'une vapeur paresseuse se mit
à cracher de grands jets hurlants de vapeur condensée.

Des cheminées, on vit monter une colonne de fumée noire. Le bateau quittait Memphis.

Huit jours plus tard, Jeanne fit sonner le sifflet à vapeur, un grand cri tout enjoué d'alto, puis actionna la grande cloche en bronze montée sur le pont-promenade. Le *Rose* rentrait au port de Memphis. Jeanne manœuvra vite et très près des docks avant d'ordonner l'arrêt complet à la salle des machines. Le *Helena Rose*, comme le vaillant bateau qu'il était, ralentit fièrement tandis qu'on renversait la vapeur et s'arrêta dans une houle tranquille.

Quelques instants après, Jeanne entendit des cris depuis le pont principal et les grincements du grand cabestan que Vince et Ezra actionnaient pour descendre la passerelle. Elle resta immobile, le regard comme aveugle braqué droit devant, son sourire triomphant s'estompant peu à peu. Jeanne prit une grande inspiration haletante, puis dut consciemment se dire de relâcher la poigne de fer qu'elle gardait sur la barre à roue. Ses épaules retombèrent, ses genoux se mirent à trembler, et elle fit, comme une vieille dame, trois pas en arrière vers le banc avant de s'y écrouler.

— Merci, mon Dieu, dit-elle d'un souffle las. Merci, mon Dieu.

Trente minutes plus tard, George Masters venait sur le quai, averti de l'arrivée du *Rose* par un garçon de courses qu'il payait pour ce service. Ce soir-là, il invita Jeanne et Marvel à dîner au restaurant le Courtier. Le *Rose* repartit le lendemain matin pour son deuxième voyage. Il transportait cette fois des tissus, des toiles et cinq cents fenêtres, qui firent d'ailleurs faire à Jeanne des cauchemars où elle découvrait, horrifiée, qu'elles étaient toutes brisées au moment de la livraison à Little Rock. Ils firent un dernier voyage avant la fin de janvier, puis février arriva avec ses jours plus ensoleillés. Au moment de fermer le livre des comptes pour janvier, Jeanne et Clint eurent la bonne nouvelle que le *Helena Rose* avait dégagé un profit net de trois cent quarante-deux dollars.

— Cent soixante et onze dollars chacun, et pour un seul mois ! s'émerveilla Jeanne. Au Gayoso, je sautais de joie les rares mois où je gagnais quatorze dollars et quelques cents.

— Je vous l'avais bien dit, se vanta Clint, un sourire au coin des lèvres.

— Que m'aviez-vous dit ?

— Je vous avais tout dit, répliqua-t-il.

En seulement trois voyages, la vie sur le *Helena Rose* avait trouvé un rythme routinier. Jeanne passait la journée dans la timonerie, bien sûr. Marvel étudiait le matin, plongée dans ses livres de McGuffey, *Mes premières lectures* et *Petit livre illustré*. Les premiers temps, Marvel s'installait dans la cabine, mais après quelques jours, elle avait préféré apporter ses volumes et ses poupées dans la salle des chaudières. Ezra lui avait fabriqué un siège à partir de trois vieilles caisses de biscuits secs. Quelques jours après, Clint s'était présenté avec un beau coussin brodé en forme de brioche pour que Marvel y fût plus à l'aise. Ce pupitre d'étude improvisé n'avait évidemment pas sa place dans une chaufferie — tout comme Marvel d'ailleurs —, mais la petite y tenait mordicus. Elle adorait le coussin que Clint lui avait offert et, le soir venu, elle le montait à la cabine pour en faire profiter Avémaria la nuit. Roberty nettoyait fréquemment le petit coin d'étude de Marvel dans la chaufferie avec une solution d'eau et de chlorure d'ammonium.

— Ce coin de bateau est tellement propre qu'on pourrait y faire manger un seigneur, disait Vinnie à la blague.

En tant qu'homme d'équipage, Roberty n'était pas d'un grand secours, sa constitution frêle l'empêchant d'accomplir certaines tâches exigeantes. Quand bien même il s'échinait, les bras pleins de bûches, c'était peine perdue de croire qu'il réussirait seul à bien alimenter les fournaises. Aussi, les marchandises étaient souvent trop lourdes pour une personne comme lui. Après l'avoir vu presque se tuer en essayant de monter à bord une poche de charbon de vingt-deux kilos, Clint lui avait dit :

— Mon gars, tu vas t'éclater un poumon à tirer comme ça sur ta poche de charbon. Je sais que tu veux aider et que tu es travaillant, mais il faut connaître ses limites. Tu aides déjà Ezra dans la cuisine, tu gardes tout tellement propre que c'en est gênant et tu aides la capitaine Jeanne et Marvel. À partir de maintenant, continue de faire ce que tu fais déjà et laisse le bois à Ezra, à Vinnie et à moi… et le fret aux débardeurs.

Tandis que l'équipage se faisait la main et que la routine s'installait, Roberty devint essentiellement l'aide de Jeanne et de Marvel, leur apportant de l'eau chaude et les repas, faisant leur lessive, nettoyant la cabine chaque jour où Jeanne pilotait et lui apportant le café et le thé quand elle se trouvait derrière la barre à roue. Il commença aussi à étudier avec Marvel, celle-ci l'ayant presque forcé en apprenant qu'il ne savait pas lire. À l'heure des leçons, la petite le menait à la baguette et sans gêne.

Pour Jeanne, c'était une curiosité que cette double vie qu'elle menait. À bord du *Rose*, elle était la pilote et ne fréquentait que rarement l'équipage. Elle passait bien sûr ses soirées avec Marvel lors des escales sur le fleuve, mais toujours, quand elle revenait à Memphis, George Masters l'attendait. Jeanne passait alors au moins une journée en sa compagnie, soit un jour sur les deux que durait généralement leur halte à quai. Elle ne s'inquiétait plus de ce que Marvel restât sur le bateau, avec Roberty et Ezra qui s'occupaient d'elle comme l'auraient fait un frère et un grand-père. Clint et Vince prenaient soin de Marvel, eux aussi, mais ils quittaient souvent le bateau le soir venu. Jeanne supposait qu'ils fréquentaient beaucoup les saloons et s'en tracassait. Cependant, elle garderait ses remarques pour elle-même tant qu'ils ne se présenteraient pas ivres sur le bateau. De toute façon, elle avait d'autres préoccupations. Ce qui l'occupait, c'était Marvel, et le *Helena Rose*, et George Masters.

Elle avait cette réflexion en passant au large de l'île Numéro 60, la ville de Helena se trouvant juste après le méandre. Mettait-elle ses énergies au bon endroit ? Naturellement, sa première préoccupation était toujours Marvel, mais qu'en était-il de George Masters ? Cet homme était-il important à ses yeux ? À quel point l'était-il ? Jeanne voyait bien qu'il tombait amoureux d'elle, mais quels sentiments avait-elle pour lui ? Il était séduisant et de bonne compagnie. Sous son patronage, le *Helena Rose* faisait de bonnes affaires, et avec Jeanne, il était généreux. Or, Jeanne devait admettre qu'elle ne savait tout simplement pas ce que son propre cœur désirait. Ce cœur s'était refermé il y a si longtemps qu'elle le devinait incapable de tendresse, obstiné à ne plus s'ouvrir à l'amour d'un autre homme.

Helena, en Arkansas, était une ville portuaire. Avec l'afflux grandissant de bateaux à vapeur sur le vieux Mississippi, la ville était devenue un lieu florissant de commerce, un passage presque obligé du trafic fluvial. Forte de sa situation enviable entre Memphis et Vicksburg, au Tennessee, Helena avait profité de la forte demande en bois de coupe, tandis que la déforestation s'étendait autour des grandes villes des régions avoisinantes. On trouvait toujours du bois à bon prix à Helena, et comme George Masters l'avait si justement fait remarquer, tout bien de consommation trouvait facilement preneur dans la ville en pleine expansion. Déjà vers 1830, les docks à Helena étaient aussi occupés qu'à Memphis.

Il y avait cet adage qui disait que là où coulait le fleuve, il y aurait toujours des voleurs, des joueurs, des prostituées, des magouilleurs et d'autres hors-la-loi de tout acabit. En 1835, les probes habitants de Helena avaient créé leur propre société de tempérance, et les shérifs élus avaient lancé une grande offensive contre le jeu et les abus contre la moralité. En conséquence, la ville s'était doté d'une aura de civilité. À l'époque où Jeanne pilotait le *Helena Rose*, Helena comptait trois journaux, six écoles privées, treize églises et quatre bibliothèques. On y tenait aussi des assemblées publiques deux fois par mois.

Or, où coulaient les eaux, il y avait également des hommes du fleuve. Helena comptait donc son lot de saloons, de maisons closes et de maisons de jeu. On avait beau endiguer la marée du vice, celle-ci montait toujours, et Helena n'était pas épargnée. Clint et Vince avaient visité trois saloons lors de leur premier arrêt dans la ville, quand Jeanne naviguait sous la supervision de Buck Buckner. Tous les trois étaient aussi sinistres, tout au plus des baraques plantées au bout des quais à proximité d'une auberge médiocre, de deux magasins de tabac et de spiritueux, d'un bordel piètrement déguisé en pension de famille et d'une épicerie toute triste où l'on ne vendait presque rien. Ce soir-là, Clint et Vince avaient marché jusqu'au premier saloon, le plus loin sur les quais, mais Clint s'était arrêté net devant la porte qui ne tenait presque plus sur ses gonds. Une odeur suspecte s'en dégageait.

— C'est du crottin de cheval ? Tu peux m'expliquer pourquoi ça sent le crottin de cheval dans un saloon ? avait-il demandé d'un air dépité.

— Je ne veux même pas le savoir, lui avait répondu Vince. Allez, essayons la taverne du Lacet. J'aime bien le nom.

Ils étaient arrivés devant le Lacet et avaient considéré l'endroit.

— Il y a une fenêtre, c'est déjà ça, avait dit Vince. En plus, elle n'est pas brisée.

La porte s'était ouverte violemment, et un homme en était sorti en trébuchant, accroché à sa bouteille de whisky à moitié vide. Il s'était planté devant Clint et Vince.

— Hein? Qu'est-ce que vous dites? crachouillait-il, s'écrasant soudain à genoux, puis s'affalant comme un arbre sous la hache d'un bûcheron, face contre terre et bras tendus de chaque côté.

Vince et Clint s'étaient regardés.

— Hum, hum, avait commenté Clint.

Ils avaient poursuivi leur chemin, deux bâtisses plus loin, jusqu'à un saloon astucieusement appelé « Île Numéro 60 », comme le repère qui annonçait sur le fleuve l'arrivée à Helena. La baraque avait deux fenêtres en façade, aucune d'elles abîmée, ce qui était bon signe, et tandis qu'ils hésitaient devant la porte, personne n'était venu, titubant, s'écraser par terre. Ils s'étaient décidés à entrer.

L'endroit n'était pas différent des mille autres saloons qu'on pouvait trouver dans toutes les villes riveraines, avec sa fumée dense de tabac et ses relents d'alcool lourds dans l'air vicié. Il y avait un comptoir à droite, avec des hommes, ventre contre le bar, le pied monté sur le laiton qui courait en dessous. À gauche, il y avait des tables qu'occupaient des hommes à la mine patibulaire, buvant et parlant du fleuve. Une partie de poker se déroulait à une table, et les quatre hommes qui s'y trouvaient semblaient sobres et prudents. Clint et Vince étaient restés un moment et avaient bu quelques bières, mais, ayant l'habitude de buvettes plus amicales, ils s'étaient bientôt retrouvés sur le chemin du retour, revenant tranquillement au bateau. Lors des deux voyages suivants, ils n'avaient pas remis le pied à l'Île Numéro 60.

La journée était belle aujourd'hui, plus fraîche que froide, et ils avaient accosté vers quinze heures. Ainsi, Clint et Vince décidèrent de donner une seconde chance à l'Île Numéro 60. Tandis qu'ils descendaient le long des quais vers les quartiers pauvres au sud, Clint annonça qu'il voulait faire un arrêt chez le buraliste et acheter les journaux.

— Pourquoi lui achètes-tu les journaux, Clint ? demanda Vince. Elle n'apprécie même pas le geste.

— Oui, elle l'apprécie. Elle n'oublie jamais de me remercier. Ouais, enfin, presque jamais.

Vince secoua la tête.

— Ça me dépasse. Elle se donne des grands airs et te traite comme un serviteur. Ce n'est pas correct.

— Je ne pense pas qu'elle se donne des airs. Je crois qu'elle a vraiment traversé de rudes épreuves, que personne ne l'a jamais aidée, qu'elle se ferme un peu aux autres. C'est normal. D'ailleurs, je n'ai aucun problème avec la manière dont elle me traite.

— Que tu dis, oui ! Chose certaine, aucune autre femme ne te sert ce genre de médecine. Ça ne t'agace pas qu'elle ne soit pas gaga de toi ?

— Du tout, et tu sauras qu'elle est folle de moi, dit Clint avec hauteur. C'est juste qu'elle ne le sait pas encore, laissa-t-il tomber avant d'entrer chez le marchand de tabac pour en ressortir avec le *Helena Daily*

World. Hé! Regarde un peu ça, dit-il après avoir jeté un œil au bas de la première page.

Vince tendit le cou pour lire le gros titre juste sous le pli : « LE BATEAU À VAPEUR *HELENA ROSE* REVIENT À LA MAISON AVEC UNE DAME À LA BARRE! » L'article était écrit par une certaine Mme Honoria Putnam, un texte aussi élogieux que sensationnaliste. Le premier paragraphe se lisait ainsi :

Un grand nombre des citoyens estimés de Helena se souviendront du Helena Rose, *le bateau à vapeur de M. Ira Hardin, qui fut marié à notre bien-aimée fille de Helena, Rose Dulany. Après l'événement amèrement tragique de la mort de Mme Hardin, deux « Rose » nous ont terriblement manqué. M. Ira Hardin nous a quittés récemment pour un endroit meilleur, où il a rejoint sa bien-aimée Rose, mais son esprit vaillant de marin vogue toujours sur notre bon vieux Mississippi. En effet, le* Helena Rose *a repris du service et a pour capitaine et PILOTE, Mme Jeanne Bettencourt, la première FEMME à piloter sur le Mississippi!*

L'article continuait, encensant la capitaine Jeanne pour son «audace», cette «femme d'exception» qui, dans l'esprit et la hardiesse des grands pionniers, partait à la conquête du fleuve Mississippi soi-disant en solitaire. On pouvait encore y lire la liste des arrêts du *Rose* et ce fait que le maître de poste avait confié aux soins de la capitaine son précieux courrier. On y apprenait encore la suprême dévotion avec laquelle la capitaine Jeanne allait braver les eaux traîtresses du fleuve, assurant aussi que, contre vents et marées, elle s'était engagée sur l'honneur à livrer la poste chez l'habitant de la ville comme dans l'arrière-pays.

— Je crois que j'ai la nausée, dit Vince à la blague. C'est un peu comme une indigestion de bonbons.

— Ah, Jeanne va être dans tous ses états, grogna Clint. Je crois que je vais le garder, ce journal-là.

— Pourquoi? dit Vince tout guilleret. La capitaine Jeanne est célèbre maintenant, déclara-t-il haut et fort, portant une main à son cœur et tendant l'autre bras en l'air en déclamant d'une voix sonore : Or voilà la vaillante capitaine Jeanne, dans les rets et malgré le lourd fardeau de ses responsabilités, dans les neiges épaisses, seule, sans ami ni chaudière ni moteur, elle seule sur le *Helena Rose*…

— La ferme, Vinnie! fit Clint d'un ton grinçant.

Ils entrèrent dans le saloon de l'Île Numéro 60, où l'ambiance était calme en ce début d'après-midi. Six hommes se tenaient au comptoir, enfilant les verres de whisky et crachant dans un crachoir presque plein à ras bord. Une douzaine d'hommes occupaient différentes tables. Clint et Vinnie s'avancèrent au comptoir, et le tenancier, un gros bonhomme à la mine peu rassurante — une exigence à l'emploi dans ce genre d'établissement — vint vers eux, frottant un verre avec un linge. Il avait les cheveux noirs séparés au milieu et gominés d'huile de macassar, et des yeux rapprochés au milieu d'une figure ronde et rouge.

— Le bonjour à vous, messieurs. Ce sera quoi?

Ils commandèrent des bières, et Clint ouvrit le journal sur le bar.

— Tu sais, c'est quand même un peu triste, ce qui est arrivé à Ira Hardin. Ezra m'a beaucoup parlé de lui. C'était tout un phénomène, le monsieur, et un sacré pilote. On dit qu'il n'avait pas froid aux yeux, avant de rencontrer Rose Dulany, ici à Helena, et de l'épouser. C'est à cette époque qu'il a fait construire le *Helena Rose*. Il semblerait que le bonhomme s'est calmé après le mariage, et c'est là qu'il a commencé à naviguer sur la rivière Arkansas. Ezra dit qu'il était comme un taureau furieux, d'où son surnom, mais qu'avec Rose, il devenait doux comme un agneau. Quand elle est morte, il y a quelques années de ça, il est retourné à ses vieux vices de rat de rivière. Ezra dit qu'il n'avait que trente-cinq ans quand il est mort. C'est un peu triste comme histoire, trouves-tu?

Le tenancier vint poser deux chopes débordantes de bière, qu'ils portèrent avec plaisir à leur bouche.

— Bonne bière, dit Clint à l'intention du barman.

— Merci, monsieur. Je vous ai entendu parler du *Helena Rose*. Est-ce qu'un de vous deux aurait connu le «taureau» Hardin, par hasard? demanda-t-il.

— Jamais eu l'occasion de rencontrer l'homme, malheureusement. C'était un cousin éloigné, et il m'a laissé la moitié du *Helena Rose* en héritage, raconta Clint, pointant le journal du doigt avant de continuer. Toutefois, il semble que Mme Putnam m'a oublié dans l'histoire.

— Mme Putnam, répéta le barman avec dédain. Vous devriez vous compter chanceux qu'elle ne vous ait pas dans son collimateur, monsieur. Ainsi, vous êtes du *Rose*? J'ai entendu dire qu'il venait d'accoster en ville.

— Je suis mécanicien, et Vince que voici, il est matelot, expliqua Clint.

— Vous avez une dame pilote, à ce qu'il paraît, dit pensivement le tenancier. Est-ce que c'est...

Vince avait remarqué quatre hommes plus loin au bout du comptoir, qui écoutaient la conversation, échangeant de gros sourires et se tapant sur les cuisses. C'étaient des travailleurs, probablement des débardeurs ou des matelots, habillés dans leurs vêtements sales, mal rasés, avec des cheveux gras et longuets sous leurs chapeaux graisseux à bord flottant. L'un d'eux voulut se mêler à la discussion.

— Hé, les gars! J'ai bien entendu? Nous avons la visite de deux gars d'équipage du fameux *Helena Rose*?

— Tout juste, répondit Clint avec méfiance, pour ensuite se retourner vers le barman.

L'homme, à qui il manquait deux incisives à la mâchoire supérieure et quatre dents en bas, n'entendait pas clore l'échange aussi vite et continua d'invectiver les deux visiteurs depuis le bout du comptoir.

— Eh ben, dites donc! Pas une vie de chien que vous menez là! Une femme pilote! Comment qu'elle fait, dans la timonerie, pour demander plus de vapeur? Elle vous montre sa culotte?

Les quatre gaillards trouvèrent la blague immensément drôle.

Clint se leva, fit quatre pas le long du comptoir, ramena son poing en arrière et décocha une droite destructrice sur la mâchoire du premier monsieur. Sous la violence du coup, l'homme perdit pied et alla s'étaler par terre deux pas derrière. Ses trois camarades ne semblaient pas encore comprendre ce qui se passait, baissant les yeux vers leur ami, quand Clint envoya une autre droite sur une autre mâchoire, couchant un deuxième de ces messieurs au sol. À ce moment, les deux derniers se réveillèrent, et ils attrapèrent Clint par les bras. Dans l'échauffourée, l'un d'eux mordit l'oreille de Clint. Vince était arrivé à leur hauteur et, vif comme une vipère, il asséna un vicieux coup de boule à l'homme qui mordait Clint. Une mêlée générale s'ensuivit.

Clint était assis sur l'un des hommes, lui martelant le visage de coups de poing, quand il sentit derrière lui des mains l'empoigner et le lever sur ses pieds. À quelques pas de Clint, un autre policier se saisissait de Vince, qui plaquait un homme presque inconscient contre le mur, le frappant au ventre.

Le saloon devint soudain très silencieux. Debout, derrière les deux hommes de loi qui maîtrisaient Clint, un grand homme à la peau hâlée et aux yeux noirs portait une grosse étoile argentée épinglée sur sa veste. D'une voix graveleuse, il dit :

— Je me présente, messieurs, Hank Burnett, shérif de ce coin de pays. Visiblement, vous n'êtes pas d'ici, et quelque chose me dit que vous n'avez pas eu le temps d'apprendre les règles du patelin. On n'aime pas trop ce genre de bisbille à Helena. Vous voyez, c'est une belle ville, et les bonnes gens qui y habitent m'ont élu pour maintenir la paix. C'est justement ce que je me propose de faire. Voilà pourquoi, bande d'idiots, vous êtes tous en état d'arrestation.

— La capitaine Jeanne va nous tuer, grogna Vince.

— Elle ne va probablement pas vraiment nous tuer, suggéra Clint.

— Peut-être, mais elle va nous faire souhaiter d'être morts.

— Ouais, ça me paraît évident, dit Clint en se levant pour crier aux détenus dans les cellules du fond. Hé ! Vous, là-bas ! C'est lequel qui m'a mordu l'oreille ? À qui il reste assez de dents pour faire ça !

On entendit seulement des murmures provenant des autres cellules. Les matelots du *Jack le Borgne*, ce que ces quatre messieurs étaient en fin de compte, s'étaient manifestement calmés. Ils étaient occupés à faire le compte des coupures, des éraflures et des bosses qu'ils avaient au corps, sans parler des yeux pochés et des lèvres fendues.

— C'est drôle, dit tout bas le matelot édenté, je savais que c'était un costaud, mais il donnait l'impression d'un type gentil, tout calme et pas énervé du tout.

— Ouais, jusqu'à ce qu'il se change en ours fou, dit l'éclopé dans la cellule voisine. Hé, les gars ! Dites-lui surtout pas que c'est moi qui l'ai mordu.

— Jamais rien vu de tel, dit l'édenté, qui n'en démordait pas d'être étonné. Une minute, j'étais là à parler, l'autre, je me retrouve étendu par terre, sur le dos, à compter les étoiles.

Clint se tamponna l'oreille, qui saignait encore un peu. C'était sa seule blessure ; même ses jointures, qu'il avait comme des enclumes à force de boxer, n'étaient pas marquées ni enflées. Vince avait une grosse bosse rouge sur le front, qu'il s'était faite en donnant le coup de boule, mais c'était la seule marque qu'il gardait de la bagarre.

À dix-huit heures, un adjoint du shérif vint, sourire en coin, avec du café et un bol de haricots.

— Vous pouvez nous dire de quoi on nous accuse? lui demanda Clint. Et jusqu'à quand on compte nous garder ici?

— On vous accuse d'avoir troublé la paix, répondit-il gaiement, plantant les doigts sous sa ceinture, une mince bande de cuir étirée sur sa grosse panse. La peine pour ce genre de délit, c'est cinq jours de prison.

— Cinq jours! Ce ne serait pas un peu sévère, non? s'exclama Vince.

— Ouaip! acquiesça l'adjoint. Le shérif Burnett, il n'aime pas trop les bagarres. C'est l'effet domino, vous voyez, vous troublez la paix des bons citoyens de Helena, et ensuite les sociétés de tempérance troublent la paix du shérif, qui vous le fait payer à son tour, d'où les jours de prison.

— Mais nous n'avons rien commis d'immoral! Nous n'avons même pas fini notre première bière! protesta Clint.

— Oui, des circonstances atténuantes sans doute, mais ça ne change rien : troubler la paix entraîne une peine de cinq jours derrière les barreaux. Cela dit, j'ai de bonnes nouvelles, leur dit-il avec un autre grand sourire, preuve qu'il s'amusait énormément de la situation. Votre caution a été fixée à cinq dollars chacun, et il y a une gentille dame qui est venue la payer dans le bureau juste ici. Quand bien même, vous passerez la nuit avec nous. Vous sortirez demain matin.

Il les quitta pour retourner dans le bureau.

— La dame était gentille, qu'il dit? siffla Vince d'un air ébahi.

— Ouais, fit Clint, pensif. Comment c'est arrivé?

Clint passa une nuit blanche, incapable de fermer l'œil sur le matelas dur et dans l'odeur atroce de sa cellule. L'aube arriva enfin, et le même policier vint avec le même sourire déverrouiller la porte de leurs cellules.

— Mme Bettencourt s'est portée garante de vous, et tous les papiers sont en ordre. Le reste de votre sentence est suspendu. Vous feriez mieux de vous faire une beauté parce que la dame vous attend.

Il n'y avait rien pour se « faire beau » dans les cellules. Clint et Vinnie suivirent donc l'agent de la paix dans le bureau du shérif. Le shérif Burnett se tenait à côté de Jeanne, bras croisés, et elle les regarda entrer. Sur son visage, ils ne trouvèrent aucune expression. Le seul indice inquiétant qui trahissait son état d'âme se voyait dans l'éclat noir qui dansait dans ses yeux.

Le shérif Burnett semblait amusé, bien que sa voix ne fût pas sans menace.

— Bon, les gars, vous connaissez les règles maintenant?

— Oui, monsieur, marmonnèrent Clint et Vince.

L'adjoint remit à Vince son révolver, un Colt à six coups qu'il cachait parfois dans son pantalon. Minutieux, l'adjoint fit le compte des six balles.

— Je présume que vous comprenez la règle à propos des armes à feu, fiston ? continua le shérif Burnett.

— Oui, monsieur. La règle dit : pas d'armes à feu, récita docilement Vince.

— C'est exact, dit Burnett avec satisfaction, se tournant ensuite vers Jeanne pour une brève révérence.

— Miss Langer, je suis pour ma part content que vous soyez de retour sur le fleuve. Votre père serait fier de vous. Si jamais vous avez besoin de quoi que ce soit, faites-le-moi savoir, d'accord ?

— Merci beaucoup, shérif Burnett. Vous avez toujours été un bon ami pour ma famille et moi, et bien que les circonstances d'aujourd'hui fussent détestables, je suis heureuse de vous avoir revu. J'apprécie beaucoup votre aide, dit-elle enfin, avant de sortir sans adresser un mot à Vince ou à Clint.

Elle marcha jusqu'aux docks, eux traînant le pas derrière. Quand Jeanne s'arrêta, ils s'approchèrent d'elle d'un air penaud.

— Je savais ce à quoi m'attendre en mettant Marvel au monde, dit-elle d'un ton égal, et je savais ce que je faisais en adoptant Roberty. Ce que j'ignorais, toutefois, c'est que j'avais pris deux autres enfants à bord.

— Je peux tout vous expliquer, Jeanne… commença Clint.

Jeanne dressa un seul doigt impérieux dans les airs.

— Pas un mot, dit-elle.

Jeanne tourna les talons et partit sans rien ajouter.

Clint et Vince la suivirent en gardant leurs distances.

— Tu avais raison, dit finalement Clint. J'aurais préféré qu'elle nous tue.

CHAPITRE 10

L e *Helena Rose* filait à toute vapeur en direction de Napoleon Trading Post, où l'équipage passerait la nuit avant de reprendre la longue route vers Pine Bluff et enfin Little Rock. Jeanne s'entretenait avec Clint tous les matins, et tous les soirs au moment d'accoster. Elle n'avait rien redit de l'épisode des arrestations, ne se permettant pas même un commentaire lorsque Clint avait remboursé les dix dollars de caution pour lui et Vince.

— Merci, s'était-elle contentée de dire.

— Non, merci à *vous*, capitaine Jeanne, avait-il dit d'un ton léger. Je vous suis redevable.

Elle avait haussé les épaules, tout simplement.

Ils étaient sur le chemin du retour, accostés à Pine Bluff pour la nuit. Jeanne se trouvait assise à son bureau, ajoutant certaines données de navigation dans son journal de bord. Marvel s'était installée dans l'un des fauteuils et jouait tranquillement avec ses poupées.

— Maman, est-ce que tu es fâchée avec M. Clint et M. Vince? demanda-t-elle.

Jeanne posa sa plume pour se tourner vers sa fille.

— Non, je ne suis pas fâchée avec eux. Ils ne t'ont rien raconté?

— Parce qu'ils ont été jetés en prison? Non. Ils ne m'ont rien dit, mais Roberty m'a raconté.

— Que t'a dit Roberty?

— Roberty a entendu M. Vince dire à M. Ezra que des hommes méchants dans un saloon parlaient en mal de toi et que M. Clint s'est fâché et qu'il les a frappés. Roberty dit que M. Clint devient bleu quand quelqu'un dit quelque chose à propos de tes jupons, comme quand ces hommes sont venus sur le *Rose* pour crier des bêtises l'autre jour et que M. Clint et M. Vince sont sortis pour leur crier après. Roberty dit que les hommes du saloon ont dû dire des choses vraiment méchantes pour que M. Clint les frappe, parce que d'habitude, il ne fait rien d'autre que les gronder. Si M. Clint avait seulement dit aux hommes du saloon de se taire, peut-être que M. Vince et lui n'auraient pas été jetés en prison.

Jeanne resta perplexe quant à ces révélations. Elle se souvint soudain que Marvel lui avait parlé d'un incident, la veille de leur premier voyage sur le fleuve, celui des «hommes qui criaient sur les quais». Elle avait complètement oublié, tant absorbée qu'elle était par des questions de pilotage. En fait, depuis qu'elle était à la barre, Jeanne vivait dans un épais cocon et restait sourde aux événements extérieurs. Elle ne sortait presque jamais par elle-même; elle n'allait pas en ville durant les escales, et quand elle revenait à Memphis, elle passait le plus clair de son temps avec George Masters. Elle avait lu un article dans le *Helena Daily World*, mais l'avait jugé bête et sans conséquence. À présent, elle prenait conscience que les ragots dont elle faisait l'objet devaient être répandus et au mieux peu flatteurs.

Jeanne se leva d'un coup et se mit à faire les cent pas dans la cabine, ses réflexions lourdes et graves. Ainsi, Clint et Vince se seraient portés à la défense de son honneur. « Je sais prendre soin de moi, pensa-t-elle avec colère. Je n'ai pas besoin de leur aide ! Et d'ailleurs, c'est carrément stupide ! Que pensent-ils faire : entrer dans tous les saloons et les bordels le long du fleuve pour se battre avec ceux qui passent des commentaires sur ma personne ? »

— Maman ? demanda Marvel d'une toute petite voix. Est-ce que j'ai fait quelque chose pour te fâcher ?

Jeanne alla aussitôt s'agenouiller devant elle et la serra fort dans ses bras.

— Non, non, petite fille. Je réfléchissais, voilà tout. Mais j'aurais un service à te demander, d'accord ? Voudrais-tu descendre et demander à Ezra de venir me voir une petite minute ? Tu peux rester en bas avec Roberty en attendant qu'Ezra revienne, d'accord ?

— Bien sûr, maman, dit-elle, partant en bondissant pour se faufiler par la porte.

Jeanne recommença à arpenter la pièce et ne s'arrêta pas jusqu'à ce qu'elle entende un coup à la porte.

— Entrez, Ezra, appela-t-elle.

Il entra et se tint devant la porte, les mains dans le dos comme l'écolier qui s'apprête à réciter ses leçons. Jeanne le regarda pour la première fois, lui sembla-t-il, et peut-être était-ce la première fois qu'elle le regardait vraiment. Il n'était pas grand, avec de larges épaules et des bras musculeux. Il avait le crâne chauve ceint d'une frange de cheveux bruns soigneusement peignés. Son visage était hâlé et d'un âge indéfinissable. Jeanne ne vit chez lui aucun signe de malaise; il la regardait avec quelque chose d'une compassion chaleureuse dans les yeux. Elle allait l'inviter à s'asseoir, mais se ravisa, s'apercevant que cette demande le gênerait sûrement. Elle prit place sur l'une des chaises du bureau, croisa les mains sur ses genoux et dit :

— Ezra, dites-moi, s'il vous plaît, ce qui est arrivé à Helena, avec Clint et Vince.

Sans émotion, il relata les faits avec sa voix franche, ajoutant au récit, comme à son habitude, des métaphores et des descriptions colorées, mais reprenant les propos exacts tenus par les matelots du *Jack le Borgne*.

— Clint et Vinnie ont trouvé à redire à propos de ce que ces gars-là prétendaient. Il y a eu du grabuge, et leur soirée s'est terminée derrière les barreaux.

— Je vois, dit Jeanne d'un ton monocorde. Marvel m'a aussi parlé d'hommes sur les docks à Memphis, des «hommes qui criaient», comme elle dit. Était-ce un incident de même nature?

— Oui, m'dame, capitaine. Et ça fait les gorges chaudes, pas juste à Memphis, croyez-moi. Il a fallu faire ravaler des mauvais mots çà et là le long de ce bon vieux fleuve depuis que vous pilotez le *Rose*, m'dame.

— Vous aussi?

— Oui, m'dame. Je suis peut-être un vieux rat de cale, mais ça n'empêche pas que les oreilles me frisent quand j'entends des hommes insulter ces dames. Ça ne se fait pas, et aussi longtemps que j'aurai des jambes, que mes poumons et ma margoulette seront de service, je me battrai contre ce genre de diffamation.

— Ce sont des sentiments honorables, Ezra, et je vous remercie de défendre mon honneur, dit Jeanne, mais je ne vois pas en quoi ma réputation est sauvée quand on se bat avec des ivrognes dans un saloon.

Il inclina la tête de curiosité.

— Donc, c'est que vous êtes énervée en ce qui concerne Clint et Vince? Vous pensez qu'ils n'aident en rien à rétablir votre réputation?

— Non, je comprends maintenant qu'ils... qu'ils essayaient d'aider, dit Jeanne, hésitante.

— Donc, vous êtes énervée parce qu'ils se sont fait jeter en prison?

— Non... non. Pas exactement, enfin, je crois que non.

— Donc, vous êtes énervée parce qu'ils se trouvaient dans un saloon?

— Je ne sais pas, répondit-elle distraitement. Je ne sais plus quoi penser.

Ezra hocha la tête pour dire qu'il la comprenait.

— Mme Bettencourt, je peux vous parler franchement? Vous voyez, j'ai connu le Seigneur il y a dix ans maintenant, dans une de ces fêtes pour le renouveau de la foi. Avant, je n'avais rien, pas d'honneur, pas de dignité, pas une graine de bon sens. Le péché, c'est tout ce que j'avais pour me garder compagnie, et laissez-moi vous dire que c'est le pire copain à avoir, le péché. Mais le bon Seigneur, Il m'a sauvé du péché, et pas que du mien, de celui des autres en même temps. J'ai la tête dure, et ça m'a pris du temps, mais, à la fin, Il m'a mis du plomb dans la tête. Il me l'a fait comprendre comme je suis là, devant vous : on en a assez sur les épaules sans s'occuper du péché des autres. Le Seigneur, Il s'en occupe des autres, sûr, comme Il s'est occupé de moi.

— Vous me dites que je ne devrais pas être fâchée avec Clint et Vince, dit-elle d'un ton las, que je ferais mieux de fermer les yeux et d'oublier qu'ils étaient à s'enivrer dans un saloon.

— Alors, vous êtes fâchée, oui ou non, m'dame?

Elle prit un moment pour réfléchir.

— Oui, je le suis, répondit-elle. Vous avez absolument raison, Ezra, et j'ai complètement tort. J'en ai assez sur les épaules sans m'occuper du péché des autres, dit-elle avec un petit sourire. Merci, Ezra.

— Capitaine, dit-il, la saluant d'un hochement de tête pour aussitôt tourner les talons et quitter la cabine.

Se sentant perdue, Jeanne s'en remit au Seigneur. «J'ai jugé et j'ai été mesquine. Ce que Clint et Vince font de leur vie, c'est leur problème. Je suis tellement désolée, Seigneur.»

Sur cette pensée, Jeanne dit tout bas :

— Je leur dois des excuses.

À tort ou à raison, Jeanne avait le sentiment que ce serait chose facile de s'excuser auprès de Vince. Elle n'aurait qu'à lui dire, comme un patron s'adresse à un employé : «Je m'excuse de mon attitude envers vous, monsieur, ce que vous faites de vos temps libres, en dehors de vos heures travaillées, ne me regarde absolument pas. Oublions toute cette affaire, voulez-vous ?» Le tour serait joué.

L'aveu ne serait pas aussi simple devant Clint Hardin.

«Pourquoi donc ?» songea Jeanne.

Elle s'efforça de trouver une réponse, mais cette question semblait étrangement difficile, et Jeanne renonça à y répondre. Par ailleurs, elle se fit la promesse de traiter Vince et Clint avec plus de politesse dorénavant. Elle décida enfin que ce changement d'attitude suffirait, qu'il ne servait à rien de s'excuser.

«Pourquoi donc ?» se demanda Jeanne.

Selon sa résolution, Jeanne se montra agréable envers Clint et Vince. Personne ne reparla de leur escapade à Helena ; Marvel ne posa plus de questions, Ezra ne laissa rien paraître de sa conversation avec Jeanne, Vince allait débardant comme à l'accoutumée, et Clint restait fidèle à lui-même, l'homme charmant et accommodant qu'il avait toujours été.

Ils revinrent à Memphis, et dès que le *Rose* fut amarré, Jeanne descendit à la hâte sur le pont principal. Clint et Vince s'occupaient d'abaisser l'une des passerelles, s'agenouillant pour actionner la grande manivelle du cabestan qui, au moyen d'une roue à rochet, laissait dérouler les cordages segment par segment, abaissant ainsi tout doucement le débarcadère. C'était un travail exigeant même pour deux hommes forts, et Jeanne préféra ne pas les déranger. Elle se rendit plutôt dans la salle des machines pour dire bonjour à Marvel.

À l'extérieur, quatre débardeurs s'étaient réunis sur le quai.

— Hé! Vinnie! appela l'un d'eux. À ce qu'il paraît, les Jupons du *Rose* ont flanqué la raclée aux gars du *Jack le Borgne*, à Helena!

— Eddie, répliqua Vince dans un bond, traite-moi une autre fois de «Jupon», et tu vas manger le bois plutôt que de le décharger!

— Ah, ne monte pas sur tes grands chevaux, je disais ça comme ça, répondit Eddie d'un air désolé. Et puis d'abord, c'était un compliment : les Borgnes, ce ne sont pas des enfants de chœur. S'ils se sont fait battre par vous, c'est tout bon pour les Jupons!

— Besoin d'un coup de main, Vinnie? grogna tout bas Clint.

Vince s'agenouilla et reprit la manivelle du cabestan.

— Des Jupons! marmotta-t-il d'un air sombre.

Dans la salle des chaudières, Marvel était montée sur une boîte et regardait dehors, avec Jeanne à ses côtés.

— On dirait que ce sont des hommes qui crient, observa Marvel. Qu'est-ce qu'ils disent?

Jeanne se mordit la lèvre et répondit :

— Oh, ils discutent de choses du fleuve. Ce n'est rien d'inquiétant.

Quand les passerelles furent abaissées, Jeanne sortit sur le pont pour parler à Clint.

— Nous avons fait un voyage tout en douceur cette fois, dit-elle. Avez-vous eu quelque problème de votre côté ?

— Non, capitaine Jeanne, répondit-il, jetant un regard noir aux débardeurs qui montaient à bord à la file indienne, chacun d'eux saluant Jeanne d'un hochement de tête poli et murmurant « m'dame » ou « capitaine ».

— Je sais que nous sommes jeudi, continua Jeanne, mais pourrions-nous rester à quai deux nuits plutôt qu'une et terminer le chargement samedi ? J'aimerais emmener Marvel faire quelques achats dans les boutiques.

— Il est encore tôt, dit Clint, car il était quatorze heures à peine. Si vous vouliez patienter un peu, je pourrais vous accompagner en ville en fin d'après-midi. Vous aurez amplement le temps de visiter les magasins. J'ai aussi entendu parler d'un confiseur qui vient tout juste d'ouvrir boutique sur Main Street. On dit qu'il a en vitrine un château entièrement fait de chocolat. Je crois que Marvel adorerait.

— Merci à vous, mais je dois renouveler la garde-robe de Marvel, et ce n'est pas une affaire de quelques minutes, expliqua Jeanne. De plus, j'ai un rendez-vous ce soir. Et si nous nous reprenions un autre jour ?

— Bien sûr, capitaine, quand vous voudrez.

Jeanne partit d'un pas pressé vers les escaliers. Vince revint vers Clint.

— Regarde les choses en face, mon ami. Elle n'a d'yeux que pour ce gros légume de Masters.

Clint sembla troublé, mais son visage s'éclaircit peu après quand il dit :

— J'imagine que tu as raison, Vinnie. Hé, ça te dirait d'emmener Marvel et Roberty à la nouvelle confiserie ? Tu sais, celle avec le château tout en chocolat ?

Jeanne eut à peine le temps de se nettoyer le visage et d'arranger ses cheveux que George Masters arrivait sur les quais. Elle l'avait aperçu par la fenêtre, marchant vers les docks. Elle descendit à la hâte pour l'accueillir sur la passerelle, mais, chemin faisant, elle croisa Clint, qui tenait Marvel par la main.

— Hé, capitaine, verriez-vous quelque inconvénient si Vinnie et moi emmenions Marvel et Roberty chez le confiseur dont je vous parlais plus tôt ?

— Vinnie et vous ? s'étonna-t-elle. Dans un magasin de bonbons ?

— Eh bien, ouais ! J'adore la crème glacée à la framboise, même en hiver, dit Clint.

— S'il te plaît, maman ? la supplia Marvel. Je veux voir le château !

Jeanne aurait dit non, mais en voyant George monter la passerelle avec des fleurs plein les bras, elle fléchit :

— C'est d'accord, j'imagine. Euh... monsieur Hardin, c'est seulement pour une visite chez le confiseur, n'est-ce pas ?

Ses yeux se plissèrent, mais son ton fut léger.

— Oui, m'dame. Où d'autre voudriez-vous que j'emmène votre fille ?

— Nulle part, je vérifiais, c'est tout, raconta précipitamment Jeanne. Merci, monsieur Hardin, c'est une très bonne idée de sortie pour Marvel et Roberty.

— Hourra! s'écria Marvel, qui partit en courant annoncer la nouvelle à Roberty dans la salle des chaudières.

Avec un sourire un peu forcé, Jeanne alla à la rencontre de George, fort consciente du regard bleu et froid de Clint Hardin sur son dos.

— Allô, George, dit-elle, moins chaleureuse qu'elle aurait voulu paraître.

— Allô, Jeanne, ma chère. C'est pour vous, mais j'imagine que vous le saviez déjà, dit-il, tendant le bouquet de roses roses et de lis blancs.

— Ah, elles ont un parfum divin! De si belles fleurs, en hiver!

— Oui, le *Lady Vandivere* en achète par pleins bateaux. Elles viennent des serres chaudes de La Nouvelle-Orléans. Comment vous portez-vous, Jeanne? Comment a été le voyage?

Elle lui prit le bras, et ils allèrent de l'autre côté du pont, car les débardeurs déchargeaient encore le bois. Jeanne avait les sourcils froncés.

— Tout s'est bien déroulé, répondit-elle finalement, un aller-retour sans anicroche. Et vous? Comment allez-vous? Avez-vous été occupé?

— J'ai eu plusieurs réunions ces deux derniers jours. En fait, j'aurais quelques sujets dont j'aimerais vous entretenir, dit-il, son visage se faisant un peu terne. Nous nous voyons toujours ce soir, n'est-ce pas?

— Bien entendu. Je serai prête.

Il lui prit la main pour y poser un baiser, comme il le faisait souvent à présent.

— Et je serai ici.

Jeanne monta pour faire sa toilette et se vêtir. Marvel vint la rejoindre dans la cabine.

— Quand les hommes qui crient auront fini de décharger le bois, M. Clint m'emmène en ville. Est-ce que tu vas au restaurant ce soir avec M. Masters ?

— Oui, nous allons manger au Gladstone. Je n'y suis jamais allée, mais M. Masters dit que c'est merveilleux.

— Elles sont vraiment belles, les fleurs, dit Marvel, plongeant son petit nez dans une rose rose. C'est gentil de la part de M. Masters d'apporter des fleurs. Tu devrais en mettre dans tes cheveux, maman. Tu serais ravissante.

— Je pensais plutôt porter mon nouveau bonnet. Mais toi, petite fille, n'oublie pas ta cape et ton cache-nez, d'accord ? Je ne voudrais pas que tu attrapes froid. Et ne mange pas trop de chocolat.

— C'est promis, jura-t-elle solennellement. J'ai compris ma leçon, avec le chocolat.

Elle habilla Avémaria, lui mettant sa petite cape de laine et son écharpe, puis enfila ses propres vêtements avant de sortir de la cabine.

Jeanne se lava et s'habilla sans se presser cette fois, et à seize heures quarante-cinq, elle se mit devant son miroir pour arranger le bonnet sur sa tête. Elle portait son seul ensemble coordonné, soit une jupe marron avec une cape courte assortie. Elle noua le ruban en une boucle guillerette sous son menton, puis fit une moue devant le miroir. À bien y penser, elle détestait ce bonnet et cette mode de cacher les cheveux sous un gros pouf de tissu. Et que dire de ce bord qui encerclait complètement le visage, si large qu'on ne voyait plus à gauche ni à droite sans avoir à se tordre le cou ! Au moins, les fleurs en satin marron perlées de rose qui garnissaient le bonnet étaient jolies.

Jeanne dénoua le ruban et jeta le bonnet sur la table. Elle alla ensuite prendre une rose et deux lis qu'elle glissa dans ses cheveux. Elle se départit de sa cape courte et enfila son vieux manteau gris, posant doucement le capuchon sur sa tête pour ne pas écraser les fleurs.

George arriva à l'heure avec le landau et, bientôt, ils se trouvèrent sur Jefferson Avenue, les grands chevaux gris tirant la voiture au trot. Ils arrivèrent devant le Gladstone, qui était en fait une vieille demeure convertie en auberge, avec des chambres à l'étage, le rez-de-chaussée étant aménagé en six salles à manger privées. Jeanne et George prirent place à une petite table dans le coin de ce qui avait été un boudoir autrefois. La salle ne comptait qu'une autre table occupée par un couple âgé. Un Noir portant un veston et des gants blancs vint prendre leurs vêtements d'extérieur.

— Vous faites exotique, Jeanne, dit George en jetant un œil à sa coiffure.

— Merci, monsieur, dit-elle, peu certaine que ce qualificatif fût ou non un compliment.

— L'endroit fait un peu vieux jeu, j'en conviens, lui dit George tandis que le serveur venait promptement avec des coupes en cristal remplies d'eau minérale et de la soupe à l'oignon. Au Gladstone, ils ne sont pas encore entrés dans l'ère moderne des menus à la carte. Il n'y a qu'un menu, et c'est ce que l'on mange. Cela dit, j'ai toujours trouvé délicieux et copieux les plats qu'on nous sert. Je crois que vous aimerez.

— Je n'en doute pas, répondit Jeanne un peu machinalement. George, je meurs de curiosité. Quelles sont ces questions que vous avez soulevées durant vos réunions et dont la nature pourrait me concerner ?

George prit un peu de soupe avant de répondre.

— Peut-être me suis-je mal exprimé. Vous n'étiez pas le sujet de ces rencontres, Jeanne. Et ce dont je voulais vous parler, c'est de cet article paru dans le journal de Helena. Vous l'avez lu, n'est-ce pas ?

— Certainement, et j'ai trouvé qu'il était ridicule, rempli de lieux communs. C'est à se demander pourquoi on publie ce genre de feuilles de chou.

— Sans doute, mais tout le monde en parle, dit George d'un ton grave. Aujourd'hui même, l'*Arkansas Gazette* a publié un article dans la même veine. Plusieurs gentlemen de ma connaissance m'ont parlé de ces articles.

Jeanne posa lentement sa cuillère à soupe et croisa les mains sur ses genoux.

— Et la publicité vous cause des problèmes ?

— *Nous* cause des problèmes, Jeanne. Car, disons-le, qu'une dame ait son nom étalé dans tous les journaux… eh bien, c'est gênant, conclut-il, prenant une autre cuillerée de soupe.

— Auriez-vous une solution pour défaire ce qui est fait ?

Il énonça l'évidence.

— Non, c'est trop tard maintenant, j'en ai bien peur. Vous vous troublez de cette situation, n'est-ce pas, Jeanne?

— Non, George, aucunement. J'ai récemment découvert d'autres soucis bien plus prenants.

Il hocha la tête, croyant savoir ce dont elle parlait.

— Oui, je savais que vous seriez la proie de ragots inconvenants et j'avais pris cette décision d'ignorer les rats d'égout que ces jeux amusent. Aucun gentleman ne saurait s'abaisser à ce qui excite le petit peuple. Cependant, le fait d'une publicité aussi grande change la donne.

— Vous avez décidé de les ignorer... les rats d'égout... le petit peuple, répéta Jeanne, indignée.

Soudain, elle vit l'écart social que George concevait et elle ne le trouva pas à l'avantage de George. Comment pouvait-il voir des rats chez les personnes que Jeanne côtoyait au quotidien?

— Je suis vraiment désolée, dit-elle froidement, si la vie que j'ai choisie vous met dans la gêne, George.

Il releva vite les yeux.

— Je vous ai fâchée. Pourquoi êtes-vous fâchée, Jeanne? Qu'ai-je donc dit?

— Je ne suis pas fâchée, George. C'est seulement que je ne vous aurais pas cru aussi facilement contrarié. Vous comprenez au moins que je n'y peux rien changer?

— Oui, nous ne pouvons rien contre les articles déjà publiés, s'empressa-t-il d'observer, mais comprenez que je voulais seulement vous mettre en garde. Avec cette notoriété publique que vous avez gagnée, il est à craindre que d'autres journalistes, de l'espèce à sensation, viennent vers vous en quête d'interviews. J'ai seulement pensé à vous dire… en fait, j'allais plutôt vous demander, poliment, et pour le bien de votre propre réputation, et non de la mienne comme vous semblez penser, de ne pas accorder de tels entretiens. C'est tout ce que je voulais dire, Jeanne. Je vous en prie, ne soyez pas fâchée. Je serais si malheureux.

Jeanne remarqua que George était réellement chagriné, et elle décida d'oublier l'incident. Calmée, elle reprit sa cuillère et dit :

— Je ne veux pas vous rendre malheureux, George. Je ne suis pas fâchée, et je ne parlerai pas aux journalistes. Oublions toute cette histoire, voulez-vous ?

— Oui, faisons cela, dit-il, soulagé. C'est déjà tout oublié.

« Mais moi, le pourrai-je ? » songea Jeanne.

— Honte à vous, Clint, dit Ezra sur un ton de réprimande, de gâter la belle jeunesse comme ça ! Ces jeunes gens, bien sûr qu'ils n'ont pas meilleure idée que de gâcher leur dîner en se gavant de friandises, mais vous, on aurait cru que vous aviez un peu plus de jugeote !

— Vinnie était là aussi ! se défendit Clint. C'est lui qui leur a acheté les cerises !

— Des fruits, c'est bon pour eux ! riposta Vince.

— Hum hum, grogna Ezra. Des poires, des prunes, des oranges, toutes noyées dans le sirop de sucre, et des cerises trempées dans une cuve pleine de chocolat, ce n'est pas du tout comme de croquer dans une bonne pomme rouge, bande d'idiots !

— Oh, fit Marvel, sa voix pleine de regret, comme je m'en veux d'avoir autant mangé. J'adore le maïs concassé frit, mais j'ai le ventre trop plein pour en manger une autre bouchée.

Ils étaient tous assis dans la cuisine, perchés sur les tabourets devant les comptoirs qui couraient le long des murs. Léo avait réussi à se faufiler entre le mur et les tabourets de Marvel et de Roberty. Comme à son habitude, à l'heure des repas, il s'asseyait et restait éveillé. Au moins, Ezra, Clint et Vince mangeaient. Marvel avait pris deux bouchées de fricassée de poulet et une seule de maïs frit. Roberty se forçait à manger la fricassée, car c'était un de ses plats préférés, mais lui aussi finit par seulement jouer avec sa fourchette dans l'assiette. Son teint, qu'il avait d'ordinaire clair, virait au jaune verdâtre. À la confiserie, il avait avalé quatre tranches d'oranges confites, un bonbon à la noix de coco et trois cerises au marasquin trempées dans le chocolat.

— D'accord, dit Clint d'un air coupable en regardant Roberty, j'avoue que j'aurais dû mettre le holà, ç'aurait été plus responsable. Roberty, tu peux arrêter de faire semblant de manger, ça me fait mal au ventre de te regarder. Marvel, je promets de te préparer du maïs frit demain. Pour ce soir, tu es dispensée de dîner.

— Merci, dit-elle en soupirant de soulagement.

— Je vais te préparer du bicarbonate de soude, Roberty, dit Ezra. C'est bon pour la digestion.

— Merci, Ezra, répondit-il tout faiblement.

Les hommes terminèrent leur repas, et tout le monde aida à faire la vaisselle. Roberty se sentait mieux, et Marvel semblait remise de la visite chez le confiseur.

— Vinnie, dit Clint, et si on faisait un peu de musique ce soir ?

— Ça me va, acquiesça-t-il.

Il partit chercher son violon, et les autres descendirent à la chaufferie. C'était une petite pièce, encombrée par les deux grandes chaudières, tous les tuyaux et des bûches cordées le long des murs, mais il y faisait bon, presque trop chaud en fait, et Clint ouvrit les grandes portes donnant sur le pont principal. Léo se coucha sur les pieds d'Ezra, qui le gronda aussitôt, le forçant à changer de place. Le chien alla mollement s'affaler sous les chaudières, haletant comme s'il était en plein soleil, à midi en août.

Vince les rejoignit en bas et prit quelques minutes pour accorder son violon.

— Est-ce que vous pouvez faire la chanson que vous chantiez ce matin ? demanda Roberty à Clint. La chanson de M. Foster ?

— Avec plaisir ! Elle est facile en plus, alors je m'attends à ce que tu m'aides, comme tout le monde d'ailleurs, dit Clint. Vince joua quelques notes, et Clint chanta :

I come from Alabama
With a banjo on my knee
I'm going to Louisiana,
My true love for to see.

Oh, Susannah,
Oh don't you cry for me

For I come from Alabama
With a banjo on my knee.

Ezra, Vince et Clint chantèrent les couplets tandis que les enfants fredonnaient l'air, mais dès le deuxième couplet, ils chantèrent tous en chœur avec enthousiasme. Clint enchaîna ensuite en chantant *Old Folks at Home*, *Cockles and Mussels* et *Yankee Doodle*.

— Et que dirais-tu de celle-là ? dit ensuite Vince, tout sourire, se lançant dans une mélodie joyeuse.

Clint chanta :

As I was a-gwine down the road,
With a tired team and a heavy load,
I crack'd my whip and the leader sprung,
I says day-day to the wagon tongue.

Turkey in the straw, turkey in the hay,
Roll'em up and twist'em up in a high tuckahaw
And twist'em up a tune called Turkey in the Straw[5] !

Clint chanta les cinq couplets, et quand il eut terminé, Marvel et Roberty l'applaudirent gaiement.

— C'est quoi, un *tuckahaw*, monsieur Clint ? demanda Marvel.

— C'est l'endroit où on met la dinde après l'avoir roulée dans la paille et ficelée, répondit Clint avec un sourire.

---

5. N.d.T.: Chant du folklore des travailleurs dans les plantations de tabac. Le terme *tuckahaw* viendrait du mot amérindien *tuckahoe*, qui désignait les Virginiens installés à l'est des montagnes Blue Ridge. Plus tard, on donnera ce surnom aux aristocrates propriétaires de plantations de tabac.

— Ce n'est pas ça du tout, dit Marvel en faisant la grimace. Vous venez de l'inventer.

— C'est un beau mot, quand même. Je pense que tu devrais appeler ta prochaine poupée « Tuckahaw ».

Ils chantèrent ensuite *De Camptown Races* et quand ils eurent fini, Clint dit :

— Mademoiselle Marvel, me feriez-vous l'honneur d'accepter cette danse ?

— Mais je ne sais pas danser ! s'exclama Marvel.

— *Camptown Races* est une bonne polka. Allez, je vais te montrer, promit-il, faisant un signe de tête à Vince, qui se mit aussitôt à jouer, et soulevant Marvel de terre. Talon levé, puis un pas pointé, il faut y aller !

Il dansa, et Marvel n'arrêtait plus de rire, des étoiles brillant dans ses yeux. Roberty et Ezra tapaient dans leurs mains et chantaient à pleins poumons. Vince joua deux fois la chanson du début à la fin.

— Bouté divine ! dit Marvel quand Clint la fit redescendre. Je ne savais pas que c'était aussi facile de danser ! Et c'est tellement amusant !

— Ça donne soif aussi, dit Clint. Si on s'offrait un verre de cidre, Ezra ?

— Je vous reviens avec ça, dit-il, se dirigeant aussitôt vers la cuisine.

Roberty alla s'asseoir à côté de Vince, qui entreprit de lui montrer comment tenir un violon et frotter l'archet sur les cordes. Clint s'assit sur une caisse à côté de la chaise d'étude improvisée de Marvel.

— Si j'ai bien compris, tu aimes danser, hein ? Dans ce cas, je pense que Vince pourrait t'apprendre une ou deux gigues, et je t'apprendrai à valser. Est-ce que ça te plairait ?

— Oui, j'aimerais beaucoup ! dit-elle. Et je veux apprendre toutes les paroles de *Turkey in the Straw*.

— C'est entendu, m'dame, dit Clint. Après mon verre de cidre, je vais vous apprendre à tous *Turkey in the Straw*.

— Mais avant, demanda Marvel, pourriez-vous chanter pour moi « l'Avémaria » ? C'était tellement beau, quand vous l'avez chanté la veille de Noël. S'il vous plaît ?

— J'aimerais pouvoir, petite fille, mais j'ai bien peur que ce ne soit pas possible, dit Clint d'un ton grave.

— Pourquoi pas ?

— Tu vois, expliqua Clint, quand tu m'as entendu chanter la veille de Noël, je chantais avec ce qu'on appelle ma « voix opératique ». C'est différent de cette voix que j'ai pour chanter *Turkey in the Straw*.

Marvel hocha la tête d'un air entendu, mais n'y comprenait rien.

— Vous avez très bien chanté ce soir, mais ce n'est pas comme « l'Avémaria ». Mais c'est quand même vous qui chantez, alors pourquoi vous ne prenez pas votre « voix pratique » maintenant ?

— C'est difficile, très difficile, de chanter comme ça. Il faut s'exercer tous les jours et longtemps réchauffer sa voix, aussi faire travailler les muscles de la gorge, du cou, des épaules et de la poitrine, et même du ventre.

— Vous avez déjà de gros muscles, insista Marvel. Pourquoi vous ne vous exercez pas tous les jours ?

Clint eut un grand sourire.

— Parce que ce serait bête et que tout le monde se moquerait de moi. Pour réchauffer sa voix, il faut faire des vocalises, raconta-t-il en se levant, posant théâtralement une main sur son cœur et lançant son autre bras dans les airs, faisant tonner un «LA-LA-LAAAAAA!»

Léo se leva sur ses pattes et jeta des regards alarmés alentour.

Marvel éclata de rire, et Clint se rassit.

— Tu vois? Même Léo n'est pas d'accord. Pour toi, Marvel, je chanterais n'importe quoi, mais l'*Ave Maria* est une pièce vraiment exigeante.

— Elle l'est? Pourquoi? demanda-t-elle, toute curieuse.

— Quand on chante, il faut que le son vienne de très, très loin en bas, dans le ventre, pour que les notes sortent en roulant de la gorge. Voilà pourquoi quand on chante l'opéra, il faut ouvrir la bouche très grande. Comme ça. Fais comme moi.

Il ouvrit la bouche et fit un *do* : « Ahhhhh. »

Obéissante, Marvel ouvrit grand sa petite bouche rose et chanta : « Ahhhh. »

— C'est très bien, dit Clint. Maintenant, écoute : « Ah-vé-Ma-rie-ah ». Essaie d'ouvrir grande la bouche et de chanter « riiiii ».

Marvel s'exécuta.

— Ça sort tout par le nez, dit-elle avec une moue déçue.

— Ouais, tu as raison, dit-il, se penchant vers elle et lui pinçant délicatement les narines. Essaie maintenant.

Marvel chanta :

— Riiiii... Ah non! Maintenant ça sort par mes oreilles!

— Hum hum. Ce n'est pas facile de chanter l'opéra, dit Clint. Tu comprends pourquoi j'ai peur de chanter sans avoir exercé ma voix.

Ezra vint depuis l'escalier extérieur, un plateau garni de tasses fumantes dans les mains. Jeanne entra après lui.

— Clint nous a fait tout un spectacle ce soir, dit Ezra.

— Vraiment? s'étonna Jeanne, baissant son capuchon et ôtant sa cape dans la chaleur de la pièce. Et j'ai tout manqué!

— Nous pouvons te chanter un peu de *Turkey in the Straw*, maman, annonça Marvel avec excitation. Tu as mis des fleurs dans tes cheveux comme j'avais dit! Tu es vraiment belle!

Clint, qui s'était levé en apercevant Jeanne, dit à voix feutrée :

— Vous êtes ravissante, en effet, Jeanne. Vous me rappelez cette reine des fées et sa princesse que j'ai vues la veille de Noël.

Jeanne rougit un peu, ravie par le compliment.

— Ma foi, merci beaucoup, monsieur Hardin. C'est très gentil à vous.

— Pas vraiment, dit-il, lui offrant la place sur la caisse de biscuits. Vous vous joignez à nous, n'est-ce pas?

— Cela ne fait aucun doute. Je ne voudrais manquer pour rien au monde votre interprétation de *Turkey in the Straw*.

Ils burent tous à petites gorgées leur cidre chaud en parlant du chargement prévu pour le lendemain matin, et aussi de la tournée prochaine des boutiques que feraient Jeanne et Marvel.

— Marvel n'a tout simplement plus rien à se mettre sur le dos, dit Jeanne. M. Masters se propose de nous accompagner. Il dit connaître le plus grand couturier de Memphis. N'est-ce pas magnifique, Marvel ?

— Oui, maman. Est-ce qu'elle peut être rose, ma robe ?

— Bien sûr. Et bleue, pour se marier à tes yeux, et verte, comme le printemps qui s'annonce enfin.

Clint murmura quelque chose à Vince, qui hocha la tête.

— Avant que nous apprenions tous ensemble *Turkey in the Straw*, j'aimerais chanter une chanson pour Marvel. Je ne peux pas chanter celle qu'elle voulait, mais peut-être qu'elle aimera aussi celle-ci.

Vince commença à jouer une douce mélodie envoûtante, et Clint se mit à chanter.

Black, black, black
Is the color of my true love's hair.
Her lips are like a rose so fair
And the prettiest face and the neatest hands,
I love the grass whereon she stands
She with the wondrous hair.

Marvel apprécia la chanson qui lui était adressée, mais tandis que Clint chantait, c'était vers Jeanne Bettencourt que son regard se levait.

CHAPITRE 11

Sur le fleuve, Jeanne avait une conception tout à fait singulière du temps qui passe. Les jours n'en étaient pas, se comptant plutôt selon les distances entre les îles, les écueils, les barres de sable, les points de repère visuels, les points de chute. Les nuits ne s'étiraient pas du crépuscule à l'aube. La nuit, c'était une ville : Helena, Napoleon, Pine Bluff, Little Rock, Memphis. Une semaine ne se traduisait pas en cette suite normale de sept jours. Jeanne comptait plutôt les voyages, lesquels prenaient huit jours aller-retour. Au milieu de mars, Jeanne fut quelque peu décontenancée en parcourant ses carnets de bord, découvrant qu'elle n'avait fait que six voyages à la barre du *Helena Rose*. Elle avait passé tant d'heures dans la timonerie, se disait-elle, tous ces jours à naviguer encore et toujours.

Ils en étaient à mi-chemin de leur septième voyage et s'apprêtaient à passer la nuit à Pine Bluff. Jeanne était assise à son bureau et remplissait son journal de bord, une lampe à huile projetant une aura claire tout autour d'elle tandis que le reste de la cabine restait plongé dans une obscurité profonde. Elle leva les yeux pour regarder par la fenêtre. L'orage déversait de grosses gouttes de pluie, qui s'écrasaient bruyamment contre la vitre. De temps en temps, un jet de lumière crue venait éclairer son visage, un éclair auquel répondaient immédiatement les grondements *basso profundo* du tonnerre.

Jeanne enfouit son visage dans ses mains et ferma les yeux. « Et si les ruisseaux débordent ? » s'inquiétat-elle. Le printemps et ses crues angoissaient énormément Jeanne. Partager ses inquiétudes lui aurait sans doute fait le plus grand bien, mais elle ne savait plus auprès de quelle épaule s'épancher. Jeanne aurait parlé à George Masters, lui aurait dit sa peur de la rivière Arkansas durant les pluies printanières. Cependant, depuis qu'il lui avait parlé de l'article dans le journal, son attitude envers elle semblait avoir changé, passant d'un soutien sans réserve à une sorte de patiente indulgence. Elle était réticente à lui parler de quelque revers ou épreuve vécus sur le *Helena Rose*. Elle avait le sentiment qu'il n'attendait qu'un prétexte pour la décourager dans cette idée de piloter le *Rose*. En dépit de ses angoisses actuelles, Jeanne était loin de vouloir renoncer à sa nouvelle vie sur les flots. Cette détermination, cette obstination peut-être, elle devait la tenir autant de son père que de sa mère, se disait-elle.

Le confident naturel de Jeanne aurait dû être Clint Hardin, son partenaire en affaires et le mécanicien du bateau, mais elle ne pouvait pas s'imaginer lui parler à cœur ouvert. C'était une simple question de confiance, une confiance qu'elle ne lui accordait pas. Vince et lui avaient toujours l'habitude de quitter le *Rose* la nuit, et elle était prête à jurer qu'ils fréquentaient encore les saloons. Certes, ils faisaient preuve d'une grande discrétion; elle ne pouvait pas les accuser du contraire. Ils devaient boire tout leur saoul avant de remonter à bord du *Helena Rose* comme des voleurs, parce que Jeanne ne les entendait jamais au retour, et ce, même si la cabine de Clint se trouvait directement en face de la sienne, de l'autre côté du corridor.

À Memphis, quand le *Rose* pouvait rester à quai deux ou trois jours après un voyage, Clint et Vince quittaient aussi le bateau le soir venu. Un matin, en sortant de sa cabine, Jeanne avait senti une odeur de bois de santal qui flottait dans le couloir, devant la porte de Clint. Elle connaissait l'odeur parce qu'un client du Gayoso avait cette manie d'apporter son propre savon à l'hôtel, un savon parfumé au bois de santal. Pour Jeanne, l'odeur avait un je-ne-sais-quoi de prestigieux, quelque chose d'un mystère, et il lui semblait saugrenu que Clint Hardin veuille se parfumer ainsi. Jeanne soupçonnait qu'il devait y avoir une femme là-dessous.

En plusieurs occasions, elle avait aussi perçu la trace subtile d'un parfum de femme dans le corridor. Jeanne s'était demandé si la femme au bois de santal et la femme au parfum subtil étaient la même personne, mais s'en était aussitôt voulu d'avoir des réflexions aussi futiles.

Plus tard, il y avait eu l'infâme événement que Jeanne avait baptisé l'«incident Suzette». Un jour qu'ils étaient à Memphis à prendre livraison d'un chargement, Jeanne se trouvait sur le pont-promenade, regardant les

débardeurs au travail, quand une fille aux formes généreuses était montée à bord du *Rose* en se déhanchant.
Elle devait avoir environ dix-huit ans, avec ses cheveux
de jais et ses yeux brûlants. En entendant Clint et Vince
saluer la jeune femme, Jeanne avait appris qu'elle se pré-
nommait Suzette. Plus tard cet après-midi-là, elle avait
surpris une conversation où Vince disait à Clint qu'ils
seraient dans de beaux draps s'ils refusaient l'invitation
au saloon Cloche et Sifflet, que Suzette leur en voudrait
s'ils ne se présentaient pas.

Rien de tout cela ne concernait Jeanne, bien sûr, sauf
qu'elle ne s'empêchait pas d'y voir une autre bonne
raison de se méfier de Clint Hardin.

Tandis qu'elle avait ces pensées, Jeanne les fit taire,
secouant la tête. « Non, j'ai confiance en lui pour s'occuper de Marvel, pour les questions d'argent. Ces choses
demandent une bonne dose de confiance. C'est seulement que je ne veux pas me confier à lui ou lui parler de
mes problèmes personnels. »

Or, les problèmes de Jeanne concernaient le
Helena Rose, et elle aurait dû en parler à son partenaire. Quelque chose l'en empêchait, et c'étaient sûrement les sentiments conflictuels qu'elle entretenait
envers Clint Hardin. Lasse de toutes ces questions, elle
décida d'attendre et de voir ce que d'autres lendemains
apporteraient.

Vince entra dans la salle des machines.

— Ezra est nerveux, cria-t-il.

Il devait crier parce que les moteurs faisaient un bruit monstre et que le matin orageux agitait le fleuve, ses eaux venant frapper en un *staccato* assourdissant les flancs du *Helena Rose*.

— Comment tu sais? lui cria Clint.

Il était couché sous la tuyauterie et examinait les pompes à eau du *Rose*.

Vince vint s'agenouiller à côté de lui.

— Il reste planté debout sur le pont, à fixer les berges. Est-ce que nous avons une fuite ou une avarie quelconque?

— Non, mais écoute ce bruit. La pompe force, et j'ai l'impression que nous pompons plus de vase que d'eau.

— Comment peux-tu entendre quoi que ce soit dans ce boucan d'enfer? se plaignit Vince.

— J'ai l'oreille parfaite, je suppose.

Clint se leva, se rendit à bâbord et dit quelque chose que Vince ne put entendre.

Poussant un soupir, Vince alla rejoindre Clint quand soudain la cloche d'avertissement sonna trois fois. L'instant d'après, ils entendirent Jeanne crier dans le porte-voix.

— Clint! Clint! Dépêchez-vous, je ne le maîtrise plus!

Clint sortit en trombe de la salle des machines, monta les marches quatre à quatre et se retrouva dans la timonerie en dix secondes à peine. Il faisait presque noir tant les fenêtres étaient embuées. Jeanne se tenait debout sur un rayon du côté gauche de la barre à roue.

— Aidez-moi! Il faut virer à bâbord! cria-t-elle, sautant et mettant tout son poids sur le rayon, sans toutefois faire bouger la barre.

Galvanisé, Clint empoigna la barre et poussa de toutes ses forces vers la gauche. Durant quelques moments interminables, Clint lutta. Sur ses bras, on voyait saillir ses tendons et de grosses veines. Lentement, la roue céda de quelques centimètres, puis Clint fut en mesure de tourner quatre barres à gauche. Jeanne sauta en bas du rayon en criant :

— C'est bon ! Maintenant, il faut...

Clint avait déjà pris les devants et criait dans le pavillon du porte-voix :

— Vinnie ! En arrière toute ! En arrière toute !

Sur cet ordre, le bateau ralentit mollement jusqu'à l'arrêt. Clint tourna la barre à roue, non sans difficulté, jusqu'à ce que l'aiguille de pivot se réaligne et soit bien droite. Il sut ainsi que le safran du gouvernail était exactement droit.

— Qu'est-ce qui s'est passé ? demanda-t-il à Jeanne calmement.

Son visage était pâle et ses mains tremblaient.

— J'essayais de sortir d'un virage en épingle à droite. La rivière Choctaw est en crue et se jette juste ici, à l'est. Le contre-courant a bloqué le gouvernail. Je n'ai pas su le redresser à temps.

— Est-ce que vous pouvez garder le bateau stable ? demanda-t-il, et Jeanne s'avança à la barre, lui assurant que oui.

Clint sortit à l'extérieur et essuya la pluie qui lui ruisselait au visage. Les nuages d'orage étaient si bas et noirs qu'on se serait cru le soir bien que midi n'eût pas encore sonné. Autour de lui, il ne discernait que des arbres squelettiques avec leurs branches nues et épineuses, sortant d'une eau complètement noire. Tandis qu'il commençait à concevoir le paysage devant lui, il se rendit compte que le *Rose* se trouvait pris dans un marais, entouré de cyprès et de gommiers noirs. Il courut sur le côté du bateau, et ce fut tout juste s'il voyait dans la lumière torpide les grands troncs de cyprès — des «éventreurs de coque», comme on les appelait — s'élever hors de l'eau. Il essaya de s'orienter et comprit que le *Rose* avait viré de travers et prêtait le flanc au courant qui les avait emportés.

Voûtant le dos contre le vent, il retourna à la timonerie.

— Est-ce que la voie pour retrouver la rivière est balisée d'une quelconque façon? demanda-t-il.

Jeanne secoua la tête en guise de réponse. Il s'approcha du porte-voix, ne se donnant pas la peine d'actionner la cloche d'avertissement.

— Vinnie, Ezra, rappliquez tout de suite!

Il sortit un chiffon de sa poche et essuya les fenêtres, mais tel un spectre, la buée réapparut, se répandant lentement depuis le coin des vitres.

Vince et Ezra entrèrent, et Clint leur fit un tableau de la situation.

— Nous sommes pris dans un marais de cyprès et nous ne pouvons pas faire marche arrière. Le *Rose* est viré à bâbord contre le courant. Voici comment nous allons procéder. Il va falloir renverser la vapeur, faire servir, avancer, faire servir, reculer, faire servir, avancer, faire servir et ainsi de suite jusqu'à ce que le bateau attaque de proue le courant. Quand nous y serons, je vous crierai d'arrêter les machines.

— Pigé, dit Vince.

Ezra et lui allaient partir, mais Ezra se retourna pour demander :

— Capitaine Jeanne, c'est le marécage de l'homme mort, pas vrai?

— C'est son nom, oui, répondit-elle d'un air morne. Vous êtes-vous déjà retrouvé pris ici?

— Non, m'dame, mais ne vous en faites pas, nous serons tirés d'affaire en moins de deux, dit-il d'un ton rassurant, avant de refermer la porte de la timonerie.

— Jeanne, dit Clint, vous prenez la barre?

— Non, je ne peux pas, répondit-elle d'une voix tendue, les poings serrés de chaque côté du corps.

Il hocha la tête, puis lentement, on sentit les moteurs tourner, et le *Rose* se mit à reculer. Clint s'échina à manœuvrer un angle, travaillant fort derrière la barre à roue. Une fois le bon angle atteint, il fallait faire servir puis braquer le bateau en marche arrière, et refaire le même manège en marche avant. Les manœuvres se succédèrent ainsi, et ils gagnèrent peu à peu les mètres d'un virage en demi-cercle serré. Finalement, quand le *Helena Rose* eut la proue pointant plein est, Clint se pencha au-dessus du porte-voix et cria :

— C'est bon, les gars! Éteignez tout!

Quand les moteurs se turent, Clint sortit sur le pont pour voir si le *Rose* était encore poussé plus avant dans le marécage. Les eaux noires semblaient immobiles sauf pour les gouttes de pluie qui se brisaient à leur triste surface. Clint ne vit aucune ride en proue qui aurait pu

lui indiquer le sens du courant. Il revint dans la timonerie. Jeanne était assise sur le banc, ses mains mollement posées sur ses genoux, les yeux braqués dans le
vide. Clint vint s'asseoir à côté d'elle.

— J'ai toujours entendu dire que le fleuve pouvait
jouer des tours aux meilleurs pilotes, dit-il d'un ton
léger. Celui qu'il vient de nous jouer, c'était sûrement
parmi ses plus vilains.

— Le fleuve n'a rien à y voir, dit Jeanne d'une voix
presque morte. C'était moi. C'était à prévoir, j'en ai bien
peur.

— Jeanne, les bateaux se prennent dans les courants
de crue tous les jours. Ce n'est pas votre faute.

— Oui, ce l'est. Je suis trop faible pour manœuvrer
le *Rose*. Si un homme avait été à la barre, il aurait réussi
le virage.

— Rien n'est moins sûr. Ezra m'a parlé d'un dicton
qu'ont les pilotes. *À la barre, il faut un homme en amont,
mais souvent trois en aval : deux pour se battre contre le courant et un qui les encourage.*

— Ainsi, il nous faut trois hommes pour piloter.

— Non, c'est de vous que nous avons besoin, lui dit
doucement Clint.

— Ne soyez pas condescendant, je ne suis pas une
enfant! tempêta Jeanne, bondissant hors du banc pour
se planter devant lui, ses poings blancs serrés sur les
hanches. Vous ne connaissez rien de ce qu'il me faut traverser! Vous, la vie, c'est une vraie partie de plaisir! Tout
vous vient facilement! Vous montez le pas léger sur un
bateau à vapeur, et, bien sûr, c'est *simple*! Chaudières à
vapeur, poulies d'entraînement, aucun problème! Je suis

maître machiniste depuis que j'ai deux ans ! Oh, qu'est-ce qui ne va pas, pauvre petite Jeanne, vous n'arrivez pas à tourner le gouvernail ? Voilà, je le fais avec le petit doigt ! Vous voyez comme c'est *simple* ? Et vous n'avez qu'à ouvrir la bouche, et on dirait que des archanges chantent ! Mais vous préférez fanfaronner et chanter des chansons de *tuckahaws* ! Et, oh, Vinnie, aide-moi, je ne sais pas laquelle est la plus belle, la fille au bois de santal ou l'autre qui sent aussi bon ! Laisse faire, je choisis la demoiselle avec les cheveux noirs, noirs, noirs !

Au début de sa tirade, Clint voulait se lever de son siège, parce que c'était chez lui une attitude bien enracinée de ne pas rester assis quand une dame se levait. Cependant, Jeanne s'était emportée, et Clint avait préféré attendre que l'orage passe, assis sur le banc. Clint n'était pas étranger aux crises de certaines femmes, mais il n'en avait jamais connu d'aussi véhémentes et courroucées. Le ton de Jeanne était acide, et ses propos l'étaient plus encore. Bien malgré lui, Clint était fasciné. Il levait des yeux incrédules vers elle, bouche béante.

Bientôt, les mots ne déferlèrent plus d'entre ses dents serrées, et elle pressa les doigts sur ses tempes, fermant les yeux, comme prise de violents maux de tête.

— Mais qu'est-ce que je dis ? Je dois avoir perdu la raison, murmura-t-elle en s'effondrant là où elle était assise un moment plus tôt.

Clint la surveillait d'un air méfiant, mais elle semblait démontée à présent, vidée de tout fiel et à court de mots.

— Je suis peiné par tout ce que vous endurez, Jeanne, dit-il enfin, mais nous sommes acculés à l'urgence en ce moment. Il faut trouver une solution. Ferions-nous mieux de rester ici et d'attendre que la tempête s'essouffle?

Elle baissait les yeux.

— Je ne veux pas passer la nuit dans le marécage de l'homme mort.

— D'accord, acquiesça-t-il en hochant la tête. Il n'est pas encore midi. Nous verrons comment le temps se comporte dans les deux prochaines heures. Après, vers quatorze heures, si l'orage ne s'est pas essoufflé, je propose que nous procédions par sondages, que nous sortions d'ici un coup d'aube à la fois, s'il le faut.

— C'est une idée, dit-elle mollement, mais je ne pilote pas. Faites-le, vous. Quand nous serons sortis d'ici et que le bateau sera en eaux vives, ne mettons pas le cap au sud. À environ une quinzaine de kilomètres au nord, il se trouve un appontement, celui de la veuve Eames. Je suis certaine qu'Ezra connaît l'endroit. Nous y passerons la nuit.

— Alors, c'est décidé, c'est ce que nous allons faire, dit Clint avec fermeté. Vous semblez épuisée. Pourquoi n'iriez-vous pas vous étendre un peu?

Elle se leva et quitta la timonerie sans lui jeter un regard. Il la regarda partir d'un air méditatif. Elle n'essaya pas de se protéger de la pluie. Les épaules basses, elle marcha lentement vers l'escalier et ne regarda jamais derrière. Il attendit un moment qu'elle ait le temps de regagner sa cabine, puis descendit à la chaufferie. Vince, Ezra et Marvel s'y trouvaient. Marvel était assise sur sa chaise, serrant Avémaria et Madame Topp dans ses bras. Elle avait peur, cela se voyait dans ses yeux. Clint alla tout de suite auprès d'elle, s'agenouillant et lui prenant la main. Il lui sourit.

— Le fleuve a joué un vilain tour à ta mère et nous a poussés dans un marais, mais tout va bien, Marvel. Ta mère va bien, c'est juste qu'elle a trouvé la matinée éprouvante. Ta mère a besoin de repos.

Elle le fixait avec ses grands yeux en amande, des yeux qui faisaient tant penser à sa mère. Après un temps, elle hocha lentement la tête.

— Je comprends, dit-elle. Roberty prépare le thé, le thé noir indien que maman aime tant. Est-ce que je devrais lui en apporter une tasse?

— Oui, je crois que ce serait très gentil de ta part.

Marvel s'en alla à la cuisine, et Clint se tourna vers Ezra.

— Qu'est-ce que c'est que ce foutu marécage de l'homme mort?

— Autrefois, entreprit de raconter Ezra, une ombre dans la voix, ce n'était qu'un petit marais avec une tour-bière à quelques centaines de mètres à l'est du fleuve. On l'appelait le Bayou Choctaw. Les Amérindiens avaient l'habitude de s'y rendre pour ramasser la mousse sur les arbres. Ça faisait de la bonne bourre pour les oreillers, les matelas et ce genre de choses. Mais ce qu'il y a, c'est que la petite rivière Choctaw a débordé et que ses eaux ont envahi ce coin de pays. Depuis, la rivière rejoint le fleuve par un fossé étroit où coulent de très forts courants pendant les grandes pluies. La petite his-toire veut qu'à cette sombre époque où on chassait les Amérindiens plus à l'ouest, il y aurait eu des massacres dans le Bayou Choctaw. Depuis ce temps, les Blancs qui restent pris dans le marécage parlent d'Amérindiens pendus aux arbres dans le marécage, des pendus tout partout. On dit même que c'est une malédiction, que la rivière Choctaw veut venger les morts et entraîne les bateaux dans le marécage.

— Vous croyez à ces histoires d'horreur, Ezra? demanda Vince d'un air hésitant.

— On ne peut pas nier que la rivière Choctaw pousse les bateaux dans le marécage, répondit le vieil homme dans un haussement d'épaules. La preuve, c'est que nous y sommes pris.

— Mais ça ne vous est jamais arrivé? demanda Clint.

— Non, le capitaine Hardin ne portait pas le surnom de «taureau» pour rien. Il était fort comme un bœuf. Il savait se battre, même si le fleuve tirait le gouvernail comme un diable. Jamais je ne l'ai vu perdre le bateau dans ce genre de pagaille, parce que j'imagine que c'est ce qui s'est passé, pas vrai, Clint. En aval, le *Rose* a rencontré des courants contraires, et le gouvernail s'est bloqué à droite, bien collé tout contre la coque.

Clint hésita un instant, puis raconta ce que Jeanne avait dit, qu'elle avait manqué de force pour faire tourner la barre à roue.

— C'est probablement vrai, répondit Ezra, mais elle ne serait pas le premier pilote à s'embourber dans le marécage de l'homme mort. Et je parle d'hommes costauds, pas de petits fluets, mais des gaillards qui n'ont pas froid aux yeux. Si c'est ce genre de questions qui turlupine notre capitaine, dites-lui de ne pas trop s'en faire dans sa tête.

— C'est justement ce genre de questions avec lesquelles notre capitaine s'en fait trop dans sa tête, répéta Clint avec flegme.

— Mais les pilotes, les autres, est-ce qu'ils ont vu des Amérindiens morts dans les arbres ? demanda Vince, qui n'était pas encore rassuré.

— Pas que je sache, répondit Ezra, mais hommes morts ou pas, reste que ce n'est pas l'endroit le plus agréable pour rester pris.

— Je pense que Jeanne ne se sent pas la force de nous sortir de ce faux pas, dit Clint d'un ton égal. Est-ce que nous pourrions avancer par sondages, un peu à la fois ?

— Pas de doute, répliqua Ezra, mais qui va piloter le *Rose* ?

— J'imagine que c'est moi, dit Clint. Ordre de la capitaine !

Le ciel nocturne fut lavé de tout nuage par un dernier coup de pluie, et les innombrables étoiles se mirent à scintiller dans la voûte céleste. Une moitié de lune était accrochée basse dans le ciel, trop près de l'horizon pour se refléter à la surface du fleuve. Le *Helena Rose* mouillait tranquille à l'appontement de la veuve Eames, accosté à un quai solide fait du bois des cyprès. En haut d'une longue et douce colline, on voyait poindre de la lumière aux six fenêtres de ce qui ne pouvait être que la maison des Eames, trois fenêtres au rez-de-chaussée et trois fenêtres à l'étage. Clint songea que cela faisait beaucoup de lumières pour une veuve, puis il se dit que même veuve, on pouvait avoir une grosse famille.

Il était assis sur le pont-promenade, seul à admirer le ciel muet comme la nuit. Clint n'avait pas l'habitude de rester aussi longtemps sans bouger, mais il s'efforçait d'apprivoiser cette tranquillité, ce calme contraire à l'agitation de sa vie. Il regardait la vieille lune et les étoiles plus vieilles encore. Il pouvait sentir tout autour la riche fragrance de la terre quand elle est humide, dans la chaleur timide du printemps qui débute.

Jeanne sortit sur le pont et alla vers lui.

— Je suis tellement désolée, lui dit-elle tout bas.

— Ne le soyez pas, l'arrêta-t-il. Prenez, je vous gardais une place pour le spectacle. Je reviens à l'instant.

Il alla à la timonerie et en revint avec le long traversin, celui qui recouvrait les bancs en bois. Jeanne était déjà assise, ses jambes croisées et son dos appuyé contre le tuyau d'où s'échappait la vapeur. Clint arrangea le coussin et prit place à côté d'elle.

— J'espère que ça ne vous gêne pas que j'aie déshabillé les bancs de la timonerie ?

— Non, pas du tout. Je ne m'y assois presque jamais de toute manière. Racontez-moi. Comment avez-vous réussi à nous sortir de là ?

— Au début, très mal, je dois avouer. Le bateau n'arrêtait plus de faire des zigzags. Je tournais le gouvernail à fond d'un côté, puis j'envoyais tout de l'autre côté. Ezra m'a d'ailleurs fait remarquer que je pilotais comme un vrai soûlaud. Pardonnez-moi l'expression, m'dame.

Il ne voyait pas très bien son visage, mais il crut la voir sourire.

— Je n'ai pas senti de « zig » ni de « zag ». Je crois que vous vous en êtes très bien tiré.

— Merci, capitaine.

— Mais je vous en prie.

Elle leva le visage au ciel, et l'éclat des étoiles joint à la faible lueur de la lune vint se poser sur ses traits. Elle avait le profil comme un joli dessin, le nez petit, ses lèvres pleines et juvéniles, le cou long, fin et gracieux.

— J'ai vécu tant de nuits, tant d'émotions ici, sur cet appontement. Widow Eames avait jadis un grand pavillon, un belvédère octogonal tout peint en blanc, juste là au bas de la colline, dit-elle en pointant le doigt. Sur son domaine, la veuve Eames vivait avec une grande famille. Ce sont d'ailleurs ses fils qui avaient construit le pavillon. Parfois l'été, les Eames et des familles de partout dans la région se réunissaient ici pour pique-niquer et danser. Ce pavillon, c'était sans doute le repère le plus familier le long de la rivière Arkansas.

— Pourquoi il n'est plus là ? demanda Clint.

Jeanne eut un long soupir, un son triste et mélancolique.

— Une tornade a frappé. Les vents ont arraché le pavillon et détruit le quai et... et le *Pearl*, le bateau de mon père. Mes parents sont morts ce jour-là.

Clint eut un souffle court.

— Je suis vraiment désolé, Jeanne. Vous n'étiez pas avec eux, sur le bateau ?

— Non, j'étais mariée, et Marvel avait cinq mois. Nous vivions à Memphis. La tornade a dévasté la région le 7 mai 1849 et a causé d'énormes dommages entre Little Rock et Arkansas Post. En tout, dix-huit personnes en sont mortes. Je n'ai appris la mort de mes parents que huit jours plus tard. Je suis revenue les enterrer là-haut, dans un petit cimetière à un kilomètre et demi dans les terres. Il ne restait plus rien du *Pearl*, rien du tout. C'est comme si le bateau avait tout simplement disparu.

— Vous êtes passée devant cet endroit lors de chacun de nos voyages, dit Clint à voix basse. Ça n'a pas dû être facile pour vous.

— Le premier passage a été très difficile, mais j'ai perdu mes parents il y a six ans déjà, et le Seigneur panse les plaies du chagrin. J'ai pensé arrêter et visiter leurs tombes, mais je n'étais pas prête, comme je ne crois pas l'être encore. J'essaie surtout de me souvenir des bonnes choses, des nuits d'été avec le *Pearl* toutes lumières allumées et les centaines de torches sur la colline et partout autour du pavillon. Je me rappelle que deux des garçons Eames avaient le béguin pour moi, et ils avaient l'habitude de se battre pour décider qui m'inviterait à danser. Bien sûr, nous n'avions que huit ou neuf ans à l'époque.

La question du mari intriguait Clint, qui se demandait où ce monsieur était quand Jeanne avait perdu ses parents et que Marvel n'avait que cinq mois, mais le ton de Jeanne s'était égayé. Il préféra ne pas la questionner sur son mariage. C'était déjà un miracle qu'elle ait voulu lui parler de ses parents, et il se contenta de dire :

— On ne peut pas blâmer un homme de se battre pour danser avec la plus belle femme du bal, même si elle n'a que huit ans.

— Hum… Et vous, Clint ? Que faisiez-vous à huit ans ? Et qu'en est-il de vos parents ?

Il haussa les épaules, un geste d'indifférence en quelque sorte.

— Je n'ai jamais connu mon père. Et à huit ans, je ne reconnaissais plus ma mère.

Il se tut, mais Jeanne sentit qu'il voulait continuer et elle resta silencieuse.

— Ma mère m'a raconté qu'il était parti avant ma naissance, poursuivit-il enfin. Selon ce qu'elle disait, mon père avait décidé que ma mère n'était pas assez bonne pour lui, et donc que je ne le serais pas non plus. Cela dit, il a payé pour que j'étudie à l'école épiscopale de Calvary. Et je crois, encore que je n'en sois pas sûr, qu'il payait encore la maison quand j'étais petit. Ma mère a commencé à boire, et nous avons perdu la maison. Après, nous avons vécu dans une pension minable, où ma mère s'est abîmée littéralement, et la vie est devenue invivable.

— Elle buvait beaucoup? demanda doucement Jeanne.

— Du whisky au début, mais ensuite elle s'est perdue dans le laudanum. Ça l'a tuée, dit-il sans détour. J'avais quatorze ans. Depuis trois ans déjà, elle faisait le trottoir pour se payer sa petite bouteille bleue. Quand il n'y en avait plus et qu'elle n'avait plus l'argent pour s'en procurer, elle s'enivrait jusqu'à l'oubli en avalant un tord-boyaux infect et frelaté. À la fin, elle prenait les deux. Elle n'a pas eu une belle mort, ajouta-t-il, de l'amertume plein la voix.

— Oh, Clint, je suis désolée, dit Jeanne avec compassion. C'est en entendant des histoires comme celle-là que je m'aperçois à quel point j'ai été bénie. Je ne devrais jamais me plaindre, être triste ou avoir peur.

— On a tous une histoire, dit Clint d'une voix dure que Jeanne ne lui connaissait pas. La mienne est meilleure que certaines… et pire que d'autres. De toute façon, j'ai hérité du *Helena Rose* d'un cousin de mon père, donc ce n'est pas tout noir. On peut dire que quelque chose de bon est venu de cette famille en fin de compte.

— C'est drôle, j'ai eu ces mêmes sentiments ambivalents en apprenant l'existence du testament d'Ira Hardin. Vous savez que ma mère était une Hardin et qu'elle venait de Saint-Louis.

— Ah, ces tristement célèbres Hardin de Saint-Louis ! C'est une bonne chose que nous soyons des Hardin de Memphis, sinon nous n'aurions jamais hérité. C'est quoi leur histoire, d'ailleurs ?

— Je n'en ai aucune idée, dit Jeanne dans un soupir. Ma mère ne parlait jamais de sa famille quand j'étais jeune. Un jour, quand j'ai eu l'âge de raison, elle m'a assise sur ses genoux, et nous avons eu une discussion, mais elle s'est montrée… discrète, si je puis dire. Elle m'a raconté que ses parents désapprouvaient sa relation avec mon père, quand elle s'est mariée, à tout le moins. Avec le temps, tous les ponts ont été coupés. Mon père et moi, nous étions devenus sa seule famille.

— Selon ce que j'en comprends, vous formiez une famille très unie et heureuse, sans les Hardin de Saint-Louis. Je parierais qu'ils l'ont carrément rayée de leur existence, comme mon père l'a fait avec ma mère et moi. Je soupçonne aussi que c'est ce qui est arrivé à ce bon vieux « taureau » Hardin. Et pour dire la vérité, je ne suis pas triste d'avoir si peu de sang de ces gens-là.

— Moi, je suis fière d'être une Hardin, peu importe la parenté lointaine qui nous unit. Comme vous l'avez si bien dit, autrement, nous n'aurions pas hérité du *Rose*.

— D'accord, alors je suis fier, moi aussi. En parlant du *Rose*, comment se porte notre pilote ?

Jeanne soupira.

— Puisqu'il le faut...

Clint leva un genou et y posa un bras.

— Je préférerais que ce ne soit pas une obligation pour vous, Jeanne. J'aimerais que vous éprouviez simplement le désir de m'en parler.

— Je sais, et j'essaie. C'est difficile pour moi, Clint. Je n'ai pas l'habitude d'avoir à demander de l'aide.

— Ouais, j'ai cru remarquer, mais je peux vous aider, Jeanne, je sais que je le peux. Et je ne dis pas ça parce que vous êtes une femme et que je suis un homme. C'est parce que je suis votre mécanicien et que vous êtes mon pilote. Nous avons été victimes d'une avarie, et il en va de notre responsabilité de trouver une solution au problème ensemble.

— Vous pensez qu'il s'agissait d'un simple problème mécanique ?

— En quelque sorte, oui. Mais pour ce qui est de ces histoires d'archanges qui chantent et de *tuckahaw*, non, je ne vous serai d'aucun secours. Autrement, je peux apporter des modifications au safran pour qu'il ne pivote plus aussi près de la coque et changer quelques engrenages pour que vous n'ayez plus à forcer autant sur la barre. Il faut admettre que le même incident peut

se reproduire… *parce que ce sont des choses qui arrivent.*
Telles sont les sautes d'humeur des rivières !

— Les sautes d'humeur des rivières, répéta tout bas
Jeanne. Oui, les cours d'eau peuvent être cruels, sans
pitié et dangereux, mais aussi doux, généreux et pai-
sibles. Vous avez sans doute raison, Clint. Peut-être que
je ne suis pas la seule en faute.

— Ce n'est pas seulement vous, Jeanne. Et s'il vous
plaît, entendons-nous sur ce fait que vous n'êtes pas
seule dans cette aventure. Peu importe les problèmes,
aussi graves fussent les catastrophes, sachez qu'il
n'existe aucun problème trop petit à partager, que vous
devez m'offrir cette chance de vous aider.

Elle hocha lentement la tête.

— D'accord, Clint. Je vous donnerai cette chance.

CHAPITRE 12

N i Jeanne ni Clint ne reparlèrent de cette rencontre impromptue sur le pont-promenade
cette nuit-là. Néanmoins, elle ne fut pas sans
effet ; Jeanne et Clint discutaient désormais avec facilité
et souvent du *Helena Rose*. Jeanne se faisait à présent un
devoir de prendre le petit déjeuner avec l'équipage dans
la cuisine plutôt que dans sa cabine avec Marvel. Après
une journée de navigation, plutôt que d'aller remplir le
journal de bord et de s'occuper de paperasses, Jeanne
descendait sur le pont principal où se déroulaient les
chargements ou les déchargements. Avec Clint, elle parlait aux expéditeurs, et ils s'occupaient ensemble de gérer
les différentes livraisons de courrier. Tandis que l'été
prenait le pas sur le printemps, Jeanne en était venue à
apprécier l'homme et sa compagnie. Avant, elle avait toujours éprouvé une vague hostilité envers lui, un sentiment non loin du dédain.

— Oui, je sais. Je vous ai dit qu'il m'exaspère, expliquait Jeanne à George Masters. Je crois que Vince et lui vivent dans les saloons quand ils ne sont pas à bord du *Rose*. Et ces femmes qu'ils fréquentent! Je les soupçonne d'en avoir deux ou trois dans chaque port! Toujours est-il que Clint est un excellent mécanicien et qu'il s'avère être un homme d'affaires fort habile. Cela fait de lui un bon partenaire à mes yeux.

— Hum, fit évasivement George.

Ils étaient assis sur un banc dans le parc de la grand-place du tribunal, nourrissant quelques écureuils intéressés par les arachides qu'ils lançaient. C'était une journée chaude de juillet, et Jeanne étrennait une toute nouvelle robe d'été en mousseline d'un vert clair avec des motifs de roses roses. Les manches pagode s'ouvraient en triangle sur le bras avec des fausses manches en broderie anglaise blanche. Pour aller avec cette robe uniquement, Jeanne avait acheté une jupe à crinoline dont les huit volants étagés retombaient amplement et lui faisaient une toute petite taille. Son bonnet était orné d'une douzaine de roses en satin, et elle gardait ouverte sur l'épaule une délicate ombrelle de dentelle renaissance. On lui aurait donné dix-huit ans.

Les écureuils de cette place étaient célèbres à Memphis en raison de leur grosseur, de leur effronterie, mais aussi de ce fait qu'ils étaient réputés pour être les animaux les plus gâtés sur terre. Il y en avait justement un devant eux, ses yeux brillants et l'air particulièrement goinfre, qui avait rempli ses bajoues des arachides que Jeanne avait jetées en chemin jusqu'à elle. Le petit animal poussa même l'audace et bondit sur le bout de sa botte, se levant sur les pattes arrière, comme pour en quémander davantage.

— Petit espiègle, va! dit-elle, ravie.

Elle baissa lentement la main, une arachide tendue au bout des doigts. L'écureuil la prit dans ses agiles petites pattes griffues, la fourra dans sa bajoue et déguerpit avec son butin.

— Il est pire que Léo! Ce chien se permet maintenant de venir poser sa grosse tête baveuse sur ma cuisse chaque fois que nous nous asseyons pour manger. C'est une corvée de lavage qui m'attend tous les soirs, pour nettoyer la bave qu'il met sur mes jupes. C'est une tâche pire que quand j'essayais de garder mon tablier propre au Gayoso, je vous jure!

— Le saviez-vous, je pourrais compter sur les doigts d'une main les fois où je vous ai entendue rire, dit George. Je vous sens heureuse. J'espère que ce bonheur vient peut-être un peu de moi?

— Bien sûr que si. Après tout, nous n'aurions jamais aussi bien réussi avec le *Helena Rose* sans votre aide.

— Donc, votre bonheur est le seul fruit du succès que connaît le *Rose*. Votre succès, et le succès de Clint Hardin. Ce n'est pas de succès que je vous parlais, Jeanne, mais de bonheur.

Jeanne plongea la main dans le sac d'arachides et en lança une poignée à la douzaine d'écureuils qui bondissaient à leurs pieds.

— Je sais, dit-elle tout doucement. Je comprends votre question, George. Oui, vous me rendez heureuse. Pouvons-nous nous en tenir à cela pour le moment?

— Je suis heureux de faire votre bonheur, dit-il lentement, puis se tournant vers elle, il chercha son regard. Mais je ne saurais m'en contenter, Jeanne. Sur la base de cette conversation que nous avons, nous pourrions dire que Clint Hardin vous rend heureuse, que les écureuils vous rendent heureuse, que Léo vous rend heureuse, tout comme je vous rends heureuse. Comment devrais-je réagir à ce constat?

— Je n'ai pas dit que Clint me rendait heureuse, s'empressa de rétorquer Jeanne. C'est seulement que... oh, et puis ne parlons plus de lui. George, je vous demande de comprendre ma situation, dit-elle, abaissant la voix de sorte que les promeneurs ne puissent surprendre ses paroles. Vous rendez-vous compte que vous êtes le seul homme que j'ai embrassé, hormis mon défunt mari? Notre relation, la chaleur et l'intimité que nous partageons sont telle une terre inconnue qu'il me faut apprendre à découvrir, quelque chose d'inédit, de tout nouveau et un peu effrayant.

— Rien ne vous a jamais fait peur dans la vie, Jeanne.

— Vous ne pouvez pas être plus loin de la vérité, et ce n'est pas surprenant en fait : vous ne me connaissez pas aussi bien que vous le croyez, et je ne vous connais pas vraiment non plus. C'est bien là le cœur du problème. Nous vivons et partageons beaucoup de moments, mais le temps me manque encore, et mes sentiments demeurent peu sûrs.

— Nous nous fréquentons depuis sept mois maintenant, très chère, et je suis pour ma part on ne peut plus sûr de mes sentiments à votre égard, dit-il, lui prenant la main, qu'il caressa amoureusement dans les deux siennes. Sauriez-vous m'offrir quelque motif d'encouragement, pourriez-vous au moins me dire ce que vous pensez de nous deux ? Peu importe combien de baisers nous échangeons et à quel point nous nous rapprochons l'un de l'autre, j'ai cette éternelle certitude que vous vous retenez. Je sens que vous mettez sciemment une distance entre nous, et cela me rend la vie pénible.

— George, répondit Jeanne non sans difficulté, je suis sincère lorsque je dis que vous me rendez heureuse. J'apprécie immensément le temps que nous passons ensemble. Vous êtes intéressant, vous me portez de l'intérêt et me le démontrez, vous me prêtez une oreille toujours attentive et vous me respectez. Et je… vous êtes un homme très séduisant, et j'éprouve pour vous une attirance de cette nature. Mais davantage, je ne puis encore le dire.

Il leva la main de Jeanne, la retourna et y pressa ses lèvres.

— Ainsi, il faudra bien que cela suffise, Jeanne. Je sais attendre.

Les nuits devenaient chaudes et lourdes. Jeanne dormait sans même le plus léger drap, dans sa seule chemise de nuit en coton. Elle s'efforçait de rester le plus immobile possible pour ne pas réveiller Marvel, qui semblait, elle, ne jamais souffrir de chaleur, peu importe combien celle-ci était suffocante. Après une heure environ, Jeanne ne put supporter davantage d'avoir le front perlé de sueur et se leva du lit. Elle alla se passer de l'eau tiède dans le visage, une eau qu'elle aimait parfumer avec quelques feuilles de menthe pour la sensation rafraîchissante que cela lui apportait, mais qui avait aussi cet effet de la réveiller complètement. Elle alla à la fenêtre et se pencha bras croisés sur son appui, le menton posé sur ses mains. Il y avait une très légère brise, et c'était bon de sentir les petits picotements sur son visage échauffé. Une fois de plus, elle eut une pensée reconnaissante pour Clint, qui avait remplacé toutes les vitres du *Rose* par des fenêtres à six carreaux, lesquelles avaient aussi, outre l'esthétisme, cet avantage indéniable de s'ouvrir. Il avait fallu engager une somme exorbitante pour réaliser ces rénovations, mais Clint connaissait un vitrier qui leur avait fait un bon prix, et Clint et Ezra s'étaient occupés de la pose. Ezra était un charpentier d'expérience, et Clint avait ce talent de tout comprendre très vite, pensa Jeanne. Parfois, elle le jalousait de voir cette facilité en toute chose.

Il était tôt, et on s'activait encore sur les docks. La musique d'une valse flottait dans l'air, apportée par le vent depuis le pont d'un grand bateau amarré plus loin, un gros paquebot luxueux avec vingt cabines et une salle de bal, lui avait dit Vince. Rien ne semblait échapper à cet homme qui pouvait tout vous dire de tous les bateaux sur le fleuve. Jeanne fredonnait sur l'air de la musique. Dans la brise capricieuse, à l'occasion, la voix grave d'un homme venait jusqu'à son oreille, ou le rire léger d'une femme.

Elle entendit ensuite deux voix d'hommes, celles-là claires comme le jour. Clint et Vince remontaient à bord du *Rose*

— … d'essayer de me convaincre que tu ne passes pas la nuit avec elle, Clint? À d'autres, oui!

— J'essaie au contraire de *ne pas* te dire quoi que ce soit, Vinnie.

— Je sais bien, mais à quoi elles te servent, tes petites cachotteries maintenant, dis-moi? Tu crois qu'on ne sait pas tous qui c'est, ce petit garçon de couleur, avec son gilet rouge et son pantalon noir, celui qui t'apporte les messages? Sa Majesté a certainement le tour de bien habiller ses esclaves, même ses garçons de courses. Il est drôle, le petit freluquet qui court porter ses petites enveloppes mauves qui sentent le parfum.

— Hé, Vinnie? Aurais-tu seulement remarqué que je me trouve ici, avec toi, et pas chez elle?

— Ouais. Comment c'est arrivé?

— La ferme, Vinnie.

Leurs voix s'affaiblirent tandis qu'ils entraient dans la salle des chaudières, puis Jeanne ne les entendit plus. Elle était restée immobile, nourrissant secrètement une indignation qu'elle aurait pourtant voulu crier. Elle s'était redressée à présent et fermait la fenêtre, la laissant retomber sans prendre garde. Cela fit un grand bruit, mais Marvel ne broncha pas. Jeanne se mit à faire les cent pas. «Rester avec Sa Majesté! Et cette femme qui lui envoie des missives de vile passion sur mon bateau? Comment ose-t-elle! Je me demande bien ce qu'ils inventent pour justifier devant Marvel ces billets parfumés et la venue du freluquet qui les livre. Je pourrais le tuer, ce Clint de malheur!»

Jeanne ragea encore un bon moment et réussit même à s'épuiser à force de râler en silence. Elle s'allongea sur le dos, mais se trouva impuissante à calmer l'orage dans sa tête, ressassant sans cesse la même conversation. Ce fut pour Jeanne une nuit longue et sans répit.

Quand elle s'éveilla, Jeanne sut qu'il était tard dans la matinée, car la lumière que filtraient les fenêtres était déjà blanche et chaude. Marvel était descendue pour le petit déjeuner. Jeanne s'aspergea le visage une fois, deux fois puis encore, avant de s'habiller à la hâte. Elle sortit dans le couloir pour se rendre à la cuisine. En y mettant le pied, elle regarda tour à tour Ezra, Vince et Roberty, puis jeta un regard noir à Clint.

— Où est Marvel ? demanda-t-elle à savoir.

— Bonjour, capitaine, dit Clint d'un ton plaisant. Ne vous faites aucun souci, elle a pris un bon petit déjeuner. En ce moment, elle joue avec Léo.

— Merci, répondit sèchement Jeanne, puis elle sortit en faisant claquer ses talons.

Vince dévisagea Clint, ses yeux bruns grands ouverts de panique.

— Qu'est-ce que tu as fait ?

— Moi ? Rien ! Ça doit être toi.

— Euh ! Je te ferais remarquer que ce n'est pas moi qu'elle voulait décapiter, mon ami. D'ailleurs, c'est toujours contre toi que les femmes en ont. Je te l'ai dit mille fois, elles ne me remarquent même pas quand tu es dans la pièce, et quand elles sont en furie, c'est une situation qui me sied vraiment, mais vraiment !

Jeanne sortit sur le pont principal, et Marvel n'y était pas, pas plus qu'elle ne la trouva sur le pont Texas. Marmottant de mauvais mots pour elle-même, elle monta l'escalier.

Le pont-promenade, où la timonerie était perchée, faisait office de toit plat du bateau. Sur ce pont, on se trouvait environ à sept mètres au-dessus de l'eau, et il n'y avait aucun garde-corps pour prévenir les chutes. Jeanne aperçut Marvel lançant un bâton avec des rubans roses attachés aux deux extrémités. Léo, les oreilles fouettant follement l'air, courut en bondissant et finit par l'attraper, le secouant vigoureusement dans ses mâchoires serrées. Il revint en gambadant vers Marvel. Jeanne dit d'une voix forte :

— Marvel ! Qu'est-ce que tu fabriques ?

Marvel virevolta, et le sourire qu'elle avait au visage s'évanouit.

— Je m'amuse avec Léo, maman.

Le chien s'assit à côté de la petite et baissa la tête d'un air coupable.

Jeanne marcha vers eux.

— Ne t'ai-je jamais dit de ne pas jouer ici ? C'est dangereux ! Tu pourrais tomber par-dessus bord !

Marvel regardait par terre, agitant le bâton dans sa main nerveuse.

— Je m'excuse, maman, mais non, tu ne m'as jamais avertie. C'est la première fois que je monte jouer avec Léo ici.

— Oh, dit Jeanne dans l'incertitude. Je ne m'étais pas aperçue que... commença-t-elle, s'approchant de Marvel et, à genoux, elle lui souleva le menton. Je m'excuse, Marvel, mais je ne veux plus que tu joues ici, d'accord ?

— Très bien, je ne le ferai plus. Mais Léo vient souvent ici, n'est-ce pas ?

Jeanne tendit la main pour caresser la large tête du chien.

— Oui, il aime bien monter sur le toit et se coucher à l'ombre de la timonerie. J'imagine que c'est l'endroit le plus frais sur le bateau. Léo, mon gros flemmard, tu trouves toujours le coin le plus confortable, n'est-ce pas, hiver comme été.

— Mais il ne va pas tomber, j'espère ? demanda Marvel, apeurée par ce danger.

— Non, il n'est pas très intelligent, mais il a plus de jugeote que de se jeter à l'eau, dit affectueusement Jeanne en grattant l'oreille du chien. Ce sont les petites filles qui risquent de tomber. Maintenant, écoute-moi, Marvel, il faut que je te pose une question. As-tu déjà vu un petit Noir qui vient sur le bateau, avec un gilet rouge ?

Marvel parut mystifiée par la question.

— Hein ? Je ne sais pas de quoi tu parles, maman. Je ne connais pas de petit garçon, sauf ceux qui nous apportent du poisson à vendre parfois.

— Donc, tu n'as jamais vu ce garçon qui porte un pantalon noir et un gilet rouge, un garçon qui serait venu porter un billet ou une lettre à M. Clint ? Ici, sur le bateau ?

— Non, m'dame.

Jeanne soupira en se relevant.

— Bien. Je n'ai pas encore avalé mon petit déjeuner. Voudriez-vous venir me tenir compagnie, Léo et toi ?

Ils redescendirent à la cuisine, où Jeanne réussit à se montrer agréable avec tout le monde. Le fret qu'ils devaient transporter, un chargement de textiles et d'articles ménagers, avait été chargé la veille. Une fois son repas terminé, ils prirent le large.

Ils atteignirent Helena huit heures plus tard, et Jeanne vint à la salle des machines pour parler avec Clint.

— Êtes-vous certain de savoir ce qui doit être déchargé ici ? demanda-t-elle par prudence. Tout me semble pêle-mêle, je ne m'y retrouve pas.

— Tout est réglé, capitaine. Je me suis assuré de faire le chargement dans l'ordre. Roberty m'a été d'une grande aide avec les nombreux expéditeurs et les déchargements, vous savez. Depuis que nous l'avons chargé des poches de courrier, il s'est transformé en un vrai petit monstre d'organisation.

— Vraiment ? C'est bien, commenta seulement Jeanne avant de s'engager à nouveau dans l'escalier.

Jeanne garda cette attitude durant tout le voyage, mais ne s'enferma pas dans sa cabine, comme elle l'aurait pu. Elle gardait ses distances et se montrait froide envers Clint, qui feignait d'être indifférent à ce traitement, ou peut-être était-ce qu'il ne le remarquait pas. Dans un cas comme dans l'autre, cela avait cet effet de fâcher Jeanne davantage. Quand ils furent sur le chemin du retour, quittant Little Rock, Jeanne avait presque oublié pourquoi elle en voulait à Clint au départ.

Ils progressaient à bonne allure. Le fleuve était large et lent, presque immobile comme une grande mare brun orangé. Le soleil venait de quitter le zénith, et ses rayons sur le visage de Jeanne lui brûlaient un peu les joues. Une mouche s'était retrouvée prise dans la timonerie, où il n'y avait eu d'autre bruit pendant un temps que son bourdonnement animé, le râle des tuyaux d'échappement et le clapotis de l'eau que la roue à aubes éclaboussait avec rythme.

C'est alors que Jeanne entendit un roulement étrange, comme si au loin quelqu'un jouait d'une caisse claire, des *ouish!* *ouish!* *ouish!* pendant quelques secondes, qui soudain devinrent des *clank!* *clank!* de plus en plus sonores : *CLINK-CLINK-CLANK! CLANK!*

— J'arrête tout, capitaine! lui vint la voix de Clint par le porte-voix, depuis la salle des machines.

Jeanne aligna l'aiguille de pivot, puis sortit de la timonerie. Elle vit Léo tout au bout du pont-promenade, sur le bord, regardant en bas. La roue à aubes tournait encore, quoique plus lentement maintenant, et il ne restait plus que les cliquetis du bruit inquiétant que faisait le bateau.

— Gros bêta de chien, marmonna Jeanne en s'avançant sur le pont. Quand elle arriva à sa hauteur, elle l'attrapa par les replis de peau molle du cou.

— LÉO! gronda-t-elle. Tu vas finir par…

Le chien prit peur en l'entendant crier. Il bondit en l'air, comme ébouillanté, puis soudain, Jeanne sentit un poids sur son pied tandis qu'il atterrissait sur ses orteils. Elle bondit à son tour et tira pour déprendre son pied, qui resta pris sous la grosse patte du chien. Sa jupe enveloppa la tête de Léo et, dans une contorsion, Jeanne dut lâcher l'animal. Sans cet appui, elle trébucha et passa par-dessus bord, avec le chien et tout. Dans sa chute, son épaule heurta une aube de la roue, et l'instant d'après, elle sentit l'eau tiède et laiteuse du fleuve lui passer par-dessus la tête.

Son premier réflexe en fut un de panique, et elle se débattit follement. Elle était prise, quelque chose la tirait par le fond. Elle réussit à se calmer et comprit que sa jupe s'était coincée dans la roue à aubes. Jeanne tenta de s'en libérer, mais elle n'avait pas la force de déchirer le tissu, et donc elle mit les mains en arrière pour défaire le bouton unique qui attachait la jupe à la taille. Comme tout nageur d'expérience, elle avait instinctivement pris une grande respiration avant de plonger sous l'eau, et quelle chance !

Elle sentit qu'on la tirait par le bras. C'était Léo, qui essayait de la ramener à la surface. Une main dans le dos, elle essaya à nouveau d'atteindre le bouton de sa jupe. Il y eut soudain un grand plouf, puis des bras forts la prirent par la taille. Elle se sentit violemment tirée vers le haut, mais elle était encore prise dans sa jupe. Elle se sentit à nouveau tirée vers le haut, mais cette fois si fort qu'elle cracha son souffle, puis avala beaucoup d'eau. Le tissu se déchira, et elle se retrouva la tête hors de l'eau, haletant et toussant avant de pouvoir prendre une grande inspiration. Clint la tenait pour qu'elle ne replonge pas, les mains sur sa taille.

Elle le repoussa d'une paume en plein visage.

— Mais lâchez-moi, espèce de… vous !

— Hein ? J'essaie de vous aider ! Attendez, Jeanne, je vais tirer…

— Non ! Je sais nager, triple idiot ! Mais lâchez-moi !

— D'accord, d'accord ! dit-il, puis il se mit à nager vers la berge, qui se trouvait toute proche, à quatre ou cinq mètres.

Pour remonter à bord du bateau, il leur faudrait toutefois nager l'entièreté des vingt-cinq mètres qui les
séparaient de la proue du *Rose*. Jeanne n'était pas prête à
fournir un tel effort. Elle avait de l'eau dans les poumons, et son jupon était tout emmêlé entre ses jambes.
Ainsi, elle nagea pour rejoindre la berge boueuse du
fleuve, sortant difficilement de l'eau pour s'effondrer à
côté de Clint, lequel était calmement assis là, à caresser
un Léo tout penaud et dégoulinant.

— Oh! Un peu plus, et vous me cassiez en deux!
cria Jeanne à Clint.

— Vous alliez vous noyer. Je vous ai ramenée à la
surface.

— Je ne me noyais pas du tout. J'étais en train de
déboutonner ma jupe!

Les sourcils de Clint se soulevèrent d'un coup.

— Vous déboutonniez votre jupe, répéta-t-il lentement. Mille excuses, je ne m'étais pas rendu compte que
c'était votre jupe qu'il fallait sauver.

— Maman!

Glissant sur l'eau, la voix grêle de Marvel semblait
paniquée.

— Tout va bien, ma chérie, je vais bien! cria Jeanne,
agitant une main dans les airs.

Vince, Ezra, Roberty et Marvel étaient accourus à la
rambarde à bâbord.

— Est-ce que tu es tombée? cria anxieusement
Marvel.

Clint, Vince et Ezra ne purent se retenir plus longtemps, et ils éclatèrent tous d'un même rire, ce qui ne
manqua pas de mettre Jeanne en furie. Cependant,

tandis que Jeanne bredouillait quelques mots inarticulés, l'absurdité de la situation la frappa, et elle se mit à rire avec eux.

— Oui, trouva-t-elle bientôt à répondre, je suis tombée, Marvel. Mais je vais bien.

Clint retrouva le sourire.

— Je croyais que vous aviez le pied marin…

— En fait, c'est Léo qui m'a poussée, dit Jeanne, son souffle encore un peu court. Mais une fois dans l'eau, il a bien essayé de me ramener à la surface, donc j'imagine que nous sommes quittes.

Elle tira doucement sur la manche de son chemisier déchiré et comprit à ce moment qu'elle devait faire piètre figure, arrangée comme elle l'était. Son chemisier, que l'eau avait rendu complètement transparent, était collé sur elle comme une seconde peau, et elle sentait l'air froid dans son dos. Il devait s'être complètement déchiré quand Léo avait voulu la sortir de l'eau. Sa jupe avait disparu, sauf pour quelques bouts de tissu qui pendaient encore à sa taille. Son seul jupon était entortillé, tout trempé, sur ses jambes. Elle se rappela le choc d'avoir heurté la roue à aubes, et porta la main dans son dos, sur l'omoplate.

— Vous avez là une mauvaise marque rouge, capitaine, dit Clint, sourcils froncés. Êtes-vous tombée sur les aubes ?

— Elles m'ont effleurée, rien de trop grave, dit Jeanne, faisant jouer l'articulation de son bras meurtri.

À ce moment, Jeanne prit le temps de regarder Clint, de vraiment le regarder. Il avait les cheveux lissés vers l'arrière, qui brillaient d'un noir d'ébène dans le soleil.

Ses yeux étaient d'un bleu royal clair, et de minuscules gouttes d'eau s'étaient prises, scintillantes, dans ses cils épais. Il était torse nu. Il avait la peau hâlée à force de travailler au soleil sur le bateau, et l'étendue de son torse basané et de ses muscles saillants la distrayait. En prenant conscience du regard qu'elle avait sur lui, elle tourna vite la tête.

— Je dois être à faire peur.

— Pas du tout, dit Clint. Vous êtes très jolie. Un peu trempée, mais jolie.

— Menteur, dit Jeanne avec amusement.

— Que non ! dit-il, puis un air curieusement inquiet passa sur son visage. Bien, alors vous voulez revenir à la nage ? Vince et Ezra pourraient abaisser l'une des passerelles, vous savez. Elles se rendent sûrement à terre.

— Non, ce serait trop demander. Je vais nager. Mais pas à l'instant, je cherche encore mon souffle. Qu'est-ce qui s'est passé, au juste ?

— Vous êtes tombée à l'eau, la taquina Clint. Bon, bon, désolé. C'est une des barres de manœuvre qui a cassé.

— Vous pouvez la réparer ? Mais voyons, qu'est-ce que je dis là ? Bien sûr que vous pouvez la réparer. Vous savez tout faire.

— Pas tout. Par exemple, je ne saurais pas rescaper la pauvre jupe qui s'est noyée sous nos yeux. Mais oui, je peux réparer la barre de manœuvre. Ce qui me fâche, c'est que j'ai huilé tous les raccords ce matin et que je n'ai remarqué aucun problème.

— Comment c'est arrivé ? dit Jeanne avec un grand sourire narquois.

— Je me le demandais justement. Vous savez, je crois que c'est la première fois que je vous vois rire. Êtes-vous heureuse, Jeanne ?

— Pardon ? bafouilla-t-elle.

Ils se regardèrent les yeux dans les yeux.

— Hé ! cria Vince, vous voulez qu'on abaisse une passerelle ? Je peux aussi vous apporter de quoi pique-niquer si vous préférez !

— Ce ne serait pas de refus, lui cria Clint en réponse.

Jeanne riait encore.

CHAPITRE 13

J'ai une excellente idée, dit Clint. J'aimerais vous inviter tous à manger. Nous pourrions célébrer le fameux « plongeon » de la capitaine Jeanne. Vous avez déjà mangé allemand, *kleines Mädchen* ?

— Je ne sais pas, répondit Marvel, comme devant une grande énigme. Maman le sait sûrement. Est-ce que vous parlez allemand ?

— Non, mais je sais chanter en allemand, raconta Clint, désinvolte. Je connais *O Tannenbaum* et *Stille Nacht*.

— Ouais, madame la comtesse dit que tu chantes allemand avec un accent italien, le piqua Vince, ce à quoi Clint répondit d'un seul regard menaçant.

Ils venaient tout juste de décharger le *Rose* au quai de Memphis. Ezra avait fait de la citronnade, où l'on mit quelques glaçons, que Clint et Jeanne s'assuraient toujours de garder en bonne quantité dans la glacière. Ils étaient tous sortis sur le pont principal et regardaient l'activité furieuse qui animait les docks. Vingt-deux

bateaux à vapeur s'alignaient le long de la voie navigable, des centaines de gens — des débardeurs, des
hommes d'équipage, des passagers, des expéditeurs,
des réceptionnaires, des garçons de courses, des fores-
tiers — fourmillaient partout, criant et jouant du coude.
Après le déchargement, il fallait sans attendre libérer
les docks prévus à cet effet, et le *Rose* était actuelle-
ment amarré plus loin le long des quais. Ezra avait sorti
des caisses en bois pour s'asseoir, et, voyant cela, Clint
s'était proposé d'aller en ville pour acheter de belles
chaises longues. Après le commentaire peu discret de
Vince, Clint jeta un regard prudent à Jeanne, qui, bien
qu'elle eût les lèvres pincées, ne se permit aucun commentaire, se contentant de garder les yeux baissés vers
les quais.

— Est-ce que vous chantez « Avémaria » en allemand ? demanda Marvel.

— Non, c'est du latin, expliqua Clint. Et Vinnie,
avec la bouche qu'il a grande aujourd'hui, dirait sûrement que je chante en latin avec un accent allemand.
Bien, tout le monde, que dites-vous de ma petite invitation ? Je louerais un chariot, et nous pourrions tous aller
déjeuner demain chez Mütter Krause. Vous êtes invité
aussi, Ezra. Il faut bien que vous descendiez du bateau
de temps à autre, sinon vous finiriez par avoir la tête
comme les chaudières.

Ezra sourit.

— Ça tombe bien, j'adore les *Wiener schnitzel* de chez
Mütter Krause. J'en suis, parole d'Ezra ! Qu'en dites-
vous, capitaine Jeanne, vous êtes en appétit pour un
Wiener schnitzel ?

— Je n'ai jamais goûté à ce plat, dit-elle, un peu évasive. J'ai bien peur d'avoir un autre rendez-vous pour demain, dit-elle, son regard encore perdu dans le lointain.

— Tu as encore une sortie avec M. Masters, dit Marvel. Mais je peux aller avec eux, moi, n'est-ce pas? Je veux manger des « winnersnitze ».

— Oui, tu *peux* te joindre à eux, dit Jeanne en se levant de la caisse lui servant de siège improvisé. En parlant de M. Masters, je le vois qui arrive à l'instant. Si vous voulez bien tous m'excuser, je vais aller à sa rencontre.

En effet, il venait sur les quais dans un costume de lin couleur crème et coiffé d'un haut-de-forme en paille. Jeanne l'avait taquiné à propos de la canne « d'été » qu'il traînait encore aujourd'hui, laquelle était faite d'ostryer blond avec un pommeau en argent incrusté de nacre.

Après des salutations, Jeanne passa le bras sous le sien, et ils revinrent en marchant lentement vers le *Rose*.

— Je vois que vous avez un présent pour moi! Quelle belle attention! J'adore lire le journal illustré *Frank Leslie's* avec Marvel. Vous savez, elle s'aide des images pour apprendre de nouveaux mots. Roberty aussi, d'ailleurs.

— En ce cas, je m'engage à vous en apporter un exemplaire chaque semaine, dit-il galamment. C'est le moins que je puisse faire, comme vous m'interdisez de combler la petite de présents. Savez-vous combien il peut être démoralisant d'être limité aux fleurs et aux journaux? Comment s'est déroulé votre voyage, Jeanne?

— J'ai fait une chute dans le fleuve, dit-elle non sans amusement. L'équipage a même surnommé l'incident « le plongeon de la capitaine Jeanne ».

Il s'arrêta dans ses pas, se tourna et lui prit les deux bras.

— Vous êtes tombée ! Êtes-vous blessée ?

— Non, non, je me porte très bien. Je me suis cogné l'épaule sur une aube de la grande roue et j'ai une épouvantable contusion pour le prouver, mais ce n'est pas aussi grave qu'il y paraît. Plus de peur que de mal, en fait. Et à vrai dire, toute cette histoire est plutôt amusante.

— Amusante, répéta-t-il d'une voix sombre tandis qu'ils reprenaient la marche. Vous avez chuté près de la roue à aubes. Vous auriez pu vous cogner la tête, ou même vous briser le cou, Jeanne. Ce n'est *pas* l'idée que je me fais d'une histoire drôle.

— Mais je n'ai rien. C'est pourquoi je dis que, en fin de compte, c'était plutôt drô…

— Comment êtes-vous sortie de l'eau ? demanda-t-il.

Il ne l'avait jamais interrompue avant. Ses traits, d'ordinaire si doux, étaient noirs et troublés.

— Je suis une nageuse habile, rétorqua Jeanne.

— Vous nagez ? Et comment, puis-je demander, êtes-vous vêtue quand vous nagez ? exigea-t-il de savoir sur un ton moralisateur.

— Mon père m'a appris la nage à un très jeune âge, commença-t-elle sèchement. Il m'emmenait à un étang de baignade privé juste à l'extérieur de South Bend, et nous nagions tous là, avec ma mère. Je n'ai plus nagé depuis mes seize ans, mais même si je nageais encore, il ne vous regarde en rien de savoir ce que j'aurais sur le dos, dit Jeanne avec indignation.

Ils arrivaient devant la passerelle du *Rose*, et George fit à nouveau face à Jeanne, lui prenant cette fois les mains.

— Très bien, oublions tout cela pour le moment. Il suffit que vous sachiez mon inquiétude, Jeanne. Tant de malheurs peuvent survenir sur un bateau à vapeur. Ce que vous faites n'est pas sans danger ; les bateaux sont des endroits dangereux, le fleuve est dangereux, la température est dangereuse, les gens sont dangereux. Vous ne faites pas du tout attention à vous-même, à preuve, vous êtes tombée à l'eau. Avez-vous même conscience du danger ?

Jeanne retira doucement ses mains des siennes. Elle savait pertinemment que tout l'équipage du *Rose* les regardait.

— Ainsi, vous pensez honnêtement que je ne sais pas ce que je fais ? Comment pouvez-vous me dire une chose pareille, George ?

— Vous vous méprenez sur moi et mes intentions. Je m'inquiète seulement de vous voir prendre des risques sur le fleuve. Voilà tout.

— Très bien. Je serai plus prudente.

— Vous me promettez ? Promettez-le-moi, Jeanne. Je me fais un sang d'encre, et votre bien-être me tient trop à cœur, ajouta-t-il comme un cri du cœur.

Apaisée par ces propos, elle hocha la tête.

— Je sais que vous êtes sincère, George. Ne parlons plus de ma chute, si vous voulez. J'allais d'ailleurs vous poser une question : aviez-vous quelques ambitions pour nous demain, parce que j'avais pensé sortir avec l'équipage et Marvel ?

Il se rembrunit à cette annonce.

— Jeanne, nous n'avons pas d'autre temps ensemble que celui que vous passez à Memphis. Et cette situation m'est pénible, comme je vous le disais. J'avais espoir que ces moments étaient précieux pour vous aussi. Bien sûr que je désire passer la journée de demain en votre compagnie. Quelle est cette idée d'ailleurs de sortir avec l'équipage ? Vous n'y pensez pas ! Vous vous moquez sûrement de moi ! Où comptiez-vous déjeuner, dans un saloon ? Vous ne devriez pas même vous montrer en public avec ces gens-là !

Jeanne se raidit, et ses yeux semblaient vouloir le transpercer.

— J'ai bien dit « avec l'équipage et Marvel ». Mon cher, pourquoi vous montrez-vous soudain si mesquin ?

— C'est ce que vous avez dit ? Je suis tellement désolé, Jeanne, s'excusa-t-il immédiatement. Pour être tout à fait franc, juste à vous entendre dire que vous ne vouliez pas me voir demain, je suis devenu jaloux. Je vous supplie de me pardonner, je ne pensais pas ce que j'ai dit.

— Jaloux, vous ? Oh, George, mais c'est ridicule !

— C'est plus fort que moi, je vous veux à moi seul, dit-il avec un sourire triste. Et voilà où cela m'amène. À présent, je suis grossier, snob et égoïste.

— Vous n'êtes aucune de ces choses, le rassura Jeanne, sa voix basse et sincère. Je le sais très bien.

— Est-ce à dire que vous passerez la journée de demain avec moi ? demanda-t-il. S'il vous plaît, Jeanne. Mes jours avec vous sont plus importants que tout.

— C'est d'accord, dit-elle, lui reprenant le bras tandis qu'ils s'engageaient sur la passerelle. Mais c'est uniquement parce que vous m'avez apporté le *Illustrated Weekly*.

Jeanne lui sourit, mais elle n'avait pas le cœur léger. Il lui peinait de manquer la sortie avec l'équipage. Certes, elle s'était montrée quelque peu froide envers la proposition de Clint, et la remarque de Vince à propos de « madame la comtesse » n'y était pour rien ; Jeanne s'était résignée à cette idée que Clint fréquentât des femmes. Cela venait plutôt d'un constat : celui de se savoir désormais liée à George Masters. Lorsqu'ils passaient du temps ensemble à Memphis, elle voyait très peu sa fille. Elle se rendait maintenant compte que George semblait vouloir écarter Marvel. C'était peut-être compréhensible, supposait Jeanne. George était un homme célibataire et sans enfants, un homme amoureux d'elle, qui plus est. C'était sans doute seulement naturel qu'il veuille être seul avec elle. Cela dit, il lui arrivait quand même de demander que Marvel les accompagne, à l'occasion, et George disait vouloir la couvrir de cadeaux, ce que Jeanne lui refusait systématiquement. C'était tout de même une généreuse attention de sa part. Mais d'un autre côté, Jeanne était troublée de constater le peu d'intérêt qu'il portait à sa fille.

Clint Hardin, lui, était très proche de Marvel et aussi de Roberty. En fait, Clint faisait tout pour s'inclure dans la vie de Marvel, se proposant de l'aider avec ses leçons

d'arithmétique, inventant pour elle des jeux mathéma-
tiques. Récemment, Ezra et lui s'étaient même mis à la
construction d'une maison de poupée pour Avémaria
et Madame Topp, un projet né à la suggestion de Clint.
Le soir, quand Vince et lui n'étaient pas à écumer les
saloons, Clint chantait ce que Marvel voulait qu'il
chante et dansait souvent avec elle. Clint semblait avoir
une sincère affection pour Marvel et recherchait sciemment sa compagnie, sans que Jeanne puisse y voir une
manière détournée pour la séduire, car, après tout, Clint
Hardin était un homme célibataire et sans enfants,
comme George.

Jeanne chassa toutes ces idées pour se concentrer
sur ce que George disait :

— Il se trouve que j'ai justement une idée de sortie
pour demain. J'ai découvert un charmant petit restaurant dont l'ambiance, durant les heures du déjeuner,
s'avère parfaitement convenable pour une dame. On y
sert une cuisine allemande dont on ne dit que du bien.
En fait, si vous aimez les plats allemands, c'est un régal
assuré.

— Vous parlez de Mütter Krause? demanda Jeanne
d'un ton morne.

— Ma foi, oui. Connaissez-vous cet établissement?

— Non, mais je préférerais que nous n'y allions pas,
George. Peut-être une autre fois, mais pas demain.

Au premier jour d'août, au cœur de ce qui aurait dû être
la saison sèche, la pluie se mit à tomber avec force. Le

temps n'avait rien de trop violent, mais les nuages déversaient leur eau abondante et chaude sur la région. Le fleuve Mississippi et la rivière Arkansas gorgeaient leurs rives, et la boue s'accumulait partout.

Quand Clint l'avait vue pour la première fois sur une carte, il avait dit de la rivière Arkansas qu'elle ressemblait à un ver de terre trop long qui se tortille. Avec la pluie, ce ver de terre était devenu un serpent aussi imprévisible que dangereux. Depuis Niccottoo jusqu'au Mississippi, la rivière Arkansas n'offrait aucun répit. Les pilotes devaient manœuvrer sans arrêt à la barre, opérer de constants ajustements de cap et négocier un chapelet interminable de virages, certains difficiles et en épingle, d'autres non moins exigeants et en méandres. D'innombrables petits affluents venaient gonfler la rivière Arkansas. On en croisait des larges, des torrentiels, comme celui de la rivière Choctaw, et d'autres aussi que personne n'avait pris la peine de nommer, insignifiants qu'ils étaient en toute autre période de l'année. Or, tous ces cours d'eau poussaient les pilotes dans les derniers retranchements de leur expertise durant la saison des pluies. En guise de précaution, Jeanne avait demandé à Clint de rester prêt, au cas où elle aurait besoin de son aide à la barre. Elle avait accepté ce fait que les courants pouvaient toujours avoir le dernier mot, que le pilote fût un homme ou une femme.

Dans ce segment de la rivière, la navigation était compliquée par quatre méandres morts. On appelait « méandre mort » cette partie abandonnée d'un ancien méandre où la rivière ne coulait plus, celle-ci s'étant creusé un nouveau lit plus court où les courants tourbillonnants changeaient souvent le tracé navigable. Si l'entrée étroite d'un nouveau lit se refermait, à la suite d'une crue, par exemple, l'ancien cours de la rivière devenait un bras mort, parfois un lac, si le lit était assez creux, ou encore une zone marécageuse, si l'eau n'avait pas l'espace pour s'accumuler en profondeur. En aval de la rivière Arkansas, il était rare que les méandres morts donnent lieu à la formation de lacs, et on voyait souvent, en retrait du lit de la rivière, des cercles marécageux barrés par des bandes de sable. Règle générale, c'était le bras mort de Noble qui donnait du fil à retordre au *Helena Rose*.

Jeanne s'engagea dans un méandre qu'elle avait baptisé le « Coin appentis », parce que juste sur le côté gauche de la berge, au milieu d'un boisé dense, se trouvait une petite clairière avec un abri en appentis à trois côtés. L'endroit était à l'abandon depuis longtemps, et le bois de l'abri avait blanchi au soleil. Elle tourna la tête pour jeter un coup d'œil à l'endroit et remarqua que du chèvrefeuille envahissait l'appentis et que des milliers de petites fleurs jaunes le recouvraient. Ainsi décoré par la nature, l'appentis faisait davantage penser à un pavillon de verdure qu'à un abri en désuétude. Des rudbeckies tapissaient la clairière. Jeanne s'étonna de n'avoir jamais vu de fleurs à cet endroit et se dit que les pluies incessantes des derniers jours, autrement que de déprimer les hommes, servaient bien les fleurs, le chèvrefeuille, la nature. C'étaient là ses pensées quand soudain elle entendit un énorme bruit, comme un déchirement, et sentit la coque du bateau se soulever dans un grand frottement. Le *Helena Rose* n'avançait plus.

La roue à aubes tournait encore, mais sans effet, et on entendait les moteurs forcer dans un vacarme horrible. Jeanne fit retentir la cloche d'avertissement et se mit à crier dans le pavillon du porte-voix. Au même moment, la voix de Clint se faisait entendre depuis la salle des machines.

— J'éteins tout, Jeanne !

Aussitôt, la grande roue s'arrêta. Jeanne courut vers le pont inférieur.

Elle se rendit à la porte de bâbord qui menait directement à la salle des machines, mais Clint se trouvait déjà dehors, à l'arrière du bateau, et elle le rejoignit. La roue à aubes était à peine submergée dans quelque dix centimètres d'eau.

— Une barre de sable ! Je le savais, grogna Jeanne en indiquant un point à tribord. C'est le méandre mort de Noble, dont l'entrée s'est refermée.

Clint hocha la tête en avançant le long de la rambarde, examinant l'état de la coque sur le flanc.

— Regardez, on peut voir le sable soulevé qui se dépose au fond. Le milieu du bateau n'est même plus à l'eau.

Ezra et Vince sortirent sur ces entrefaites et entreprirent d'évaluer l'état du bateau. Le *Rose* était bel et bien échoué, son nez légèrement relevé vers le ciel, sa coque complètement hors de l'eau sur les deux tiers de sa longueur. Il prêtait le flanc à un contre-courant venant à bâbord. Clint grimpa par-dessus la rambarde et sauta sur la barre de sable, où la roue à aubes s'était enlisée.

— Je vois un creux ici derrière, et le courant ramène le sable à tribord. Avec un peu de chance, dans une heure ou deux, l'eau aura tout érodé et nous pourrons faire marche arrière.

— Croisons les doigts, dit Jeanne, l'air misérable. Une fois, avec mon père, nous sommes restés coincés six jours sur une barre de sable. C'est ma faute, j'aurais dû la voir.

Ezra la regardait, secouant vigoureusement la tête.

— Vous n'auriez rien pu y faire, capitaine Jeanne. C'est du jamais vu, le bras mort de Noble barré par le sable !

Clint remonta à bord et dit à Jeanne :

— Ce que ce bon vieux fleuve invente comme tracasseries, ce n'est pas votre faute, Jeanne. Aussi bien dire que s'il pleut, c'est à vous qu'il faut se plaindre.

— Mais cette fois, c'est vrai. Je ne regardais pas devant, j'admirais des fleurs, rétorqua Jeanne. J'étais distraite, et voilà ce qui est arrivé.

— Disons que c'est la faute des fleurs, capitaine. Bon, Ezra, Vinnie, sortons les pelles et voyons s'il n'y a pas moyen de déprendre ce bon bateau.

Les trois hommes, que Roberty rejoignit bien vite, travaillèrent deux heures à la pelle, creusant le sable sous la roue à aubes. Vers midi, Jeanne se rendit à la poupe et se pencha par-dessus la rambarde.

— Prenez une pause, messieurs. Marvel et moi, nous vous avons préparé à manger.

Clint leva les yeux vers Jeanne, un grand sourire aux lèvres.

— Vous avez cuisiné ?

— Et comment ! Vous saurez que je m'escrime comme une bonne sur la planche à découper depuis une heure, à me battre avec le jambon et le rosbif, répondit Jeanne, le regard content et un sourire espiègle sur les lèvres. Allez, venez à l'avant du bateau, nous avons tout installé pour un joli pique-nique sur le pont.

Jeanne avait cuisiné une douzaine d'œufs au curry, un ketchup de tomates aux champignons, du chow-chow bien vinaigré, des pommes de terre en robe des champs, des beignets de maïs et des macaronis au fromage et au bacon. Le matin même, Ezra avait fait du pain, qu'on avait tranché pour faire des sandwiches. Quand ils furent remontés à bord, les hommes et Roberty se trouvèrent devant le festin de toutes ces nourritures disposées sur quatre caisses en bois couvertes d'une nappe blanche.

— Des macaronis, souffla Roberty. Mes préférés.

— Moi, j'aime tout ce qu'il y a sur cette table, dit Clint. Merci, capitaine. Hé, peut-être qu'on devrait vous virer en tant que pilote et faire de vous notre nouveau cuistot.

— Essayez pour voir ! répliqua Jeanne.

Tout le monde se servit une assiette et s'assit pour manger. Comme toujours, Léo vint poser sa truffe sur la cuisse de Jeanne, la regardant avec des yeux enamourés. Comme toujours, amadouée, Jeanne lui donna quelques morceaux à manger, du jambon en l'occurrence.

— Alors, quel est le verdict ? demanda-t-elle.

— Nous ne pourrons jamais assez creuser pour libérer le *Rose*, raconta Clint, qui secouait la tête. Il y a quelque temps de ça, le courant a changé, et il charrie maintenant plus de sable sous la roue à aubes. À l'heure qu'il est, la roue se trouve prise dans une dizaine de centimètres de sable, et elle s'enlise plus vite que nous savons pelleter. Cela dit, Ezra croit que ce n'est peut-être pas si mal.

— Suffit qu'il arrête de pleuvoir, et le sable va bien finir par se fixer en vase, expliqua Ezra. Quand le ciel va arrêter de pleurer, l'Arkansas va retrouver le chemin du sud et le bateau, la mouille et la liberté, vous me suivez ?

Ils regardèrent tous le ciel, qui faisait une bande bleue juste au-dessus du bateau et qui, à l'est, se chargeait d'énormes nuages de tempête, une ligne boursouflée et gris foncé sur l'horizon.

— Vous croyez qu'ils vont à l'ouest ? demanda Vince en s'adressant à Ezra.

— Pas sûr. Mais s'ils vont ailleurs, nul doute que ce sera la faute de capitaine Jeanne, dit-il, un sourire narquois pendu aux lèvres.

C'était la première fois qu'Ezra se permettait de taquiner Jeanne et, un instant interloquée, elle trouva vite la remarque hilarante et éclata de rire. Bientôt, tous l'imitèrent volontiers.

— Une autre faute qu'il me faudra bien expier, soupira-t-elle en plaquant le dos d'une main contre son front, comme l'on faisait au théâtre et, d'une voix grave, elle résuma les choses ainsi : si ce n'était de ces fleurs, nous ne serions pas ici, échoués sur un banc, sur le sable que la rivière a mis sur notre route, j'en suis sûre, sachant que je passerais par là. Et moi, pauvre étourdie, voilà que, de provocation, j'attise les cieux et j'enrage les nuages, voilà que du seul fait d'exister, j'ai remué la vase qui des jours durant voudra nous piéger !

— Ah! Prenez-moi pas au mot, capitaine, je charriais, crut bon de préciser Ezra. D'ailleurs, il m'est avis que ces nuages d'orage, ce ne sont pas les vôtres, mais des restes du mauvais temps de ce matin. Je gagerais même que le ciel restera clair jusqu'à ce soir et cette nuit aussi peut-être.

— Une chose est sûre, capitaine, dit Clint sur un ton plus sérieux, ce n'est pas à la pelle que nous sortirons d'ici. Le mieux, c'est d'attendre que le courant change. C'est comme le dit Ezra, à la pelle, on ne peut rien contre un glissement de terrain.

— D'accord, lui accorda Jeanne. Dans les circonstances, nous ferions aussi bien de prendre congé pour le reste de la journée, ne croyez-vous pas?

— Congé, ça veut dire faire tout ce qu'on veut? demanda Marvel, brillante de gaieté.

— Non, répondit fermement Jeanne, avec une œillade adressée à Clint, l'ayant entendu parler plus tôt de lui apprendre à nager. Congé, cela ne veut pas dire que tu peux apprendre à nager. Ce n'est pas le moment et certainement pas l'endroit. Cependant, tu peux aller explorer la barre de sable et jouer avec Léo... du moment que quelqu'un te surveille, ajouta-t-elle d'un ton entendu.

— Capitaine, vous pouvez compter sur moi, s'engagea Clint, je ne la quitterai pas d'une semelle. Comme c'est congé, pourquoi ne viendriez-vous pas jouer avec nous?

— Non, j'ai pris du retard dans la comptabilité de juillet et je dois fermer les livres.

— Je parie que nous avons fait un paquet d'argent, dit Clint d'un air heureux.

— J'aurai l'esprit plus tranquille quand nous saurons exactement ce que vaut ce « paquet », monsieur
Clint, répliqua Jeanne.

Ezra s'était proposé de ramasser les assiettes et les
plateaux de nourriture, mais Jeanne l'arrêta.

— Je m'occupe de tout ranger, Ezra. C'est votre jour
de congé. Allez faire quelque chose de plus amusant.

Son visage comme du cuir se plissa quand il lui fit
un grand sourire.

— J'avais justement pensé aller taquiner le fretin,
capitaine. Une carpe grasse ou une bonne perche, ça fait
toujours un bon dîner.

Jeanne libéra la table et fit la vaisselle dans la cuisine, jetant un œil sur la casserole d'eau qu'elle avait sur
le feu. Quand l'eau fut juste à la bonne température, elle
transporta la grande marmite en cuivre à sa cabine, puis
y jeta vite quelques feuilles de menthe fraîche. Elle se
dévêtit et fit sa toilette sans se presser, après quoi elle
s'offrit un bain de pieds dans l'eau encore chaude. Elle
enfila ensuite une chemise ample et sa plus légère
culotte bouffante. Posant un petit linge mouillé sur son
front, elle s'étendit et sommeilla dans le confort de ses
draps.

Après une heure de ce traitement, elle se leva, fraîche
et dispose, un état qu'elle savait par ailleurs éphémère
en ce temps de l'année, quand dehors il faisait une chaleur suffocante et que la brise daignait rarement entrer
par les fenêtres, et souvent dans un souffle court, tiède
et capricieux. Soupirant, elle se vêtit et alla s'installer au
bureau, y trouvant une liasse de papiers à remplir et le
grand livre de comptes ouvert. Malgré la chaleur, c'était

un superbe après-midi. Les rayons obliques du soleil entraient dans la cabine et faisaient danser comme des paillettes d'or les grains de poussière dans leur lumière. Une odeur terreuse enveloppait le bateau immobile, une odeur riche et presque sucrée. Une abeille vint par la fenêtre, son vol en quelques cercles erratiques lui faisant découvrir les environs. Elle s'intéressa un instant à Jeanne et se posa sur son bureau, avant de repartir enfin pour s'envoler par une autre fenêtre. Dehors, des oiseaux chantaient et se répondaient. Il y en avait des dizaines, aurait dit Jeanne, mais personne sur le bateau. « Ils sont plus loin sur la berge, à pêcher », pensa-t-elle. Jeanne décida qu'elle se joindrait à eux, une fois son travail terminé.

Faire les comptes de juillet s'avéra bien plus compliqué qu'elle ne l'avait pensé, et Jeanne travaillait depuis deux heures déjà, sans en voir la fin. Elle les entendit qui revenaient, sur le pont principal. Elle se leva et s'étira, cambrant le dos et appuyant les mains dans le creux endolori de ses reins, puis descendit à leur rencontre. Tandis qu'elle était dans les marches, Jeanne entendit Clint qui disait :

— Je crois que la carpe de Marvel est la plus grosse.

— C'est juste parce qu'Ezra m'a donné le plus gros appât, expliquait Marvel.

Jeanne tourna le coin et s'arrêta net. Dans ses mains, Clint tenait un long bout de corde où s'alignaient les poissons d'une pêche impressionnante.

— Jeanne, la salua Clint, Marvel est la meilleure pêcheuse d'entre nous tous… Qu'est-ce qui ne va pas ?

— Ce qui ne va pas! s'écria Jeanne. Mais regardez-vous donc! Marvel, je peux savoir dans quoi tu t'es roulée?

Ils faisaient une drôle de bande, tous couverts de boue. Ils en avaient partout, au visage, dans le cou, sur les bras et les mains. Marvel avait une couette de cheveux qui tenait droite sur la tête, et on avait attaché le reste en une queue de cheval avec du fil à pêche. On ne voyait de sa peau que ses paupières blanches.

— De la boue, tu en as mis aussi dans tes *oreilles*? demanda Jeanne, choquée.

— Pas dans les oreilles, expliqua Marvel, mais tout autour, oui. C'est à cause des moustiques, maman. Ils voulaient nous manger tout cru.

— Manger? répéta Jeanne dans un cri aigu, s'imaginant sa fille avalée par une nuée de moustiques.

— Calmez-vous, Jeanne, dit Clint. C'est le meilleur chasse-moustiques qui soit, les Amérindiens l'utilisent depuis toujours. Ça se nettoie, d'accord? Il n'y a pas eu de bobo ni mort d'homme.

Jeanne se calma.

— Oui, peut-être, mais vous m'avez donné une de ces frousses! J'ai cru que les morts se levaient en vous voyant. Et vous êtes sales! Je crois n'avoir jamais vu d'êtres humains aussi sales.

— La boue, ça pique aussi quand ça sèche, dit Marvel. Mais les piqûres de moustique, c'est pire. J'ai attrapé le plus gros poisson, maman! Regarde! C'est lui, là!

— Vraiment? Bravo, Marvel! la félicita Jeanne, encore que le poisson lui semblât aussi dégoûtant que l'état dans lequel on lui ramenait sa fille. Et si nous allions prendre un bon bain maintenant ?

Jeanne s'occupa de trouver des serviettes pour débarbouiller Marvel, et Clint alla remplir à l'eau de la rivière une grande bassine en cuivre. Ils s'en servirent pour un premier rinçage, puis Jeanne pressa Marvel de monter à la cabine, où elles se débarrasseraient de toute la boue et lui mettraient des vêtements propres. Dans la cuisine, Ezra, Vince et Roberty prirent des couteaux et sortirent sur le pont pour arranger les poissons.

— Je vais nager jusqu'à l'appentis là-bas, dit Clint. Je reviens dans quelques minutes.

Il n'eut pas à nager jusqu'à la clairière, puisque l'eau ne lui arrivait jamais qu'à la taille. Il cueillit quelques tiges de chèvrefeuille et une brassée de rudbeckies, dont les fleurs, jaunes avec leur cœur brun de velours, étaient aussi grosses que sa main. De retour sur le bateau, il mit les fleurs en bouquet dans l'eau et alla rejoindre Vince, Ezra et Roberty, qui, assis à la poupe du bateau, jambes ballantes au bout du pont, terminaient de nettoyer et de fileter le poisson.

— Je vous aiderais bien, dit-il d'un ton désinvolte, mais j'ai quelque chose d'important à faire.

— Si tu te lances dans le tressage des fleurs, Clint, je vais sérieusement commencer à m'inquiéter, dit Vince. Tu veux bien me dire ce qu'il est devenu, Clint le « coup-de-poing » Hardin ?

— C'est vous ? Vous ? Clint le « coup-de-poing » ? bégaya Roberty. Le boxeur ?

— Le surnom, je déteste, soupira Clint, mais, oui, c'est moi. Cela dit, je ne boxe plus.

— Tu pourrais recommencer n'importe quand, à Memphis, dit Vince. Tu pourrais battre n'importe qui, comme avant.

— Peut-être, mais à force d'encaisser les coups, Vince, on finit par se demander si le jeu en vaut la chandelle. Dans un vrai combat, les coups, ça fait mal.

— Ça ne t'empêchait pas avant, Clint, et je sais ce qui a changé. Tu ne te bats plus parce que ces dames n'aiment pas que ton joli visage soit tout amoché.

— Il n'est pas joli, fit remarquer Roberty d'un air dégoûté.

— Non, je ne le suis pas, acquiesça Clint, souriant à la remarque. Et aucune femme ne m'a accusé d'être joli non plus.

Jeanne et Marvel se joignirent à eux. Le regard de Clint se posa sur Marvel. Il se leva à la hâte, s'aidant de ses mains.

— Oh, non, petite fille, qu'est-ce que c'est que tout ça ?

Marvel était couverte de piqûres. Elle en avait partout sur les mains, dans le cou, et il ne restait sur son visage presque aucune peau saine où poser le doigt. De grosses enflures rouges lui couvraient le nez, les joues et même le bout des lobes d'oreille. Son œil droit était presque fermé parce qu'un moustique l'avait piquée sur la paupière, et la peau sensible avait enflé. Jeanne avait appliqué un genre de pâte blanche sur toutes les piqûres, sauf celle à l'œil. On aurait dit qu'un seau de peinture blanche avait explosé à côté d'elle.

— On dirait bien qu'ils m'ont eue avant que nous nous couvrions de boue, dit-elle d'un air misérable.

— J'ai appliqué de la pâte de bicarbonate de soude pour soulager la démangeaison, expliqua Jeanne. Jamais je n'aurais cru m'entendre dire cela, mais, dorénavant, je vous prierai d'enduire Marvel de boue *avant* qu'elle n'aille se balader dans les bois.

— Est-ce à dire que vous n'êtes pas fâchée ? demanda Clint sans trop y croire.

— Je l'étais, mais à quoi bon ? Je ne peux quand même pas lui interdire de jouer dehors, non ? Je n'ai que moi à blâmer, après tout. Elle avait ma permission.

— Peut-être, mais ce n'est pas ce genre de détail qui vous empêche normalement d'être fâchée avec moi, dit Clint tout bas.

— Oh, mais ne vous inquiétez pas, je me fâcherai sûrement avant longtemps, lança Jeanne à la blague. Reparlons-en dans deux jours, voulez-vous ? Bien, alors comment les choses se présentent, avec les poissons ?

— C'est tout prêt, répondit Ezra d'un ton satisfait. Ce soir, nous allons nous régaler à la plus belle gamelle de poissons frits que vous n'aurez jamais eue.

Ce soir-là, Marvel supplia Jeanne de la laisser nettoyer la pâte de bicarbonate qu'elle avait au visage.

— Ça pique quand c'est mouillé et ça gratte quand ça sèche, se plaignit-elle.

— Je sais, ma chérie, mais j'ai peur que tu te grattes dans ton sommeil. Ce serait pire d'avoir des plaies ouvertes qui pourraient s'infecter. Regarde, tu te grattes en ce moment même. Avec un linge humide et frais sur les yeux, tu dormiras mieux, d'accord ?

Dès les premières lueurs grises et timides de l'aurore, l'équipage reprit les pelles et le travail d'excavation à la poupe du bateau. Leurs voix réveillèrent Jeanne, qui se leva et s'habilla en vitesse. Elle sortit à l'arrière du pont principal et appela les hommes.

— Quelle est la situation ?

Clint releva la tête.

— C'est encourageant, Jeanne. La roue à aubes est dans une trentaine de centimètres d'eau. Nous espérons que ça suffira à nous donner une certaine poussée.

— Ne risquerions-nous pas d'endommager les moteurs ou la roue ?

— Non, pas si nous y allons en douceur. Allez, les gars, allons faire de la vapeur.

Jeanne retourna à sa cabine pour jeter un œil à Marvel. Jeanne savait que sa fille avait eu une mauvaise nuit. Elle s'était beaucoup retournée, et Jeanne, que les mouvements de Marvel réveillaient, l'avait vue se gratter le visage à deux ou trois reprises. La pâte de bicarbonate de soude avait complètement séché, et il n'en restait que des petites poussières s'accrochant à elle. Jeanne aurait juré que sa fille avait dormi dans une carrière de grès. Elle la réveilla, et elles firent sa toilette avant d'entreprendre la laborieuse tâche d'enduire chaque piqûre de pâte blanche.

Dans l'heure qui suivit, les chaudières furent chaudes et les moteurs ronronnaient. Jeanne monta à la timonerie et fit sonner la cloche de départ. Elle sentit soudain le bateau prendre vie et vibrer un peu. On ouvrit ensuite les soupapes de vapeur pour redonner au *Rose* sa puissance, et la roue à aubes se mit lentement à tourner. Tenant la barre à roue dans une poigne nerveuse, Jeanne tourna la tête pour regarder derrière.

La roue à aubes battit un tour à sec, puis retrouva l'eau. Le *Rose* commença à glisser. Jeanne tenait la barre parfaitement droite. Le bateau avançait lentement, et Jeanne sentit bientôt la houle. Le *Rose* avait retrouvé la rivière.

— Merci, Seigneur! s'écria-t-elle en faisant sonner deux fois la cloche, signal qui disait «en avant toute!»

Le *Helena Rose* filait fièrement sur la rivière, oublieux de ses malheurs des vingt-quatre dernières heures. En bas, dans la salle des machines, Clint se décrispait enfin, jetant un œil à l'indicateur de commande.

— Tu crois que j'ai aidé le bateau en retenant autant les muscles de mon ventre? lança-t-il à la blague à Vince. Tu crois que je peux tout relâcher maintenant.

— Ouais, moi, j'attendrais un peu à ta place, répondit Vince, juste au cas où.

Clint alla dans la chaufferie et s'agenouilla devant la chaise de Marvel. La petite était encore couverte de boursouflures rouges, avec un petit point blanc au centre de chacune.

— Comment te sens-tu, petite fille? demanda-t-il gentiment.

— Je vais mieux qu'hier soir. Roberty, il pense qu'on m'a lancé une poignée de cerises à la figure et que quelqu'un a ajouté un petit peu de crème dessus, expliqua-t-elle avec mélancolie.

— Je ne disais pas ça méchamment, dit Roberty, tout penaud. J'aime les cerises avec un peu de crème dessus.

— C'est bon dans un bol peut-être, mais pas dans la figure, rétorqua Marvel.

— Oublie cette histoire, Marvel. Moi, je pense que tu es encore toute jolie, dit Clint en se relevant. J'ai une surprise pour toi, qui va te rendre encore plus jolie.

Il sortit sur le pont principal et revint avec le chèvrefeuille qu'il avait tressé.

— C'est pour toi. Je ne voulais pas te faire ce cadeau hier soir, parce que tu n'avais pas l'air bien, raconta-t-il, posant la couronne de fleurs sur sa tête.

C'était une couronne habilement tressée, faite de six tiges de chèvrefeuille pleines de fleurs, et de deux longues vrilles qui retombaient sur les épaules de Marvel.

— Voilà, j'ai retrouvé ma princesse des fées, dit Clint avec un grand sourire.

— Ooh, c'est trop joli! Merci, monsieur Clint! J'aimerais tant que ma figure ne soit pas toute barbouillée. Je me sentirais plus comme une princesse.

— Ne t'en fais pas, Marvel. Quand nous arriverons à Memphis, j'irai acheter un onguent pour tes piqûres et une potion magique pour éloigner les moustiques, dit Clint, reposant un genou devant Marvel. C'est un produit qui sent bon, mais que les moustiques n'aiment pas. Et ça donne bien meilleure allure que de la boue. Je suis vraiment désolé que tu te sois fait piquer autant, Marvel. Je ferai tout pour que ça ne se reproduise pas.

— Vous êtes sérieux? demanda Marvel, les yeux brillants. Vous feriez ça pour moi?

— Oui, ça et bien plus encore, petite fille, ajouta-t-il tout bas, mais ne disons rien à ta mère, d'accord? Elle peut se montrer très sévère envers les gens qui t'achètent des choses, mais puisque c'est ma faute, c'est à moi d'arranger les choses. On est d'accord?

— En fait, je ne crois pas que c'est votre faute si des centaines de moustiques ont voulu me dévorer, dit Marvel, mais c'est d'accord, je ne dirai rien à ma maman, à moins qu'elle me demande. Je ne mentirai pas si elle me demande.

— Je sais, petite chérie. Je le lui dirai quand tout sera prêt. Maintenant, imagine-toi donc que j'ai cueilli une centaine de fleurs. Que dirais-tu d'en choisir quelques-unes pour décorer ta cabine? Et Roberty, quand tu apporteras le thé à la capitaine Jeanne, tu voudrais bien lui en apporter un bouquet? Ça égayerait sûrement la timonerie.

Deux jours plus tard, ils arrivèrent à Memphis sans autre incident notable. Ils avaient embarqué un chargement de pierre concassée à Little Rock, et les réceptionnaires les attendaient à quai pour prendre livraison de la cargaison.

— Il faut que j'aille vite en ville, dit Clint en s'adressant à Vince. Voudrais-tu t'assurer de la bonne marche du déchargement? Jeanne descendra sûrement avant qu'ils n'aient tout emballé, mais sinon, assure-toi de toucher la moitié que nous doit M. Carruthers, c'est sa compagnie qui réceptionne les marchandises. Il nous doit deux cents dollars. Tu peux accepter une traite bancaire, il est solvable.

— Compris, dit Vince, et Clint descendit du bateau en vitesse.

Dans sa cabine, Jeanne découvrit avec un grand sourire le gros seau de fleurs au pas de la porte. C'était étrange cette aura de réjouissance qu'avaient les fleurs dans une pièce, pensa-t-elle.

Marvel entra dans la cabine.

— Allô, maman. Ils sont à décharger les pierres, et ça fait beaucoup de poussière. Je n'arrête plus d'éternuer.

— Je sais, pauvre chérie, et tu devrais trouver un autre endroit pour jouer.

Les piqûres de Marvel n'étaient plus aussi évidentes, même si certaines semblaient ne pas vouloir désenfler. Marvel fit asseoir ses poupées dans l'un des fauteuils et ressortit chercher un seau d'eau où on avait mis ce qu'il restait de chèvrefeuille en fleur.

— Je veux tresser des couronnes pour Madame Topp et pour Avémaria. Comme ça, Avémaria pourra être la reine des fées et Madame Topp, la princesse.

— C'est une bonne idée, chérie, dit Jeanne d'un ton distrait.

En ce moment, elle pensait que George Masters s'était sûrement inquiété de ne pas les voir accoster un jour plus tôt, selon l'horaire. Ils s'étaient promis de pique-niquer sur la grand-place du tribunal. C'était raté, mais Jeanne pensa que George voudrait dîner ce soir. En prévision de cette sortie, elle se changea, enfilant sa belle robe de mousseline rose avec la crinoline. Il lui fallut un certain temps pour remettre de l'ordre dans sa chevelure, qu'elle n'avait pas brossée durant le dernier voyage. Elle se sentait pressée par le temps, sachant que George Masters pourrait arriver d'une minute à l'autre. Elle réussit finalement à avoir le dessus sur ses cheveux rebelles, les ramenant sur la nuque dans un joli chignon et laissant quelques frisettes retomber sur ses épaules. Elle regarda dehors vers les docks, mais George n'y était pas, alors elle descendit voir sur le pont principal. Vince supervisait les débardeurs, qui déchargeaient les marchandises.

— Avez-vous vu Clint ? lui demanda-t-elle.

— Il a dû se rendre en ville, répondit-il. C'était urgent, crut-il bon d'aussitôt ajouter, voyant la moue qu'avait Jeanne. Il m'a informé à propos de M. Carruthers et du paiement, capitaine Jeanne. Ça ne pose pas de problème, n'est-ce pas ?

— Bien sûr que non, Vince. Je m'étonne seulement qu'il soit parti aussi vite. Hum... auriez-vous vu M. Masters, par hasard ?

— Je ne l'ai pas vu, m'dame. Voudriez-vous que je demande aux débardeurs ? Ils connaissent tout le monde et les affaires de chacun, dit Vince.

— Non, ne les dérangez pas. Je suis certaine qu'il sera bientôt là, répondit Jeanne.

Elle regagna sa cabine et s'assit un moment pour jouer avec Marvel et ses poupées. Apparemment, tout n'était pas au beau fixe dans la maisonnée : Madame Topp et Avémaria se disputaient les rôles de reine et de princesse.

— Madame Topp est la plus vieille, raisonna judicieusement Marvel. Elle devrait être la reine. Ce serait mieux.

Jeanne et Marvel s'apprêtaient à échanger les couronnes des poupées quand on vint frapper à la porte.

— Capitaine Jeanne ? appela Vince. Excusez-moi, j'ai à vous parler.

Jeanne alla à la porte et invita Vince à entrer, mais il secoua la tête.

— Non merci, m'dame. Il reste encore des marchandises à décharger. Par contre, j'ai une nouvelle que vous trouverez sans doute importante. Un des débardeurs m'a raconté qu'il y avait de la fièvre jaune en ville. Il n'est pas sûr de l'ampleur, mais les rumeurs parlent d'environ six cents cas déjà, et on dit qu'il y aurait beaucoup de nouvelles tombes au cimetière d'Elmwood. Le conseil municipal et le bureau de la santé sont au courant, mais ils refusent de déclarer la quarantaine sur les docks. Ce serait mauvais pour les affaires.

Jeanne s'était soudain faite pâle.

— Est-ce que nos débardeurs sont malades? Ont-ils été en contact avec des gens qui l'étaient?

— Selon l'ami à qui j'ai parlé, il paraîtrait que non. Ces hommes qui travaillent pour nous, ce sont mes amis de longue date, et j'ai travaillé beaucoup avec eux quand j'étais débardeur. On peut leur faire confiance.

— Très bien, dit Jeanne en se mordant la lèvre. Ne laissez personne monter à bord, les gens que vous ne connaissez pas ou qui n'ont pas votre confiance, Vince. Et personne ne quitte le bateau, je me fais bien comprendre? Savez-vous où Clint allait?

— Non, m'dame. Non, vraiment, capitaine Jeanne, je l'ignore. Si vous voulez, je peux faire le tour de nos… euh… endroits familiers et voir si je peux le trouver.

— Non, Vince, je suis sérieuse, personne ne quitte le bateau. Et envoyez-moi Roberty. Marvel et lui devront rester dans ma cabine jusqu'à ce que nous quittions la ville.

— À vos ordres, m'dame. Et, capitaine? Un garçon de courses du Gayoso vous a apporté cette lettre.

Il lui tendit une enveloppe couleur crème faite d'un papier fin.

— Merci, dit-elle lentement.

Elle referma la porte derrière elle et alla s'asseoir à son bureau pour ouvrir la lettre. Elle était de George et se lisait comme suit :

Très chère Jeanne,

Je tiens d'emblée à m'excuser de mon absence. Je le regrette sincèrement, mais je me vois obligé d'annuler ce pique-nique que nous nous étions promis dès votre retour.

Comme vous le savez sans doute à l'heure qu'il est, il y a une épidémie de fièvre jaune à Memphis. Fort heureusement, le Dr Augustus Hightower, un vieil ami à moi, siège au conseil du bureau de la santé. Il a eu cette grande amabilité de m'avertir dès les premiers cas recensés. Je suis retourné à Morecambe et je compte y rester le temps que le danger passe. J'aurais espéré pouvoir vous y emmener, Marvel et vous. Je vous conseille de quitter la ville au plus tôt.

Vous me manquez terriblement, très chère, et j'espère que nous serons bientôt réunis. Que Dieu soit avec vous et vous préserve, je demeure comme toujours,

Votre serviteur obligé,
George Masters

CHAPITRE 14

Madame Chasseur était reconnue à Memphis pour sa beauté incontestable. Elle était svelte et blonde, avec des yeux d'un bleu diaphane comme le ciel, disait-on. Elle avait un charmant accent français et une voix douce et plaisante. Ses clientes, qui étaient toutes des dames de la haute société de Memphis, savaient qu'elle pleurait depuis un certain temps déjà la perte de son époux. En réalité, celui-ci était mort dix ans plus tôt dans un duel, défendant l'honneur de sa femme contre l'injure d'une brute qui l'avait insultée. Madame Chasseur avait fui La Nouvelle-Orléans pour échapper à cette fripouille et s'était fait une nouvelle vie à Memphis, y établissant une parfumerie et un magasin de cosmétiques à son nom : Madame Chasseur, cosmétiques et parfums. Sa réputation s'était vite établie à Memphis, et on lui connaissait de purs idéaux. En effet, elle ne cherchait aucunement l'attention des hommes, avouant à qui voulait l'entendre que l'amour qu'elle avait pour son mari, même dans la mort, était si fort qu'elle ne pourrait jamais envisager de se remarier un jour.

Il était certes vrai que madame Marie Chasseur, dont le véritable nom était Mary Chase, n'avait aucun désir de mariage. À La Nouvelle-Orléans, cependant, elle avait été ce genre de femme que les hommes n'épousent pas, mais dont ceux-ci recherchent avidement la compagnie — et les charmes. Aujourd'hui, elle avait tourné le dos à cette vie dissolue et assumait pleinement son célibat, se promettant de ne jamais plus laisser un homme gâcher cette nouvelle existence qu'elle s'était créée. Ses affaires étaient extrêmement lucratives, surtout de ce fait que les femmes ne regardaient pas à la dépense quand il était question de se faire une beauté.

Mary pouvait exiger dix fois le prix d'une essence de rose, où elle ajoutait un trait d'eau de jasmin, puis l'embouteillait et y apposait une jolie étiquette. Par exemple, les clientes s'arrachaient littéralement le « Baume d'essence fortifiante de Madame Chasseur », un produit qui promettait d'empêcher l'apparition des pattes d'oie. Pour les rides aux commissures des lèvres, bien évidemment, il fallait se procurer une autre préparation coûteuse. Cependant, il ne fallait pas conclure de cette attitude que Mary était un imposteur, seulement elle savait que les femmes payaient ses produits trop cher. Elle croyait bel et bien aux vertus de ses remèdes et à l'efficacité de ses fortifiants, et elle les utilisait elle-même.

C'était d'ailleurs pour son usage personnel qu'elle travaillait en ce moment à extraire les huiles essentielles de myrrhe et d'encens. Le parfum de l'huile chasserait les miasmes qui, croyait-on, propageaient la fièvre jaune. Dès les premières rumeurs d'épidémie, elle avait conseillé à ses clientes de porter à leur visage un mouchoir mouillé d'essences de myrrhe et d'encens si elles sortaient en ville. Dans la boutique, les vapeurs de ces mêmes essences dans l'air devaient chasser les miasmes pestilentiels.

La clochette à la porte sonna, et Mary passa le rideau de l'arrière-boutique pour accueillir sa nouvelle cliente. Elle se figea en voyant qu'il s'agissait de Clint Hardin.

Il lui souriait.

— *Bonjour, madame Chasseur. Comment allez-vous, chérie** ?

— Qu'est-ce que vous faites là ? siffla-t-elle. Nous nous étions mis d'accord. Vous ne deviez jamais venir à la boutique.

— Détendez-vous, Mary, je suis venu parce que j'ai un problème de peau sèche, dit-il d'un ton plaisantin, arpentant la boutique en feignant de chercher un produit qui saurait guérir cette morbide condition.

L'endroit était petit et intime. D'un côté de la pièce, il y avait des étagères pleines de fioles, de bouteilles, de flacons et de petites boîtes-cadeaux en fer-blanc. Un long comptoir vitré occupait un grand espace près du mur arrière. On y trouvait des bouteilles colorées et des boîtes en ivoire, ainsi que quatre grands miroirs posés sur sa surface de verre. À gauche, il y avait un sofa, une causeuse et deux chaises de style Queen Anne devant un petit foyer. Madame Chasseur servait souvent un thé de Chine à ses clientes dans ce coin boudoir tout en leur offrant une consultation personnelle quant à leurs besoins en cosmétiques. Il n'y avait personne d'autre dans la boutique.

— Il me semble que vous ne refuseriez pas un client payant, ajouta Clint, s'appuyant au comptoir en verre.

Derrière le présentoir, elle se pencha tout près de lui et parla dans un demi-murmure comme si on avait pu les entendre.

— Les hommes n'entrent jamais ici, sauf quand leur femme les y traîne. Qu'est-ce que vous voulez, Clint?

— Je suis persuadé que vous avez quelque chose qui sent vraiment bon et qui empêche les moustiques de piquer.

— Oui, j'ai ce que vous cherchez, et les femmes adorent, dit-elle d'un ton mordant. Ne me dites pas que vous êtes ici pour acheter un parfum pour une autre?

— Non, pas pour une autre femme, pour une petite fille. Nous sommes restés coincés sur une barre de sable, en pleine nature, et les moustiques l'ont dévorée vivante. Je me disais seulement que vous sauriez quoi faire en pareille situation.

Elle se rendit devant les rayonnages et revint avec une petite bouteille couleur améthyste.

— C'est une huile essentielle, un mélange de romarin et de lavande. C'est excellent pour chasser les insectes. Les odeurs qu'elle dégage sont si douces et agréables que plusieurs de mes clientes l'utilisent pour se parfumer. Voyez par vous-même, l'invita-t-elle, ôtant le bouchon et levant la bouteille sous le nez de Clint.

Il secoua la tête.

— Je ne sens rien d'autre que cette potion poignante que vous concoctez derrière. Ça empeste comme un

harem d'Arabie dans tout le magasin. Pour l'huile essentielle, je crains de devoir vous croire sur parole.

— Donc, c'est pour la petite fille sur votre bateau ?
La fille de la dame capitaine ? demanda Mary
posément.

— Ouais, et c'est ahurissant, on dirait que la pauvre
petite tire toujours la courte paille. Quand on charge du
charbon, elle tousse et éternue. Quand on charge de la
pierre concassée, elle tousse et éternue. S'il y a dix mille
moustiques, c'est certain qu'ils ignorent tout le monde
pour se jeter sur elle. C'est la plus grosse bouteille que
vous avez ?

Elle y remit le bouchon.

— Saviez-vous que je ne vous ai plus vu depuis
un mois ? Et voilà que vous apparaissez avec cette
lubie pour une enfant qui s'est fait piquer par un
moustique !

— Ça fait déjà un mois ? dit Clint avec surprise. J'ai
tendance à perdre le fil sur le fleuve. Ah, allons, Mary,
vous n'allez pas faire du boudin. D'ailleurs, quand je
viens vous voir, vous dites que c'est tant mieux, et quand
je ne suis plus là, vous ne le remarquez guère.

— Ce n'est pas vrai, dit-elle sèchement. Je le
remarque. Je remarque beaucoup de choses. Comme
toutes ces rumeurs à votre sujet, celles qui parlent
de vous et d'Eve Maxfield. Je la compte parmi mes
clientes, vous savez.

— Ainsi que toutes les femmes de Memphis. De
toute façon, n'essayez pas de me dire qu'Eve vous a parlé
de moi, dit Clint en rejetant ce fait comme impossible.
Elle a trop à perdre.

— Elle n'a rien à perdre, voyons. Elle est là-haut, avec les gens les plus distingués. Elle est veuve et peut tout se permettre, sans jamais en souffrir la moindre conséquence. Le pire qu'elle peut craindre, c'est que les gens médisent à son sujet. C'est d'ailleurs de cette façon que j'ai appris pour vous et elle. Letitia Raleigh et la femme du Dr Hightower sont passées l'autre jour, et elles ne parlaient que de votre histoire et de ce fait que tout le monde était au courant que vous étiez son *amour**. Celui du moment, en tout cas, ajouta-t-elle avec un brin de malice.

Clint la fixa d'un regard incrédule.

— Je ne peux rien changer à ce que les gens disent, Mary. D'où vient cette idée folle d'y conférer quelque importance ? Nous ne parlons jamais des autres gens quand nous sommes ensemble. Pour ma part, jamais je ne vous questionnerais à propos de vos affaires personnelles.

— C'est parce que vous vous en moquez ! s'énerva Mary.

— Et depuis quand ça vous intéresse ? Vous dites ça, mais je doute que ces histoires vous touchent, même maintenant que vous vous fâchez. Je pense seulement que vous avez mal à votre fierté et que vous vous êtes mis dans la tête qu'il y avait une espèce de lutte impitoyable entre vous et Eve Maxfield. C'est vraiment absurde.

— Pourquoi ? Vous êtes son amant, non ?

— Vous ne devriez même pas poser la question, dit Clint d'un ton sinistre. Ce n'est pas vos affaires. Jamais je ne discuterais de vous et moi avec quiconque et je ne vous parlerai certainement pas non plus d'Eve Maxfield. Bon, allez-vous me vendre cette bouteille, oui ou non ?

Elle se démonta et dit d'une voix lasse :

— Très bien. Cela fera cinq dollars.

— Je prendrai deux bouteilles, s'il vous plaît, dit Clint, qui paya ce prix exorbitant avec un billet de dix dollars et fourra les deux bouteilles dans sa poche. Je vous souhaite que les affaires reprennent vite, madame. C'est étrange, on dirait presque que Main Street est déserte. Au revoir, Mary.

Il tourna les talons pour quitter la boutique, et elle sortit de derrière le comptoir vitré pour venir l'arrêter.

— Vous venez d'accoster, n'est-ce pas ? C'est donc dire que vous passez la nuit à Memphis. Pourquoi ne viendriez-vous pas me rejoindre, à la tombée de la nuit ?

Il mit doucement une distance entre elle et lui.

— Pas ce soir, madame Chasseur, mais merci de l'invitation.

Tandis que la porte se refermait derrière Clint, Mary sut qu'elle ne le reverrait plus. Elle fut prise à nouveau de colère, une colère dirigée vers Clint, vers Eve Maxfield, mais aussi une colère envers elle-même pour n'avoir pas su le garder. Elle jalousa même cette petite fille piquée par les moustiques pour laquelle Clint démontrait beaucoup trop d'attachement. Elle était contente de ne pas lui avoir parlé de l'épidémie de fièvre jaune. Peut-être qu'il l'attraperait et en mourrait.

Au plus profond d'elle-même, Mary Chase savait que sa perte ne serait pas moins douloureuse s'il mourait, qu'elle souffrait déjà trop de perdre Clint parce qu'il ne l'aimait pas… comme elle l'aimait.

Jeanne vit Clint, souriant, qui montait sur la passerelle et accourut à sa rencontre.

— Où étiez-vous passé ? demanda-t-elle.

— J'avais une petite course à faire. Pour Marvel, expliqua-t-il. Pourquoi, quel est le problème ?

— Vous ne savez pas ? Il y a une épidémie de fièvre jaune. Vous n'avez pas vu de gens malades ?

— Non, je ne savais pas et je n'ai pas vu de gens malades. En fait, il n'y avait personne dans les rues. Voilà qui explique tout, dit-il d'un ton pensif.

— Il faut que nous partions d'ici, dit Jeanne, l'attrapant par le bras pour le traîner dans la salle des chaudières.

Les débardeurs étaient encore à décharger des sacs de pierre concassée dans un va-et-vient bruyant.

— Les autorités auraient dû mettre le port en quarantaine, mais elles n'ont rien fait. Selon ce que Vince a pu entendre sur les quais, il y aurait des malades par centaines, et plusieurs seraient déjà morts, poursuivit-elle.

— Oui, d'accord, Jeanne, mais nous sommes dimanche. Nous ne recevrons pas le courrier à livrer avant demain. Et que faites-vous des nouvelles cargaisons que nous nous sommes engagés à charger ? Vous connaissez les conséquences d'un départ hâtif, n'est-ce pas ?

Jeanne se tordait les mains de nervosité.

— Non, je n'avais pas pensé à cela. Est-ce à dire qu'il nous faut passer la nuit à Memphis ?

Clint posa les mains sur ses épaules.

— Ce n'est pas ce que je dis. J'ai contracté la fièvre jaune étant enfant, et il est dit que ceux qui ont déjà attrapé la maladie sont immunisés. Je peux rester à quai et expliquer la situation au maître de poste et à M. Baxley, leur dire que le *Helena Rose* doit quitter Memphis et échapper à la fièvre. Vous pouvez partir sur-le-champ s'il le faut.

Jeanne marcha quelques instants de long en large.

— Je ne sais pas, finit-elle par dire. C'est une perspective qui me déplaît au plus haut point, nous avons des engagements. Surtout en ce qui a trait à la poste. Qui sait combien de temps les gens de Little Rock et de Pine Bluff devront attendre avant de recevoir le courrier ?

Vince entra dans la salle des chaudières.

— Je m'excuse de vous interrompre, mais j'ai une question pour vous, capitaine Jeanne. Mes hommes proposent de revenir pour le chargement quand la livraison de poêles arrivera. D'eux au moins, nous savons qu'ils sont sains.

— J'ai vu que tu avais pris Duffy, Eddie et les autres pour le déchargement, dit Clint. Tu leur as parlé ?

— Ouais, c'est Duffy qui m'a raconté pour la fièvre jaune. Aucun des gars ne l'a attrapée, et leurs familles se portent bien. Il y a quelques débardeurs qui n'ont pas eu cette chance, mais Duffy m'assure qu'ils ne travaillent pas avec eux.

Jeanne lança un regard suppliant à Clint.

— Qu'en pensez-vous ? demanda-t-elle.

— Je sais où trouver le maître de poste. Il doit assister à la messe à l'église épiscopale de Calvary. Je lui dirai que nous avons besoin de prendre livraison de la poste aujourd'hui même. J'irai ensuite à l'entrepôt de Kaufman, il est toujours ouvert. Je dirai au gérant que nous voulons charger les poêles aujourd'hui plutôt que demain matin. Ce n'est pas sans risque, je sais, Jeanne, mais ce contrat avec Kaufman a été difficile à obtenir, et il faut attraper la manne quand elle tombe. S'il n'y a que quelques débardeurs malades dans le port, c'est que la situation n'est pas critique.

— Très bien, décida Jeanne. Faisons en sorte de charger le *Rose* dans les meilleurs délais. Clint, tandis que vous êtes en ville, arrêtez donc chez les Anderton et demandez qu'on nous livre deux fûts de vinaigre. Je vais récurer ce bateau de la proue jusqu'à la poupe.

Le vinaigre arriva avant la poste et les poêles de chez Kaufman. Jeanne, Ezra et Vince se mirent aussitôt à quatre pattes et frottèrent partout : le sol, les murs, les plafonds, la barre à roue, les fenêtres et tous les instruments dans la timonerie. Jeanne fit monter Marvel et Roberty et les installa dans la timonerie dès qu'on eut terminé de la nettoyer.

— Je veux vous aider, capitaine Jeanne ! protesta Roberty. Je me sens bien.

— Non, Roberty, pas cette fois, refusa-t-elle catégoriquement. Léo et toi, tenez compagnie à Marvel pendant que nous désinfectons la cabine, d'accord ? Quand nous aurons quitté les quais, vous pourrez vous promener où vous voudrez.

Ils récurèrent la cabine de Jeanne, et quand Clint revint avec le courrier, les chariots de poêles venaient tout juste d'être alignés en file indienne sur le quai, prêts pour le chargement. Jeanne, Clint et Vince continuèrent à nettoyer le bateau tandis qu'Ezra s'occupait de la supervision des débardeurs. Il était presque vingt et une heures quand le *Rose* fut enfin chargé et prêt à partir.

Jeanne n'avait jamais navigué sur le fleuve à la nuit tombée. C'était un monde complètement différent, la nuit, et pour compliquer la chose, Jeanne était épuisée. Malgré tout, sa détermination ne fléchit pas : il fallait quitter Memphis. Elle annonça à Marvel et à Roberty qu'ils pouvaient descendre sur le pont principal et elle s'installa derrière la barre à roue. Le *Helena Rose* fit marche arrière et alla glisser dans la nuit, laissant la ville comme un fantôme derrière.

Après une heure de navigation, elle entendit qu'on frappait doucement à la porte et, sans même se retourner, elle dit :

— Tu peux entrer, Roberty.

— Désolé, il y a erreur sur la personne, dit Clint, mais j'ai dû me battre avec lui pour qu'il me laisse vous apporter le thé.

Il posa le plateau sur le banc et vint à côté d'elle, une tasse fumante à la main. L'arôme épicé du thé noir se diffusait dans l'air. Jeanne regardait droit devant, la mâchoire crispée. Elle tendit une main, et Clint y glissa la tasse.

— Ezra a mis Marvel au lit. Il dit ne pas avoir eu le temps de lui souhaiter bonne nuit qu'elle s'était déjà endormie.

— C'est très bien, acquiesça Jeanne dans un hochement de tête. Elle a besoin de plus de repos que les autres enfants. Elle est tellement frêle de constitution, vous savez.

— Je me souviens, vous m'avez dit qu'elle était née avant terme. Cela dit, elle semble plus forte qu'elle ne l'était quand je l'ai connue, ne croyez-vous pas, Jeanne ? Depuis que vous êtes sur le *Rose*, elle a gagné du poids, elle n'est plus aussi pâle, ses joues ont une jolie teinte rose, ses yeux brillent. J'ajouterais qu'il en va de même pour Roberty. Il ne ressemble plus à ce garnement sale et à moitié affamé que vous avez pris à bord.

— C'est juste. Il fait bon vivre sur le *Helena Rose*.

Il y avait une tension dans sa voix, et même dans l'obscurité de la timonerie, Clint pouvait voir la raideur dans ses épaules et dans ses mains.

— Je vous ai apporté un sandwich et des fruits, Jeanne. Pourquoi ne prendriez-vous pas une pause ? Vous semblez en avoir grand besoin.

— C'est impossible. Je n'ai jamais pris la barre de nuit.

— En ce cas, j'arrêterai le bateau. Vous pourrez vous reposer. Cependant, si les prochains kilomètres sont comme ceux que nous venons de franchir, je ne vois pas pourquoi je ne me tiendrais pas là où vous êtes, à tenir la roue et à surveiller l'aiguille de pivot. Il me semble que nous allons droit devant à vitesse constante.

Elle hésita, puis fléchit, la fatigue l'emportant.

— En effet, c'est tout droit, au plein milieu du fleuve, jusqu'à ce que nous passions l'île Numéro 60, dit-elle, sa voix faible comme un souffle. Pour être tout à fait franche, j'aurais vraiment besoin de m'asseoir quelques minutes.

— Alors, asseyez-vous et mangez. Si quoi que ce soit se présente, vous n'aurez qu'à bondir à mon secours.

Jeanne tira, mais la poigne qu'elle avait sur la barre restait ferme. Elle grinça des dents, ferma les yeux et se dit en elle-même : « C'est simple, lâche prise ! », et c'est ce qu'elle fit. De lassitude, elle alla s'asseoir et regarda mollement le plateau. Il y avait là un gros sandwich et une poire verte bien dodue. Elle prit la poire et la sentit.

— J'imagine que cette poire doit avoir un arôme exquis, dit-elle à Clint, mais j'ai les narines brûlées par le vinaigre. C'est tout ce que je sens.

— Ouais, s'il y avait des rats sur le bateau, ils se sont jetés à l'eau, c'est sûr. C'est d'ailleurs surprenant que Léo soit encore en vie.

— Nous avons sûrement tué ses puces, s'il en avait, ajouta-t-elle.

Jeanne prit une bouchée dans la poire croquante et juteuse et mastiqua avec plaisir. Au moins, elle n'avait pas perdu le goût.

— Jeanne, commença Clint d'un ton mal assuré, puis-je vous poser une question ?

— Hum... oui. Posez toujours, dit-elle d'une voix distraite.

— Vous n'êtes pas obligée de répondre si vous ne voulez pas, mais c'est une question plutôt innocente. Je me suis toujours demandé pourquoi vous avez appelé votre fille Marvel. Je le lui ai demandé, et elle m'a parlé de son grand-père qui l'aurait nommée ainsi, mais je n'en sais pas plus.

— C'était l'hiver, répondit Jeanne tout bas. J'avais glissé dans des marches glacées et fait une terrible chute. Elle est née presque deux mois avant terme, et je... cela n'a pas été facile. Quand mon père l'a vue pour la première fois, il l'a prise dans ses bras, l'a levée au-dessus de sa tête en disant : « Merci, Seigneur Jésus ! C'est une merveille, une vraie merveille ! »

— Je comprends maintenant, dit Clint. Une vraie merveille. Elle est brillante aussi, mais ce n'est pas que de l'intelligence. Elle est astucieuse. Elle a un genre d'in-tuition qu'on voit parfois chez des gens beaucoup plus vieux, une sagesse... C'est vraiment une petite fille spéciale.

— Oui, elle l'est. C'est un miracle de la voir belle et en santé comme elle l'est devenue. Sa vie a commencé abruptement, et elle n'a pas eu de père, vous savez, dit Jeanne avant de croquer encore dans la poire.

Clint attendit en silence qu'elle continue, stupéfait qu'elle ait même évoqué son mari.

— Mon mari, reprit Jeanne après un moment, nous a quittées quand Marvel n'avait que cinq mois.

— Mais... n'aviez-vous pas dit que vos parents étaient morts à cette même époque ? demanda Clint.

— Oui. Mon mari a disparu le 12 mai 1849. Mes parents étaient déjà morts à cette date, même si je n'en savais rien encore. Je n'ai appris la triste nouvelle que trois jours plus tard. Je n'ai plus jamais entendu parler de mon mari.

— Je suis tellement désolé, Jeanne, dit Clint, sa voix mal assurée et gutturale. Tellement désolé pour vous et pour Marvel.

— Mais tout va bien maintenant, dit-elle, et Clint put entendre un léger sourire dans sa voix. Maintenant, nous avons le *Helena Rose*. Nous avons des amis qui sont comme une famille. On pourrait même croire que Marvel a un père désormais.

Clint savait qu'elle parlait de George Masters, et il préféra ne plus rien dire.

Ce n'était pas de George qu'elle parlait.

Ils approchèrent de Helena à l'aube. Une fois à quai, Jeanne et Clint mirent pied à terre pour s'entretenir avec le capitaine de port. Il n'y avait pas eu de fièvre jaune à Helena ni aucun cas rapporté sur les bateaux de passage. Jeanne retourna dans sa cabine et dormit jusqu'à midi. Elle se sentit reposée au réveil, alors ils poursuivirent leur route jusqu'à Napoleon Trading Post, à l'embouchure de la rivière Arkansas. Une fois sur place, Clint alla s'informer au magasin général, car il n'y avait pas de capitainerie dans le village.

— Pas de fièvre jaune ici, rapporta-t-il en remontant sur le *Helena Rose*. Personne n'a même entendu parler d'une épidémie.

— Bien, c'est décidé, dit Jeanne avec soulagement, nous passons la nuit ici. Je sais qu'il n'est pas encore seize heures, mais je vais me coucher. J'ai l'impression d'être debout depuis le jour de notre arrivée à Memphis.

Au lever du soleil, le jour suivant, ils s'engagèrent sur la rivière Arkansas. Jeanne était complètement rassurée et reposée. C'était un réel bonheur et une bonne chose d'avoir récupéré des forces, car devant eux s'étendaient les passages les plus difficiles du voyage. Après quatre heures de navigation, ils arrivèrent au méandre mort de

Noble, et Jeanne se prépara à un virage large bien que le lit de la rivière semblât profond, comme avant les crues. Juste après le passage, Clint monta à la timonerie et entra sans frapper.

— Jeanne, dit-il d'un air grave, je crois que vous voudrez arrêter le bateau.

— Quoi ? Pourquoi ?

Il posa une main par-dessus la sienne sur la barre à roue.

— Je suis vraiment désolé, dit-il tout bas. Marvel est malade.

CHAPITRE 15

Jeanne quitta en trombe la timonerie et dévala l'escalier vers sa cabine. Marvel était à genoux à côté du lit, vomissant dans un seau tandis qu'Ezra lui tenait la tête. Quand Jeanne s'agenouilla pour s'occuper de Marvel, Ezra s'éclipsa. Marvel avait terminé, et elle haletait faiblement. Jeanne la prit dans ses bras pour l'allonger dans le lit. Elle alla mouiller un linge dans le lavabo pour lui éponger le visage.

— Je m'excuse d'être malade, maman, dit Marvel.

— Hum… alors, tu fais exprès ? Tu peux arrêter tout de suite, la supplia gentiment Jeanne.

— D'accord, je veux bien essayer.

Elle ferma les yeux.

— Dis-moi comment tu te sens. Où as-tu mal ?

— J'ai commencé à me sentir chaude, maman. Après, j'ai eu le ventre tout à l'envers, et c'est là que je me suis sentie vraiment malade. Ezra est venu me transporter ici. Après, j'ai vomi.

Marvel avait le front chaud, et Jeanne craignait que la fièvre ne s'aggrave.

— Tu t'es sentie comme fiévreuse avant d'avoir la nausée?

— Je ne sais pas, mais c'est comme si tout d'un coup j'avais trop chaud.

— Ne t'inquiète pas, ma chérie. Nous allons enlever ces vêtements, faire une toilette à l'éponge et te mettre en chemise de nuit. Avant tout, je vais aller chercher de l'eau fraîche, d'accord? Je reviens vite, promis.

— Est-ce que je pourrais s'il te plaît avoir Madame Topp et Avémaria?

— Bien sûr.

Jeanne coucha les poupées près d'elle dans le lit, ramassa le pot à eau et sortit dans le corridor. Ezra attendait là, prêt à se rendre utile.

— J'aurais besoin d'eau fraîche, Ezra.

Il partit aussitôt dans le corridor vers la cuisine et réapparut après un moment avec le pot rempli d'une eau très froide qu'on gardait dans la glacière.

— Merci. Si vous regardez dans le placard, vous trouverez une petite boîte de métal avec de la camomille séchée. En feriez-vous une infusion, s'il vous plaît?

— Oui, m'dame. Est-ce que Marvel fait de la fièvre?

— Oui, mais je crois que c'est le vinaigre qui l'a rendue malade, répondit Jeanne avec une fausse gaieté. Elle a l'estomac fragile, et je n'ai pas pensé aux vapeurs fortes qu'il y avait dans tout le bateau. Souvent quand elle a le cœur au bord des lèvres, elle fait un peu de température.

— Je comprends, m'dame, dit-il d'un ton grave. Capitaine Jeanne, j'en déduis que c'est Clint qui tient la barre. Voulez-vous que nous accostions quelque part ?

Jeanne parut contrariée.

— Nous venions justement de franchir le bras mort de Noble quand il est venu me chercher. Le marécage de l'homme mort était juste devant, et une fois passé, il faut filer vers l'appontement de la veuve Eames. Allez lui parler, Ezra. Voyez s'il se sent capable de nous emmener jusque-là.

Jeanne retourna dans la cabine et déshabilla Marvel. Tandis qu'elle lui lavait le corps, la petite se mit à frissonner.

— J'ai froid, maman.

Elle avait la peau brûlante, les joues d'un rouge écarlate.

— Je sais, petite fille, dit Jeanne d'une voix rassurante. Laisse-moi seulement terminer, et tu pourras enfiler la chemise de nuit avec les roses roses, celle que tu trouves si douce. Tu te sentiras beaucoup mieux.

Clint avait pris la barre quand Jeanne était sortie en courant de la timonerie. Derrière la roue, il avait scruté la rivière en plissant les yeux, sans savoir vraiment où ils se trouvaient. Toute la rivière Arkansas en aval, c'était du pareil au même pour lui, une bande étroite d'eau entre des berges abondamment boisées. Il était rare qu'il puisse voir à plus de trente mètres devant parce que la rivière tournait toujours par-ci par-là, sans offrir l'étendue rectiligne qui lui aurait facilité la navigation. L'air sombre, il mit le *Rose* exactement au milieu de la rivière et s'occupa de barrer le bateau. Il était plus familier avec la barre à roue et savait manœuvrer sans trop d'à-coups, évitant les braquages violents à gauche et à droite, comme quand il avait sorti le *Rose* du marécage de l'homme mort. Gorge serrée, il frissonna à la simple évocation du nom.

Il pensa arrêter le *Helena Rose* dans la prochaine crique, aussi petite fût-elle, et y laisser le bateau en mouillage, mais cette option n'avait rien de pratique. Marvel avait besoin de voir un médecin. Par ailleurs, la rivière était trop étroite, et ses compétences, trop limitées pour réussir la manœuvre. Il craignait de rester pris dans la voie fluviale, sans laisser de chemin pour les bateaux de passage. Certes, c'était un fait rare de rencontrer d'autres bateaux, puisqu'ils étaient peu nombreux à s'aventurer sur la rivière Arkansas. Toutefois, c'était déjà arrivé, et cela risquait d'arriver encore. Cette idée fit tressauter Clint, qui ignorait tout du protocole. Quelle était la marche à suivre quand on rencontrait un bateau sur la rivière ? Devait-on passer à bâbord ou à tribord ? Il fouilla dans ses souvenirs, mais ne trouva aucun indice. Jeanne ne lui avait jamais donné une telle information. Il était sur le point d'appeler la salle des machines pour parler à Vince, histoire de découvrir s'il le savait, lui, quand Ezra entra dans la timonerie.

— Comment ce qu'on va, Clint ?

— Eh bien, je ne sais pas où nous sommes et je ne sais pas où nous allons. Et si un autre bateau vient sur nous, j'ai cette seule idée d'actionner le sifflet à vapeur pour annoncer qu'il y a un idiot à la barre du *Rose*, expliqua-t-il, l'air désemparé. Comment va Marvel?

— La petite, elle ne paie pas de mine. Capitaine Jeanne, elle pense que peut-être, son mal de ventre, c'est parce qu'elle a trop respiré de vapeurs de vinaigre.

Clint sentit monter en sa poitrine une grande vague d'espoir.

— C'est ce que vous croyez aussi, Ezra?

— La petite, elle a une fièvre de cheval, Clint, dit-il tout bas.

L'espoir, aussi grand fût-il, disparut comme s'il n'y en avait jamais eu. Clint hocha la tête, l'impuissance se lisant sur son front plissé.

— Par ailleurs, pour ce qui est d'où nous sommes, reprit Ezra, j'ai bonne confiance que nous nous trouvions à seize kilomètres au sud du marécage de l'homme mort. Et à ce que j'en sais, la rivière ne fait pas trop de caprices entre là-bas et ici, et il reste à piloter jusqu'à l'appontement de la veuve Eames. C'est là que la capitaine veut se rendre. Vous croyez que vous avez ça en vous?

— Je peux le faire. Je *vais* le faire, se corrigea Clint d'un ton véhément. J'aimerais que vous retourniez à la chaufferie, Ezra, que vous bourriez les fournaises de ce bon vieux bateau et que vous le chauffiez autant qu'il saura prendre la chaleur. On ne flânera pas à quinze kilomètres à l'heure quand Marvel a urgemment besoin d'un médecin. Avec un peu de chance, il y en aura un à Widow Eames, ou dans la région, mais dans le cas contraire, il va falloir continuer jusqu'à Pine Bluff. Bon, alors vous restez en bas et vous aidez Vinnie, Ezra. Il saura s'occuper des moteurs, mais vous seul savez vous y prendre avec les chaudières.

— Si vous êtes capable de ne pas nous écraser dans quelque chose, nous y serons dans deux heures, dit Ezra d'un air résolu. Et en passant, si jamais vous rencontrez un autre bateau, y a qu'à vous ôter de son chemin. Sur l'autre bateau, ils feront pareil, vous vous figurez bien. Ce serait une bonne idée de poster Roberty devant la cabine, au cas où Jeanne aurait besoin de quelque chose ?

— Non, dit Clint d'un ton morne. Gardez-le dans la salle des machines. Ce serait bête de l'exposer à la maladie. Jeanne comprendra. « Ou peut-être pas, pensa-t-il, si elle pense que le vinaigre cause les nausées de Marvel. Mais quand nous saurons ce que c'est vraiment… »

Il ne trouva pas le courage d'ajouter les mots qui achevaient sa pensée.

Deux heures et dix-neuf minutes plus tard, Clint s'engagea dans un méandre familier et vit bientôt apparaître l'appontement de la veuve Eames. Il fit sonner furieusement le signal de manœuvre, deux coups de gong qui signifiaient, quand le bateau était en mouvement, « en avant lentement ». Il sentit immédiatement les moteurs se taire et la roue à aubes ralentir. Ils approchaient du quai trop vite, mais Clint n'en avait que faire. Il fit sonner une fois la cloche d'arrêt, et le *Rose* s'arrêta complètement à une trentaine de centimètres seulement des pilotis. Vince et Ezra sautèrent à quai pour fixer les amarres. Clint fit violemment sonner la grosse cloche, le son comme un cri inquiet, un appel alarmant dans l'après-midi tranquille. Tout de suite après, il appuya à trois reprises sur la pédale du sifflet à vapeur. Ensemble et dans cet ordre, ces sons disaient qu'il y avait « péril » à bord.

Il voulait courir et rejoindre Jeanne dans sa cabine, mais il hésita. Il craignait de les importuner, elle et Marvel. Peut-être aussi qu'elles apprécieraient sa compagnie ? Il ne s'imposerait pas si Jeanne ne voulait pas de sa présence. Il attendit donc dans le corridor pour voir si Jeanne allait sortir, ce qu'elle ne fit pas. Clint décida enfin de descendre sur le pont principal.

Vince et Ezra remontaient déjà à bord du *Rose*, le quai ne dépassant le plancher du pont principal que d'une vingtaine de centimètres.

— Je sais que la maison en haut de la colline est encore habitée, leur dit Clint. Lors de nos précédents passages, j'ai vu de la lumière.

— Le « taureau » n'arrêtait jamais ici, raconta Ezra, mais souvent on voyait beaucoup de gens pique-niquer sur l'herbe. Une grande famille, je me rappelle. Des tonnes de marmots.

— Quelqu'un aurait vu Jeanne ? demanda Clint.

Derrière Clint, il y avait Roberty et Léo.

— Je voulais apporter le thé à la capitaine Jeanne, dit Roberty d'un ton de reproche, et je voulais aussi en faire pour Marvel, mais Ezra ne m'a pas laissé faire.

Ezra se pencha et ébouriffa les cheveux blond-roux du garçon.

— Il faudrait savoir ce que la capitaine veut que nous fassions, mon gars, avant d'arriver comme un cheveu sur la soupe, avec Marvel qui est malade et tout.

— Vous ne voulez pas que je monte les voir, pas vrai ? C'est à cause de la fièvre de Marvel, vous ne voulez pas que je tombe malade.

— On ne ment pas à l'innocent de cœur, soupira Ezra, s'adressant à Clint et à Vince. Ça ne prend jamais.

— Regardez, il y a un homme qui vient sur la colline, dit Roberty, le doigt pointé.

Il était de taille moyenne, mais de forte carrure. Il portait des habits de fermier, un pantalon brun de toile épaisse retenu par des bretelles et un pull de travail sur le dos. Il avait un grand chapeau mou à large bord et, arrivant sur le quai, il se décoiffa, essuyant du revers de la main la sueur qui lui mouillait le front.

— Ohé, du bateau. Avez-vous des ennuis ? demanda-t-il.

Clint s'avança.

— Nous avons cette petite fille à bord qui est tombée malade sur le chemin depuis Napoleon. Nous nous sommes arrêtés ici dans l'espoir qu'un médecin pourrait l'ausculter.

L'homme hocha la tête et monta à bord.

— Je m'appelle Jacob Eames... et je suis médecin. Vous dites qu'il s'agit d'une petite fille.

— Oui, elle a six ans. Sa mère est la capitaine et pilote de notre bateau. Je m'appelle Clint Hardin, et voici Ezra, Vince et Roberty.

Des poignées de main furent échangées, et Eames tapota aussi d'une main distraite la tête de Léo.

— Très bien, Roberty, voilà comment nous allons procéder. Vous allez courir jusqu'à la grande maison sur la colline, vous y trouverez ma mère et ma famille. Dites-leur que j'ai besoin de ma trousse médicale. Monsieur Hardin, voulez-vous m'amener au chevet de cette petite fille?

— Un petit instant, docteur Eames. Vous devez savoir que nous étions à Memphis il y a trois jours, dit Clint, qui peinait à déglutir tant sa gorge était sèche, et que la ville était en pleine épidémie de fièvre jaune. En l'apprenant, nous avons désinfecté tout le bateau au vinaigre, et la mère de Marvel pense que ce sont les vapeurs qui l'auraient rendue malade. C'est une frêle petite chose que cette jeune Marvel, vous voyez. Mais, c'est une possibilité que... enfin, nous craignons que...

Le Dr Eames, qui n'était pas bête, loin de là, hocha la tête.

— Je comprends. Amenez-moi à la petite, et j'irai ensuite chercher ce dont j'ai besoin.

Il suivit Clint dans l'escalier menant au pont Texas, où Clint cogna doucement sur la porte.

— Jeanne? Il y a un médecin ici pour vous voir.

Jeanne ouvrit brusquement la porte et se tint là, dévisageant Jacob Eames. Elle était pâle. En voyant son visage, et tout son corps en fait, on aurait dit l'inquiétude incarnée.

— Jacob? Jacob Eames? répéta-t-elle du bout des lèvres.

Ses yeux bruns s'éclaircirent comme d'un souvenir retrouvé, et il la reconnut.

— Jeanne... Jeanne Langer. Ainsi, c'est vous la femme pilote, et je me trouve sur le *Helena Rose*. Nous avons lu l'histoire dans le journal, mais nous ignorions que c'était vous, relata-t-il, faisant un pas en avant pour la serrer fort dans ses bras.

Elle s'accrocha à lui, puis recula brusquement d'un pas.

— C'est ma fille, Marvel. Elle est malade. Vous… vous êtes médecin?

— Depuis cinq ans maintenant, alors je ne viens pas juste d'accrocher ma petite enseigne, répondit-il, son ton se voulant rassurant.

Jeanne l'invita dans la pièce et ferma la porte derrière eux, laissant Clint debout à cligner des yeux dans le corridor.

Eames s'avança près du lit, s'y assit et prit la main de Marvel.

— Allô, Marvel. Je suis le docteur Eames. On me dit que tu ne te sens pas bien.

— Allô, docteur Eames, c'est un plaisir de vous rencontrer, dit-elle, se forçant à sourire malgré ses lèvres sèches. Non, je ne me sens pas bien. Je n'arrête pas de vomir.

Son visage émacié était plus blanc que la neige, sauf pour cette rougeur intense qu'elle avait aux joues. La main faible qu'Eames tenait était chaude et sèche. En parlant, Marvel tremblait de froid.

— Ça n'a rien d'amusant d'avoir la nausée, n'est-ce pas? demanda-t-il, posant une main sur son front pour ensuite relever tout doucement une de ses paupières, puis l'autre.

— Non. Et c'est pire que la fois avec le chocolat, dit Marvel, misérable.

Elle frissonnait tant que ses dents claquaient.

Eames lui prit les deux mains et les réchauffa délicatement dans les siennes.

— Eh bien, j'ai peut-être un médicament qui pourrait aider ton ventre à se sentir mieux. Le problème, c'est que mes remèdes et ma trousse de médecin sont chez moi. Quand j'ai entendu la cloche et le sifflet, j'ai couru vous voir sans mes affaires. Il va falloir que j'aille chercher des médicaments. Je reviens tout de suite, d'accord ?

— D'accord, dit-elle, toute faible. Bouté divine, j'aurais aimé que ce soit moi qui fasse sonner la grande cloche et le sifflet à vapeur. Maman, elle ne me laisse jamais sonner la grande cloche.

— Quand tu auras repris du mieux, ma chérie, je te laisserai jouer tant qu'il te plaira avec la grande cloche et le sifflet à vapeur, promit Jeanne, un trémolo d'émotion dans la voix.

Elle suivit Eames hors de la cabine et dans le corridor, où Clint attendait encore.

— Alors, qu'est-ce que c'est ? demanda Jeanne à Eames.

— Jeanne, répondit-il lentement, je vais l'ausculter et lui poser d'autres questions avant de me prononcer. Je vous demande, s'il vous plaît, d'être patiente. Je vais chercher mes choses et je reviens dans quelques minutes.

Il partit dans l'escalier d'un pas pressé.

Jeanne regarda Clint comme si elle ne le reconnaissait pas.

— Je... Je le connais. Le connaissais.

— Je sais. Il a votre âge environ, et j'ai deviné que c'était lui le chanceux qui avait dansé la première danse avec vous, dit Clint doucement. Comment se porte Marvel ?

— Elle est horriblement mal. Elle n'arrête plus de vomir et elle brûle de fièvre. Allez le dire aux autres, ajouta-t-elle comme si les mots lui étaient arrachés de l'intérieur, puis elle retourna dans la cabine et ferma la porte.

Marvel vomissait encore, penchée sur le côté du lit. Jeanne alla près d'elle et lui tint la tête, et les haut-le-cœur cessèrent enfin. Elle était si faible que Jeanne dut la soulever pour la remettre sous les couvertures. Jeanne avança un fauteuil et s'assit, tenant la main de Marvel, qui serrait ses poupées dans ses bras tremblotants.

Eames revint, et Jeanne resta debout derrière lui tandis qu'il examinait Marvel.

— Voudriez-vous, s'il vous plaît, allumer une lampe et l'apporter ici, Jeanne ?

La pièce était encore pleine de la lumière du soleil d'après-midi, mais le lit dans l'alcôve était baigné d'ombre.

Tandis que Jeanne allait chercher la lampe à huile, le médecin prit le pouls de Marvel, les yeux rivés sur l'aiguille de sa montre de gousset. Jeanne revint avec la lampe, et Eames sortit un instrument avec une face ronde en argent poli et percée au milieu d'une petite loupe.

— Tenez la lampe pour que la lumière éclaire directement son visage.

Une fois encore, il souleva les paupières de Marvel et se pencha sur elle pour regarder ses yeux au travers du petit instrument d'auscultation.

— Ouvre grande la bouche, Marvel, demanda-t-il ensuite, aplatissant la langue avec le plat de l'instrument, invitant Jeanne d'un signe pour qu'elle approche la lumière. Très bien, dit-il tout bas. Maintenant, Marvel, pourrais-tu t'asseoir, s'il te plaît? Et Jeanne, si vous vouliez bien remonter sa chemise.

Il sortit son stéthoscope et tint la lyre entre ses paumes pour la réchauffer. Satisfait, il écouta longuement et en différents endroits la poitrine de Marvel, puis dans son dos.

— Voilà, nous pouvons remettre ta chemise et te couvrir, décida-t-il, prenant un moment pour arranger son oreiller, rentrer l'édredon bien serré autour d'elle avant de prendre à nouveau ses deux mains dans les siennes. J'ai besoin de te parler, Marvel. Est-ce que tu crois pouvoir répondre à quelques questions?

— Oui, monsieur.

— Quand as-tu commencé à te sentir mal?

— Ce matin, c'était après le petit déjeuner, mais avant midi.

— Tu as pris un petit déjeuner ce matin, c'est bien ça? Est-ce que tu as mangé à ta faim?

— Oui, Ezra nous a préparé des galettes de maïs, mes préférées, et aussi des œufs frits, et j'ai mangé du pain grillé avec beaucoup de sirop d'érable dessus. J'ai beaucoup mangé, parce que je me sentais bien ce matin, expliqua-t-elle, son visage se tordant soudain en une grimace de douleur. Mais juste à en parler maintenant, j'ai un peu mal au cœur.

— Oui, c'est souvent ce qui arrive quand on vomit, il vaut mieux ne plus penser à la nourriture, dit Eames, plein de bienveillance. Ne t'en fais pas trop, cela dit, tu retrouveras bientôt l'appétit. Bien, maintenant, j'aimerais que tu me dises comment exactement tout a commencé, quand tu t'es mise à te sentir malade. As-tu d'abord eu mal à l'estomac, ou c'est la fièvre qui est apparue en premier ?

— C'est difficile de me rappeler. J'étais assise sur mon coussin, dans la chaufferie et, tout d'un coup, je me suis sentie étourdie. Ezra a dû me prendre dans ses bras.

— Je sais que ce n'est pas facile quand on tombe malade tout d'un coup. Essaie de penser à ce que tu faisais quand tu t'es sentie mal. Peut-être que ça t'aidera à te rappeler comment c'est arrivé, dit Eames pour l'encourager.

Marvel frissonna un peu, un tremblement moins intense cette fois.

— Je faisais de l'arithmétique avec Roberty. J'essayais de répondre à huit plus trois sans compter sur mes doigts, parce que maman dit que ce n'est pas la bonne façon d'apprendre. Après, après… j'ai eu mal à la tête. Ça faisait vraiment mal. J'avais oublié ça.

— C'est bien, on fait des progrès, dit Eames. Tu es une petite fille intelligente, à ce que je vois. Donc, tu as eu mal à la tête. Qu'est-ce qui s'est passé ensuite ?

— J'ai fermé les yeux et j'ai mis ma tête sur la table, sur mes bras. Roberty m'a demandé ce qui n'allait pas, et j'ai dit que ma tête me faisait mal. Il a dit qu'il allait me chercher de l'eau, il est parti et m'a rapporté de l'eau très froide. J'ai bu un peu. J'ai remis ma tête sur mes bras, sur la table. Un peu après, j'ai commencé à sentir comme des fourmis sur ma peau. Pas des chatouillements, mais comme des vêtements piquants sur la peau. Ensuite, j'ai bu encore de l'eau et j'ai pensé que l'eau était trop froide. Mes lèvres étaient toutes chaudes et, après, j'ai compris que j'avais de la fièvre. C'est là que j'ai eu mal au ventre, et Roberty a dit à Ezra de m'amener dans la cabine, et j'ai vomi.

Elle sembla épuisée d'avoir raconté l'histoire. Après un instant, elle se retourna dans le lit et ferma les yeux.

— C'est très bien, Marvel, merci beaucoup. Ça va m'aider à savoir comment te guérir, dit Eames d'une voix apaisante. Repose-toi à présent. Essaie de dormir si tu t'en sens capable. Je vais parler à ta mère.

Marvel eut un léger hochement de tête sans ouvrir les yeux. Eames emmena Jeanne dans le corridor et demanda tout bas :

— Y a-t-il un endroit où nous pourrions discuter ?

— Oui, dans la cuisine, dit-elle, et ils allèrent au bout du corridor.

Clint, Vince, Ezra, Roberty et Léo étaient tous là. Les hommes bondirent sur leurs pieds quand Jeanne entra, et ils s'approchèrent en un petit cercle autour d'elle et du médecin. Elle ne les salua pas, mais demanda sans plus attendre, se tournant vers Eames :

— Alors ?

— Vous savez déjà qu'elle a de la fièvre, Jeanne, dit-il sans rien brusquer. Par mon seul examen, je ne peux pas conclure définitivement que c'est la fièvre jaune ou autre chose, parce que Marvel n'a pas encore de jaunisse. Par ailleurs, M. Hardin m'a dit qu'il y avait des cas de fièvre jaune à Memphis quand vous y étiez, il y a trois jours, et de ce fait, ce diagnostic n'est pas insensé. Elle en serait aux premiers symptômes et, à ce stade, la jaunisse n'apparaît pas encore.

— Je ne comprends pas, dit rudement Jeanne. Je croyais que la jaunisse était une maladie de bébés. Marvel l'a eue toute jeune et s'en est remise.

— La jaunisse est causée par la présence de bile dans le sang, parce que le foie ne fonctionne pas correctement, expliqua Eames. C'est le symptôme premier de la fièvre jaune ; en fait, c'est de là que vient son nom, d'un jaunissement d'abord au niveau du blanc des yeux, et qui s'étend à l'ensemble de la peau. Vous avez raison, Jeanne, il arrive fréquemment que les bambins aient la jaunisse, mais le lait maternel corrige habituellement ce problème.

— Bon, supposons qu'il s'agisse de la fièvre jaune et que la maladie en soit à son premier stade, que va-t-il arriver à Marvel ?

— Elle va avoir la nausée, des frissons, de la fièvre, des maux de tête et des douleurs musculaires durant trois à quatre jours. M. Hardin me dit que Marvel n'a pas une très bonne constitution. Diriez-vous qu'elle est fragile ? Très fragile ?

— Je... Je ne saurais dire, dit Jeanne, prise de confusion. Elle va mieux. Elle est plus forte qu'elle ne l'était. Qu'est-ce... que voulez-vous dire ? Qu'est-ce que cela veut dire ?

— J'essaie de savoir quel traitement lui conviendrait le mieux, expliqua-t-il. Par voie orale, je pourrais lui administrer un traitement-choc, une pilule bleue qui a cet effet secondaire d'être très dure sur le système digestif, ce qui me fait craindre qu'elle n'en souffre que davantage, la laissant plus nauséeuse encore, si elle est déjà sujette aux maux d'estomac. Le calomel est un antiseptique intestinal plus doux sur l'estomac, mais difficile à administrer par voie buccale. Il a un goût terrible. Enfin, la quinine cumule les deux inconvénients.

— Mais ces médicaments vont la guérir, n'est-ce pas, si elle ne les vomit pas ? Ils guérissent la fièvre jaune, non ? demanda Jeanne avec empressement.

Eames hésitait à répondre, jetant des regards à Clint, qui restait raide comme du bois.

— Je crains qu'il me faille être honnête avec vous, Jeanne. Ces médicaments sont toujours prescrits aux patients atteints de fièvre jaune, mais on ne dispose d'aucune statistique quant à leur taux de succès. J'ai traité des patients atteints par le passé, mais pas assez souvent pour être sûr que la médication fonctionne bien.

— Je les veux, marmotta Jeanne. Donnez-les-moi tous.

Eames hocha la tête.

— J'ai apporté les trois médicaments, mais je dois vous mettre en garde. Ce n'est pas sans raison que j'ai demandé à connaître la condition générale de Marvel. Vous devez savoir que ces drogues sont très difficiles à garder dans l'estomac. Plus Marvel vomit, plus elle s'affaiblit. Plus elle est faible, moins elle a de force pour combattre l'infection.

— Qu'est-ce que vous dites, enfin ? hurla presque Jeanne. Je lui donne le médicament, oui ou non ?

— De grâce, comprenez que j'essaie seulement de tout expliquer aussi clairement que possible, dit-il sans perdre son calme. Je préconiserais que nous essayions la pilule bleue, le médicament systémique d'abord.

Si elle la garde, nous essaierons d'ajouter le calomel. J'émets des réserves par rapport à la quinine, qui peut causer des réactions violentes. Il faut que je supervise le traitement pour savoir exactement les doses à administrer. Et c'est ce que je m'engage à faire, Jeanne. Je resterai ici jusqu'à ce que nous soyons bien au fait de la situation.

— Merci, dit-elle avec raideur, puis elle se tourna vers Clint, son visage haut en couleur et ses lèvres blêmes. C'est votre faute. Vous avez rapporté ce fléau à bord. Personne n'est allé en ville, sauf vous! Il fallait absolument que vous vous rinciez le gosier, que vous alliez courir les femmes! Si Marvel mou… si elle…

Jeanne s'étouffa, un son comme des pleurs, puis sortit en coup de vent de la cuisine.

— Les gens ont cette réaction, vous savez, dit le Dr Eames pour rassurer Clint. Surtout les mères ayant des enfants malades. Les gens se fâchent et cherchent des coupables. Ils accusent et disent des choses blessantes qu'ils ne pensent pas vraiment.

On ne voyait plus la moindre trace de sang dans la figure de Clint depuis que Jeanne lui avait tourné le dos. On l'aurait cru aussi gravement atteint que Marvel, et sa voix n'était plus qu'un souffle sans vie.

— Elle le pensait. Et vous savez quoi? Elle a raison. Elle a tout à fait raison.

Clint sortit et alla s'asseoir sur le quai, s'appuyant contre l'un des grands pilots. Il ramena un genou plié vers lui et y posa un bras ballant, laissant son autre jambe pendante au-dessus de l'eau. Il était parfaitement immobile, sauf pour le pied qui balançait dans le vide, son visage plissé, sinistre, ses yeux troubles qui ne regardaient rien. Il perdit bien vite la notion du temps et ne sut plus depuis quand il était là. Il tressaillit quand Vince vint s'asseoir avec lui et se rendit compte qu'il faisait nuit.

Vince mit la main sur son épaule.

— Clint, tu ne peux pas prendre au pied de la lettre ce que la capitaine Jeanne a dit. Elle a tellement peur qu'elle ne sait plus ce qu'elle fait.

— Je te l'ai dit, elle a parfaitement raison. Je comprends sa réaction, dit-il d'un ton impassible.

— Non, elle n'a pas tout à fait raison. Je te connais. Je sais que tu n'as pas quitté le bateau pour aller jouer au courtisan. Jeanne elle-même t'a envoyé faire des courses en ville, ou l'aurais-tu déjà oublié? Je ne sais pas pourquoi tu es parti la première fois, mais je sais que ça n'a rien à voir avec les insinuations de Jeanne.

— Ça n'a plus d'importance maintenant, pas vrai? De toute façon, Vinnie, je préférerais rester seul en ce moment. Tu comprends?

Vince se leva lentement.

— Ouais, je comprends, et je vais t'écouter pour l'instant, mais tu m'inquiètes, et je vais avoir un œil sur toi, mon frère.

— Tu n'as pas de mouron à te faire pour moi, à moins que la petite ne meure, murmura Clint. Et si elle meurt, je n'aurai plus besoin ni ne voudrai que tu me surveilles.

Vaincu, Vince le laissa seul.

Clint eut cette pensée : «Si elle meurt, je fais quoi ? »

Il se sentait déjà coupable et misérable. C'était un véritable déchirement que d'imaginer la vie si la petite partait. C'était un véritable déchirement de penser tout court. Son esprit n'était que noirceur, une obscurité faite de pensées désolantes, avec ici et là l'image fugitive du visage de Marvel, pâle comme la mort, avec Jeanne et la furie qu'elle avait dans les yeux. Il avala difficilement et se rendit compte qu'il avait terriblement soif, mais la volonté lui manquait, et il ne se leva pas pour aller boire.

Plus tard — peut-être des heures après, pensa Clint avec confusion —, le Dr Eames vint s'asseoir sur le quai avec lui.

— Il est presque deux heures du matin, monsieur Hardin. Cela fait six heures que vous êtes assis ici sans bouger. Je me vois obligé, en ma qualité de médecin, de vous prescrire un repas et quelques heures de repos.

— Je n'ai pas besoin de vos services, docteur, s'en prit-il au pauvre Eames. Comment se trouve Marvel ?

Eames soupira.

— Elle est très malade et ne garde pas les médicaments ni rien de solide ou de liquide d'ailleurs. Les deux ou trois prochains jours vont être difficiles pour elle, et pour sa mère.

— Il n'y a rien que je puisse faire, dit amèrement Clint. Il y a peut-être un geste que je puisse faire pour me faire pardonner ou pour aider.

— Pour aider Marvel, il n'y a rien à faire sauf prier. Êtes-vous un homme pieux, monsieur Hardin ?

— Je ne le suis pas.

— C'est dommage, dit le docteur dans une légère critique. Le Seigneur Jésus est le seul réconfort que nous puissions trouver dans l'épreuve de nos pires moments. Je prierai pour vous, monsieur Hardin, je prierai pour que vous trouviez Sa voie, parce que je sais qu'Il veut vous donner la paix et le repos.

— Ouais, eh bien, grand bien vous fasse, fit sèchement Clint.

— C'est la moindre des choses, dit le docteur d'un calme imperturbable. J'avais aussi quelques mots à vous dire à propos de la fièvre jaune.

— Je l'ai déjà eue. Je sais ce qu'il en est. Qu'auriez-vous à ajouter sur le sujet ?

Eames adopta une position plus confortable et leva les yeux vers la rivière, dont les murmures s'élevaient tout doucement dans la nuit paisible. Il parla alors d'une voix comme un sermon tranquille.

— Je doute que vous sachiez tout de la fièvre jaune, monsieur Hardin, car même les docteurs n'en ont qu'une connaissance sommaire. Nous ne savons pas comment la maladie se transmet. Certains croient que c'est par l'air, certains pensent que l'eau est un vecteur, d'autres prétendent que de toucher un malade peut vous infecter. Si nous supposons que l'air transporte la maladie, pourquoi alors certaines gens dans une même maison ne sont pas malades et d'autres le sont ? La même question se pose si l'eau est en cause. Si les gens boivent au même puits ou à la même source, pourquoi ne sont-ils pas tous infectés ? Et pour ce qui est du contact avec les malades : pourquoi arrive-t-il le plus souvent que le personnel qui traite les patients atteints ne contracte pas la maladie ?

Clint se tourna vers Eames pour la première fois depuis le début de leur conversation et vit qu'il avait un visage honnête et des yeux généreux.

— Tenteriez-vous de me dire que je n'ai peut-être aucune responsabilité pour la fièvre qui consume Marvel ?

— Je doute sérieusement que vous y ayez contribué d'une quelconque façon, dit-il d'un air résolu. Je tiens de Vince et d'Ezra le détail de tous les déplacements de l'équipage après votre retour sur le bateau. Apparemment, vous n'auriez pas vu Marvel avant d'avoir désinfecté le bateau en entier. Je me trompe ?

— Je... balbutia Clint. Cette réflexion ne m'était pas venue à l'esprit, en fait. Ouais, je me rappelle, Marvel et Roberty sont restés dans la cabine de Jeanne pendant que je terminais le nettoyage, jusqu'à tard dans l'après-midi. Ce n'est qu'après avoir tout désinfecté que Jeanne a laissé Marvel et Roberty libres de se balader sur les ponts.

— Je vous soumettrai ceci encore : pourquoi Marvel aurait contracté la fièvre à votre contact, surtout si vous vous étiez vous-même désinfecté, après avoir récuré le bateau ? Vince m'a raconté que vous vous étiez éponge au vinaigre, que vous avez même lavé vos cheveux avec du vinaigre. Dans les circonstances, pourquoi Ezra, Vince et Jeanne n'ont rien contracté ? Ils ont été en contact direct avec vous dès le moment où vous êtes rentré de la ville.

— Je ne sais pas, avoua Clint de lassitude. Ça ne change pourtant rien à ce fait : Jeanne pense que j'ai infecté Marvel, et c'est tout ce qui compte.

— Non, vous faites fausse route, s'énerva presque Eames. Vous ne pouvez pas vous torturer ainsi, monsieur Hardin. Peu importe la manière dont Marvel a contracté la maladie, et je doute que nous en connaissions un jour la source, vous n'êtes pas *en cause*. Personne n'a le droit de vous tenir responsable.

Clint détourna le regard et fixa ses yeux vides dans la nuit obscure.

— Alors, qui l'est ? Ne répondez pas, monsieur, je suis fatigué de parler. J'apprécie le geste et je sais que vous voulez m'aider, croyez-le, docteur Eames, mais j'aimerais vraiment qu'on me laisse seul pour l'instant.

— Très bien, mais il y a ce dernier point qu'il vous faut savoir. Je me vois dans l'obligation de mettre le *Helena Rose* en quarantaine. Bien entendu, ma famille et moi-même voulons que vous vous sentiez tout à fait libres de sortir sur le quai, de pêcher si vous voulez, mais je vous demande de ne laisser personne s'aventurer au-delà du quai, comme tout étranger n'aura pas la permission de s'en approcher tant que Marvel sera malade. Tout étranger sauf moi, bien entendu. Je remonte à la maison chercher quelques bricoles, et ensuite je redescends vous voir. Je passe la nuit avec vous.

Clint leva un regard curieux vers l'homme.

— N'avez-vous pas cette peur d'attraper la fièvre, Eames ?

— Parfois, oui, répondit-il d'un ton léger, mais la plupart du temps, je m'en remets à la grâce du Seigneur. Je crois être entre bonnes mains. Tout comme Marvel l'est ; tout comme nous le sommes tous. Le Seigneur est beaucoup plus rassurant que n'importe quel médecin, que n'importe quelle prescription, je trouve. Comme je l'ai dit, monsieur Hardin, je prierai pour que vous trouviez Son réconfort.

CHAPITRE 16

Marvel était terriblement malade. Jeanne souffrait d'une angoisse qui surpassait peut-être même le mal de sa fille. Elle était habitée d'une telle colère qu'un goût mauvais et aigre ne quittait plus sa bouche. Elle éprouvait une amertume si violente que chacune de ses pensées conscientes n'était que misère et calamité. Comme toujours quand Marvel était malade, Jeanne ne pleurait pas devant elle et se montrait douce et tendre. Or, elle sentait un poids à l'endroit où son cœur aurait dû battre, un poids comme un boulet de plomb.

Avec beaucoup d'effort, elle réussit à être courtoise avec le Dr Eames. Il avait passé une nuit blanche au chevet de sa petite patiente et essayait diverses astuces pour aider Marvel à garder la médication. Il lui faisait boire à petites gorgées une eau sucrée à l'orgeat, il essaya de mélanger le médicament à un gruau de riz, de le lui faire ingérer avec du thé au gingembre, mais rien de tout cela ne fonctionnait. En dernier recours, on donna à Marvel de petits morceaux de glace qu'elle laissait fondre dans sa bouche. Elle était constamment déshydratée et assoiffée, mais elle rendait la plus infime gorgée d'eau.

L'aube pointa enfin. Jeanne était restée toute la nuit dans son fauteuil, ses yeux embués et agrandis par l'angoisse, tout à fait insensible à l'appel du sommeil. Le Dr Eames somnolait dans l'autre fauteuil au chevet de Marvel. Jeanne observa la lumière grise de l'aube changer au jaune. Dehors, une belle journée d'août s'annonçait, et le soleil resplendissant se levait, ses rayons entrant dans la cabine, indifférents au malheur qui s'y déroulait. Jeanne détesta cette lumière nouvelle et souhaita qu'il fasse à nouveau nuit.

Eames remua dans son fauteuil et se frotta les yeux. Il vérifia ensuite l'état de Marvel, qui dormait, bien que de façon intermittente. Elle faisait encore de la température, mais ne vomissait plus depuis plusieurs heures.

— Je crois que rien ne sert de lui donner autre chose que des morceaux de glace aujourd'hui, dit-il.

— Oui, je sais, acquiesça Jeanne. Vous devriez rentrer chez vous et vous reposer. Merci pour tout.

Il se leva en se massant la nuque.

— Si vous ne vous reposez pas un peu, vous risquez de tomber malade, vous aussi, Jeanne. Je suis sérieux. Je vous l'ai dit, l'état de Marvel ne s'améliorera pas avant deux ou trois jours. Vous ne pouvez pas continuer sans dormir, sans manger, durant tout ce temps. Ce faisant, vous n'aideriez en rien Marvel.

— Comment puis-je manger quand l'idée même de me nourrir me rend malade ? Et comment trouverais-je le sommeil ? Je sens que d'une minute à l'autre je vais bondir et me mettre à crier sans jamais pouvoir m'arrêter !

Il la considéra un moment, puis alla prendre sa trousse pour en tirer un petit flacon plat, une flasque en fait.

— C'est du brandy, et ne me regardez pas comme ça, Jeanne. C'est pour un usage strictement médical. Je veux que vous en buviez un petit verre. Ensuite, mangez un peu. Puis, reprenez un verre, et allongez-vous et endormez-vous. Si vous refusez ce traitement, alors je serai dans l'obligation de revenir et de vous y *forcer*.

Jeanne se serait révoltée, mais ne trouva aucune bonne raison d'argumenter avec le docteur.

— C'est d'accord, je ferai comme vous dites, laissa-t-elle mollement tomber. Mais tout à l'heure.

Il eut une grimace, puis quitta la cabine sans rien dire. Il revint avec le matelas d'une des couchettes de l'équipage, un oreiller et des draps propres.

— C'est votre lit. Ezra vous prépare de la soupe, et je veux que vous alliez à la porte et lui répondiez quand il viendra cogner. À ce que j'en comprends, ce bateau n'en est pas un de soiffard, parce qu'il n'y a aucun verre à alcool à bord, alors vous utiliserez cette tasse à café. Je verse le brandy, un, deux, trois, et voilà la dose prescrite, fit-il en guise de démonstration en lui tendant ensuite la tasse. C'est de l'excellent brandy, sirotez-le, n'avalez pas tout d'un coup de gosier. S'il y a le moindre changement dans l'état de Marvel, demandez aux hommes qu'ils fassent sonner la grosse cloche. Autrement, je serai de retour cet après-midi.

Jeanne remarqua à peine qu'il partait, car elle était perdue dans ses pensées. Des pensées des plus sombres, d'ailleurs.

«Comment avez-Vous pu laisser cela arriver, mon Dieu? C'est injuste! Ce n'est qu'une enfant, tout innocente! Pourquoi pas moi, ou n'importe qui d'autre? Vous devez la guérir. Vous devez lui redonner la santé!»

Malgré la rage qui l'étouffait, Jeanne savait que c'était mal de formuler de telles demandes; cependant, elle ne savait plus comment prier. «Très bien, je sais que je m'y prends mal, mon Dieu, mais aidez-moi, je Vous en supplie. Je ne peux pas perdre Marvel, je n'y survivrais pas! Je sais, depuis que la vie nous est meilleure, sur le *Helena Rose*, je n'ai pas été aussi près de Vous que je l'aurais dû. Je sais que je Vous ai ignoré, et je suis désolée! Guérissez Marvel, je Vous en prie. Je jure que je Vous reviendrai. Je promets d'agir mieux, d'être une meilleure personne!»

Jeanne épousait la foi chrétienne depuis très longtemps, et elle n'était pas dupe. Jeanne savait qu'elle était en train de négocier avec Dieu… non, pire encore, elle essayait d'acheter Sa grâce. En comprenant sa folie, elle devint encore plus misérable. Maintenant, elle n'était plus seulement en colère contre Clint Hardin et contre Dieu, elle l'était aussi envers elle-même, et elle ne s'efforça pas même de combattre ce sentiment. Elle abandonnait. La pièce était sans doute pleine d'une glorieuse lumière, mais Jeanne ne voyait que la noirceur de son âme.

Les deux jours suivants furent à l'image du premier. C'était un long cauchemar pour Jeanne, qui faisait la toilette de Marvel, la regardait dormir, lui donnait de petits morceaux de glace, tremblait d'un effroi ignoble chaque fois que sa fièvre augmentait, chaque fois qu'elle vomissait. Le Dr Eames allait et venait au chevet de la petite. Jeanne refusait de voir toute autre personne, sauf Ezra quand il lui apportait de la nourriture, qu'elle avalait sans rien dire. Elle perdait complètement la notion du temps qui passe. Elle mangeait comme un automate, dormait quand elle ne savait plus rester debout et se répandait en injures contre Dieu.

Au matin du quatrième jour, Jeanne se réveilla en sursaut. Elle se redressa sur son mince matelas, médusée et jetant des regards inquiets dans la pièce. Elle avait fait un très mauvais rêve, mais ne s'en souvenait pas. Tout ce qu'il en restait, c'était une terreur lancinante qui l'agrippait au ventre.

— Allô, maman.

Jeanne se leva d'un bond et se pressa au chevet de Marvel, qui la regardait, ses yeux clairs et non plus brillants de fièvre.

— Tu as dit quelque chose ? demanda Jeanne, sa voix chevrotante.

— J'ai dit « Allô, maman », répondit-elle dans un demi-murmure.

— Oh ! Doux Jésus, mon enfant !

Jeanne la souleva à moitié du lit et l'étreignit dans ses bras. Son corps était terrifiant de maigreur, et Jeanne pouvait sentir les côtes de Marvel saillantes à travers sa chemise de nuit, mais elle n'était plus chaude.

— Oh, mon bébé, est-ce que tu te sens mieux ?

— Oui, m'dame. J'ai terriblement soif, par contre.

Jeanne la reposa sur l'oreiller en lui disant :

— Je sais, mon ange, mais dans l'immédiat, il vaut mieux suçoter des glaçons, d'accord ?

Jeanne s'assit sur le bord du lit, portant de petits morceaux de glace aux lèvres de Marvel. Elle était si faible qu'elle pouvait à peine lever les mains.

— J'ai été vraiment malade, n'est-ce pas ? Ça fait combien de temps que je suis malade ?

— Je ne saurais dire, répondit Jeanne dans une tentative de légèreté. Cela m'a semblé une éternité. En réalité, c'était peut-être trois jours.

— Où sommes-nous ?

— À l'appontement de la veuve Eames. Tu te rappelles ? C'est là que nous nous sommes arrêtés, après notre mésaventure dans le marécage. Le Dr Eames vit ici, et il a pris soin de toi.

— Il est gentil, se rappela Marvel. Il a un beau sourire.

Il y eut un coup frappé doucement à la porte, le signal du Dr Eames, et celui-ci entra dans la cabine. Il sourit en voyant Marvel, mais Jeanne remarqua qu'il ne semblait pas du tout surpris qu'elle ait repris du mieux.

— Bonjour, mesdames. Je vois que vous vous portez mieux ce matin, mademoiselle Marvel, ajouta-t-il, allant s'asseoir sur le lit et lui prenant la main.

— C'est vrai. Est-ce que… puis-je avoir de l'eau ? le supplia-t-elle.

— Bien sûr, mais je te demanderai de boire à petites gorgées, pas tout d'un coup, d'accord ?

Jeanne remplit d'eau un grand verre droit et y mit quelques morceaux de glace. Marvel respecta docilement la posologie, buvant à petites gorgées, après quoi elle s'adossa dans ses oreillers.

— Bouté divine, je n'ai pas la force de rester assise !

— Tu as été très malade, et la maladie t'a beaucoup affaiblie, dit gravement Eames. Voilà ce que je te propose : tu vas manger un peu pour reprendre des forces. D'ailleurs, j'ai une surprise pour toi. Ma mère t'envoie sa fameuse bouillie au riz. Elle en cuisinait toujours quand j'étais malade, et ça m'a toujours aidé à aller mieux.

Les yeux de Marvel s'égayèrent un peu.

— De la bouillie au riz ? J'aime le nom. Ça sonne drôle.

— Oui, c'est vrai. Avant tout, je dois t'examiner, et tu pourras ensuite manger ta bouillie au riz.

Il procéda à un examen minutieux. Elle était très pâle, et ses yeux avaient une teinte légèrement jaunâtre, mais la fièvre avait disparu. Quand il eut terminé, Eames lui sourit.

— Tu n'as pas de fièvre, et ton ventre ne fait plus les bruits fâchés qu'il faisait. Je crois que tu peux maintenant boire à ta soif, et boire ce qu'il te plaît.

— J'aimerais avoir encore de l'eau, s'il vous plaît… et du cidre de pomme si c'est possible. Je peux en avoir avec de la bouillie au riz ?

— Tu peux certainement, répondit-il. Y a-t-il autre chose que tu voudrais ?

Son regard alla vers Jeanne.

— Maman, est-ce que ce serait d'accord si Roberty et Léo venaient me voir ? Et Ezra, et M. Vince, et M. Clint ?

— Non, refusa Jeanne d'un ton sans équivoque.

— Marvel, dit le Dr Eames tout calmement, laisse-moi t'expliquer quelque chose. Te souviens-tu quand je t'ai dit que tu avais la fièvre jaune ? Eh bien, c'est une maladie contagieuse. Ça veut dire que d'autres personnes qui ne l'ont jamais eue peuvent attraper ta fièvre, comme un rhume. Je sais que tu vas mieux, mais nous devons attendre encore deux jours avant de laisser des gens te rendre visite. Est-ce que tu comprends ?

— Oui, monsieur, dit-elle dans un soupir, puis elle retrouva son sourire. M. Clint l'a déjà attrapée. Je me rappelle, c'est toi, maman, qui me l'as dit. Il pourrait venir me rendre visite, n'est-ce pas ?

— Non, Marvel, je veux que tu restes au lit et que tu te reposes aujourd'hui. Je resterai avec toi, petite fille, et peut-être, si tu te portes mieux plus tard, nous jouerons avec tes poupées, proposa Jeanne, mal à l'aise de lui refuser quoi que ce soit.

— D'accord, mais docteur Eames, est-ce que les chiens peuvent attraper la fièvre jaune ? demanda-t-elle en dernier espoir.

Jeanne réagit avant que le docteur ne réponde.

— C'est non, Marvel, j'ai dit…

Elle se rendit compte au milieu de sa phrase à quel point elle avait un ton acrimonieux ; elle parlait comme une vieille femme aigrie et colérique. Eames la regarda d'un drôle d'air.

— Oui, se reprit-elle sans conviction, c'est justement ce que je me demandais. Docteur Eames, est-ce que les chiens attrapent la fièvre jaune ? Si le patient les embrasse sur leur grande truffe baveuse ?

Il eut un petit sourire et se releva.

— Non, les chiens ne peuvent pas tomber malades. Et je parie que Léo sera heureux de vous voir toutes les deux. Marvel, fais seulement attention de ne pas le laisser manger ta bouillie au riz. Ce chien, c'est le plus talentueux quémandeur qu'il m'ait jamais été donné de rencontrer. Allez, Jeanne, accompagnez-moi. Allons chercher Léo et la bouillie au riz.

Jeanne le suivit jusqu'à la cuisine, et il tira deux tabourets de sous le comptoir.

— Asseyez-vous un instant, Jeanne.

Elle plissa les yeux, incertaine de savoir si cette invitation était de bon augure. Elle avait des ombres bleutées sous les yeux, des creux profonds qui ressemblaient à des ecchymoses. Elle avait la pâleur de Marvel, et les os de ses pommettes saillaient vilainement. Ses cheveux étaient un gâchis emmêlé, et elle ne s'était pas changée depuis des jours. Elle s'assit dans un geste saccadé.

— Quelque chose ne va pas. Je le savais !

— C'est possible, mais rien n'est certain, dit calmement Eames. Dans un cas comme dans l'autre, je dois vous dire ceci ; et c'est peut-être l'aspect le plus choquant de la maladie. Marvel se sent mieux aujourd'hui, et il n'est pas impossible qu'elle soit guérie. Tous les patients atteints de fièvre jaune connaissent une période de rémission après trois ou quatre jours. Le jour suivant, après cette période de rémission momentanée, certains malades entrent dans la troisième phase de la maladie.

— Et à quoi peut-on s'attendre à ce stade ? demanda Jeanne dans une voix étranglée.

Il répondit calmement :

— On l'appelle la phase de «septicémie». L'état des patients s'aggrave soudainement, les accès de fièvre deviennent si forts que certains patients éprouvent des épisodes de convulsions et se perdent en délires. En plus des nausées, la jaunisse revient en force, et la peau vire au jaune.

— Et c'est là qu'ils meurent, dit Jeanne entre ses dents serrées. Elle va mieux aujourd'hui ! Il faut qu'elle soit guérie ! Pourquoi me dites-vous cela, Jacob ? Quel bien peut-il en ressortir ? Pourquoi m'annoncer d'aussi horribles nouvelles ?

Les traits doux du médecin trahissaient à présent une grande douleur.

— Jeanne, je suis déchiré chaque fois que j'ai à traiter les patients atteints de la fièvre jaune, et c'est plus insoutenable encore quand ce sont des enfants. Si le patient est d'âge adulte, il en va de mon devoir de l'informer, même si j'ai le sentiment profond qu'il est guéri. Mais avec les enfants, si je garde les parents dans l'ignorance, je me rends coupable d'un mal criminel. Vous pouvez sûrement comprendre cela ?

Elle le regarda fixement avec des yeux brûlants.

— Je veux que vous m'écoutiez attentivement, Jeanne, poursuivit-il. Marvel s'en est très bien tirée jusqu'à maintenant, étant donné qu'elle est petite, maigre et délicate. Aujourd'hui, son organisme est peut-être complètement libéré de la fièvre jaune. Si ce n'est pas le cas, nous le saurons demain matin. Et même si elle passe à la phase d'intoxication septicémique, elle peut fort bien y survivre. La fièvre jaune est une maladie qui fait très peur parce que la contagion affecte un nombre extraordinaire de gens, qui tombent tous malades en très peu de temps. Cependant, de toutes les personnes atteintes, beaucoup y survivent.

— Oui, eh bien, les gens en meurent aussi, dit Jeanne d'un ton acide. À vous entendre, on jurerait que vous n'avez absolument aucune idée si Marvel est guérie ou si elle va mourir. Êtes-vous vraiment dans l'obscurité totale ?

— Malheureusement oui, Jeanne. Je n'ai aucun moyen de savoir. Il y a des patients qui semblent en parfaite santé et complètement guéris durant la phase de rémission momentanée et qui sombrent sans prévenir dans le troisième état. D'autres ont encore la jaunisse et ne développent jamais les symptômes de la troisième phase.

Jeanne se leva toute raide et s'avança au-dessus du docteur.

— Nous ne parlons pas ici d'un quelconque patient, docteur ! C'est de ma fille qu'il s'agit ! D'ailleurs, je me demande à quoi vous servez ! Vous avez des médicaments, mais vous ne savez dire s'ils fonctionnent. Oui, donnez-lui le médicament, mais non, elle le vomit, ne lui donnez que des glaçons. Elle est peut-être guérie, ou elle est peut-être mourante. Vous ne savez rien à rien !

Il se leva du tabouret et posa lentement les mains sur les épaules de Jeanne.

— Je sais au moins ceci, Jeanne. Je sais que Marvel est entre les mains du Seigneur, comme nous le sommes tous. Elle est sereine dans cette épreuve, et c'est là un miracle de Dieu en soi. Je sais qu'elle se porte mieux aujourd'hui et qu'elle a la joie en son cœur et en son âme, je le vois. Aucun de nous ne peut dire de quoi demain sera fait. Soyez joyeuse et aimante avec Marvel, Jeanne, car ce jour est celui que nous donne le Seigneur.

Ses épaules retombèrent, et elle laissa retomber sa tête.

— Je ferai de mon mieux, dit-elle dans un chuchotement rauque. Peut-être qu'elle va guérir. Alors, j'essaierai. Pour Marvel.

Le Dr Eames descendit à la salle des chaudières. Dans un coin, Roberty et Ezra jouaient aux dames, Léo avachi et ronflant au pied de la caisse de biscuits retournée. Par les portes ouvertes de la salle des machines, il entendit Vince et Clint qui discutaient à mi-voix.

— J'ai de bonnes nouvelles à vous annoncer, dit-il, ce qui ne manqua pas d'amener Roberty sur ses pieds pour aller chercher Vince et Clint, Eames reprenant du début quand tous furent réunis. Marvel se porte beaucoup mieux aujourd'hui. En ce moment même, elle mange la bouillie au riz que ma mère a préparée pour elle, et si ce plat ne finit pas de guérir tous ses maux, eh bien, rien ne le fera.

Ils prirent tous une caisse et s'y assirent, souriant et soupirant de soulagement. Tous sauf Clint, qui restait debout, les bras croisés et l'air perplexe.

— Comment va Jeanne ? demanda-t-il.

— Elle ne va pas très bien, et j'ai bien peur d'avoir empiré les choses. J'imagine qu'il faut vous le dire à vous aussi, comme vous me semblez former une grande famille. Mais d'abord, mademoiselle Marvel a émis ce souhait que Léo vienne lui tenir compagnie quelque temps.

Roberty fut aussitôt debout et prêt à rendre service, mais Eames poursuivit en disant :

— Désolé, Roberty, mais Marvel est peut-être encore contagieuse, et les visites sont interdites pour encore un jour ou deux. Il vaut mieux que je m'occupe de monter le chien.

— Je pourrais m'en charger, dit Clint, regardant Eames avec des yeux sombres où il y avait peut-être une supplique. J'ai eu la fièvre jaune quand j'étais jeune et j'y suis immunisé.

— Je suis désolé, fit savoir Eames dans un soupir d'impuissance. Le mieux, c'est que j'y aille.

Clint hocha la tête et alla s'affaler sur un cageot, posant la tête dans ses mains. Eames amena Léo sur le pont supérieur et revint peu après. Une fois de retour, il leur annonça ce qu'il avait annoncé à Jeanne.

— Ouais, ce sont des choses que je savais, révéla platement Clint. J'ai vu des malades en mourir, mais les chances sont de son côté, n'est-ce pas ? Nous pouvons espérer une guérison complète, non ?

— C'est en ce sens que j'adresse mes prières au Seigneur, répondit le médecin. Il nous faut tous prier pour elle. Pour Jeanne, aussi. Jeanne souffre tout autant, et même plus encore que Marvel, je crois

Vince, Roberty et Clint étaient tous assis dans le campement, un petit bout de terrain plat au pied de la longue pente qui remontait paresseusement vers la demeure des Eames. Le camp était situé à quelques mètres du flanc de tribord du *Helena Rose*, et bien que personne ne l'évoquât à voix haute, tous savaient qu'à cette distance, on entendrait Jeanne à travers les fenêtres de sa cabine si jamais elle venait à appeler à l'aide. Depuis le premier jour à quai, Ezra n'avait pas cuisiné dans la cuisine.

— Quelle idée ! disait-il. Voir si je vais allumer le poêle, avec Marvel juste de l'autre côté du mur. Comme si la pauvre n'avait pas déjà assez chaud. Et voir si elle a besoin de sentir la nourriture et de m'entendre faire du raffut avec mes casseroles.

Dans le campement, Ezra avait sous la main tous les ustensiles, les marmites et les poêlons nécessaires, et on alimentait un feu de camp pour cuisiner. Toutefois, on ne cuisinait pas beaucoup, puisque la famille du Dr Eames — qui, avaient-ils appris, rassemblait trente membres de la famille élargie, dont des Eames, des Franklin et des Greene, tous vivant dans la grande maison sur la colline — leur apportait des plats chaque jour. Aujourd'hui, Ezra était retourné aux fourneaux dans la cuisine et préparait une demi-douzaine de plats parmi les préférés de Marvel.

Ces trois derniers jours, Ezra avait nettoyé au moins trois fois et de fond en comble les chaudières et les fournaises. Vince et Clint avaient travaillé dans la salle des machines, huilant, resserrant et vérifiant toutes les composantes des moteurs et de la transmission, recommençant même certaines vérifications plus d'une fois.

Roberty avait sorti la peinture rouge et avait entrepris de repeindre toutes les garnitures sur les flancs du bateau. Le Dr Eames lui avait fourni le lendemain une grande échelle et de la peinture noire, et il était grimpé à plus de sept mètres pour repeindre les cheminées, même si les hommes avaient grimacé de le voir monter si haut.

— Je crois que la maison de poupée et les meubles de Marvel auraient besoin d'un coup de pinceau, dit Clint, qui se trouvait un peu désœuvré.

Vince soupira.

— C'est ça, ou nous démontons encore une fois les moteurs, pièce par pièce. C'est vraiment d'un ennui mortel, Clint !

— Et si vous me laissiez ce travail de peinture, Clint ? proposa Roberty d'un ton suppliant. Je n'ai pas pu vous aider pour la construction, alors j'aimerais faire ça au moins pour Marvel. J'en ai besoin.

— Ouais, je sais, dit Clint. D'accord, tu peins dans ce cas.

Roberty se leva et partit en courant vers le bateau.

— Bon, et qu'est-ce qu'on fait, Clint ? demanda Vince. Que dirais-tu d'aller pêcher ? Le Dr Eames dit que, juste après le coude là-bas, il y a une belle petite crique avec plein de poissons, de la brème, de la perche et du poisson-chat.

— Non merci, mais si le cœur t'en dit, vas-y, Vinnie.

— Mais non, l'idée, c'était que tu viennes avec moi. J'essaie de te faire bouger un peu. Regarde-toi, Clint, tu restes assis comme une souche, à regarder dans le vide. Tu ne dis rien, tu n'écoutes pas, on jurerait que tu n'es même pas là.

— Je suis là, dit Clint avec apathie. Je n'ai rien à dire, voilà tout. Et ce qu'en disent les gens, ça ne m'intéresse pas.

Jamais dans sa vie Vince ne s'était mis en colère contre Clint, mais là, c'était plus fort que lui.

— Tu agis comme un gros égoïste. C'est quoi, ton problème ? Marvel va mieux, et elle est peut-être guérie ! Et même si c'était autrement, nous, il faut rester forts et agir comme des *hommes* ! Je sais que tu penses que Jeanne te déteste, et peut-être que c'est le cas à cet *instant*. Au fond, je sais qu'elle se soucie vraiment de toi, espèce de gros bêta ! Peu importe ce qui arrivera, elle se rappellera de ça un jour ou l'autre. Alors, tu vas arrêter de te morfondre et sortir du fond du trou que tu t'es creusé !

Un sourire sans joie apparut au coin des lèvres de Clint.

— C'est bon, OK, Vinnie, pas la peine de piquer une crise. Tu veux aller pêcher ? Allons pêcher. Mais avant, je veux dire à Ezra où nous allons. Je veux être sûr qu'on pourra me trouver si… si Marvel a besoin de moi.

En après-midi, vers quatorze heures, Marvel se sentit la force de s'asseoir dans un fauteuil, les jambes étendues sur trois oreillers que Jeanne avait posés devant elle. Elle était couverte d'une courtepointe légère. Malgré la chaleur typique des journées d'août, elle était un peu frissonnante. Jeanne veillait constamment sur elle, mais Marvel n'avait pas de fièvre. Ses frissons, comme le

Dr ames l'avait dit, venaient de ce fait qu'elle était faible et que son sang était très clair.

Jeanne posa un énorme plat de macaronis fumants sur la table à côté du fauteuil de Marvel. Léo s'était immédiatement assis pour poser le menton sur la cuisse de la petite.

— Ezra dit que si on mange assez de macaronis, on devient gros, l'encouragea Jeanne. C'est donc dire qu'il sera très déçu si après-demain tu n'es pas toute grassouillette.

— Je le serai sûrement, si je continue à manger comme aujourd'hui, répondit Marvel. Ezra m'a préparé tellement de nourriture, des plats pour nourrir un équipage tout entier.

Ezra avait fait du pain, coupé de drôles de petites formes dans des tranches de fromage doux et jaune, préparé une purée de pommes de terre, un bouillon de poulet, du porridge, de la glace à la cerise, une sauce chaude aux pommes nouvelles et des poires cuites fourrées avec des raisins. Marvel était capable de manger quelques bouchées à la fois, et elle avait mangé un peu de tout. Elle s'attaquait maintenant aux macaronis, mais se mit à soupirer après trois ou quatre bouchées.

— C'est très bien, petite fille, je te taquinais, dit Jeanne. Mange à ta faim, mais ne te force surtout pas.

— D'accord. Hum… fit-elle, caressant d'une main la tête du chien et levant des yeux remplis d'espoir vers Jeanne.

— Oui, tu peux lui en donner, se résigna Jeanne. Il dort déjà dans le lit et s'assied dans les fauteuils. Je ne serais pas surprise si bientôt il s'asseyait avec nous à table.

Marvel posa le bol par terre, et Léo commença à manger. Ce chien était un mangeur fort poli, et jamais on ne le voyait engloutir sa nourriture. Sa longue queue se mit à décrire dans les airs les drôles de cercles de travers qui lui faisaient remuer tout l'arrière-train. Marvel gloussa un peu. Elle avait la voix plus forte, mais la respiration encore sifflante. Elle regarda Jeanne du coin de l'œil et la vit regarder Léo sans aucune expression.

— Maman ? Est-ce que ça va ? demanda Marvel.

— Tout va bien, voyons. Je suis fatiguée, c'est tout.

— Je sais, acquiesça Marvel, je n'ai pas beaucoup de souvenirs de ma maladie, mais je me rappelle que tu étais toujours là, réveillée à côté de moi. Je sais que tu t'es beaucoup inquiétée pour moi, maman, mais je vais mieux maintenant.

— Oui, tu vas mieux, et je suis tellement reconnaissante, Marvel. Je vais faire un effort, promis. Aimerais-tu jouer avec Madame Topp et Avémaria ?

— Oui, m'dame, mais j'ai quelque chose à te demander d'abord ?

— Je t'écoute.

Marvel inclina la tête un peu et sembla troublée.

— Tu as dit que tu étais reconnaissante, maman, mais nous n'avons pas dit les grâces. Nous disons toujours les grâces pour remercier Dieu. J'ai dit merci à Jésus, mais pas à voix haute, pas comme d'habitude.

Sur ces mots, Jeanne alla vite s'agenouiller à côté de son fauteuil.

— Oh, Marvel, je suis tellement désolée. Bien sûr que je remercie le Seigneur. C'est juste que… j'étais trop inquiète et je n'avais pas les idées claires. Prions ensemble, tu veux ?

Marvel se recueillit, baissant la tête, et les yeux fermés, elle commença à remercier Jésus pour tout ce qui lui venait à l'idée. Jeanne pencha la tête aussi et ferma les yeux, mais en entendant Marvel dire « Merci parce que je vais bien maintenant, mon Dieu », ses yeux s'ouvrirent en de minces fentes. Elle avait menti. Dieu ne lui inspirait aucune, mais absolument aucune reconnaissance. Pour se convaincre, elle s'était répété toute la journée que Marvel était guérie, mais elle n'y croyait pas. Depuis que le Dr Eames lui avait expliqué la manière dont la fièvre jaune s'attaquait aux malades, Jeanne avait peur au point d'être nauséeuse. Au cours de la journée, cette peur avait grandi en elle, toujours plus oppressante, écrasant tout espoir qu'elle aurait pu trouver ou nourrir. En ce moment même, la peur qu'elle ressentait était si dévorante, cette peur que l'état de Marvel ne s'aggrave et que la maladie ne l'emporte, que Jeanne concevait cette fin comme une quasi-certitude. Toute la journée, elle avait caché son désespoir, agissant avec Marvel comme si la rémission était certaine, et elle s'en était relativement bien tirée, mais elle n'y croyait pas, pas du tout.

Elle n'avait plus la force de croire autre chose que cette mort qui allait emporter Marvel. Et c'était Dieu qui la punissait, c'était la manière qu'Il avait trouvée pour se venger de sa négligence et de son égoïsme. Pour quelle autre raison Dieu aurait-Il voulu ce sort pour Marvel ? C'était la seule explication sensée que Jeanne savait trouver.

Et une fois cette idée cristallisée dans l'esprit de Jeanne, elle aurait aussi bien pu mourir, car elle n'accordait plus d'importance à sa vie.

Marvel s'était dite fatiguée juste après la tombée de la nuit, et Jeanne l'avait mise au lit. Léo était couché à côté d'elle, regardant Jeanne avec ses yeux de chien battu, et Jeanne lui permit de rester, lui tapotant distraitement la tête.

— Merci, maman. Bonne nuit, dit Marvel d'une voix endormie.

— Bonne nuit, petite fille, dit Jeanne en l'embrassant sur la joue.

Elle s'assit dans le fauteuil près du lit et regarda Marvel, qui sombrait lentement dans un sommeil paisible. Son expression était tout autre que celle qu'elle montrait à Marvel l'instant d'avant, quand sa fille avait encore les yeux ouverts. Le visage de Jeanne, comme sous le coup d'une gifle, devint tendu et noir, et ses yeux étaient vides comme des puits sans fond. Même Léo sembla remarquer ce changement inquiétant, et il observa longuement Jeanne.

— Dors, Léo, dit Jeanne presque dans un sifflement.

Il battit la queue deux fois, puis il se coucha, ridiculement, sur l'oreiller juste à côté de la tête de Marvel.

Jeanne resta longtemps immobile. Marvel dormait. Léo dormait. Le corps tout entier de Jeanne était douloureusement tendu. Après un temps, ses tempes se mirent à palpiter, et, comme de raison, elle fut prise d'un mal de tête et de vertiges. La lumière même tamisée de la lampe à huile lui faisait mal, et elle ferma les yeux.

Elle changea de position, et le mouvement fut douloureux. Elle ouvrit les yeux, mais, tout autour, il n'y avait que du noir. Léo gémissait, un cri lointain et étouffé qui aurait pu être celui d'un enfant. Jeanne se rendit compte qu'elle s'était endormie, que la lampe avait brûlé tout son pétrole. Elle se leva d'un coup et marcha à tâtons jusqu'au bureau, trouva une autre lampe et l'alluma pour revenir au chevet de Marvel. Léo sauta en bas du lit et se figea en regardant dans la direction de Marvel. Il n'arrêtait plus de gémir, comme le chant d'une mélopée funèbre. Jeanne regarda Marvel et pensa que le chien devenait fou, puisque Marvel était la même, encore endormie. Jeanne aperçut alors le reflet de la sueur sur son front et vit que sa chemise de nuit était trempée.

C'est à ce moment que Marvel eut ses premières convulsions.

CHAPITRE 17

Le corps de Marvel se tordait. Ses bras et ses jambes s'agitaient violemment en d'horribles contractions. Jeanne posa la lampe pour se saisir de ses bras. En tentant d'immobiliser Marvel, elle ne réussissait qu'à empêcher ses bras de se convulser de haut en bas. Jeanne vit que Marvel avait les mâchoires serrées, et elle craignit que ses dents ne cassent en entendant l'horrible grincement qu'elles faisaient. En grognant sous l'effort, Jeanne chercha dans la pièce un objet, quelque chose à lui mettre dans la bouche et se maudit de ne pas avoir demandé au Dr Eames que des précautions fussent prises en ce sens. Elle ne trouvait rien, et les convulsions de Marvel continuaient de plus belle.

Finalement, les spasmes perdirent en intensité, et Jeanne put enfin relâcher Marvel. Son petit corps tressaillit deux, trois fois, puis elle s'effondra soudain, gisant amorphe, comme avalée par le matelas du lit. Ses yeux étaient fermés. Elle avait la bouche entrouverte, et

Jeanne se pencha au-dessus de son visage pour s'assurer qu'elle respirait encore. Sa respiration était précipitée et superficielle. Jeanne pouvait sentir qu'une chaleur écœurante irradiait de son corps malade ; Marvel avait mouillé de sueur ses draps et la courtepointe.

— Marvel ? chuchota Jeanne.

Elle n'eut aucun mouvement, et ses paupières restèrent closes. Jeanne sut qu'elle avait perdu connaissance.

Elle sortit à toute vitesse de la cabine, puis dehors sur le pont. Tout près sur la berge, il y avait les dernières flammes d'un feu mourant et, tout autour, des silhouettes endormies. Clint, lui, ne dormait pas. Assis, il regardait le feu mourir quand Jeanne l'appela en criant. Elle n'avait encore rien dit qu'il était déjà debout et courait vers elle. Arrivé devant elle, il lui prit les bras, mais la lâcha aussitôt, brusque dans ses gestes.

— Est-ce qu'elle est… commença-t-il sans pouvoir énoncer l'impensable.

— Non, dit Jeanne d'une voix effacée, presque morte. Pas encore. J'ai besoin de votre aide.

Il la suivit dans la cabine, et Jeanne s'agenouilla sur le côté du lit. Clint vint poser un genou par terre à côté d'elle. Il pensa que Marvel avait rendu son dernier souffle. Sa peau était tendue sur son visage, et toutes les rondeurs que la jeunesse a d'ordinaire l'avaient abandonnée. Sa figure ressemblait à un petit crâne. Ses cheveux étaient comme des fils mouillés, et Clint pouvait sentir sur la petite l'odeur aigre qu'ont les grands malades.

— Elle avait des convulsions, dit Jeanne. Je ne trouvais rien à lui mettre entre les dents.

Clint plongea une main dans sa poche et en tira un objet qu'il alla nettoyer dans le lavabo. Après l'avoir bien séché, il revint s'agenouiller à côté de Jeanne. Elle vit alors ce que c'était : trois lanières de cuir tressées serrées.

— C'est un collier pour Léo, dit Clint. Nous l'avons fabriqué, Roberty et moi.

Les convulsions recommencèrent. Clint mit les brins de cuir entre les dents de la petite et se glissa derrière elle, plaçant les bras autour du haut de son corps pour la retenir. Jeanne mit son poids sur les jambes de Marvel.

Cette fois encore, l'épisode de convulsions fut long et violent. Quand ils purent enfin lâcher prise, Jeanne et Clint retournèrent s'agenouiller près du lit. La respiration de Marvel ressemblait davantage à un essoufflement perpétuel. Jeanne posa le poignet sur son front, et il était chaud comme un fer brûlant. Elle ne suait plus maintenant, mais la fièvre ne diminuait pas. Elle se convulsa à nouveau, et encore quelques minutes plus tard. Chaque crise était plus longue que la précédente. Clint et Jeanne se regardèrent les yeux dans les yeux, et il n'y avait dans leur regard qu'une immensité d'impuissance. Ils étaient tous les deux blancs comme des draps, pâles comme la mort.

Quelque temps après, Marvel remua dans le lit, puis tourna brusquement la tête vers eux. Ils se précipitèrent pour la prendre dans leurs bras, mais, bientôt, elle ne bougea plus, et ses yeux se voilèrent pour soudain s'ouvrir à nouveau. Son regard était vague, et elle divaguait. Enfin, pendant un instant, Jeanne eut la certitude que Marvel la regardait, et elle lui prit la main en disant :

— Allô, ma chérie. Ne bouge pas et repose-toi.

Marvel remua la bouche, mais aucun son n'en sortait. Jeanne allait lui dire de ne pas essayer de parler, mais elle se tut en voyant ce qu'elle craignait plus que la mort elle-même. Elle vit la peur dans les yeux de sa fille.

— Non, non, Marvel, dit-elle dans un petit cri de désespoir. N'aie pas peur, s'il te plaît, n'aie pas peur. Je suis juste ici, avec toi, je suis là, tout va bien aller, ma petite chérie, ma petite fille. Tu es forte, et le Seigneur est avec nous, toujours. S'il te plaît, s'il te plaît, n'aie pas peur.

Jeanne se pencha au-dessus d'elle, approchant l'oreille tout près de ses lèvres.

— D'accord, maman. Je… vais essayer.

Jeanne se laissa basculer en arrière. Elle posa ses lèvres sur la main brûlante de Marvel.

Tout lentement, Marvel regarda Clint, et il crut que son cœur allait éclater de chagrin. Il réussit à lui rendre son sourire.

— Salut, petite fille.

Il vit qu'elle voulait dire quelque chose et s'approcha tout près.

— C'était… comme des anges qui chantent… et Jésus était là… quand vous avez… chanté…

Elle n'eut pas la force d'en dire davantage.

Clint lui donna un baiser sur la joue, puis releva la tête pour la regarder.

— Quand j'ai chanté *Ave Maria*.

Elle fit signe que oui d'un petit hochement de tête. Il se força à regarder dans ses yeux et il vit là une désespérance à fendre l'âme, un appel au secours déchirant.

— Bien, dans ce cas, je vais le chanter juste pour toi, petit ange. Juste pour toi.

Il se leva et quitta la pièce. Jeanne leva la tête et vit que Marvel avait les yeux fermés. Elle respirait encore.

Dès que Clint eut mis le pied hors de la cabine, il s'adossa au mur et ferma les yeux, s'efforçant de chasser l'angoisse. « Je ne peux pas le faire ! Je donnerais tout au monde pour cette petite fille, vraiment tout, ma vie même, mais je ne peux pas lui donner la seule chose qu'elle demande ! »

Clint n'avait pas chanté sérieusement depuis Noël dernier. Il se vit sous la fenêtre de Marvel, ouvrant la bouche, d'où il ne sortirait qu'un croassement pathétique. Il s'entendait dans cette faible et pitoyable parodie de l'œuvre religieuse majestueuse qu'était l'*Ave Maria*. Il pensa que ce serait la pire des interprétations, mauvaise au point de friser le péché, un tour cruel que le diable jouerait aux dépens d'une pauvre petite fille mourante.

Comme un automate, il marcha lentement dans le corridor vers l'escalier. Il se sentait si faible, si las, comme un vieil homme, un très vieil homme. Il grimpa sur le quai et se tint là, debout, regardant le ciel. La lune était pleine, et il y avait au-dessus de sa tête plus d'étoiles qu'on ne pourrait jamais en compter. La nuit était belle. Sans trop savoir comment s'y prendre, sans trop savoir ce qu'il faisait, Clint baissa la tête et se mit à prier. « Cher Dieu, j'ai besoin d'aide. Je suis perdu. S'il Vous plaît. Aidez-moi à chanter pour elle. Pas pour moi, mais pour elle. »

Il releva la tête, remplit ses poumons de l'air doux de la nuit et commença à chanter.

Ave Maria, Gratia plena
Maria Gratia plena
Maria Gratia plena
Ave, ave Dominus !

Il n'avait jamais chanté avec une telle force et une telle justesse. Il se sentait revivre, puisant à une source édifiante, se rappelant d'ailleurs que ce même sentiment, il le vivait avant, quand il était satisfait de son chant. Chanter l'édifiait, lui permettait la déférence, lui faisait prendre conscience d'une autre existence, d'une vie au-delà de cette vallée de larmes. Il priait maintenant tout en chantant. En pensée, il remerciait Dieu encore et encore. Il oublia tout sauf cette musique qui réchauffait l'âme. Maintenant, il savait que le chant n'était pas de lui. Qu'il ne l'avait jamais été. Ce chant venait de Dieu Lui-même.

La pièce durait presque quatre minutes, mais Clint aurait pu chanter des heures durant. Cependant, il se tut et se laissa tomber à genoux.

— Oh, merci à Vous, mon Dieu. Merci, Jésus-Christ. Mais pourquoi, pourquoi m'avoir offert un si précieux don ? Je ne suis rien. Je suis un homme indigne de Vous, un pécheur sans regret. Comment pouvez-Vous me pardonner ? Je ne mérite rien d'autre que la mort !

« Je suis déjà mort pour vous, pour vous prouver Mon amour. Je vous ai fait et vous ai façonné avant la création de la terre, et Je vous ai donné ce don. Je vous l'ai donné parce que Je suis votre Père, et que vous êtes Mon fils. »

Clint ne sut jamais si Dieu lui avait parlé ou s'Il avait semé ces mots dans son esprit. Qu'importe, ce n'était pas le plus important. Émerveillé, il adressa cette prière : « Mon Père… mon Père. Pardonnez-moi, Dieu de bonté. Pardonnez-moi pour tout ce que j'ai fait contre Vous. Merci, merci, désormais et pour l'éternité, je Vous honorerai. Je comprends enfin… et je veux retourner auprès de Vous, chez moi. »

Quand Clint avait quitté la pièce, Jeanne avait eu cette vague pensée qu'il n'en pouvait plus supporter davantage, et d'ailleurs, elle ne l'aurait pas blâmé. Marvel n'avait pas rouvert les yeux, mais les crises avaient cessé. Elle était figée, immobile, et Jeanne ne quittait plus des yeux sa poitrine, la regardant se soulever et s'abaisser en de courtes respirations presque imperceptibles. Jeanne songea que c'était étrange d'être aussi calme. C'était sûrement l'état de tous ceux qui perdent espoir. Si… Quand Marvel mourrait, Jeanne allait s'étendre par terre pour ne jamais plus se relever. Elle espérait que Dieu l'achèverait. Si elle devait trépasser d'une mort lente, tomber d'inanition ou de soif, eh bien, soit. Elle ne méritait pas mieux.

Tout à coup, le son d'une musique divine vint flotter dans la pièce.

« *Ave Maria…* »

Jeanne resta assise, comme transpercée. Tandis que le chant se poursuivait, Jeanne eut le sentiment qu'elle ne l'écoutait pas seulement, mais qu'elle s'en abreuvait, que ce chant la nourrissait, s'immisçant en elle et faisant naître au plus profond de son être une douce et merveilleuse quiétude. Le martèlement dans sa tête cessa. Ses mâchoires se décrispèrent. Les tensions dans ses doigts s'évanouirent. Elle se sentit tomber à genoux, tout son corps mû de gestes fluides et détendus. On aurait dit que la musique était une huile apaisante et chaude versée sur son corps. Elle perçut un papillonnement sur les paupières de Marvel, qui ouvrit les yeux l'instant d'un moment. Lentement, ils se refermèrent.

Jeanne avait l'esprit en paix, serein, tandis que Clint chantait. Elle ressentit une forte présence, celle du Seigneur, et accueillit Sa venue comme une bénédiction. Pour la première fois depuis trop longtemps, elle ouvrait son cœur à Dieu. Quand Clint termina l'hymne religieux, elle posa le front sur le lit et pria.

« Oh, bien-aimé Seigneur Jésus, mon doux Sauveur, pardonnez-moi, je Vous en prie. Je me suis aveuglée de colère, j'étais si fâchée, j'ai durci mon cœur, qui n'était plus qu'un rocher. Je Vous ai craché au visage, comme ceux qui Vous ont crucifié. Je suis désolée, si désespérément désolée, pardonnez-moi, s'il Vous plaît ! » À cet instant même, Jeanne sut qu'elle était pardonnée. Toutes ces choses terribles qu'elle avait faites ou pensées, surtout depuis que Marvel était tombée malade, avaient disparu à Sa vue, comme si rien d'elles n'avait jamais même existé. Jeanne ploya sous la force d'un suprême soulagement.

« Merci, bien-aimé Seigneur. À présent, donnez-moi la force, montrez-moi la voie. Que le Saint-Esprit m'emplisse de Votre amour éternel. Je sais ce qu'il me faut faire maintenant, et merci à Vous de me donner la force d'accomplir Votre volonté. »

Elle se leva et fut un peu surprise de n'avoir plus mal, dans son corps et dans son âme. S'avançant à la fenêtre, elle aperçut Clint à genoux sur le quai, sa tête baissée, et les yeux de Jeanne s'emplirent de larmes. Elle pleurait, mais ses larmes n'étaient pas des larmes de chagrin... pas celles-là. Elle versait des larmes de joie, pour Clint. Elle descendit sur le pont et l'appela tout doucement :

— Clint ? S'il vous plaît, revenez avec moi auprès de Marvel.

Il la regarda, et des larmes coulaient aussi sur son visage. Il les essuya et lui adressa un sourire béat. Il se leva et regarda en direction du feu de camp. Tout le monde s'était réveillé en l'entendant chanter, bien sûr.

Jeanne suivit son regard et s'aperçut à ce moment que le Dr Eames était là, couché sur son tapis de couchage. À un certain moment dans l'après-midi, elle lui avait dit de les laisser seules, Marvel et elle, qu'elles n'avaient plus besoin de lui. Maintenant, Jeanne annonça tout bas :

— Tout va bien, elle est encore... avec nous. Mais vous pouvez tous venir et veiller dans le corridor. En fait, s'il vous plaît, venez et priez pour nous.

Clint marcha avec elle jusqu'à l'escalier.

— Êtes-vous... Êtes-vous certaine de vouloir de moi, Jeanne ?

— J'en suis certaine. Et Marvel a demandé à vous voir, Clint. Je suis tellement désolée, si profondément désolée.

— Je sais, dit-il avec sincérité. Comme moi aussi.

Ils retournèrent dans la cabine et s'agenouillèrent tout près du lit. Ils étaient tous les deux certains de ce qu'il leur restait à faire. Ils posèrent une main sur celles de Marvel, joignirent l'autre main et baissèrent la tête.

Jeanne fit une prière toute simple pour la guérison de Marvel et remercia Dieu pour beaucoup de bienfaits, et Clint était de ces bienfaits. Elle rendit aussi grâce parce que Clint avait trouvé le Seigneur. Clint pria à son tour. Après, ils prièrent tous les deux en silence, tête baissée et yeux clos. Ils sentirent que Marvel remuait, le plus infime des mouvements, et levèrent les yeux.

Elle regardait Jeanne, poussant un murmure qu'ils purent à peine entendre.

— Je n'ai pas peur... plus maintenant, maman. Je suis juste... tellement fatiguée.

Dans un geste d'une lenteur incroyable, comme s'il était contre son gré, elle ferma les yeux.

— Je sais, petite fille, dit Jeanne, sa voix chaude et assurée. Je sais, ma merveille, je sais que le Seigneur Jésus est ici, avec nous. Ne t'inquiète pas pour moi, mon amour, continue ton chemin, tu sauras trouver ta voie.

Le Seigneur Jésus te dira s'il est temps pour toi de retourner auprès de Lui, et tu pourras rentrer à la maison.

Marvel ne donna aucun signe de vie.

Jeanne et Clint pleurèrent encore, mais en silence cette fois.

Les heures passèrent, la nuit blêmit, ils pleuraient et priaient. La flamme de la lampe à huile vacilla, crachota, puis s'éteignit. L'aube vint enfin, avec les premières lueurs pointant à la fenêtre. Jeanne releva la tête ; elle n'avait pas dormi, reposant seulement sa tête sur le lit. Clint regardait fixement Marvel, et les yeux de Jeanne glissèrent vers sa fille, vers son visage, s'attendant à voir sur celui-ci un masque de mort.

Marvel lui rendait son regard. Elle souriait.

CHAPITRE 18

Clint se leva sans hâte, car il était ankylosé d'avoir passé des heures à genoux au chevet de Marvel. Il ne quittait plus des yeux ce visage juvénile qui le fascinait, reculant doucement sans lui tourner le dos. Il trébucha contre quelque chose près de la porte. Léo s'était caché sous la table au début de la nuit et se tenait à présent dans l'embrasure de la porte, son gros sourire idiot de chien au milieu du visage, sa langue pendante, sa queue remuant dans une frénésie de boucles en huit. Clint ouvrit la porte toute grande et s'engagea dans le corridor, où il manqua une fois de plus de tomber, se prenant cette fois les pieds dans les jambes étendues de Vince. Celui-ci était assis par terre, dos contre le mur, et Roberty dormait la tête sur ses genoux. Ezra et le Dr Eames étaient assis en tailleur un peu plus loin, une bible ouverte entre eux deux. Ils firent tous un saut quand Clint apparut.

— Docteur Eames ? Venez vite ! Je crois qu'elle va bien ! le pressa Clint, son ton traduisant l'urgence.

Le Dr Eames entra à la hâte dans la cabine pour aller s'asseoir sur le lit de Marvel. Jeanne se leva pour lui laisser la place, sa figure fatiguée s'illuminant comme d'un jour nouveau. Le Dr Eames passa la main dans les cheveux de Marvel, ramenant en arrière ceux qu'elle avait collés sur le front, et posa là une main toute légère.

— Bonjour, Marvel. Ça va mieux, n'est-ce pas ?

Elle hocha la tête et remua les lèvres, mais le Dr Eames constata qu'elle était trop faible pour parler.

— Chut, ne te force pas à parler. Je veux seulement que tu suçotes quelques morceaux de glace. Plus tard, nous essaierons de boire un peu d'eau, et peut-être même du cidre. Mais pour le moment, laisse seulement la glace fondre dans ta bouche. Et si tu crois pouvoir dormir, ne te gêne pas et dors, d'accord ? Tu n'as pas à rester éveillée.

Il mit un morceau de glace dans sa bouche et patienta. Elle fit un petit bruit de succion ravi, battit des cils et ferma les yeux.

Le docteur se leva du lit et sourit à Clint, puis à Jeanne.

— Cette petite fille est guérie ! Même ses yeux n'ont plus aucun signe de jaunisse ! Dieu soit loué, c'est un miracle !

Jeanne se tourna vers Clint et lui dit, tout sourire :

— Je crois que Dieu a accompli plus d'un miracle la nuit dernière. Et je dois dire, messieurs, que si Marvel était réveillée, elle vous dirait que c'est le temps de dire les grâces pour remercier le Seigneur.

— Il est plus que temps, je dirais même plus, ajouta Clint. Laissez-moi commencer.

La semaine suivante fut très occupée pour les gens du *Helena Rose*. Marvel récupérait lentement, mais avec les jours qui s'écoulaient, elle retrouvait toujours plus de force, et aussi du poids et des couleurs aux joues. Jeanne était auprès d'elle à chaque instant de la journée et profitait de ses siestes pour réaliser quelques travaux d'aiguille. Pendant la maladie de Marvel, Jeanne n'avait rien fait d'autre que s'inquiéter, et elle fut heureuse de se remettre à la couture, chose pour laquelle elle avait un talent évident. Avant la fin de la semaine, elle termina de coudre une nouvelle robe chasuble pour Marvel dans une mousseline rose aux motifs de roses rouges.

Marvel parlait peu de sa grave maladie, et Jeanne finit par lui demander :

— Ma chérie, est-ce que tu te souviens d'avoir été si malade ?

Elle lui répondit, pleine d'entrain :

— Je me souviens d'avoir vomi beaucoup, d'avoir mangé des glaçons et de la bouillie au riz.

— Gardes-tu d'autres souvenirs, la pressa Jeanne, hormis la bouillie au riz ? Est-ce que tu te rappelles la dernière nuit ?

Marvel enveloppa ses poupées dans une grande étreinte, les serrant tout contre elle.

— Je me souviens de m'être sentie mieux après la bouillie au riz, de m'être mise sous les draps après. J'ai fait un rêve aussi. J'ai rêvé que j'étais dans un bel endroit, assise sous un arbre. Il y avait une rivière, mais ce n'était ni le Mississippi ni la rivière Arkansas. L'eau était vraiment bleue et toute brillante. Elle coulait vite et faisait de jolis sons. J'avais chaud, trop chaud, et j'allais me baigner dans la rivière, mais je n'étais jamais rafraîchie. Et c'est là que Jésus m'a dit : « Pas tout de suite, petite fille. » Il m'a appelée « petite fille », comme toi et M. Clint.

— Tu... tu as vu Jésus ? demanda Jeanne dans un demi-souffle.

— Non, dit Marvel en haussant les épaules, mais Il était là, quelque part. Après, Il m'a dit de me coucher, et l'herbe était épaisse, et douce, et fraîche, et je me suis endormie. C'est bizarre et drôle aussi de s'endormir dans un rêve, quand on sait qu'on dort déjà. Mais je n'ai pas trouvé que c'était bizarre dans mon rêve. J'étais fatiguée et je me suis endormie. En me réveillant, je t'ai vue avec M. Clint. Et Léo, sous la table.

Durant la semaine, les hommes du *Rose* s'étaient joints aux hommes et aux garçons de la grande famille Eames pour reconstruire le pavillon. Jacob Eames leur avait dit :

— Nous avons le bois pour la rotonde depuis deux ans déjà, mais pour je ne sais quelle raison, nous ne nous sommes jamais attelés à la tâche.

Ils construisirent le pavillon plus gros et selon un style plus élaboré que la précédente construction. Il fut peint en blanc, et Roberty peignit les moulures avec le même rouge qui ornait le *Helena Rose*. Clint et Ezra firent un petit écriteau, avec la permission de la famille Eames, où l'on put lire : « Le repos de Marvel ». Ils le clouèrent au-dessus de l'arche qui servait d'entrée au pavillon, laquelle faisait face à la rivière. Avec les années, l'appontement de la veuve Eames changerait de nom, et, sur la rivière, on l'appellerait un jour l'appontement de Marvel.

Juste après le déjeuner en ce samedi après-midi, six jours après la guérison miraculeuse de Marvel, on voyait la petite bâiller comme une huître.

— Bouté divine ! J'ai encore sommeil. On dirait que je ne fais que ça, dormir et manger.

— C'est ton nouveau travail, petite fille, dit Jeanne, qui la peignait doucement.

Ensemble, elles avaient lavé ses cheveux tôt ce matin. Ils prenaient maintenant une couleur de sable plus marquée, semblaient plus épais et en santé qu'avant la maladie.

— Je dois admettre que j'ai sommeil, moi aussi. Pourquoi ne ferions-nous pas la sieste ensemble ?

Elles s'étendirent et s'endormirent presque aussitôt. Quand Jeanne rouvrit les yeux, elle devina à la nouvelle luminosité du jour que deux heures avaient passé. Jeanne dormait presque autant que Marvel ces jours-ci, éprouvant ce même besoin de retrouver des forces et d'oublier des jours trop douloureux. Elle sortit prudemment du lit, y laissant Marvel encore bien endormie. Jeanne se passa de l'eau à la menthe dans le visage et alla regarder à la fenêtre. Les hommes travaillaient encore au belvédère.

Son regard alla d'abord sur Clint. Il se trouvait debout à parler avec Jacob Eames et son plus jeune frère Isaac, celui que la bagarre pour l'attention de Jeanne avait laissé perdant quand ils étaient enfants. Clint pointait le doigt vers le haut de la colline, et les frères hochaient la tête.

Durant quelques instants, Jeanne se perdit dans une admiration toute féminine envers Clint Hardin. Il n'était pas joli homme dans le sens classique du terme, car ses traits étaient trop francs et ses cheveux, bleu-noir dans le soleil d'été, étaient épais et rebelles, impossibles à peigner en vagues avec des bouclettes comme le voulait la mode du jour. Il dépassait d'une tête sinon de deux la plupart des autres hommes, et sa carrure musclée les faisait paraître faibles et efféminés. Il avait pris beaucoup de soleil durant la dernière semaine, et sa peau semblait luire comme un bronze. Le cœur de Jeanne se mit à battre un peu plus vite, et elle sentit en elle monter une chaleur traîtresse, une chaleur qui se répandait dans son corps tout entier. « Il est absolument superbe ! Et il ne semble même pas le savoir ! »

Son cœur bondit dans sa poitrine, et elle eut un choc qui la bouleversa jusque dans l'âme. Jeanne prit soudainement conscience qu'elle n'admirait pas seulement les charmes de Clint. Elle était profondément et désespérément amoureuse de lui. Elle aspira une brusque bouffée d'air et se sentit prise de vertiges, grisée dans l'instant. Quand les étourdissements disparurent, elle le regarda une fois de plus, avec des yeux nouveaux. « Je l'aime… mais depuis combien de temps ? Comment c'est arrivé ? » pensa-t-elle dans un gloussement à moitié hystérique. Prudemment, elle tourna les yeux vers Marvel et fut soulagée de voir qu'elle dormait encore à poings fermés. Jeanne avait assurément besoin de temps pour penser, pour absorber cet amour au confluent du merveilleux et de l'effrayant qu'elle se découvrait si abruptement pour Clint. Cette constatation lui était venue comme si on l'avait frappée à la tête avec un club de golf. Elle s'était sentie comme quand elle nageait, à l'époque, plongeant sous l'eau après avoir pris une profonde inspiration, nageant un certain temps dans le plus parfait silence, enveloppée et bercée par l'eau fraîche, pure et vive.

« Je ne sais pas depuis quand ni comment… Ces derniers mois, nous sommes devenus de si bons amis, et je pensais que c'était tout ce que je voulais de lui, de notre relation. »

En y réfléchissant bien, Jeanne découvrit qu'elle en était venue à l'aimer peu à peu. Elle avait lentement repoussé George Masters, se retranchant de plus en plus dans un monde étranger au sien, s'éloignant de plus en plus de lui. Ses pensées s'étaient remplies de Clint Hardin, et elle avait voulu être avec lui, pas avec George. Il faisait toujours bon d'être avec Clint, lui qui s'amusait de tout et de rien, qui n'avait surtout pas l'humeur changeante ou mauvaise. Il était plein d'énergie et travaillait dur. Il était plein d'esprit et s'intéressait presque à tous les sujets qui se présentaient à lui. Il avait l'esprit ouvert et, surtout, il était l'homme le plus charmant que Jeanne ait jamais rencontré.

Son cœur donnait des signes de défaillance tandis qu'elle le regardait. Jeanne comprenait pourquoi elle s'était battue contre l'évidence de son amour pour lui, et elle voyait comment elle avait refusé d'admettre cet amour. Bien sûr que toutes les femmes tombaient amoureuses de lui, mais Clint n'avait rien d'un don Juan ; Jeanne n'en douta pas un instant. Les séducteurs, elle les connaissait pour en avoir fréquenté plusieurs durant ces quatre années de service au Gayoso, et Clint Hardin n'était pas de leur engeance. Il n'avait pas besoin de l'être, d'ailleurs. Jeanne découvrait à ce moment qu'elle connaissait Clint. Elle savait maintenant que les femmes le séduisaient, et non l'inverse.

Voilà que Jeanne s'inscrivait dans sa vie, une autre femme étourdie dans la longue suite de celles dont le cœur avait chaviré pour ses attributs virils et son charme irrésistible.

« Non, sois honnête, pauvre Jeanne ! se dit-elle. Tu n'es pas seulement éprise de sa personne. Tu le connais, tu sais l'homme généreux et sincère qu'il est, et tu es amoureuse de lui. Même s'il était d'un physique de nabot, même s'il n'avait aucun charme, tu l'aimerais quand même. C'est vrai, tu aimes l'homme, et non la façade. »

Jeanne aurait dû tout comprendre cette nuit-là où Marvel avait frôlé la mort. Elle avait eu besoin de lui, elle avait compté sur lui, elle l'avait aimé. Elle avait congédié le Dr Eames et ne voulait personne d'autre à ses côtés. Elle voulait Clint, et il était resté là pour elle et pour Marvel. Quand bien même elle avait été cruelle avec lui, il lui avait pardonné et l'avait soutenue dans l'épreuve. Elle savait d'instinct qu'il les aimait, Marvel et elle.

Jeanne poussa un long soupir. Elle aurait voulu se cacher tant elle se sentait coupable à l'intérieur ; mais elle pria plutôt. « Bien-aimé Dieu le Père, aidez-moi à rester forte. Je sais que Clint nous aime, Marvel et moi, comme sa propre famille. Je chéris son amitié et la bienveillance constante dont il fait preuve envers nous.

Aidez-moi à ne jamais lui faire savoir que je l'aime comme une femme aime un homme. Je sais qu'il n'a pas ce sentiment pour moi et je ne veux pas menacer notre relation de quelque façon que ce soit. Aidez-moi à être forte, généreuse et charitable, et préservez-moi de la jalousie lorsqu'il trouvera la femme qu'il aime vraiment. Je sais qu'il sera à jamais un ami fidèle, et je Vous en remercie. »

Après un dîner où l'on s'amusa beaucoup — en fait, c'était un pique-nique organisé sur le quai —, Jeanne s'assit à son bureau pour rédiger une lettre. Ce serait, pensait-elle, le plus difficile billet qu'elle aurait jamais écrit, et il lui fallut plus de quatre heures avant d'être enfin satisfaite de ses mots. Cette lettre était adressée à George Masters. Quand elle eut finalement terminé, Jeanne éprouva une telle fatigue qu'elle pensa ramper jusqu'au lit et s'y évanouir.

Cependant, cette pensée fut aussitôt suivie d'une autre : « J'ai vraiment vécu hors de ce monde durant les deux dernières semaines ! Comment ai-je pu penser qu'il y avait un moyen d'envoyer cette lettre ? Et j'y pense, n'avons-nous pas encore tout ce courrier à livrer… il y a une éternité qu'il aurait dû être acheminé… » Elle se leva, mue par un léger sentiment de panique, mais s'arrêta net quand, en pensée, elle vit cette image du pont principal, un pont complètement vide. Les poêles n'y étaient plus, partis par un quelconque transbordement dont elle n'avait pas eu conscience. Jeanne sut alors que Clint avait aussi envoyé le courrier. Très bien, se disait-elle, mais le problème de sa lettre restait entier. Comment allait-elle faire parvenir ce billet à George, un envoi qui, dans les circonstances, était le seul geste honorable à faire? Elle partit chercher Clint, et Ezra lui dit qu'il se trouvait sur le quai.

La nuit était laiteuse et chaude à la lumière des étoiles. La lune décroissante était haut perchée dans le ciel, son reflet ondulant dans le lent courant. Il était assis au bout du quai, un seau près de lui. Tandis que Jeanne approchait, il plongea la main dans le seau, puis lança quelque chose dans la rivière. En tombant dans l'eau, cela fit un petit *ploc*.

— Bonsoir, Clint, dit-elle doucement.

Il eut un léger sursaut, se retourna et sourit enfin.

— Allô. Vous voulez vous joindre à moi? Je fais des ricochets dans la réflexion de la lune. C'est beau la manière dont le reflet se brise en mille morceaux quand le caillou touche l'eau.

Jeanne s'assit à côté de lui.

— Vous ne savez pas rester sans rien faire, n'est-ce pas?

— Je dois dire que ce n'est pas un de mes plus grands talents, non. Ezra me croit même plus atteint que Roberty, à constamment bricoler quelque chose, à bidouiller ici et là, qu'il dit. C'est sur ces bons mots qu'il m'a jeté à la porte de sa cuisine, me priant d'aller voir ailleurs si quelqu'un voulait m'apprendre à faire de la bouillie au riz.

Marvel redemandait de ce plat crémeux et froid. Pour satisfaire la petite, Ezra s'était rendu à la maison des Eames pour voir si la veuve aurait la gentillesse de lui donner sa fameuse recette.

Jeanne rit d'un petit rire gai.

— Il a raison, vous savez. Vous êtes toujours à bidouiller, comme il dit si bien. Imaginez-vous donc que je suis retombée sur terre aujourd'hui. Je me suis même rappelé que nous vivions sur un bateau et que nous gagnions notre vie à transporter du fret. Qu'est-ce qui est arrivé aux poêles ? Au courrier ?

— Quand nous avons d'abord hissé les drapeaux jaunes de la quarantaine, le premier bateau à passer par là s'est arrêté pour nous offrir de l'aide, expliqua-t-il, l'air de trouver l'incident cocasse. C'était le *Jack le Borgne*. Vous l'auriez vu peut-être ?

— En effet. Et si mon souvenir est bon, son équipage aime à s'appeler « les Borgnes ». Tout comme le mien se nomme « les Jupons ». Je m'excuserais de cette appellation, croyez-le bien, comme j'y suis sans doute pour quelque chose, mais mon avis est qu'il vaut mieux porter le surnom de « jupon » que celui de « borgne ».

— Vous marquez un point. Cela dit, j'ai quand même été surpris que ces messieurs se montrent aussi secourables, vu notre dernière rencontre. Ils ont pris le courrier pour nous et ont contacté par télégraphe M. Baxley de chez Kaufman en arrivant à Pine Bluff. Le *Club King*, l'un des bateaux jumeaux du *Jack le Borgne*, a tout de suite été affrété pour venir prendre notre cargaison de poêles. Ces deux dernières semaines, quatre bateaux différents se sont arrêtés pour nous offrir leur aide. En fin de compte, j'imagine que ça existe, l'esprit de fraternité sur la rivière.

— C'est donc dire que quelqu'un pourrait se charger de ma lettre ? demanda Jeanne, une légère inquiétude dans la voix. Je sais que les Eames ont sûrement un facteur qui ramasse les lettres et les apporte à Pine Bluff, mais je préférerais éviter de passer par les voies de la poste ordinaire. J'aimerais plutôt qu'un coursier la livre dans les plus brefs délais.

Clint se leva brusquement et se mit à arpenter le quai de long en large. Jeanne tendit le cou vers l'arrière en disant :

— Clint, ne marchez pas comme cela derrière moi. C'est comme d'avoir un tigre qui rôde derrière soi !

— Je m'excuse, mais il fallait que je sois debout. Cette lettre est pour George Masters, n'est-ce pas ?

Jeanne se leva et alla s'appuyer contre un pilot, faisant face à Clint.

— Eh bien, oui, c'est à lui qu'elle est adressée. J'ai quelque chose... quelque chose de très important à lui dire. Puisque je ne sais pas quand je le reverrai, j'ai senti le besoin de lui écrire et de lui transmettre cette... cette... information au plus tôt. Qu'est-ce qui vous prend, Clint ? Je sais que George vous indiffère, mais vous n'êtes sûrement pas fâché que je lui écrive ?

Clint arrêta de faire les cent pas, prit une grande respiration et vint se tenir devant elle.

— Oui, je suis fâché que vous lui écriviez. Je suis fâché pour une foule de raisons différentes. Et je veux... j'ai besoin de savoir ce que cette lettre contient, Jeanne. Mais avant, je dois vous dire une chose. J'ai un aveu à vous faire. Je... je dois vous parler. Je crois.

— Clint, ce que vous dites n'a pas de sens. Je suis prête à divulguer ce que comporte cette lettre. C'est indiscret, mais vous êtes mon ami, et s'il vous faut vraiment savoir, je vous le dirai, s'expliqua Jeanne, sans tout à fait saisir la nature de ses intentions. Et si vous avez besoin de me parler, vous le pouvez assurément, en toute circonstance, de tous sujets.

Il reprit sa marche agitée.

— J'ai prié et prié encore avant de vous dire ceci, parce que désormais, pour la toute première fois dans ma vie, je veux faire la bonne chose. C'est si nouveau pour moi, tout ça, d'être, d'agir selon la foi chrétienne, de m'en remettre totalement au Seigneur et d'avoir confiance en Lui. Il faut que je vous dise la vérité, parce que… parce que… vous allez épouser le mauvais homme, Jeanne.

— Quoi ? dit-elle, abasourdie.

— J'ai dit que vous alliez épouser le mauvais homme, répéta-t-il posément. Je le sais. Ezra le sait, Vinnie le sait, Roberty le sait, même Marvel le sait. Non, non, Jeanne, s'il vous plaît, ne vous mettez pas en colère contre moi, pas maintenant, n'importe quand mais pas maintenant. Nous n'en avons pas parlé entre nous, je vous l'assure. C'est juste… c'est juste quelque chose que les personnes qui vous connaissent vraiment, et qui vous aiment, peuvent voir et savent, même si vous ne le voyez pas vous-même.

— Mais je le vois, Clint, espèce de nigaud, s'opposa Jeanne avec feu. En voilà trop ! J'ai changé d'avis, je crois que vous n'avez pas à savoir ce qu'il y a dans cette lettre, parce que cela ne vous regarde tout simplement pas.

Est-ce que je vous dis, moi, comment choisir vos femmes ? Non.

Un spasme de douleur crispa un instant le visage de Clint.

— Jeanne, je suis profondément désolé. Le Seigneur m'a pardonné, et j'ai changé. Je ne suis plus cet homme. Ces femmes… hum, ce que j'essaie de dire, c'est que, à partir de maintenant, ma vie sera différente. Sauriez-vous trouver la force de me pardonner ? *Voulez-vous* me pardonner ?

La colère de Jeanne tomba sur-le-champ.

— Oh, Clint, bien sûr que je vous pardonne, et à présent, c'est à vous de m'accorder votre pardon. Vous ne me trompiez pas, vous ne me vouliez aucun tort, et je sais pertinemment que vous avez changé depuis cette nuit où le Seigneur vous a sauvé. Je m'excuse. C'est… c'est difficile… je ne sais quoi dire sauf m'excuser. Je ne vous traiterai jamais, plus jamais injustement comme je l'ai fait, promit-elle, s'empressant aussitôt d'expliquer sa lettre. Dans mon billet, je dis seulement à George que nous ne pourrons plus nous voir. Parce que… pour plusieurs raisons, en fait. Oui, il m'est peut-être venu l'idée de me marier avec lui, au début. Mais plus maintenant, cela n'arrivera pas, et je dois le lui dire dès que possible.

Clint semblait assommé.

— Vous ne vous mariez pas ? Comment c'est arrivé ? Oh, mais oubliez ça ! Oubliez-le ! Je dois vous dire quelque chose, Jeanne. Ça ne peut plus attendre.

Il s'approcha d'elle, tout près, sans pourtant la toucher. Il baissa les yeux pour la regarder et, à la lumière des étoiles, Jeanne pouvait voir sur son visage l'intensité des émotions qui l'habitaient.

— Je vous aime, Jeanne. Je vous aime tellement que j'ai peine à respirer quand vous êtes avec moi. Je voulais tout vous dire, même en sachant... en sachant que... vous étiez amoureuse de George Masters. Je voulais seulement que vous sachiez combien je vous chérissais dans mon cœur, comment je voulais être auprès de vous, aussi longtemps que je le pourrais, peu importe combien j'aurais mal, parce que je sais que vous ne partagez pas ces mêmes sentiments à mon égard.

Elle le regardait sans rien dire, ses sombres yeux en amande brillant d'abord sous le coup de la surprise, puis d'une joie plus grande encore.

— Clint, chuchota-t-elle. Je vous aime.

Elle s'élança vers lui, jetant les bras autour de son cou, et il se pencha pour l'embrasser. Jeanne ressentit une telle joie, un tel bonheur, son corps tout entier vibrant d'une chaleur merveilleuse. Les lèvres de Clint étaient brûlantes, et ses mains la retenaient, comme d'urgence, pressantes dans son dos. Elle ressentit un désir passionné et elle sut que c'était bien. Son baiser était ardent et tendre à la fois. Jeanne voulut que cette étreinte dure à jamais. Elle crut pouvoir rester là, debout sur le quai, à l'embrasser pendant des heures, des jours, pour toujours, mais, finalement, elle ramena doucement ses mains et les pressa contre la poitrine de Clint.

Il leva la tête et la serra tout contre lui.

— Merci, oh, merci, Seigneur, de m'avoir donné celle pour qui mon cœur soupire, dit-il dans un murmure.

— Mon bien-aimé est mien, et je suis sienne, chuchota Jeanne. Merci, Seigneur Jésus, car le vœu de mon cœur est exaucé.

Après un moment, comme sous la décision d'un seul esprit, ils se rassirent et se tinrent la main.

— Je n'arrive pas à croire que vous m'aimez, dit Clint d'un air pensif. Comment ? Quand ? Quand avez-vous su ?

— Juste tout à l'heure, répondit-elle d'un ton malicieux. Ça m'a fait l'impression d'un poêle de chez Kaufman qui me serait tombé sur la tête.

— Vraiment ? Seulement aujourd'hui ? Pas étonnant que je l'ignorais. Vous m'avez toujours traité comme un petit garçon pénible. Et je sais, je sais, je me comporte en gamin la plupart du temps. Pas étonnant que vous ne m'ayez jamais vu comme un homme.

Elle porta la main sur sa joue et tourna son visage pour qu'il la regarde.

— Vous savez très bien que ce n'est pas vrai. Qui ai-je appelé auprès de moi et dont j'avais si désespérément besoin quand j'étais certaine de perdre Marvel ? Vous. Seulement vous, parce que vous êtes fort et affectueux, que vous vous donnez corps et âme pour vos amis et que vous êtes dévoué envers ceux que vous aimez. Pour ce qui est de ces comportements puérils dont vous vous réclamez, je n'en ai jamais rien pensé, jamais. Vous êtes brillant et spirituel et d'une compagnie toujours divertissante. Vous avez un cœur rieur et grand, un cœur qui soulage comme le meilleur des remèdes.

— Ouais ? Est-ce que c'est dans la Bible ?

— Certainement. Dans le livre des Proverbes, mais je n'ai plus souvenir du chapitre et du verset exacts. Nous pouvons vérifier si le cœur vous en dit.

— Je me suis mis à l'étude de la Bible avec Isaac Eames. Vous ai-je dit qu'il est pasteur ?

— Non, je ne savais pas. J'ai été quelque peu distraite ces derniers temps, dit-elle en soupirant. Je n'ai pensé à rien d'autre que Marvel... ainsi qu'à vous. Saviez-vous que George Masters n'a pas une seule fois été dans mes pensées de tout ce temps, jusqu'à aujourd'hui ? Et encore, c'était seulement parce que je vous regardais par ma fenêtre, comme une louve, vous comparant à lui. Je vous dirais aussi que cette comparaison l'a laissé derrière, loin derrière.

Il lui serra la main.

— Jeanne, je dois vous poser une question. Vous... vous ne seriez pas seulement fâchée contre lui ? Vous savez, parce qu'il a quitté Memphis, à cause de la fièvre ?

— J'étais en colère, oui, et sa fuite m'a blessée. Quand je l'ai apprise, et les premiers jours, peut-être. Mais je suis soulagée. Vous savez, il est amoureux de moi, du moins je crois, et j'ai pensé aujourd'hui que ma lettre allait lui causer un chagrin terrible. Cependant, j'ai compris que s'il m'aimait vraiment, d'un amour vrai et sincère comme celui d'un mari pour son épouse, ou du moins pour une femme qu'il voudrait épouser, il ne nous aurait jamais abandonnées à Memphis, Marvel et moi. Il sera sans doute blessé dans son orgueil, dans sa fierté, et peut-être qu'il ressentira une certaine tristesse. Mais s'il est chagrin, il ne le sera pas beaucoup, et pas longtemps.

— Bien! déclara Clint dans un élan de gaieté. Je ne veux plus parler de lui. Je veux parler de nous. De vous et moi. Voulez-vous m'épouser?

Jeanne éclata de rire, un son de trille argentin qui était une véritable joie à entendre.

— Vous ne savez vraiment pas rester en place, vous! Oui, mon amour, je vous épouserai. Mais pas aujourd'hui. Pas avant longtemps.

— Oui, je sais, dit-il, retrouvant un ton plus sérieux. Je me suis confié à Isaac. Il m'a parlé de ce que ça signifiait de devenir chrétien. Je lui ai parlé de vous, du grand amour que j'éprouvais, et je lui ai dit que vous alliez épouser George Masters. Je ne sais pas pourquoi, il a balayé la question du revers de la main. Quoi qu'il en soit, Isaac a vraiment martelé l'importance que mon amour pour vous fût vrai, et profond, et dévot. Et mon amour est tout ça, j'en suis sûr, j'ai prié durant des heures et des heures pour le découvrir. Quand Isaac m'a finalement cru, il m'a conseillé de vous avouer mes sentiments, mais du même souffle, il s'est lancé dans un grand discours sur la nécessité, pour qui aspire aux idéaux chrétiens, de passer beaucoup de temps à prier, à apprendre à connaître le Seigneur avant de s'attaquer à la question du mariage. Je sais que vous avez besoin de temps, Jeanne, comme je sais que j'en ai besoin plus encore. Nous pourrions avoir de longues fiançailles, aussi longues que vous voudrez. Il fallait que je vous fasse la demande, il fallait que je sois sûr. Euh, alors… nous nous fiançons? Vous serez mienne, pour de vrai?

— Je vous suis déjà promise, dit-elle simplement. Je suis honorée que vous m'aimiez et que vous vouliez de moi comme épouse, Clint. Quand le temps viendra de nous marier, le Seigneur nous fera signe. À vous et à moi.

Ils restèrent à quai une semaine encore, puis vint le *Jack le Borgne*, rapportant des nouvelles de Memphis. L'épidémie de fièvre jaune, que les autorités avaient finalement décidé de déclarer, était, selon les mêmes sources officielles, chose du passé. Cette dernière semaine avait donné lieu aux plus heureux moments de la vie de Jeanne. Ils avaient, Clint et elle, partagé chaque instant que Dieu leur donnait, avec Marvel et l'équipage durant le jour, et ensemble après avoir mis Marvel au lit. Ils parlèrent de tout ce qu'il y avait de nouveau et d'ancien sous le soleil, de leurs projets et des rêves qu'ils voulaient réaliser, de la façon dont ils se voyaient passer le reste de leurs jours ensemble.

Le seul sujet qu'ils n'avaient pas abordé restait celui du précédent mariage de Jeanne.

— De grâce, Clint. Je promets de tout vous dire de cette triste et peu glorieuse histoire quand nous reviendrons à Memphis. Pour le temps présent, ici et maintenant, je veux être heureuse. Je ne veux pas penser à lui ni parler de lui.

— Comme vous voudrez, mon amour, dit-il tout bas. Je comprends.

Un soir qu'ils étaient assis sur le quai, Clint lançait des cailloux dans la rivière sans lune.

— Encore six autres au moins, dit-il avec désinvolture, tandis qu'ils discutaient de Marvel et Roberty, de l'adoption qui était décidée et qu'ils officialiseraient une fois en ville. Trois garçons et trois filles, s'il vous plaît.

— Six ? Pourquoi pas huit ? Ou même une douzaine tant qu'à y être ? dit Jeanne, feignant le scandale.

— Ouais, ça me plairait. Et je serai vraiment, mais *vraiment* heureux quand nous nous y attellerons.

— Clint ? Mais taisez-vous !

Il accompagna Jeanne et Marvel, qui voulaient visiter la tombe familiale. Les Eames avaient bâti une chapelle à l'arrière d'un de leurs champs de coton, et Isaac y officiait. Dans le cimetière qui flanquait la chapelle, M. Eames était enterré, comme deux enfants de la famille qui n'avaient pas survécu à l'accouchement. Kurt et Constance Langer avaient été mis en terre l'un à côté de l'autre, leurs tombes marquées d'une simple croix de bois. Sur ce bois, Jeanne avait fait inscrire un passage des Saintes Écritures tiré du Cantique des cantiques : « Je suis à mon bien-aimé, et mon bien-aimé est à moi ; il paît parmi les lis. » La mère de Jeanne adorait ce cantique, et plus grande, Jeanne avait compris qu'il disait les sentiments de sa mère pour son père, et les siens pour elle, à l'image de l'amour qu'avait son épouse, la femme de l'agneau, pour Jésus-Christ.

Dans un petit sanglot silencieux, Jeanne chuchota à l'oreille de Clint :

— Maintenant, je sais. C'était une grâce du Seigneur qu'ils aient pu mourir ensemble. Aucun d'eux n'aurait pu survivre à l'autre.

C'était le premier jour de septembre quand le *Helena Rose* entra à quai à Memphis. Ils avaient décidé d'aller en ville et de manger chez Mütter Krause. Jeanne portait sa plus belle robe, celle avec la jolie mousseline et la jupe à crinoline aux nombreux volants. Elle avait aussi sur l'épaule son ombrelle en dentelle. Tandis que Jeanne et Clint se rendaient à la passerelle, bras dessus bras dessous, elle lui avoua :

— C'est peut-être mon imagination qui me joue des tours, mais le temps semble déjà plus frais, ne croyez-vous pas ? J'aime l'automne.

— Je vous aime, vous, dit-il. Et aussi l'automne. Le printemps, c'est pas mal. L'hiver, par contre, mais oui, j'aime aussi...

Sur la passerelle venait un homme que Clint ne connaissait pas. Il était grand et mince, avec les cheveux blonds, des yeux bleu clair et un visage très hâlé. Il portait une redingote noire, un gilet rouge, un pantalon bleu marine et un haut-de-forme posé en un léger angle coquet sur la tête. Clint pensa qu'il pouvait s'agir d'un joueur adepte des casinos, parce qu'il était vêtu de cette manière ostensible, avec une montre de gousset à la chaîne trop longue et pendant avec étalage du bouton de son gilet, et aussi parce qu'il avait à l'auriculaire un gros rubis rouge sang.

Jeanne se figea au bras de Clint, qui la regarda pour voir ce qui la troublait ainsi. Son visage était absolument blême, ses yeux étaient grand ouverts, et la main qu'elle avait sur son bras s'était mise à trembler.

L'homme vint d'un pas nonchalant à leur rencontre, ôta son chapeau et les salua d'une profonde révérence.

— Bonjour, Jeanne. Je te cherchais depuis très, très longtemps. Tu es encore plus belle que je ne l'aurais imaginé.

— M… Max? bégaya-t-elle dans un murmure achoppé. Max? Comment… j'avais cru…

— Je sais, mais tu vois, je suis tout à fait vivant, dit-il sans le moindre souci du monde.

Il faisait à présent glisser son regard froid vers Clint.

— Je me présente, Max Bettencourt. Et qui que vous soyez, j'exige que vous ôtiez les sales pattes que vous avez sur ma femme.

CHAPITRE 19

L e plus étrange des sentiments s'abattit sur Clint.
Il revécut les derniers instants du combat contre
Mike « le marteau », celui qu'il avait perdu. Il eut
le plus vif souvenir du coup fatidique, celui qui l'avait
terrassé. La douleur fut exactement la même quand il
entendit l'homme ouvrir la bouche et dire son nom :
« Max Bettencourt ». C'était comme si on lui avait asséné
le plus désastreux coup de masse au ventre et que, tout
à coup, il n'y avait plus eu la moindre parcelle d'air à
respirer.

Ses yeux furieux se plissèrent, et on ne vit plus d'eux
qu'un trait bleu ardoise. Cavalièrement, Max Bettencourt
lui renvoyait son regard. Jeanne lâcha lentement le bras
de Clint, qui sentit bientôt une main menue et douce se
refermer sur la sienne. Il baissa les yeux pour découvrir
que c'était Marvel qui, à moitié cachée derrière lui, lui
tenait la main. Sur sa figure, il y avait un air confus et
apeuré.

Max Bettencourt baissa le regard sur la petite et lui adressa un sourire mielleux.

— Allô, Marvel. Tu ne te souviens pas de moi, n'est-ce pas ? Je suis ton père. Quelle jolie petite fille tu es devenue ! Tu me ressembles beaucoup. Elle doit me rappeler à ton souvenir, Jeanne, chaque fois que tu la regardes, non ?

— Non, je ne t'ai jamais vu en elle, Max, dit Jeanne entre des dents serrées. Elle n'est en rien comme toi.

Après le choc initial, Jeanne retrouvait quelques couleurs.

— Qu'est-ce que tu fais là, Max ? Qu'est-ce que tu veux ?

— Que de bêtes questions, Jeanne ! Je suis ton mari.

— Je suis au courant, acquiesça-t-elle d'impuissance, mais que veux-tu ?

Ses yeux allèrent se promener sur le *Helena Rose*. Il prit son temps, examinant la timonerie, le pont Texas et le pont principal, regardant Vince, Ezra, Roberty et Léo réunis en phalange derrière Clint, Jeanne et Marvel.

— Joli bateau. Je me suis laissé dire que tu réussissais très bien, capitaine Jeanne. C'est une petite affaire lucrative que tu as là. Et ces mignons petits habits dans lesquels tu parades, j'imagine qu'ils ne valent pas que quelques sous, déclama-t-il, s'exprimant comme devant un enfant retardé. Il faut qu'on parle, Jeanne. Allons dans ta cabine, nous serons tranquilles.

— Non ! s'opposèrent d'une seule voix Clint et Jeanne.

Le front de Max s'assombrit.

— Je ne vous ai pas parlé, Hardin. Alors, fermez-la. Cette affaire ne concerne que Jeanne et moi.

— J'avais cru comprendre que vous ne me connais-
siez pas, dit Clint d'un ton ferme. Je possède la moitié
de ce bateau et je ne vous donne pas la permission de
monter à bord, ni aujourd'hui ni jamais. En fait, vous
allez descendre de ma passerelle avant que je ne
vous jette au fleuve.

— C'est aussi le bateau de Jeanne, rétorqua Max,
et de ce fait, il est aussi à moitié à moi. J'ai ainsi tout
loisir de marcher sur *notre* moitié de la passerelle.

— Non, cette passerelle m'appartient, dit Clint,
avançant un pas menaçant vers lui. L'autre, celle qui
n'est pas abaissée, est à Jeanne. Maintenant, descendez
de ma passerelle.

— Arrêtez, laissa tomber Jeanne. Clint, je dois lui
parler, à l'évidence. Et non, Max, tu ne monteras pas
dans ma cabine. Est-ce que tu comptes rester là à argumenter toute la journée ou proposer un endroit où nous
pourrons parler ?

— Vous n'avez pas fini d'entendre parler de moi,
loin de là, Hardin, l'avertit Max en prenant la main de
Jeanne sous son bras. Et ne vous privez pas de sommeil
à attendre ma femme, don Juan, dit-il, tournant les
talons et traînant à moitié Jeanne en bas de la passerelle,
puis sur le quai.

Clint voyait rouge, et il fit un pas en avant, décidé à
les suivre. Toutefois, Vince vint lui barrer le chemin en
posant les mains sur ses épaules.

— Mon ami, c'est la catastrophe, je sais. Et je comprends si tu as envie d'égorger quelqu'un. Mais ce problème, ce n'est pas à nous de le régler, mon frère. Nous
devons prendre soin de la petite, affirma-t-il avec un
signe de tête vers Marvel.

Clint serra la mâchoire, ne pouvant s'empêcher de suivre du regard Max et Jeanne, qui disparaissaient parmi la foule sur les quais. Il prit ensuite une grande inspiration, se composa un visage moins tendu pour s'agenouiller devant Marvel. Il lui prit les mains.

— Hé, petite fille. Je sais que c'est difficile, mais il ne faut surtout pas t'inquiéter, tout va bien aller.

Marvel était pâle. Clint se rendit compte d'un coup qu'il y avait quelque chose de Max Bettencourt dans les traits de son visage. Elle avait le même nez mince, la même pointe au menton, la même bouche fine. Ses cheveux étaient ressemblants, eux aussi, mais Clint comprenait tout à fait ce que Jeanne avait dit. Le visage de Max était dur, aussi dur et amer qu'une nuit d'hiver sans étoiles. Ses yeux bleus étaient froids, sans le moindre semblant d'émotion. Et même s'il avait exprimé de la colère, il respirait l'indifférence, une insensibilité qu'on voyait rarement, même chez un homme. Or, la douceur de Marvel se lisait sur son visage et, dans ses yeux en amande, on voyait l'amour, sa pureté, son innocence. Elle n'était pas du tout comme son père.

— C'est vrai ce qu'il a dit, c'est mon père ? demanda-t-elle. Cet homme méchant et mauvais est mon père ?

— J'imagine que oui, répondit Clint dans un marmonnement sombre.

Elle avait les larmes aux yeux.

— Ça veut dire que vous ne pourrez pas vous marier avec maman ?

Clint la souleva dans ses bras et la serra contre lui. Elle passa les bras autour de son cou et éclata en sanglots, la figure enfouie dans le creux de son épaule.

— Tu sais quoi ? dit-il tout bas. Allons prier. Ça fait toujours du bien de prier, n'est-ce pas ? Je sais que moi, ça me fera du bien.

Cette fois, il doutait que la prière puisse les aider.

— C'est d'un ridicule consommé. Nous voilà tous les deux à discuter de notre avenir dans un endroit public. Ce n'est pas très romantique, dit Max avec une pointe de sarcasme. Tu devras faire mieux que cela, Jeanne.

Ils étaient entrés Chez Dooley, la confiserie qui avait eu en vitrine le fameux château fait en chocolat. Cette création culinaire n'allait pas survivre aux grandes chaleurs de l'été, et on l'avait remplacée par des affiches à l'aquarelle qui faisaient la publicité et précisaient le prix des bonbons, des glaces et d'autres sucreries. Les affaires allaient si bien Chez Dooley qu'on avait ouvert et aménagé une petite cour derrière le magasin. Il y avait là des tables en fer forgé à l'ombre de grands parasols, où les clients venaient s'abriter du chaud soleil du Sud. Jeanne eut un pincement au cœur en se rappelant le jour où elle avait suivi George Masters plutôt que de venir ici avec Clint, Marvel et l'équipage.

Il lui fallut faire un effort conscient pour porter attention à Max.

— Faire mieux que quoi ? demanda-t-elle.

— Que ce choix d'une confiserie pour une discussion intime entre mari et femme. Mais qu'importe, je veux que les choses soient claires entre nous : ce que tu possèdes, je le possède. Ce soir même, j'emménage sur le bateau, dans ta cabine.

— Comment oses-tu! s'indigna Jeanne. Tu crois réellement pouvoir réapparaître au pas de ma porte et que nous reprenions notre ancienne vie en tant que mari et femme? Après ce que tu as fait?

Négligemment, il haussa les épaules.

— Oui, j'ai pris l'argent. Et puis après? C'était mon argent. Et tu ne t'en sors pas plus mal, visiblement.

— Ce n'était pas ton argent, mon père me l'avait donné! Tu m'as laissée sans le sou avec un bébé de cinq mois! Marvel et moi, nous avons seulement réussi à vivre par la grâce de Dieu. Et d'ailleurs, en quoi cela te regarde, les affaires que je mène? En rien! Pour moi, tu es mort depuis six ans, Max! À quoi t'attendais-tu?

— Hum, eh bien, je m'attendais à ce que ma femme me demande au moins ce qui m'est arrivé, si j'allais bien, pourquoi je n'ai plus donné signe de vie depuis six ans.

— Je sais très bien où tu es allé, ou aurais-tu oublié que, outre toutes tes infidélités, tu m'as laissée pour partir à l'autre bout du monde dans l'Empire afghan? Après un temps, j'ai présumé qu'il t'était arrivé malheur.

— J'ai presque été tué, et plusieurs fois, renâcla-t-il. Et on m'a fait prisonnier, on m'a torturé, Jeanne! Tu croyais que j'étais parti faire la fête dans le Pendjab? Tu n'as aucune idée des tortures qu'ils savent imaginer dans cette païenne et barbare partie du monde!

— Oh, vraiment? Entendons-nous bien sur un point, proposa Jeanne d'un ton égal. Tu t'es engagé comme mercenaire pour rejoindre la *Khalsa*, l'armée sikhe, n'est-ce pas? Parce que le maharadjah Ranjit Singh avait besoin d'artilleurs, de mercenaires anglais et américains, pour entraîner son armée.

— Oui? Et alors?

— Alors qui, au juste, t'a fait prisonnier, Max? Tu te battais pour les sikhs. Est-ce la Compagnie des Indes orientales qui t'a capturé et torturé? Qu'est-ce qu'ils t'ont fait, les Britanniques, ils t'ont dépeigné les cheveux?

Il eut un sourire rapace.

— Tu as toujours été astucieuse sur certains points, Jeanne. Stupide quant aux hommes et à leurs besoins, mais autrement très intelligente. Bon, d'accord, mettons une croix sur ces six dernières années. Ça n'a plus d'importance à présent. Ce qui importe, c'est que je suis absolument en vie, que tu es ma femme et que je vais réclamer ce qui m'est dû.

— Jamais je n'oublierai les six années passées! En dépit de toutes les épreuves que Marvel et moi avons dû traverser, ces années furent bonnes... sans toi! Je ne veux plus ni n'ai besoin de toi désormais!

— Ouais, j'ai entendu toute l'histoire. Tout le monde sait que Hardin et toi, vous vivez ensemble sur le bateau. Comme c'est commode! Je vois bien que tu es folle de lui et que tu me préférerais mort. Ce n'est pas le cas, Jeanne. Je vis et je suis ton mari, aux yeux de la loi et devant Dieu... comme tu me l'as toujours prêché. C'est un fait, et il faudra bien que tu t'y fasses, parce que j'emménage ce soir même.

— Si tu oses ne serait-ce que mettre un pied sur ce bateau, je laisserai à Clint Hardin le soin de te faire entendre raison, dit-elle d'un ton ferme. Je t'avertis,

Max. Il te fera mal, et je ne serai pas en mesure de l'arrêter.

— Oh, c'est ce que tu penses? Mais Jeanne, très chère, je te croyais bonne chrétienne, si pieuse et pure. Je te revois qui disais toujours : « Demandons au Seigneur, prions Dieu pour ceci, pour cela… » Si je comprends bien, ton Dieu veut que tu lâches ta grosse brute sur moi? C'est ça, faire le bien?

— Arrête ça! cria Jeanne, un peu trop fort.

Deux femmes bien habillées assises non loin lui jetaient des regards désapprobateurs. Comment Max Bettencourt s'y prenait-il pour avoir sur elle cet effet? Avec lui, Jeanne s'était toujours sentie laide et honteuse, en dedans comme au-dehors. C'était lui le sans-cœur, lui le cruel, mais toujours elle qui se sentait coupable.

— Et à propos de Marvel? continua-t-il. Vas-tu me refuser le droit de voir ma propre fille? Si j'essaie de la voir, vas-tu ordonner à tes rats de rivière de m'agresser, sous ses pauvres petits yeux d'enfant? C'est ce qu'on enseigne dans ta Bible, Jeanne? Tu devrais avoir honte. As-tu seulement pensé à la manière dont tu élèves Marvel? Sur un bateau, avec des hommes d'équipage pour seuls compagnons. Et elle te voit vivre dans le péché, Jeanne, avec Clint Hardin.

— Je ne vis pas avec Clint Hardin! s'insurgea Jeanne. Je n'ai pas eu d'autre homme dans ma vie!

— Ah, c'est donc qu'il n'y a rien entre lui et toi? dit Max d'un air entendu.

— Je… je n'ai pas dit… ce ne sont pas tes affaires!

— Mais bien au contraire, dit-il sur le ton d'une feinte patience. Tu es ma femme. Marvel est ma fille. Vous êtes ma seule famille, récita-t-il, puis il se pencha sur elle, lui attrapa le bras et serra avec force, poursuivant à mi-voix sur un ton malveillant. Et je t'avertis, Jeanne. J'ai légalement le droit à tout ce que tu possèdes. C'est la loi au Tennessee. Crois-moi, j'ai fait mes devoirs. Tu ferais donc mieux de tenir ton gros corniaud en laisse, parce que s'il ose ne serait-ce que poser un seul doigt sur ma personne, je le fais arrêter pour voies de fait.

— Tu me fais mal, siffla Jeanne.

— Ouais, je sais, dit-il méchamment et, après un dernier serrement brutal, il la relâcha. Tu étais une stupide petite fille et tu l'es encore malgré l'âge. Tu ferais mieux de réfléchir, Jeanne. Tu ne peux pas te sauver de moi. La loi est de mon côté.

Jeanne se frottait le bras, les yeux baissés, ses joues en feu. La situation était si intolérable qu'elle lui donnait la nausée. Elle se rappelait maintenant les derniers mois avant que Max ne les quitte, le véritable cauchemar de ces jours malheureux. Cela dit, Jeanne n'avait qu'elle-même à blâmer. Elle l'avait épousé. Elle avait *voulu* l'épouser.

Finalement, elle trouva le courage de relever la tête et de le défier.

— Tu sais, Max, peu importe les plans que tu as élaborés, ils te seront pénibles à réaliser. Tout d'abord, si tu essaies d'embarquer sur mon bateau, je dirai à Clint, à Ezra et à Vince de t'en chasser par la force. Et comme je l'ai dit, ça ne se fera pas sans mal. Tu seras blessé, et probablement grièvement. Sache aussi que n'importe lequel de ces hommes se fera une joie d'aller passer une nuit en prison pour t'avoir passé à tabac. De plus, je ne consentirai jamais à ce que tu réclames tes droits d'époux sur ma propriété. Si c'est dans cette avenue que tu t'engages, il faudra me traîner en cour. Si tel est ton choix, alors soit. Avant d'obtenir la décision d'un juge, toutefois, tu ne mettras pas le pied à bord du *Helena Rose*. Pour ce qui est de Marvel, je n'ai pas encore pris ma décision. Dans ce cas où je déciderais de te laisser la voir, ce ne serait qu'en ma présence et jamais sur le *Helena Rose*.

— Je peux demander au shérif de m'escorter à bord ! tempêta-t-il.

— Pas sans ordre de la cour, répliqua Jeanne.

— Tu serais sage de ne pas faire ça, Jeanne. Je t'avertis, tu regretteras amèrement de t'être opposée à moi, dit-il d'un ton menaçant. Quand le jour viendra, je te le ferai payer, crois-moi !

Il se leva d'un coup, renversant du geste la petite chaise en fer forgé, et quitta tête haute la cour arrière. Tous les clients s'étaient retournés et regardaient Jeanne, qui, le dos voûté, cachait son visage dans ses mains.

C'était encore tout à fait injuste, mais elle se sentait coupable.

En quittant la confiserie, Max Bettencourt se félicita de sa sortie magistrale. Il avait laissé Jeanne assise là comme une vulgaire traînée, sans personne pour la raccompagner au bateau. Il avait considéré l'attendre quelque part le long du chemin, mais s'était ravisé. Il restait encore bien des heures avant la noirceur, et il ne voulait pas prendre le risque d'agir en plein jour.

Il s'arrêta dans un magasin de spiritueux où il faisait froid, humide et sombre et acheta le whisky le moins cher qu'on y vendait. L'hôtel où il logeait se trouvait à quelques pâtés de maisons dans la même rue. C'était un asile de nuit crasseux qui louait des chambres à la demi-heure, à l'heure ou à la journée. Réglant la note pour une autre nuit, il grimpa les marches branlantes, s'étouffant presque dans la puanteur des lieux, un mélange peu ragoûtant d'odeurs corporelles, de poisson pourri et d'urine. Dans sa chambre, il avança l'unique chaise qui la meublait devant la fenêtre et y passa le haut du corps, s'appuyant sur le ventre. Son whisky débouché, il en avala quatre grandes goulées bruyantes. Cet hôtel, dont l'enseigne sans nom apprenait seulement aux passants qu'on y louait des chambres, n'offrait pas de commodités. Il n'y avait pas de verres à boire, de draps propres ni même un pot à eau et une cuvette. Pour se laver, on retrouvait une pompe à l'arrière de la bâtisse, juste à côté des cabinets d'aisance. Il lui passa par la tête qu'un pot à eau coûtait moins cher que du whisky. Jurant dans sa barbe, il décida d'utiliser l'une des bouteilles vides qui traînaient par terre — un précédent locataire en avait laissé deux, et l'idée qu'une femme de chambre fasse de fréquentes visites était au bas mot risible — pour aller chercher de l'eau et se laver. Il retroussa les lèvres de dégoût, pensant que Jeanne l'avait acculé au pied du mur, lui disant qu'il avait beau la traîner en cour. Les avocats coûtaient cher, et Max Bettencourt était à court d'argent.

Il maudit Jeanne en pensée, plus d'une fois. Malgré son fort caractère, Jeanne avait toujours été à la botte de Max, qui n'avait jamais eu honte d'utiliser la menace pour la contraindre. Cependant, elle n'était plus vulnérable comme il l'avait connue ; en fait, qu'elle osât le défier chez le confiseur avait été un choc des plus désagréables pour Max Bettencourt. Pire encore, elle avait ce gros cogneur de Clint Hardin pour la défendre. Cela dit, Max était certain que Clint Hardin ne resterait pas indéfiniment à ses côtés pour la protéger. Il savait par la rumeur que Clint Hardin était un homme à femmes. Oh, oui, Clint Hardin sortirait tôt ou tard et irait courir la gueuse, se disait Max. Malgré ses accusations, Max savait que Jeanne était trop pieuse pour prendre un amant, qu'elle n'oserait jamais braver les interdits religieux. De son côté, Clint Hardin avait des besoins, comme tout homme, et ce n'était certainement pas auprès de la prude Jeanne Bettencourt qu'il les satisferait. Il suffisait donc à Max d'attendre la bonne occasion.

Max n'aimait qu'une chose de sa chambre. L'hôtel donnait sur Front Street, devant les quais et la berge du fleuve. Prise en sandwich entre un entrepôt de viande bovine et une cave à glace, l'hôtel avait quelques fenêtres en façade. Celle de Max donnait directement sur le fleuve, et plus précisément sur la partie nord des docks. Il alla chercher ses jumelles et revint s'installer sur sa chaise. Après plusieurs réglages, il réussit finalement à mettre l'image au point ; il pouvait lire les petites lettres sur le flanc du bateau : *Helena Rose*.

Pour Jeanne, le chemin du retour fut long et tortueux. Elle n'avait jamais marché d'un pas aussi lent, se sentant à peine la volonté de mettre un pied devant l'autre. Ses pas l'avaient menée à plusieurs pâtés de maisons de la route qu'elle aurait normalement empruntée, et elle marcha en faisant des cercles pendant presque deux heures. Il fallait qu'elle réfléchisse.

Or, son esprit s'égarait et ses pensées se bousculaient, incohérentes. Elle ressassa souvent aussi ces mots dans sa tête, comme un cri de désespoir adressé au Seigneur. « Que vais-je faire ? Oh, mon Dieu, très Saint Père, que puis-je faire ? Je ne peux pas tolérer cette idée de cet homme dans la vie de Marvel, de cet homme près d'elle ! » Dans son esprit troublé vint cette image abominable de Max Bettencourt soulevant Marvel, la tenant dans ses bras comme Clint et elle le faisaient. Elle s'arrêta court et se plia en deux, prenant son ventre dans ses mains ouvertes. Elle était certaine de vomir.

L'image se dissipa, et elle reprit sa marche errante. Elle arriva bientôt à retrouver des idées plus claires, mais non moins douloureuses. « Je suis sa femme, et il est le père de Marvel. Jamais je n'accepterai de vivre avec lui. Je me moque de ce que la loi en dit ou même de savoir si c'est bien ou mal… non, je sais que c'est bien. Cet homme ne devrait tenir aucun rôle dans la vie de Marvel. S'il le faut, nous nous enfuirons, Marvel et moi. Merci, mon Dieu, j'ai l'argent pour fuir ! Il ne me retrouvera jamais ! »

Des larmes chaudes lui vinrent soudain aux yeux, et elle réprima un sanglot. « Oh, Clint, Clint, mon amour perdu ! Qu'est-ce que je nous ai fait ! Je croyais vivre l'insupportable quand je regrettais de l'avoir épousé, mais, à présent, comment pourrons-nous supporter cette douleur, ce chagrin d'être séparés ? Si je dois fuir, ce sera de toi, aussi, mon bien-aimé... »

Jeanne arrivait maintenant à la hauteur du *Helena Rose*. Elle sortit un mouchoir pour essuyer ses larmes. Ils étaient tous assis dehors, sur le pont principal, dans les chaises longues que Clint avait achetées. Marvel était assise sur les genoux de Clint, sa tête posée contre son épaule. Il lui caressait les cheveux, les lissant vers l'arrière encore et encore.

Ils bondirent sur leurs pieds en l'apercevant et allèrent l'accueillir sur la passerelle.

— Retournez vous asseoir, s'il vous plaît. Ezra, voudriez-vous me sortir une chaise ? Viens me voir, Marvel, ma chérie, viens t'asseoir avec moi.

Ils s'assirent comme elle le demandait, sauf Clint, qui ne tenait pas en place, arpentant un minuscule carré imaginaire sur le pont, serrant la mâchoire, ses yeux noirs et inquiets.

— Je crois qu'il n'y a pas meilleure manière de l'expliquer que de vous raconter l'histoire tout simplement, commença doucement Jeanne. J'ai rencontré Max Bettencourt à l'âge de seize ans, et j'en suis tombée amoureuse. Ou du moins, c'est ce que je croyais, car, aujourd'hui, je sais que mes sentiments n'avaient rien d'un amour véritable. Il était plus vieux, il était beau, il était fringant, il était capitaine d'artillerie dans l'armée, en poste à Fort Smith. Mes parents étaient horrifiés que je veuille me marier à seize ans, et ils m'ont fait promettre d'attendre une année. C'est ce que nous avons fait, et à mes dix-sept ans, nous nous sommes mariés. L'engagement de Max avait pris fin, et il a quitté l'armée.

Nous sommes venus vivre à Memphis, et il a trouvé un travail chez Victory, une ferronnerie transformée en armurerie où l'on fabriquait surtout des canons et des munitions. Il a vite été promu au poste de superviseur de la division des armes légères, et là, il a appris à fabriquer des armes de poing. Ce n'était pas un mauvais mari, au début… mais…

Elle refoula des larmes. Marvel se mit à pleurer.

— Jeanne, dit Clint, vous n'avez pas à vous justifier devant nous. Je crois même qu'il n'est pas nécessaire que Marvel sache tous les détails. Quand elle sera plus grande, elle aura peut-être besoin de comprendre, mais s'il vous plaît, pour le temps présent, dites-nous seulement ce que vous désirez partager de cette histoire.

Jeanne soupira, un son mélancolique.

— Je préférerais tout taire de cette histoire, je déteste parler de lui. Je m'excuse Marvel, je m'excuse pour tout. Si vous voulez bien me laisser un moment, peut-être que je pourrai mieux vous expliquer plus tard. Pour l'instant, il suffit que vous sachiez ceci : en tant que légitime époux, Max se réclame du droit à ma moitié du *Helena Rose*. Je lui ai dit que la justice en déciderait, et j'imagine qu'il va agir en ce sens, parce que c'est vrai, dans cet État, un mari possède selon la loi tout ce que sa femme possède, et il ne fait aucun doute qu'il gagnera sa cause. De toute manière, je lui ai interdit de monter à bord du bateau avant que la cour n'ait tranché. À cela, il m'a répondu que si l'un d'entre vous tentait de l'empêcher physiquement, il n'hésiterait pas à porter plainte pour voies de fait, à faire enfermer celui qui oserait le toucher.

— Voies de fait ? C'est une expression bien trop belle pour dire ce que je lui ferai, à cette vermine, si jamais il monte à bord de ce bateau, grogna Clint. Je sais qu'il ne me donnera pourtant pas cette chance. Je ne le connais pas, mais ça m'est inutile, tout ce que j'ai à savoir, c'est qu'il vous a abandonnées, Marvel et vous. C'est un lâche. Il n'aurait même pas les tripes de se frotter à Roberty.

— Si je devais utiliser l'escabeau pour lui donner un coup sur le nez, je ne me gênerais pas, dit vaillamment Roberty.

— Tu ferais ça, vraiment ? dit Marvel, le nez coulant sous ses yeux fascinés. Maman, est-ce qu'on pourrait regarder ?

Jeanne eut la force de sourire.

— Je m'en veux de le dire, mais j'aimerais peut-être un peu trop cela. Je crois que vous avez raison, Clint. Nous allons sans doute le voir réapparaître, mais je doute qu'il ait l'audace de monter à bord. Maintenant, si vous voulez bien tous m'excuser, je vais dans ma cabine faire un brin de toilette. Marvel ? Pourquoi n'iriez-vous pas, Roberty et toi, nous chercher de l'eau fraîche, d'accord ? Je monte dans une minute.

Ils partirent tous, sauf Clint. Debout contre la rambarde, il regardait le fleuve, une expression sombre et soucieuse sur son visage. Jeanne vint le rejoindre, tout près de lui, sans toutefois le toucher.

— C'est mon mari, selon la loi et aux yeux de Dieu, comme il s'est plu à me le rappeler.

— Jamais je n'ai entendu parler d'une plus grande parodie, dit Clint avec emportement. Jeanne, cet homme est un salaud. Il ne devrait même pas avoir le droit de poser un regard sur vous. Je ne peux… Je ne vais pas…

Il lui prit la main et voulut l'attirer vers lui, mais elle le repoussa.

— Clint, vous comprenez que c'est la fin de notre histoire. Je sais que Dieu m'a pardonné d'avoir épousé Max, mais tout péché a des conséquences ici-bas. Je l'ai épousé. Je suis sa femme. Je ne revivrai jamais avec lui, je ne le laisserai jamais même me toucher. Néanmoins, ce serait mal, très mal que j'aie une relation avec vous désormais. Vous comprenez, n'est-ce pas ?

Elle lutta pour ravaler ses larmes, mais n'avait aucune emprise sur ce chagrin qui la consumait. La blessure à l'intérieur était atroce, et avec chaque mot prononcé, cette blessure s'ouvrait toujours plus grande. Elle laissa retomber la tête et chercha à l'aveuglette la rambarde, son corps traversé de sanglots.

Clint tendit la main vers elle, voulant s'élancer vers elle, mais il s'arrêta au milieu du geste et se retourna face au fleuve.

— Je n'aimerai jamais que vous, Jeanne. Je ne sais pas pourquoi le Seigneur a permis que ça nous arrive. J'ai tellement prié, j'ai sondé mon cœur, et j'ai su, j'ai *su* qu'Il voulait que nous soyons ensemble. Nous sommes unis par un lien, un lien essentiel comme celui entre Adam et Ève. Je vais m'accrocher à cette vérité. Un jour, je suis sûr que nous serons mari et femme, Jeanne. Déjà, je sais que je vous aimerai et que je vous honorerai, maintenant et pour toujours.

CHAPITRE 20

— Je n'ai pas très faim, dit Marvel

C'était l'heure du petit déjeuner, et Ezra avait cuisiné le plat que la petite préférait ces jours-ci : la bouillie au riz. Elle en avait avalé une cuillerée, mais remuait depuis maintenant quelques minutes sa cuillère dans la bouillie froide.

Jeanne soupira. Plutôt que de se joindre à l'équipage dans la cuisine, elle avait demandé à Roberty de leur apporter le petit déjeuner et le café dans la cabine.

— Je sais, ma chérie, dit-elle. Y aurait-il un plat qui te mettrait davantage en appétit ? Tu as été très malade, petite fille, et il te reste encore à retrouver le teint de pêche que tu avais aux joues.

Malicieuse, Marvel mit les mains devant son visage et se pinça les joues, comme les femmes le faisaient parfois pour donner une impression de rouge à joues.

— C'est mieux, comme ça ? demanda-t-elle en souriant un peu. Roberty, il dit que c'est drôle que M. Clint dise que nous avons des joues de pêche plutôt que des joues roses. Hum… est-ce que je pourrais avoir une pêche ?

— Je crois que nous n'en avons pas, mais je suis certaine que Roberty se fera un plaisir d'aller en acheter, dit Jeanne en se levant. Je vais lui en parler et je reviens tout de suite.

Elle revint quelques minutes plus tard.

Marvel était en train de débarrasser la table, mais Jeanne l'arrêta.

— Ne t'occupe pas des assiettes et viens avec moi. J'ai quelque chose à te dire.

Elles allèrent s'asseoir dans les fauteuils, et Marvel plaça ses jambes contre sa poitrine et enveloppa ses bras autour de ses genoux.

— C'est à propos de mon père, c'est ça, dit-elle à voix basse.

— Oui, c'est de lui que je veux te parler. J'ai beaucoup réfléchi et beaucoup prié aussi. Je sais que je dois t'expliquer certaines choses à son sujet, dit Jeanne d'un ton calme. Quand je l'ai connu, il n'était pas comme… comme l'homme que tu as vu hier. Il n'était pas méchant. Il riait beaucoup, et il me faisait rire. Il était gentil avec moi à l'époque et il me disait souvent qu'il m'aimait.

» J'avais seize ans à peine. Ce doit être difficile pour toi de l'imaginer, Marvel, puisque toutes les grandes personnes nous semblent vieilles quand on a ton âge. Tu pourrais m'imaginer en pensant à Dorie Eames. Tu te souviens d'elle, n'est-ce pas ? Dorie, c'est la petite-fille de la veuve Eames, une fille brillante et guillerette de seize ans.

— Oui, je me rappelle. Elle est gentille. Elle m'a fait un collier de pâquerettes et a mis des roses jaunes dans mes cheveux. Elle m'a taquinée en disant que c'était mieux d'avoir des roses jaunes dans les cheveux que d'attraper la fièvre jaune, se souvint Marvel avec un petit rire enfantin. Je crois que je comprends ce que tu veux dire, maman. Tu n'étais pas une petite fille comme moi, mais tu étais beaucoup plus jeune que maintenant.

— J'étais encore jeune et innocente quand j'ai rencontré ton père. Il était soldat. Il était grand et beau. Il avait si fière allure dans son uniforme, avec son épée. Il était de huit ans mon aîné et il avait tout du mari parfait. Ton grand-père nous a demandé d'attendre une année avant de nous marier. Max voulait de ce mariage autant que moi, et nous avons décidé d'attendre une année.

Jeanne s'arrêta un instant. Elle savait aujourd'hui que Max ne l'avait pas aimée, qu'il avait surtout voulu la séduire. Une fois la conquête acquise, Max s'était vite désintéressé de sa femme, oublieux des vœux qu'il avait prononcés devant l'autel. Cela dit, il exigeait de Jeanne qu'elle remplisse ses devoirs conjugaux, demandes auxquelles Jeanne se croyait obligée de répondre sans se plaindre. Toutefois, elle avait commencé à se refuser à lui après avoir appris qu'elle portait son enfant. C'est vers cette époque qu'il s'était mis à rechercher la compagnie d'autres femmes, à s'exhiber avec elles, poussant l'affront jusqu'à vivre ses aventures au nez de Jeanne. Il ne l'avait jamais agressée ni forcée physiquement, cependant. Il n'était pas un homme violent en ces temps-là, mais Jeanne avait clairement vu la veille la brutalité dont il était capable. Son bras était contusionné là où il l'avait agrippé. Max Bettencourt avait changé, et ce n'était pas en mieux.

— Vous étiez amoureux, c'est ça, dit Marvel dans un murmure.

— Je sais maintenant que ton père ne m'a jamais aimée, expliqua Jeanne d'un ton ferme. C'est très important que tu essaies de comprendre, Marvel. Je croyais que je l'aimais, mais c'était une erreur depuis le début. C'était un péché, mais je l'ai épousé quand même, sachant fort bien que le Seigneur désapprouvait notre union. Ton père n'était pas chrétien, et les enseignements du Seigneur nous apprennent qu'il n'est pas sage pour celui qui adore le Seigneur d'épouser une personne qui ne croit pas en Son salut. Je crois que c'est en toute connaissance de cause que je n'ai pas cherché la bénédiction du Seigneur. J'ai décidé de fermer les yeux et d'épouser Max malgré tout.

— Tu parles comme si c'était ta faute, maman, dit Marvel d'un ton malheureux. Tu es une dame gentille et une bonne mère, et tu aimes Jésus. Ce n'était pas juste ta faute.

— Non, mais c'est mon péché, et il semble qu'il me faille aujourd'hui expier cette faute. Écoute-moi, Marvel. Oui, j'ai commis cette terrible erreur, j'ai si mal agi, mais le Seigneur m'a pardonné. Il m'a même offert le plus extraordinaire des cadeaux. Une merveille est née du gâchis que j'avais fait de ma vie.

— Quoi, maman?

— Toi. Tu es la meilleure chose qui me soit arrivée, Marvel. Chaque jour, je remercie le Seigneur de m'avoir donné une merveilleuse fille. N'oublie jamais, petite fille, que Jésus est juste et bon, qu'Il prendra soin de nous, toujours.

Elles se serrèrent dans leurs bras, et Jeanne dit :

— Pourquoi n'invites-tu pas Roberty ? Faisons les leçons dans la cabine aujourd'hui.

Malgré tous ses efforts, Jeanne n'arrivait à rien. Elle n'avait aucune concentration tandis que son cœur soupirait d'être avec Clint. Elle aurait voulu qu'il la prenne dans ses bras, qu'il la réconforte. Elle mourait d'envie de ressentir une dernière fois sa force, de connaître encore son amour. Ce n'était plus possible désormais, et elle avait toutes les peines à garder une attitude plaisante devant Marvel. Elle n'avait plus qu'un désir : se mettre au lit, tirer l'édredon sur sa tête et pleurer.

Elle n'avait de cesse d'aller voir à la fenêtre pour observer les docks, s'attendant à voir apparaître Max Bettencourt à tout moment. En y repensant, elle était assez certaine que Clint avait raison, que Max ne prendrait pas le risque d'une confrontation. Elle envisageait cependant plus plausible qu'il vienne demander à voir Marvel. Il viendrait peut-être aussi avec le shérif, qui l'escorterait à bord. Jeanne avait fait de l'esbroufe à ce sujet la veille ; elle n'avait en réalité aucune idée des véritables points prévus par la loi dans cette situation. Tout ce qu'elle savait avec certitude, c'était qu'un homme au Tennessee possédait sa femme autant qu'un maître peut posséder un esclave, comme toutes ses possessions.

Toute la journée, elle avait été rongée par le doute et l'inquiétude. Enfin, vers seize heures cet après-midi-là, elle descendit dans la salle des machines pour parler à Clint.

— Je ne peux supporter cela plus longtemps, dit-elle avec désespoir. Hier, je souhaitais seulement qu'il disparaisse, mais, aujourd'hui, je préférerais qu'il vienne et que je sache enfin ce qu'il a en tête.

— Pourquoi restez-vous là à l'attendre? dit Clint, un peu brusquement. Peu importe ce qu'il dit, il ne peut rien contre nous, du moins tant qu'un arrêt de la cour n'aura pas été émis. Vous ne pouvez pas rester à vous morfondre en attendant une sommation qui ne viendra peut-être jamais.

— Mais que devrais-je faire? Prétendre que c'était un mauvais rêve?

— Non, Jeanne, mon amour, dit-il d'une voix douce, mais nous devons continuer à vivre notre vie, il ne peut pas nous enlever ça. Qu'allions-nous faire quand il est apparu devant nous hier?

— Nous devions rencontrer le maître de poste et nos expéditeurs, discuter de la reprise des opérations, récita Jeanne d'un ton lent et morne.

Elle avait l'impression de parler d'une autre vie, d'un temps révolu.

— Bien, alors communiquons avec le maître de poste et les expéditeurs. Signons des contrats et remettons-nous au travail, dit Clint avec fermeté.

— Mais il est déjà tard.

— L'heure n'a aucune importance en cette saison. Vous avez observé les docks aujourd'hui? Les récoltes de coton sont arrivées, et tout le monde est occupé. Il nous reste amplement le temps de voir le maître de poste et de télégraphier un message à nos affréteurs. Même si nos clients habituels n'ont rien pour nous, nous prendrons tout le coton que ce bon vieux *Rose* veut bien avaler.

— Oui. Vous avez raison, bien sûr. Par ailleurs, je préférerais ne pas aller en ville, Clint, pas aujourd'hui.

— Aucun souci, ma petite dame, dit-il en prenant la voix traînante des gens du Sud. Vinnie et moi, nous nous occupons de tout. Ça ne vous inquiète pas de rester ici toute seule ?

— Non, je crois que vous disiez vrai hier, répondit Jeanne. Max est un lâche, et il ne voudrait pas tomber sur vous. En ce moment, il doit être chez un avocat, à plaider sa cause. Mais juste pour être sûre, j'installerai l'escabeau sur le quai. S'il se présente, Roberty n'aura qu'à y grimper pour le cogner en plein sur le nez.

Max Bettencourt observait le *Helena Rose* et vit Clint et Vince descendre à quai. C'était inévitable ; de vrais hommes ne resteraient jamais cantonnés indéfiniment sur un bateau à vapeur, à jouer les boniches, quand dehors il y avait la ville, ses saloons et ses bordels. Il ne vit pas où ces messieurs allaient, les quatre avenues menant au port fourmillant d'activité. Partout où l'on regardait, il y avait des files interminables de chariots et de charrettes remplis de coton. Des centaines d'esclaves, de débardeurs, d'expéditeurs, de vendeurs, de

garçons de courses et d'hommes d'équipage se massaient, se bousculant en une énorme foule pressée. Il y
avait des passagers aussi, puisque deux grands bateaux
luxueux faisaient halte à Memphis. L'œil de Max avait
tout de suite été attiré par le grandiose *Lady Vandivere*.
Durant la journée, il avait rêvé du voyage qu'il ferait sur
ce palais flottant en revenant à La Nouvelle-Orléans,
après avoir mis la main sur l'argent de Jeanne et vendu
sa part du bateau.

Max avait quitté La Nouvelle-Orléans par dépit,
dégoûté par la ville, mais aussi par les trois jours qu'il
venait de passer à l'hôpital. Il était presque mort d'intoxication par l'alcool. Il se rappelait que le médecin traitant lui avait dit avec sarcasme : « Monsieur Bettencourt,
si vous aspirez à devenir ivrogne, vous devrez commencer avec plus de modération. Buvez un petit peu
toute la journée. Ne vous inquiétez pas, avant longtemps, vous pourrez boire des litres de tord-boyaux
sans vous tuer. »

Ce que le médecin ignorait, c'était que Max n'avait
presque pas bu une goutte en six ans. Les sikhs condam-
naient la consommation de boissons alcooliques dans
leur pays. Si Max l'avait su avant de mettre le pied en
pays sikh, il n'y serait sans doute pas allé, aussi généreuse fût la paie. Bien vite, toutefois, il avait adopté les
coutumes locales et mâchait du khat comme presque
tout le monde dans l'Empire afghan, hommes, femmes
et enfants de même. L'effet en était un de suprême
euphorie, accompagnée d'une poussée puissante et
momentanée d'énergie. Le khat avait aussi cet effet de

rendre les hommes agressifs, et tous les hommes en consommaient de grandes quantités, se remplissant la bouche de feuilles avant d'aller fièrement au combat. En fuyant l'Afghanistan, Max avait en poche une petite quantité de khat dont il n'avait plus rien resté après quelques jours sur le bateau. Ce n'avait pas été chose facile de trouver un stimulant de remplacement, mais Max avait bientôt trouvé, jetant son dévolu sur un savant cocktail de whisky et de laudanum. Le laudanum lui apportait cet effet de bien-être qu'on a dans les rêves, et le whisky, en assez grande quantité, lui donnait du courage et de la force.

Pour les femmes, en Afghanistan comme partout où les hommes vivent, il y avait des prostituées. Elles avaient la peau d'un brun superbement exotique et se vêtaient d'affriolants voiles vaporeux, de foulards et de bracelets dorés. En pays sikh, c'était un crime de se livrer à la prostitution et, à la première offense, on tranchait les mains de la malheureuse. Si une femme était condamnée une deuxième fois, on lui coupait les pieds, et enfin, bien qu'inédit dans les annales, à la troisième offense, on vous décapitait purement et simplement. Dans un tel climat, les femmes qui s'adonnaient au trafic de la chair travaillaient dans des clubs fermés très sélects. Elles étaient toujours très belles, expérimentées, avides de plaire — et aussi extrêmement chères. Pour Max, les charmes de ces femmes restaient à ce jour inégalés, et il s'était découvert pour elles une passion presque aussi forte que pour les armes à feu et les beaux habits. En fait, s'il n'y avait pas eu cette guerre perdue,

Max aurait voulu passer le reste de ses jours dans le Cachemire. Les sikhs avaient malheureusement perdu la guerre, et il avait été forcé de fuir.

Les mercenaires anglais faits prisonniers par l'armée britannique étaient passés par la corde, pendus haut et court pour traîtrise. Max ne savait pas le sort réservé aux Américains et n'était pas resté pour le découvrir. Il avait teint son visage avec de l'huile de noix, tué un vieil homme célibataire, dérobant ses vêtements et le rubis qu'il portait au doigt. Il était parti vers les docks vêtu à la manière sikhe, avec son *dulband*, une longue écharpe noire enroulée sur la tête, et son *kirpan*, le petit sabre cérémoniel à la lame recourbée que l'on garde attaché à la taille. Il avait voyagé sous le nom d'emprunt d'Arjan Bhuppal et se disait marchand de figues.

L'après-midi était bien avancé, une journée radieuse qui promettait un coucher de soleil tardif. Max se dit qu'il s'offrirait deux, trois ou quatre whiskys, peut-être plus, avant d'aller sur le *Helena Rose*. Max n'eut pas cette pensée consciente qu'il attendait que la nuit tombe, mais le plan qu'il se proposait de réaliser ne réussirait pas sans la noirceur. Il prit une gorgée de laudanum et s'affala sur la chaise, la bouteille de whisky sur le plancher près de lui, et commença à rouler une cigarette. Il avait amplement le temps.

Jeanne se tenait à la fenêtre, observant les docks. Une heure après le coucher du soleil, il y avait toujours un fourmillement d'activité dans le port. Durant la saison des récoltes du coton, les débardeurs chargeaient les bateaux sans arrêt et souvent toute la nuit. Les services portuaires allumaient des flambeaux le long des entrepôts et des bureaux d'expédition de Front Street, ainsi qu'en bordure des avenues menant au fleuve. En septembre et en octobre, les débardeurs gagnaient plus d'argent en une journée qu'en cinq jours de travail ordinaire. Tout le long de Front Street, la première rue sur les promontoires de Memphis, les entrepôts et les bureaux des agences avaient des lampes allumées à toutes leurs fenêtres. Les silhouettes d'hommes, de chevaux et de chariots en sortaient et y entraient dans un va-et-vient constant. On aurait dit une armée de coléoptères agités.

Elle se tourna vers Marvel, qui jouait par terre devant sa maison de poupée. Il avait fallu la force de Clint et de Vince pour déplacer la maison du pont principal jusqu'à la cabine. En effet, les hommes avaient vu grand en pensant les plans de sa construction. Joliment décorée, elle faisait un mètre et demi de large par deux mètres de haut, avec un toit à forte pente peint en rouge et une grande cheminée faite de petites pierres posées à la colle.

La maison de poupée comptait six pièces et un étage. Au rez-de-chaussée, on retrouvait un boudoir d'un côté, avec deux causeuses et un sofa, quatre petites tables et un foyer dans l'âtre, où on avait déposé des petits bouts de bois empilés. Ezra avait même cousu des coussins pour les causeuses et le sofa, fabriqués à partir d'une vieille chemise en flanelle bleue de Clint. Jeanne soupira d'émotion devant cette scène émouvante. Même le plus simple rappel de Clint l'amenait à penser à l'amour immense qu'elle lui portait.

Dans la maison de poupée, à l'opposé du boudoir, il y avait la salle à manger avec une table et deux chaises, puis la cuisine à l'arrière. Ezra s'était donné la peine de fabriquer des petites armoires qui s'ouvraient, et Clint avait fait un petit poêle à l'échelle, à l'identique de celui qu'on utilisait dans la cuisine, peint en noir, avec de vraies pièces de métal recourbé et son tuyau qui sortait par le mur. À l'étage, Madame Topp et Avémaria avaient leurs chambres, et chacune disposait de son propre salon. Marvel était enchantée de sa maison et pouvait rester assise à jouer pendant des heures avec ses poupées. Jeanne l'entendait en ce moment murmurer :

— Madame Topp, puis-je vous servir le thé dans mon salon ce soir ?

Sur un ton différent, elle disait encore :

— Ma foi, oui, Avémaria, j'en serais ravie.

Jeanne sentit qu'elle retrouvait un peu de paix, se sentant plus détendue qu'elle ne l'avait été de toute la journée, là, tranquille, à regarder Marvel jouer. Max Bettencourt n'avait pas montré signe de vie, et aucun shérif n'était venu à la passerelle du *Rose*. Peut-être que Max avait quitté Memphis. Peut-être qu'il n'avait pas d'autre tour dans son sac que celui d'intimider sa femme.

Marvel disait cette fois :

— Peut-être, Madame Topp, que nous pourrions demander à Ezra de nous cuisiner de la bouillie au riz. Vous savez, j'ai un goût certain pour la bouillie au riz.

Jeanne sourit en entendant cette touchante imitation des conversations adultes.

La porte s'ouvrit soudain, et, comme une vipère, Max Bettencourt entra dans la pièce, s'empressant de verrouiller la porte derrière lui, s'emparant de la clé pour l'enfouir dans sa poche. Jeanne ne verrouillait jamais sa porte et laissait simplement la clé dans la serrure.

— Allô, ma femme, dit-il, s'adossant nonchalamment contre la porte. Allô, ma fille.

Jeanne et Marvel restèrent figées sur place, puis Marvel se leva d'un coup, ouvrant des yeux ronds comme des dollars en argent. Jeanne alla en courant se mettre devant Marvel pour la protéger.

— Qu'est-ce que tu fais ici? Sors tout de suite!

— Non, répondit-il seulement en marchant vers le bureau pour commencer à ouvrir des tiroirs. Je te connais, Jeanne, je sais que tu caches de l'argent quelque part. Tu es comme une petite maman rate, toujours à cacher de l'argent dans ton petit nid à rats.

Il peinait à articuler ses mots, son visage était tout rouge et sa démarche était incertaine. Jeanne comprit qu'il était ivre. Elle avait donné son dernier dollar à Roberty ce matin pour qu'il aille acheter des pêches. Ce faisant, elle s'était promis d'aller à la banque pour faire quelque retrait, pensant garder un minimum d'argent en cas d'imprévu. Néanmoins, elle n'était pas allée en ville et le regrettait amèrement à présent. En effet, si elle avait eu un peu d'argent à donner à Max, peut-être qu'il serait parti.

— Je n'ai pas d'argent ici, Max, dit-elle d'un ton de défi. Tu aimes à répéter que je suis idiote, mais je ne le suis apparemment pas assez pour garder de l'argent ici.

Sa tête vacilla quelque peu, et il porta son regard vitreux sur elle.

— Arrête de me mentir. Je sais que tu gardes de l'argent de poche. Où l'as-tu mis ?

— Clint garde un peu d'argent pour les dépenses du bateau. Pourquoi n'irais-tu pas lui en demander un peu ? rétorqua Jeanne. Maintenant, sors d'ici et laisse-nous tranquilles !

— Je ne vais nulle part, cracha-t-il. Je t'avertis, Jeanne, je suis ton mari, et ce qui est à toi est à moi. En fait, *tu* es à moi. Tu es ma femme, et avant que j'en aie terminé avec toi, crois-moi, tu ne l'oublieras pas, dit-il en se lançant vers elle, mais il la contourna au dernier moment et saisit le bras de Marvel. Allez, sale gosse. Débarrasse-nous le plancher. Je te déconseille d'aller pleurnicher auprès du vieil homme ou du petit garçon, compris ? Sinon, je ne paie pas cher de leurs os, tu m'as compris, gamine ?

Il la traîna jusqu'à la porte, qu'il ouvrit pour ensuite jeter Marvel dehors. Cela fait, tout lentement, il verrouilla la porte à nouveau, lorgnant Jeanne du coin de l'œil.

— Bon, tu vas te mettre au lit, ou tu préfères la manière forte ?

Jeanne fit quelques pas en arrière, et il se rua sur elle. Elle essaya de le repousser, mais il la frappa brutalement du revers de la main, le coup la jetant au sol. Il se pencha sur elle, lui attrapa les épaules, la tira d'un coup pour la ramener vers lui, puis la poussa violemment vers le lit, déchirant son chemisier dans le mouvement, l'arrachant presque complètement. D'une dernière poussée, il l'étala en travers du lit. Jeanne reprit finalement ses sens et se mit à crier.

— Non! Ôte-toi, enlève tes sales...

La porte s'ouvrit dans un grand fracas, arrachée de ses gonds. Clint se précipita comme un taureau fou qui charge. Les yeux de Max Bettencourt s'écarquillèrent. Il eut le temps de plonger la main dans la poche de son pantalon, d'où il sortit son Derringer de calibre 22. Il visa, perdit l'équilibre, mais c'était trop tard. Clint était sur lui et lui prenait le bras pour l'abattre sur le lit. Max se débattit, puis tout à coup, le pistolet partit. Le coup de feu eut l'effet de saisir tous les gens présents.

Max Bettencourt tressaillit puis, ébranlé, tituba vers l'arrière. Clint, dans un geste comme un coup de fouet, s'empara du petit pistolet. Une volute de fumée s'élevait de l'un des canons de l'arme. De l'autre main, il voulut agripper le cou de Max Bettencourt, mais celui-ci reculait en criant :

— Vous m'avez tiré dessus! Vous m'avez tué!

Il se laissa tomber sur le lit tandis que Clint cherchait Jeanne, l'apercevant debout à l'autre bout de la pièce, tenant Marvel devant elle. Vince et Ezra arrivaient sur le pas de la porte.

Clint se pencha sur Max Bettencourt. Une tache rouge se répandait sur le côté gauche de sa chemise blanche. Clint déchira le tissu.

— Cessez de pleurer comme un bébé, voulez-vous? Vous vous êtes tiré dans l'épaule, espèce d'idiot. Levez-vous. Debout!

Il attrapa Max par le col et tira pour le ramener debout.

— Je vais saigner à mort! cria Max, pour ensuite se rembrunir, s'épanchant dans un mélange murmuré de jurons et de gémissements.

Clint le sortit dans le corridor, Ezra et Vince à sa suite. Roberty et Léo se trouvaient déjà là. Léo passa devant Roberty et, poils du cou hérissés, il se mit à grogner, de l'écume lui venant à la gueule quand Max passa la porte.

Clint lui fit descendre les marches, le poussant et le transportant à moitié. Il lui fit traverser le pont et descendre la passerelle. Il poussa enfin Max dans la boue sale du fleuve Mississippi. Max se mit à se tordre, gémissant comme un chien battu. Clint baissa les yeux sur lui; il tenait encore le pistolet, et dans un geste rapide, il se tourna et balança l'arme dans le fleuve.

— Si tu la touches une fois encore, lui grogna Clint au visage, je te tuerai, et tu finiras dans le fleuve, tout comme ton petit pistolet de fillette. Il n'y aura personne sur cette terre pour te pleurer, Max Bettencourt, tu ne manqueras à personne. Maintenant, hors de ma vue, pauvre loque!

Clint remonta à pas pesants sur la passerelle et retourna auprès de Jeanne et de Marvel. Jeanne s'était affalée dans l'un des fauteuils, avec Marvel sur les genoux. Jeanne tenait Marvel dans ses bras tremblants, ses yeux voilés, distants et remplis d'horreur. Clint s'agenouilla à côté du fauteuil et voulut prendre la main de Jeanne. De cette main, elle tenait Marvel par la taille, et Clint fut incapable de déplier ses doigts froids et rigides. Il regarda Jeanne. En s'approchant, il vit une marque rouge et mauvaise qui courait sur le côté droit de son visage. Elle saignait aussi de la lèvre. Il se rendit à la cuisine, où il trouva Ezra déjà occupé à briser de la glace pour placer les morceaux dans un linge de mousseline plié en plusieurs épaisseurs.

— Où est le brandy ? demanda Clint d'un ton brusque.

— Juste ici, répondit-il, portant la main dans sa poche de pantalon et tendant la petite bouteille brune à Clint.

Clint attrapa un verre et retourna aussitôt auprès de Jeanne, lui versant trois doigts d'alcool. Le regard de Jeanne se perdait encore dans le vide et, maintenant, Clint pouvait voir apparaître les premiers signes d'enflure sur son visage et ses lèvres. Une colère sombre et pleine de fiel monta en lui, mais il la fit taire et dit :

— Jeanne ? Jeanne, écoutez-moi. Buvez ce verre. Buvez-le maintenant.

Comme un automate, elle braqua les yeux vers lui. Sa main tremblant comme celle des paralytiques, elle prit le verre et y trempa ses lèvres, puis avala une gorgée et frissonna sous l'effet de l'alcool.

Marvel avait la figure enfouie dans la poitrine de Jeanne et elle sanglotait par à-coups. Clint s'agenouilla et se mit à caresser les cheveux de la petite.

— Tout va bien maintenant, petite fille, tout va bien. Jeanne, vous n'avez plus rien à craindre. Il est parti, et je vous promets qu'il ne reviendra plus.

Il continua à leur parler doucement, les rassurant toutes les deux, les entourant légèrement dans ses bras, dans une étreinte protectrice.

Ezra revint avec un bol rempli de morceaux de glace et une petite bouteille jaune. Il humecta un linge de mousseline du liquide qu'elle contenait, expliquant à Clint dans un murmure :

— C'est de l'hamamélis de Virginie, qu'on appelle aussi l'« herbe aux sorcières ». Pas rassurant comme nom, mais c'est bon pour réduire l'enflure et guérir les ecchymoses.

Tout doucement, il appliqua la mousseline imbibée d'hamamélis et pleine de glaçons au coin de la bouche de Jeanne, puis l'appuya contre sa joue et la tint là. Jeanne ne sembla rien remarquer de ces soins ni du froid de la glace sur son visage.

Après un moment, le regard de Jeanne retrouva un peu de vie, et l'effroi que le choc avait provoqué se dissipa ; elle se détendait enfin un peu. Elle tendit la main pour tenir elle-même le baluchon glacé, et on l'entendit murmurer :

— Merci, Ezra.

Lentement, les sanglots de Marvel s'arrêtèrent ; à présent, elle avait un petit hoquet. Elle se redressa et regarda dans la pièce d'un air morne, comme pour comprendre où elle était. Clint l'embrassa sur la joue et chuchota à son oreille :

— Petit ange, tu n'as plus à avoir peur. Je te promets qu'à l'avenir, tu n'auras plus jamais à revivre une chose pareille. Je m'en porte garant. D'accord ?

— D'accord, acquiesça-t-elle faiblement.

Clint se releva et, pour la première fois, il porta attention à l'état dans lequel se trouvait la cabine. Roberty était à genoux, flanqué de Léo, devant la porte défoncée qui pendait sur ses charnières. Roberty avait les bras autour du cou du chien, et des larmes coulaient sur son visage. Impuissant, Vince se tenait derrière le fauteuil de Jeanne et avalait de manière convulsive, son expression reflétant la colère et le regret mêlés. Ezra préparait un autre baluchon, le trempant dans la décoction d'hamamélis.

— Vince. Vinnie! appela Clint. Occupe-toi de cette porte. Roberty, j'aurais besoin que tu nous fasses un bon chocolat chaud pour Marvel. Ezra… dit-il seulement, pointant du doigt la tache de sang sur le lit de Jeanne, puis la traînée ensanglantée qui partait du lit vers la porte.

Vince, Ezra et Roberty s'exécutèrent sans plus attendre. Clint tendit à nouveau le verre de brandy à Jeanne.

— Mon doux amour, buvez ce qu'il reste dans le verre, s'il vous plaît. Vous… vous me faites peur. Buvez, ça vous aidera, je vous le promets.

— D'accord, dit-elle en prenant le verre.

Clint la regarda boire à petites gorgées. Elle leva les yeux sur lui et tenta de sourire. Clint lui dit, sa voix grave :

— Jeanne, je vous aime et je suis tellement désolé. Marvel, je t'aime et je m'excuse.

Il les laissa pour se rendre au lit. Il prit le matelas par un coin, le plia en deux et sortit dans le corridor, le matelas dans les bras, avec les draps, l'édredon et les oreillers. Il descendit sur le pont principal et jeta le tout par-dessus bord sur la berge boueuse. Plus tard, il faudrait y mettre le feu.

Il remonta l'escalier, se rendit à sa cabine pour y chercher des draps propres, une courtepointe, ses deux oreillers et une couverture de coton. Il ramassa enfin son matelas. De retour dans leur cabine, il prit quelques minutes pour leur refaire un lit.

— C'est ma literie, j'espère que ça ne vous dérange pas. Demain, nous irons vous racheter tout en neuf.

— C'est parfait, dit Jeanne, sa voix plus forte à présent. Merci.

Ezra était accroupi par terre, avec un seau d'où émanait une légère odeur d'acide borique. Il frottait vigoureusement pour chasser les taches de sang, d'abord à l'aide d'une brosse pour ensuite éponger l'excédent d'eau à la serpillière.

Vince travaillait déjà à réparer la porte, ayant trouvé tout ce qu'il lui fallait dans la réserve de Clint, qui gardait en réserve tout ce qui pouvait briser sur le bateau : des tuyaux, des joints, des clous, des vis, des écrous, toutes sortes d'outils, et même des objets tels que des fermoirs pour les fenêtres, des charnières, des poignées de porte et des serrures de rechange. Quand Clint avait défoncé la porte d'un coup d'épaule, il avait tordu les gonds, et le grand panneau au centre de la porte s'était fracassé. Clint alla aider Vince.

Roberty revint avec le chocolat chaud de Marvel. Elle prit une première gorgée et le remercia d'un sourire timide.

— Il n'est pas trop chaud. Merci, Rob.

— De rien, Marv, dit-il affectueusement, pour ensuite aller rejoindre Ezra, se proposant de l'aider à frotter le plancher.

Après une demi-heure, Clint et Vince avaient réparé la porte et remplacé la poignée et la serrure.

— Il vaut mieux mettre le verrou désormais, Jeanne, dit Clint en lui donnant la nouvelle clé. Je vous jure qu'il ne reviendra jamais, mais vous aurez ainsi l'esprit en paix.

— Clint ? fit Jeanne dans un chuchotement. Clint, croyez-vous qu'il… est-ce qu'il…

— Il n'est pas mort… malheureusement, dit Clint d'un ton râpeux. J'ai vu où la balle s'est logée, je le jure, Jeanne. Il a probablement l'épaule en charpie, mais il ne va pas en mourir. Excusez-moi, mais il faut que j'aide Ezra et Roberty. Vous deux, restez assises et essayez de vous détendre. Jeanne, une autre petite rasade de brandy ne vous ferait aucun mal, vous êtes encore pâle comme un spectre.

Il partit et découvrit Vince, qui était déjà à nettoyer avec Roberty et Ezra.

— Ce fichu sang doit être plus clair que l'eau. On dirait qu'il en a perdu des litres à chaque pas, grogna Ezra.

— Le tord-boyaux a cet effet d'éclaircir le sang, dit Clint avec dégoût. Ça m'étonne qu'il n'ait pas eu la peau couleur whisky.

Ezra avait raison, il y avait des éclaboussures de sang partout, jusque sur le pont principal et tout le long en descendant la passerelle. Clint ne put s'empêcher de jeter un œil à l'endroit où il avait jeté Max, puisque, en effet, cela faisait beaucoup de sang perdu. Mais bien sûr, Clint savait déjà qu'il n'était plus là ; il avait regardé en jetant le matelas de Jeanne.

— Roberty, dit Clint, j'aimerais que tu me rendes un service. Pourrais-tu aller brûler le matelas et la literie ? Tu as assez frotté, laisse-moi prendre la relève.

Avec une expression non loin d'une joie maligne, Roberty répondit :

— Avec grand plaisir, monsieur ! tout en se pressant dans la salle des machines, où on gardait du kérosène et des allumettes.

Ils travaillaient à tout remettre en ordre depuis une heure environ quand quatre silhouettes indistinctes s'avancèrent sur la passerelle. Trois des quatre hommes restèrent derrière, tandis que le dernier monta sur le pont dans la lumière des lanternes. Vince, Ezra et Clint étaient tous à quatre pattes, à récurer les planches. En entendant qu'on venait sur le pont, Clint se releva tranquillement sur ses pieds et vit l'homme avancer vers lui.

Il était grand et élancé, coiffé d'un chapeau mou à large bord et tout de noir vêtu. Autour de la taille, il avait une cartouchière où s'alignait une série impressionnante de balles, et de l'étui sur sa hanche sortait la crosse d'un pistolet à six coups. Une étoile en argent à cinq pointes était épinglée sur sa poitrine. Il leva les yeux vers Clint.

— Êtes-vous Clint Hardin ?

— Oui, monsieur.

— Je suis le shérif adjoint Elias Fields. Clint Hardin, je vous mets aux arrêts pour tentative de meurtre sur la personne de Max Bettencourt.

CHAPITRE 21

Jeanne passa une nuit blanche. Elle n'avait pas trouvé la force d'enfiler sa chemise de nuit et s'était couchée dans le lit à côté de Marvel. Elle était restée allongée, misérable, sentant son cœur battre dans son visage meurtri, ses lèvres en feu. Le shérif leur avait dit que personne ne pouvait accompagner Clint jusqu'à la prison et qu'il comparaîtrait à neuf heures le lendemain matin. La seule décision intelligente que Jeanne prit en cette nuit d'éternelle noirceur fut de se rendre le lendemain à la première heure au bureau de Nathaniel Deshler et de demander ses services pour la défense de Clint. Elle n'avait aucune idée si cet avocat avait même seulement déjà pratiqué le droit criminel, mais elle ne douta pas qu'il voudrait les aider, elle et Clint. S'il ne pouvait pas défendre leur cause, elle était certaine qu'il saurait recommander un bon avocat qui, lui, le pourrait.

Comme l'aube se levait, Jeanne sortit du lit et alla à la cuisine se faire du café. Ezra, Vince et Roberty étaient déjà debout, et le café déjà préparé. Ils terminaient leur petit déjeuner. Elle s'assit lourdement sur l'un des tabourets et se laissa servir par eux, Léo venant aussitôt poser la truffe sur sa cuisse. Après une bonne tasse de café fort, elle sentit ses idées s'éclaircir et trouva l'appétit de manger l'omelette soufflée au fromage qu'Ezra lui avait préparée.

— Je vais me rendre au bureau de Nathaniel Deshler à la première heure, leur dit-elle. J'ignore si ce sera ouvert, mais je pars à sept heures.

— Madame Jeanne, laissez-moi, s'il vous plaît, vous accompagner, dit Vince comme une demande formelle. Clint est comme un frère pour moi, et je veux l'aider de n'importe quelle manière.

— Rien ne me ferait plus plaisir. Je peux donc compter sur votre compagnie, Vince, répondit-elle chaleureusement. Vous savez que, à mes yeux, nous formons une seule et grande famille.

— Madame Jeanne, dit Ezra non sans difficulté, laissez-moi vous dire combien je trouve ça triste, ce qui vous arrive. Je m'en veux de ne pas avoir su que cet asticot de bon à rien était à bord. Je vous le dis, je l'aurais trucidé et criblé de balles, sans remords, jamais.

Quand Jeanne était entrée, ils avaient eu sur elle des regards consternés ; quand Roberty l'avait d'abord aperçue, il avait eu les larmes aux yeux, des larmes qu'il avait vite essuyées de son visage pour ne pas attrister Jeanne davantage. Jeanne ne s'était pas regardée dans le miroir, et elle s'apercevait maintenant que ses blessures devaient offrir un bien désolant spectacle.

— Je sais que vous vous sentez tous coupables, commença-t-elle tout bas. Mais vous n'avez rien fait de mal. Pour ma part, je refuse cette culpabilité. Clint est tout à fait sans reproche, lui aussi. Je connais… je connaissais Max, et jamais je ne l'aurais cru capable d'une telle violence. Il est le seul coupable. Et… et… bredouilla-t-elle, se touchant légèrement le visage, c'est moins douloureux qu'il n'y paraît, je vous assure. Voudriez-vous faire chauffer de l'eau pour moi, Ezra ? demanda-t-elle en se levant. Quand ce sera prêt, j'aimerais que vous montiez le petit déjeuner à Marvel.

Jeanne se sentit mieux après avoir pris un bon bain à l'éponge. Le matin était frais et humide, presque automnal. Elle décida de porter sa jupe bleu foncé et un châle noir avec un bonnet bleu ciel qu'elle avait acheté récemment, tout joli avec sa bordure de rosettes en soie noire. Cette fois, elle ne se plaignit pas que le bord fût très large, car il cachait un peu son visage contusionné.

Tandis que Vince et elle quittaient le *Helena Rose*, Jeanne s'étonna de voir Nathaniel Deshler qui arrivait au bas de la passerelle. Il avait son allure proprette et sémillante de toujours, sa moustache et sa barbe parfaitement taillées, et portait une redingote grise rayée sur un gilet marron. Il vint saluer Jeanne d'une gracieuse révérence.

— Madame Bettencourt, comme je suis heureux d'être venu assez tôt et de ne pas vous avoir manquée. Mais où sont mes manières ? Bonjour, m'dame.

— Bonjour, maître Deshler, répondit Jeanne. Vince, j'ai l'honneur de vous présenter Me Nathaniel Deshler. Maître Deshler, voici un ami à moi, Vincent Norville.

Ils échangèrent une poignée de main, et Jeanne dit :

— Maître Deshler, je suis si surprise de vous voir. Vince et moi, nous nous rendions justement à votre bureau.

— Bien, dit-il, regardant Jeanne de ses yeux gris et vifs. Je présume que votre intention était de réserver mes services ; c'est exactement la raison qui m'amène à cogner à votre porte. Et pour répondre à la question, je serai honoré d'agir à titre d'avocat de la défense au nom de M. Hardin.

Ils montèrent tous les trois à la cabine de Jeanne, et Roberty leur apporta le café et le thé.

— Ah, j'adore le thé noir, dit Me Deshler avec satisfaction. Bien, maintenant je sais que vous vous demandez par quelles circonstances j'ai appris la nouvelle. Imaginez-vous donc que le shérif John Latimore est un ami proche et que le bureau du shérif travaille en étroite collaboration avec mon bureau. Nous recevons les avis d'arrestations tous les matins. Quand j'ai vu que M. Hardin avait été arrêté, je me suis immédiatement rendu à la prison pour lui offrir mes services. Je suis fier de pouvoir dire qu'il m'a engagé.

— J'allais vous le demander, dit Jeanne, mais j'avais l'impression que vous ne vous impliquiez pas dans les affaires criminelles.

Il lui adressa un joli petit sourire.

— J'accepte rarement de défendre des clients faisant face à des accusations criminelles, mais j'ai fait une exception pour le présent cas, puisque M. Hardin est une connaissance et que je vous connais aussi, madame Bettencourt. Et ne vous inquiétez pas, s'il vous plaît. Je vous assure que je défendrai M. Hardin avec la plus grande célérité, que je mettrai effectivement tout en œuvre pour le faire acquitter. Je suis, voyez-vous, un très bon avocat.

— Clint n'en doutait pas une seconde, dit Vince sans hésiter. Il m'a tout dit de vous, maître Deshler. Il s'était bien informé à votre sujet, quand vous êtes arrivé avec cette nouvelle du *Helena Rose* en héritage. En faisant ses devoirs, il a découvert que vous aviez la réputation d'être un homme aussi savant qu'honnête. Cela dit, quelles sont les accusations portées contre notre ami?

— Il est question de voies de fait à l'endroit de Maxwell Bettencourt et de tentative de meurtre sur ce même Maxwell Bettencourt.

— C'est de la foutaise! s'énerva Vince. Ce salaud agressait Jeanne! Clint a seulement essayé de la protéger, et Max Bettencourt a sorti une arme et le coup est parti avant que Clint n'ait pu la lui ôter des mains!

— Je connais les faits, monsieur, dit calmement Me Deshler, puis il tourna son regard intense vers Jeanne. Je peux vous dire à l'instant, madame Bettencourt, que vous pourriez fort aisément porter plainte contre Max Bettencourt pour coups et blessures. La preuve n'est pas à faire; elle est au vu et au su de tous.

Jeanne se mit à réfléchir.

— Je..., bafouilla-t-elle après un long silence. Il demeure mon époux, maître Deshler. Est-ce que le fait de porter plainte changerait la donne ? Est-ce que ma plainte pourrait aider Clint d'une quelconque manière ?

Me Deshler semblait peiné.

— Il me coûte de le dire, sachez-le m'dame, mais je crains que s'il est déclaré coupable, votre mari se verra imposer une simple amende, une tape sur les mains en quelque sorte. Quant à cette question de savoir si cela aiderait M. Hardin à gagner sa cause, la triste réalité, c'est que l'audience de Max Bettencourt n'aurait sans doute lieu que longtemps après la fin du procès de M. Hardin. Ainsi, le détail de cette circonstance incriminante et le jugement qu'elle entraînerait ne nous seraient d'aucune utilité.

Jeanne sembla perdre courage.

— Max le savait. C'est sans espoir, n'est-ce pas ?

— Bien au contraire, affirma Me Deshler. J'ai la conviction que M. Hardin sera reconnu non coupable de tous les chefs d'accusation qui pèsent contre lui.

— Mais comment ? souffla Jeanne.

Dans un geste qui ne lui ressemblait absolument pas, Me Deshler se pencha au-dessus de la table et prit la main de Jeanne.

— Madame Bettencourt, je veux que vous me fassiez confiance. Je sais ce que je fais. Je ne connais pas encore tous les détails de l'affaire, mais je sais ceci : Clinton Hardin est innocent. Et je vais le prouver.

Me Deshler se présenta avec Jeanne et Vince à la lecture de l'acte d'accusation. La cour de grande instance pouvait accueillir deux cents personnes au parterre et soixante-dix dans la tribune. Les bancs, au nombre de vingt de chaque côté, étaient en noyer massif. Les murs étaient peints d'un doré sombre, et on pouvait y admirer les portraits solennels de présidents, de députés et de juges. À l'avant, il y avait une haute estrade et le siège du juge, une grande chaise en acajou sculpté. Sur la gauche, on trouvait la barre des témoins et, à droite, le long bureau du greffier de la cour. Devant une balustrade, au pied de l'estrade, il y avait deux longues tables, une pour la partie défenderesse, l'autre pour la poursuite. Dans ce vaste espace austère, la voix des gens s'élevait en écho vers les hauts plafonds de dix mètres.

Une vingtaine de personnes, des femmes pour la plupart, mais aussi quelques hommes lestes et coquets, prenaient place dans la salle. Me Deshler fit asseoir Jeanne et Vince sur le premier banc en avant.

— Je vais rencontrer M. Hardin. Attendez-moi, s'il vous plaît, après la comparution.

Le juge fit son entrée, puis, un à un, on amena les prisonniers. Il y eut d'abord deux durs à cuire qu'on accusait d'avoir troublé la paix et d'ivresse sur la voie publique, puis ce fut au tour de Clint. En entrant, il jeta un regard en direction de Jeanne et de Vince, et leur sourit comme s'il n'avait pas le moindre souci du monde. Il avait l'air bien, aussi, vu sa situation. Il n'était pas pâle, il était propre et il se tenait droit, le torse un peu bombé. Jeanne aurait voulu se jeter dans ses bras, lui parler à tout le moins, mais Me Deshler avait averti que cette comparution n'allait durer qu'une minute ou deux et que Clint n'aurait pas le droit de leur parler. Quand bien même, Jeanne avait insisté pour venir le voir.

Le juge lut l'acte d'accusation et demanda :

— Quel plaidoyer voulez-vous enregistrer, monsieur Hardin ?

— Non coupable, dit-il avec assurance.

— Dûment enregistré, dit le juge. Maître Deshler, je comprends que vous représentez le prévenu, M. Hardin ?

— Oui, Monsieur le Juge.

— En ce cas, j'aimerais fixer la date du procès à lundi prochain, le dix. Cela vous convient-il ?

— Oui, juge Poynter. Merci.

Immédiatement l'audience levée, Me Deshler insista pour que Jeanne voie un médecin.

— Mais je n'ai pas besoin de voir un médecin, s'opposa Jeanne. Je sais que ce n'est pas beau à voir, mais cela ne fait pas aussi mal qu'on pourrait le penser. Je sais que je n'ai rien de cassé, mes dents sont encore bien solides, et tout va bien.

— Je vous ai dit que d'accuser votre mari pour coups et blessures ne nous aiderait pas, dit Me Deshler. Ce que je ne vous ai pas dit, c'est que le fait qu'il vous a battue et blessée nous aidera. Je veux qu'un médecin soit en mesure d'attester de vos blessures et donc de ses gestes violents. Je connais un bon médecin, un homme très respecté qui a la réputation d'être honnête et franc. Par ailleurs, je vous demanderais de ne pas lui raconter toute l'histoire, madame Bettencourt. Contentez-vous de répondre à ses questions.

Il l'amena chez un médecin de bonne pratique, à en voir son bureau de consultation, qui ressemblait davantage au bureau d'un gouverneur qu'à une clinique. Jeanne eut l'impression d'avoir déjà rencontré le Dr Augustus Hightower et, finalement, elle se rappela qu'il était un des choristes de la chorale de Calvary. Il devait connaître Clint, et Jeanne sut que s'il le connaissait, ne serait-ce qu'un peu, il ne voudrait pas douter de son innocence.

La semaine suivante fut extrêmement éprouvante pour Jeanne. Les journaux s'étaient emparés de l'histoire et en faisaient leurs choux gras. Des journalistes s'étaient présentés chaque matin, plantés devant le *Helena Rose*, et se mettaient à crier des questions à quiconque montrait le bout du nez à bord du bateau. Il y avait aussi des citoyens ordinaires, des hommes dans des redingotes, des femmes bien habillées, et des couples qui venaient rouler de gros yeux ronds devant le bateau et qui discutaient entre eux. Chaque jour, cette semaine-là, on put lire au moins un article dans le *Memphis Appeal* sur la femme pilote de bateau à vapeur, sur le *Helena Rose* ou sur Clint. On parla aussi de la carrière de chef machiniste que Clint avait eue et on inventa des histoires sensationnelles à propos de sa stupéfiante voix de ténor.

On avait averti toutes les parties concernées de ne pas discuter publiquement de l'affaire, mais cet interdit n'avait pas arrêté Max Bettencourt. En effet, il donnait des interviews à tous les journalistes, se vantant de ses années de service dans l'armée des États-Unis, et racontait avec horreur ses années passées à l'étranger, soumis à la férule des sikhs. Plusieurs articles furent écrits à son sujet, et tous lui étaient sympathiques. Max Bettencourt était suave, sournoisement habile et tout à fait crédible dans son rôle de martyr.

Le bureau du procureur dépêcha deux enquêteurs, des avocats qui étaient adjoints au shérif, mais qui ne portaient pas l'uniforme. Il n'y eut aucun endroit sur le bateau où ces gens ne voulurent pas mettre le nez. Ils firent même des croquis du *Rose*, de l'extérieur et de chacune des pièces à l'intérieur. Sur leurs dessins de la cabine de Jeanne, ils inclurent des plans marquant la disposition des moindres meubles, de chaque objet dans la pièce. On y voyait même la maison de poupée de Marvel. Ils n'omirent pas non plus de prendre toutes les mesures, au centimètre près.

Ils interrogèrent tout le monde, et Jeanne se regimba quand ils voulurent questionner Marvel.

— Je ne le permettrai pas, dit-elle avec raideur. À moins que vous n'ayez quelque ordre de la cour, je ne vous le permets pas.

L'un d'eux, un homme d'un certain âge qui se donnait des allures désinvoltes, lui dit :

— Mais, madame Bettencourt, la petite est un témoin oculaire. Elle pourrait être amenée à témoigner. Je vous promets que nous resterons absolument courtois avec elle. Ne croyez-vous pas qu'il serait mieux de l'exposer dès maintenant à un interrogatoire, sans vous à ses côtés ?

Jeanne demanda à Marvel son avis.

— C'est d'accord, maman. Je n'ai qu'à leur dire ce qui est arrivé, je n'ai pas peur.

Jeanne fléchit.

Ils parlèrent avec elle durant ce qui sembla un très long moment. Quand ils sortirent enfin de la cabine, l'enquêteur eut ce commentaire :

— Elle est très intelligente. C'est une enfant observatrice et perspicace.

— Je suis si fière de toi, petite fille, dit-elle à Marvel. Tu es si mature et si brillante. Je suis très, très fière de t'avoir pour fille.

— Merci, maman, répondit Marvel avec sa toute petite voix. Ça ne me dérangeait pas de leur parler, ils ont été gentils, mais est-ce que papa sera là si jamais il faut que je raconte tout à la cour ?

Jeanne la serra dans ses bras.

— Tu n'auras pas à le faire, ma chérie. Je te le promets.

Il n'était pas permis aux femmes de rendre visite aux détenus en prison, mais Vince pouvait s'y rendre et voir Clint. Ainsi, c'est de sa bouche que Jeanne sut que Clint gardait un bon moral et qu'il restait confiant, et aussi que pour seul grief, il se plaignait de ne pas pouvoir prendre de bain.

— Mais ne lui donne-t-on pas de l'eau pour qu'il se lave à l'éponge ? demanda Jeanne.

— Ouais, mais il est un peu tatillon quand vient le temps de discuter bain et toilette, répondit Vince. Il a une baignoire dans sa cabine. Je sais que je vous l'apprends. Parfois, il passe des heures à réchauffer assez d'eau pour prendre un seul bain, mais ça l'indiffère, il y tient. À le voir aller, on dirait un ivrogne, sauf que lui, ce n'est pas de la boisson qu'il prend, c'est son bain.

Vince pensa aussi à apporter du papier et un crayon à Clint, qui écrivait à Jeanne une pensée chaque jour. Ce n'étaient pas des billets romantiques ; Clint ne voulait pas bouleverser Jeanne, lui rappeler que leur amour était impossible. Cela dit, ses petits billets étaient plaisants et gais, contenant toujours quelques mots d'encouragement pour elle et Marvel.

Des trois meilleures choses qui me soient arrivées dans la vie, il y a le Seigneur qui m'a sauvé. Le fait de vous avoir rencontrée, Jeanne. De t'avoir rencontrée, Marvel. Je vous aime toutes les deux très fort. Je vous aimerai toujours. Nous serons réunis un jour et nous formerons une famille. N'en doutez jamais.

Le procès aurait lieu le lundi, dans trois jours, quand Nate Deshler vint sur le *Helena Rose* avec son secrétaire.

— Vous vous souvenez peut-être de M. Beebe, madame Bettencourt. Sa présence ici me servira à documenter mes découvertes, car je vais conduire ma propre petite enquête. M. Beebe est au courant de l'affaire, et j'ai pleine confiance en sa discrétion.

— Maître Deshler, vous avez ma confiance absolue, lui assura Jeanne. Monsieur Beebe, vous êtes le bienvenu à bord. Merci de nous aider.

Me Deshler visita le bateau, mais concentra ses recherches presque exclusivement dans la cabine.

— Voici la manière dont je voudrais que nous procédions, dit-il à Jeanne et à Vince. Nous allons reconstituer la scène de cette nuit-là, exactement comme les faits se sont produits. Il faut être rigoureux et respecter le déroulement des événements.

— Je veux jouer Clint, dit Vince avec un grand sourire.

— Très bien, dit Me Deshler, qui semblait amusé par tant d'enthousiasme. M. Beebe se fera un plaisir d'interpréter le rôle de Max Bettencourt.

M. Beebe faisait un mètre soixante-cinq, avait le visage rond et des lunettes épaisses posées au bout d'un nez long et mince. Il roula des yeux en entendant ce que Me Deshler suggérait, mais il se donna hardiment, prenant part à la pantomime.

Marvel joua son rôle, expliquant de sa petite voix aiguë ce que Max lui avait dit, et la manière dont il l'avait tirée par le bras et jetée à la porte de la cabine.

— Non, monsieur Beebe, dit-elle patiemment. Il faut que vous me preniez par le bras, comme ça. Nous ferons semblant que vous tirez fort, d'accord ?

Au début, Jeanne eut de la facilité à interpréter son rôle, mais elle décrocha au moment d'expliquer à voix haute ce que Max lui avait fait subir. Me Deshler, assis près de la porte dans l'un des fauteuils de Jeanne, prit la parole, s'exprimant d'une voix ferme.

— Madame Bettencourt, je veux que vous soyez le plus juste possible dans la reconstitution des événements. Soyez précise, claire et exhaustive. Il me faut insister.

— Oui, maître, dit-elle en avalant sa salive, jetant un regard d'impuissance à M. Beebe.

— Je suis désolé, madame Bettencourt, dit le secrétaire avec émotion, mais c'est très important.

— Très bien. Alors…

Elle prit la main droite de M. Beebe, la leva dans les airs et dit :

— Il m'a frappée au visage avec le revers de sa main, de ce côté-ci. Et je suis tombée, expliqua-t-elle, poursuivant en relatant les horribles minutes qui avaient suivi.

Vince joua le rôle de Clint à la perfection. Ezra, Roberty, Vince et même Léo jouèrent avec justesse leurs propres rôles, et Ezra offrit même en arrière-fond une suite de marmonnements constants et pessimistes.

Me Deshler demanda à Vince d'amener M. Beebe en bas des marches, comme Clint l'avait fait avec M. Bettencourt, et il interdit à quiconque de les suivre, puisque Clint et M. Bettencourt avaient été seuls pendant ce temps.

Quand tous les acteurs furent de retour dans la cabine, Me Deshler demanda :

— Je veux être parfaitement clair sur un point. Les seules personnes qui ont réellement été témoins du coup de feu sont Mme Bettencourt, Marvel, M. Hardin et Max Bettencourt, est-ce exact ?

— J'ai suivi Clint, répondit Vince, après avoir entendu Marvel crier, mais il est bien plus rapide que moi. Quand je l'ai rattrapé dans la cabine, tout était terminé, sauf pour les pleurs.

Roberty et Ezra avouèrent à regret que, au moment d'entrer dans la cabine de Jeanne, Clint traînait déjà Max par le collet et le sortait par la porte.

Me Deshler hocha lentement la tête.

— La question suivante est de la plus haute importance : est-ce que quelqu'un a vu l'arme ?

Ils se regardèrent les uns les autres, puis, muets, ils secouèrent la tête.

— Ah, l'arme, l'arme, murmura Me Deshler. Cette arme mystérieuse et invisible. Très bien. À présent, que s'est-il passé quand M. Hardin est revenu dans la pièce ?

Il leur fit reproduire dans les moindres détails ce qui s'était ensuite passé cette nuit-là. Ils parlèrent de la décision de Clint, qui avait défait le lit de Jeanne, de ce qu'Ezra avait préparé dans la cuisine et des soins qu'il avait prodigués à Jeanne, relatant cette demi-heure pendant laquelle Vince et Clint avaient réparé la porte, puis participé au nettoyage, et enfin de ce moment où Roberty avait mis le feu au matelas et à la literie. Me Deshler insista pour connaître chaque détail, même futile, entre le moment de l'entrée-surprise de Max dans la cabine de Jeanne jusqu'à l'arrivée des autorités venues arrêter Clint.

Quand ce fut terminé, Me Deshler s'assit avec eux à la table. Même Léo eut la permission d'assister à cette conférence. Il vint poser la tête sur la cuisse de Jeanne, et ce, même s'il n'y avait rien à manger sur la table. Le chien suivait Jeanne partout depuis la nuit de l'agression.

— Je veux vous voir séparément après cette brève discussion, dit Me Deshler, mais, d'abord, j'aimerais m'adresser à vous tous. Normalement, l'avocat de la défense a cette responsabilité de guider ses témoins, de leur expliquer quoi dire et comment le dire. Pour ma part, j'ai seulement quelques suggestions à vous faire, des suggestions que je vous présenterai au moment de nos entretiens individuels. Par ailleurs, j'ai cette

instruction dont je ne peux assez souligner l'importance : vous devez me dire l'absolue et l'entière vérité à
propos de *tout*. Même si vous ne comprenez pas le pourquoi de mes questions, je veux que vous promettiez de
me dire toute la vérité, que la vérité.

Ils acquiescèrent tous sans exception. Me Deshler
poursuivit :

— Je crois que personne ne ment ici, mais il fallait
que je vous le demande directement. Il demeure un dernier point que je veux vous expliquer, soit la meilleure
manière d'aider M. Hardin dans sa défense, dit-il, leur
adressant un de ses rares sourires. Ce conseil que je
m'apprête à vous livrer est sans doute le plus inhabituel
que vous entendrez de la bouche d'un avocat de la
défense. Mon conseil à vous est celui-ci : dites la vérité.
Si le procureur présente un fait dont vous auriez aimé
qu'il ne sache rien, n'essayez pas de vous en défendre ou
de le cacher à la cour. Contentez-vous de répondre à
ses questions le plus honnêtement du monde. Ne lui
fournissez pas spontanément des informations dont il
pourrait se servir contre vous ; lorsque c'est possible,
répondez seulement « Oui, maître » ou « Non, maître ».
Toute personne sensée saura dire si vous, et M. Hardin,
dites la vérité, si vous êtes des gens honnêtes. Et ce sera
la meilleure défense pour M. Hardin.

Ezra avait le front plissé et les sourcils froncés.

— C'est tout bon, monsieur l'avocat, mais Vinnie et
moi, nous avons reçu une convocation au bureau du
procureur ! Je veux bien me tenir loin des mensonges et
tout, mais j'ai autant envie que si j'avais un clou dans le
pied de répondre honnêtement à leurs questions !

Jeanne était scandalisée de l'apprendre; elle n'avait pas idée. Elle se dit qu'Ezra et Vince ne lui avaient rien dit pour ne pas l'inquiéter.

— Je suis au fait de cette convocation, dit Me Deshler, se voulant rassurant. Mais si vous refusez de répondre aux questions de la poursuite, on vous gardera en prison jusqu'à ce que vous acceptiez de témoigner. Si vous décidez de ne jamais répondre aux questions, vous croupirez derrière les barreaux jusqu'à votre dernier jour. Et, monsieur Givens, je vous prie de me faire confiance et d'accepter ce conseil à propos de votre témoignage. Répondez aux questions et dites la vérité. Je garantis que vous aiderez ainsi M. Hardin bien davantage que si vous allez en prison pour outrage au tribunal.

— En tout cas, de l'outrage, j'en ai s'ils en veulent, grogna Ezra. Mais je vous crois, maître Deshler, je répondrai à leurs stupides questions.

Me Deshler s'entretint en privé avec Ezra, Vince et Roberty. Il revint ensuite dans la cabine de Jeanne.

— Madame Bettencourt, M. Hardin a été clair sur ce fait que, sous aucun prétexte, je ne dois appeler Marvel à la barre. Ma première réaction fut d'argumenter contre cette décision, mais après avoir vu ce que j'ai vu aujourd'hui et discuté fort longuement avec MM. Givens et Norville, j'en viens à cette conclusion que le témoignage de Marvel n'est pas indispensable ni crucial pour la défense de M. Hardin.

— Vous ne croyez pas que le bureau du procureur pourrait la forcer à témoigner? demanda Jeanne, hésitante.

— Je doute qu'ils empruntent cette voie. J'ai cette opinion qu'elle ferait un témoin très crédible pour la défense et tout au désavantage de la poursuite. Le procureur est un homme fort intelligent. En étudiant la déposition que Marvel a livrée aux enquêteurs, en se fondant aussi sur l'opinion qu'ils se sont forgée à son sujet, il s'apercevra que Marvel ne lui est d'aucune utilité. Si elle témoigne, les jurés n'auront qu'une mauvaise impression de M. Bettencourt. Ironiquement, c'est pour cette même raison que je voulais la faire témoigner. Mais j'ai les poings liés parce que mon client m'interdit une telle démarche. Sachez cependant que je ne demanderais jamais son témoignage sans votre consentement. J'espère que vous n'en doutez pas.

— Je vous fais confiance, dit Jeanne, que la nouvelle soulageait au plus haut point. Merci, maître Deshler.

— Je vous en prie, m'dame. J'aimerais maintenant vous dire un mot à propos de Cyrus Jameson, le procureur. Je le connais très bien. C'est un homme juste mais sévère. Son élection, il la doit à cette image qu'il projette de grand défenseur de la loi et l'ordre. Les électeurs ont voté pour lui parce qu'il a promis de faire le ménage sur les docks ; c'est en quelque sorte la mission qu'il s'est donnée. Il est méticuleux dans son travail et n'a aucune pitié pour les criminels violents. Il est aussi vieux jeu quand il s'agit des femmes et de la place qu'elles doivent occuper dans la société. Il croit que leur place est à la maison, au côté de leur mari, qu'elles doivent s'occuper de leurs enfants et qu'elles ne devraient pas avoir d'opinions et encore moins les afficher en public.

Jeanne poussa un soupir découragé.

— Il va penser que je suis une femme frivole et rebelle. Mais j'imagine que c'est ce que la majorité des gens pensent.

— C'est possible. Vous menez une vie peu orthodoxe, madame Bettencourt. Quand une personne s'écarte ne serait-ce qu'un peu de la norme — surtout si c'est une femme —, les gens ont tendance à juger et à crier au loup. Mais vous saviez cela, n'est-ce pas, avant de devenir pilote du *Helena Rose*? Vous saviez que vous prêteriez le flanc à la critique, à toutes sortes de ragots et de commérages?

— Oui, je le savais.

— Malgré l'adversité, croyez-vous toujours que c'était la bonne décision?

— Oui, tout à fait. Je le crois encore. Je crois que ce fut un don de Dieu, pour moi ainsi que pour Marvel.

— Pour ce qui est de votre réputation, vous êtes-vous adonnée à des comportements que la société pourrait juger vils pour une femme, ou disgracieux et frivoles?

— Non, rien de tel.

— Êtes-vous amants, M. Hardin et vous?

Jeanne aspira une brusque bouffée d'air.

— Pardon? Non! Le fait est que... je... nous nous aimons, nous sommes fiancés. Ce que je veux dire, c'est que nous étions fiancés avant que je ne découvre que Max était vivant. Mais non, nous n'avons pas eu de relations intimes, jamais!

Deshler hocha la tête d'un air entendu.

— Si mon écoute peut vous être d'un quelconque exutoire, sentez-vous libre de parler. Sachez que ces questions risquent fortement de surgir en cour et que vous devrez répondre devant une foule nombreuse, madame Bettencourt. Ne réagissez pas comme vous venez de le faire ; l'hésitation et l'indignation donneraient de mauvaises idées aux jurés. Rappelez-vous ce que j'ai dit. Répondez aux questions, dites la vérité, mais ne fournissez aucune information superflue au procureur. Lorsque Cy Jameson vous demandera, peu importe la forme, si vous et M. Hardin avez été intimes, dites : « Non, nous ne le sommes pas et ne l'avons jamais été. » Vous n'avez aucune obligation, qu'elle soit légale ou morale, de vous justifier ou de fournir d'autres informations que celles demandées, d'aucune façon que ce soit. Je voulais que vous compreniez totalement ce principe, et c'est pourquoi je me suis montré aussi impertinent avec vous.

— Maître Deshler, vous ne sauriez être impertinent, même si un professeur vous l'enseignait, dit Jeanne avec gratitude. Je commence à comprendre que « dire la vérité », ce n'est absolument pas simple, surtout dans une cour de justice. Je vous promets de m'y préparer avant le procès.

— Bien, dans ce cas, il ne me reste qu'une chose à vous dire, madame Bettencourt, reprit-il, hésitant un moment avant de se lancer. J'ai reçu un télégramme de la part de George Masters. Il a offert d'engager mes services pour défendre M. Hardin. Il a de plus fait cette requête que je l'appelle à la barre en tant que témoin de moralité.

La nouvelle bouleversa Jeanne, qui resta un instant bouche bée.

— J'avais complètement oublié ce pauvre George! Oh, je suis terriblement ingrate! Il a offert de payer pour la défense de Clint? Vous devez savoir qu'ils n'étaient pas… exactement bons amis. Il s'est offert pour témoigner de la moralité de Clint? C'est inouï! Il le connaît à peine!

— J'ai bien sûr refusé son offre de paiement, puisque M. Hardin m'avait déjà engagé, répondit Me Deshler. Le geste m'a paru, je dois dire, extrêmement charitable de la part de M. Masters, étant donné les circonstances. Oh, oui, je connais les circonstances, madame Bettencourt. George Masters est un bon ami à moi, et ce, depuis de nombreuses années. Par ailleurs, je me suis vu dans l'obligation de lui dire qu'il se ferait beaucoup plus de tort que de bien en agissant à titre de témoin de moralité.

— Du tort? dit Jeanne, qui ne comprenait pas comment ce fut possible.

— Oui, parce que comprenez, madame Bettencourt, que M. Masters s'est offert d'être témoin de votre moralité. Il comprend, au contraire de vous peut-être, que vous serez également l'objet de ce procès, que vous serez jugée devant le tribunal de l'opinion publique, aussi sûrement que M. Hardin le sera.

CHAPITRE 22

Le jour du procès de Clint, le visage de Jeanne ne montrait plus que de subtils signes de l'agression. L'enflure avait disparu aux joues et à la bouche. Les seules traces encore visibles étaient cette légère marque jaune à la pommette droite et une minuscule coupure à la lèvre. Elle était soulagée. D'être vue en public serait déjà assez pénible — en fait, d'être sous la loupe des bien-pensants — sans avoir à se montrer avec le visage tout meurtri. Peut-être était-ce de la vanité, mais Jeanne se sentait mieux ainsi.

Shannon Byrne, une jeune femme d'origine irlandaise aux cheveux roux et à la moue adorable, regarda Jeanne, qui se mirait dans la glace.

— Vous êtes aussi belle qu'une fraîche journée de printemps, madame Jeanne. Un tantinet pâlotte, mais comme j'aimerais avoir un beau visage comme le vôtre ! Et vos cheveux aussi… Les miens, on dirait une maison en proie aux flammes.

Jeanne avait pensé à Mme O'Dwyer pour garder Marvel durant le procès, mais Me Deshler avait convoqué celle-ci à titre de témoin, sans que Jeanne en sût la raison. Me Deshler ne lui avait communiqué que quelques bribes d'information à propos de la défense de Clint, lui expliquant que son innocence manifeste et son ignorance des détails de la procédure serait un plus pour la cause. Elle n'avait pas compris pourquoi ni comment, mais elle l'avait cru. Vince avait suggéré que Shannon Byrne, la femme de Duffy Byrne, un ami proche de Vince et de Clint, ferait une excellente nounou pour Marvel. Shannon avait vingt ans, elle était joyeuse et pleine de vie, et enceinte de sept mois. Elle avait promis que Marvel pourrait sentir le bébé bouger la prochaine fois qu'il donnerait des coups de pied, et Marvel avait été enchantée.

Roberty avait supplié Jeanne de le laisser assister au procès. Elle avait d'abord refusé, consciente que certains témoignages pourraient être crus et explicites. Toutefois, Roberty sembla si déçu de ce refus et si désespéré d'aider qu'elle avait finalement changé d'avis, lui donnant cette permission qu'il voulait tant. De sa vie d'orphelin dans les rues de Memphis, Roberty avait déjà été exposé à des horreurs bien pires que ce qu'il pourrait entendre en cour. C'était la triste vérité, dut admettre Jeanne.

Il était temps de partir, et Jeanne termina d'enfiler ses nouveaux habits. Me Deshler avait voulu savoir quels vêtements Jeanne porterait en cour, et elle lui avait montré une jupe marron, une cape courte, un bonnet et des chemisiers. Il lui avait conseillé d'acheter une robe dans le même style que la jupe marron, mais en moins austère. Elle avait choisi une robe vert mousse avec une jupe à trois volants et de longues manches pleines, que de la dentelle blanche égayait aux poignets. La cape courte était couleur terre et cousue de passepoil vert et blanc. Elle avait déniché un bonnet avec une bordure piquée de jolies feuilles de lierre vertes et de rosettes blanches et pêche. Avec satisfaction, Jeanne pensa qu'elle renvoyait l'image que Me Deshler voulait, celle d'une femme « distinguée, ni trop riche ni trop pauvre, sans extravagance mais pas ordinaire pour autant ».

Elle sortit de sa cabine, et elle, Vince, Ezra et Roberty quittèrent le bateau pour se rendre au tribunal. Une foule s'était réunie sur les docks devant le *Helena Rose*, et Jeanne eut une bonne pensée pour Nathaniel Deshler, qui leur avait envoyé un landau.

— Capitaine Jeanne! criaient les journalistes. Un sourire, s'il vous plaît! Allez-vous nous dire tous vos secrets en cour? Comment ça va, entre vous et Clint le « coup-de-poing »? L'avez-vous revu depuis son arrestation? Allez, ne soyez pas chiche, donnez-nous quelque chose à imprimer, capitaine Jeanne!

— Clint le « coup-de-poing »? demanda Jeanne quand ils furent montés dans le landau.

— Clint « coup-de-poing » Hardin, c'est son nom de boxeur, dit Vince. En fin de compte, Max Bettencourt s'en est bien tiré. J'ai vu Clint faire beaucoup plus de dommages à un homme qu'une petite éraflure à l'épaule.

Il y avait des chevaux, des calèches, des chariots et des charrettes partout autour du tribunal, et le procès avait attiré une grande foule de badauds. Les hommes du shérif s'occupèrent d'ouvrir une voie dans les marches et devant les grandes portes du tribunal. Comme Jeanne descendait de voiture, elle vit, la mort dans l'âme, que la plupart des gens la regardaient avec dédain. Il y avait beaucoup de femmes, souvent accompagnées de leur mari, et les regards qu'elles jetaient étaient empreints d'une aigreur que les hommes avaient moins, ou qu'ils savaient mieux cacher. La foule resta étonnamment silencieuse tandis que Jeanne marchait au bras de Vince, sous les feux de la critique publique. Elle garda les yeux droit devant. Il y eut des murmures, des chuchotements, et Jeanne entendit clairement une femme dire :

— On voit bien que c'est une coureuse !

Jeanne ne le savait pas, mais Roberty marchait derrière en tirant la langue, faisant une grimace à la dame qui venait de s'exprimer.

Une fois devant les grandes portes du tribunal, un adjoint du shérif vint à leur rencontre.

— Madame Bettencourt, dit-il, nous devons garder la salle d'audience libre jusqu'à ce que tous les témoins soient arrivés. Vous prendrez place sur le premier banc à l'avant, juste derrière la table de la partie défenderesse.

Ils entrèrent peu après dans la salle d'audience. Deux clercs étaient assis à la table des fonctionnaires de la cour et deux huissiers flanquaient les portes derrière le siège du juge. Deux autres huissiers de justice se tenaient devant la porte d'entrée. Mme O'Dwyer était assise sur le premier banc, comme une autre dame que Jeanne ne connaissait pas. Sur le deuxième banc, elle vit l'intendante du Gayoso, Mme Wiedemann, et le Dr Augustus Hightower, accompagné d'une dame à l'allure guindée que Jeanne présuma être sa femme.

Jeanne s'assit à côté de Mme O'Dwyer, avec Roberty, Vince et Ezra à sa gauche. Jeanne saluait Mme O'Dwyer quand il y eut une certaine agitation dans le hall d'entrée. C'était Max qui faisait son entrée et qui répondait en criant aux questions lancées par la foule. Pleine d'appréhension, Jeanne se tut et regarda devant elle jusqu'à ce qu'il fût installé à la table de la poursuite. Il avait de lourds bandages au torse et au bras, sa redingote en velours bleu ciel pendant sur une épaule. Il avait la figure blême et les traits tirés, mais ses yeux bleus étaient vifs, et il restait l'homme séduisant qu'il avait toujours été. Il était accompagné d'un homme courtaud aux jambes arquées, aux cheveux foncés clairsemés et à la moustache noire hirsute. Max Bettencourt tourna la tête et dévisagea Jeanne, un sourire mauvais aux lèvres. Jeanne détourna le regard.

Les huissiers ouvrirent ensuite les portes, et la foule entra, semblant pressée d'investir enfin la salle d'audience. On aurait dit du bétail qui rue, et les huissiers appelaient à l'ordre sans grand résultat.

— Cessez de pousser, messieurs, mesdames! Calmez-vous, sinon c'est dehors et non dedans que vous finirez!

Depuis le hall d'entrée, de chaque côté, on entendait le grondement sourd des gens qui gravissaient les marches vers la tribune, faisant trembler sous leurs pas l'édifice tout entier. Tandis que l'assistance prenait place et que le calme revenait tranquillement, Jeanne n'eut aucune envie de tourner la tête pour voir tous ces gens, mais elle discernait du coin de l'œil quelques silhouettes juchées en tribune sur les côtés. C'était intéressant, pensa Jeanne, que la haute société voulût se mêler à la classe moyenne au parterre. Dans la tribune, de ce qu'elle pouvait voir, les gens semblaient pauvres ou des classes inférieures, de celles des débardeurs, des revendeurs, des femmes de ménage, des commis de magasin, des domestiques. Il y avait aussi plusieurs femmes très tapageuses qui, à l'évidence, travaillaient dans un domaine encore moins noble.

Les portes s'ouvrirent derrière l'estrade du juge. Le procureur, Cyrus Jameson, apparut et alla s'asseoir à côté de Max. C'était un homme au torse puissant, à la panse un peu rebondie et au crâne chauve sauf pour une frange de cheveux noirs autour de la tête. Il se tourna vers Jeanne, qu'il salua poliment d'un hochement de tête.

Nathaniel Deshler fit ensuite son entrée, suivi de Clint. Il y eut un murmure distinct dans l'assistance. Clint n'avait pas les mains liées, et Jeanne vit qu'il portait une redingote noire unie, un gilet gris et une chemise blanche avec une cravate-lacet noire. Il était étonnant de beauté et imposant en comparaison des hommes de la cour. Il marchait tête haute et eut un sourire pour Jeanne et ses amis, le geste tout à fait naturel, comme s'ils s'étaient tous trouvés réunis sur le pont du *Helena Rose*. Il s'assit à sa place, qui se trouvait juste devant Jeanne.

Depuis la tribune, tout en haut, on entendit s'élever la voix aiguë et nasillarde d'une femme, et ses paroles résonnèrent dans la salle d'audience.

— Oh! N'est-il pas absolument dé-li-cieux!

Il y eut des rires, mais aussi les grognements désapprobateurs de certains hommes.

Le jury fut introduit dans la salle. Comme Jeanne s'y attendait, il était composé de douze hommes « bons et honnêtes », des fermiers, des commerçants, des marchands et des fonctionnaires. Ils regardaient tous vers Clint, sur qui leur regard ne s'attarda cependant pas aussi longtemps que sur Jeanne. Le regard calme de Jeanne rencontra les leurs et, après un instant, elle regarda droit devant à nouveau.

Après quelques minutes d'attente, un huissier s'avança devant l'estrade du juge et déclara d'une voix forte :

— Oyez, oyez, oyez ! Mesdames et Messieurs, la Cour ! L'honorable juge Eugene Poynter préside et déclare cette cour criminelle du comté de Phillips, en l'État du Tennessee, ouverte !

On entendit le grondement de deux cent soixante-dix personnes se lever de concert, et le juge Poynter entra dans la salle d'audience.

C'était un homme de constitution moyenne, mais chez qui l'on remarquait d'emblée un style distingué, avec sa jolie vague de cheveux blanc argenté sur la tête, son front puissant et ses yeux bleus perçants. Il était vêtu d'un costume à la coupe simple mais élégante. Il s'assit dans son siège avec cette grâce noble qu'ont les grands patriciens.

L'huissier annonça :

— Veuillez vous asseoir. L'audience est ouverte.

Le juge Poynter fit la lecture des accusations portées contre Clint, où le détail des relations était clairement explicité entre Clinton Hardin, Maxwell Bettencourt et

Jeanne Bettencourt. Ensuite, il demanda d'un ton formel :

— Maître Jameson, est-ce que la partie plaignante est prête ?

— Oui, Monsieur le Juge.

— Maître Deshler, est-ce que la partie défenderesse est prête ?

— Oui, Monsieur le Juge.

— Maître Jameson, vous pouvez y aller de vos remarques préliminaires et de votre discours d'ouverture.

Cy Jameson se leva et s'avança d'un pas assuré devant le banc des jurés, posant ses mains manucurées sur la balustrade devant eux. Tout en parlant, il s'adressa tantôt au jury, tantôt à la cour. C'était un homme cultivé au charisme indéniable.

— Votre Honneur, messieurs du jury, mesdames et messieurs, je vous dis bonjour. Je commencerais par vous dire que le cas qui nous est présenté aujourd'hui est on ne peut plus simple. Devant vous, deux versions s'opposeront, mais il demeure indéniable que les événements de la nuit du 2 septembre culmineront par un coup de feu dont M. Bettencourt sera victime.

Il se composa un air sombre, et Jeanne, consternée, vit au moins dix des jurés froncer les sourcils avec lui, comme s'ils étaient au diapason avec le procureur.

— L'histoire de Max Bettencourt, la victime dans cette affaire, c'est l'histoire d'un soldat, poursuivit Jameson, d'un homme vaillant, décoré des plus grands honneurs et maintes fois promu. C'est l'histoire de ce soldat qui revient d'une terrible guerre. Sa première et ses seules pensées vont vers sa femme bien-aimée qu'il désire plus que tout revoir, une femme qu'il a laissée dans les larmes, mais avec la promesse partagée d'un amour éternel fait de fidélité, de loyauté et de respect. Il ressent, comme tout homme sensible, le désir puissant de rejoindre sa famille, sa femme et son enfant, qu'il n'a pas pu connaître beaucoup avant que ne sonne l'appel du service à la patrie. Après des jours de recherche, il retrouve enfin leur trace et est transporté de joie à l'idée de voir sa famille réunie après des années terribles de séparation.

» Or, quand il rend visite à son épouse, le cœur vibrant d'anticipation et d'aimante joie, il se retrouve devant la pire des situations. Sa femme le rejette cruellement, et il découvre qu'elle a même osé retourner sa fille contre lui. Imaginez, la chair de sa chair, le sang de son sang ! Pire encore, il apprend que sa femme qu'il aime et chérit vit dans le péché avec un autre homme. Cet homme, messieurs du jury, se nomme Clint Hardin et est assis juste là, devant vous. C'est ce monsieur qui, non content de séduire la femme d'un autre, s'associe avec elle pour faire fortune, exploitant un bateau à vapeur sur le fleuve, le *Helena Rose*. Ensemble, ils vivaient le parfait amour avant que Max Bettencourt, le légitime époux de madame, surgisse, menaçant de sa seule existence leur vie adultère et cupide.

» Tragiquement, la visite innocente de M. Bettencourt entraînera une suite d'événements des plus malheureux pour lui, des événements qui auront de graves conséquences pour son intégrité morale et physique. En effet, après avoir trouvé son épouse dans les bras de

M. Hardin, M. Bettencourt sera victime d'une tentative de meurtre. M. Clint Hardin tentera de l'assassiner. C'est seulement par la grâce de Dieu que M. Bettencourt est encore en vie aujourd'hui. Toutefois, le crime dont il a été victime, messieurs du jury, n'a rien de gracieux et est tout à fait contraire aux lois de Dieu. En effet, M. Clinton Hardin a voulu abattre Maxwell Bettencourt de sang-froid pour une femme, par jalousie et par cupidité. Je démontrerai que M. Hardin est coupable, et je sais que vous, messieurs du jury, le jugerez sévèrement pour son crime.

Les mains de Jeanne tremblaient quand Me Jameson termina son discours d'ouverture. Elle baissa la tête, reconnaissante d'avoir ce bonnet qui cachait son visage. Elle vit une main venir toucher la sienne, puis la serrer doucement.

— Ne soyez pas triste, madame Jeanne, entendit-elle Roberty lui chuchoter.

— Maître Deshler, dit le juge, vous pouvez procéder pour la défense.

Nate Deshler se leva et tira un peu sur son gilet pour l'ajuster. Il contrastait complètement avec Cy Jameson, mais ce n'était pas pour le désavantager. Il était plein de dignité et s'exprimait d'une voix naturellement douce. Quand il élevait la voix pour être entendu, il ne donnait pas l'impression d'être grandiloquent ou pompeux; sa voix et son attitude restaient confiantes, assurées et dignes.

— Bonjour, Votre Honneur, messieurs les jurés, mesdames et messieurs dans la salle.

— Mon estimé confrère, Me Jameson, prétend que cette cause ne peut être plus simple, mais le fait est qu'elle est tout autre. Cette affaire est plus complexe et tordue qu'on voudrait nous le faire croire. L'histoire que vous venez d'entendre voudrait nous convaincre qu'un amant jaloux et avare s'est jeté sur M. Bettencourt tandis qu'il rendait visite à sa femme. En vérité, il n'y a rien de vrai dans cette histoire.

» En premier lieu, nous serons amené à répondre à une question grave durant le cours de cette affaire judiciaire, qui est celle de savoir si M. Maxwell Bettencourt est le mari fidèle et dévoué qu'il prétend être pour Jeanne Langer Bettencourt. C'est une question difficile à laquelle on ne peut apporter une réponse simple. Je soutiens que M. Bettencourt n'était pas le mari qu'il prétend être pour Jeanne Bettencourt. Quand vous comprendrez sa vraie nature, vous verrez tout autrement la scène qui s'est déroulée en cette nuit fatidique du 2 septembre. En fait, vous verrez que Clint Hardin ne devrait pas même être jugé ici aujourd'hui pour l'agression présumée. Ce soir-là, Max Bettencourt était l'agresseur. C'est lui qui devrait être accusé.

» En deuxième lieu, nous verrons que M. Clint Hardin et Mme Bettencourt ne sont pas, au moment où je vous parle, et n'ont jamais été amants. Ils n'ont jamais eu de relations intimes. Ce fait vous sera illustré et prouvé de sorte qu'il n'y aura plus aucun doute dans votre esprit.

» En troisième lieu, il vous sera démontré que M. Clint Hardin n'est ni jaloux ni cupide. Le seul motif pour ses actions était de défendre Mme Bettencourt de l'attaque brutale dont elle était victime.

» Cela m'amène à mon dernier point : M. Clint Hardin n'a jamais tiré sur M. Max Bettencourt. Et je le prouverai, messieurs les jurés.

Cette dernière déclaration grave et assurée de Me Deshler fit réagir l'assistance, et un léger tohu-bohu s'ensuivit. Me Deshler retourna s'asseoir, et Jeanne put lire sur les lèvres de Clint qu'il disait à son avocat :

— Bien joué, maître. Merci.

— Maître Jameson, dit le juge Poynter, la barre est à vous.

— Merci, Votre Honneur. À titre de premier témoin, j'appellerai à la barre M. Maxwell Bettencourt.

Max se leva et alla s'asseoir sur le banc des témoins. La femme à la voix jeune et nasillarde se fit encore entendre :

— Il n'est pas moche, lui non plus. Dites donc, elle s'arrache les meilleurs morceaux, la petite dame.

Cette fois, il y eut des rires bruyants et gras.

Le juge Poynter n'était pas amusé du tout. Il abattit son marteau une fois, avec force.

— Je ne tolérerai pas ce genre de débordements dans ma cour ! À l'ordre, je vous prie. Et vous en particulier, jeune dame !

Du regard, il passa en revue les gens de la tribune, où le silence se fit aussitôt. Lorsque son regard passa sur la fille, on l'entendit pépier :

— Oui, m'sieur, Vot' Honneur, m'sieur.

À nouveau, il y eut quelques rires, mais ceux-là furent brefs et moins bruyants.

Le juge Poynter avait la figure sévère comme un roc, mais il ouvrit seulement la bouche pour dire :

— Procédez, maître Jameson.

Cy Jameson se tenait debout à côté du banc des témoins, à la droite de Max, de sorte que celui-ci puisse être vu par les jurés et l'ensemble de la salle d'audience. Jeanne ne doutait pas que Max allait faire un bon témoin, qu'il prouverait sa crédibilité en s'adressant directement aux hommes du jury, agrémentant son discours d'une gestuelle masculine et convaincante, qu'il jetterait sûrement quelques regards vers l'assistance, cherchant la reconnaissance et des regards sympathiques à sa cause.

— Monsieur Bettencourt, dit Jameson, j'aimerais que vous racontiez votre histoire à la cour, dans vos propres mots et avec la même honnêteté dont vous avez fait preuve en me la racontant en privé. Je vous guiderai en posant certaines questions, mais je veux que vous vous sentiez tout à fait libre de donner des réponses précises et exhaustives. Je vous inviterais maintenant à nous parler de votre expérience au sein de l'armée des États-Unis.

Max raconta qu'il avait menti sur son âge à seize ans, disant aux recruteurs de l'armée qu'il en avait dix-huit, parce qu'il était trop pressé de servir son pays. Il avait servi en territoires indiens pendant sept des huit années de sa carrière, recevant deux médailles pour sa bravoure et des promotions jusqu'à atteindre le grade de capitaine d'artillerie.

— Ensuite, en 1846, j'ai été affecté à Fort Smith, en Arkansas. C'est pendant cette affectation que j'ai rencontré mademoiselle Jeanne Langer.

— Parlez-nous un peu de vos premières rencontres avec mademoiselle Langer, dit Jameson.

— Je suis tombé amoureux d'elle au premier regard, dit-il tout bas, le sentiment apparemment encore vif à son cœur. Elle était si belle. Elle l'est encore. Elle était jeune à l'époque, mais aussi élégante, intelligente, douce et ambitieuse. La première fois que je l'ai vue, elle se trouvait sur le pont du bateau de son père, le *Pearl*. Elle avait des fleurs dans les cheveux et elle portait une robe jaune comme le soleil ; en fait, elle était rayonnante comme le soleil d'une journée d'été. J'ai bafouillé une présentation devant son père, le capitaine et pilote du bateau. Ensuite, je me suis fait ami de mademoiselle Langer. Les choses sont allées lentement, parce qu'elle était innocente et pure, et que j'étais plus vieux et que j'avais vu davantage le monde. Avec le temps, cependant, j'ai su lui montrer combien je l'aimais, et elle est tombée amoureuse de moi. Parce qu'elle était si jeune, ses parents ont voulu que nous attendions avant de nous marier, et nos fiançailles ont duré une année et demie. Mais ça ne me dérangeait pas, je l'aimais tellement que j'aurais attendu la vie entière pour elle, si elle me l'avait demandé. Mais elle ne l'a pas fait. Nous nous sommes mariés à ses dix-sept ans.

— À présent, parlez-nous, s'il vous plaît, de votre mariage, de vos jours passés ensemble et des circonstances de votre retour au front, dit Jameson, se faisant encourageant.

— J'ai démissionné de l'armée juste avant que nous nous mariions, Jeanne et moi, et je suis venu chercher du travail ici, à Memphis. J'ai été engagé à l'usine d'armement Victory en tant que spécialiste d'artillerie et armurier. C'était dur les premiers temps, parce que la paie dans l'armée ne m'avait pas permis d'amasser de l'épargne, et bien que mon salaire à l'usine fût plus intéressant, il m'a fallu du temps avant de pouvoir nous offrir un peu de confort. Cependant, le père de Jeanne s'est montré très généreux avec nous et nous a donné de l'argent pour nous mettre en ménage. Nous avons loué un petit appartement de deux pièces au premier étage à Memphis, et j'ai travaillé dur. Nous étions très heureux. Jeanne était jeune et pleine de joie, c'était une épouse aimante, et je l'adorais plus chaque jour. Nous étions fous de joie à la naissance de notre premier enfant.

Sur ce, il fit une pause, soupirant, une expression de regret profond se dessinant sur son visage.

— Cependant, je dois dire que j'avais peine à m'adapter à la vie civile. Depuis aussi longtemps que je me souvienne, j'ai toujours voulu servir dans l'armée et j'aimais cette vie aventureuse et excitante. J'admets qu'elle me manquait. J'ai bien peur d'être un soldat dans l'âme.

— Honnête, vrai et brave, un guerrier combattant, psalmodia Cy Jameson. Et c'est pourquoi vous avez laissé Mme Bettencourt, pour retourner à la vie militaire ?

— Oh, non, dit Max, que l'idée semblait épouvanter. Je ne l'aurais jamais quittée pour une raison aussi égoïste. Non, tout ça, c'est parce que j'ai appris qu'en joignant l'armée des sikhs dans ce qu'on appelait « la guerre anglo-sikhe », je gagnerais une fortune. On m'avait fait miroiter une offre qui ne se refuse pas. On disait que le maharadjah payait des artilleurs d'expérience quatre cents dollars par mois ! À l'usine d'armement, je gagnais cinq cents dollars *par année* ! Quand j'ai discuté de cette possibilité avec Jeanne, elle était hésitante au début. Je lui ai dit qu'en six mois de travail à l'étranger, je gagnerais plus qu'en quatre ans à l'usine. Quand elle a compris ce que cet argent pourrait changer dans notre vie, elle m'a encouragé à aller de l'avant, à m'enrôler. Nous avions cru que je serais parti, au pis aller, huit mois, en comptant un mois de voyage à l'aller et au retour — les frais de voyage étaient à la charge du maharadjah, en plus — et six mois passés à entraîner l'artillerie sikhe. C'était comme un rêve inespéré, surtout pour un jeune couple qui commençait à fonder une famille. Jeanne et moi, nous étions dévastés à l'idée d'être séparés, mais nous avions la certitude que c'était la meilleure décision. Nous nous sommes promis, comme au moment de dire nos vœux de mariage, de nous aimer, de nous honorer et de chérir notre amour jusqu'à ce que la mort nous sépare.

Les soupirs mélancoliques de plusieurs femmes s'élevèrent dans l'assistance. Cy Jameson laissa une pause pour la forme et l'effet, puis dit d'une voix basse et pleine de compassion :

— Mais, monsieur Bettencourt, tous les rêves que vous aviez fondés dans cette aventure ont viré au cauchemar, n'est-ce pas ?

— Le cauchemar a débuté dès le premier jour où j'ai mis le pied sur cette terre de malheur, dit Max sur un ton sinistre. Nous avions été trompés par les émissaires du maharadjah. Nous avions cru joindre l'armée, mais on a fait de nous des esclaves, des prisonniers. On nous gardait sous la surveillance d'hommes armés nuit et jour. Nos quartiers étaient pires que des cellules en prison. Durant les deux premiers mois, nous n'avons pas reçu une seule roupie en paie. Ce n'est qu'après avoir plaidé moi-même devant notre colonel en notre nom à tous qu'ils ont accepté de nous payer cent roupies par mois, ce qui ne vaut pas plus de douze dollars en argent d'ici. C'était un salaire de misère, nous étions à moitié morts de faim, ils ne fournissaient pas l'uniforme, et leur seule concession fut de nous offrir des tentes où nous devions vivre entassés à treize.

» Ce sont des gens cruels, rusés et fourbes. On nous donnait des reçus chaque mois, des reconnaissances de dettes en quelque sorte au nom du maharadjah. Sur ces bouts de papier, on inscrivait le solde de l'argent promis, soit trois cent quatre-vingt-huit dollars chaque mois, et on nous répétait que ces sommes seraient payées en totalité à la fin de notre engagement. Bien sûr, nous n'allions jamais voir la couleur de cet argent, dit-il amèrement.

» J'ai presque perdu la raison quand j'ai découvert que je ne pourrais jamais envoyer d'argent à Jeanne et à notre enfant, continua-t-il non sans théâtralité. Et c'était encore pire pour moi quand j'ai compris que nos proches ne recevaient pas nos lettres. J'ai écrit à Jeanne de longues lettres pleines d'amour, où j'implorais son pardon d'avoir été aussi stupide. Mais aucune de ces lettres ne fut jamais livrée.

» Et bien sûr, la tromperie ne s'est pas arrêtée là, et au lieu de servir la *Khalsa* pendant six mois, j'ai vécu en prisonnier durant six ans. Au bout de ce calvaire, les sikhs ont perdu la guerre, et j'ai dû fuir le pays dans le secret pour éviter l'exécution. Je suis revenu chez moi sans gloire, sans satisfaction et sans l'honneur du soldat qui sait qu'il a bien fait son devoir, et aussi sans le moindre sou. Tout ce qu'il me restait, c'étaient les vêtements que j'avais sur le dos... et ma famille.

Après, l'histoire que Max raconta suivit à la lettre ce que Cy Jameson avait expliqué dans sa présentation d'ouverture. Il parla avec émotion de la joie qu'il espérait trouver auprès de Jeanne et de Marvel et de son réveil brutal quand elle l'avait rejeté. Il eut même la larme à l'œil et s'essuya beaucoup les yeux.

— Tout ce dont je rêvais, c'était de revoir ma femme bien-aimée et de montrer à ma fille combien elle m'avait manqué, dit-il, sa voix maintenant rauque. Jeanne m'a grièvement blessé au cœur, et ensuite, cette brute qu'elle a prise pour amant a essayé de m'abattre d'une balle au cœur. Il m'a traîné hors du bateau, jeté dans la boue et laissé pour mort, à me vider de mon sang. Il a lancé son pistolet dans le fleuve, et ensuite il m'a dit, en me crachant au visage : « Tu es un homme mort, Bettencourt, et personne sur cette terre ne te pleurera ni ne demandera à savoir qui t'a tué. Maintenant, hors de ma vue ! »

Max était beau parleur et savait passer des messages sans que son jeu transparaisse. Il s'exprimait bien et montrait un côté sensible en se gardant bien de tomber dans le mélodrame. Max était un fieffé menteur, un menteur magnifique. Quelques murmures de sympathie ponctuèrent son témoignage, et les hommes qui jetaient des regards de travers dans le dos de Jeanne devenaient de plus en plus convaincus de sa vilenie, et ceux que les femmes lui lançaient étaient pleins de dégoût. Jeanne regardait Max, et ses yeux s'écarquillaient à chaque nouveau mensonge, tous plus bouleversants les uns que les autres. Elle n'avait pas conscience des regards de la foule derrière elle et elle n'avait pas connaissance que les jurés l'observaient d'un œil scrutateur et prudent. On voyait bien qu'elle était sincèrement choquée par les allégations de Max, qu'elle y voyait des mensonges grotesques. Par ailleurs, certains jurés avaient remarqué ce fait que Max, bien qu'il s'adressât avec verve à l'ensemble de l'assistance, ne regardait jamais Jeanne ou Clint dans les yeux. Certains jurés commencèrent à considérer Max d'un œil plus critique.

— Merci, monsieur Bettencourt, je sais combien ce doit être difficile pour vous, dit Cy Jameson d'un ton profondément touché, avant d'aller regagner sa chaise.

— Maître Deshler, êtes-vous prêt à contre-interroger le témoin ?

— Oui, Votre Honneur, merci.

Il se leva et s'installa à côté du banc des témoins, flanquant Max. Il avait les pieds bien distancés et les mains dans le dos, une posture qui le disait assuré et confiant. Le ton qu'il adopta fut celui d'une politesse exquise.

— Monsieur Bettencourt, êtes-vous en mesure de produire devant cette cour le moindre témoin qui viendrait corroborer vos dires à propos de ces tribulations que vous dites avoir vécues dans le Pendjab ?

— Non, maître. Comme je l'ai dit, j'ai été forcé de fuir secrètement le pays et j'ai réussi cet exploit seul. Je n'ai aucune nouvelle de mes camarades.

— Aucune documentation? Pas un seul bout de papier?

— Non, maître.

— Et donc nous n'avons que votre parole pour juger de la véracité de chaque événement, de chaque circonstance, de ces six années passées à l'étranger?

— Eh bien, oui, je suppose, maître. Mais je ne mentirais pas, je n'ai aucune raison de mentir. Je vous ai dit la pure vérité!

— S'il vous plaît, contentez-vous de répondre à mes questions, monsieur Bettencourt. Contrairement à Me Jameson, je ne souhaite pas vous voir *embellir* votre histoire d'aucune façon, dit calmement Me Deshler, laissant l'insinuation faire son chemin dans les esprits, le temps d'un pas en avant, puis il revint à sa position initiale.

— En ce cas, retournons un peu plus loin dans le temps et parlons de mai 1849, moment où vous avez quitté votre femme et son bébé pour aller combattre dans les rangs des sikhs. Dans votre témoignage, vous avez prétendu que le maharadjah payait vos frais de déplacement. Est-ce exact?

— Oui, maître.

— Alors, pourquoi, monsieur, avez-vous retiré l'argent, et ce, jusqu'au dernier sou, du compte que votre épouse avait ouvert à la banque, la laissant de ce fait indigente tandis que vous partiez gaiement à l'étranger, plein de rêves de gloire et de fortune? demanda soudain Deshler.

— Mais… mais non, c'était notre argent! C'était le mien autant que le sien! De toute manière, il me fallait bien un peu d'argent pour mes dépenses durant le long voyage. Les sikhs payaient le passage en bateau, mais rien d'autre, pas de nourriture et… ni… les vivres !

Il changea tout à coup d'attitude pour dire d'un ton raisonnable :

— Et je vous l'ai dit, Jeanne m'a encouragé à partir. Elle n'aurait jamais voulu que je parte à l'autre bout du monde sans le sou, elle n'est pas comme ça. À l'époque, du moins, elle n'était pas comme ça.

— M. Kurt Langer, le père de Mme Bettencourt, lui a donné deux cents dollars le jour où elle vous a épousé. Est-ce que vous êtes d'accord avec cette affirmation ? demanda Me Deshler.

— C'était l'argent de sa dot ! C'était *notre* argent !

— Cet argent a été déposé dans un compte à la Memphis Bank and Trust au nom de Max et Jeanne Bettencourt, c'est juste ?

— Oui, à nos deux noms.

— Durant l'année 1848, une somme de cinquante dollars a été retirée de ce compte bancaire sous la forme de plusieurs petits retraits. À chacun de ces retraits, la transaction a été approuvée et signée par vous et Mme Bettencourt, puisque ce compte est à vos deux noms. Est-ce exact ?

— Oui, mais…

— C'est oui ou c'est non, monsieur Bettencourt. Maintenant, j'ai ici sous la main un duplicata certifié par la banque qui montre un retrait accordé en date du 10 mai 1849 pour la somme de cent cinquante et un dollars et vingt et un cents, retrait qui a entraîné la fermeture du compte, faute de fonds. Dites à la cour, je vous prie, qui a signé le bordereau de retrait, demanda-t-il en levant brusquement le bout de papier devant le visage de Max.

Sa bouche se tordit et, pendant un instant, on vit sur son visage les traits d'une profonde colère. Il jeta à peine un regard au billet.

— C'est moi, et j'avais tout droit de le faire. J'avais besoin de cet argent!

Me Deshler reprit le bout de papier.

— Cent cinquante et un dollars et vingt et un cents! répéta Deshler sur le ton de l'indignation. Vous avez délaissé votre femme et son enfant, et vous ne pouviez même pas leur laisser un dollar et vingt et un cents!

Me Jameson bondit de sa chaise et tonna :

— Objection, Votre Honneur! Mon estimé collègue ne pose pas une question au témoin, il témoigne à sa place!

Le juge Poynter ouvrit la bouche, mais Nate Deshler dit d'une manière désinvolte :

— Je vous demande pardon, Votre Honneur, messieurs les jurés. Je n'ai plus de questions pour le témoin à ce moment du procès, bien que je me réserve le droit de le rappeler à la barre, même si je préférerais de loin ne plus avoir à écouter les bêtises qu'il a à dire.

— Maître Deshler, dit le juge Poynter d'un ton sinistre, vous poussez un peu fort, et sachez que je n'apprécie pas du tout.

— Vous me voyez vraiment désolé, Votre Honneur, dit Me Deshler d'un ton léger, et il alla se rasseoir.

— Je vous avertis, soyez prudent, Nate, dit le juge Poynter. Bon, à présent, maître Jameson, voulez-vous appeler votre prochain témoin?

— J'appelle à la barre le Dr Ernest Slattery.

L'homme qui trotta jusqu'au banc des témoins était celui courtaud et vilain d'apparence qui était arrivé avec Max dans la salle d'audience. Il fut assermenté, et Jameson posa une première question.

— Docteur Slattery, auriez-vous l'obligeance de dire à ces messieurs du jury et à la cour où vous pratiquez la médecine ? De nous éclairer ensuite sur les événements qui se sont déroulés la nuit du 2 septembre ?

Le docteur passa l'index dans sa moustache, un geste quasiment maladif qui donnait à celle-ci son apparence graisseuse et hirsute.

— Mon bureau se trouve dans Front Street, et je réside au-dessus de ma clinique. Aux environs de vingt et une heures cette nuit-là, des débardeurs sont venus en courant dans mes escaliers. Ils criaient à réveiller les morts. Ils disaient qu'un homme avait été atteint par balle et qu'il était mourant. Je me suis empressé de descendre à la clinique, et les deux débardeurs m'ont amené M. Bettencourt.

» Son gilet et sa redingote étaient couverts de sang, et j'ai cru qu'il allait mourir avant que je ne commence l'examen, dit-il d'un air triste. Il gémissait à vous fendre le cœur : « Tout ce que je voulais, c'était lui parler, qu'il disait. Je voulais seulement les voir, ma belle et douce épouse, et ma fille chérie ! Oh, mon seul souhait, avant de mourir, serait de pouvoir poser un baiser sur ses douces lèvres, une dernière fois ! » Et d'autres choses dans la même veine.

— M. Bettencourt croyait qu'il était mortellement atteint, dit Me Jameson d'un air grave. Mais il ne l'était pas, par miracle.

— En effet, maître. J'ai découvert en l'examinant que la balle l'avait atteint à la poitrine, mais qu'elle était passée juste au-dessus du cœur. La balle lui avait traversé le corps. Elle était entrée par la poitrine et était sortie derrière dans le dos. J'ai arrêté les saignements des deux plaies, et ensuite, j'ai fait des bandages. Après m'être assuré qu'il comprenait que les blessures n'étaient pas mortelles, je lui ai dit qu'il devrait faire arrêter le vilain qui lui avait tiré dessus. Il était pas mal fatigué et souffrait beaucoup. Il avait un chagrin terrible aussi. En fin de compte, il a accepté, et j'ai demandé aux débardeurs d'aller chercher le shérif.

— Merci de votre temps, docteur Slattery, dit Me Jameson avant de retourner à sa place.

— Le témoin est à vous, maître Deshler, dit le juge Poynter.

— Docteur Slattery, commença Me Deshler, durant tout ce temps où M. Bettencourt se lamentait, est-ce qu'il vous a dit qu'on lui avait tiré dessus avec un pistolet de calibre 22 ?

— Oui, laissa-t-il tomber sans penser. En fait, j'imagine que oui. Non, je ne suis pas certain. J'ai compris qu'il s'agissait d'un calibre 22 parce que le diamètre de la blessure était petit.

— Je répète la question, docteur Slattery. Est-ce que M. Bettencourt vous a affirmé qu'on avait fait feu sur lui avec un pistolet de calibre 22 ?

— Euh… Je n'en ai pas souvenir.

— C'est bien dommage. Ce détail est extrêmement important, et cette mémoire défaillante que vous invoquez à ce sujet me laisse perplexe quant à la valeur de votre témoignage, docteur Slattery. Êtes-vous absolument certain que M. Bettencourt ne vous a pas parlé d'un pistolet de calibre 22 ?

— J'étais très occupé à sauver M. Bettencourt. Et quand même, ce n'est pas la fin du monde, un petit détail oublié ! s'emporta-t-il.

— Très bien. Maintenant, à propos de la blessure en tant que telle. Pourriez-vous dire à la cour l'endroit exact des points d'entrée et de sortie de la balle ?

Il renifla et répondit avec arrogance :

— Elle a pénétré entre la quatrième et la cinquième côte, a ébréché la quatrième côte postérieure et est sortie en transperçant l'omoplate.

— Montrez-nous, je vous prie. Pointez l'endroit sur votre propre corps, cela fera l'affaire.

Il soupira d'impatience, un soupir un peu exagéré.

— La balle a frappé ici, dit-il, portant le doigt haut du côté gauche de sa poitrine. Pour ce qui est de la plaie dans le dos, je n'ai pas la souplesse pour l'indiquer en y mettant le doigt. C'était dans cette région, vous voyez.

Il indiqua vaguement l'arrière de son épaule gauche.

— Merci, docteur Slattery. Ce sera tout pour le moment.

Jeanne ne sut quoi penser de ce témoignage, notamment de ce fait que le témoin était terriblement propre à la distraire, avec sa manie de jouer constamment dans sa moustache. Jeanne avait néanmoins remarqué un fait singulier : le docteur portait au majeur de la main droite une bague en or avec un rubis à taille carrée. Jeanne avait vu une bague semblable à la main gauche de Max.

Le témoin suivant de la poursuite fut le shérif adjoint Elias Fields. Il se présenta à la cour en précisant qu'il était l'officier en service lors de l'arrestation du prévenu.

— Shérif Fields, dit Me Jameson, vous vous êtes présenté au bureau du Dr Slattery pour enregistrer la déposition de Max Bettencourt durant la nuit du 2 septembre, c'est juste ?

— Oui, maître.

— Et pourriez-vous résumer pour notre bénéfice à tous cette déposition de M. Bettencourt ?

— Il m'a dit qu'il rendait visite à sa femme et qu'un certain M. Clinton Hardin lui avait tiré dessus avec l'intention de le tuer. Il m'a dit que je pourrais trouver M. Hardin sur un bateau portant le nom de *Helena Rose*.

— La déposition de M. Bettencourt a-t-elle été aussi concise et dépouillée de détails ? Aurait-il ajouté quelque chose ?

— Oui, il en a dit beaucoup plus.

En exagérant un soupir d'impatience, Me Jameson demanda :

— Voudriez-vous donc de grâce communiquer à cette cour ce que M. Bettencourt a dit ?

— Je ne pourrais pas le répéter mot pour mot, maître Jameson, mais j'essaierai d'être aussi clair que possible. Il a dit qu'il aimait Jeanne de tout son être et qu'il aimait sa petite fille, Marvel. Tout ce qu'il avait voulu faire, c'était revenir auprès de sa bien-aimée et retrouver sa famille. Il a dit aussi que Clint Hardin, le qualifiant au passage en des termes que je ne voudrais pas répéter ici, faisait des choses à sa femme, des choses que je ne répéterai pas non plus, et avait essayé de l'assassiner. Enfin, il a émis le souhait que M. Hardin fût arrêté et pendu, ajoutant « qu'il meure comme un chien », si vous me permettez la citation.

— Oui, bon, merci, dit Me Jameson à la hâte. Quand vous vous êtes présenté sur le quai du *Helena Rose*, vous avez trouvé Clint Hardin et l'avez mis en état d'arrestation. Est-ce que M. Hardin a refusé d'obtempérer ?

— Non, maître.

— Est-ce qu'il a au moins dit quelque chose pour sa défense ? A-t-il au moins clamé son innocence ?

— Non, maître.

Me Jameson eut un hochement de tête satisfait.

— S'il vous plaît, pourriez-vous nous dire ce que vous avez constaté à votre arrivée sur le quai du *Helena Rose* ?

— J'ai d'abord vu un gros feu de joie, sur la berge, non loin de la passerelle, et un jeune homme qui surveillait les flammes. Je suis monté à bord du bateau et j'ai vu M. Norville et M. Givens, à quatre pattes, occupés à récurer le pont principal, et M. Hardin, à genoux, qui récurait aussi les planches, en haut de la passerelle.

— Vous avez alors procédé à l'arrestation de M. Hardin. Trois autres policiers l'ont amené au bureau du shérif, mais je crois que vous êtes resté sur place, à bord du *Helena Rose*, est-ce le cas ? Vous auriez questionné le garçon et les deux hommes à bord ?

— Oui, maître.

— Quelle fut la nature de votre interrogatoire et son résultat, je vous prie ?

— J'ai demandé à M. Norville ce qu'ils étaient en train de faire. Tous les deux, lui et M. Givens, m'ont répondu qu'ils nettoyaient le sang de M. Bettencourt. J'ai constaté qu'il y avait encore des traces de sang le long de la passerelle. Ensuite, j'ai questionné Roberty, le jeune garçon qui veillait au feu. Il m'a dit qu'il brûlait le matelas, les draps, la courtepointe, l'édredon et les oreillers de Mme Bettencourt parce que M. Bettencourt avait mis du sang partout. Il a aussi dit que personne, et surtout pas la « capitaine Jeanne », ne voulait se rappeler que Max Bettencourt avait un jour mis le pied à bord du *Helena Rose*.

— Ainsi, c'était une opération concertée pour détruire systématiquement toutes les preuves du crime de M. Hardin. Ces gens ne pouvaient pas savoir que M. Bettencourt avait survécu, alors, convaincus de sa mort et du crime d'un des leurs, ils effaçaient les preuves, claironna Me Jameson.

— Objection, dit Me Deshler doucement. Votre Honneur, Me Jameson ne questionne pas le témoin, il se répand en insinuations.

— Objection retenue.

Me Jameson leva la tête et annonça d'une voix neutre :

— Je n'ai plus de questions pour ce témoin.

— Le témoin est à vous, maître Deshler, dit le juge Poynter.

— Je n'ai pas de questions pour ce témoin, Votre Honneur, déclara Me Deshler.

— Très bien. Maître Jameson ?

— J'appelle à la barre mon prochain témoin, M. Vincent Norville.

Vince se rendit d'un pas nonchalant à la barre des témoins, jura de dire la vérité et s'assit sur la chaise, levant un regard suspicieux vers Cy Jameson.

— Clint n'a pas tiré sur cet imbécile, lança-t-il soudainement tout haut.

Le juge Poynter frappa de son marteau avec colère, et Me Jameson cria :

— Objection, Votre Honneur !

— C'est votre témoin, vous ne pouvez pas vous opposer, gronda le juge Poynter. Que toutes les parties se calment ! Je ne tolérerai pas ce genre de raffut dans ma cour !

Ce disant, il abattit deux fois de plus le marteau.

Quand les rires cessèrent, Me Jameson reprit depuis le début.

— Votre Honneur, cet homme doit être considéré comme un témoin hostile à la poursuite. Je vais devoir implorer votre indulgence, car il est à craindre que je doive le questionner d'une manière plus musclée. J'ai peur aussi qu'il me faille avancer plus d'hypothèses et de suppositions qu'à la normale.

— Je comprends pleinement la situation, maître Jameson, et vous pouvez questionner le témoin, mais dans les limites des règles de la loi. Monsieur Norville, vous répondrez aux questions qui vous sont posées, et c'est tout. Un autre emportement de ce genre, et je vous ferai mettre derrière les barreaux pour outrage au tribunal.

— Oui, monsieur le juge, répondit platement Vince.

— Maintenant, monsieur Norville. Vous êtes l'ami de M. Hardin depuis longtemps, n'est-ce pas ? demanda Me Jameson.

— Oui, maître.

— Pourrions-nous dire que vous le connaissez très bien et plus que quiconque même ?

— Oui, maître.

— En ce cas, continua Me Jameson sur un ton empesé, vous savez que nous avons affaire à un homme violent et brutal, c'est juste ?

— Non, maître.

— N'a-t-il pas battu sévèrement plusieurs hommes ? Onze hommes, pour être plus précis ? Laissant le dernier malheureux à moitié aveugle ? N'est-ce pas la vérité ?

— Non, maître.

— C'est un combattant, n'est-ce pas ? Il a participé à de brutaux pugilats à main nue, à des mêlées générales vicieuses et sanglantes, c'est juste ?

— C'est un grand athlète qui excelle dans ce sport qu'est la compétition pugilistique. Il est boxeur expert, si vous préférez.

— De bien jolis mots pour maquiller la violence d'un bagarreur sauvage, vous ne trouvez pas ?

— Non, maître.

Me Jameson était visiblement frustré et décida de passer à un autre sujet.

— Monsieur Norville, M. Hardin a cette réputation d'être ce qu'on appelle un « homme à femmes ». Il a...

— Votre Honneur, objection ! dit Me Deshler. Me Jameson édifie au rang de faits des ragots purs, et la formulation qu'il emploie ne saurait être qualifiée de question au témoin.

Le juge Poynter se rembrunit.

— Maître Jameson, je veux bien vous accorder un peu de latitude avec ce témoin, mais vous devez lui soumettre des questions. Objection retenue.

Me Jameson laissa échapper un lourd soupir.

— Monsieur Norville, reprit-il, avez-vous déjà discuté avec M. Hardin de ses amies de la gent féminine ?

— Non, maître.

— Cette réponse n'est pas satisfaisante, monsieur. Rappelez-vous, vous êtes sous serment, et ce serment vous oblige à dire la vérité, toute la vérité. Avez-vous au moins une fois, durant les années de votre amitié, abordé avec Clint Hardin le sujet des femmes ?

— Franchement, vous n'aviez qu'à me poser la question au début. La réponse est oui, maître.

— M. Hardin vous a parlé des femmes avec qui il entretenait des relations ?

— Non, maître.

— Monsieur Norville ! Vous devez dire la vérité à cette cour et arrêter de mentir ! Si M. Hardin et vous avez eu, comme vous nous le dites, des conversations à propos des femmes, il doit vous avoir parlé de ses relations avec celles-ci, n'est-ce pas le cas, monsieur Norville ? cria presque Me Jameson.

— Non, maître. Vous voyez, Clint n'a jamais voulu dire un traître mot au sujet de ses amies de cœur, sauf pour les complimenter, des compliments de nature tout à fait générale, dit Vince avec feu. Il vous dira que cette dame est jolie, de celle-ci qu'elle est généreuse, qu'une autre encore a de beaux yeux, que celle-là, là-bas, a de splendides dents. Des choses comme ça. Il ne m'a jamais, pas une seule fois, dit un seul mot à propos de ses relations personnelles avec une seule de ses fréquentations.

À présent, Me Jameson semblait sincèrement atterré.

— Vous êtes ami avec M. Hardin depuis l'enfance, et vous jurez devant cette cour qu'il ne vous a jamais parlé de ses fréquentations féminines. Êtes-vous certain que c'est le témoignage que vous voulez enregistrer, ayant fait serment de dire la vérité, la main sur la Bible, devant ce juge et ce jury et tous ces gens de l'assistance ?

— Oui, maître, dit Vince avec assurance.

— Très bien, dit sombrement Me Jameson. Maintenant, monsieur Norville, avez-vous vu Clint Hardin faire feu sur Max Bettencourt ?

— Je vous l'ai déjà dit, Clint n'a pas tiré sur Max Bettencourt, répliqua Vince avec effronterie.

— Répondez à la question, monsieur Norville !

— Non, maître, je n'ai pas vu de visu *le coup de feu*. Cependant, Clint n'a pas pu tirer sur Max Bettencourt.

— Puisque vous n'y étiez pas, comment pouvez-vous l'affirmer ? demanda Me Jameson, une colère dans la voix.

— Parce que Clint Hardin ne saurait même pas différencier le canon de la crosse d'un pistolet. Il n'a jamais voulu voir d'arme autour de lui. Il n'a jamais porté d'arme de sa vie, n'en a jamais possédé une, n'en aurait jamais voulu, même si vous lui en faisiez cadeau.

— Monsieur Norville, selon la loi, votre asser-
tion n'a aucune valeur, parce qu'elle est de celles que
personne ne pourrait réfuter par la négative, déclara
Me Jameson avec un air de supériorité. Que dites-vous
de cela ?

Vince haussa les épaules d'indifférence.

— Eh bien, réfutez-la par l'affirmative, monsieur
l'avocat. Prouvez qu'il avait une arme cette nuit-là.

— Votre Honneur, j'en ai terminé avec ce témoin,
dit Me Jameson avec dédain.

— Maître Deshler ? demanda le juge Poynter.

— Votre Honneur, je ne souhaite pas interroger le
témoin à ce moment du procès. Toutefois, j'aimerais me
réserver le privilège et l'occasion de le rappeler à la barre
si nécessaire.

— Dûment noté.

Le témoin suivant appelé fut Ezra Givens, un autre
témoin hostile au dire du procureur. Il s'assit au banc
des témoins, les bras croisés, réservant un regard mauvais à Me Jameson.

— Monsieur Givens, vous vivez sur le bateau à
vapeur nommé *Helena Rose* avec Mme Jeanne
Bettencourt, M. Clinton Hardin, M. Vincent Norville,
Marvel Bettencourt et Roberty, est-ce exact ?

— Oui, maître.

À l'évidence, Me Jameson n'avait aucune envie de
s'empêtrer dans le même bourbier auquel l'interrogatoire de Vince Norville l'avait mené, et donc il posa à
Ezra des questions simples et sans détour.

— Vous avez vu M. Clint Hardin et Mme Jeanne
Bettencourt s'embrasser, n'est-ce pas ?

Les yeux d'Ezra se plissèrent.

— Oui, maître, dit-il, les dents serrées.

— En fait, vous les avez surpris dans une étreinte passionnelle, est-ce exact ?

— Non, maître.

— Mais ils s'embrassaient, dans les bras l'un de l'autre, et donc c'était une étreinte, ne diriez-vous pas ?

— Des clous ! Je ne sais où ce qu'ils avaient leurs bras ! Je les ai vus une seconde, et j'ai débarrassé le plancher, comme ce n'était pas de mes oignons, reconnut-il sombrement.

— Mais vous les avez vus, à plusieurs reprises, se démontrer physiquement de l'affection ?

— C'est que votre question, elle est vicieuse, et je n'y répondrai pas.

— Oh, allons donc, monsieur Givens. Vous n'êtes plus un enfant, vous savez parfaitement ce que je veux dire. Et je me dois d'insister. Répondez à la question.

— Il m'arrive des fois d'ébouriffer la tignasse du petit Roberty, parce que le petit, je l'aime bien. C'est ça que vous avez dans l'esprit ? Non, je n'ai jamais vu madame Jeanne ni Clint s'ébouriffer les cheveux.

Il y eut quelques rires sots et des gloussements dans la salle d'audience, mais il suffit d'un regard sévère de la part du juge Poynter pour que le silence revienne aussitôt.

— Voulez-vous juste… oubliez cela, qu'il soit simplement noté au procès-verbal que le témoin a aperçu M. Hardin et Mme Bettencourt en train de s'embrasser. Bon, maintenant, si Votre Honneur veut bien faire preuve d'un peu de patience, j'aimerais présenter un croquis et demander à M. Givens de nous en donner l'explication.

Un huissier vint installer un chevalet à trois pieds sur lequel il posa un grand tableau blanc. On y voyait le plan détaillé du pont Texas du *Helena Rose*. Il l'installa de sorte que les jurés et la salle d'audience puissent bien voir.

— Maintenant, monsieur Givens, voudriez-vous, s'il vous plaît, vous avancer près du dessin et indiquer pour nous chacune des pièces, nous dire leur vocation et préciser qui y habite?

Ezra se tourna vers le juge Poynter.

— Je suis obligé, Monsieur le Juge? N'importe quel mariolle peut voir ce qu'il y a d'écrit sur le tableau.

— Monsieur Givens, vous vivez sur le bateau, et de ce fait, vous êtes considéré comme un expert en la matière. Faites comme le demande Me Jameson, je vous prie.

Ezra se leva et alla à côté du chevalet. Comme s'il s'adressait à une salle pleine d'allophones, il exagéra l'articulation et parla avec lenteur :

— Ce que vous avez là, c'est de l'espace de chargement sur le pont Texas. C'est là que la marchandise est chargée.

» Ici, c'est la cuisine, quand bien même on voit qu'une tête de linotte a écrit « cambuse » au lieu. Tout le temps, la cuisine est occupée. Il y a moi et Roberty, et M. Vince Norville, et Marvel Bettencourt, et la capitaine Jeanne Bettencourt et M. Clint Hardin qui la fréquentent.

» Par là-bas, ce sont les quartiers de l'équipage. Et le joli petit dessin que vous voyez là, c'est ma couchette. Le petit carré ici, tout joli aussi, c'est la couchette de Roberty. Cet autre petit carré joli, c'est le lit de M. Vince Norville. Ce dernier petit carré, celui-là, ce n'est à personne.

» Ici, c'est la cabine de la capitaine Jeanne. C'est là que Marvel et elle habitent.

» Ici, c'est la cabine de Clint Hardin. C'est là qu'il habite. Et maintenant là, et là, et aussi là, dit-il en écrasant son index noueux en différents endroits, ce sont les endroits où Léo habite, mais pas partout en même temps.

— Qui est Léo ?

La question venait du juge Poynter.

— C'est notre chien. On en est venus à comprendre qu'il habitait plein d'endroits sur le bateau. Et je me suis juste dit que, comme vous autres, vous êtes du genre fouine à propos d'où c'est que tout le monde habite, je ferais mieux de vous dire pour Léo.

Cette fois, même le juge Poynter retroussa le coin des lèvres en un petit sourire.

— Très bien, monsieur Givens. Merci pour votre parole d'expert.

Ezra revint s'asseoir au banc des témoins. Me Jameson, qui avait aussi trouvé à sourire de l'intervention du vieux Givens, retrouva sa contenance et sa sévérité.

— Monsieur Givens, je voulais que vous détailliez l'arrangement des espaces sur le *Helena Rose* pour vous poser cette question : Mme Bettencourt et M. Hardin ont leurs cabines très près l'une de l'autre, est-ce exact ?

— En face l'une de l'autre, à un mètre quatre-vingt-dix exactement, soit la largeur d'un corridor.

— Ce serait d'une simplicité absolue pour Mme Bettencourt ou M. Hardin de se glisser à l'insu de tous dans la cabine de l'autre pour des raisons romantiques, ne diriez-vous pas ?

— Je dirais à ça que vous et moi, on est encore plus proches que le sont leurs cabines, et que ça serait très simple pour moi de vous mettre mon poing à la figure, monsieur l'avocat, renâcla Ezra.

— Monsieur Givens, intervint le juge Poynter, vous savez fort bien que ce genre de propos est déplacé au mieux. Je vous prierais de répondre à la question.

— Non, ce ne serait pas facile du tout pour la capitaine Jeanne ou Clint de se faufiler pour des manigances honteuses, dit-il d'un ton ferme. La voilà, votre réponse.

— Avez-vous déjà vu Mme Bettencourt entrer dans la cabine de M. Hardin ou la quitter ? reprit Me Jameson. Ou l'auriez-vous peut-être vue à l'intérieur de celle-ci ?

— Ça non !

— Avez-vous déjà vu M. Hardin entrer dans la cabine de Mme Bettencourt, la quitter ou se trouver à l'intérieur ?

— La nuit du 2 septembre, j'ai vu M. Hardin. Il était à l'intérieur, et après il est sorti pour ensuite entrer une autre fois, rester à l'intérieur pour à la fin quitter la cabine, répondit-il, péchant quelque peu par trop de précision.

— Avez-vous vu M. Hardin décharger une arme en direction de M. Bettencourt ?

— Non, maître. Je ne suis pas arrivé à temps, et d'ailleurs, c'est mieux, parce que je l'aurais tiré moi-même, ce menteur de Maxwell Bettencourt. Cela dit, M. Clint Hardin n'a pas tiré sur cet imbécile, parce que cet imbécile, il s'est tiré dessus lui-même, et ça, c'est mon témoignage avec la main sur la Bible, monsieur l'avocat Jameson !

— Juge Poynter… dit Me Jameson, levant les bras d'impuissance.

— Oui, oui, maître Jameson. Greffier, veuillez rayer du procès-verbal la dernière phrase de M. Givens, ordonna-t-il à M. Evans, l'un des greffiers affairés à enregistrer les travaux de l'audience. Avez-vous d'autres questions pour ce témoin, maître Jameson ?

— Certainement pas, Votre Honneur.

— Maître Deshler ?

— Pas de questions pour l'instant, sans renoncement au rappel à la barre, Votre Honneur.

— Il est presque midi, annonça le juge Poynter. Je vais suspendre l'audience pour deux heures. Toutes les parties seront de retour devant la cour à quatorze heures.

Sur ce, il donna un coup de marteau et quitta la salle.

Jeanne songea qu'il était peut-être resté quelque chose de bien des témoignages turbulents de Vince et d'Ezra. Elle se dit pour s'encourager que les hommes du jury semblaient porter une attention à tous les détails et à tous les témoignages. Ils verraient sûrement Max pour le charlatan et le menteur qu'il était.

Or, tandis que les huissiers de justice l'escortaient avec Vince, Ezra et Roberty hors de la salle d'audience, Jeanne vit que les regards dirigés vers elle étaient tout aussi noirs et hostiles que ceux qu'on lui avait jetés à son arrivée. Le tribunal de l'opinion publique s'était peut-être amusé des témoignages de Vince et d'Ezra, mais rien n'était encore gagné pour Jeanne et Clint.

CHAPITRE 23

— Oyez, oyez, oyez ! Mesdames et Messieurs, la Cour ! L'honorable juge Eugene Poynter préside et déclare cette cour criminelle du comté de Phillips, en l'État du Tennessee, ouverte !

Nathaniel Deshler appela le premier témoin de la partie défenderesse, Mme Herman Wiedemann. Aussitôt, Cyrus Jameson se leva.

— Juge Poynter, je souhaite formellement que soit enregistrée ma protestation quant à la pertinence des quatre premiers témoins que mon estimé collègue veut appeler à la barre. Ces personnes n'étaient pas présentes lorsqu'on a attenté à la vie de M. Bettencourt, elles n'ont aucune connaissance des événements de cette nuit du 2 septembre. De plus, elles n'ont aucune expertise à offrir concernant les faits et ne servent aucunement à la bonne conduite de cette affaire.

— Juge Poynter, répondit à ce sujet Me Deshler, la poursuite s'est livrée à une campagne de diffamation, laquelle, soutient-on, a pu entacher la moralité de mon client et celle de Mme Jeanne Bettencourt. La partie adverse n'a présenté aucune preuve, aucun témoignage corroborant qui étayait le bien-fondé des attaques contre leur intégrité et leur moralité. Cependant, je me crois apte, par l'entremise de ces témoins, à offrir un témoignage qui non seulement réparera les préjudices encourus, mais aussi contestera les accusations de M. Bettencourt en ce qui a trait à la fibre morale de mon client.

Le juge Poynter hocha la tête.

— Je permettrai que l'on entende ces témoins. Procédez.

Du ton comminatoire dont elle avait l'habitude, Mme Wiedemann vint affirmer à la cour que Jeanne était une bonne chrétienne, une femme honnête, industrieuse, travaillante, consciencieuse et d'une haute moralité. L'intendante du Gayoso projetait une telle austérité et semblait si rigide, à n'en pas douter, que si Jeanne avait commis la moindre faute, en tant qu'employée ou simplement comme femme, Mme Wiedemann l'aurait dénoncée.

Ce fut ensuite au tour de Mme O'Dwyer, qui se présenta comme elle était, une femme simple et joyeuse, au visage fatigué par la rudesse d'une vie exigeante, mais plein de gentillesse. Ayant vécu dans la même maison que Jeanne pendant quatre ans, elle soutint avec vigueur que celle-ci n'avait jamais, pas même une fois, été vue en compagnie d'un autre homme dans leur maison. Elle insista sur l'âme charitable de Jeanne et aussi sur la générosité de Marvel, racontant que ces deux « dames » n'hésitaient jamais à partager le bois, les choses du ménage, la nourriture et même de l'argent avec les O'Dwyer.

À un moment dans son témoignage, elle dit avec fierté :

— Une fois, mon mari, qui est matelot sur le *William Crawford*, s'était brisé le pied ; il l'avait presque cassé en deux, le pauvre. La charrette du vieux Mock s'était brisée tandis que mon mari charriait les bouts de bois du bonhomme. Et le vieux Mock, je vous jure qu'il aurait demandé à mon mari de transporter le bois jusqu'au quai dans des sacs en papier s'il avait pu, juste pour ménager quelques sous. De toute façon, voilà que M. O'Dwyer, mon mari, se retrouve à la maison avec deux orteils cassés et le pied enflé comme une fesse de cochon. Bon, pas le choix, dans sa condition, il a manqué douze jours de planche, une bonne starie, vous savez. À cause de l'accident, il nous manquait deux dollars pour le loyer de ce mois-là, et qu'est-ce qu'elle a fait, la Jeanne ? Elle nous a prêté l'argent pour payer ! *Deux gros dollars !*

Comme pour Mme Wiedemann, Cy Jameson ne posa aucune question à ce témoin de la défense.

Ensuite, Me Deshler s'engagea dans une lancée pour prouver la moralité de Clint. Il appela le vieux L. F. Warner, qui avait pris Clint comme apprenti à douze ans. Aujourd'hui septuagénaire, Warner ne pouvait plus marcher sans canne. Il raconta à la cour dans un témoignage émouvant comment Clint, tout jeune garçon, avait été scrupuleusement honnête et savait travailler aussi fort que deux hommes adultes.

— Pas une seule fois de toute ma vie je n'ai vu Clint demander quoi que ce soit. Il ne s'est jamais plaint que le travail était trop dur. En fait, au fil des années, il m'a remercié, encore et encore, d'être aussi bon envers lui, raconta le vieil homme en essuyant une larme dans ses vieux yeux. Avec le temps, j'ai fini par le considérer presque comme un fils, et je suis aussi fier de lui qu'un père peut l'être.

Me Jameson poussa un long soupir et dit :

— Je n'ai pas de questions pour le témoin, Votre Honneur.

La logeuse de Clint, Mme Archibald Bowlin, était une femme petite et rondelette avec des yeux bleus brillants et des joues roses joufflues. Elle portait une perruque blonde un peu trop évidente, qui sortait par grosses frisettes de sous son bonnet. Elle fut assermentée, puis indiqua à la cour son lieu de résidence ainsi que sa profession.

— J'habite et je tiens pension sur Adams Avenue.

Me Deshler commença par établir une chronologie par laquelle il fut établi que Mme Bowlin avait logé Clint jusqu'à ce qu'il emménage sur le *Helena Rose*, et il lui demanda ensuite :

— S'il vous plaît, madame, la cour voudrait savoir en quelles circonstances vous avez fait la rencontre de M. Clint Hardin et, dans vos propres mots, quel genre d'homme il est.

— Oh, bien sûr ! M. Hardin s'est présenté un jour sous le porche de ma pension. Il avait seize ans, raconta-t-elle en se ventilant vigoureusement avec un éventail d'un violet presque aveuglant. Mais déjà à l'époque, il était tellement gentil, un vrai gentleman ! Et si grand, si beau, si charmant ! Il avait de bonnes manières et était toujours respectueux. Et remarquez aussi qu'il a toujours payé sa pension à temps durant les six ans qu'a duré son séjour. Il adorait ma cuisine, me vantant et me remerciant toujours. Il est tellement humble, ce qui n'est pas le cas de la plupart de mes pensionnaires, ceux qui bavassent et se lamentent constamment.

» Bon, c'est vrai que Clint m'a parfois demandé des faveurs. Oui, ça lui est arrivé de demander une deuxième assiette, même si ce n'était pas permis, dit-elle, poursuivant son bavardage. Il adorait surtout mon gâteau éponge à la framboise. Il en redemandait toujours un deuxième morceau, de ce gâteau éponge à la framboise, et parfois, il me demandait le jour d'après s'il en restait un morceau, petit rusé, va ! En y repensant, je dois admettre que je l'ai peut-être un peu gâté avec mes gâteaux et mes biscuits. Des fois, il nous arrivait de prendre le thé, juste nous deux, quand il restait à la pension durant l'après-midi.

— Et que pourriez-vous nous dire de la vie sociale de M. Hardin ? Vous aurait-il déjà présenté à une amie, à une femme ?

— Non, ce n'est jamais arrivé, encore que je ne voie aucun inconvénient à ce que mes pensionnaires invitent des gens ou emmènent des dames, pour autant que ce soient *vraiment* des dames, si vous voyez ce que je veux dire. Maître Deshler, vous saurez que je suis très pointilleuse quand vient le temps de choisir mes pensionnaires, et croyez-moi, je prends seulement les gens propres de leur personne, les gens respectables. Oh, oui! J'allais oublier de vous dire que M. Hardin est le plus propre des hommes, la plus propre *personne* que j'ai jamais connue! À toute heure du jour, je le voyais dans la cuisine à faire chauffer de l'eau dans ma grosse cuve en cuivre pour faire sa toilette. Je vous dis, je n'ai jamais vu...

— Oui, madame Bowlin, merci, je crois que nous avons saisi votre admiration pour les habitudes hygiéniques de M. Hardin, dit Me Deshler, une pointe d'amusement dans la voix. Donc, vous n'avez jamais rencontré les amis de M. Hardin?

— Bien sûr que j'ai rencontré ses amis, dit-elle en s'offusquant presque. Voyons, si je n'ai pas vu mille fois ce petit fripon de Vinnie Norville, je ne l'ai jamais vu! Et Duffy Byrne et Eddie Long et, oh, je pourrais en nommer une bonne demi-douzaine de ses amis. Mais aucune dame, oh, ça non!

— Madame Bowlin, croyez-vous que M. Hardin vous aurait caché ses amies de la gent féminine, de peur que vous ne les refusiez dans votre pension?

Elle arrêta de s'éventer et rassembla une surprenante quantité de dignité dans sa réponse.

— Je crois que M. Hardin est un homme discret qui se garde bien d'étaler sa vie privée. Durant les six ans que je l'ai connu, j'ai découvert en lui un homme généreux, honnête et travailleur. Il a toujours, sans jamais y manquer, démontré le plus grand respect et la plus grande galanterie envers moi.

— Merci beaucoup, madame Bowlin. Maintenant, je vais vous poser quelques questions auxquelles je vous demanderais de répondre, non pas en tant que logeuse de M. Hardin, mais bien comme propriétaire d'une maison de pension. Combien de pensionnaires avez-vous en date d'aujourd'hui ?

— Je loue quatre chambres, répondit-elle. En ce moment, je loge trois messieurs et une dame.

— Je vois. Puis-je présumer que les quatre chambres des pensionnaires sont à proximité immédiate l'une de l'autre ?

La question sembla la laisser perplexe.

— Vous voulez dire si elles sont l'une à côté de l'autre ? Ma foi, oui. Les chambres sont à l'étage. Nous habitions là, avant la mort de mon pauvre mari, M. Bowlin. Il y a quatre chambres, deux d'un côté du couloir, deux autres en face.

— Ainsi, la dame que vous logez doit nécessairement habiter en face d'un de ces messieurs, de l'autre côté du couloir ?

— Eh bien, oui.

— Donc, nous pouvons dire que cette dame et ce monsieur d'en face sont des amants ?

Mme Bowlin fit des yeux ronds comme des boutons.

— Pardon ! Non, maître, non, pas dans ma maison, pas sous mon toit ! Et mademoiselle Carew ne ferait jamais... quel genre de question me posez-vous là, maître ? Quelle idée !

— Je m'excuse, madame Bowlin, c'est une chose plutôt choquante à insinuer, je vous l'accorde. C'est même absurde de penser, simplement parce que deux personnes sans lien de parenté vivent sous un même toit, que ces gens puissent être amants. Oui, Votre

Honneur, je sais, j'arrête à l'instant mes présomptions. Je n'ai plus de questions pour le témoin.

— Moi de même, dit Me Jameson d'un ton grognon, n'ayant pas même pris la peine de se lever.

Le Dr Augustus Hightower fut appelé à la barre et témoigna dans un discours clinique et avec précision des blessures constatées sur le corps de Jeanne. De plus, il affirma que ces blessures correspondaient à un coup donné par une personne de force considérable.

Cette fois, Me Jameson se leva pour le contre-interroger.

— Docteur Hightower, est-il possible que ces blessures légères de Mme Bettencourt aient été infligées d'une tout autre manière ?

— C'est en effet une possibilité, mais c'est peu probable.

— Mais Mme Bettencourt n'aurait-elle pas pu accidentellement s'infliger ces blessures lors d'une chute, par exemple ? persista Me Jameson.

D'un ton de glace, le Dr Hightower eut cette réponse :

— L'os jugal est saillant, maître Jameson. La joue de Mme Bettencourt montrait un signe manifeste de contusion, et sa lèvre était écorchée. Si elle avait subi ces deux blessures lors d'une même chute, alors c'est qu'elle aurait rebondi plusieurs fois.

Me Jameson, comme sous l'annonce d'un châtiment, capitula.

— Juge Poynter, à ce moment du procès, je souhaiterais rappeler M. Maxwell Bettencourt à la barre, dit Me Deshler.

Max s'avança et s'assit au banc des témoins. Le juge lui rappela qu'il était toujours sous serment.

— Monsieur Bettencourt, demanda Me Deshler d'un ton cassant, vous admettez être monté à bord du *Helena Rose* la nuit du 2 septembre pour vous rendre à la cabine de Mme Bettencourt, qui se trouve, dois-je vous le rappeler, sur le pont Texas. Avez-vous cogné à la porte avant d'entrer ?

— Quoi ? souffla-t-il.

— Avez-vous cogné à la porte, pour vous annoncer et demander la permission d'entrer ?

— Tiens... eh bien, non ! C'est ma femme ! Nous sommes mariés depuis huit ans ! Je suis son mari ! Sa maison est ma maison !

En cette occasion, Me Deshler ne lui conseilla pas de simplement répondre à la question ; il semblait content de laisser Max tempêter.

— Ainsi, même si vous n'aviez pas vu Mme Bettencourt depuis six ans, vous vous êtes senti la permission, vous avez jugé décent si vous préférez, d'enfoncer la porte et d'entrer sans avertir dans sa chambre ?

— Je n'ai pas enfoncé la porte ! Et... et je l'avais vue la veille, elle savait que j'étais en ville et que je n'étais pas mort. Et, de toute façon, je suis son mari, j'ai parfaitement le droit de me trouver dans sa chambre.

— Avez-vous verrouillé la porte derrière vous ?

— Non ! Je sais que Jeanne dira peut-être que je l'ai fait, mais elle ment. Je n'ai jamais verrouillé la porte.

— Avez-vous attrapé votre fille par le bras, la traitant de « sale gosse », pour ensuite la traîner à bras-le-corps dans le corridor ? N'avez-vous pas ensuite verrouillé la porte à nouveau ?

Max Bettencourt avait retrouvé sa contenance, et il répondit avec l'attitude d'une profonde contrition.

— Ce n'est pas du tout ce qui est arrivé, maître. Tout ce que je voulais, c'était parler à Jeanne, essayer de regagner son amour. Cependant, elle avait monté ma douce petite fille contre moi, de sorte que la pauvre paniquait et n'arrêtait pas d'interrompre notre conversation. Il devenait impossible de discuter, alors j'ai pris Marvel par la main et lui ai expliqué que nous étions des adultes, que nous avions besoin de parler de choses de grandes personnes, s'expliqua-t-il, après quoi il poussa un long soupir. Marvel est devenue une enfant gâtée, et vous croyez bien qu'elle ne m'aurait pas obéi juste pour me faire plaisir. Je suis certain qu'elle a dit que je l'ai traitée plus sévèrement que je ne l'ai fait en réalité. Chose certaine, je ne l'ai absolument jamais « attrapée » et « traînée ». Et au risque de me répéter, je n'ai jamais verrouillé la porte de cette chambre.

Répliquant dès que Max eut terminé, Me Deshler demanda :

— Avez-vous frappé Mme Bettencourt ?

— Non ! Je… je ne savais même pas qu'elle avait un bleu au visage avant d'entendre le témoignage du docteur !

Max prit quelques grandes respirations avant de reprendre :

— Tandis que j'essayais de parler à Jeanne, elle s'est jetée sur moi. J'ignore si elle voulait me griffer, me frapper ou pire encore. Comme n'importe qui, j'ai essayé de me défendre, et nous nous sommes débattus. Jeanne est forte pour une femme. Je ne sais trop comment, elle est tombée, et c'est sûrement là qu'elle s'est blessée au visage.

— Quand Clint Hardin est entré dans la pièce, où se trouvait Mme Bettencourt?

— Elle était assise sur le lit quand cet animal a fait irruption dans la pièce, comme un chien enragé, dit Max pour faire image. À ce moment, j'avais réussi à la calmer un peu, et nous allions justement nous asseoir ensemble pour discuter, comme nous le faisions toujours avant.

— Sauriez-vous me dire exactement ce que M. Hardin a fait quand il est entré dans la pièce?

— Il s'est rué sur moi comme un taureau en furie. Il était très près quand j'ai vu qu'il avait un pistolet dans la main. C'était un pistolet de petit calibre, seulement précis à courte distance, un calibre 22 peut-être. Il a pointé l'arme vers moi, visant directement le cœur. Il savait qu'il devait s'avancer encore pour réussir son coup. C'est donc tout près qu'il a tiré sur moi, sur un homme désarmé, comme ça, de sang-froid.

— Et donc, si nous résumons bien l'ensemble de votre témoignage quant aux événements de cette sinistre nuit, nous devons conclure que Mme Bettencourt ment, que votre fille ment et que Clint Hardin ment, est-ce exact?

— Eh bien, oui.

— Combien mesurez-vous?

— Quoi?

— Combien mesurez-vous, monsieur?

— Je fais… hum… un mètre quatre-vingts.

— Est-ce que les balles filent en ligne droite ?

— Pardon ?

— Puisque vous êtes expert en armes à feu, je vous demande si les balles voyagent en ligne droite.

— Mais qu'est-ce que… quelle question idiote ! Bien sûr que les balles voyagent en ligne droite !

Me Deshler se tourna pour faire face au juge Poynter.

— À ce moment-ci, juge Poynter, j'aimerais faire une démonstration à la cour. Je demanderais à M. Bettencourt de se tenir debout juste ici, devant le banc des témoins, et je demanderais l'assistance du Dr Ernest Slattery.

— Objection, Votre Honneur ! Nous sommes dans une cour de justice, pas au théâtre ! Qui plus est, mon client n'est aucunement obligé d'assister la défense !

Le juge Poynter pinça les lèvres, puis demanda à Me Deshler :

— Le but de cette démonstration est-il vital à la compréhension de l'affaire qui nous occupe ?

— Votre Honneur, il est absolument essentiel. L'argument que je me propose de présenter doit l'être visuellement, et non verbalement.

— Alors, je vais le permettre. Docteur Slattery, si vous voulez bien avancer, et je vous rappelle que vous êtes toujours sous serment.

— À ce stade, j'aimerais soumettre en preuve mes stylos à plume, Votre Honneur, dit Me Deshler, prenant dans ses mains un écrin de velours pour le montrer d'abord au juge, puis aux greffiers.

Il se rendit au banc des jurés et marcha lentement devant celui-ci, permettant à tous ces messieurs de voir clairement les deux stylos minces et argentés dans l'étui de velours bleu.

Le juge Poynter semblait intrigué, Cy Jameson était visiblement contrarié, et Max Bettencourt bouillait de rage à l'intérieur, sans toutefois rien exprimer de ce sentiment. Max se contenta de se tenir droit et raide devant le banc des témoins.

— Monsieur Bettencourt, dit Me Deshler, voudriez-vous, je vous prie, faire face au banc des jurés.

Comme un soldat à la parade, Max fit un tour à droite sec et précis.

— Maintenant, docteur Slattery, continua Me Deshler, si vous vouliez bien venir ici et vous placer à la gauche de M. Bettencourt, face à lui. Merci beaucoup. Maintenant, je voudrais que vous teniez ces deux stylos à plume. J'aimerais que vous placiez le premier stylo sur l'entrée de la balle, sur la poitrine de M. Bettencourt. Avec l'autre stylo, j'aimerais que vous indiquiez sa sortie dans le dos de M. Bettencourt.

Lèvres retroussées, le docteur plaça un stylo à plume sur la blessure à la poitrine de Max et l'autre stylo dans son dos. Avec soin, Me Deshler inclina les mains du docteur de sorte que l'angle trace exactement la trajectoire empruntée par la balle, soit une ligne oblique partant du bas vers le haut. La droite ainsi produite faisait en sorte qu'un stylo pointait vers le plancher et le second vers le plafond.

Il fit quelques pas autour des deux hommes ainsi placés, s'assurant d'être satisfait du résultat.

— Mon client mesure un mètre quatre-vingt-dix, monsieur Bettencourt. Je dois de ce fait présumer qu'il était à genoux ou presque couché quand il a fait feu sur vous ?

Dans la salle, cette révélation fit l'effet d'une bombe et donna lieu à un brouhaha général. Le juge Poynter abattit son marteau, mais ce coup fut loin d'être aussi affirmé que les précédents. Il fallut attendre un long moment avant que la salle retrouve un semblant de calme.

Max s'impatientait et entreprit de regagner sa chaise à la table de la poursuite, mais Me Deshler eut ces mots :

— Monsieur, je n'ai pas terminé de vous interroger.

Fâché, Max retourna sur le banc des témoins.

Me Deshler se déplaça en prenant tout son temps pour s'arrêter devant son témoin, le dos tourné à l'assistance. Il se pencha, s'appuyant sur la rambarde, et pour la toute première fois, Me Deshler éleva la voix, prenant le ton de celui qui sait son indignation justifiée.

— La vérité n'est-elle pas, monsieur, que vous êtes monté en voleur et à la faveur de la nuit à bord du *Helena Rose* ? Que vous avez ensuite subrepticement trouvé votre chemin jusqu'à la chambre à coucher de Jeanne Bettencourt ? Que dans cette chambre vous avez trouvé votre femme et votre fille ? Qu'après vous être débarrassé à bras-le-corps de la pauvre petite, vous avez séquestré et battu Jeanne Bettencourt dans le sombre dessein de la violer ?

— C'est ma femme ! Elle m'appartient ! J'ai le droit de faire d'elle ce que bon me semble ! affirma Max d'une voix rageuse, se levant dans son emportement, son visage devenant écarlate de rage.

Me Deshler se retourna dans une volte-face bien sentie vers l'assistance et déclara d'une voix calme et posée :

— Je n'ai plus de questions pour ce monsieur, Votre Honneur.

Ce fut ensuite au tour de Me Jameson, qui se lança avec ambition dans un nouvel interrogatoire de son client, tentant d'atténuer l'impression dommageable que Max venait de produire. Il suscita et obtint de lui d'autres déclarations d'amour et de loyauté envers Jeanne. Il mit l'accent sur ce fait que Max désirait plus que tout apprendre à connaître sa seule et unique fille, que seulement ainsi le père qu'il voulait être pourrait l'aimer de cet amour que doit avoir un père pour ses enfants, et ainsi de suite. Malgré les apparences, Jeanne pensa que Me Jameson manquait de conviction dans sa plaidoirie, comme s'il s'agissait d'une corvée qu'il s'empressait d'achever.

Jeanne fut la suivante appelée à la barre. Son cœur cognait comme des timbales dans sa poitrine, et ses mains étaient moites et glacées. Néanmoins, elle gardait un regard franc et sûr, une sérénité sur son visage et dans sa voix, comme une force tranquille.

Me Deshler commença en l'invitant à décrire son mariage avec Max. Jeanne expliqua leur rencontre, le couple enjoué qu'ils avaient d'abord formé. Elle parla ensuite de la manière dont Max avait changé, comment il s'était bientôt montré cruel en expliquant crûment les détails de ses liaisons affichées avec d'autres femmes.

Elle parla de ses absences, de ces épisodes où il ne revenait plus qu'après deux ou trois nuits, s'étendant un peu plus sur celle, plus inquiétante, d'avril 1849, où elle n'avait plus eu de nouvelles pendant dix jours. Cette fois-là, quand enfin il était revenu, Max lui avait raconté le voyage à La Nouvelle-Orléans d'où il revenait avec l'un de ses compagnons d'armes. Il lui avait alors parlé d'une rencontre avec des émissaires, des gens importants mandatés par le maharadjah Ranjit Singh. C'était à ce moment qu'elle avait appris ses projets de rejoindre les rangs de la *Khalsa*, de partir bientôt pour le Pendjab, dans une semaine ou deux, avait-il dit.

— L'auriez-vous encouragé de quelque manière dans la poursuite de cette aventure ?

— Non, maître. Même si notre couple battait de l'aile, qu'il était... désuni... j'avais un bébé de cinq mois... Je ne voulais pas qu'il parte, bien sûr que non.

— D'un commun accord, auriez-vous décidé qu'il serait opportun que M. Bettencourt retire tout l'argent du compte joint que vous aviez à la banque ?

— Non, maître. Il ne m'en a jamais parlé et il semblait si emballé par tout l'argent qu'il allait gagner chez les sikhs que, pour une raison ou une autre, je n'ai jamais pensé qu'il me laisserait sans ressources, sans le moindre sou. Il se disait sans doute, je pense, que mes parents s'occuperaient de moi, mais le jour où il est parti, mes parents étaient déjà morts dans un accident, et je...

Max se leva d'un bond et se mit à crier :

— Jeanne, ma chérie, je ne le savais pas ! Si j'avais su, je ne serais pas parti !

Le juge Poynter cogna avec son marteau et se montra d'une sévérité sans commune mesure avec la mise en garde qu'il avait servie plus tôt à la fille de mauvaise vie dans la tribune :

— Monsieur ! Je ne tolérerai pas vos théâtralités dans ma cour ! Si vous osez babiller ne serait-ce qu'un mot de plus, je vous ferai amener par les huissiers séance tenante !

— Oui, Monsieur le Juge, Votre Honneur, répondit Max avec un sourire suffisant, qu'il garda en se rasseyant.

— Poursuivez, maître Deshler. Vous ne serez plus dérangé par les éruptions mélodramatiques de M. Bettencourt, décida le juge Poynter.

Me Deshler ramassa un papier sur sa table et dit :

— Madame Bettencourt, j'ai ici en main un certificat de décès délivré par le greffier du tribunal et daté du 8 février de la présente année. Il y est attesté que Maxwell Bettencourt, époux de Jeanne Langer Bettencourt, est déclaré mort *in absentia*. Pourriez-vous éclairer la cour sur l'existence de ce document et ce qui a mené à sa rédaction ?

— Oui, maître. Selon la loi, si un époux ou une épouse ne donne plus signe de vie durant une période de cinq ans, et qu'il est raisonnable de penser que cette personne est décédée, l'époux survivant ou l'épouse survivante est en droit de faire attester cet état de fait en cour et, du jugement qui en résulte, de faire déclarer le conjoint disparu comme légalement décédé. M. Bettencourt manquait à l'appel depuis plus de cinq ans, et puisqu'au moment de sa disparition, il combattait dans une zone de guerre, j'ai cru qu'il serait mieux de considérer cette avenue légale.

— Pourquoi dites-vous que cette officialisation de décès était pour le mieux, madame Bettencourt?

— J'étais convaincue depuis des années qu'il était mort. Comment autrement justifier un si long silence? Je ne voyais d'autre possibilité que la pire. Il n'y avait pas de tombe, pas même une marque pour dire sa mort, rien de tangible à quoi m'accrocher, rien pour clore notre histoire désolante. D'une certaine manière, j'ai pensé que ce serait mieux, à la fois pour Marvel et pour moi, d'établir sa mort comme un fait et de ne plus vivre dans le déni du passé.

— Dans votre esprit, vous avez honnêtement et complètement cru que vous étiez veuve?

— Oui, maître.

— En votre âme et conscience, vous avez cru que votre mariage avec Max avait été dissous dans tous les sens du terme : légalement, moralement, spirituellement?

— Oui, maître.

— Avez-vous cru que, aux yeux de Dieu, vous étiez désinvestie de vos vœux maritaux, de vos droits et devoirs conjugaux envers Max Bettencourt?

— Je suis chrétienne, maître et, malgré mes fautes, j'aspire à suivre la volonté du Seigneur, à chercher auprès de Lui conseil en toute chose dans cette existence. En mon cœur, j'avais cette croyance qu'il n'y avait plus rien, plus aucun lien, entre moi et Max Bettencourt, en accord avec la volonté de Dieu.

Me Deshler fit une pause. Dans la salle d'audience, l'assistance gardait un silence pudique.

Me Deshler amena ensuite Jeanne à raconter les événements de la nuit où Max était venu sur le *Helena Rose*. Jeanne fut en mesure de garder une contenance assurée bien qu'elle eût mal à l'intérieur de dire sa peur et la gravité de chaque moment vécu cette nuit-là. Elle se fit un point d'honneur d'expliquer comment Max avait violemment mis la main sur Marvel, comment il l'avait ensuite, elle, violentée et menacée de viol. Elle dit avec justesse ce moment où Clint avait enfoncé la porte et s'était trouvé avec eux dans la cabine, expliquant tout de l'échauffourée entre les deux hommes. Elle continua en disant avoir entendu le coup de feu et Max qui criait avoir reçu une balle à la poitrine. Elle se rappelait ensuite que Clint avait voulu rassurer Max, qu'il lui avait dit que la balle s'était logée dans l'épaule et qu'il allait vivre. Enfin, en quelques mots touchants, elle dépeignit la scène poignante de voir tous ceux qu'elle aimait essayer d'effacer à son regard et de sa vie la souillure que Max Bettencourt y avait laissée.

Elle conclut son témoignage en ces mots :

— Je sais que, par le sacrement du mariage, je me suis engagée envers mon mari, et ainsi en mon âme et conscience, je sais que je suis la femme de Maxwell Bettencourt. J'ai prêté serment devant Dieu et je dois tenir cette promesse. Jamais je ne me remarierai tant que Max vivra. Toutefois, je sais que c'est ma seule et unique obligation. Cette promesse est tout ce qu'il reste.

Me Jameson contre-interrogea Jeanne et tenta par quelques phrases de l'amener au parjure. Elle resta calme, persuadée, et il n'arriva pas à lui faire changer un détail de son histoire. Jeanne fut surprise qu'il ne lui posât aucune question sur Clint, qu'il ne la confrontât pas à la relation qu'ils avaient, elle et lui. Ce que Jeanne n'avait pas compris, c'est que son témoignage avait touché tous les jurés et les gens dans la salle, et que Cy Jameson ne pouvait plus rien pour entacher l'aura honorable dont elle s'était nimbée. D'ailleurs, Me Jameson, homme fier et intègre, n'aurait pas voulu attaquer une femme qu'il savait chaste et pure.

Me Deshler appela ensuite Clint à la barre. Celui-ci se leva, la tête haute, et s'avança d'un pas sûr jusqu'au banc des témoins. Il donnait l'impression d'être sans appréhension aucune. Me Deshler l'amena en peu de mots à relater le contexte et les faits de sa rencontre avec Jeanne, à éclaircir le comment et le pourquoi de cette copropriété du *Helena Rose*, et la nature du partenariat d'affaires qu'ils avaient, lui et Jeanne.

— Monsieur Hardin, enchaîna Me Deshler, je voudrais maintenant que vous décriviez, dans vos propres mots, les événements de la nuit du 2 septembre.

— Très bien. Vince et moi, nous revenions au *Rose* après avoir réglé quelques affaires en ville. Il devait être environ vingt heures. En arrivant au bateau, j'ai vu Marvel tout en haut de l'escalier, sur le pont Texas, et elle criait : « Monsieur Clint ! Il fait du mal à maman ! » J'ai couru aussi vite que j'ai pu. Je suis monté à la cabine de Mme Bettencourt. Je l'entendais crier. La porte était verrouillée, et je l'ai enfoncée d'un coup d'épaule.

Il décrivit ensuite la scène qui l'attendait dans la cabine, parlant de chaque détail, de chaque instant, pour dire la folie d'un homme qui agressait une femme. Il voulut insister sur ce fait que, peu importe la personne, il lui aurait porté secours. Il jura devant la cour n'avoir jamais possédé d'arme, n'avoir eu aucun pistolet ce soir-là, que Max Bettencourt était celui qui avait dégainé et l'avait menacé de son pistolet.

— Tout ce que j'ai vu, c'est le reflet argenté, comme un éclair, et j'ai su que c'était un pistolet. J'ai réagi, je voulais lui faire lâcher l'arme. Le petit pistolet, il n'avait pas de… euh… un… vous savez, la chose ronde en métal devant la détente… je… je ne sais pas comment ça s'appelle…

— Vous parlez de la sous-garde, sans doute, dit Me Deshler.

— Ouais, c'est ça, la sous-garde. Quand j'ai pris la main de Max Bettencourt, le coup est parti. Mais jusque-là, jamais je n'ai touché le pistolet. Je n'ai jamais touché à la détente.

Me Deshler dirigea ensuite l'interrogatoire en guidant Clint dans la suite chronologique des événements. Clint expliqua avec aisance et passion qu'il voulait laver le bateau du sang que Max y avait laissé, non pas pour cacher la preuve, mais pour le bien de Marvel et de Jeanne.

— Si vous voulez mon avis, cet homme, c'est le mal incarné. Je ne voulais pas que Mme Bettencourt ou Marvel gardent même le souvenir de sa présence sur le bateau, dans leur demeure, avoua Clint.

— M. Hardin, êtes-vous amants, Mme Bettencourt et vous? demanda Me Deshler.

La réponse de Clint vint sur un ton sobre.

— Avons-nous consommé notre amour, cet acte béni par Dieu entre un homme et une femme? Non. Jamais. Mme Bettencourt n'aurait pas consenti à une telle chose, parce qu'elle est avant tout une femme vertueuse. Et aujourd'hui, grâce au Seigneur Jésus-Christ, je suis vertueux, moi aussi.

Il fit une pause et, bientôt, un sourire de joie passa sur son visage.

— Mais je tiens à dire ceci à la cour et devant Dieu : j'aime Jeanne Bettencourt, je l'aime de tout mon cœur, je l'aime d'un amour qui fait vibrer mon âme. Je donnerais sans hésiter ma vie pour elle, et si l'on me reconnaît coupable de ce crime dont on m'accuse, j'accepterai humblement le châtiment que cette cour jugera approprié. Au regard de Dieu, je suis innocent, je suis sans faute. Je suis si reconnaissant envers Lui d'avoir eu la force et le moyen de protéger ma bien-aimée. C'est tout ce que j'attends de cette vie, de protéger Jeanne et de l'aimer jusqu'à ma mort.

Le jury délibéra une heure et huit minutes.

De retour dans la salle d'audience, le président, un fermier un peu décharné, se leva, droit et grave.

— Nous, du jury, reconnaissons le prévenu non coupable de toutes les accusations portées contre lui.

Jeanne passa devant Vince et Ezra, contourna la table de la défense en courant et se jeta dans les bras de Clint. Il la leva haut dans les airs. Elle baissa la tête et le regarda, et lui dit à travers des larmes :

— Merci.

Il la reposa par terre et lui chuchota à l'oreille :

— C'est la toute dernière fois que je le dis, ma chérie. Je vous aime maintenant et pour toujours.

Il la laissa quitter son étreinte, et elle se tourna vers Nate Deshler.

— Merci, vous m'avez sauvé la vie, dit-elle simplement.

Il lui prit la main, où il posa brièvement les lèvres. Il lui sourit et retourna ranger ses papiers à la table.

Vince, Ezra et Roberty se rendirent à l'épicerie des Anderton et y achetèrent presque tout ce qu'il y avait dans le magasin. Il fallut se mettre à trois, les bras pleins de paquets, pour rapporter les emplettes à bord du *Helena Rose*. Ils avaient dans leurs cabas un jambon de onze kilos, un rôti de bœuf fumé, trois kilos de porc grillé, trois sortes de fromage, de la laitue, des tomates, des concombres, des carottes, des radis, des oignons verts, des pommes, des pêches, des oranges, des bananes, des raisins, des prunes, du sucre candi, des bonbons et huit litres de cidre pétillant. Ce soir-là, on organisa une fête prodigieuse dans la cabine de la capitaine Jeanne.

— Mon bon Ezra, je n'arrive pas encore à croire que vous ayez dit, au nez du juge, que vous auriez abattu Max Bettencourt vous-même, si vous aviez pu ! dit gaiement Vince.

— Et pas qu'un peu, je l'aurais plombé ! renchérit Ezra. Vous remarquerez aussi, tous autant que vous êtes, que le juge ne m'a pas jeté au cachot pour autant !

Roberty commenta l'affaire, un grand sourire accroché aux lèvres :

— Mais comment c'est arrivé ?

Tout le monde éclata de rire, tandis qu'Ezra continuait de se féliciter :

— Et pas que ça, c'est tout juste si ce bon juge Poynter, il ne m'a pas donné sa bénédiction !

— J'aurais payé cher pour le voir faire, lui dit Jeanne.

Elle était assise dans son fauteuil, avec la tête de Léo confortablement posée sur la cuisse. Il la regardait avec adoration, encore que ce fût peut-être le fait du bonbon qu'elle avait dans la main.

— Imaginez-vous donc que Me Jameson est venu me voir à la sortie du tribunal, me suppliant presque de porter plainte contre ce pauvre Max. Il voulait s'occuper en personne de le faire mettre en prison pour coups et blessures ! J'ai refusé, bien évidemment, en lui disant que je ne cherchais pas vengeance, que mon seul souhait était de ne plus jamais le revoir de mon vivant.

— À en croire Me Deshler, Me Jameson aurait vivement conseillé à Max Bettencourt de ne plus jamais montrer son nez à Memphis, se plut à raconter Clint. Max Bettencourt s'est fait un ennemi de taille en ridiculisant Cyrus Jameson.

— Tu penses que papa ne reviendra plus jamais, maman ? demanda Marvel d'un ton d'espoir.

Elle était assise sur le plancher devant sa maison de poupée, partageant un bol de raisins avec Madame Topp et Avémaria. Clint se précipita au sol pour la soulever dans ses bras et lui faire faire des tours dans les airs.

— Ne t'inquiète surtout pas, petite fille, dit-il en la faisant redescendre. Ta maman et toi, vous n'aurez plus jamais affaire à lui, tant que je respirerai.

— Pas tant que je respirerai non plus, jura Roberty, qui s'était assis en tailleur à côté de Marvel. Si jamais je le revois, je ne me donnerai pas la peine de grimper dans l'escabeau, je vais le lui lancer tout bonnement dans son horrible figure !

— C'est vrai qu'il n'est pas très beau, hein ? ajouta Marvel en pouffant, ce qui ne manqua pas de faire rire tout le monde.

Clint et Jeanne échangèrent un regard amusé.

— Vous savez, dit Vince, qui fronçait maintenant les sourcils, il y a une chose que je ne m'explique pas. Quelqu'un pourrait me dire pourquoi Me Jameson n'a rien dit à propos de George Masters ? Avouez, Jeanne, que cette histoire aurait pu jouer contre vous. Me Jameson était sûrement au courant. Tous ces aristos, vous savez, ils sont comme larrons en foire.

Clint prit un air sciemment suffisant et entreprit d'éclairer la lanterne de son vieil ami.

— Me Jameson était au fait de tout, bien sûr. Tu sauras, Vince, qu'ils sont très bons amis, George et lui. Max Bettencourt, lui, ne savait rien de l'histoire entre Jeanne et George. Je crois que Me Jameson a voulu épargner son bon ami, qui n'avait d'ailleurs rien à voir dans cette affaire.

Jeanne prit la parole, se sentant le devoir d'une confession.

— Vous ne savez pas toute l'histoire, dit-elle lentement. M. Masters s'est offert de régler tous les honoraires de la défense de Clint. Il aurait même voulu témoigner en cour et se compromettre pour jurer de ma moralité. C'était l'embarras qu'il était prêt à supporter, le scandale qu'il aurait affronté... Je n'avais pas compris à quel point il me voulait du bien.

— Il l'aurait fait, dit Clint d'un ton grave. J'ai su. Je savais. Mais qui ne voudrait pas votre bonheur, capitaine Jeanne ? Qui ne le veut pas, pour Jeanne et Marvel ?

Vince, Ezra et Roberty répondirent par quelques murmures approbateurs, puis Vince eut cette envie de satisfaire sa curiosité :

— J'ai une dernière question pour toi, Clint ?

— Je t'écoute.

Vince sourit d'un grand sourire puéril.

— Tu veux m'expliquer, bon Dieu, ce qui est arrivé à cette sacro-sainte règle qui dit qu'« un gentleman ne dit jamais mot » ?

Tard ce soir-là, dans un rendez-vous promis plus tôt, Clint et Jeanne se retrouvèrent sur le pont principal à tribord, debout contre le garde-corps. Devant eux, il y avait le fleuve et son courant tranquille. C'était une nuit fraîche, une de ces nuits que l'air épure autant que ceux qui le respirent. C'était l'équinoxe d'automne, et la lune était pleine et basse ; le ciel, comme un voile ivoire jeté contre les étoiles. Ils prirent appui sur la rambarde, côte à côte, sans pourtant se toucher.

— Jeanne, j'ai promis de ne plus vous ennuyer avec mes grandes déclarations, dit Clint, mais je vais quand même vous le dire. Avant de connaître vraiment les sentiments que j'avais pour vous, je vous aimais toutes les deux, vous et Marvel, je me plaisais à votre compagnie. Et nous avions, en affaires, une relation merveilleuse, vous et moi. Je... je veux seulement que vous sachiez à quel point j'espère vous garder. Ne me laissez pas seul sur le *Helena Rose*. Ce sera dur, je sais, de vivre si près et si loin à la fois, mais ce ne sera jamais plus pénible que d'être séparé de vous. Mais vous n'avez qu'un mot à dire, et je partirai. Dites-moi seulement que c'est mal, et je pars à l'instant.

Jeanne tourna le dos au fleuve et s'adossa contre la rambarde.

— S'il y a une leçon que le procès m'a apprise, c'est qu'il ne sert à rien de vouloir plaire aux gens, que ce qui importe vraiment, c'est ce que Dieu veut. Ce n'est ni par hasard ni par coïncidence que vous et moi, ensemble, nous avons hérité du *Helena Rose*. Depuis le début, c'était Sa volonté. Nous devions faire de ce bateau notre maison. Depuis le début, et maintenant encore.

» Quand j'ai su que j'étais amoureuse de vous, Clint, j'ai douté que vous puissiez avoir ce même sentiment pour moi. En fait, je voulais douter. Je n'étais pas aveugle à l'amour que vous nous portiez, à Marvel et à moi, et cet amour, je le chérissais autant que je le savais impossible. Pour ne pas le perdre, j'avais décidé de ne jamais vous avouer mon amour, que vous ne sauriez jamais combien j'étais éperdue de vous. Garder cette amitié que nous avions, c'était à ce point important pour moi. Et ce l'est encore tellement. Restez avec moi, Clint, s'il vous plaît. C'est la dernière fois que vous me l'entendrez dire : je sais dans mon cœur que vous êtes mon amour, que je suis le vôtre, que nous le serons toujours. »

CHAPITRE 24

À la tombée de la nuit, le village de Helena, en Arkansas, retrouvait sa quiétude. Les cargaisons avaient été chargées à bord des bateaux à vapeur. Les docks étaient déserts. Les seules lumières sur les rives venaient des quelques lanternes allumées sur les bateaux qui passaient la nuit à cet endroit. On aurait dit que même les saloons et les maisons closes avaient fermé boutique, que clients et tenanciers avaient eu peur de la visite-surprise du shérif et de la société de tempérance. De leurs activités, il ne restait qu'un prudent murmure sourd.

En cette nuit calme et brumeuse de septembre, il y avait trois bateaux au mouillage dans le port de Helena. L'un d'eux portait le nom de *Helena Rose*. Plusieurs lumières brillaient à travers ses fenêtres scintillantes, émettant une lueur dorée. On pouvait entendre le son d'un violon endiablé retentir gaiement. Peu après, la musique s'arrêta, et le bateau devint silencieux. Deux ombres, la fine silhouette d'une femme et celle, haute et massive, d'un homme, sortirent sur le pont inférieur. On pouvait les voir, appuyées au garde-corps. Elles parlaient presque sans bruit, la voix de l'homme riche, comme le murmure d'un baryton, la voix de la femme douce et aérienne, comme le chant d'une soprano.

Max Bettencourt sortit comme une ombre de la ruelle, les épaules tombantes, le menton retroussé et le cœur belliqueux. Il marcha vers le *Helena Rose*, sa démarche comme un piaffement silencieux. D'une cadence décidée comme ses intentions, il fit les derniers pas qui l'amenèrent sur la passerelle. Il leva lentement son bras, le droit, comme une ligne qu'il aurait tirée depuis le cœur. Dans cette main levée, il tenait un révolver nickelé, un Colt de calibre 38. Un trait de lumière incertain déchira l'obscurité, un bref reflet sur le puissant canon d'argent qu'il braquait devant lui.

Clint et Jeanne entendirent le coup de feu. Clint eut le réflexe de jeter Jeanne face contre terre, de coucher son corps sur le sien.

— Miss Langer ? appela une voix dans le noir. Monsieur Hardin ? Êtes-vous sains et saufs ?

Prudemment, Clint releva la tête, puis aida Jeanne, qui se relevait craintivement. Au-dessus d'une silhouette couchée sur le ventre, celle de Max Bettencourt, se tenait le shérif Hank Burnett, arme à la main, son visage voilé derrière les volutes noires de fumée qui s'élevaient, sinistres, du canon de son pistolet.

En regardant Jeanne et Clint, debout et indemnes, le shérif secoua la tête et baissa les yeux sur la dépouille de Max Bettencourt. Et comme une excuse, il eut ces mots :

— La règle dit : pas d'armes à Helena.

Le jour où Marvel Bettencourt fêta ses huit ans fut aussi celui où sa mère épousa Clint Hardin. C'était le 5 décembre, et il faisait froid. Une neige blanche avait donné à Helena, en Arkansas, un pittoresque dont on faisait les cartes de vœux de Noël. Le couple convola en justes noces dans une chapelle baptiste remplie de fidèles et d'amis, un bâtiment modeste avec ses bardeaux blancs, son petit clocher pointu et sa porte peinte en vert brillant. C'est au bras du shérif Hank Burnett que la mariée marcha jusqu'à l'autel.

Clint et Jeanne choisirent de prononcer leurs vœux de mariage selon les rites de l'Église épiscopale anglicane :

— « Moi, Jeanne Langer Bettencourt, je vous prends, Clinton Hardin, pour légitime époux, et je promets de vous être toujours fidèle, de vous aimer et de vous honorer tous les jours de ma vie, pour le meilleur et pour le pire ; dans la richesse comme dans la pauvreté ; dans la joie comme dans la peine ; de vous chérir et de vous obéir jusqu'à ce que la mort nous sépare, selon la sainte ordonnance de Dieu. »

Clint passa l'alliance en or au doigt de Jeanne.

— « Par cette alliance, je vous épouse, et de tout mon être, je vous rends gloire, et de toutes mes possessions terrestres, je vous investis : au nom du Père, et du Fils, et du Saint-Esprit. Amen. »

Et alors, ils se dirent tout bas :

— Je suis à mon bien-aimé, et mon bien-aimé est à moi.

— Je suis à ma bien-aimée, et ma bien-aimée est à moi.

Ne manquez pas le prochain roman de la série La roue à aubes